2017 年度青岛市社会科学规划研究项目成果

《海壑吟稿》校注

[明] 赵完璧　撰

王海燕　刘明怡　校注

中国海洋大学出版社

·青岛·

图书在版编目（CIP）数据

《海壑吟稿》校注 ／（明）赵完璧撰；王海燕，刘
明怡校注. —青岛 ：中国海洋大学出版社，2019.11
ISBN 978-7-5670-1959-1

Ⅰ．①海… Ⅱ．①赵… ②王… ③刘… Ⅲ．①古典诗
歌－诗集－中国－明代②古典散文－散文集－中国－明代
Ⅳ．①I214.82

中国版本图书馆CIP数据核字(2019)第243901号

HAIHEYINGAO JIAOZHU
《海壑吟稿》校注

出版发行	中国海洋大学出版社
社　　址	青岛市香港东路 23 号
出 版 人	杨立敏
网　　址	http://pub.ouc.edu.cn
电子邮箱	flyleap@126.com
订购电话	0532-82032573（传真）
责任编辑	张跃飞　　　　电话：0532-85901984
排　　版	青岛日月星文化传媒有限公司
印　　制	青岛国彩印刷股份有限公司
版　　次	2019 年 11 月第 1 版
印　　次	2019 年 11 月第 1 次印刷
成品尺寸	170 mm×230 mm
印　　张	26.25
字　　数	458 千
印　　数	1～1 000
定　　价	69.00 元

发现印装质量问题，请致电 0532-58700166，由印刷厂负责调换。

序

赵完璧字全卿、文全，号云壑，晚号海壑，胶州六汪镇河北庄人（今属山东青岛黄岛区），由岁贡生官至巩昌府（治今甘肃陇西）通判。据考，赵完璧生于明弘治十三年（1500），卒于万历八年（1580）至万历十九年（1591）之间。著有《海壑吟稿》，入《四库全书》卷一七二，集部（六）二十五。王之垣序其诗集，述其因抗忤权奸锦衣卫都督陆炳获罪，于狱中与杨继盛唱和一事，推重其志节；《胶州志》谓其"执法不避权贵"；四库馆臣亦称其"可谓志节之士"，赞美其诗歌"多触事起兴，吐属天然，绝无叫嚣怒张之态，亦与有明末造矫激取名者有殊"，惜其"徒以名位未高，史不立传，遂几于湮没不彰，仅赖此集之存，犹得略见其始末"，可见其人品、文品之高。

赵完璧父从龙，明弘治十五年（1502）举人，官至湖广武昌府同知。子慎修，嘉靖四十四年（1565）进士，历任盐城县令、扬州知府、大名知府、河南驿传道按察司副使，著有《清廓诗集》。赵慎修及其子赵效［万历三十八年（1610年）进士］皆参编万历《胶州志》，赵慎修作序。赵家实胶州望族、山东乡贤，世代书香，斯文名世。今当发明其文章道德，使有裨世教，有益于当代青岛精神文明建设。

《海壑吟稿》计六万八千余字，据《四库全书》本校点。具体分工为：王海燕负责卷一至卷六、卷九、卷十一，刘明怡负责卷七、卷八、卷十。

目 录

提　要

　　臣等谨案：《海壑吟稿》十一卷，明赵完璧撰。完璧字全卿，号云壑，晚号海壑，胶州人，由岁贡生官至巩昌府通判[1]。是集诗六卷，文五卷[2]。王三锡序其诗集，谓嘉靖间筮宦司城[3]，抗直忤权奸[4]，与杨椒山公同厄[5]。按集中《北司狱中》七言律二首序云："嘉靖甲寅秋[6]，秋曹檄捕豪校[7]，某因获罪东湖翁，劾执坐死[8]。赖元老科台之力，仅复瓦全。"云云。东湖者，陆炳别号也[9]。时炳为锦衣卫都督，与严嵩表里为奸，其势张甚。完璧以指挥末秩，能与之抗，其狱中与杨继盛倡和诸诗，有"辛苦不妨淹日月，授书喜有汉良臣"等句[10]。继盛死西市，完璧作《杨烈妇词》以哀之，有《小雅》怨悱之遗，可谓志节之士[11]。其诗多触事起兴，吐属天然，绝无叫嚣怒张之态，亦与有明末造矫激取名者有殊[12]。徒以名位未高，史不立传，遂几于湮没不彰，仅赖此集之存，犹得略见其始末，亦足见正直之气有不得而销蚀者矣。乾隆四十六年九月恭校上。

总纂官　（臣）纪昀　（臣）陆锡熊　（臣）孙士毅

总校官　（臣）陆费墀

注释：

[1] 赵完璧由岁贡生官至巩昌府通判，以固原州通判致仕。[2] 按《四库全书总目》，此处有"其第一卷为目录，入之卷数。盖唐以前例，经典释文尚然也"。[3] 筮宦：即筮仕（初次出仕做官）。古人将出仕必先占吉凶，后因称出来做官为筮仕。司城：官署名，指兵部职方司。唐高宗龙朔二年（662），改六部所属各司名称，以兵部所属的职方为司城，职方郎中亦改称司城大夫。高宗咸亨元年（670）冬，复原名。[4] 抗直：刚直不屈。按《四库全书总目》，"直"作"职"。唐李延寿《北史·柳庆传》："天性抗直，无所回避。"[5] 杨椒山：杨继盛（1516—1555），字仲芳，号椒山，直隶容城（今属河北）人，明代著名谏臣。嘉靖二十六年（1547）进士，初任南京吏部主事，后官兵部员外郎。因上疏弹劾仇鸾开马市之议，被贬为狄道（今甘肃临洮）典史。事白，入为户部员外，调兵部。嘉靖三十二年（1553），上疏

力劾严嵩"五奸十大罪"，遭诬陷下诏狱。在狱中备经拷打，终于嘉靖三十四年（1555）遇害，年四十。明穆宗即位后，以杨继盛为直谏诸臣之首，追赠太常少卿，谥号"忠愍"。著有《杨忠愍公文集》。[6]嘉靖甲寅：嘉靖三十三年（1554）。[7]秋曹：刑部的别称。豪校：东厂锦衣卫。[8]劾执：弹劾捉拿。坐死：论罪处死。[9]陆炳（1510—1560），字文明，浙江嘉兴府平湖人。其母为明世宗朱厚熜乳母。嘉靖十一年（1532）中武进士，授锦衣卫副千户。父卒，袭指挥佥事，进指挥使，掌南镇抚事。嘉靖十八年（1539），因救明世宗于火海中而得恩宠，升为都指挥同知，掌锦衣卫事。后为御史所劾，贿赂夏言不成，遂勾结严嵩揭发夏言致死。其后大将军仇鸾与严嵩争权，陆炳揭发仇鸾阴谋不轨，世宗即收仇鸾敕印，仇鸾忧惧而死，戮尸。陆炳以功进左都督，加太子太保，再加少保，兼太子太傅。严嵩之子严世蕃曾说："尝谓天下才，惟己与陆炳、杨博为三。"[10]授：原作"援"，误。据《海塈吟稿》正文改。[11]按《四库全书总目》，该句尾有"矣"字。[12]末造：犹末世。指朝代末期。矫激：犹诡激。奇异偏激，违逆常情。宋苏轼《应制举上两制书》："东汉之衰也，时人莫不矫激而奋厉，故贤不肖不相容，以至于乱。"

2

王之垣序

海壑赵先生今年八十余矣,《吟稿》其平生所肆力,且以自愉快者也。盖先生位不偿才,故以其未尽用之志,寄之于诗,久而成家,积之成帙云。先生之子,为今大名守清廓君[1],于余弟辅为察长[2],而与余侄坤同进士也,则余于先生有世好之谊焉。一日,弟辅受是稿于清廓君,既付之梓已,又偕大名倅韩君等致书于余[3],索余言以弁其端。余取而阅之,因得以见先生于诗,详先生之始末,则益嗟叹歆慕之矣。昔太史氏有云:"《诗》三百篇,大抵圣贤发愤之所为作也。"迄至盛唐,如李翰林、杜工部二大家,古今称卓尔者,亦皆意有所郁结,不得通其道耳。先生幼负才气,谓功名可指取,已而数不偶,从岁荐就秩都下。而先生业已著诗自娱,无他愠[4],居无何,绩效懋著[5],声籍籍于缙绅间。人谓先生脱颖之才,已试囊中矣。然先生一意危行,不为婵娿媚世[6],竟以被中逮系。方其时,人皆为先生震怖,顾先生特屹不为动。适椒山杨公同时在狱,与之吟咏酬答,以道义相得甚欢,于利害之临泊如也。故余读是集中至"独知心上原无累"与"授书喜有汉良臣"之句,则辄变色动容,巫服之焉。最后谢天水之郡判以归[7],世方弹指咄咤,以未能究先生之用为惜,而先生内沾沾自喜,以长有天地之日而竟其适于诗为幸。盖自其立朝时,已尝自命云:"何时谢朝组,随意踏莓苔。"由是以观,则先生者尤泥涂轩冕[8],浮游尘埃之外,古之所谓达者也。先生既归,徜徉林壑,触趣成声:或幽踪雅致,广萧散之怀;或精裁婉托,寓无聊之感。悯时迪志,谈理训真,则俨然方之内;含和茹泊,悟玄超凡,则悠然方之外。其所咨嗟咏叹,即时或自鸣其郁结不平,而绝不为叫噪怒张,以恣其臆。盖先生之发愤于诗,垂数十年而不为傥来之物以滑其内而夺其功,故振之以雄丽,而出之以优游,卓绝一时,有如斯者。《语》曰:"用志不分,乃凝于神。"岂谓是与?假令先生以其直节壮猷[9],托景青云,系籍华毂,表树岩廊之上[10],驰骛万里之途,其勋烈可胜道哉[11]!乃其所历官踪,仅仅止此,遂卷之于泉石岩谷之间,非其当矣。然先生志不郁,道不穷,其发为诗章,必不能自力以致必传于世[12]。如今虽使先生究所施旧勋烈于一时,吾不知先生肯以此易彼否也。

3

虽然，吾又闻先生年已逾耄而神犹屹屹不衰[13]，其文思不少减于壮岁。矧今太守君抱猷宏峻，且伟然有公辅之望[14]。由兹以往，先生之未艾者年、未已者诗，而未可量者后人之勋业也。则先生于不朽之事，可谓兼之矣。余复读先生诗至"庭下伊皋"之语[15]，历古诗家讵能有之乎？嗟嗟，先生固足以自愉快矣哉。济郡见峰王之垣顿首拜撰[16]。

注释：

[1] 大名守清廓君：完璧长子赵慎修，字敬思，一字清廓，明嘉靖四十四年（1565）进士，授南直隶盐城知县，多惠政，内擢兵部主事、迁职方司郎中。外任扬州知府，为官廉明，曾筑扬州大堤三百余里，漕舟、民田皆得其利。后任北直隶大名知府，不久迁任河南驿传道按察司副使。以亲老告归。著有《清廓诗集》。大名，大名府，旧治在今河北省东南部大名县。[2] 寮长：在朝做官的人。"寮"同"僚"。[3] 倅（cuì）：副，辅助的。[4] 无他愠：《论语·学而》："人不知而不愠。"[5] 懋著（màozhuó）：也作"懋着"。犹显著。懋，通"茂"，大，盛大。赵尔巽等《清史稿·圣祖纪二》："赵良栋前当逆贼盘踞汉中，首先入川，功绩懋著。"[6] 婀婑（ān'ē）：亦作"婀阿""婀婑""婀娿"。依违阿曲，无主见。唐韩愈《石鼓歌》："中朝大官老于事，讵肯感激徒婀娿。"[7] 谢天水之郡判以归：指完璧于巩昌府通判任辞职还乡。天水与巩昌二地在历史上有着密切的关系。天水境内曾是秦人的故乡和发祥地——西垂邑。天水郡称呼始于汉武帝元鼎三年（前114），魏文帝黄初元年（220）始设秦州。金哀宗正大年间（1224—1232）改巩州为巩昌府，此后陇西便有"巩昌"之称。元代秦州属陕西行省巩昌总帅府。洪武九年（1376）后，秦州与巩昌府同属陕西布政使司，地域邻近，明又都是军事重镇。此处以天水指代巩昌，可能在当时国中人心目中此二处边陲之地大可混为一谈，又由于天水是个更加古老的称呼，显出作者的偏好。事实上在元代、清代巩昌府都统辖过秦州，可见此二地之密切渊源。[8] 泥涂轩冕：有轻贱权贵、藐视世俗之意，指两袖清风，隐于尘世，随心所欲的人。语出宋范仲淹《桐庐郡严先生祠堂记》："既而动星象，归江湖，得圣人之清，泥涂轩冕，天下孰加焉？"泥涂有污浊、轻贱之意。轩冕代指达官显贵。[9] 壮猷：宏大的谋略。[10] 岩廊：高峻的廊庑。借指朝廷。典出汉班固《汉书·董仲舒列传》："制曰：盖闻虞舜之时，游于岩郎之上，垂拱无为，而天下太平。"[11] 勋烈：也叫作功业，功勋。[12] 此句意思是，然而若是先生志意没有郁结，宦途没有困顿，他的诗歌创

作必定不会自强不息，从而取得像今天这样名传后世的业绩。[13] 耄（mào）：又作眊。古称七十岁至九十岁的年纪，形容年老。[14] 矧（shěn）：另外，况且，何况。公辅之望：宰相的举止。[15] 庭下伊皋：指完璧诗《癸酉膺封》有"肯教庭下背伊皋"之句。[16] 王之垣（1527—1604），字尔式，号见峰，山东新城（今山东桓台新城镇）人。王重光次子。嘉靖四十一年（1562）进士，授荆州推官。历任刑科给事中、府尹、户部左侍郎、刑部尚书。万历七年（1579）任湖广巡抚期间曾杀何心隐。著有《承天大志纪录事实》《历仕录》。其子为王象干。《四库全书总目》作王三锡，待考。

海壑吟稿　卷一

五言古诗

感　兴

淳风不可挽[1]，大道成微茫[2]。椒兰不自保[3]，恶樧以充囊[4]。自爱琼佩姿[5]，期以扬清芳[6]。美人改中路[7]，徒此明月光[8]。

注释：

[1] 淳风：敦厚古朴的风俗。《资治通鉴》卷 145，梁武帝天监元年正月："今与古异，不可以淳风期物。"元胡三省注："淳风，谓淳古之风也。"挽：设法使局势好转或恢复原状。[2] 大道：政治上最高理想。语出《礼记·礼运》："大道之行也，天下为公，选贤与（jǔ）能，讲信修睦。"微茫：隐秘暗昧；隐约模糊。[3] 椒兰：椒与兰，芳香之物。比喻美好的事物。《荀子·礼论》："刍豢稻粱，五味调香，所以养口也；椒兰芬苾，所以养鼻也。"[4] 恶樧（shā）：古书上说的茱萸一类的植物。明王祎《药房赋》："彼恶樧果何物兮，亦杂然而充帏。"[5] 琼佩：玉制的佩饰。屈原《离骚》："何琼佩之偃蹇兮，众薆然而蔽之。"[6] 扬清芳：清芳，清雅的香味，也可形容君子美好的德行。清，与"浊"相对。芳，指香味。"扬清芳"当取意于韩愈《猗兰操》："兰之猗猗，扬扬其香。不采而佩，于兰何伤。"序云："夫兰当为王者香，今乃独茂，与众草为伍，譬犹贤者不逢时，与鄙夫为伦。"以兰自比，表达政治失意的感伤。[7] 美人改中路：即屈原《离骚》所云"曰黄昏以为期兮，羌中道而改路！"美人喻君主。[8] 明月光：明月指明珠。战国楚屈原《九章·涉江》："被明月兮佩宝璐。"唐王逸注："言己背被明月之珠。"唐李商隐《利州江潭作》："自携明月移灯疾，欲就行云散锦遥。"冯浩笺注："明月，珠也。"

6

闻慎修两台交荐[1]

顾我寡昧子[2]，庸庸何所长[3]。只有一寸心，可以昭夜光。藏息良有由[4]，持赠美人傍。念此謇修理[5]，爱惜以崇芳[6]。

注释：

[1]两台：藩台和臬台的合称。指明清时期省级行政长官承宣布政使和提刑按察使。[2]寡昧：谓知识浅陋，不明事理。[3]庸庸：凡常无奇。唐刘知几《史通·书事》："上知犹其若此，而况庸庸者哉！"[4]藏息："藏"，通内脏的"脏"；"息"是指呼吸的气息，人自身的内脏和大气相配合，才能呼吸自如。在这里作为比喻讲解教育原则，即《学记》"藏息相辅"："故君子之于学也，藏焉修焉，息焉游焉。"[5]謇修：传说中伏羲氏之臣，古贤者。屈原《离骚》："解佩纕以结言兮，吾令謇修以为理。"王逸注："謇修，伏羲氏之臣也……言己既见宓妃，则解我佩带之玉，以结言语，使古贤謇修而为媒理也。"指媒妁。此处作为台鉴的美称。[6]崇芳：珍爱这香气（美名）。

笼鸟叹

山鸟胡不幸，罹此樊笼中[1]。啄不获野田，栖不及深丛[2]。梳翎背旭日[3]，垂翅当寒风[4]。徒抱旷逸怀[5]，侧目云霄鸿[6]。只缘笙簧音[7]，乃滞幽囚穷[8]。嗟嗟耳目娱，盍以物我通[9]。

注释：

[1]樊笼：意为关鸟兽的笼子。比喻受束缚而不自由的境地。出自晋陶渊明《归园田居（其一）》："久在樊笼里，复得返自然。"[2]深丛：深密的树林。唐杜甫《杜鹃行》："骞形不敢栖华屋，短翮惟愿巢深丛。"[3]梳翎：指鸟类梳理自身羽毛。唐郑颢《续梦中十韵》："日斜乌敛翼，风动鹤梳翎。"[4]垂翅：垂翼。有失意、萎靡、落败之意。语出《后汉书·冯异传》："（光武帝刘秀）玺书劳（冯）异曰：'赤眉破平，士吏劳苦，始虽垂翅回溪，终能奋翼黾池，可谓失之东隅，收之桑榆。'方论功赏，以答大勋。"[5]旷逸：谓心胸开阔，性情超脱。[6]侧目：不敢从正面看，形容畏惧。[7]笙簧音：风声的美称，又作"风簧"。宋孔武仲《阁下观竹笋图》："茅

7

檐当天风，时听笙簧音。"[8]幽囚：囚禁；幽禁。《荀子·王霸》："公侯失礼则幽。"杨倞注："幽，囚也。"[9]嗟嗟：叹词。此表感慨。物我：彼此，外物与己身。此二句意为，可叹人们为了耳目之娱而拘羁山鸟，这是有违物我齐一的大道的。

冬夜书怀

新月衔寒山，北风下檐楹[1]。羁人夜秉烛[2]，孤坐远含情。渺渺海山曲[3]，依依凤凰城[4]。禄薄十口饥，官卑一身轻。印绶钳铁坚[5]，风尘魂梦惊[6]。枳棘忍自栖[7]，盐车向谁鸣[8]？舞剑尚余辉[9]，弹琴不成声[10]。赖有杯中物，啸歌仰太清[11]。

注释：

[1]檐楹：屋檐下厅堂前部的梁柱。[2]羁人：旅人。羁，马笼头，比喻束缚，拘束。南朝宋鲍照《代悲哉行》："羁人感淑景，缘感欲回辙。"[3]渺渺：悠远。海山曲：指家乡胶州。[4]依依：留恋，不忍分离。凤凰城：此指都城北京。[5]印绶：印信和系印信的丝带。古人印信上系有丝带，佩带在身。借指官爵。钳铁：古代束颈的刑具。汉徐干《中论·亡国》："以纶组为绳索，以印佩为钳铁。"[6]风尘：比喻旅途的艰辛劳累。[7]枳棘：枳木与棘木，因其多刺而称恶木。常用以比喻恶人或小人。亦比喻艰难险恶的环境。典出《韩非子·外储说左下》。汉刘向《九叹·愍命》："折芳枝与琼华兮，树枳棘与薪柴。"王逸注："以言贱弃君子而育养小人。"晋左思《咏史》："出门无通路，枳棘塞中涂。"唐吕向注："枳棘，有刺之木，喻谗佞也。"[8]盐车：运载盐的车子。喻贤才屈沉于下。典出《战国策·楚策四》："汗明曰：'君亦闻骥乎？夫骥之齿至矣，服盐车而上太行。蹄申膝折，尾湛胕溃，漉汁洒地，白汗交流，中阪迁延，负辕不能上。伯乐遭之，下车攀而哭之，解纻衣以幂之。骥于是俛而喷，仰而鸣，声达于天，若出金石声者，何也？彼见伯乐之知己也。今仆之不肖，阨于州部，堀穴穷巷，沈洿鄙俗之日久矣，君独无意渑拔仆也，使得为君高鸣屈于梁乎？'"[9]舞剑：或用钟馗舞剑之典。意在正义难伸。[10]弹琴：或用俞伯牙、钟子期高山流水故事。此句寓意知音难觅。[11]啸歌：长啸吟咏。太清：天空。刘向《九叹·远游》："譬若王侨之乘云兮，载赤霄而凌太清。"

月林遗酒西台感赋 [1]

　　故人遗我酒，我悲故人心。故人不可见，使我愁思深。画地谁能违 [2]？刻木威难禁 [3]。烟霜夜凄凄 [4]，鸿雁秋沉沉。衣葛当北风 [5]，餐荼绝衷肠 [6]。怨艾去祸胎 [7]，今古归福堂 [8]。把酒且自饮，淋洗郁冤伤 [9]。嗟嗟同心人 [10]，翦烛今何方 [11]。

注释：

[1] 月林：丘橓（1516—1585），字茂实，号月林，山东诸城柴沟镇邱家大村（今属山东高密）人。嘉靖二十九年（1550）进士。由行人擢刑科给事中。官礼部侍郎等，拜南京吏部尚书，卒官。赠太子太保，谥简肃。为官清正廉明，史称"强直好搏击，其清节为时所称"，"风裁为万世所仰"，报国为民"俯仰无愧"，与海瑞齐名。著有《四书摘训》20卷、《礼记追训》10卷、《奏疏》和《诗文集》等。西台：官署名。御史台的通称。[2] 画地：指监牢。[3] 刻木：狱吏的代称。参见"刻木为吏"。形容狱吏的凶暴可畏。出处《汉书·司马迁传》："故士有画地为牢势不入，削木为吏议不对，定计于鲜也。"[4] 烟霜：迷蒙的秋霜。唐刘眘虚《暮秋扬子江寄孟浩然》："木叶纷纷下，东南日烟霜。"[5] 葛：葛布做的衣服，夏衣。当：面对着。[6] 荼：苦菜。绝：断。衷肠：犹衷情。内心的感情。唐韩偓《天鉴》："神依正道终潜卫，天鉴衷肠竟不违。"[7] 怨艾去祸胎：怨艾，悔恨，怨恨。明冯梦龙《醒世恒言·张孝基陈留认舅》："幸喜彼亦自觉前非，怨艾日深，幡然迁改。"祸胎，犹祸根。语出汉枚乘《上书谏吴王》："福生有基，祸生有胎，纳其基，绝其胎，祸何自来？"句意是，悔恨可以去除祸根。[8] 今古归福堂：今古，是时间的差别和对比，此处意思是现在也会变成为古，古人是后人之师，要谨慎。语出《简易经》里所载："古哉古，今亦古，无古无今，无今无古。慎哉，今亦古而后之师矣。"福堂，有两个意思。(1) 福德聚集的地方。汉赵晔《吴越春秋·勾践入臣外传》："皇天祐助，前沉后扬，祸为德根，忧为福堂。"(2) 指监狱或囚系犯人的地方。明胡侍《真珠船》卷3："余向系锦衣狱，睹壁上有大书'福堂'字甚伟……近阅《吴越春秋》，大夫文种祝词有云'祸为德根，忧为福堂'，因知出处。"句意是以今法古终能汇聚福德。由于此诗写于狱中，"福堂"大约也有双关之意。[9] 郁：滞积。宋沈遘《江氏明荐堂》："于今斗牛间，郁然气不申。"[10] 嗟嗟：叹词。

表示感慨。屈原《九章·悲回风》："曾歔欷之嗟嗟兮，独隐伏而思虑。"
[11]翦烛：即剪烛。谓剔烛芯。翦，同"剪"。语出李商隐《夜雨寄北》：
"何当共剪西窗烛，却话巴山夜雨时。"后以"剪烛"为促膝夜谈之典。

冬夜感怀

高斋夜独坐，寂寂银蟾生[1]。疏檐素影下[2]，闲阶秋水明。冷光侵我
体，清辉怡我情[3]。独酌不成醉，幽吟无与赓[4]。坐久静不寐，松风落寒声。
悠悠东山下[5]，岁晚沈高名[6]。拔剑自抚拭[7]，咄喈空悲惊[8]。

注释：

[1]寂寂：孤单；冷落。唐司空曙《黄子陂》："寂寂深烟里，渔舟夜不归。"
银蟾：月亮的别称。传说月中有蟾蜍，故称。[2]素影：月影。唐杜审言《和
康五庭芝望月有怀》："雾濯清辉苦，风飘素影寒。"[3]清辉：指皎洁
的月光。杜甫《月圆》："故园松桂发，万里共清辉。"怡情：使心情愉快。
[4]赓（gēng）：酬答，应和。此指作诗相唱和、赠答。[5]东山：东山高卧，
比喻隐居不仕，生活安闲。典出《晋书·谢安传》："卿累违朝旨，高卧
东山。"东晋谢安辞官隐居会稽附近的东山，经常有文人前来拜访，谢安
与他们饮酒赋诗，从不过问朝政。前秦南侵，东晋危在旦夕。谢安临危授
命，任东晋的宰相，淝水之战打败前秦军队，并趁机北伐收复失地。又称"东
山再起"。[6]沈高名：沉迷功名。沈，同"沉"。落下，陷入。宋曾慥《类
说》卷7引《海棠记》："唐无名氏《仙传拾遗》：'有道士谓颜真卿曰：
"子觉可度世，不宜沈名宦海。"'"[7]拔剑：语出鲍照《拟行路难》："对
案不能食，拔剑击柱长叹息。"[8]咄喈（duōjiè）：叹息。三国魏曹植《赠
白马王彪》："自顾非金石，咄喈令心悲。"

饮马长城窟行 [1]

饮马长城窟，马渴饮不已。马饮良易足，我怀当何止。畴昔离故乡，淹

10

淹淫几万里[2]。明月缺复圆，边声日充耳[3]。精魂绕天涯[4]，日夜邈伊迩[5]。仰天不可呼，归鸿背我起。燕然勒几时[6]，大刀难自揆[7]。一身寄他人，未保生与死。横颐断肠泪[8]，堕落长城水。长城水不竭，离情不终歇。

注释：

[1] 饮马长城窟行：汉代乐府古题。相传古长城边有水窟，可供饮马，曲名由此而来。[2] 淹淫：多，久。[3] 边声：指边境上羌管、胡笳、画角、马鸣等声音。汉李陵《答苏武书》："吟啸成群，边声四起。"[4] 精魂：灵魂。汉王充《论衡》："生任筋力，死用精魂……筋力消绝，精魂飞散。"[5] 伊迩：近，将近，不远。《诗经·邶风·谷风》："不远伊迩，薄送我畿。"[6] 燕然勒几时：何时克敌建功，即可还乡之意。燕然勒功，典出《后汉书·窦融列传》。东汉窦宪破北匈奴，登燕然山，刻石记功。勒，雕刻。后以"燕然勒功"指把记功文字刻在石上，亦指建立或成就功勋。[7] 自揆：自我揣度。汉许慎《说文解字》："揆，度也。"[8] 横颐：泪水纵横交流貌。颐，指脸颊。南唐李煜《望江南》："多少泪，断脸复横颐。"

弃妇辞[1]

弃妇出兰房，长辞薄幸郎[2]。忆昔授绥日[3]，合卺双鸳鸯[4]。相为琴瑟欢[5]，宜室期余光[6]。自君荡春心，嬖爱章台倡[7]。冶容盲尔明[8]，荆布成恶裳[9]。娇歌褫尔魄[10]，沈默非巢簧[11]。销神复索家[12]，顾谓邂逅良[13]。劬劳敬克室[14]，反目卒为殃。子为邪孽迷，妾为君子伤。贱妾不足惜，古道孤肝肠[15]。泪出身亦出，请试倡短长。

注释：

[1] 弃妇：指被丈夫因某种原因所抛弃或遗弃的妇女。弃妇词是中国古代诗词中常见题材，描写弃妇处境大多悲苦凄凉，与逐臣处境相通。故清陈廷焯《白雨斋词话》卷5云："宋无名氏《九张机》，自是逐臣弃妇之词，凄婉绵丽，绝妙古乐府也。"完璧此诗大抵借弃妇之悲写逐臣之恨。[2] 薄幸：薄情，负心（多指男方）。[3] 授绥：绥乃登车时拉的带子。古时车门都开在车厢（舆）的后边，人们都得从车后上下。那时的车轮较大，车厢较高，车上备有专供乘者上下车时需

要掌握的绳索，称"绥"。所谓授绥，是指御者递给乘者以上车的绳索。《仪礼》和《礼记》中，多处提到授绥之礼，主要是指仆授君以绥和婿授妇以绥。《礼记·曲礼》规定，君出就车，仆人或御者驾车，"必授人绥"。这是"仆人之礼""仆御之礼"。至于授绥于妇，这是古代婚礼中一项重要的程序。《礼记·昏义》有迎亲之子承父命前去迎亲，"御妇车，而婿授绥"。《礼记·郊特牲》解释道："婿亲御授绥，亲之也。亲之也者，亲之也。"授绥乃新郎对新娘表示亲爱，而因此也希望新娘执绥，能表示出对新郎的亲爱。这一授一执，通过"绥"来体现今后夫妻间的相亲相爱。参考朱启新《授绥与执绥》，《文史知识》2000 年第 7 期。[4] 合卺（jǐn）：成婚的意思。卺，一种瓠瓜，味苦不可食，俗称苦葫芦，多用来做瓢。合卺仪式，始于周朝，把一个匏瓜剖成两个瓢，而又以线连柄，新郎新娘各拿一瓢饮酒，同饮一卺，象征婚姻将两人连为一体。[5] 琴瑟：琴瑟和鸣，比喻夫妇情笃和好。[6] 宜室：宜室宜家，形容家庭和顺，夫妻和睦。余光：谓多余之光。《史记·樗里子甘茂列传》："臣闻贫人女与富人女会绩，贫人女曰：'我无以买烛，而子之烛光幸有余，子可分我余光，无损子明而得一斯便焉。'今臣困而君方使秦而当路矣。茂之妻子在焉，愿君以余光振之。"后遂用为美称他人给予的恩惠福泽。宋曾巩《贺转运状》："巩备官于此，托庇云初。将承望于余光，但欣愉于懦思。"清顾炎武《答李子德书》："更希余光下被，俾莫年迂叟得自遂于天空海阔之间，尤为知己之爱也。"[7] 嬖（bì）：宠爱。章台：汉长安章台下街名，泛指妓院聚集之地。倡：泛指中国古代表演歌舞杂戏的艺人，此指妓女，也作"娼"。[8] 冶容：女子修饰得很妖媚。[9] 荆布："荆钗布裙"之省。恶裳：破旧衣服。[10] 褫（chǐ）魄：使人失魂落魄。褫，剥夺。[11] 沈默：沉默。巢簧：巢笙。宋代三大改良笙（竽笙、巢笙、和笙）之一。对当时演奏乐曲的转调起重要作用。由宫廷乐工单仲辛在十七管笙的基础上增加两根管，定型为十九簧。转调不必换"义管"。[12] 销神：即销神流志。意思是消耗精神，丧失意志。索家：会导致国破家亡。明许仲琳《封神演义》第七回："如陛下荒淫酒色，昵比匪人，惟以妇言是用，此牝鸡司晨，维家之索。"索，讨要。[13] 顾谓邂逅良：却说是邂逅良缘。杜甫《今夕行》："英雄有时亦如此，邂逅岂即非良图。"《杜臆》："邂逅良图，谓失意中偶然遭遇，便成良缘，此贫人意想之词。"《诗经·郑风·野有蔓草》："邂逅相遇，适我愿兮。"邂逅，未约而相遇。[14] 劬（qú）劳：劳苦、苦累的意思，特指父母抚养儿女的劳累。出自《诗经·小雅·蓼莪》："哀哀父母，生我劬劳。"敬克："主敬克礼"之意。王阳明后学邹守益提倡"主敬克己"达到致良知。该"主敬"理论影响到顾宪成、刘宗周、黄宗羲等人。"克己"典出《论语·颜渊》："颜渊问仁，子曰：'克己复礼为仁。一日克己复礼，天下归仁焉。为仁由己，而由人乎哉？'颜渊曰：'请问其目。'子曰：'非礼勿视，非礼勿听，非礼勿言，非礼勿动。'颜渊曰：'回虽不敏，请事斯语矣。'"[15] 古道：传统的正道。今通称不趋附流俗，守正不阿为古道。

代鹤言

山人遗鹤，蓄久而驯，扰弥甚，家人斁焉[1]，羁诸柙，无令纵恣，嘖嘖晨暮不休。余闻而叹，乃代言。

元化泄灵淑[2]，产此神异姿[3]。皓洁焕冰彩[4]，不杂尘埃缁。啄慊四海云，九霄惟所之。忘机天壤间[5]，何意虞罗欺[6]。铩我紫氛羽[7]，剧我青田思[8]。垂翅鸡鹜群[9]，矫首燕雀嗤[10]。良玉污涂泥，仙格奴隶司。昔为青云器，今为粪壤遗。郁郁寥廓抱，依依知者谁。开此含丹睛，迹滞无异窥[11]。胡为作近玩[12]，养翮以前期[13]。

注释：

[1] 斁（yì）：厌倦；懈怠；厌弃。多否定用法"无斁"，出自《诗经·周南·葛覃》："绤（chī）为绤（xì），服之无斁。"明王夫之《船山经义》："无有斁焉，无有违焉，反身长足，而用自弘也。"[2] 元化：造化，天地。唐陈子昂《感遇诗三十八首（其六）》："古之得仙道，信与元化并。"灵淑：聪慧秀美。明张居正《贺傅少崖三品奏最序》："夫人虽躬秉灵淑，蹈履卓异，然犹必润之以学。"[3] 神异：神奇灵异。《孔子家语·五帝德》："玄枵之孙，乔极之子，曰高辛，生而神异，自言其名。"[4] 皓洁：明亮洁白。唐徐彦伯《比干墓》："玉床逾皓洁，铜柱方歊焮。"冰彩：皎洁的光彩。唐殷文圭《八月十五夜》："满衣冰彩拂不落，遍地水光凝欲流。"[5] 忘机：道家语，意为消除机巧之心。常用以指甘于淡泊，忘掉世俗，与世无争。出自唐王勃《江曲孤凫赋》："尔乃忘机绝虑，怀声弄影。"[6] 虞罗：原指掌山泽之虞人所张设的网罗。泛指渔猎者设置的网罗。[7] 紫氛：犹"青云"。宋杨亿《建溪十咏（其一·武夷山）》：

"灵岳标真牒，孤峰入紫氛。"[8]青田：青青的田野。此句或取意唐白居易《池鹤》："临风一唳思何事，怅望青田云水遥。"[9]垂翅：垂翼。有失意、萎靡、落败之意。[10]矫首：昂首，抬头。也指昂然自得貌。[11]迹滞：行迹停留。[12]近玩：亵玩。[13]养翮（hé）：培养羽翼。翮，本义羽毛中间的空心硬管，代指羽毛，泛指鸟的翅膀、鸟类。三国魏毌丘俭《答杜挚》："但当养羽翮，鸿举必有期。"前期：后会的日期。南朝梁沈约《别范安成》："生平少年日，分手易前期。"

静宁晓发[1]

晓出静宁郭，山川郁苍苍。初日韬玄霞[2]，凄风下崇冈。铅花肃寒色[3]，岚气昏朝光[4]。山木涵烟古，云泉嗽石凉[5]。我车亦何之，高谊图忠良[6]。日短不遑食，暮夜成仓皇。空谷越营魂[7]，冷候嗟薄裳。遥途力应踬[8]，修坂马玄黄[9]。鸿雁声嗷嗷，望之思渺茫。飘飖迥不见[10]，横涕知几行。

注释：

[1]静宁：位于今甘肃东部，六盘山以西，华家岭以东。古为关陇要冲，称咽喉之地，素有"陇口要地"之称。"静宁"一词，取"宁静安谧"之意。[2]玄霞：乌云。玄，赤黑色。[3]铅花：比喻冷月的清光。南朝梁陶弘景《寒夜怨》："空山霜满高烟平，铅华沉照帐孤明。"[4]岚气：山林间的雾气。朝光：早晨的阳光。[5]云泉：瀑布，山泉。唐沈佺期《辛丑岁十月上幸长安慁从出西岳作》："云泉纷乱瀑，天磴矶横抱。"嗽石：冲刷着石头。[6]高谊：崇高的道义；高尚的德行。[7]营魂：犹魂魄。《后汉书·寇荣传》："不胜狐死首丘之情，营魂识路之怀。"[8]踬（zhì）：被东西绊倒。比喻事情不顺利，受挫折。[9]修坂：长坡。玄黄：马病貌。《诗经·周南·卷耳》："陟彼崔嵬，我马虺颓……陟彼高岗，我马玄黄。"清王引之《经义述闻·毛诗上》："虺颓叠韵字，玄黄双声字，皆谓病貌也。"[10]飘飖（yáo）：风吹貌。汉班彪《北征赋》："飙发以漂遥兮，谷水灌以扬波。"唐刘良注："飘飖，风驰貌。"

渔父词[1]

世道久交丧[2]，人心不如水。萧然一钓舟，沧波吾老矣[3]。棹去镜中天，归来芦叶里。鱼鸟作比邻，风月还知己[4]。江山万古情，烟雨平生喜。云静卷钓丝，得失何心尔。雪中无羊裘，日长回猎士[5]。坐看惊涛帆，戒险知谁是。而无名利怀，祸患胡罹此。买得孤村醪，醉中冥甲子。悠然快一眠，化契青蓑底[6]。觉后作长吟，横竹杂流徵[7]。浩然天地间，无复逾乐只[8]。谁能质姓名，鼓枻不相俟[9]。

注释：

[1] 渔父：屈原《渔父》中的渔父是屈原虚拟的一个形象，是他自己的对立面，屈原很执着，渔父很旷达，后来这两个形象糅合起来，对后代文人发生影响。渔父形象成为一个文化范型，就是坚持操守、追求自由的一种人生的代称。[2] 交丧：衰乱。[3] 沧波：碧波。南朝梁刘勰《文心雕龙·知音》："阅乔岳以形培塿，酌沧波以喻畎浍。"[4] 己：四库本作"已"，误。[5] 猎士：打猎的壮士。《法苑珠林》卷 67 引《六度集经》："其国王夫人有疾，梦睹孔雀，云其肉可为药，寤已启闻。王令猎士疾行索之。"[6] 化契：与造化相合，归于自然。化，造化，自然的功能。契，相合，相投。[7] 横竹杂流徵：笛曲间杂以婉转流利的徵音。横竹，横笛，此指笛曲。流徵，曲调名。战国楚宋玉《对楚王问》："引商刻羽，杂以流徵，国中属而和者不过数人而已。"[8] 乐只：和美；快乐。只，语助词。《诗经·小雅·南山有台》："乐只君子，邦家之基。乐只君子，万寿无期。"[9] 鼓枻（yì）：划桨，泛舟。亦作"鼓栧""鼓棹"。屈原《渔父》："渔父莞尔而笑，鼓枻而去。"枻，船舷，短桨。

樵父词

太古不可挽，空山潜幽人[1]。世务无萦缚，樵苏不为辛。游日旷烟霭，骋怀极嶙峋。咄惜笋鐻材[2]，聊斧臃肿薪。空翠冷入骨[3]，残霞每在身。溪谷适趯然[4]，鹿豕凤所亲[5]。朗唱振林木，长啸超风尘。寓兴云与石，逃名秋复春。巢由慕狂踪[6]，尧舜非所钦。岂云负叔敖[7]，含笑弃买臣[8]。此中有真趣，物外曾忧贫？丹崖一千丈，不愿图麒麟[9]。夕阳二三束，重负嗤丘民[10]。颓然卧明月，身外安足论。

注释：

[1] 幽人：幽隐之人，隐士。《易经·上经·履卦》："履道坦坦，幽人贞吉。"

孔颖达疏："幽人贞吉者，既无险难，故在幽隐之人守正得吉。"[2]耸壑：跳出溪谷。明刘基《拟连珠（其二七）》："盖闻拂云之松，生于一豆之实；耸壑之鱼，穿于一丝之溜。"喻出人头地。又有"耸壑昂霄"。[3]空翠：指青色的潮湿的雾气。唐王维《山中》："山路元无雨，空翠湿人衣。"[4]跫（qióng）然：形容脚步声。语出《庄子·徐无鬼》："夫逃虚空者，藜藋柱乎鼪鼬之迳，踉位其空，闻人足音跫然而喜矣。"唐成玄英疏："跫，行声也。"[5]鹿豕：鹿和猪。比喻山野无知之物。《孟子·尽心上》："舜之居深山之中，与木石居，与鹿豕游，其所以异于深山之野人者几希。"[6]巢由：巢父和许由的并称，相传皆为尧时隐士。尧让位于二人，皆不受。因用以指隐居不仕者。汉司马迁《史记·伯夷列传》："说者曰尧让天下于许由，许由不受，耻之逃隐。"唐张守节《史记正义》引晋皇甫谧《高士传》云："许由字武仲。尧闻致天下而让焉，乃退而遁于中岳颍水之阳，箕山之下隐。尧又召为九州长，由不欲闻之，洗耳于颍水滨。时有巢父牵犊欲饮之，见由洗耳，问其故。对曰：'尧欲召我为九州长，恶闻其声，是故洗耳。'巢父曰：'子若处高岸深谷，人道不通，谁能见子？子故浮游，欲闻求其名誉。污吾犊口。'牵犊上流饮之。许由殁，葬此山，亦名许由山。"[7]叔敖：孙叔敖（约前630—前593），芈姓，名敖，字孙叔，楚庄王十三年（前601）出任楚庄王令尹，宽刑缓政，发展经济。《孟子·告子下》"生于忧患，死于安乐"中写到"孙叔敖举于海"，司马迁《史记·循吏列传》列其为第一人。[8]买臣：朱买臣，字翁子，家贫，卖薪自给，行歌诵书。直到五十岁时得庄助之荐，拜中大夫，复拜会稽太守，后为丞相长史。[9]麒麟：此指麒麟阁。汉武帝建于未央宫之中，主要用于收藏历代记载资料和秘密历史文件。后为表彰功臣，将历代对汉有功的功臣画像存放于麒麟阁。后指卓越的功勋或最高的荣誉。杜甫《投赠哥舒开府翰》："今代麒麟阁，何人第一功。"此处诗中反其意而用之，认为不想建卓越功勋画像麒麟阁中。[10]丘民：丘甸之民。《公羊传·成公元年》："讥始丘使也。"汉何休注："讥始使丘民作铠也。"

七言古诗

古道傍

古道傍[1]，双垂杨，长风飒飒声欲狂[2]。行人已去寂渺茫，黄尘一阵空断肠。

注释：

[1] 古道傍：题材为怀古伤今之意。[2] 长风：远风。战国楚宋玉《高唐赋》："长风至而波起兮，若丽山之孤亩。"左思《吴都赋》："习御长风，狎翫灵胥。"宋刘逵注：长风，远风也。飒飒：象声词。形容风吹动树木枝叶等的声音。屈原《九歌·山鬼》："风飒飒兮木萧萧，思公子兮徒离忧。"

禽　言

水儿者，小水鸟也。天将雨飞鸣曰："水儿，水儿。"俗为雨占[1]。盐城久雨为灾[2]，犹闻此，怏怏以赋[3]。

水儿，水儿，穿云呼雨，今何之？连天秋水苗已稀，汝慰何多民何其[4]！

注释：

[1] 雨占（zhān）：下雨的征兆。占，征兆。《水经注》："山崩川竭，国土将亡之占也。"[2] 盐城：今江苏省盐城市。[3] 怏怏：不服气或闷闷不乐的神情。司马迁《史记·绛侯周勃世家》："景帝以目送之，曰：'此怏怏者非少主臣也！'"[4] 何其：多么，何等。用于感叹句。

寒食吟 [1]

芳春苦扃朱户[2]，疏帘几点寂寥雨。醇酒何能刷我怀[3]，朗吟岂尽幽情吐[4]。平湖春草绿如烟[5]，安得杖藜缓步桃花阡[6]。

注释：

[1] 寒食：即寒食节。在夏历冬至后一百零五日，清明节前一或二日。在这一日，禁烟火，只吃冷食。后世又发展出祭扫、踏青、秋千、蹴鞠、牵勾、斗卵等风俗。[2] 芳春：春天，春季。晋陆机《长安有狭邪行》："烈心厉劲秋，丽服鲜芳春。"苦扃（jiōng）：常关。扃，上闩，关门。朱户：泛指朱红色大门。[3] 醇酒：味厚的美酒。司马迁《史记·曹相国世家》："吏之言文刻深，欲务声名者，辄斥去之。日夜饮醇酒。"[4] 朗吟：朗声吟咏；高声吟诵。典出唐段成式《酉阳杂俎续集·支诺皋下》："（女）执红笺题诗一首，笑授暇，暇因朗吟之。"

[5] 平湖：湖面平静无波。[6] 杖藜：谓拄着手杖行走。藜，野生植物，茎坚韧，可为杖。《庄子·让王》："原宪华冠继履，杖藜而应门。"

春夜曲

乌夜啼[1]，月欲西，沉沉院落春云低[2]。玉漏无声夜将半，金盘有酒人欲迷[3]。桃花扇底苦夜短[4]，千金一刻催邻鸡[5]。

注释：

[1] 乌夜啼：别名相见欢。[2] 沉沉：四库本作"沈沈"。宫室深邃貌。司马迁《史记·陈涉世家》："入宫，见殿屋帷帐，客曰：'伙颐！涉之为王沉沉者！'"裴骃《史记集解》引汉应劭曰："沉沉，宫室深邃之貌也。"[3] 金盘：亦作"金柈"。金属制成的盘。汉辛延年《羽林郎》："就我求珍肴，金盘脍鲤鱼。"[4] 桃花扇：绘有桃花的扇子。旧时多为女子所持，相映成美。宋晏几道《鹧鸪天·彩袖殷勤捧玉钟》："舞低杨柳楼心月，歌尽桃花扇底风。"[5] 千金一刻：欢娱难忘的美好时刻。苏轼《春宵》："春宵一刻值千金，花有清香月有阴。歌管楼台声细细，秋千院落夜沉沉。"

淮村八景（为安丘黄甥作[1]）淮川晚渡[2]

淮水浩以广，滔滔下沧溟。长风吹落日，烟雨时冥冥。行人欲渡不可行，滩头且莫相喧争。方舟自有济川术，不比无人尽日横[3]。

注释：

[1] 安丘黄甥：完璧妹丈黄祯之子。[2] 淮川：古淮河，在今江苏淮安境内长66千米，流经盐城入海。古淮河具有蓄泄洪水、生态调节等功能。[3] 方舟自有济川术，不比无人尽日横：济川，犹渡河。语出《尚书·说命上》："爰立作相，王置诸其左右。命之曰：'朝夕纳诲，以辅台德。若金，用汝作砺；若济巨川，用汝作舟楫。'"后多以"济川"比喻辅佐帝王。"无人尽日横"或用唐韦应物《滁州西涧》："春潮带雨晚来急，野渡无人舟自横"诗意。

18

朱寺晓钟 [1]

山僧睡欲足，携鲸戏蒲牢 [2]。疏星带残月，殷殷来曙号 [3]。惊风吹落仙台高，云际袅袅回林皋。大千种种尘梦劳 [4]，虚空一破无秋毫 [5]。

注释：

[1] 朱寺：常州金坛东门城门口确有一座古老的东禅寺。城内有以寺庙命名的朱寺巷。[2] 携鲸戏蒲牢：龙生九子之一名"蒲牢"。传说，蒲牢居住海边，鲸戏击蒲牢，蒲牢畏鲸大鸣。人们根据它"性好鸣"的特点，就把蒲牢做钟纽，而把敲钟的木杵作成鲸鱼形状。敲钟时，让鲸鱼一下又一下撞击蒲牢，使之响入云霄，专声独远。一说，鲸乃"警"之谐音，"警"正是由钟而发，故叫"警钟"，蒲牢置于钟顶，寓意"长鸣"。此句是僧敲钟之意。[3] 殷殷：形容恳切、急迫。曙号：晨钟。[4] 大千：大千世界是佛教说明世界组织的情况。[5] 虚空：（佛家）指一切万物本体不存在，但能感觉到。秋毫：指秋天鸟兽身上新长的细毛，后用来比喻最细微的事物。该诗前六句意指晨钟、大风警醒睡眠，后两句进而说人生如梦。诗意可参考张世朝《拟古诗体不良夜》："君不见天风大哉，猛携鲸荡海声来。往生诸亿传经语，来搅萧疏说剑斋。其语无穷悲是夜，其风万古在危崖。有人颓坐持珠子，听远世间秋气开。"

浯水澄清 [1]

渊泫何清澄 [2]，上彻太虚明 [3]。纤云不敢翳 [4]，万古谁能并？惟有孤贞契心骨 [5]，波澜不为生倏忽 [6]。如何独滤水中泥，水深月暗行人没 [7]。

注释：

[1] 浯水：《辞海》称，浯河，在山东东部，发源于沂山东麓，东北流经安丘、诸城入潍河。赵尔巽等《清史稿·地理志八》称："其（莒州）东浯水，《地理志》《说文》，出灵门壶山，径汉姑幕故城，并入诸城。"[2] 渊（yūn）：水深广的样子。明方孝孺《默庵记》："予尝见夫万仞之渊乎！方其静也，沉渊涵蓄，不震不激，泊乎无声。"泫（xuàn）：水滴落的样子。南朝宋谢灵运《从斤竹涧越岭溪行》："花上露犹泫"。[3] 太虚：是道貌。《道德经》认为，道大而虚静。所以，这里的"太虚"实际上就是指老子、庄子所说的"道"。

19

[4] 翳（yì）：遮蔽，障蔽。[5] 孤贞：挺立坚贞；孤直忠贞。鲍照《学刘公干体五首（其二）》："岁物尽沦伤，孤贞为谁立？赖树自能贞，不计迹幽澁。"契（qì）：相合，相投。心骨：犹心，内心。唐元稹《连昌宫词》："我闻此语心骨悲，太平谁致乱者谁？"[6] 倐忽：顷刻，极短的时间。亦作"倐而"。《战国策·楚策四》："（黄雀）昼游乎茂树，夕调乎酸醎，倐忽之间，坠于公子之手。"[7] 独漉水中泥，水深月暗行人没：独漉在今河北，传说它遄急浚深、浊流滚滚，即使在月明之夜，也吞没过许多行人。此诗或取义唐李白《独漉篇》。《独漉篇》是乐府古题，原写污浊之世为父复仇的儿女之愤。李白用写为国雪耻。诗写作者面对安史之乱，欲效法搏击九天之鹏的神鹰（典出刘义庆《幽明录》），一击成功，歼灭叛军，为国家做出贡献。原文为："独漉水中泥，水浊不见月。不见月尚可，水深行人没……国耻未雪，何由成名。神鹰梦泽，不顾鸥鸢。为君一击，鹏抟九天。"

盖峰耸翠

嵚崟不可仰[1]，缥缈通天衢[2]。翠色照终古[3]，正气永不渝。斜阳断霭浓未释[4]，过雨晴岚蔼欲滴[5]。对尔亭亭一正色[6]，彷尔巍巍千仞壁[7]。

注释：

[1] 嵚崟（qīnyín）：形容山高。嵚，小而高的山。崟，高耸，高峻。[2] 缥缈：今作"缥缈"或"飘渺"。高远、隐隐约约的样子。晋木华《海赋》："群仙缥眇，餐玉清涯。"唐李善注："缥眇，远视之貌。"天衢（qú）：空广阔，任意通行，如世之广衢，故称天衢。最早见王逸《九思·遭厄》："蹑天衢兮长驱，踵九阳兮戏荡。"[3] 终古：久远。语出屈原《离骚》："怀朕情而不发兮，余焉能忍而与此终古。"宋朱熹《楚辞集注》："终古者，古之所终，谓来日之无穷也。"[4] 断霭：犹"断雾"，残雾。唐林宽《省试腊后望春宫》："御沟穿断霭，骊岫照斜空。"[5] 蔼欲滴：犹青翠欲滴。蔼，繁茂。[6] 亭亭：高耸的样子。汉张衡《西京赋》："干云雾而上达，状亭亭以苕苕。"三国吴薛综注："亭亭、苕苕，高貌也。"正色：本来的颜色；真正的颜色。《庄子·逍遥游》："天之苍苍，其正色邪？"[7] 巍巍：崇高伟大。《论语·泰伯》："巍巍乎！舜禹之有天下也而不与焉。"三国魏何晏《论语集解》："巍巍，高大之称。"彷（fǎng）：仿佛。

书带余香 [1]

断简那可觌 [2]，秀带留余芳。乾坤假私息 [3]，雨露滋春长。王孙一去不复返，牛羊归来日应满。野火空将化劫灰 [4]，斯文根蒂终难断。

注释：

[1] 书带：束书的带。李白《题江夏修静寺》："书带留青草，琴堂幂素尘。"考绩：按一定标准考核官吏的成绩。《尚书·舜典》："三载考绩。三考，黜陟幽明。"[2] 觌（dí）：见；观察，察看，显现。《易经·困卦》："臀困于株木，入于幽谷，三岁不觌。"[3] 私息：偏爱。[4] 野火：指原野焚枯草时所纵的火。《史记·龟策列传》："野火不及，斧斤不至……"劫灰：劫火的余灰。典出南朝梁释慧皎《高僧传》卷1《汉洛阳白马寺竺法兰》："昔汉武穿昆明池底得黑灰。问东方朔，朔云不知，可问西域人。后法兰既至，众人追以问之，兰云：世界终尽劫火洞烧，此灰是也。"斯文：指礼乐教化、典章制度。《论语·子罕》："天之将丧斯文也，后死者不得与于斯文也。"

囊沙报雨 [1]

凤仰淮阴名，不识淮阴陈 [2]。囊沙今尚存，报雨无从信 [3]。虫沙之化自可猜 [4]，千秋杀气神与偕。多多益办真雄才 [5]，军声十万风雨来 [6]。

注释：

[1] 囊沙：指韩信囊沙破敌之计。楚汉战争时，韩信与楚将龙且隔潍水而阵。韩信夜令人以万余囊盛沙，壅水上流，然后引军半渡，进击龙且。既战，韩信佯败退走。龙且追韩信渡水，韩信使人决壅囊。水大至，龙且军大半不得渡。韩信乘机杀龙且，大破楚军。见司马迁《史记·淮阴侯列传》。报雨：预报下雨。[2] 淮阴陈：即淮阴阵。《史记·淮阴侯列传》："（韩）信乃使万人行，出，背水陈（阵）……军皆殊死战，不可败。"[3] 无从信：无从信受，不能相信。[4] 虫沙：虫沙猿鹤，旧时比喻战死的将士。《艺文类聚》卷90引晋葛洪《抱朴子》："周穆王南征，一军尽化，君子为猿为鹤，小人为虫为沙。"[5] 多多益办：亦作"多多益善"。越多越好。益：更，越。语本《史记·淮阴侯列传》："上刘邦问曰：'如我能将几何？'（韩）信曰：'陛下不过能将十万。'上曰：'于君何如？'曰：'臣多多而益善耳。'上笑曰：

21

'多多益善，何为为我禽？''"[6] 军声：军队的声威、声势。

搭岭连云

碧岭何崔巍^[1]，行云日萦迴^[2]。相看不相厌，怡尔重徘徊^[3]。衣裳炫烂资尔补^[4]，蛟龙早晚凭尔雨^[5]。秋风吹动桂花香，跨腾直抵清虚府^[6]。

注释：

[1] 崔巍（cuī wēi）：形容山、建筑物等高大雄伟。[2] 萦迴：盘旋往复。[3] 怡尔：怡然自得。语出葛洪《抱朴子守塉》："怡尔执待兔之志，坦然无去就之谟。"重徘徊：流连不去之意。白居易《重寻杏园》："忽忆芳时频酩酊，却寻醉处重徘徊。"[4] 衣裳炫烂资尔补：炫烂，绚烂，就是浓烈繁华，绚丽多彩。屈原《九歌·云中君》："浴兰汤兮沐芳，华采衣兮若英；灵连蜷兮既留，烂昭昭兮未央。"此处由云彩绚烂联想到衣裳炫烂。[5] 蛟龙早晚凭尔雨：《易经·上传·乾卦》："同声相应，同气相求。水流湿，火就燥。云从龙，风从虎，圣人作而万物睹。"比喻有相同特质的东西会彼此吸引，相互感通，传说龙能兴云布雨。[6] 跨腾：腾跃飞行。班固《答宾戏》："振拔污涂，跨腾风云。"唐吕延济注："跨，行也。"清虚府：即清虚洞府，指月宫。

松池印月

皎皎松上月^[1]，湛湛松下池^[2]。水月本无意^[3]，相逢如有期^[4]。微波不兴拟镜净^[5]，一片琉璃迥相映^[6]。灵机悟取真境中^[7]，万海千江同一性^[8]。

注释：

[1] 皎皎：明亮。屈原《远游》："时髣髴以遥见兮，精皎皎以往来。"[2] 湛湛：清明澄澈貌。《艺文类聚》卷8引晋庾肃之《水赞》："湛湛涵渌，清澜澄潡。"[3] 水月：水和月。唐刘禹锡《洞庭秋月行》："山城苍苍夜寂寂，水月逶迤绕城白。"[4] 微波：微小的波浪。刘向《新序·杂事二》："引纤缴，扬微波，折清风而殒。"不兴（xīng）：不起。陆机《演连珠五十首（其四十一）》："是以商飇漂山，不兴盈尺之云；谷风乘条，必降弥天之润。"

拟镜净：如镜面般安平清澈。苏轼《水调歌头·黄州快哉亭赠张偓佺》："一千顷，都镜净，倒碧峰。"[5] 有期：约期；约会。期，时间。宋王令《梅花》："经年不逢间何久，忽此相遇如有期。"[6] 琉璃：诗文中常以喻晶莹碧透之物。杜甫《渼陂行》："琉璃汗漫泛舟入，事殊兴极忧思集。"此喻碧波。[7] 灵机：犹玄机。天意。葛洪《抱朴子·任命》："盖闻灵机冥缅，混茫眇昧。"真境：道教之地。唐王昌龄《武陵开元观黄炼师院首（其三）》："暂因问俗到真境，便欲投诚依道源。"[8] 一性：道教养生名词。一，专一；性，本性。本性以有染而丧失，专心修持以返其初，曰一性。《庄子·达生》："一其性，养其气，合其德，以通乎物之所造。"成玄英疏："物之所造，自然也。既一性合德，与物相应，故能达至道之原，通自然之本。"

海屋添筹二首寿尹金峰侍御太翁 [1]

凉飙西下吹洪涛 [2]，秋空怒卷云山高，紫霞绿雾从游邀 [3]。金银台畔追仙曹 [4]，醉指三山看海屋，此中筹算原于穆 [5]。瀛海仙 [6]，来九天 [7]，手挽白鹿秋风前 [8]。童颜鹤发不知年 [9]，五云奇觏欣何缘 [10]。沧溟会见归神筹，相寻今古良有由。筹同运，人同休 [11]，天同久，地同悠。

注释：
[1] 海屋添筹：典出司马迁《史记·封禅书》："自威、宣、燕昭使人入海求蓬莱、方丈、瀛洲。此三神山者，其传在勃海中。"后遂以海屋谓仙人仙境。筹：古代用竹、木制成的计数工具。传说海中有一楼，内贮世间每人寿数，用筹插在瓶中。每令仙鹤衔一筹添入瓶中，则可多活百年。所以人们常用"海屋添筹"寓祝长寿。侍御：指监察御史。明清以监察御史分道纠察，员额甚多。太翁：对德高望重的长者尊称。[2] 凉飙（biāo）：秋风。汉班婕妤《怨歌行》："常恐秋节至，凉飙夺炎热。"[3] 紫霞：紫色云霞。道家谓神仙乘紫霞而行。语出陆机《前缓声歌》："献酬既已周，轻举乘紫霞。"刘良注："众仙会毕，乘霞而去。"李白《古风（其三十）》："至人洞玄象，高举凌紫霞。"绿雾：青茫茫的雾气。唐李贺《江南弄》："江中绿雾起凉波，天上叠巘红嵯峨。"[4] 金银台：古代传说中神仙住所里的光辉灿烂的楼台。李白《梦游天姥吟留别》："青冥浩荡不见底，日月照耀金银台。"仙曹：仙人的行列。前蜀杜光庭《马尚书本命醮词》："善功潜著，则名列仙曹。"[5] 筹

筹：都是古人计算时所用的筹码。原于穆：清朱彝尊《经义考》卷16："吴澄曰：'《河图》《洛书》，邵所传原于穆，刘所传原于种，皆得自希夷者也。'"明方以智引《潜录》中解释："《萃》以祀先，《涣》事上帝。儒者尊大原于穆之天，不得已而以人间之尊称表之曰'上帝'耳。"[6]瀛海：浩瀚大海。王充《论衡·谈天》："九州之外，更有瀛海。"[7]九天：天的最高处，形容极高。传说古代天有九重。也作"九霄"。[8]白鹿：白色的鹿。古时以为祥瑞。春秋左丘明《国语·周语上》："王（周穆王）不听，遂征之，得四白狼、四白鹿以归。"传说仙人、隐士多骑白鹿。李白《梦游天姥吟留别》："且放白鹿青崖间，须行即骑访名山。"[9]童颜鹤发：仙鹤羽毛似雪白的头发，孩子似的红润的面色。形容老年人气色好。颜，脸色。[10]五云：指五色瑞云。多作吉祥的征兆。南朝梁萧子显《南齐书·乐志》："圣祖降，五云集。"奇觏（gòu）：奇遇。觏，遇见。[11]同休：同休共戚。指同欢乐共忧患。形容关系密切，利害一致。休，吉庆，美善，福禄。晋陈寿《三国志·蜀志·费诗传》："同休等戚，祸福共之。"悠：久，远。

夏日小庄即景

　　细柳孤村白日长，柴门流水荄荷香[1]，幽轩独抚翠岩光[2]。闲庭芳草晴烟薄，南熏细细余花落[3]，虞弦静抱凭谁作[4]？梦回修竹听啼莺，百鸟丛中啭玉笙[5]，如何迥不近蓬瀛[6]？

注释：

[1]荄（jì）荷：指菱叶与荷叶。屈原《离骚》："制荄荷以为衣兮，集芙蓉以为裳。"[2]幽轩：幽静有窗的小室。唐欧阳玭《幽轩》："幽轩映斜日，空涧复潺潺。重叠岩峦趣，遥来窗户间。"[3]南熏：亦作"南薰"。指《南风》歌，相传为虞舜所作，歌中有"南风之薰兮，可以解吾民之愠兮"等句。借指从南面吹来的风。[4]虞弦：语本《礼记·乐记》："昔者舜作五弦之琴，以歌《南风》。"后因以"虞弦"指琴。[5]玉笙：指笙的吹奏声。此处用来描绘鸟鸣。[6]蓬瀛（péngyíng）：蓬莱和瀛洲。二者皆为神山，相传为仙人所居之处。亦泛指仙境。晋葛洪《抱朴子·对俗》："（得道之士）或委华驷而轡蛟龙，或弃神州而宅蓬瀛。"

八龙济美行，赠刘春台太守

　　丈夫合作人中龙，生子拟与荀氏同[1]。荀龙之名不可核，转看八子迎春翁。翠涛红雨奋头角，江门霹雳幹春工。八荒鸿润畅枯槁，九天一息祛氛雺[2]。姬周达骊直蝘蜓[3]，高辛才子俱蠛蠓[4]。老龙种种赤帝宗，要亦海若瑞锡乎天东[5]。

注释：

[1] 荀氏：荀淑，东汉人。博学而不好章句，为人耿直方正，恒帝时为郎陵侯相，有"神君"之称。育有八子，并有才名，时人称为"八龙"。[2] 氛雺：读如蒙雾，昏蒙貌。晋袁宏《三国功臣颂》："堂堂孔明，基宇宏邈……苟非命世，孰扫氛雺！"[3] 姬周达骊（guā）：指周王八骏。许慎《说文解字》："骊，黄马黑喙。"《诗经·秦风·小戎》："骊骊是骖。"蝘蜓（yǎntíng）：古书上指壁虎。有贬义，如"蝘蜓嘲龙"，以蝘蜓比作龙，有随意混杂，贬低一方之意。语出汉扬雄《解嘲》："今子乃以鸱枭而笑凤凰，执蝘蜓而嘲龟龙。"[4] 高辛才子：高辛是帝喾（kù），姬姓。据司马迁《史记·五帝本纪》："（帝喾）生而神灵，自言其名。普施利物，不于其身。聪以知远，明以察微。顺天之义，知民之急。仁而威，惠而信，修身而天下服。"他前承炎黄，后启尧舜，是华夏民族人文始祖。蠛蠓（mièměng）：虫名。体微细，将雨，群飞塞路。比喻小人物。[5] 海若：东海的海神。典出屈原《远游》："使湘灵鼓瑟兮令海若舞冯夷"。王逸注"海若，海神名。"

杨烈妇辞

　　杨子椒山，因同难西台相知，乙卯冬被刑[1]。避时禁，托烈妇辞以伤之。

　　杨烈妇，情可伤，生平雅操冰与霜[2]。小姑作逆诚无良，众人默默将谁匡[3]？直言为姑陈，丹心照中堂。不惜一人生，大义或可扬。何意触姑怒，青蝇白璧反无光[4]。抱我寸心曲，终始谁能详？死以天下事，辱为小姑偿。彼苍不堕泪[5]，万古摧肝肠！

注释：

[1] 乙卯冬：嘉靖三十四年（1555）。杨继盛在狱时间为嘉靖三十二年至嘉靖

三十四年（1533—1555），嘉靖三十四年（1555）十月朔弃市。[2] 雅操：高尚的操守。《晋书·山涛传》："足下在事清明，雅操迈时。"[3] 匡：纠正、帮助之意。[4] 青蝇白璧：青蝇玷白璧，比喻谗人陷害忠良。白璧：洁白的玉，比喻清白的人。青蝇：比喻佞人。比喻善恶忠佞。典出孔颖达等《毛诗正义》卷 14 之三《小雅·甫田之什·青蝇》："青蝇大夫刺幽王也，营营青蝇止于樊，岂弟君子无信谗言。"汉郑玄笺："兴者，蝇之为虫，污白使黑，污黑使白，喻佞人变乱善恶也。言止于藩欲外之令远物也。"陈子昂《胡楚真禁所》："青蝇一相点，白璧遂成冤。"[5] 彼苍：天的代称。语出《诗经·秦风·黄鸟》："彼苍者天，歼我良人。"孔颖达疏："彼苍苍者，是在上之天。"苍，天色。

西山行[1]

　　西山行苦难，去去愁无端。盘盘朝还暮[2]，登顿凋朱颜。孤云巉岩不可攀，羊肠诘曲天漫漫[3]。车轮摧尽马蹄缺，颓年病骨伤心酸[4]。风霾暗黄日[5]，妖鸟哀林峦[6]。豺虎昼纵横，行人悉饥餐。艰哉此行良可叹，扪膺摧折心与肝。沧溟何在生羽翰[7]，白云石上垂纶竿[8]。

注释：

[1] 西山：依据诗作内容和作者在会宁一代的游踪，应是今甘肃省定西市的西山。[2] 盘盘：曲折回环的样子。李白《蜀道难》："青泥何盘盘，百步九折萦岩峦。"[3] 诘曲：屈曲；屈折。[4] 颓年：犹言衰老之年。陆机《愍思赋》："乐来日之有继，伤颓年之莫纂。"病骨：指多病瘦损的身躯。李贺《示弟》："病骨犹能在，人间底事无。"[5] 风霾：指风吹尘飞、天色阴晦的现象。《魏书·崔光传》："昨风霾暴兴，红尘四塞，白日昼昏，特可惊畏。"[6] 妖鸟：收人魄气的不祥之鸟。妖，邪恶。刘基《郁离子·鸜鹆好音》："王（夫差）曰：'是妖鸟也，鸣则不祥，是以恶之。'"这里用以形容西山环境的荒僻阴森。[7] 羽翰：翅膀。鲍照《咏双燕二首（其一）》："双燕戏云崖，羽翰始差池。"[8] 垂纶：垂钓。三国魏嵇康《兄秀才公穆入军赠诗十九首（其十五）》："流磻平皋，垂纶长川。"末二句云希望插翅飞往家乡海边垂钓，离开这仕宦艰难之途闲居退隐的意思。

春溪行，送盐城苏二尹擢判寿州^[1]

春溪柳黄君祖行^[2]，烟开锦浪桃花明。琼觚醲凸暖风软^[3]，彩舟望绝仙云程^[4]。芳声楚天阔^[5]，斜日沧波悠。孺子絙宓弦^[6]，宠驾遄西州^[7]。旷此山水音，乖彼兰蕙俦^[8]。青阳无定所^[9]，碧树生凉秋。短发萧萧春欲歇，故乡未去故人别。送君天衢努力答明王^[10]，蓬山迤逦余休烈^[11]。

注释：

[1] 苏二尹：当时盐城县丞苏某。擢判寿州：升职为寿州通判。寿州，今安徽寿县。[2] 祖行：饯行。宋欧阳修、宋祁《新唐书·韦仁韦传》："（韦）仁寿乃告以实曰：'吾奉诏第抚循，庸敢擅留？'夷夏父老乃悲啼祖行，遣子弟随贡方物。"[3] 觚（jū）：舀水的器具。醲（nóng）：酒醋味厚。刘基《卖柑者言》："醉醇醲而饫肥鲜者。"[4] 彩舟：装饰华丽的船。云程：远大的路程。[5] 芳声：美好的名声。语出汉祢衡《鹦鹉赋》："于是羡芳声之远畅，伟灵表之可嘉。"[6] 絙（gēng）：本意是粗绳索。《太平御览》卷 78 引《风俗通》："女娲抟（tuán）黄土作人，剧务，力不暇供，乃引绳絙于泥中，举以为人。"又有急张的意思。奏宓弦：称颂地方官善于治事。犹"弦歌之化"。清吴雯《再逢陆云士十三首（共三）》："承明那得留君住，待往何方奏宓弦？"[7] 西州：此处代指寿州。 [8] 旷此山水音，乖彼兰蕙俦：意思是苏二尹走后山水失去了知音而显得空旷，朋友们也感受到乖离的痛苦。[9] 青阳：即少昊。传说他是黄帝和嫘祖的长子，帝喾的祖父。此处是春天的别称。《尔雅·释天》："春为青阳。"晋郭璞注："气青而温阳。"[10] 明王：此指明君。[11] 蓬山迤逦余休烈：蓬山，即蓬莱山，完璧诗文中常用以借指山东家乡。迤逦（yǐlǐ）：形容曲折连绵的样子。余休：浓密的树荫。引申指荫庇。《汉书·外戚传下·孝成班婕妤》："愿归骨於山足兮，依松柏之余休。"唐颜师古注："休，荫也。"烈：气势盛大的意思。全句意指自己虽退隐林下也能感受到对方的荫庇照顾。

懒起

懒起，懒起，六十余龄，闲懒已癖。布被昏明仅庇身，竹窗风雨无侵耳。农耕不思，商利莫齿^[1]，纷华冰炭^[2]，权势已矣。山海悠悠春复秋，风花扰扰从人喜[3]。醒复成眠，觉曾开视，辗转无期，非午辰巳[4]。枕畔安眠，蓬岛仙不知。床外有书琴在里，香暖从容一欠伸，笑他横足帝腹何心尔尔[5]。

注释：

[1] 商利莫齿：此指不在商不言利。[2] 纷华冰炭：纷华，繁华，富丽。南朝宋范晔《后汉书·安帝纪》："嫁聚送终，纷华靡丽。"冰炭，比喻水火相济。《淮南子·说山训》："天下莫相憎於胶漆，而莫相爱於冰炭；胶漆相贼，冰炭相息也。"汉高诱注："冰得炭则解归水，复其性；炭得冰则保其炭，故曰相爱。"该句指自己已经很好地解决物欲与精神追求、环境诱惑与内心修养之关系。[3] 风花：指天空斑驳散乱的云气。扰扰：纷乱貌。 [4] 非午辰巳：辰、巳、午，地支名，以计时。此指晚起，睡到自然醒，醒了就睁开眼看看，再睡，也不须理会是什么时辰了。[5] 横足帝腹：典出范晔《后汉书·严光传》："（光武帝刘秀）复引庄光入，论道旧故，相对累日。帝从容问光曰：'朕何如昔时？'对曰：'陛下差增于往。'因共偃卧，光以足加帝腹上。明日，太史奏客星犯御坐甚急。帝笑曰：'朕故人严子陵共卧耳。'"何心尔尔：意思是怎么（忍心）能做到如此。何心，是何居心。尔尔，如此。

盐城获双鹤

淮南偶得双仙禽，野人慰我高云心[1]。昔阅沧涯仿佛尽凡格[2]，适尔华亭清绝夸灵音[3]。雪衣六月开烦襟[4]，霞颠一夕来遥岑[5]。昂昂烟华犹在翮[6]，皎皎尘点胡相侵。天风吹酡颜[7]，海月鸣琼琴[8]。尔志九霄远，我怀千古深。世无知己[9]沉幽浔[10]，日斜逢君犹断金[11]。万里终当作遐举[12]，徘徊暂尔狎青林[13]。

注释：

[1] 野人：村野之人。云心：指云端；高空。是古代神话中的仙境。形容闲散如云的心情。白居易《初夏闲吟兼呈韦宾客》："云鬓随身老，云心著处安。"[2] 凡格：平凡的人。此指凡鸟。[3] 华亭：即华亭鹤唳。典出刘义庆《世说新语·尤悔》："陆平原（机）河桥败，为卢志所诼，被诛。临刑叹曰：'欲闻华亭鹤唳，可复得乎？'"华亭在今上海市松江区西。陆机于吴亡入洛以前常与弟云游于华亭墅中。后以"华亭鹤唳"为感慨生平悔入仕途之典。此指代

鹤的鸣叫声。清绝：形容美妙至极。唐李山甫《山中览刘书记新诗》："记室新诗相寄我，蔼然清绝更无过。"灵音：灵物的声音。《云笈七签》卷84："夫虎狼恶兽，闻麟唱而窜穴；百鸟群游，听凤鸣而绝响……所贵在于灵音神气，道妙发焕。"[4]雪衣：泛指某些白色的鸟类。此指鹤。烦襟：烦闷的心怀。唐王勃《游梵宇三觉寺》："遽忻陪妙躅，延赏涤烦襟。"[5]霞颠：云端。遥岑：指远处陡峭的小山崖。唐孟郊、韩愈《城南联句》："遥岑出寸碧，远目增双明。"[6]昂昂：出群；高洁。屈原《卜居》："宁昂昂若千里之驹乎？将泛泛若水中之凫乎？"王逸注："昂昂，志行高也。"袁宏《三国名臣序赞》："昂昂子敬，拔迹草莱。"唐张铣注："昂昂，出群貌。"烟华：谓光彩闪耀。鲍照《舞鹤赋》："精含丹而星曜，顶凝紫而烟华。"[7]酡颜：饮酒脸红的样子。亦泛指脸红。[8]琼琴：玉饰的琴。亦作琴的美称。李白《拟古十二首（其十）》："遗我绿玉杯，兼之紫琼琴。杯以倾美酒，琴以闲素心。"[9]世无知己：四库本作"巳"，误。[10]幽浔：幽静的海滨，此指完璧家乡。浔，水体边缘的陆地（如海边、河边）。许慎《说文解字》："浔，厓深也。"《淮南子·原道》："故虽游于江浔海裔。"注："厓也。"[11]断金：语出《易经·系辞上》："二人同心，其利断金。"孔颖达疏："金是坚固之物，能断而截之，盛言利之甚也。"后谓同心协力或情深义厚。[12]遐举：高飞。喻高洁的举动。白居易《送王处士》："王生独拂衣，遐举如云鹄。"[13]狎青林：狎，亲昵，亲近；驯养。青林，清静的山林。青，通"清"。晋潘岳《射雉赋》："涉青林以游览兮，乐羽族之群飞。"李善注引汉薛汉《薛君韩诗章句》："青，静也。"刘良注："清林，清静之林。"

清宵篇，送孙小渠[1]

故人子荆何处来[2]，清宵红烛心眼开[3]。燕山一别二十载[4]，停云望断空徘徊[5]。淮南小邑桃李香，青藜白发从翱翔[6]。春来几日风雨狂，闲庭岑寂古藓苍。锦帆一夕飞沧江[7]，相持梦寐惊华堂[8]。话来往事欢复伤，人生离合参与商[9]。顾我几多残岁月，君行咫尺登云阙[10]。神虬灵凤又何期[11]，清漏玉杯君莫歇[12]。

注释：
[1]清宵：清静的夜晚。南朝梁萧统《钟山讲解》："清宵出望园，诘晨届钟岭。"[2]子荆：孙子荆，名楚，西晋诗人。刘义庆《世说新语·伤逝》：

"孙子荆以有才，少所推服，唯雅敬王武子。武子丧，时名士无不至者。子荆后来，临尸恸哭，宾客莫不垂涕。哭毕，向床曰：'卿常好我作驴鸣，今我为卿作。'体似真声，宾客皆笑。孙举头曰：'使君辈存，令此人死！'"此处将故友孙小渠比作孙楚。心眼开：愉悦开心。宋曾巩《菊花》："自从陶令酷爱尚，始有我见心眼开。"[4]燕山：河北北部山脉。西起八达岭，东到山海关。著名的明朝万里长城在河北、北京部分即沿其山脊而筑。此指北京。[5]停云：凝聚不散的云。表示对亲友的怀念（旧时多用在书信里）。出自陶渊明《停云诗序》："停云，思亲友也。"[6]青藜：指藜杖。典出《三辅黄图·阁》："刘向于成帝之末，校书天禄阁，专精覃思。夜有老人，着黄衣，植青藜杖，叩阁而进。见向暗中独坐诵书，老父乃吹杖端，烟然，因以见向，授《五行洪范》之文。"翱翔：犹遨游。《诗经·齐风·载驱》："鲁道有荡，齐子翱翔。"毛传："翱翔，犹彷徉也。"班固《汉书·司马相如传上》："于是楚王乃弭节徘徊，翱翔容与。"颜师古注引郭璞曰："翱翔容与，言自得也。"[7]锦帆：锦制的船帆。借指装饰华丽的船。南朝陈阴铿《渡青草湖》："洞庭春溜满，平湖锦帆张。"沧江：江流；江水。以江水呈苍色，故称。杜甫《秋兴》："一卧沧江惊岁晚，几回青琐点朝班。"[8]相持梦寐：出自杜甫《羌村三首（其一）》："夜阑更秉烛，相对如梦寐。"[9]人生离合参与商：人生动辄分离如参、商二星，不得相见。参、商二星，一在东，一在西，永不相见。参宿，其实就是猎户座；而心宿，又称为商宿，是天蝎座。杜甫《赠卫八处士》："人生不相见，动如参与商。"[10]云阙：宫阙，借指朝廷。北齐魏收《魏书·百济传》："臣建国东极，豺狼隔路，虽世承灵化，莫由奉藩，瞻望云阙，驰情罔极。"[11]神虬灵凤：神龙和凤凰。比喻珍奇罕有之事物。此指孙小渠足迹罕至，相聚弥足珍贵。葛洪《抱朴子·逸民》："夫倾庶鸟之巢，则灵凤不集；漉鱼鳖之池，则神虬遐逝。"[12]清漏：清晰的滴漏声。借指时间。宋周邦彦《解语花·上元》："惟只见、旧情衰谢，清漏移，飞盖归来，从舞休歌罢。"玉杯：玉制的杯或杯的美称。《韩非子·喻老》："象箸玉杯，必不羹菽藿，必旄象豹胎。"南朝齐谢朓《金谷聚》："琼椀送佳人，玉杯邀上客。"歇：停止。

己丑[1]，开都城有妒妻斫其妾之双足者，妻就刑，夫逋焉，感而赋

青娥倏陨双秋莲[2]，玉魂凄断千里缘。纤弓射反伏未睹[3]，凌波履险

知谁怜[4]。入室之妒莫可测[5]，他人所慕吾所捐[6]。前鱼泪落后鱼船[7]，飞燕褵魄班姬妍。天涯弱质胡相及，仇雠乃在香尘边[8]。靳忌不遑图掩鼻[9]，甘心共弃沧浪天[10]。昔以要宠今杀身[11]，膏兰自取焚与煎[12]。薄命速辜阊室延[13]，一朝三褫尤物愆[14]，猩猩之屦犹在前[15]。

注释：

[1] 己丑：明嘉靖八年（1529）。四库本为"已丑"，误。[2] 秋莲：此指女子小脚。又称"金莲"。[3] 纤弓射反伏未睹：纤纤足弓就像埋伏的暗箭，事前未被察觉。伏弩，泛指暗箭。清张廷玉等《明史·叶旺传》："率精骑数百挑战城下，中伏弩仆，为我兵所获。"[4] 凌波：比喻美人步履轻盈，如乘碧波而行。典出曹植《洛神赋》："凌波微步，罗袜生尘。"吕向注："步于水波之上，如尘生也。"此指美女的脚。履险：身处险境。晋孙绰《庾冰碑》："履险思夷，处满思冲。"[5] 入室之妒：古代宫室，前面是堂，后面是室。登堂入室，谓登上厅堂，又进入内室。典出班固《汉书·艺文志》："诗人之赋丽以则，辞人之赋丽以淫。如孔氏之门人用赋也，则贾谊登堂，相如入室矣，如其不用何？"此指家庭内妻妾矛盾。[6] 他人所慕吾所捐：意思是让别人爱慕的小脚（三寸金莲），自己却因此丧命。捐，舍弃，抛弃。[7] 前鱼：比喻被遗弃、被淘汰的人或事物。典出《战国策·魏策四》："魏王与龙阳君共船而钓，龙阳君得十余鱼而涕下。王曰：'有所不安乎？如是，何不相告也？'对曰：'臣无敢不安也。'王曰：'然则何为涕出？'曰：'臣为王之所得鱼也。'王曰：'何谓也？'对曰：'臣之始得鱼也，臣甚喜，后得又益大，今臣直欲弃臣前之所得矣。今以臣凶恶，而得为王拂枕席。今臣爵至人君，走人于庭，辟人于途。四海之内，美人亦甚多矣，闻臣之得幸于王也，必褰裳而趋王。臣亦犹曩臣之前所得鱼也，臣亦将弃矣，臣安能无涕出乎？'魏王曰：'误！有是心也，何不相告也？'于是布令于四境之内曰：'有敢言美人者族。'"龙阳君从钓得大鱼而要抛弃小鱼，联想到自己有朝一日亦有可能像小鱼那样为魏王所遗弃，因而流泪。[8] 仇雠（chóuchóu）：仇敌。雠，同"仇"，仇恨，仇怨。《左传·哀公元年》："（越）与我同壤而世为仇雠。"香尘边：代指脚。香尘，芳香之尘。多指女子之步履而起者。语出晋王嘉《拾遗记·晋时事》："（石崇）又屑沉水之香如尘末，布象床上，使所爱者践之。"[9] 靳忌不遑图掩鼻：掩鼻计，出自《战国策·楚策四》："魏王遗楚王美人，楚王甚悦之。夫人郑袖知王悦爱之也，亦悦爱之甚于王。衣服玩好，择其所欲而为之。王曰："夫

人知我爱新人也，其悦爱之甚于寡人。此孝子之所以事亲，忠臣之所以事君也。"夫人知王之不以己为妒也，因谓新人曰："王甚悦爱子，然恶子之鼻。子见王，常掩鼻，则王长幸子矣。"于是新人从之，每见王，常掩鼻。王谓夫人曰："新人见寡人常掩鼻，何也？"对曰："不知之也。"王强问之，对曰："顷常言恶闻王臭。"王怒曰："劓之！"夫人先戒御者曰："王适有言，必亟从命。"御者因揄刀而劓美人。"此句谓正室要除掉自己嫉妒的姿室，连掩鼻计也来不及效仿。劓，割截，杀戮。不遑，没有时间，来不及。语出唐李朝威《柳毅传》："然而刚肠激发，不遑辞候，惊扰宫中，复忤宾客。"[10]沧浪天：犹言苍天。语出《乐府诗集·相和歌辞十二·东门行四解（三解）》："上用沧浪天故，下当用此黄口儿。"封建礼教要求女子以夫为天，此句指妻妾二人同时弃世，离开丈夫。[11]要宠：邀宠，迎合权贵，企求恩宠。方孝孺《王仲撂象赞》："锐於自修，而耻于干誉邀宠。"此指妾曾以三寸金莲获宠。杀身：舍生；丧生。《墨子·兼爱中》："乃若夫少食、恶衣、杀身而为名，此天下百姓之所皆难也。"[12]膏兰自取焚与煎：兰膏，古代用泽兰子炼制的油脂，可以点灯。屈原《招魂》："兰膏明烛，华容备些。"王逸注："兰膏，以兰香炼膏也。"此句云妻妾二人不知自爱，咎由自取，枉自送了性命。[13]薄命速辜阖室延：此句言妾为全家带来灾殃。薄命，指命运不好，福分差（旧时多指女性）。班固《汉书·外戚传下·孝成许皇后》："妾薄命，端遇竟宁前。"速辜，招致罪过。《尚书·酒诰》："天非虐，惟民自速辜。"孔颖达传："言凡为天所亡，天非虐民，惟民行恶自召罪。"阖室，全家。《列子·周穆王》："宋阳里华子中年病忘……阖室毒之。"延汉杨雄。《方言》卷13："延，遍及。"《尚书·吕刑》："延及于平民。"[14]一朝三褫尤物愆：这接二连三的奇祸都是美妾的罪过。褫，夺也。《易经·上经·讼卦》："终朝三褫之"。《周易正义》注："终一朝之间三被褫脱，故云'终朝三褫之'。"尤物，指绝色的人物。语出《左传·昭公二十八年》："夫有尤物，足以移人；苟非德义，则必有祸。"杨伯峻注："尤物，指特美之女。"唐陈鸿《长恨歌传》："意者不但感其事，亦欲惩尤物，室乱阶，垂于将来者也。"元稹《莺莺传》对"尤物"的解释更代表了当时社会主流意识："大凡天之所命尤物也，不妖其身，必妖于人。使崔氏子遇合富贵，乘宠娇，不为云，不为雨，为蛟为螭，吾不知其所变化矣。昔殷之辛，周之幽，据百万之国，其势甚厚。然而一女子败之，溃其众，屠其身，至今为天下僇笑。予之德不足以胜妖孽，是用忍情。"这是元稹为自己始乱终弃的行为找的借口。[15]猩猩之履：典出唐李肇《唐国史补》卷下：

"猩猩者好酒与屐，人有取之者，置二物以诱之。猩猩始见，必大骂曰：'诱我也！'乃绝走远去，久而复来，稍稍相劝，俄顷俱醉，因遂获之。"后以"猩猩屐"比喻羁绊人的事物。

晚春西原

袁翁三月不出城，春深早已过清明。西原偶尔踏芳草，且幸春光犹未老。桃花半笑如有情，新柳垂青度妖鸟[1]。溪声送客去潺潺，村落迎人来渺渺。步入翠红径，松烟逸高兴[2]。堕紫惜年华[3]，绿阴怡日静。嗟我尘埃人，幽境罕相并，不如野鸦明月巢林隈，空怜海鹤来往啄苍苔[4]，喜来悲晚从徘徊[5]，斜日寒山又欲颓[6]。

注释：

[1]妖鸟：美丽的小鸟。妖，媚，艳丽。[2]松烟：指松林中的烟云。白居易《长安闲居》："风竹松烟昼掩关，意中长似在深山。"逸高兴：超逸高雅的兴致。逸，超过一般。高兴，高雅的兴致。晋殷仲文《南州桓公九井作》："独有清秋日，能使高兴尽。"[3]堕紫：落花。清代徐釚（qiú）《落花篇》："谁料繁华类转蓬，纷纷堕紫又飘红。"林隈：林木曲深处。南朝梁简文帝《玄圃寒夕》："曛烟生涧曲，暗色起林隈。"[4]海鹤：此指丹顶鹤。[5]悲晚：为日暮、老年而悲伤。唐张子容《永嘉作》："未应悲晚发，炎瘴苦华年。"[6]颓：坠落，落下。陶弘景《答谢中书书》："晓雾将歇，猿鸟乱鸣；夕日欲颓，沉鳞竞跃。"

晓帆歌送温玉斋

玉翁张帆凌晓风，飘飘飞向鲁王宫。凉云凄雨不忍别，把觞挹袂嗟相逢。人生落叶全无据，我胡来斯君胡去。天涯渺渺无前[1]，若更相逢是何处。和风煦我春无涯[2]，朗月依人秋正华[3]。错刀欲报愧琼玖[4]，明珠割分怀远遐[5]。汀草萋萋湖水绿，烟波断送人如玉。丹蕖十里如有情[6]，君胡不醉阳关曲[7]。碧山斜日馀几多，梦魂失道如君何。红颜拟有青眼时[8]，白发惟看鸿雁过[9]。

注释：

[1] 渺渺：幽远貌，悠远貌。《管子·内业》："折折乎如在於侧，忽忽乎如将不得，渺渺乎如穷无极。"尹知章注："渺渺，微远貌。"[2] 和风：指温和的风。多指春风。三国魏阮籍《咏怀（其一）》："和风容与，明日映天。"[3] 朗月：明朗的月亮；朗澈的月光。三国魏曹丕《与朝歌令吴质书》："白日既匿，继以朗月。"[4] 错刀欲报愧琼玖：错刀，古代钱币名。王莽摄政时铸造，以黄金错镂其文。泛指钱财。张衡《四愁诗》："美人赠我金错刀，何以报之英琼瑶。"又《诗经·卫风·木瓜》："投我以木李，报之以琼玖。匪报也，永以为好也。"琼瑶、琼玖，美玉美石之通称。[5] 明珠割分：剖蚌分珠。葛洪《抱朴子》："汔渊剖珠，倾岩刊玉。"[6] 丹蕖：古代传说中的一种红莲，为祥瑞之物。王嘉《拾遗记·炎帝神农》："神芝发其异色，灵苗擢其嘉颖，陆地丹蕖，骈生如盖，香露滴沥，下流成池。"此指红荷花。蕖，芙蕖。梁简文帝《蒙华林园戒诗》："红蕖间青琐，紫露湿丹楹。"李白《越中秋怀》："一为沧波客，十见红蕖秋。"[7] 阳关曲：琴曲名。又名阳关三叠《渭城曲》，根据唐代诗人王维的七言绝句《送元二使安西》谱写，强化了惜别的情调。[8] 青眼：指对人喜爱或器重。《晋书·阮籍传》："阮籍又能为青白眼。见礼俗之士，以白眼对之。及嵇喜来吊，籍作白眼，喜不怿而退；喜弟康闻之，乃赍酒挟琴造焉，籍大悦，乃见青眼。"[9] 鸿雁：书信的代称。

代鳌山王西淳大尹送周古柏先生擢教天城镇边 [1]

歘釜牢落沧溟东 [2]，绛绡青眼濂溪翁 [3]。云飞巫台磑寒魄 [4]，雨余金谷流清风。瑶草珠帘晓涵翠 [5]，夭桃琼圃春摇红 [6]。图丹绘碧耿交谊，青灯细雨调丝桐 [7]。芝兰充庭旧食德 [8]，琬琰懿质今谁砻 [9]？青鸾宠锡塞垣迥 [10]，白首怅慕蓬瀛空。邹鲁文旌达荒裔，奎璧瑞采流瑵弓 [11]。风树销魂苦萧飒，烟山送目凄冥濛。金石荒亭一动色 [12]，萍踪何处重相逢。碧峰落日梦初断，青天杳杳凉秋鸿 [13]。

注释：

[1] 鳌山：指鳌山卫，今山东青岛即墨区属街道。明洪武二十一年（1388），

魏国公徐辉祖派指挥佥事廉高来此建筑卫城，并以附近的鳌山命名。鳌山卫对防备倭寇侵扰发挥了重要作用。清雍正十二年（1734）撤卫划归即墨。大尹：春秋战国时宋国官名。新莽时称郡太守为大尹。东汉复旧称。明代泛化为对府县行政长官的称呼，多见诗文小说。卫指挥使为地方最高长官，故称。天城：指明代天城卫。故址在今山西大同天镇。天镇在明朝为战争频繁的北方民族接壤地区之一。《明史·地理志二》载，山西行都指挥使司治大同府，领卫十四。其中，天城卫乃明洪武二十六年（1393）二月置卫。[2] 嵚崟（qīnyín）：形容品格特异，不同于众。牢落：孤寂，无聊。陆机《文赋》："心牢落而无偶，意徘徊而不能揥。"[3] 绛绡：红色绡绢。这里应指绛帐，师门、讲席之敬称。典出范晔《后汉书·马融列传》："融才高博洽，为世通儒，教养诸生，常有千数。涿郡卢植，北海郑玄，皆其徒也。善鼓琴，好吹笛，达生任性，不拘儒者之节。居宇器服，多存侈饰。常坐高堂，施绛纱帐，前授生徒，后列女乐，弟子以次相传，鲜入其室者。"濂溪：北宋理学家周敦颐（1017—1073），字茂叔，晚号濂溪，道州（今属湖南）营道人。他从小"以名节自砥砺"，晚年筑室庐山莲花峰下，前有溪，合于湓江，取营道故居濂溪名之，定居于此。人称濂溪先生。这里以周古柏比周敦颐。[4] 寒魄：指月亮。亦指月光。唐刘得仁《对月寄雍陶》："圆明寒魄上，天地一光中。"唐方干《中秋月》："泉澄寒魄莹，露滴冷光浮。"[5] 瑶草：传说中的仙草，泛指珍美的草。南朝江淹《从冠军建平王登庐山香炉峰》："瑶草正翕茝，玉树信葱青。"吕向注："瑶草、玉树，皆美言之。"珠帘：珍珠缀成的帘子。《西京杂记》卷2："昭阳殿织珠为帘，风至则鸣，如珩佩之声。"[6] 夭桃：秾李夭桃，指年少貌美。琼圃：犹瑶圃。诗文中用以称神仙的园圃。唐李峤《上清晖阁遇雪》："即此神仙对琼圃，何须辙迹向瑶池。"[7] 图丹绘碧耿交谊，青灯细雨调丝桐：两句说二人绘画、音乐方面的艺术交流。[8] 芝兰充庭：亦作"芝兰玉树"，"充庭玉树"，比喻有出息的子弟。出自唐魏徵《晋书·谢安传》："谢太傅问诸子侄："子弟亦何预人事，而正欲使其佳？"诸人莫有言者。车骑答曰："譬如芝兰玉树，欲使其生于庭阶耳。'安悦。"旧食德：即食旧德。出自《易经·讼卦》："食旧德，贞厉，终吉；或从王事，无成。"食旧德卦意指经过诉讼审判后，将那些从前有过失有恶行的人强制性地进行教化以逐步消除他们的不良品德。引申为强制性地逐步地去除过去形成的恶习或不良品德。[9] 琬琰（wǎnyǎn）：玉圭名。泛指美玉。比喻品德或文辞之美。汉东方朔《七谏·自悲》："厌白玉以为面兮，怀琬琰以为心。"懿（yì）质：美好品德。砻（lóng）：磨。《荀

35

子·性恶》："钝金必将待砻厉然后利。"[10]宠锡：帝皇的恩赐。唐白行简《李娃传》："天子异之，宠锡加等。"[11]邹鲁文旌达荒裔，奎璧瑞采流瑂弓：此二句是说周先生把鲁文化教育带到边城，将使边陲人民得到文明化育。《宋史·奸臣传一》："五星聚奎，占者谓主文教昌明，真儒辈出。"瑞采，吉祥的霞光异彩。瑂弓，有雕饰的弓。亦为弓的美称。[12]动色：谓景色变化。[13]凉：冷落。

双节辞

密人有兄弟相继而亡者[1]，其姒娣各寻死之[2]，乡人义而表双节焉。余因感赋。

山云野水春漫漫，我欲吊此双节空含酸。淳风死去不可挽，声华千载颓狂澜[3]。烈哉二淑女，冰雪凛肠肝。谁令递沉雁[4]，各惜孤鸣鸾[5]。痛绝异时殒，泪尽同日欢。贞心逐幽渺[6]，落芷随风湍[7]。金石何期抱一节，渊泉偶尔寻相安[8]。春草空留翠罗绮[9]，秋风零落金琅玕[10]。纷华浊俗猥琐观[11]，珠联青海星斗寒[12]。君不见须眉丈夫尽楚楚[13]，胡为偷生反面视此曾无难[14]。

注释：

[1]密：指高密。此诗相当于一篇"列女传"。诗中二字，值得体味。[2]姒娣(sìdì)：妯娌。[3]声华：美好的名声；声誉。白居易《晏坐闲吟》："昔为京洛声华客，今作江湖潦倒翁。"颓：水向下流。狂澜：指巨大而汹涌的波浪，比喻动荡不定的局势或猛烈的潮流；也可用来比喻剧烈的社会变动或大的动乱。明遗民方文《芜湖访宋玉叔计部感旧（其三）》："一自狂澜翻大陆，遂令郎署属危途。"[4]沉雁：鱼沉雁渺（杳），比喻书信不通，音信断绝。唐戴叔伦《相思曲》："鱼沉雁杳天涯路，始信人间别离苦。"[5]孤鸣鸾：即孤鸾。比喻失去配偶或没有配偶的人。南北朝庾信《拟咏怀（其二十二）》："抱松伤别鹤，向镜绝孤鸾。"[6]幽渺：指阴间。[7]落芷：凋落的香草芷，香草。湍(tuān)：冲刷；冲击。金石：常用以比喻事物的坚固、刚强，心志的坚定、忠贞。《荀子·劝学》："锲而舍之，朽木不折；锲而不舍，金石可镂。"[8]渊泉：深泉。南朝梁刘峻《辩命论》："坠之渊泉非其怒，升之霄汉非其悦。"此指黄泉。[9]翠罗绮：绿罗裙。唐牛希济《生查子》："记得绿罗裙，

处处怜芳草。"[10]琅玕：神话传说中的仙树，其实似珠；比喻珍贵、美好之物。《山海经》："服常树，其上有三头人，伺琅玕树。"[11]纷华：见前《懒起》注。浊俗：不良的风俗。《艺文类聚》卷48引南朝陈江总《故侍中沈钦墓志铭》："君敦淳化，以励浇风，庶涤清流以荡浊俗。"猥琐：鄙陋卑劣；庸俗卑下。元李治《敬斋古今黇补遗》卷5："猥琐者，鄙猥琐屑云耳，故今谓人寒浅卑污而不能自立者，皆谓之猥琐。"[12]珠联：即珠联璧合，比喻杰出的人才或美好的事物结合在一起。《汉书·律历志上》："日月如合璧，五星如连珠。"这里用来赞美双节妇。[13]楚楚：（衣服）整洁鲜明的样子，形容严肃、端庄。《诗经·曹风·蜉蝣》："蜉蝣之羽，衣裳楚楚。"毛传："楚楚，鲜明貌。"[14]君不见须眉丈夫尽楚楚：谓大丈夫难于死节，安于偷生，视此双节妇应感到汗颜。

南极歌癸酉寿辰[1]（时年七十四也）

南极秋转青云岑，西风早下灵璈音[2]。飘飖老鹤过溟海，沧州缥缈遥相寻[3]。独上金银台，祥烟四望开[4]。天空日月老，海岳心悠哉。瑶觞晓吸霞入口[5]，玉筇晚拖龙在手[6]。偕老金堂古亦稀，重颁紫诰今何有。兰桂儿孙赫凤仪，楼台箫鼓惊鼍吼[7]。未须更问彩云人，如何不醉华筵酒。大儿武库超擢频，小儿文场声价新。燕山济水亦千里，方寸喜来青眼真。唐虞化日乐不禁，蓬瀛玄箓要千春。只恐无述底衰老，天恩帝力空怀抱。芳庭伛热鹚鸪班[8]，后昌图报精裡祷[9]。

注释：
[1]癸酉：神宗万历元年（1573）。[2]璈（áo）：古乐器名。元袁桷《桐柏观赋》："灵璈清以集鸾。"[3]沧州：应为沧洲水滨，古代多用于指隐士的居处。出自阮籍《为郑冲劝晋王笺》："然后临沧洲而谢支伯，登箕山以揖许由。"[4]祥烟：祥瑞的烟气。语出梁简文帝《玄圃园讲颂序》："停瑞气于三辰，泛祥烟于五节。"[5]瑶觞：玉杯。多借指美酒。王勃《宴山亭序》："银烛摛花，瑶觞抒兴。"[6]玉筇：玉质的龙形手杖。筇，一种竹，实心，节高，宜于作拐杖。晋戴凯之《族谱》："竹堪杖，莫尚于筇竹。"引申为手杖。[7]惊鼍吼：比拟鼓声大作。秦吕布书《吕氏春秋·仲夏纪》："（帝颛顼）乃令鱓先为乐倡，鱓乃偃浸，以其尾鼓其腹，

37

其音英,即鼍也。"许慎《说文解字》:"鼍,水虫。"《续博物志》:"鼍长一丈,其声似鼓。"[8] 侭(jǐn):同"尽"。力求达到最大限度,任凭。宋邵雍《洛下园池》:"更小亭栏花更好,侭荒台榭景才真。"清吴锡麒《凤凰台上忆吹箫》:"故宫十里,算桂子荷花,侭足盘桓。"鹧鸪班:即"鹧鸪斑"。宋代建窑产茶盏名,因有鹧鸪斑点的花纹,故称。宋陶谷《清异录》:"闽中造盏,花纹鹧鸪斑点,试茶家珍之。"黄庭坚《满庭芳》:"香泉溅乳,金乳鹧鸪斑。"熊寥在《中国陶瓷与中国文化》中说:"宋代文人心目中的'鹧鸪斑',不是指鹧鸪鸟的黑白相间条纹,而是指其胸部遍布白点正圆如珠的羽毛,因为这种胸部散缀圆珠白点的羽毛,正是鹧鸪所独具的风韵。"[9] 裋(yīn)裤:泛指祭裤。裋,裋祀,祭祀。

盐城送侄怀慎游杭州

壮夫慷慨吴楚游,飞虹浩气湖天浮。我欲从之滞衰骨,风流美事输先筹。束书腰剑觞高楼,北风日夜吹兰舟。片帆望迷残雪浦,孤鸿声断沧烟洲。寒梅三弄出淮水,黄鹤一跨轻扬州[1]。得鱼沽酒风月阔,闲云远水情思悠。丈夫宏图岂鹿豕,乾坤胜概开雄眸。雪涛澎湃江千里,芙蓉秀削峰峦起。海头怒激子胥潮[2],桥边苔老黄公屦[3]。江山人物尽繁华,黄金紫玉何足夸。收来图画寸心曲,赋拟班张五色葩。剡溪尽兴一返艇[4],锦城虽乐终还家[5]。椒盘迟尔起颂花[6],华灯焰焰醺紫霞[7]。春宵客梦惊天涯,悬河慰我卧游赊[8]。

注释:

[1] 黄鹤一跨轻扬州:即"骑鹤上扬州",典出南朝宋殷芸《小说》:"有客相从,各言所志:或愿为扬州刺史,或愿多资财,或愿骑鹤上升。其一人曰:'腰缠十万贯,骑鹤上扬州。'欲兼三者。"[2] 子胥潮:即钱塘潮。每年农历八月中旬,钱塘江口海潮江水相激,形成潮高数十丈,涛猛如奔雷的奇观。典出南朝宋刘道真《钱唐记》。伍子胥屡谏不从,被吴王赐死。临终,嘱其子投尸于江,说要"朝暮乘潮,以观吴之败"。"自是,自海门山,潮头汹涌高数百尺,越钱塘渔浦,方渐低小。朝暮再来,其声震怒,雷奔电走百余里。时有见子胥乘素车白马在潮头之中,因立庙以祠焉。"[3] 黄公屦:典出司马迁《史记·留侯世家》中的张良"圯桥进履":"良尝从容步游于下邳圯上,有一老父,衣褐,

至良所，直堕其履圯下，顾谓良曰："孺子，下取履！"良愕然，欲殴之，为其老，强忍，下取履。父曰："履我！"良业为取履，因长跪履之……出一编书，曰：'读此则为王者师矣。后十年兴，十三年孺子见我济北，谷城山下黄石即我矣。'遂去，无他言，不复见。旦日视其书，乃《太公兵法》也。良因异之，常习诵读之。"下邳即今天江苏睢宁古邳镇。本诗所用皆吴、越典故。[4] 剡溪：曹娥江干流，流经今浙江嵊州一段称剡溪，或称剡江、剡汀、戴湾、戴逵滩。剡溪两岸万壑争流，众源并注，或奔或汇。晋王子猷（徽之）雪夜访戴的故事很有名，使此溪声名益显。[5] 锦城：成都。西汉时期，成都的织锦业已十分发达，设有"锦官"，故有"锦官城"即"锦城"之称。这里指代怀慎所游吴越之地，因李白《蜀道难》有"锦城虽云乐，不如早还家"之语。[6] 椒盘：盛有椒的盘子。古时正月初一日用盘进椒，饮酒则取椒置酒中。杜甫《杜位宅守岁》："守岁阿戎家，椒盘已颂花。"颂花：椒花颂。典出魏徵《晋书•列女传》。晋人刘臻妻陈氏，聪慧能写文章，曾经在正月初一献《椒花颂》。后遂用为典实，指新年祝词。[7] 醄紫霞：醄，酒醉。《诗经•大雅•凫鹥》："公尸来止醄醄。"紫霞：仙酒。李白《寄王屋山人孟大融》："我昔东海上，劳山餐紫霞。"[8] 悬河：指说话滔滔不绝，或文辞流畅奔放。南朝陈徐陵《东阳双林寺傅大士碑》："滴海未尽其书，悬河不穷其义。"[9] 卧游：以欣赏山水画代替游览。魏晋稽康、阮籍等崇尚澄怀清明，发明了"卧游"山水的方式。"卧游"语出南朝宋画家、美术理论家宗炳。南朝梁沈约《宋书•宗炳传》载，宗炳好山水、喜游历，曾到巫山、衡山等地。后因年龄和体力的缘故，不能继续云游千里，不得已返回江陵家中，感叹道："老疾俱至，名山恐难遍睹，唯当澄怀观道，卧以游之"，于是"凡所游履，皆图之于室"。元倪瓒《顾仲赟来闻徐生病差》："一畦杞菊为供具，满壁江山入卧游。"此指听怀慎旅行归来讲述见闻，聊作"卧游"。赊：迟缓。唐韩翃《酬程延秋夜即事见赠》："节候看应晚，心期卧亦赊。"

行路难 [1]

怀慎侄自盐邑将浙游，不狃乘舟 [2]，眩晕病归。戏作。

吴山迢迢几千里，北人不狃南中水。孤舟一叶浪吞天，风帆激雪云中起。残魂零落波心里，洄流俯瞰头目旋。山移岸转何时已，昏然混沌之九天，颓然沉迷于九渊。仲子哇出心与肝 [3]，庄舄长吟夜不眠 [4]。甘息风尘机[5]，慰我方寸地[6]。履险不如夷，未必江湖利[7]。石尤风急棹空回，兴尽何须苦复催。三日淹淫一日来[8]，卢医一笑非其灾[9]。孤城半夜惊鱼钥[10]，严牙灯火吹残角[11]。昨日远游今日归，偶尔沉疴倏尔豁[12]。古来声利山水间[13]，凿空万里将何堪[14]？岂图坎坷还平湍[15]，举足世路俱间关[16]。行路难，良可叹。

注释：

[1] 行路难：乐府旧题。《乐府题解》："行路难，备言世路艰难及离别悲伤之意。"[2] 狃：习惯。已：原稿作巳，误。[3] 仲子：陈仲子，亦称田仲、於陵中子等，战国时齐国的廉士、思想家。先祖为陈国世家，避乱于齐。因见其兄陈戴禄万钟，以为不义，遂避兄离母，迁居於陵。他日归，其母杀鹅食之。后知是有人馈其兄者，出而哇之。见《孟子·公孙丑下》。陶渊明《扇上画赞》曰："至矣于陵，养气浩然。蔑彼结驷，甘此灌园。"[4] 庄舄（xì）：战国时期越国人。庄舄吟唱越国乐曲，形容不忘故国。汉王粲《登楼赋》："钟仪幽而楚奏兮，庄舄显而越吟。人情同于怀土兮，岂穷达而异心。"[5] 甘息风尘机：机心止息，即忘机。唐孟浩然《陪张丞相自松滋江东泊诸宫》："政成人自理，机息鸟无疑。"尘机，尘俗的心计与意念。孟浩然《腊月八日于剡县石城寺礼拜》："愿承功德水，从此濯尘机。"[6] 方寸地：内心世界。心神。语出战国郑列御寇《列子·仲尼》："吾见子之心矣：方寸之地虚矣。"[7] 未必江湖利：指怀慎不能消受南方的江海之便利。[8] 淹淫：久留。[9] 卢医：春秋时名医扁鹊的别称。唐杨玄操《难经序》："《黄帝八十一难经》者，斯乃勃海秦越人之所作也……以其与轩辕时扁鹊相类，乃号之为扁鹊，又家于卢国，因命之曰卢医。"泛称良医。[10] 鱼钥：鱼形的锁。梁简文帝《秋闺夜思》："夕门掩鱼钥，宵床悲画屏。"[11] 严牙：此为错乱。明赵时春《陇北行》："陇北之山石峥嵘，严牙高啄豺虎横。"[12] 偶尔沉疴倏尔豁：指怀慎出游时晕船厉害，回到家里则豁然病愈。沉疴，久治不愈的病。魏徵《晋书·乐广传》："客豁然意解，沉疴顿愈。"[13] 声利：犹名利。语出鲍照《咏史》："五都矜财雄，三川养声利。"[14] 凿空：古人称对未知领域探险为凿空。语出司马迁《史记·大宛列传》："然张骞凿空，其后使往者皆称博望侯。"裴骃《史记集解》引汉苏林曰："凿，开；空，通也。骞开通西域道。"[15] 平湍：平静的小急流。许慎《说文解字》："湍，疾濑也。"[16] 间关：形容旅途的艰辛，崎岖、辗转。

颓室叹（并序）

　　嘉靖丙辰秋[1]，余擢判巩昌[2]，携慎修儿以行。过寓济阳官署[3]，适风雨连朝，次夜分乃已[4]，辗转不能寐，芒刺隐然[5]，凡一再起，如或翼之[6]。移装间，亦莫知所谓。俄而所寝之一楹遂，几致覆压而幸免也，亦神矣哉。时维七月之二十有七日也。怅惘以行[7]，是为叹。

　　倥偬七月来济阳[8]，陇西遄驾秋山长[9]。狂风吹雨行不得，潇潇二日云茫茫[10]。中宵乍歇天兵休，奔泉汩汩庭际流。邮亭寥落少人游[11]，我胡偶寄令嗟愁。呼僮秉烛灭复明，一夕再起莫我由。束装三鼓为谁速，欻然颓室非人谋[12]。飞我天涯魂，顾我仙桂子[13]，一榻粉尘泥，二命惊且喜。始以宦走荣，讵知患且并[14]。几为立岩人[15]，幸免刑谷生[16]。挥泪忽盈把，微名灰且轻。樵云钓沧水，安知此阤倾[16]。人生修短良自命，神禹风波终亦庆[17]。白头老我岂摧残，青春腾踏知何竟[19]？尼父从天亦泰然，豪雄不变山颓前[20]。壮怀落落胡相牵[21]，前途有酒还如泉[22]。

注释：

[1]嘉靖丙辰：嘉靖三十五年（1556）。[2]擢判巩昌：此句指作者升迁巩昌府通判。[3]济阳：今属山东。[4]已：原稿作巳，误。[5]芒刺隐然：指如无形中有芒刺在背，心中惶恐，坐卧不宁。芒刺，植物茎叶、果实上的小刺。[6]如或翼之：意为内心不安，好像被翅膀一样的东西覆盖，指潜在的预感（屋顶坍塌）使他不安。如或，好像有。《诗经·小雅·正月》："心之忧矣，如或结之。"郑玄笺："心忧如有结之者。"[7]怅惘：惆怅不乐。惘，忧愁，不安。[8]倥偬（kǒngzǒng）：指匆忙。五代王定保《唐摭言·以德报怨》："（贾泳）倥偬而退，（窦）赟颇衔之。"[9]遄（chuán）：快，迅速。《尔雅》：遄，速也。《易传·象传·损卦》："已事遄往。"《诗经·墉风·相鼠》："人而无仪，胡不遄死？"[10]潇潇：形容风雨急骤。《诗经·郑风·风雨》："风雨潇潇，鸡鸣胶胶。"毛传："潇潇，暴疾也。"[11]邮亭：古时传递文书的人沿途休息的处所；驿馆暮宿邮亭。元稹《酬乐天东南行诗一百韵》："邮亭一萧索，烽候各崎岖。"[12]欻（xū）然：忽然。[13]仙桂子：指慎修。神话传说月中有桂树，称之为"仙桂"。语出段成式《酉阳杂俎·天咫》："旧言月中有桂、有蟾蜍，故异书言月桂高五百丈，下有一人常斫之，

41

树创随合。"喻指科举功名，如"蟾宫折桂"，典出魏徵《晋书·郤诜传》："武帝于东堂会送，问（郤）诜曰：'卿自以为如何？'诜对曰：'臣鉴贤良对策，为天下第一，犹桂林之一枝，昆山之片玉。'"慎修已于前一年考中举人，故云。[14]讵（jù）知：怎知。讵，岂，怎。[15]立岩：站在危险的墙壁下。[16]幸免刑谷：做官的人免于租税，在法律上也有特权。[17]阨倾：灾难和死丧。[17]神禹风波：意为不可预知的风波。或出于《庄子·齐物论》："无有为有，虽有神禹且不能知，吾独且奈何哉。"成玄英疏："迷执日久，惑心已成，虽有大禹神人，亦不令其解悟。"神禹，夏禹的尊称。庆：可祝贺的事。《易传·文言传·坤卦》："积善之家，必有余庆。"[18]腾踏：亦作"腾蹋"。喻宦途得意。颓：崩坏，倒塌。[19]落落：磊落。常用以形容人的气质、襟怀。唐杨炯《和刘长史答十九兄》："风标自落落，文质且彬彬。"明李东阳《明故奉政大夫乔君墓志铭》："稍长，落落有大志。"[20]前途有酒还如泉：前方目的地还有个名叫酒泉的地方。

送陈肖玉长教擢教楚藩 [1]

胡为孤奇姿，觏此青海曲 [2]。玄简如有情 [3]，纲常僻邑鹄 [4]。朱丝返淳元 [5]，彩笔振颓俗。霡霂膏幽兰 [6]，剖劂试良玉 [7]。炫日夭桃崇紫霞 [8]，凌风瑶笋超贞华 [9]。楚淮弦诵春无涯，龙门蟾窟文泽赊 [10]。欻有紫泥书，仰肃丹霄凤 [11]。潇湘杳灵翰 [12]，琬琰破尘梦 [13]。怅惘湖水春，索寞山阳弄 [14]。挹之不可留，瀕溪薄相送 [15]。青青杨柳摇碧波，孤帆万里情如何。醁醽一酌强君酳 [16]，青萍三尺为君磨 [17]。江空岁晚目力短，霜寒秋老雁无多。荒城银烛坐风雨，春晖紫府迷笙歌 [18]。陈琳负伟才 [19]，仲舒抱俊策 [20]。银纪湘东豪 [21]，仙集淮南客 [22]。梁园授简空陈编 [23]，巫台梦思俱云烟 [24]。风流儒雅怀千年，壮图此日辉前贤。

注释：

[1] 长教：儒学训导的尊称。楚藩：明代楚王府。[2] 觏（gòu）：遇见，邂逅，遭遇。[3] 玄简：清静简易。[4] 鹄（hú）：伫立如鹄，引申为等候、企盼。[5] 朱丝：朱弦，借指琴瑟。唐元孚《送李四校书》："朱丝写别鹤泠泠，诗满红笺月满庭。"淳元：犹浑元。天地的元气。[6] 霡霂（màimù）：小雨。《尔雅·释天》："小雨谓之霡霂。"汉许慎《说文解字》："霡霂，小雨也。"

段玉裁注："霡霂，溟蒙之转语。"膏幽兰：屈原《离骚》："余既滋兰九畹兮，又树蕙之百亩。"[7]刉劂（jī jué）：泛指斤斧。左思《魏都赋》："刉劂罔掇，匠斫积习。"唐李周翰注："刉劂，斤斧也。"试良玉：辨别良玉。《淮南子·俶真》："钟山之玉，炊以炉炭，三日三夜而色泽不变。"[8]炫日夭桃：艳丽的桃花。《诗经·周南·桃夭》："桃之夭夭，灼灼其华。"[9]贞华：指高洁辉耀的品德。南朝齐王俭《和竟陵王高松赋》："嗟万有之必衰，独贞华之无已。"[10]楚淮二句：是祝陈肖玉任教楚地培养出优秀人才。弦诵，弦歌诵读，称诗礼教化或学校教育。《礼记·文王世子》："春诵夏弦"。郑玄注："诵谓歌乐也，弦谓以丝播诗。"孔颖达疏："诵谓歌乐者，谓口诵歌乐之篇章，不以琴瑟歌也。云弦谓以丝播诗者，谓以琴瑟播彼诗之音节，诗音则乐章也。"龙门，指鲤鱼跳龙门而成龙的传说，借指士子登科。蟾窟，犹蟾宫。文泽，文教惠泽。赊，多。[11]紫泥书二句：美称陈长教接到诏书要青云直上。紫泥书，古人以泥封书信，泥上盖印。皇帝诏书则用紫泥。后即以指诏书。汉卫宏《旧汉仪》："皇帝六玺……皆以武都紫泥封，青布囊，白素里。"[12]灵翰：神鸟羽翼的美称。晋支遁《述怀（其一）》："翔鸾鸣昆峰，逸志腾冥虚。惚恍回灵翰，息肩栖南崝。"[13]琬琰：玉液。王嘉《拾遗记·周穆王》："（西王母）共玉帐之高会，荐清澄琬琰之膏以为酒。"[14]索寞：颓丧消沉。山阳弄：山阳笛。喻悼念、怀念故友。典出三国魏向秀《思旧赋序》："余逝将西迈，经其旧庐。于时日薄虞渊，寒冰凄然！邻人有吹笛者，发声寥亮。追思曩昔游宴之好，感音而叹，故作赋云。"[15]薄：轻微，少。[16]醁醽（lù líng）：美酒名。南朝宋刘道荟《晋起居注》："（晋穆帝）升平二年（358），正月朔，朝会，是日赐众客醁醽酒。"[17]青萍：古宝剑名。汉陈琳《答东阿王笺》："君侯体高世之才，秉青萍、干将之器。"吕延济注："青萍、干将，皆剑名也。"[18]紫府：道教称东华帝君所居。东华帝君较量群仙功行，自地仙而至神仙，神仙而至天仙，天仙而转真圣，入虚无洞天的地方。凡三迁都是由东华帝君主管。笙歌：奏乐唱歌。唐王维《奉和圣制十五夜然灯继以酺宴应制》："上路笙歌满，春城漏刻长。"[19]陈琳：（？—217年），字孔璋，汉代文学家，"建安七子"之一。擅长撰写章表书檄，风格雄放，文气贯注，代表作有官渡之战（200）前写的《为袁绍檄豫州文》

等。[20] 仲舒：董仲舒（前 179—前 104），广川郡（今河北景县广川镇）人，汉代思想家、哲学家、政治家、教育家。其"天人感应""大一统"学说和"罢黜百家，表彰六经"的主张维护了汉武帝的集权统治。[21] 仙集淮南客：汉淮南王刘安曾招致宾客方术之士数千人，其中有苏非、李尚、大山、小山等，在刘安的主持下编写的《淮南子》，也称《淮南鸿烈》。[22] 梁园：又称梁苑、兔园。汉文帝封其子刘武于睢阳，是为梁孝王。梁孝王好招揽文人谋士，并在都城睢阳东侧平台修建了梁园。辞赋家司马相如、枚乘等都曾做客梁园。授简：给予简札。谓嘱人写作。指奉命吟诗作赋。[23] 巫台梦思：即巫山云雨。

题张平山《古山春色图》

张生雅抱奈尔尘世何[1]，走笔驱此一段太古之嵯峨[2]。辟开天地不可纪[3]，杳绝人寰知几多[4]。青壁嶄岩以直上[5]，幽谷窈窕而莫窥[6]。云澹澹兮空寂[7]，气苍苍而陆离[8]。隐乎，清飔渐沥于穷壑[9]；蔼兮，幽芬逸泛于危巘[10]。林莽凄旷[11]，悄乎无人。一鸟不鸣，暗泉磷磷[12]。苔老麋鹿迹，烟涵草树春。巢由秘高踪[13]，车马违惊尘[14]。中有金仙之宝刹[15]，浮图隐隐重霄拔[16]。高僧姓字不可闻，钟磬沉沉隔断云[17]。闲情独抚悲氤氲[18]，一生肠断在人群[19]。我忖张子怀，景中情亦偕。龙钟老夷门[20]，霞想终难谐[21]。聊复快写幽旷心[22]，使我亦得展慰挥千金。

注释：
[1] 雅抱：高雅的情怀。常用为敬词。[2] 太古：最古老的时代。嵯峨（cuó é）：指高耸的山。宋陆游《老学庵笔记》："欧阳公谪夷陵时，诗云：'江上孤峰蔽绿萝，悬楼终日对嵯峨。'"[3] 辟开天地：开天辟地，典出三国吴徐整《三五历记》："天地混沌如鸡子，盘古生其中，万八千岁，天地开辟，阳清为天，阴浊为地，盘古在其中。"[4] 杳绝：消失。杳，遥远。人寰：人世间，世界上。鲍照《舞鹤赋》："去帝乡之岑寂，归人寰之喧卑。"[5] 嶄岩：尖锐貌；峻险不齐。《汉书·司马相如传上》："深林巨木，嶄岩参差。"颜师古注："嶄岩，尖锐貌。"[6] 窈窕（yǎotiǎo）：幽深的样子。语出孙绰《游天台山赋》："邈彼绝域，幽邃窈窕。"[7] 澹澹（dàndàn）：水波微微荡漾的样子。

空寂：空旷寂静。佛教语，事物了无自性，本无生灭。[8] 苍苍：茫无边际。《淮南子·俶真训》："浑浑苍苍，纯朴未散。"陆离：分散。屈原《离骚》："纷緫緫其离合兮，斑陆离其上下。"王逸注："陆离，分散貌。"[9] 隐：幽静。清飔（sī）：凉风。飔，凉。淅沥：此处形容轻微的风声。穷壑：深山。[10] 霭：云雾密集的样子。幽芬：清香。危巇（xī）：艰险的山路。[11] 林莽：大片草木茂盛的地方。凄旷：形容风气寒凉，百物萧索。[12] 暗泉：隐伏的泉水。唐雍陶《韦处士郊居》："满庭诗景飘红叶，绕砌琴声滴暗泉。"磷磷：水中石头突立的样子。[13] 巢由：巢父和许由。高踪：高尚的行迹。晋傅咸《赠何劭王济》："岂不企高踪，麟趾邈难追。"张铣注："岂不慕高轨，但踪迹邈远难可追攀也。"[14] 惊尘：车马疾驶扬起的尘土。[15] 金仙：指佛。宝刹：佛寺或佛塔的美称。[16] 浮图：指佛塔。重霄：指极高的天空。古代传说天有九重。也叫九重霄。[17] 钟磬：佛教法器。此指钟、磬之声。沉沉：声音、音信等遥远不及。断云：片云。梁简文帝《薄晚逐凉北楼迥望》："断云留去日，长山减半天。"[18] 闲情：幽闲的心情。唐皎然《酬乌程杨明府华雨后小亭对月见呈》："夜凉喜无讼，霁色摇闲情。"氤氲：迷茫貌；弥漫貌。曹植《九华扇赋》："效虬龙之蜿蟺，法虹霓之氤氲。"[19] 肠断：形容极度悲痛。人群：指众人；成群的人。屈原《远游》："形穆穆以浸远兮，离人群而遁逸。"龙钟：指潦倒。白居易《十年三月三十日别微之于澧上》："莫问龙钟恶官职，且听清脆好文篇。"[20] 夷门：夷门是战国魏都城的东门，后泛指城门，亦成为大梁（开封）的别称。典出司马迁《史记·魏公子列传》："魏有隐士曰侯嬴，年七十，家贫，为大梁夷门监者。"[21] 霞想：遐想。霞，通"遐"。李白《秋夕书怀》："海怀结沧洲，霞想游赤城。"[22] 幽旷：幽深旷远。杜甫《咏怀（其一）》："皦皦幽旷心，拳拳异平素。"

题张平山《溟海曦阳图》[1]

讶此尺素中[2]，沧波拟万顷。是谁为此图，荡漾元无定。此非摹我东溟无际之洪涛，胡为一轮初日停朱影。三山巅在何处[3]？长烟野雾茫茫去。金光焕射紫霞飞，晴飙欻扫青天曙[4]。不闻天鸡鸣，无复鱼龙惊。但见火轮簸荡下不可测[5]，潮头绛雪如山倾[6]。烟波迴撼赤城明，扶桑灼烁金鸦轻[7]。一鸟飞，百鸟归。一水耀[8]，万水辉。幽荒寒门开夕霏，长江大河相依稀。虞渊终古不相值[9]，妙造精光随手挥[10]。张公图山复图水，卷首畴昔如豫此。晚年别号偶相符，海惭薄劣山维尔[11]。君负大造资[12]，我非补造才。巍巍君名何可撝，沧波犹笑能尘埃。（忆作画时，张号茅溪，予号云壑。别来六十余年间，张更平山，予更海壑。当时卷首二图殆仿佛后来之二号，若豫为之者，故末见其意云。）

注释：

[1]曦阳：早晨的太阳。[2]尺素：小幅的丝织物，如绢、帛等。亦泛指小幅纸张。陆机《文赋》："函绵邈于尺素，吐滂沛乎寸心。"[3]三山巅：三山当指蓬莱、方丈、瀛洲三仙山。此指等山顶观日出。[4]晴飙：灿烂的阳光。宋毛滂《摊声浣溪沙·日照门前千万峰》："日照门前千万峰。晴飙先扫冻云空。谁作素涛翻玉手，小团龙。"飙，暴风。欻：迅速。[5]火轮：指太阳。韩愈《桃源图》："夜半金鸡啁哳鸣，火轮惊。"簸荡：颠簸摇荡。杜甫《沙苑行》："角壮翻同麋鹿游，浮深簸荡鼋鼍窟。"[6]绛雪：比喻红色花朵，此指浪花。[7]金鸦：金乌。指太阳。韩愈《送惠师》："金鸦即腾骞，六合俄清新。"韩醇注："金鸦，日也。"[8]耀：照，光明。[9]虞渊：又称隅谷，古代中国神话传说中日没处。太阳早晨从东方的旸谷出发，晚上落入西方的禺谷。《淮南子·天文训》："日至于虞渊，是谓黄昏"。[10]妙造：妙造自然是唐司空图用语。意谓诗歌创作生气勃勃，精神涌流，不假人力而臻于自然之妙境。司空图《二十四诗品·精神》："生气远出，不著死灰。妙造自然，伊谁与裁。"造，到。精光：指崇高精神的光辉。魏徵《晋书·陈敏传》："金声振于江外，精光赫於扬楚。"[11]薄劣：低劣；拙劣。此处用为谦辞。南朝宋谢灵运《九日从宋公戏马台集送孔令诗》："彼美丘园道，喟焉伤薄劣。"唐李周翰注："美孔令得归丘园之道，叹伤己之薄劣不如也。"[12]大造：指天地，大自然。谢灵运《宋武帝诔》："业盛曩代，惠侔大造，泽及四海，功格八表。"

汤即墨太翁南还过胶墨人追送之

华轩忽遽胶水东[1]，三子速我玉钵诗无工[2]。仙翁凤仰天上客，彩毫漫尔随春风[3]。一枝仙桂来墨阳，相从懿训称龚黄[4]。沧海枯莱被时雨，华胥仙梦交扶桑[5]。兴高引旆下蓬阆，春帆缥渺吴山月。恩沾有自可能忘，挽辔空教心力竭[6]。柳依依，雨霏霏[7]，桃花乱点春衫稀[8]。子规啼歇暮山紫，清樽酒尽沧云归。望君拟南极雪颠方瞳瑞[9]，王国待君游东瀛。

玉笙琼佩飞天声[10]，劳峰鸣凤一时举[11]，朱衣鹰绣黄鹤轻[12]。山高而海清[13]，泽瀎而永名[14]。赤子慕不辍，青桂当重荣[15]。丹霄有道在平地[16]，皇灵厥艾还分明[17]。顾我迂疏老林水，烟丝云斧何如情[18]。长短有句长短亭[19]，聊尔为墨人之诚，远人之征[20]。

注释：

[1] 华轩：指富贵者所乘的华美的车子。匆遽（jù）：急忙，匆促。匆，同"匆"。宋吴礼之《生查子·浙江》："匆遽促征鞍，又入临平路。"[2] 玉钵：此指玉砚台。[3] 漫尔：随意貌。[4] 懿训：对方训导的美称。龚黄：为汉循吏龚遂与黄霸的并称。典出班固《汉书·循吏传序》。亦泛指循吏。[5] 华胥仙梦：《列子·黄帝》："（黄帝）昼寝，而梦游于华胥氏之国。华胥氏之国在弇州之西，台州之北，不知斯齐国几千万里。盖非舟车足力之所及，神游而已。其国无帅长，自然而已；其民无嗜欲，自然而已……黄帝既寤，怡然自得。"后称梦境，也用以指理想的安乐和平之境。扶桑：日升起的地方。最早见之于屈原《离骚》："饮余马于咸池兮，总余辔乎扶桑。"王逸注："扶桑，日所扶木也。"许慎《说文解字》："扶桑神木，日所出。"[6] 挽辔：即挽辔报恩。[7] 柳依依，雨霏霏：或取意《诗经·小雅·采薇》："昔我往矣，杨柳依依；今我来思，雨雪霏霏。"[8] 桃花乱点春衫稀：桃花乱落，点点打在春衫上。春衫，年少人穿的衣衫。[9] 南极雪颠方瞳瑞：指南极仙翁。雪巅，白头。方瞳，方形的瞳孔。古人以为长寿之相。也有以为方瞳者为神仙一说。[10] 天声：比喻盛大的声威。[11] 鸣凤：凤凰鸣叫。凤凰是传说中的瑞鸟，凤鸣是盛世的象征。[12] 朱衣鹰绣：明清官员官服又叫补服，其前后各缀有一块"补子"以表品级。文官绣飞禽，武官绣猛兽，风宪官绣獬豸。[13] 山高：山高海深，比喻恩情深厚。海清：海晏河清，比喻天下太平。[14] 泽瀎（huì）：恩泽深广。瀎，水大而深广的样子。汉司马相如《难蜀父老》："威武纷纭，湛恩瀎瀎。"永名：名垂千秋。赤子：比喻百姓。明赵振元《为袁氏祭袁石寓宪副》："中原赤子所不即化为磷火也，石寓（袁可立子）之力也。"[15] 青桂：桂树。桂树常绿，故称。旧题汉郭宪《洞冥记》："元光中，帝起寿灵坛……四面列种软枣，条如青桂，风至自拂垲上游尘。"重荣：厚禄重荣，俸禄优厚，官居高位。《宋书·王僧达传》："如使臣享厚禄，居重荣，衣狐坐熊，而无事于世者，固所不能安也。"[16] 丹霄：帝王居处；朝廷；京都。汉荀悦《汉纪·成帝纪》："故愿一登文石之阶，陟丹霄之途。"[17] 皇灵：指皇帝。艾：萧艾，艾蒿，

臭草。用来比喻品质不好的人。[18] 烟丝：烟缕如丝。宋惠洪《启明轩次朗上人韵》："霞缕萦经轴，烟丝减篆文。"云斧：云图如绣。《仪礼·觐礼》："天子设斧依于户牖之间，左右几。天子衮冕，负斧依。"斧，后又作"黼"。《周礼·春官宗伯·司几筵》："王位设黼依。"班固《汉书·西域传赞》："天子负黼依。"[19] 长短亭：短亭、长亭，为古时设在大路边供行人休歇的亭舍。庾信《哀江南赋》："十里五里，长亭短亭。"[20] 远人：远行的人；远游的人。多指亲人。《诗经·齐风·甫田》："无思远人，劳心忉忉。"

次韵元遗山送李参军赴塞上

尝读遗山《塞上》篇[1]，悲愁惨愤，极边塞之苦，词亦工矣。但丈夫之气何太靡耶[2]！想当时于参军必有为而发也。余非敢以文词相雄长，特欲反其意以壮之耳。

慷慨出门去，击楫渡桑干[3]。丈夫处世非鹿豕[4]，关山谈笑驱漫漫[5]。不策绝世勋，虚生天壤间[6]。义气摩青冥，肯教别泪潸。惜哉折阪王孝子[7]，奉身废义回间关[8]。更有吴江窃一隅，偷安忍耻忘寄环[9]。要知西域奇功照青史[10]，要知燕然伟绩垂毫端[11]。岐路情怀总儿女[12]，风云六翮乘时抟[13]。身归斧钺命[14]，禄遗椿萱盘[15]。一朝树功名，家国同庆欢。便教风雷烈烈肃沙漠[16]，直须名王授首霜刃赭花斑[17]。冲风单于庭[18]，踏雪贺兰山[19]。孤臣夙中热[20]，不知铁衣单[21]。王灵振无极[22]，何恤凋朱颜[23]。雄飞本自猛将志[24]，丘园徒老冥与顽[25]。君不见陶太守，时忧过尔耽优闲。移览寄深意，扬名合自甘辛酸[26]。一杯万里与君诀，无前戎捷期君还[27]。

注释：

[1] 遗山《塞上》篇：当指金元好问《送李参军北上》："五日过居庸，十日渡桑干。受降城北几千里，出塞入塞沙漫漫。古来丈夫泪，不洒别离间，今朝送君行，清涕留余潸。生女莫作王明君，一去紫台空佩环。生男莫作班定远，万里驰书望玉关。我知骥子堕地无齐燕，我知鸿鹄意气青云端。草间尺鷃亦自乐，扶摇直上何劳抟？一衣敝缊袍，一饭苜蓿盘。岁时寿翁媪，团栾有余欢。就令一朝便得八州督，争似彩衣起舞春斓斑？去年雒阳（洛阳古称）人，今年指天山。地远马鞯破，霜重貂裘寒。朔风浩浩来，客子惨在颜。扼胡岭

上一回首，未必君心如石顽。君不见，桓山乌，乳哺不得须臾闲，众雏一朝散，孤雌回顾声悲酸。寒雁来时八九月，白头阿母望君还。"[2] 麾：柔，弱。[3] 桑干：河名。今永定河之上游。[4] 鹿豕：鹿和猪。比喻山野无知之物。[5] 关山：古称陇山，又曰陇坻、陇坂、陇首，在甘肃张家川境。陇山有道，称陇坻大坂道，俗云陇山道，艰险难越，《太平御览·地部十五·陇山》载："天水有大坂，名陇山……其坂九回，上者七日乃越。"自周至明代海运未开通以前，关陇古道一直是我国连接亚洲、非洲和欧洲的陆上纽带。古人到此，多有哀叹，如王维《陇头吟》："陇头明月迥临关，陇上行人夜吹笛。关西老将不胜愁，驻马听之双泪流。"[6] 策勋：记功勋于策书之上。《左传·桓公二年》："凡公行，告于宗庙；反行，饮至、舍爵、策勋焉，礼也。"杜预注："既饮置爵，则书勋劳于策，言速纪有功也。"[7] 折阪王孝子：典出班固《汉书·王阳传》。汉时王阳为益州牧，至九折坡，叹曰："奉先人遗体，奈何数乘此险！"后王尊至此，曰："此非王阳所畏处耶？"乃叱其御，历险而上。居部二年，蛮夷归附。后人以王阳不失为孝子，王尊不失为忠臣。[8] 奉身：养身；守身。唐郑处诲《明皇杂录》卷上："（卢怀慎）为黄门侍郎，在东都掌选事，奉身之具，才一布囊耳。"间关：形容旅途的艰辛，崎岖、辗转。班固《汉书·王莽传》："间关至渐台。"[9] 吴江寄环：据清吴乘权《纲鉴易知录》载，宋钦宗靖康二年（1127）四月，金人掳走二帝，渡过黄河后，宋徽宗曾私下嘱托曹勋，要他偷逃回去转告康王赵构：便可即位，救出父母。康王夫人邢氏也脱下金环，使内侍付曹勋曰："幸为我白大王，愿如此环，得早相见也。"勋归后，因建议募死士入海，至金东境，奉上皇由海道归。执政难之，出勋于外，凡九年不得迁秩。明人陈鉴有诗云："日短中原雁影分，空将环子寄曹勋。黄龙塞上悲笳月，只隔临安一片云。"[10] 西域奇功照青史：应指东汉班超出使西域建奇功事。班超（32—102），字仲升，为人有大志，投笔从戎，随窦固出击北匈奴，又奉命出使西域31年，平定了西域50多个国家，为西域归汉、促进民族融合做出了巨大贡献。[11] 燕然伟绩垂毫端：指东汉窦宪燕然勒功事。 [12] 岐路情怀总儿女：分别处总让人像小儿女一样善感洒泪。岐路，指离别分手处。[13] 六翮（hé）：谓鸟类双翅中的正羽。用以指鸟的两翼。《战国策·楚策四》："奋其六翮而凌清风，飘摇乎高翔。"乘时：旧指人应趁着机会做一番事业。出自《孟子·公孙丑上》："虽有智慧，不如乘势；虽有镃基，不如待时。"抟：凭借。《庄子·逍遥游》："抟扶摇而上者九万里。"[14] 斧钺：古代军中刑戮。班固《汉书·苏武传》："虽蒙斧钺汤镬，诚甘乐之。"[15] 椿萱：《庄子·逍遥游》："上古有大椿者，以八千岁为春，八千岁为秋。"古人因此就拿它比喻父亲，称椿庭。萱草，一种草本植物，古代传说萱草可以使人忘忧。游子出门远行，常在母亲居住的北堂台阶下种萱草，以免母亲忧思惦念。后称母亲的居处为"萱堂"。椿萱代指父母，如唐牟融《送徐浩》："知君此去情偏急，堂上椿萱雪满头。"[16] 烈烈：威武貌。《诗经·小雅·黍苗》："烈烈征师，召伯成之。"郑玄笺："烈烈，威武貌。"肃沙漠：平靖沙漠地区。肃，平靖；肃清。[17] 授首：谓投降或被杀。《战国策·秦策四》："秦楚合而为一，以临韩，韩必授首。"宋鲍彪注："言其服而请诛。"霜刃：谓明亮锐利的锋刃。亦指明亮锋利的刀剑。左思《吴都赋》："刚镞润，霜刃染。"唐刘良注："霜刃，言其杀利也。"赭（zhě）：红褐色。此指血色。[18] 单于：是匈奴人对他们部落联盟的首领的专称，意为广大之貌。[19] 贺兰山：在今河北邯郸冀南新区台城乡林峰村南。[20] 孤臣：孤立无助或不受重用的远臣。江淹《恨赋》："或有孤臣危涕，孽子坠心，迁客海上，流戍陇阴。"中热：热衷肠。内心火热。[21] 铁衣：用铁甲编成的战衣。《乐府诗集·木兰诗》："寒光照铁衣"。[22] 王灵振无极：王朝威震无穷远。王灵，王朝的威德。振，同"震"，威震。魏徵《谏太宗十思疏》："振之以威怒。"无极，无边际，无穷尽。语出《庄子·逍遥游》："吾惊怖其言犹河汉而无极也。"[23] 何恤凋朱颜：不惜献出自己的青春。恤，顾及，顾念。凋，衰败。朱颜，红润美好的容颜。[24] 雄飞：比喻奋发有为。典出范晔《后汉书·赵温传》："（赵）温字子柔，初为京兆丞，叹曰：'大丈夫当雄飞，安能雌伏！'遂弃官去。遭岁大饥，散家粮以振穷饿，所活万余人。献帝西迁都，为侍中，同舆辇至长安，封江南亭侯，代杨彪为司空，免，顷之，复为司徒，录尚书事。"猛将志：猛志，壮志。范晔《后汉书·公孙瓒传》："是岁，（公孙）瓒破禽刘虞，尽有幽州之地，猛志益盛。"[25] 丘园：指家园。《易经·上经·贲卦》："六五，贲于丘园，束帛戋戋。"三国魏王肃注："失位无应，隐处丘园。"孔颖达疏："丘谓丘墟，园谓园圃。唯草木所生，是质素之所。"后以"丘园"指隐居之处。冥与顽：指愚昧顽固的人。[26] 陶太守：指陶侃（259—334），东晋鄱阳郡（今都昌县）人，字士衡，曾任江夏太守、武昌太守、荆州刺史。因声名显赫，为王敦所忌，调至偏远的广州任刺史。由于事务清闲，他每天早起把数百块砖搬到室外，傍晚又搬回室内，风雨无阻。人问他为何如此，他说："吾方致力于中原，过尔优逸，恐不堪事，故自劳尔。"后人称他为"运甓翁"。王敦败后，陶侃以征西大将军还镇荆州。晋成帝咸和三年（328），应温峤等固请，奉为主帅，平定苏峻、祖约之乱。后任侍中、太尉，都督荆、交等八州军事。他勤慎吏治，四十年如一日，不喜饮酒，常勉人惜分阴。[27] 无前：无在前者。谓向前无所阻。

春风篇

春深暮夜春风号，沧溟吹转凉月高。修篁历乱不成影，长松滚滚翻江涛。断云流空光惨惨[1]，归鸿失侣声嗷嗷。迢递琅琊下绮阁[2]，破窗耿坐烧兰膏[3]。台城柳条今又碧[4]，金谷花枝向谁赤[5]。一番草绿长杨基[6]，千载春光乐游陌[7]。西陵无复望铜台[8]，北邙一夜摧松柏[9]。春来春去奈人何，古人今人春几多。叹息风前一杯酒，亦曾笑把昔人手。今古情怀不相值，只合冥会浮生意[10]。翩翩白马金鞍光[11]，晴川渺渺桃李香[12]。东山华容莫相弃[13]，兰陵美酝何可量[14]。梨花皜夜夜不寐[15]，秦筝金雁飞高堂[16]。春风日日吹我袂，春酒时时淋我觞。但于芳春羡风物，不向春风空断肠。吹颓琼岳了不觉[17]，落来乌帽从数数[18]。百年幻梦瞬息尔，莫令来者悲龌龊[19]。吁嗟太昊、封姨分难久依，亦能布春分送春归[20]。今日清樽惜沉醉[21]，明日苍苔红雪飞[22]。

注释：

[1] 断云：片云。[2] 迢递：婉转貌。宋丘崈《夜行船·越上作》："恣乐追凉日暮，箫鼓月明人去，犹有清歌迢遰，声在菱荷深处。"琅琊：亦作琅当。象声词。李贺《荣华乐》："金蟾呀呀兰烛香，军装武妓声琅璐。"绮阁：华丽的楼阁。葛洪《抱朴子·知止》："仰登绮阁，俯映清渊。"[3] 破窗：被风吹破的纸窗。耿坐：久坐。兰膏：古代用泽兰子炼制的油脂。可以点灯。[4] 台城柳条：台城位于今南京市玄武湖畔。据宋王象之《舆地纪胜·江南东路·建康府》载："台城一曰苑城，即古建康宫城也。本为吴后苑城。晋成帝咸和五年（330）作新宫于此。其城唐末尚存。"[5] 金谷：金谷园，是西晋

石崇的别墅，遗址在今洛阳老城东北七里处的金谷洞内。当年此园随地势筑台凿地，楼台亭阁，池沼碧波，交辉掩映，加上茂树郁郁，修竹亭亭，百花竞艳，整座花园犹如天宫琼宇。"金谷春晴"为洛阳八大景一。[6] 长杨：长杨宫，故址在今陕西周至东南。《三辅黄图·秦宫》："长杨宫在今盩厔县东南三十里，本秦旧宫，至汉修饰之以备行幸。宫中有垂杨数亩，因为宫名；门曰射熊馆。秦汉游猎之所。"[7] 乐游：乐游原，在长安（今陕西西安）城南，汉宣帝立乐游庙，又名乐游苑，登上它可望长安城。[8] 西陵：陵墓名。三国魏武帝陵寝。在河北临漳西。嘉靖《彰德府志·地理志二》："操且死，令施繐帐于上，朝晡，上酒及糗粮，使宫人歌吹帐中，望吾西陵。"铜台：铜雀台。汉献帝建安十五年（210）冬曹操所建。周围殿屋一百二十间，连接榱栋，侵彻云汉。铸大孔雀置于楼顶，舒翼奋尾，势若飞动，故名铜雀台。故址在今河北临漳西南古邺城的西北隅。[9] 北邙：即邙山。因在洛阳之北，故名。东汉、魏、晋的王侯公卿多葬于此。汉梁鸿《五噫歌》："陟彼北芒兮，噫！顾瞻帝京兮，噫！"借指墓地或坟墓。[10] 冥会：心灵相通；内心领会。浮生：人生。道家认为人生在世空虚无定，故称。出自《庄子·刻意》："其生若浮，其死若休。"[11] 翩翩白马金鞍光：或取意王维《少年行四首（其一）》："新丰美酒斗十千，咸阳游侠多少年。相逢意气为君饮，系马高楼垂杨边。"以及曹植《白马篇》："白马饰金羁，联翩西北驰。"[12] 晴川渺渺桃李香：或指兰亭集。晋袁峤《兰亭诗二首（其一）》："四眺华林茂，俯仰晴川涣。激水流芳醪，豁尔累心散。"或取意李白《春夜宴桃李园序》，中有"浮生若梦，为欢几何？古人秉烛夜游，良有以也。"[13] 东山华容莫相弃：东山雅会，指文人学士闲雅的聚会。典出魏徵《晋书·谢安传》：谢安隐居东山（位于今浙江绍兴上虞区），常邀友人王羲之等会集交游，"出则渔弋山水，入则言咏属文"。[14] 兰陵美酝：兰陵是盛产美酒的地方。李白《客中行》："兰陵美酒郁金香，玉碗盛来琥珀光。但使主人能醉客，不知何处是他乡。"[15] 梨花缟夜夜不寐：此句或取意周邦彦《水龙吟·越调梨花》："雪浪翻空，粉裳缟夜，不成春意。"又白居易《杭州春望》："红袖织绫夸柿蒂，青旗沽酒趁梨花。"[16] 秦筝金雁飞高堂：筝是古秦地的一种弦乐器，又名秦筝。此句或取意汉乐府《相逢行》，此诗极写富贵人家之种种享受，乃酒宴上娱乐富豪之辞："……大妇织罗绮，中妇织流黄；小妇无所为，携瑟上高堂：'丈人且安坐，调丝方未央。'"金雁，筝柱的雅称。[17] 琼岳：仙山。此处或云玉山。玉山倾倒，典出刘义庆《世

52

说新语·容止》："嵇康身长八尺，风姿特秀……山公（山涛）曰：'嵇叔夜之为人也，岩岩若孤松之独立；其醉也，巍峨若玉山之将崩。'"[18]乌帽：黑帽。"孟嘉落帽"，最早见陶渊明《晋故征西大将军长史孟府君（嘉）传》："（孟嘉为）征西大将军谯国桓温参军。君色和而正，温甚重之。九月九日，温游龙山，参佐毕集，四弟二甥咸在坐。时佐吏并著戎服，有风吹君帽堕落。温目左右及宾客勿言，以观其举止。君初不自觉，良久如厕。温命取以还之。廷尉太原孙盛为谘议参军，时在坐，温命纸笔，令嘲之。文成示温，温以著坐处。君归，见嘲笑而请笔作答，了不容思，文辞超卓，四座叹之。"后以此典指人气度宽宏，潇洒倜傥，或形容饮宴高会。此处用来描写风。隋唐时期，贵者多服乌纱帽。其后上下通用，又渐废为折上巾，乌纱帽成为闲居的常服，省称乌帽。数数（shuòshuò）：屡次，常常。以上二句描写醉态。[19]齷齪：器量局促，狭小。[20]吁嗟太昊、封姨兮难久依，亦能布春兮送春归：太昊是上古东夷的祖先和首领，是三皇之首，号伏羲氏。以木德王，是为春皇。封姨：又称封夷。古时汉族神话传说中的风神。此句是说春神布春、风雨送春归。[21]清樽：亦作"清尊"。酒器。亦借指清酒。[22]红雪飞：指花瓣飘落。

海壑吟稿　卷二

五言律诗

昌平道中 [1]

　　蒙蒙寒食雨 [2]，翦翦暮春风 [3]。醉眼开新绿，征衣点落红。山光怜霭霭 [4]，王事苦匆匆 [5]。空复寻芳意，凄其望海东 [6]。

注释：

[1] 昌平：今北京昌平区，地处北京西北郊，太行山脉与燕山山脉交汇处。
[2] 蒙蒙：细雨迷蒙貌。[3] 翦翦：形容风轻微而带寒意。韩偓《寒食夜》："恻恻轻寒翦翦风，杏花飘雪小桃红。"[4] 霭霭：云烟密集貌。陶渊明《停云》："霭霭停云，濛濛时雨。"[5] 王事：王命差遣的公事。《诗经·小雅·北山》："四牡彭彭，王事傍傍。"[6] 凄其：凄凉貌。唐高适《送前卫县李寀少府》："此地从来可乘兴，留君不住益凄其。"

安宁寨晓发 [1]

　　微雨晓初霁，扬帆亦快哉。轻风疏柳下，晴景断崖开。帘影青山过，潮声雪浪回。凭虚来浩渺 [2]，顿觉出烦埃 [3]。

注释：

[1] 安宁寨：地名，今属陕西安康汉滨区。[2] 凭虚：乘空；无所凭借。凭，乘。虚，太空。南朝梁袁昂《古今书评》："张伯英书如汉武帝爱道，凭虚欲仙。"

54

苏轼《前赤壁赋》："浩浩乎如凭虚御风"。[2]浩渺：水面旷远。[3]烦埃：烦嚣的尘世。

德 州

画舫来天上[1]，黄昏泊德州。沧波千里迥，残月片帆收。吾境欣初入，他乡叹远游。云山开晓色，早晚步瀛洲[2]。

注释：

[1] 画舫：华丽的船。按：德州有三条跨省大河，有黄河、卫运河、漳卫新河，是重要交通枢纽。[2] 瀛洲：传说中的海上仙山。见《山海经》和东方朔《海上十洲记》等。唐太宗设立文学馆，被延聘的人全国仰慕，称为"登瀛洲""步瀛洲"。此句表面指即将到达海滨家乡，暗寓早晚有一天自己会科举高中。应是完璧做官前的作品。

阻雨安宁寨

小雨阻孤村，千山云雾昏。方舟系枯柳，落日傍柴门。飒飒蒹葭冷，悠悠蟋蟀频。疏灯照秋夜，欹枕自惊魂[1]。

注释：

[1] 欹（qī）枕：谓卧着可以看望。欹，通"倚"，斜倚，斜靠。唐秦韬玉《题竹》："卷帘阴薄漏山色，欹枕韵寒宜雨声。"惊魂：受惊的神态。

癸酉新秋二首

玄运不自已[1]，清秋暗迫来。金风轧烦暑，爽气溢楼台。世事全如梦，韶华半不回[2]。余光更几许[3]，相赏莫相猜。

又

幽赏莫相猜，蝉声故复催。烦襟凉似洗，尘虑暗须裁[4]。月转高天朗[5]，花随淡日开。清风樽酒在，千古几人回。

注释：

[1] 玄运：天体的运行。《淮南子·览冥训》："日行月动，星耀而玄运。"高诱注："玄，天也；运，行也。"已：原稿作巳，误。[2] 韶华：美好的时光。常指春光。戴叔伦《暮春感怀》："东皇去后韶华尽，老圃寒香别有秋。"[3] 余光：指落日的光芒。阮籍《咏怀（其八）》："灼灼西颓日，馀光照我衣。"[4] 尘虑：犹俗念。刘禹锡《游桃源一百韵》："道芽期日就，尘虑乃冰释。"[5] 高天：高朗的天空。

再赋新秋

清晓一登楼 [1]，新凉报早秋 [2]。风轻梧叶响，露重竹光流。山意淡青眼 [3]，波澄莹白头 [4]。老怀怜暮景 [5]，潇洒作闲游 [6]。

注释：

[1] 清晓：天刚亮时。孟浩然《登鹿门山怀古》："清晓因兴来，乘流越江岘"。[2] 新凉：指初秋凉爽的大气。韩愈《符读书城南》："时秋积雨霁，新凉入郊墟。"[3] 山意：山的情态。杜甫《小至》："岸容待腊将舒柳，山意冲寒欲放梅。"[4] 莹：光洁，透明。使明亮，使光洁。[5] 老怀：老年人的心怀。宋杨万里《和萧伯和韵》："桃李何忙开又零，老怀易感扫还生。"暮景：傍晚的景象。唐杜牧《题敬爱寺楼》："暮景千山雪，春寒百尺楼。"[6] 闲游：闲散地游赏。白居易《闲游》："外事因慵废，中怀与静期。寻泉上山远，看笋出林迟。白石磨樵斧，青竿理钓丝。澄青深浅好，最爱夕阳时。"

冬日靖虏晓发 [1]

初冬发靖虏，残雪照山头。冽气凝青嶂 [2]，寒光迫翠裘 [3]。孤臣愁绝塞 [4]，万里望中州 [5]。扰扰无东计 [6]，凄凄欲岁遒 [7]。

注释：

[1] 靖虏：明代靖虏卫，隶陕西都司。卫所在今甘肃白银市靖远县城。[2] 冽气：寒气。宋苏辙《河冰》："悄然孤寂枕，觉此凝冽气。"青嶂：如屏障的青山。

沈约《钟山诗应西阳王教》："郁律构丹巘,峻嶒起青嶂。"吕向注:"山横曰嶂。"[3] 寒光:惨白、令人心寒的光。翠裳:翠云裳省做"翠裳"。以翠羽制作、上有云彩纹饰之裳。宋玉《讽赋》:"主人之女,翳承日之华,披翠云之裳。"宋章樵注:"辑翠羽为裳。" [4] 绝塞:极远的边塞地区。唐骆宾王《晚度天山有怀京邑》:"交河浮绝塞,弱水浸流沙。"[5] 中州:中原。[6] 扰扰:烦乱貌。[7] 凄凄:形容悲伤凄凉。谢灵运《道路忆山中》:"凄凄《明月》吹,恻恻《广陵散》。"岁遒:岁末。宋玉《九辩》:"岁忽忽而遒尽兮,恐余寿之弗将。"朱熹集注:"遒,迫也,尽也。"

寄黄海野天曹郎谪归[1]

不见黄生久,尘襟耿未忘[2]。玉堂周礼乐[3],彩笔汉文章。碧树虚秋思[4],黄花负晚香[5]。拟为沧海慰[6],不久滞怀王[7]。

注释:

[1] 天曹郎:完璧妹夫黄海野为吏部文选郎。吏部为管理文职官员的机关,掌品秩铨选之制,考课黜陟之方,封授策赏之典,定籍终制之法,为六部之首,称天曹。曹郎,即部曹,部属各司的官吏,为四品或五品。谪归:因罪革职回乡。[2] 尘襟:世俗的胸襟,此为完璧自谦语。耿,心中挂怀、烦躁不安的样子。[3] 玉堂:官署名。汉侍中有玉堂署,宋以后翰林院亦称玉堂。[4] 碧树虚秋思:此句意为,辜负了春光。碧树,绿色的树木。《列子·汤问》:"碧树而冬生,实丹而味酸。"南朝梁萧统《七契》:"碧树初蕊,绿草含滋。"[5] 黄花负晚香:辜负了秋天。黄花,菊花。苏轼《九日次韵王巩》:"相逢不用忙归去,明日黄花蝶也愁。"晚香,菊花。宋韩琦《九日小阁》:"莫嫌老圃秋容淡,且看黄花晚节香。"[6] 沧海:东海的别称。汉董仲舒《春秋繁露·观德》:"故受命而海内顺之,犹众星之共北辰,群流之宗沧海也。"汉曹操《步出夏门行》:"东临碣石,以观沧海。"此处指家乡。[7] 久滞:久留。怀王:公元前299年秦国攻占了楚国八座城池,秦昭襄王约怀王在武关会面。怀王被秦国扣留囚禁,后命丧咸阳。

登阅江亭 [1]（亭在镇江江南岸简阅舟师者）

独上江亭望，长江豁壮眸[2]。风帆随雾卷，雪浪拍空浮。天堑中原迥[3]，王灵百世悠[4]。酒酣千里客，聊尔一优游[5]。

注释：

[1] 阅江亭：应指北固山临江亭。又名凌云亭、祭江亭、天下第一亭。[2] 豁壮眸：大开眼界。豁，使开阔。元张天秩《虎头横晚》："浩景每凌银汉落，清河长映碧峰流。丹邱此是无劳觅，好寄吟怀豁壮眸。"[3] 天堑：指天然形成的隔断交通的大壕沟。多指长江。魏徵《隋书·五行志下》："长江天堑，古以为限隔南北，今日北军，岂能飞渡耶？"迥：殊，差得远。[4] 王灵：指王朝的威德。《左传·昭公十五年》："晋居深山，戎狄之与邻，而远王室，王灵不及，拜戎不暇，其何以献器？"悠：长久；久远。《国语·吴语》："今吾道路悠远。"注："悠，长也"。[5] 优游：游玩。元稹《春馀遣兴》："恭扶瑞藤杖，步屧恣优游。"

新中驿夜雨 [1]

即次昏黄雨[2]，潇潇夜未停。孤灯烧欲暗，宿酒醉初醒。辗转那能寐，淋淫不忍听[3]。何如飞梦去，绕我故山亭[4]。

注释：

[1] 新中驿：元朝初期新设的驿站，且又在河间、任丘之间，故名。[2] 即次：其次。接着。[3] 淋淫：浸渍。宋庄季裕《鸡肋编》卷上："又春多暴雨淋淫，秋则常苦旱暵。"[4] 故山：旧山。喻家乡。汉应玚《别诗（其一）》："朝云浮四海，日暮归故山。"

房山道中 [1]

晓日房山道，行看亦自幽。空山鸣野鹤，小水立闲鸥[2]。断霭迷村树[3]，晴云结海楼[4]。东风吹款段[5]，倦客重回头。

注释：

[1] 房山：今北京房山区。主要山脉均系太行山分支，境内有大小河流 13 条，拒马河、大石河回旋曲折，永定河、小清河穿境而过。[2] 小水：指小水池。白居易《重戏答〈园林〉》："小水低亭自可亲，大池高馆不关身。"闲鸥：幽静的鸥鸟。[3] 断霭：残雾。唐林宽《省试腊后望春宫》："御沟穿断霭，骊岫照斜空。"[4] 海楼：海市蜃楼，亦称"蜃景"，是光线经过不同密度的空气层，发生显著折射时，把远处景物显示在空中或地面的奇异幻景。这里状写江上云雾的变幻多姿。李白《渡荆门送别》："月下飞天镜，云生结海楼。"[5] 款段：指马行迟缓貌，借指马。典出范晔《后汉书·马援列传》："封援为新息侯，食邑三千户。援乃击牛酾酒，劳飨军士。从容谓官属曰：'吾从弟少游常哀吾慷慨多大志，曰："士生一世，但取衣食裁足，乘下泽车，御款段马，为郡掾史，守坟墓，乡里称善人，斯可矣。致求盈余，但自苦耳。"'"

送范惠泉地曹南守浒关 [1]（都城作）

别送沧江渺 [2]，怜分青海情。楚天春草合，吴水暮烟平。萝月清无寐 [3]，丝桐秘不声 [4]。关山劳望迥 [5]，报绩计仙程 [6]。

注释：

[1] 地曹：指户部。浒（xǔ）关：浒关全称为浒墅关，现在是江苏苏州高新区（虎丘区）下辖的一个镇，位于苏州古城西北。[2] 沧江：江流；江水。以江水呈苍色，故称。南朝梁任昉《赠郭桐庐》："沧江路穷此，湍险方自兹。"[3] 萝月：藤萝间的明月。鲍照、王延秀等《月下登楼连句》："髯鬓萝月光，缤纷篁雾阴。"[4] 丝桐：指琴。古人削桐为琴，练丝为弦，故称。王粲《七哀诗》："丝桐感人情，为我发悲音。"[5] 关山：关口、山岭。劳望：盼望得很辛苦。唐卢照邻《望宅中树有所思》："劳思复劳望，相见不相知。"[6] 仙程：路程的美称。

都城西望湖亭 [1]

云外下长阪 [2]，湖南过小亭。寒泉冷石窦 [3]，细草暗沙汀。骇鹭开青霭，游鱼破翠萍。钓矶来暂息 [4]，波影俗怀醒 [5]。

注释：

[1] 明沈榜《宛署杂记·志遗四》收本篇作《望湖亭》，"青"作"清"，"来"作"未"。[2] 阪：山坡；斜坡。[3] 石窦：石穴。青霭：指云气。因其色紫，故称。鲍照《登大雷岸与妹书》："左右青霭，表里紫霄。"[4] 钓矶：钓鱼时坐的岩石。[5] 俗怀：世俗的想法。

纵舟张家湾 [1]

早解云边缆，初归海上宾。双凫冲翠霭 [3]，孤鹤出红尘 [4]。回首燕台月 [5]，离情汉苑春 [6]。雨昏留别浦 [7]，沽酒暂相斟。

注释：

[1] 纵舟：这首诗每句都有两层意思，又每两句形成对比：表面写辞别繁华的京都，返归海滨故里，又隐含离世出尘，回归大自然精神家园，题名"纵舟"，寓意归心似箭。张家湾：今北京通州区张家湾镇。秦汉时期，潞河（今北运河）自今张家湾东折流，形成近乎直角弯，兼之浑河（今永定河）东支西来汇此，使此处湾流宽阔而深，又两岸土质坚硬，故为天然良好河港。辽、元、明、清作为大运河北端码头繁华达七百余年。因元代张瑄督海运至此而名张家湾。[3] 双凫（fú）：两只野鸭；两只水鸟。为诗文中感伤离别之词。扬雄《解嘲》："譬若江湖之崖，渤澥之岛，乘雁集不为之多，双凫飞不为之少。"元虞集《苏武慢》："乘雁双凫，断芦漂苇，身在画图秋晚。"[4] 孤鹤：比喻孤特高洁之人。唐皇甫曾《秋夕寄怀契上人》："已见槿花朝委露，独悲孤鹤在人群。"应为作者自比。红尘：闹市的飞尘，借指繁华之地。佛教、道教等称人世为"红尘"。看破红尘，就是从烟云似的繁华生活隐退到自由、简朴的林野或山野生活环境中。[5] 燕台：指冀北一带。唐祖咏《望蓟门》："燕台一望客心惊，箫鼓喧喧汉将营。"[6] 汉苑春：汉宫春色。汉苑代指都城。杜甫《自京窜至凤翔喜达行在所》："愁思胡笳夕，凄凉汉苑春。"[7] 别浦：河流入江海之处称浦，或称别浦。南朝宋谢庄《山夜忧》："凌别浦兮值泉跃"。宋高观国《烛影摇红》："别浦潮平，远村帆落烟江冷。"胡云翼注："大水有小口别通曰浦，也称别浦。"

晚泊长芦[1]

晚泊长芦月，凉生瀛海风。云川凄暮笛[2]，岸苇泣寒蛩。酒尽空明里[3]，诗成欸乃中[4]。天涯浮桂棹[5]，星畔老槎翁[6]。

注释：

[1] 长芦：今河北省沧州市西长芦镇。[2] 云川：概指银河。[3] 空明：指空旷澄净的天空。苏轼《前赤壁赋》："桂棹兮兰桨，击空明兮溯流光。"[4] 欸乃：象声词。摇橹声。唐元结《欸乃曲》："谁能听欸乃，欸乃感人情。"题注："棹舡之声。"或指棹歌。[5] 桂棹：桂木制的划船工具，此为船的美称。棹，篙。梁简文帝《与刘孝绰书》："晓河未落，拂桂棹而先征；夕鸟归林，悬孤帆而未息。"[6] 槎（chá）翁：槎，木筏。典出郭璞《博物志》："天河与海通，近世有人居海渚者，年年八月有浮槎，去来不失期。人有奇志，立飞阁于槎上，多赍粮，乘槎而去。"

月夜饮静宁刘陵沙太守[1]

凉月飞寒巘[2]，清宵遇故人。共将辽海思[3]，相慰塞垣春[4]。把酒黄尘倦[5]，论文清兴新[6]。挑灯放襟抱[7]，海内为谁真。

注释：

[1] 静宁：今属甘肃。明代静宁州领隆德县，后领庄浪县，属陕西平凉府。[2] 凉月：秋月。谢朓《移病还园示亲属》："停琴伫凉月，灭烛听归鸿。"寒巘：寒山，常用于古诗文，如宋葛长庚（白玉蟾）《山月轩》："潋滟金盘挂寒巘，婵娟玉镜沉清溪。"[3] 辽海：指东北边境。[4] 塞垣：本指汉代为抵御鲜卑所设的边塞，后亦指长城；边关城墙。此指北方边境地带。[5] 黄尘：比喻俗世，尘世。唐聂夷中《题贾氏林泉》："岂知黄尘内，迥有白云踪。"[6] 清兴：清雅的兴致。王勃《山亭夜宴》："清兴殊未阑，林端照初景。"[7] 襟抱：胸怀，抱负。杜甫《奉持严大夫》："身老时危思会面，一生襟抱向谁开。"

赠许空石解元刺史贵南

荆识今何幸[1]，萍踪亦可怜。声光齐鲁外，俊逸汉唐前。塞日孤城暮，蛮烟万里天[2]。何当一朝宠，相慰五云边[3]。

注释：

[1] 荆识：即识荆。书面敬语，原指久闻其名而初次见面结识。语出李白《与韩荆州书》："白闻天下谈士相聚而言曰：'生不用封万户侯，但愿一识韩荆州。'何令人之景慕一至于此耶！"韩荆州，指韩朝宗，当时为荆州长史。后因以"识荆"为初次识面的敬辞。[2] 蛮烟：指南方少数民族地区山林中的瘴气。宋张咏《舟次辰阳》："村连古洞蛮烟合，地落秋畬楚俗欢。"[3] 五云：指皇帝所在地。唐王建《赠郭将军》："承恩新拜上将军，当值巡更近五云。"

广济寺[1]

迢递驱山径[2]，倥偬入梵宫[3]。长廊喧燕雀，古殿郁杉松。采药神僧去，霏香禅榻空[4]。清魂欲延伫[5]，俗役未从容[6]。

注释：

[1] 广济寺：位于北京城内西城区阜成门内大街。始建于宋朝末年，名西刘村寺。明天顺初年重建，成化二年（1466）宪宗下诏命名"弘慈广济寺"。[2] 迢递驱山径：驱马行走在曲折的山间小路。[3] 梵（fàn）宫：梵天之宫殿。今称佛寺。佛经原用梵文写成，故凡与佛教有关都称梵。《法华经·化城喻品》曰："梵天宫殿光明照曜。"[4] 霏香：霏，云气。谢灵运《石壁精舍还湖中作》："林壑敛暝色，云霞收夕霏。"[5] 清魂：使意念纯净。扬雄《甘泉赋》："澄心清魂，储精垂恩。"延伫（zhù）：久立，久留。语出屈原《离骚》："悔相道之不察兮，延伫乎吾将反。"王逸注："延，长也；伫，立貌。"[6] 俗役：世俗事务。萧统《昭明文选》卷6李善注："《吕氏春秋》曰：'段干木者，魏文侯敬之，过其庐而轼之。其仆曰："干木布衣耳，而君轼其庐，不亦过乎？"文侯曰："干木不趋俗役，怀君子之道，隐处穷巷，声驰千里之外，未肯以己易寡人也。"'"

寄丘月林给事[1]

旷望天低树[2]，孤吟月满林。断云春寂寂[3]，落日晚沉沉。青琐钦怀玉[4]，沧溟拟断金[5]。封书将别恨，迢递过西岑。

注释：

[1] 本篇当作于擢判巩昌临行时。丘月林时任刑科给事中。给事：给事中的省称，唐时属门下省，官阶正五品上。明朝六科给事中是言官，掌侍从、谏诤、补阙、拾遗、审核、封驳诏旨，驳正百司所上奏章，监察六部诸司，弹劾百官等，与御史互为补充。[2] 旷望：极目眺望，远望。谢朓《郡内高斋闲望答吕法曹诗》："结构何迢遰，旷望极高深。"[3] 寂寂：寂静无声貌。[4] 青琐：原指装饰皇宫门窗的青色连环花纹，借指宫廷。典出《汉书·元后传》："曲阳侯根骄奢僭上，赤墀青琐。"颜师古注："孟康曰：'以青画户边镂中，天子之制也。'……孟说是。青琐者，刻为连环文，而青涂之也。"怀玉：谓怀抱仁德。《道德经》："知我者希，则我者贵，是以圣人被褐怀玉。"[5] 沧溟（cāngmíng）：苍天，高远幽深的天空。唐顾况《酬柳相公》："个身恰似笼中鹤，东望沧溟叫数声。"断金：语出《易经·系辞上》："二人同心，其利断金。"孔颖达疏："金是坚固之物，能断而截之，盛言利之甚也。"后谓同心协力或情深义厚。

月林见枉，遥践琴约，西还，赋送[1]

故人欢有陨[2]，永夜问何其[3]。醮饮酬良觌[4]，调丝慰凤期[5]。霜寒红蜡短，水冷玉龙迟[6]。竹里清风起，连床无寐时[7]。

注释：

[1] 见枉：称对方来访自己。枉，屈就，用于别人，含敬意。[2] 欢有陨：欢乐自天而降。《易经·下经·姤卦》："九五以杞包瓜，含章，有陨自天。《象》曰：九五含章，中正也。有陨自天，志不舍命也（必然有理想的遇合从天而降，说明九五的心志不违背天命）。"[2] 永夜问何其：语出《诗经·小雅·庭燎》："夜如何其，夜未央。"永夜，长夜。[4] 醮（jiào）饮：即饮醮，喝尽杯中酒。《淮南子·道应训》："（魏）文侯受觞而饮醮不献。"酬：劝酒。良觌（dí）：良晤。谢灵运《南楼中望所迟客》："搔首访行人，引领冀良觌。"[5] 调丝：

弹奏弦乐器。《乐府诗集·相和歌辞九·相逢行》："小妇无所为，挟瑟上高堂；丈人且安坐，调丝方未央。"此指弹古琴。慰：使人心里安适。凤期：意为旧谊、旧约，犹凤愿。[6] 玉龙：指龙形的漏壶。宋张孝祥《菩萨蛮·玉龙细点三更月》："玉龙细点三更月，庭花影下余残雪。"[7] 连床：指兄弟或亲友久别后重逢，共处一室倾心交谈的欢乐之情。苏辙《次韵子瞻和陶公止酒》："连床闻动息，一夜再三起。"

晚行溪畔

翠盖斜阳外[1]，雕舆绿水边[2]。清风吹细葛[3]，微雨散遥天。沙鸟盟何在[4]，溪鱼乐自牵[5]。好来垂钓处，只是近人烟。

注释：

[1] 翠盖：饰有翠羽的车盖。泛指华美的车辆。汉辛延年《羽林郎》："银鞍何煜爚，翠盖空踟蹰。"[2] 雕舆（yú）：玉饰之车。多为对车驾的美称。张衡《思玄赋》："辇（yǐ）雕舆而树葩兮，扰应龙以服辂。"[3] 细葛：此指细葛布做的衣服。[4] 沙鸟盟：又称鸥盟。典出《列子·黄帝》："海上之人有好沤鸟者，每旦之海上，从沤鸟游，沤鸟之至者百住而不止。其父曰：'吾闻沤鸟皆从汝游，汝取来，吾玩之。'明日之海上，沤鸟舞而不下也。"亦作海上鸥、忘机鸥。意谓人如无机巧损人之心，那么异类也可相亲。常用来描写寄情山水、超然物外、淡泊名利的人生态度。陆游《凤兴》："鹤怨凭谁解，鸥盟恐已寒。"[5] 溪鱼乐：即鱼乐，典出《庄子·水》。庄子与惠子游于濠梁之上，见鲦鱼出游从容，因辩论鱼知乐否。后遂以"鱼乐"等谓鱼游水中，悠然自得。后亦以喻纵情山水，逍遥游乐。

初秋暑退晚坐

蟋蟀鸣阶下，凉风动槛前。露华侵袂湿[1]，月魄缀檐翩[2]。酷暑知何去，清宵自不眠。幽吟对修竹[3]，相与斗婵娟[4]。

注释：

[1] 露华：露水，露气。李白《清平调（其一）》："云想衣裳花想容，春风拂槛露华浓。"[2] 月魄：指月初生或圆而始缺时不明亮的部分。亦泛指月亮、

月光。《汉武帝内传》："致日精得阳光之珠，求月魄获黄水之华。"翩：轻快，飘忽。[3] 幽吟：微吟。宋赵抃《题杜子美书室》："天地不能笼大句，鬼神无处避幽吟。"[4] 娉（pián）娟：形容月色明媚，或指明月。

对雪限韵

错落明垂地[1]，岑寥冷闭关[2]。寒庭花满树[3]，青海玉连山[4]。作赋才难企[5]，高眠迹可攀[6]。怀人清兴发，孤棹夜中还[7]。

注释：

[1] 错落：交错纷杂。[2] 岑寥（liáo）：孤寂。岑，寂寞，孤独冷清。寥，空虚；寂静。明王守仁《九华山赋》："麇麆群游于左右，若将侣幽人之岑寥。"闭关：封闭关口，比喻不与外界交往。[3] 寒庭花满树：此句以梨花喻雪，当化用唐岑参《白雪歌送武判官归京》："忽如一夜春风来，千树万树梨花开。"[4] 青海玉连山：祁连山在青海境内，山峰终年积雪，故称"玉连山"。[5] 作赋才难企：南朝宋谢惠连著有《雪赋》，其族兄谢灵运很欣赏他的才华，与之并称"大小谢"。[5] 高眠：安眠。又指闲居。[6] 怀人清兴发，孤棹夜中还：此句当用王子猷雪夜访戴的典故。刘义庆《世说新语·任诞》："王子猷居山阴。夜大雪，眠觉，开室，命酌酒。四望皎然，因起彷徨，咏左思《招隐》诗。忽忆戴安道；时戴在剡，即便夜乘小船就之。经宿方至，造门不前而返。人问其故，王曰：'吾本乘兴而行，兴尽而返，何必见戴？'"这体现了"魏晋风度"的任诞放浪、不拘形迹。这里的戴逵及其子戴勃、戴颙都以琴名世。

夏夜独坐

独坐芳庭晚[1]，遥依银浦清[2]。竹风披溽暑[3]，山月静荒城。有酒闲仍醉，无官负自轻。年年沧海上[4]，高兴此平生。

注释：

[1] 芳庭：长着花草的庭院。[2] 银浦：银河。李贺《天上谣》："天河夜转漂回星，银浦流云学水声。"清王琦汇解："银浦，即天河也。"[3] 竹风：

指竹间之风，常指清凉之风。语出杜甫《远游》："竹风连野色，江沫拥春沙。"披：打开；散开。溽暑：指盛夏气候潮湿闷热。《礼记·月令》："（季夏之月）土润溽暑，大雨时行。"[4] 沧海：称隐逸之所。

雨　中

冥雨朝还暮，凄风夏作秋。竹光联榻润[1]，苔色上衣浮。古木惊涛转，飞甍瀑布流[2]。清轩人独倚[3]，尽日看浮沤。

注释：

[1] 竹光：谓竹子表皮光滑。清袁枚《随园诗话》卷9："沈光禄子大、许明府子逊，二人齐名。沉如：'竹光晨露滑，池静夜泉生。'……真少陵也。"[2] 飞甍：两端翘起的房脊。[3] 清轩：清静的走廊或小屋。轩，有窗的廊子或小屋子。[3] 浮沤（ōu）：水面上的泡沫。因其易生易灭，常比喻变化无常的世事和短暂的生命。唐姚合《酬任畴协律夏中苦雨见寄》："走童惊掣电，饥鸟啄浮沤。"

官衙夜雨

清馆鸣寒雨，离人寄远天。高风岁欲暮[1]，孤烛夜如年。妻病沉双鲤[2]，儿官苦独贤[3]。羁愁千里外，鱼目五更前。

注释：

[1] 高风：强劲的风。[2] 沉双鲤：指音信不通。双鲤，指代书信，寓意相思。汉乐府诗《饮马长城窟行》："客从远方来，遗我双鲤鱼。呼儿烹鲤鱼，中有尺素书。长跪读素书，书中竟何如？上言加餐食，下言长相忆。"[3] 独贤：谓独劳。《诗经·小雅·北山》："大夫不均，我从事独贤。"毛传："贤，劳也。"[4] 鱼目：泪眼。李贺《题归梦》："劳劳一寸心，灯花照鱼目。"明董懋策注："鱼目，泪目也。"王琦汇解："鱼目有珠，故以喻含泪珠之目。"

盐城闻促织

忽闻鸣促织，应自感清秋[1]。花底来何暮，风前听未休。异乡人不寐，故里思难酬[2]。骨肉经年别，湖天回白头[3]。

注释：

[1] 清秋：特指深秋，也意指明净爽朗的秋天。殷仲文《南州桓公九井作》："独有清秋日，能使高兴尽。"[2] 酬：实现愿望。[3] 湖天：湖上的天空。宋周端臣《湖天》："湖天初过雨，晴意有无间。"

八月四日官署晚坐

海邑消烦暑[1]，星河坐晚凉[2]。清风来独树，新月挂危墙。水气生寒早，蛩声向夜忙。客怀秋渐老[3]，官邸漏初长。

注释：

[1] 海邑：海滨县城。从内容看应指盐城。[2] 星河：指银河。银河是横跨星空的一条乳白色亮带，由大量恒星构成。[3] 客怀：身处异乡的情怀。张咏《雨夜》："帘幕萧萧竹院深，客怀孤寂伴灯吟。"官邸：官员府邸。

盐城八月十五夜二首

飞镜当庭静[1]，衔杯向夜深[2]。清光霜满地[3]，寒色水侵襟。不觉银河落，偏宜玉漏沉。暂将江国景[4]，聊慰海瀛心。

八月盐城客，孤吟桂魄秋。阅时常惜老，对月欲销愁。把酒添清兴，酣歌慰白头。郎官今不斁[5]，犹慊此同游[6]。

注释：

[1] 飞镜：比喻明月。李白《把酒问月》："皎如飞镜临丹阙，绿烟灭尽清辉发。"[2] 衔杯：口含酒杯，多指饮酒。晋刘伶《酒德颂》："捧罂承槽，衔杯漱醪。"[3] 清光：清亮的光辉。多指月光、灯光之类。谢朓《侍宴华光殿曲水》："欢饮终日，清光欲暮。"[4] 江国：河流多的地区。多指江南。盐城在淮水之南。[5] 郎官：时慎修已擢任兵部。斁（yì）厌倦；懈怠。[6] 慊（qiè）：满足，满意。《孟子·公孙丑上》："行有不慊于心"。

淮阴冬夜 [1]

羁客当寒夜，惊魂自不眠。风帘清寂寂 [2]，霜月冷娟娟。衰鬓淮阴道，归心岁暮天。敞裘拥独坐，谯鼓暗云川 [3]。

注释：

[1] 淮阴：今江苏淮安辖区。[2] 风帘：指遮蔽门窗的帘子。谢朓《和王主簿季哲怨情》："花丛乱数蝶，风帘入双燕。"[3] 谯鼓：谯楼更鼓。陆游《客中夜寒戏作长谣》："鼕鼕默数严谯鼓，耿耿独看幽窗灯。"云川：表示非常广大的意思，概指银河。

吊黄海野早发

残月策行骖，青娥戒晓严 [1]。征衣鸣落叶，宿雁起寒湍 [2]。烟迥苍茫外 [3]，曦明紫翠间 [4]。北风吹老泪，凄恻度林峦。

注释：

[1] 青娥：指青女，也就是主司霜雪的女神。[2] 寒湍：冰凉的水流。[3] 苍茫：指辽阔遥远而望不到边。[4] 紫翠：描写早晚间天空霞光缤纷。杜牧《早春阁下寓直萧九舍人亦直内署，因寄书怀四韵》："千峰横紫翠，双阙凭栏干。"

归宿柴沟 [1]

余映沉冈疾 [2]，悲风卷地寒。烟中度淮水，月下扣柴关 [3]。半醉霜犹冷，孤眠灯欲残。可怜今夜梦，肠断野云间。

注释：

[1] 柴沟：今属山东高密。当是完璧妹与黄海野居处。[2] 余映沉冈疾：夕阳余晖快速地落下山冈。余映，夕阳余辉。王粲《七哀诗（其二）》："山冈有余映，岩阿增重阴。"[3] 柴关：柴门。此处一语双关（"柴沟"）。

68

十二月立春日简栾侍御二首

腊日逢春日 [1]，新年入旧年。野梅残雪后，江雁暖风前。老眼园林雾，闲身湖海天 [2]。朱颜那可再，偷向醉中还。

鼓角春初报 [3]，阳和物自私 [4]。冰溪渐欲绿 [5]，岸柳媚将丝。云壑堪乘兴 [6]，霜台好赋诗 [7]。相知无异地，相赏莫相违。

注释：
[1] 腊日：俗称腊八节，在农历十二月初八。杜甫《腊日》："腊日常年暖尚遥，今年腊日冻全消。侵陵雪色还萱草，漏泄春光有柳条。"春日：农历节气中的"立春"。古人将立春定为二十四节气之首。立春意味着冬季结束，进入春天。这年的立春在腊八节，所以诗中说"新年入旧年"。[2] 闲身：指没有官职之身。[3] 鼓角：两种乐器。苏轼《和陶移居（其一）》："歌呼杂闾巷，鼓角鸣枕席。"[4] 阳和：春天的暖气。自私：基于个人利益需求做出的行为及反应。清朱梅崖《乐闲图序》："天子以为可休，斯可休矣，故筋力得以自私，若是者，乃先生之所谓乐，先生之所谓闲也。"[5] 渐：解冻时河中流动的冰块。[6] 云壑：云气遮覆的山谷。南朝齐孔稚珪《北山移文》："诱我松桂，欺我云壑。"乘兴：趁一时高兴；兴会所至。苏轼《题永叔会老堂》："乘兴不辞千里远，放怀还喜一樽同。"[7] 霜台：御史台的别称。御史职司弹劾，为风霜之任，故称。唐卢照邻《乐府杂诗序》："乐府者，侍御史贾君之所作也……霜台有暇，文律动于京师；绣服无私，锦字飞于天下。"

秋日出西直门 [1]

秋日游晴旷 [2]，西风被面凉 [3]。征袍红叶满，羸马白沙长。曲水惊闲鹭，荒池度野芳 [4]。碧峰千万点 [5]，一望慰愁肠。

注释：
[1] 西直门：在今北京西城区。[2] 游晴：沈榜《宛署杂记·志遗四》中，"游晴"作"避情"，"被"作"披"，"鹭"作"路"。"游晴"当为"游情"，犹游心。范晔《后汉书·贾逵传》："犹朝夕恪勤，游情六艺，研机综微，靡不审覈。"[3] 被（pī）面：加于面，满面。"被"同"披"，覆盖。范晔

《后汉书·董宣传》："（董宣）即以头击楹，流血被面。"[4] 野芳：犹野花。戴叔伦《南野》："野芳绿可采，泉美清可掬。"[5] 碧峰：碧绿的山峰。李白《访戴天山道士不遇》："野竹分青霭，飞泉挂碧峰。"

秋日兴教寺[1]

古寺青林外，轻车白日斜[2]。秋怀开野色，午茗惬僧家。山鸟清吟兴，云松静物哗[3]。禅关醒俗梦，坐晚意犹赊[4]。

注释：

[1] 兴教寺：全称"大唐护国兴教寺"，唐代樊川八大寺之首。位于陕西西安城南约20千米处的少陵原畔。宋哲宗元祐元年（1086）季春戊申日，张礼游寺时，尚用"殿宇法制，精密庄严"八字概括描述。明神宗万历四十六年（1618）四月，赵崡在《兴教寺》诗中写道："败垣惊变相，残碣绣苔痕。"兴教寺的荒凉可见一斑。完璧此诗当在赵崡之前。该诗重点写游兴，对寺院建筑较少具体描写。[2] 轻车：轻快的车子。《淮南子·原道训》："末世之御，虽有轻车良马，劲策利锻，不能与之争先。"[3] 物哗：沈榜《宛署杂记·志遗四》中，"哗"作"华"。[4] 赊：多，繁多。皎然《同袁高使君送李判官使回》："庾公欢此别，路远意犹赊。"

都城送栾岱沧进士尹溧水[1]

相逢忽复别，羁客不胜情。衰柳高秋晚，寒山淡日明。歌残春酒尽，帆远暮潮生。何慰潘郎梦[2]，芳声达凤城[3]。

注释：

[1] 溧水：今属江苏南京。[2] 潘郎：晋美男子潘岳。这里指栾岱沧。[3] 凤城：指都城。

都城冬日公出，同杨东川寅丈宿僧舍二首

冬夜宿僧房，萍踪靓帝乡[1]。松风韵骚屑[2]，窗月照苍凉。不寐清宵短，

论文雅谊长^[3]。谁怜沈伯起^[4]，相与慰壶觞。

　　僧寺清无极，羁臣愁未涯^[5]。月明寒吠犬，风静夜啼鸦。心苦仍依国^[6]，魂飞不到家。悲歌逢义士，弹铗和京华^[7]。

注释：

[1] 觏（gòu）：遇见。[2] 骚屑（sāoxiè）：风声。刘向《九叹·思古》："风骚屑以摇木兮，云吸吸以澈戾。"王逸注："风声貌。"[3] 雅谊：犹厚意。明文徵明《病中承次河携樽过访》："高轩恰似清风到，雅谊还同夏日长。"[4] 沈伯起：应为杨伯起。杨震（？—124），字伯起，东汉名臣。公正廉洁，不谋私利。未仕前热心教育事业，教学有方，被赞为"关西孔子杨伯起"。后官至司徒、太尉。此处代指杨寅。[5] 羁臣：羁旅流窜之臣。《左传·昭公七年》："君之羁臣，苟得容以逃死，何位之敢择？"[6] 依国：依恋家乡。杜甫《小至》："云物不殊乡国异，教儿且覆掌中杯。"[7] 弹铗：弹击剑把。铗，剑把。典出《战国策·齐策四》："冯谖弹铗而歌"。后以"弹铗"谓处境窘困而又欲有所求。此谓思归。京华：是京城之美称。因京城是文物、人才汇集之地，故称为京华。

朝回望西山^[1]

　　初日早朝回^[2]，金天秀色开^[3]。彩云连巘崿^[4]，翠霭接城隈^[5]。幽远牵高兴^[6]，奔趋笑俗埃^[7]。何时谢朝组^[8]，随意踏莓苔^[9]。

注释：

[1] 西山：指北京西山，是太行山脉的一支，为著名风景名胜区。[2] 初日：刚升起的太阳。[3] 金天：西方之天。张衡《思玄赋》："顾金天而叹息兮，吾欲往乎西嬉。"[4] 巘崿（yǎn'è）：山崖，峰峦。谢灵运《晚出西射堂》："连障叠巘崿，青翠杳深沉。"李善注："巘崿，崖之别名。"[5] 翠霭：青雾。城隈：城角，城内偏僻处。骆宾王《帝京篇》："三条九陌丽城隈，万户千门平旦开。"[6] 幽远：深远，幽深。[7] 奔趋：趋附，追求。苏轼《上神宗皇帝书》："大抵名器爵禄，人所奔趋。"俗埃：尘俗。唐张祜《题虎丘东寺》："云树拥崔嵬，深行异俗埃。"[8] 朝组：缨冕，仕宦的代称。组，装饰性丝带。许慎《说文解字》："组，绶属。其小者以为冕缨。"[9] 莓苔：青苔。孙绰《游天台山赋》："践莓苔之滑石，搏壁立之翠屏。"

71

狱中不寐

身老名何在，岁残人未归。乌纱成晚祟[1]，白发悟前非[2]。十口知谁托，千山隔雁飞。泪痕挥不尽，暮雨北风微[3]。

注释：

[1] 乌纱：明太祖于洪武三年（1370）规定，凡文武百官上朝和办公时，一律要戴乌纱帽，穿圆领衫，束腰带。另外，取得功名而未授官职的状元、进士，也可戴乌纱帽。此后乌纱帽是做官为宦的代名词。晚祟：晚年的祸患。祟，原指鬼怪或指鬼怪害人，借指不正当的行动。此指晚年无妄之灾。[2] 前非：以前所犯的错误。非，错误。[3] 暮雨：傍晚的雨。

落　日

落日崦嵫外[1]，新蟾粉堞边[2]。严扉栖暮霭[3]，悲角调霜天[4]。倦点灯前《易》，徐调膝上弦。酒醒无限恨，头白梵钟前[5]。

注释：

[1] 崦嵫（yānzī）：即今甘肃大水齐寿山。古时常用来指日没的地方。《山海经·西山经》："鸟鼠同穴山西南三百六十里曰崦嵫之山。"郭璞注："日没所入之山也。"屈原《离骚》："吾令羲和弭节兮，望崦嵫而勿迫。"[2] 新蟾：新月。传说月中有三足蟾蜍，因以蟾代称月。唐温庭筠《夜宴谣》："高楼客散杏花多，脉脉新蟾如瞪目。"粉堞（dié）：用白垩涂刷的女墙。四库本原作"粉蝶"，误。骆宾王《晚泊江镇》："夜乌喧粉堞，宿雁下芦洲。"[3] 严扉：门户的雅称，常用于诗文。宋叶梦得《石林燕语》卷5："虽然绦褐容相见，东望严扉敢杖藜。"暮霭：傍晚的云雾。南朝宋颜延之《陶徵士诔》："晨烟暮霭，春煦秋阴，陈尽辍卷，置酒弦琴。"[4] 悲角：悲凉的号角声。杜甫《上白帝城》："老去闻悲角，人扶报夕阳。"霜天：深秋的天空。南朝梁萧纲《咏云》："浮云舒五色，玛瑙应霜天。"[5] 头白：参考"汗青头白"，即书成人老。唐刘知几《史通·忤时》："每欲记一事载一言，皆阁笔相视，含毫不断。故头白可期，而汗青无日。"梵钟：寺院钟楼中的大钟（吊钟），又称洪钟、撞钟。据说，寺僧撞钟所发之声，能使众生开启心眼而破烦恼。

代送人二尹闻喜[1]

　　阑暑金风早[2]，离觞野馆西[3]。关河秋杳杳[4]，云雨晚凄凄。良吏新承宠[5]，殊方久望霓[6]。即看今日业，拟与古人齐。

注释：

[1] 二尹：明清时对县丞或府同知的别称。明冯梦龙《警世通言·赵春儿重旺曹家庄》："曹（可成）初任是福建同安县二尹"。严敦易校注："二尹，县丞的别称，他是知县的副职，所以称为二尹。"明凌濛初《二刻拍案惊奇·权学士权从远乡姑　白孺人白嫁亲生女》："一日，太学得选了闽中二尹，打点回家赴任，就带了白氏出京。"王古鲁注："二尹，明清时俗称同知官为二府，而职务则同知府事。二尹，即二府。"闻喜：今属山西。[2] 阑暑：暑气将尽。谢灵运《永初三年七月十六日之郡初发都》："述职期阑暑，理棹变金素。"李善注："阑，犹尽也。"李周翰注："阑暑，谓夏末暑气阑也。"借指夏末。金风：指秋风。晋张协《杂诗十首（其三）》："金风扇素节，丹霞启阴期。"李善注："西方为秋而主金，故秋风曰金风也。"[3] 离觞（shāng）：离杯，即离别的酒宴。王昌龄《送十五舅》："夕浦离觞意何已，草根寒露悲鸣虫。"野馆：指乡村旅舍。陆游《记梦》："我梦结束游何邦，小憩野馆临幽窗。"[4] 关河：关山河川、关塞、关防等，在文学领域，常常引申为山河之意。宋柳永《八声甘州·对潇潇暮雨洒江天》："渐霜风凄紧，关河冷落，残照当楼。"杳杳：昏暗貌。屈原《九章·怀沙》："眴兮杳杳，孔静幽默。"[5] 良吏：贤能的官吏。汉晁错《上书言募民徙塞下》："虽有材力，不得良吏，犹亡功也。"承宠：承受恩宠。此处贺人受到重用。[6] 殊方：远方，异域。班固《西都赋》："逾昆仑，越巨海，殊方异类，至于三万里。"望霓：好像大旱的时候盼望春水一样。比喻渴望解除困境。语出《孟子·梁惠王下》："民望之，若大旱之望云霓也。"云霓，下雨的征兆。

次韵山行即事

　　白云幽石古，青壁瀑湍鸣[1]。空翠侵衣湿，山花照眼明。啼莺寒谷静，落絮晚风轻。何处弥征盖，松门一慰情[2]。

注释：

[1] 瀑湍：飞瀑湍流。宋李格非《洛阳名园记·水北胡氏园》："水清浅则鸣漱，湍瀑则奔驶，皆可喜也。"[2] 松门：谓以松为门；前植松树的屋门。王勃《游梵宇三觉寺》："萝幌栖禅影，松门听梵音。"慰情：自我安慰。陶渊明《和刘柴桑》："弱女虽非男，慰情良胜无。"

次韵宿弘恩寺[1]

残阳投古寺，乘月访高僧。佛土风尘净，禅心池水明[2]。玄关欣妙悟[3]，白首绊浮名[4]。半榻三生幸[5]，千缘一芥轻[6]。

注释：

[1] 沈榜《宛署杂记·志遗四》中作《宿弘恩寺》。佛土：佛国，佛界，佛刹。指佛所住之处，或佛教化之国土。[2] 禅心：佛教用语，指清空安宁的心。唐李颀《题睿公山池》："片石孤峰窥色相，清池皓月照禅心。"[3] 玄关：指佛教的入道之门。妙悟：禅宗提倡通过参禅来了悟，从而达到本心清净、空灵清澈的精神境界。后秦僧肇《长阿含经序》："晋公姚爽质直清柔，玄心超诣，尊尚大法，妙悟自然。"此语一出，在后来的佛教中被普遍使用。[4] 浮名：虚名。谢灵运《初去郡》："伊余秉微尚，拙讷谢浮名。"[5] 半榻：古诗词常用语。宋王沂孙《高阳台·纸被》："酒魂醒，半榻梨云，起坐诗禅。"宋方夔《杂兴（其三）》："凉与竹奴分半榻，夜将书妳伴孤灯。"三生：佛教指前生、今生、来生。[6] 千缘：指一切因缘、众多缘份。也作"万缘"。苏轼《安国寺浴》："心困万缘空，身安一床足。"一芥：一粒芥籽。形容细小轻微。《淮南子·说山训》："君子之于善也，犹采薪者，见一芥掇之，见青葱则拔之。"

东归过邹平山下[1]

昔去冰霜岁，今归五六年。青山如旧约，赤日自堪怜[2]。两鬓空成雪，孤忠负所天[3]。偷闲过海畔，故旧半萧然[4]。

注释：

[1] 邹平：今属山东。[2] 赤日：红日；烈日。[3] 孤忠：忠贞自持，不求人体察的节操。曾巩《韩魏公挽歌词》："覆冒荒遐知大度，委蛇艰急见孤忠。"[4] 故旧：旧交，旧友。萧然：稀疏。

硖　石 [1]

　　昔闻硖石崄 [2]，此日度应难。烟洞深无极 [3]，云梯不可干 [4]。人从天上落，树向井中看。空翠茫茫里，征衣暗浥寒 [5]。

注释：

[1] 硖（xiá）石：硖石乡，今属河南三门峡。硖古同"峡"，两山间的溪谷。[2] 崄（xiǎn）：同"险"。[3] 烟洞：云雾弥漫的岩洞。唐张籍《送越客》："谢家曾住处，烟洞入应迷。"[4] 云梯：古代属于战争器械，用于攀越城墙攻城的用具。干（gān）：触犯、冲犯的意思。[5] 浥寒：湿冷。浥，湿润。

张茅道中 [1]

　　世路应愁绝，胡为来此哉！崄巇崖畔度 [2]，窈窱壑中回 [3]。仰面青天小，低头黄雾来 [4]。艰危向衰老 [5]，不觉此心灰。

注释：

[1] 张茅：张茅乡，今属河南三门峡。同上硖石乡都是河南西部秦、晋、豫三省交界的黄河三角地区。[2] 崄巇（xiǎnxī）：险峻崎岖。嵇康《琴赋》："丹崖崄巇，青壁万寻。"刘良注："崄巇，倾侧貌也。"[3] 窈窱：幽深的样子。出自班固《西都赋》："步甬道以萦纡，又窈窱而不见阳。"[4] 黄雾：黄色的雾气。《汉书·成帝纪》："[汉武帝建始元年（前32）]夏四月，黄雾四塞，博问公卿大夫，无有所讳。"[5] 向：临近，将近。

郭城驿道中 [1]

　　塞雁惊斜日，边沙卷北风 [2]。敝舆山雾里 [3]，冷饭驿亭中。黄草连云暗，青峦带雪丛。壮怀元不老，犹慕伏波翁[4]。

注释：

[1]郭城驿：郭城驿镇位于今甘肃会宁北部。[2]边沙：边地的沙砾。唐高骈《边城听角》："席箕风起雁声秋，陇水边沙满目愁。"[3]敝舆：指破旧的马车。《墨子·公输》："邻有敝舆而欲窃之。"[4]伏波翁：指东汉杰出的军事家伏波将军马援。今陕西扶风县城以西六七里处的伏波村，是马援的诞生地。

塞垣晓行

野寺疏钟尽，寒山残月斜。冰溪惊雁阵，石径破霜花[1]。杯酒全无力，边风不可遮[2]。孤臣一万里，肠断塞垣笳。

注释：

[1]霜花：亦作"霜华"，即霜。霜为粉末状结晶。花，指物之微细者。故称。
[2]边风：边地的寒风。宋梅尧臣《送刁景纯学士使北》："驿骑骎骎持汉节，边风惨惨听胡笳。"

次韵夜过六盘山[1]

初月上银盘[2]，登高夜倍寒。谷风肌粟慄[3]，山露鬓珠团[4]。身为微名苦，心应老病酸。秦程良不易[5]，蜀道浪惊难[6]。

注释：

[1]六盘山：在今宁夏西南部、甘肃东部。[2]银盘：比喻明月。唐卢仝《月蚀》："烂银盘从海底出，出来照我草屋东。"[3]粟慄：即粟栗，悚惧时肌肤起颗粒。[4]珠团：聚集成珠。宋董嗣杲《菱花》："珠团绿锦趁晴滩，凉荫龟鱼六月寒。"[5]秦程：秦地的道路。[6]浪：徒然；白白地。

次韵夜过分水岭[1]

素娥迎暮岭[2]，青女伴寒空[3]。龙剑明摇雪[4]，貂裘薄透风[5]。征车长入夜，王事久忘躬[6]。稳羡山翁睡[7]，独惭西复东。

注释：

[1] 分水岭：旧称莽莉川，位于今甘肃岷县县城南部，属于麻子川乡管辖。分水岭以北是岷县，属黄河流域的洮河水系；分水岭以南是宕昌，属长江流域的白龙江水系。[2] 素娥：嫦娥的别称。[3] 青女：传说中掌管霜雪的女神。[4] 龙剑：古有宝剑名龙渊、龙泉。后因称宝剑为"龙剑"。[5] 貂褕（diāoyú）：用貂皮制的短衣。明唐顺之《皇陵行》："貂褕中使日焚香，豸繡词官夜朝斗。"[6] 忘躬：忘我。躬，自身，亲自。[7] 山翁：指居住在山里年长男子。

静宁道中用韵寄凌沙太守

　　霜气晓仍肃[1]，烟花迥未销[2]。龙冰千尺绕[3]，乌景一铛高[4]。同气青天远，孤征紫塞遥[5]。行行不自已[6]，翻恨我车膏[7]。

注释：

[1] 霜气：刺骨的寒气。汉刘桢《赠五官中郎将》："凉风吹沙砾，霜气何皑皑。"肃：使萎缩；摧残。[2] 烟花：此指"琼花玉树"，指雨雾凝结为冰层、冰柱，气象学称之为雨凇、雾凇。[3] 龙冰：龙形冰挂。[4] 乌景：日光。宋楼锷《浣溪沙》："夏半阳乌景最长，小池不断藕花香。"[5] 紫塞：北方边塞。晋崔豹《古今注·都邑》："秦筑长城，土色皆紫，汉塞亦然，故称紫塞焉。"[6] 已：四库本作"巳"，误。[7] 车膏：膏车秣马，为车上油，给马喂料。指准备起程。语出韩愈《送李愿归盘谷序》："膏吾车兮秣吾马，从子于盘兮，终吾生以徜徉。"

舟中夜雨

　　细雨江风晚，萧条落小舟。一身千里外，百虑五更头[1]。水绕还乡梦，云凝去国愁[2]。沉沉不知晓，一雁叫寒洲。

注释：

[1] 百虑：各种思虑；许多想法。《易经·系辞下》："天下同归而殊途，一致而百虑。"[2] 去国：离开故乡；离开朝廷。

闻 蛩

疏帘玉露冷[1]，深院候蛩鸣[2]。切切寒如诉[3]，悠悠夜几更。半窗山月白，一榻竹风清。秋色竟何意，愁人自有情。

注释：

[1] 玉露：指秋露。谢朓《泛水曲》："玉露沾翠叶，金风鸣素枝。"[2] 候蛩：蟋蟀。宋张炎《清平乐·候蛩凄断》："候蛩凄断，人语西风岸。"[3] 切切：象声词，形容声音轻细，或声音凄切。

杨 花

点点过楼台，因风何处来。庭空雪历乱[1]，帘静日徘徊。汉苑春仍老，吴宫寂可哀。飘飖度江水[2]，肠断几时回。

注释：

[1] 历乱：纷乱，杂乱。卢照邻《芳树》："风归花历乱，日度影参差。"[2] 飘飖（yáo）：飘荡；飞扬。唐武元衡《寓兴呈崔员外诸公》："三月杨花飞满空，飘飖十里雪如风。"

春日西畴

春日踏西畴，东风阳焰浮[1]。暖云屯陇畔，活水浸溪头。百亩周王业，一犁莘野谋[2]。此身同鹿豕，此乐岂人侔[3]。

注释：

[1] 阳焰：亦作"阳焱"。指浮尘为日光所照时呈现的一种远望似水如雾的自然景象。佛经中常用以比喻事物之虚幻不实者。元稹《遣春》之四："阳焰波春空，平湖漫凝溢。"[2] 莘（shēn）野：指隐居之所。典出《孟子·万章上》："伊尹耕于有莘之野，而乐尧舜之道焉。"汉赵岐注：二有莘，国名。伊尹初隐之时，耕于有莘之国。"五代齐己《赠白处士》："莘野居何定，浮生知是谁。"[3] 侔（móu）：相等，齐。

次韵除夕

灯前辞腊尽[1]，漏底易年华。拨火围青夜[2]，倾醪泛紫霞。清香流柏叶，懿颂起椒花[3]。学道侵衰暮，经年愧聚沙[4]。

注释：

[1] 腊尽：年终。[2] 青夜：清夜。寂静的深夜。青，通"清"。唐陈羽《送友人游嵩山》："君见九龙潭上月，莫辞青夜水中看。"[3] 倾醪（láo）：醪，指醇酒。苏辙《巫山庙》："神仙洁清非世人，瓦盎倾醪荐麇脯。"[3] 懿（yì）颂：懿，美好。[4] 聚沙：出自《法华经·方便品》："乃至童子戏，聚沙为佛塔。"原以儿童堆佛塔游戏喻佛缘。后比喻积少成多。

弹 琴

弹琴有佳音，对竹弹且吟。清风来几席，俗虑涤胸襟[1]。青峰对终日，绿酒沽千金。太古慕高调[2]，冥冥独此心[3]。

注释：

[1] 俗虑：世俗的思虑。孟郊《答韩愈、李观别，因献张徐州》："世途非一险，俗虑有千结。"[2] 太古：远古，上古。韩愈《原道》："曷不为太古之无事。"高调：高雅的曲调。骆宾王《和道士闺情诗启》："俯屈高调，聊同《下里》。"[3] 冥冥：高远，渺茫。《庄子·在宥》："至道之精，窈窈冥冥。"

春日过凉台寺[1]

野寺风尘静，乘春一暂游。参禅违俗世[2]，驻履傍林丘。贝叶僧窗寂，金沙圣迹留[3]。殷勤访学地，随意却闲愁。

注释：

[1] 凉台寺：在今河南商水县境内。[2] 参禅：佛教禅宗的修行方法。即习禅者为求开悟，到各处参学之意。一般依教坐禅或参话头的也叫参禅。驻履：停步。林丘：指隐居的地方。晋谢安《兰亭》："伊昔先子，有怀春游，契兹言

执，寄傲林丘。"贝叶：贝叶是取自一种叫贝叶棕的叶片，经一套特殊的工艺制作而成，所刻写的经文用绳子穿成册，可保存数百年之久。贝叶经最早出现在印度，后随佛教传入中国。[3]金沙：据《阿弥陀经》及《观无量寿佛经》，极乐净土非常庄严：土地平坦，没有崎岖山陵；没有昼夜，长在光明中；宝树成行，金沙布地。

碧沟战场[1]

微雨晓初歇，阴烟过战场[2]。悲风翻野蔓，流水咽荒塘。枯骨生新藓，残魂断故乡。谁输全胜策[3]，干舞念虞皇[4]。

注释：

[1]碧沟：碧沟河，源于山东省胶州市后屯乡，东南汇入南胶莱河。[2]阴烟：山中雾气。颜延之《三月三日曲水诗序》："松石峻嶒，葱翠阴烟。"吕延济注："阴烟，山中气也。"[3]输：献；捐。全胜策：孙子的兵法谋略，可分两大类："全胜策"与"战胜策"。全胜策，指不经过实兵交战，使敌方服从于我的意志的谋略，即不战而屈人之兵。[4]干舞：又叫兵舞，舞者执盾，是周朝时期用于教育贵族子弟的乐舞教材，有时也用于某些祭祀场合。虞皇：指虞舜。

月下闻钟

鸦影风前定，钟声月下闻。高僧闲暮霭，古寺隔河濆[1]。冷度千门雪，清分双树云。夙怀超静土[2]，终愧恋尘氛[3]。

注释：

[1]河濆（fén）：河边，沿河的高地。《初学记》卷6引北魏孝文帝《祭河文》："腾鸾淮方，旋鹔河濆。"[2]夙怀：素所萦怀。宋苏舜钦《答杜公书》："此大君子之事业，丈人之所以夙怀也。"[3]尘氛：尘俗的气氛。牟融《题孙君山亭》："长年乐道远尘氛，静筑藏修学隐论。"

茨菰花[1]

忽讶秋风玉，由来冰雪姿。孤光明绿苇[2]，独秀出污池[3]。宠谢华堂翦[4]，闲依野钓丝。清芬烟水外[5]，不受一尘欺[6]。

注释：

[1]茨菇花：茨菇，别名慈菇、燕尾草等，多年生草本植物。《本草纲目》载："慈姑一根岁生十二子，如慈姑之乳诸子，故以名之。"宋杨长孺《茨菇花》以茨菇花自喻清苦："折来趁得未晨光，清露稀风带月凉。长叶剪刀廉不割，小花茉莉淡无香。稀疏略掺瑶台雪，升降常涵翠管浆。恰恨山中穷到骨，茨菇也遣入诗囊。"完璧此诗赞其孤清出尘。[2]孤光：犹孤影。杜甫《桔柏渡》："孤光隐顾盼，游子怅寂寥。"清仇兆鳌注："孤光，孤影也。"独秀：指独自茂盛。元脱脱《宋史·胡安国传》："胡康侯（胡安国）如大冬严雪，百草萎死，而松柏挺然独秀者也。"[4]宠谢华堂翦：不愿被修剪整齐了在厅堂邀宠。华堂，高大的房子，多指房屋的正厅，正房。[5]清芬：清香。韩琦《夜合》："所爱夜合者，清芬逾众芳。"烟水：雾霭迷蒙的水面。孟浩然《送袁十岭南寻弟》："苍梧白云远，烟水洞庭深。"[6]不受一尘欺：一尘不染。原指佛教徒修行时，排除物欲，保持心地洁净。现泛指丝毫不受坏习惯、坏风气的影响。也用来形容非常清洁、干净。

送姜省吾少参驻抚商州[1]

人去三秦地[2]，花飞四月天。离魂销别浦[3]，断霭暗前川[4]。美政酬明主[5]，芳声茂昔贤[6]。商山兼吏隐[7]，清暇抱琴眠[8]。

注释：

[1]少参：明代于各布政使下置参政、参议，时称参政为参，参议为少参。商州：今陕西商洛，明代属西安府。[2]三秦：指潼关以西的秦朝故地关中地区。项羽灭秦后曾将此地封给秦军三位降将，故得名。后世泛称陕西为"三秦"，包括陕南、陕北、关中。[3]魂销：失魂落魄。江淹《别赋》："黯然销魂者，唯别而已矣。"[4]断霭：犹断雾。唐林宽《省试腊后望春宫》："沟穿断霭，骊岫照斜空。"前川：河流，常用于古诗文。[5]美政：本指屈原圣君贤相的政治理想，主要内容有"举贤任能""修明法度"等。此处指官吏能做出美好的政绩。[6]茂：古同"懋"，勉。昔贤：古代的贤者。[7]商山：位于今陕西丹凤县城西。商山风景宜人，兼之秦末汉初四皓隐居于此，葬于山脚，使商

山名垂青史，誉满华夏。吏隐：闲居下级官位。或谓不以利禄萦心，虽居官而犹如隐者。唐宋之问《蓝田山庄》："宦游非吏隐，心事好幽偏。"宋王禹偶《游虎丘》："我今方吏隐，心在云水间。"[8]清暇：指清闲之时。

晚发莱城[1]

赢马策新秋，清光自可游。残霞依古木，野水舣孤舟[2]。人迹新沙润，蝉声落日逌[3]。征鞍何处息，沽酒便淹留。

注释：

[1]莱城：指明代莱州府府治掖县（今山东莱州）。[2]舣（yǐ）：整舟向岸。左思《蜀都赋》："试水客舣轻舟。"[3]逌：终竟，完尽。苏轼《滕达道挽词二首》："骯脏仪刑在，惊呼岁月逌。"

次韵南庄

一心无俗物，满眼是春光。杨柳孤村静，烟花曲径芳。看山同野鹿，藉草当胡床[1]。回首红尘里，无如此地狂[2]。

注释：

[1]胡床：亦称交床、交椅、绳床，是古时一种可以折叠的轻便坐具。杜甫《树间》："几回沾叶露，乘月坐胡床。"[2]无如：不如。唐张蠙《新竹》："不是他山少，无如此地生。"

重　阳

佳节际重阳，西风野日黄。鸣鸿云外度[1]，细菊目前香。遣兴诗从拙[2]，冲愁酒放狂[3]。独醒还独醉，尘俗默低昂。

注释：

[1]鸣鸿：鸣啼的大雁。阮籍《咏怀（其九）》："鸣雁飞南征，鶗鸠发哀音。"[2]遣兴：抒发情怀，解闷散心。[3]冲愁：借酒浇愁。韩偓《残春旅舍》："禅伏诗魔归静域，酒冲愁阵出奇兵。"唐郑谷《蜀中春日》："不

嫌蚁酒冲愁肺，却忆渔蓑覆病身。"[4] 尘俗：世俗。指日常的礼法习惯
等。任昉《王文宪集序》："时司徒袁粲有高世之度，脱落尘俗。"低昂：
犹沉浮。谓随波逐流。唐无名氏《灌畦暇语》："力尽志殚，仅能如愿，
终以枯肠不贮机穽，不能随世低昂。"

次韵雪声

　　片片落来轻，幽听细细鸣。扑纱灯影静，泻竹夜深清[1]。梦破黄芦雁[2]，
愁添紫塞兵。何堪击鹅鹜，蔡下不分明[3]。

注释：

[1] 泻竹：此指雪花飘落进竹林。苏轼《雪后到乾明寺遂宿》："更须携被留僧榻，
待听催檐泻竹声。"[2] 黄芦雁：越冬的大雁。黄芦，枯黄的芦苇。明李昌祺《送
萧知县复任临淮》："长江白浪帆来远，细雨黄芦雁下稀。"[3] 何堪击鹅鹜，
蔡下不分明：典出《新唐书·李愬传》："……行七十里，夜半至悬瓠城，雪甚，
城旁皆鹅鹜池，（李）愬令击之，以乱军声。贼恃吴房、朗山戍，晏然无知者。
（李）祐等坎墉先登，众从之，杀门者，发关，留持柝传夜自如。黎明，雪止，
愬入驻（吴）元济外宅，蔡吏惊曰：'城陷矣！'元济尚不信，田进诚兵薄之。
进诚火南门，元济请罪，梯而下，槛送京师。"

次韵雪色

　　穷阴凝皓洁[1]，青女未依稀。越犬风前吠[2]，梁园月下归[3]。疏梅迷
玉魄，孤鹤失仙衣。粹质谁能夺[4]，缁尘迥自违[5]。

注释：

[1] 穷阴：指极其阴沉的天气。唐李华《吊古战场文》："至若穷阴凝闭，凛
冽海隅，积雪没胫，坚冰在须。"[2] 越犬：出自宋晁冲之《次四兄雪夜韵》：
"夏虫不知冰，越犬不识雪。"夏天的虫子因为生命短暂，看不见冰雪；越国
的狗因为地处南方，看不见冰雪。[3] 梁园月：梁园的月色。"梁园月"出自
元张鸣善《双调·普天乐·咏世》："洛阳花，梁园月。好花须买，皓月须赊。"
元关汉卿《南吕·一枝花·不伏老》也有："我玩的是梁园月，饮的是东京酒，

赏的是洛阳花，攀的是章台柳。""梁园雪霁"为著名景观。[4] 粹质：纯美的素质。宋石公驹《玲珑石》："粹质怯风霜，不能尝险艰。"[5] 缁尘：指黑色灰尘。常喻世俗污垢。谢朓《酬王晋安》："谁能久京洛，缁尘染素衣。"

野　鹤

　　野鹤集沙渚，悠悠向晓阳。长鸣寒野阔，振翼海天茫。仙格违尘俗[1]，闲身足稻粱[2]。好随王子去[3]，已与卫轩忘[4]。

注释：

[1] 仙格：道家谓仙人的品级。此美称野鹤的品格。[2] 闲身：闲着，不用劳作。也指没有官职的人。唐来鹄《蚕妇》："晓夕采桑多苦辛，好花时节不闲身。"稻粱：本指禽鸟寻觅食物。杜甫《同诸公登慈恩寺塔》："君看随阳雁，各有稻粱谋。"[3] 王子：称仙人王子乔。唐吴筠《缑山庙》："透迟辇辕侧，仰望缑山际。王子谢时人，笙歌此宾帝。"[4] 卫轩：仙人卫叔卿所乘云车。葛洪《神仙传》："卫叔卿者，中山人也，服云母得仙。汉元封二年（前109），八月壬辰，孝武皇帝闲居殿上，忽有一人乘云车，驾白鹿，从天而下，来集殿前。"

无　题

　　秦筝声琅琅[1]，越女歌绕梁[2]。响剧倾众耳[3]，曲终断人肠。高情五陵客[4]，酿赏一朝偿[5]。古音岂不雅，寂然贮锦囊[6]。

注释：

[1] 秦筝：古筝又名秦筝、瑶筝、鸾筝等。琅琅：象声词，此形容筝声。越女：泛指越地美女。[2] 绕梁：形容歌声优美、余音缭绕。语出《列子·汤问》："昔韩娥东之齐，匮粮，过雍门，鬻歌假食。既去，而余音绕梁栅，三日不绝。"[3] 响剧：剧，甚，激烈。倾：向往，钦佩。《汉书·司马相如传》："一坐尽倾。"[4] 高情：高雅的情致。杨炯《为薛令祭刘少监文》："良辰美景，必躬于乐事；茂林修竹，每协于高情。"五陵客：指京都富豪。五陵，汉代五个皇帝的陵墓，即长陵、安陵、阳陵、茂陵、平陵，在长安

附近。当时富家豪族和外戚都居住在五陵附近，因此后世诗文常以五陵为富豪人家聚居长安之地。[5]醲赏：重赏。[6]古音岂不雅，寂然贮锦囊：末二句是说古琴高雅却少人赏识。古音，古乐。孟郊、韩愈《城南联句》："岁律及郊至，古音命《韶》《䕫》。"

冬月感怀

窗月明如练[1]，松风轻入檐。不成清夜寐[2]，相对烛花残[3]。往事翻新恨[4]，凋年损故颜[5]。余龄春酒在[6]，何必问还丹[7]。

注释：

[1]练：白绢。谢朓《晚登三山还望京邑》："余霞散成绮，澄江静如练。"[2]清夜：寂静的夜晚。司马相如《长门赋》："悬明月以自照兮，徂清夜於洞房。"[3]烛花：指蜡烛的火焰。[4]翻：改变。[5]凋年：一年将尽，也指年终。凋，凋零。语出鲍照《舞鹤赋》："于是穷阴杀节，急景凋年，凉沙振野，箕风动天。"[6]余龄：犹余岁，余年。韩愈《过南阳诗》："孰忍生以戚？吾其寄余龄。"春酒：冬酿春熟之酒；亦称春酿秋冬始熟之酒。《诗经·豳风·七月》："为此春酒，以介眉寿。"[7]还丹：道家合九转丹与朱砂再次提炼而成的仙丹，称服后可以得道成仙。汉魏伯阳《周易参同契》："巨胜尚延年，还丹可入口。"

招　蜂

何处黄蜂集，招来野叟家。凿苔仍岁计[1]，掇芷阅年华[2]。努力知谁利，依人正尔嗟。君臣负明识[3]，何事恋尘哗[4]。

注释：

[1]凿苔：挖开苔藓造池塘。陆游《盆池》："汲井埋盆凿苔破，敲针作钓得鱼归。"岁计：一年内收入和支出的计算。[2]掇芷：采摘芳草。[3]明识：高明的见识。《晋书·卫瓘传》："（卫瓘）性贞静有名理，以明识清允称。"[4]尘哗：尘嚣。指世间的纷扰、喧嚣。语出陶渊明《桃花源诗》："借问游方士，焉测尘嚣外。"

85

乙丑正月二日慎修北赴礼闱，十一日大雪怀思 [1]

　　儿作燕山别，亲留溟海情。北风吹大雪，何处驻行旌 [2]。春入琼林早，云开玉殿明 [3]。望遥天渐迩 [4]，计日慰佳声 [5]。

注释：

[1] 乙丑：嘉靖四十四年（1565）。[2] 行旌：指出行时的仪仗。[3] 琼林、玉殿：宋内苑名。宋徽宗《眼儿媚·玉京曾忆旧繁华》："玉京曾忆旧繁华。万里帝王家。　琼林玉殿，朝喧弦管，暮列笙琶。"[4] 望遥：遥不可及的意思。[5] 计日：计算日数。佳声：好消息。

用韵寄答莱城张南溪老长府旧友 [1]

　　相思分异地，相应自同声。各抱悬悬意 [2]，频看字字情。余年知几许？何日续重盟 [3]？南北应天限 [4]，离鸿怨弟兄 [5]。

注释：

[1] 长（cháng）府：藏财货、武器的府库。也用以称府库官。[2] 悬悬：惦念。[3] 重盟：再次结拜（弟兄）。[4] 天限：天然的阻隔。此指距离遥远。[5] 离鸿：指失群的雁。比喻远离的亲友。

五言排律

晓霁（五仄五平）

　　细雨夜渐歇，侵朝云初晴。竹槛宿霭散，松阶馀寒清。旭日野鹤奋，轻烟林雁鸣。远嶂润画碧，新荣鲜图猩 [1]。乱藓迭紫翠，平池摇空明 [2]。启牖爽气溢 [3]，开帘微风生。俯仰尽胜览 [4]，徘徊多高情 [5]。作赋谢妙思，横琴鸣佳声。抚玩兴未已，萧然偕谁赓 [6]。

注释：

[1] 新荣：新发的草木。[2] 空明：空旷澄澈。韩愈《祭郴州李使君文》：

86

"航北湖之空明，觌鳞介之惊透。"[3]爽气：谓凉爽之气。陆游《水亭独酌十二韵》："清风扫郁蒸，爽气生户牖。"[4]胜览：畅快的观赏。宋谢绛《游嵩山寄梅殿丞书》："自长夏门入，绕嵩辕一匝四百里，可谓穷极胜览。"[5]高情：高雅的情致。杨炯《为薛令祭刘少监文》："良辰美景，必躬于乐事；茂林修竹，每协于高情。"[6]萧然：空寂；萧条。陶渊明《五柳先生传》："环堵萧然，不蔽风日；短褐穿结，箪瓢屡空，晏如也。"

煎茶[1]（都城作）

斧冰寒泉下[2]，粉玉石瓶中[3]。凤团沉夜寂[4]，兽炭烧春红。霜清上桂魄，人静骚松风。芳香焕瑞霭[5]，灵味湍华钟[6]。孤坐寒不寐，一饮清无穷。枯肠润仙液，轻汗回春融。兴逸昆仑外，神爽桃源丛。可以发清咏[7]，兼之韵枯桐[8]。长啸仰苍昊[9]，矫首听高鸿。壮心逐云翮[10]，奋翼来天东[12]。

注释：

[1]煎茶：是将细研作末的茶投入滚水中煎煮。煎茶与点茶均是宋代以来的饮茶方式。[2]斧冰：凿冰。[3]粉玉：碎冰。[4]凤团：宋代贡茶名。用上等茶末制成团状，印有凤纹。泛指好茶。周邦彦《浣溪沙·春景》："闲碾凤团消短梦，静看燕子垒新巢。"[5]瑞霭：吉祥之云气。亦以美称烟雾。杨巨源《春日奉献圣寿无疆词》之四："瑞霭方呈赏，暄风本配仁。"[6]华钟：刻有文饰的钟。[7]清咏：清雅的吟咏。唐李山甫《山中答刘书记寓怀》："芙蓉出秋渚，绣段流清咏。"[8]韵枯桐：指弹琴。[9]苍昊：苍天。[10]云翮：指凌云高飞的鸟。[11]奋翼：犹奋翅。多以喻人振奋而起。汉贾谊《鹏鸟赋》："鹏乃叹息，举首奋翼。"《后汉书·冯异传》："赤眉破平，士吏劳苦，始虽垂翅回溪，终能奋翼黾池。"天东：古代神话传说中东方日出之地。李贺《苦昼短》："天东有若木，下置衔烛龙。"

西庄晚归十韵[1]

褰帷一东望[2]，溟海正苍然。浪激潮头雪，山涵浦外烟。蓬瀛迷落日，蛟蜃幻长川[3]。孤鸟飞还没，归云暗欲连。偶来逸清兴，胜览脱尘缘[4]。景入仙源晚[5]，神游霞际天。短柯情自在[6]，一苇梦相牵[7]。慨古超尘外[8]，嗟今老目前。不成黄鹤客[9]，深愧彩毫篇[10]。片片轻鸥下，悠悠只对眠[11]。

注释：

[1]西庄：今山东青岛黄岛区泊里镇西庄村，在旺山脚下。[2]褰（qiān）帷：撩起帷幔。[3]蛟蜃：蛟与蜃相传。相传蛟蜃的呼吸幻化成海市蜃楼。宋沈括《梦溪笔谈·海市蜃楼》："登州海中时有云气，如宫室、台观、城堞、人物、车马、冠盖，历历可见，谓之'海市'。或曰：'蛟蜃之气所为。'疑不然也。"[4]胜览：畅快的观赏。尘缘：佛教、道教谓与尘世的因缘。[5]仙源：借指风景胜地或安谧的僻境。[6]短柯：短枝。[7]一苇：借指小船。苏轼《前赤壁赋》："纵一苇之所如，凌万顷之茫然。"[8]尘外：犹言世外。[9]黄鹤客：指乘鹤而去仙人。[10]彩毫：犹彩笔。用江淹典故。[11]悠悠：从容自然的样子。王勃《滕王阁序》："闲云潭影日悠悠，物换星移几度秋。"

中秋对月小饮十韵

寂寂苍虚阔[1]，明明皓魄来[2]。清风下黄叶，白露湿青苔。听竹幽怀静，扫花逸兴开。霜前惊雁度，岁暮感蛩哀。桐影侵瑶席[3]，钟声度玉台[4]。赏心仍独坐，对影暂相陪。把酒吞星冷，浮生怯电催[5]。高歌谢尘虑，清咏愧非才。老矣休林际[6]，潇然醉海隈[7]。百年寡知己，蚌守竟凡埃[8]。

注释：

[1]寂寂：寂静无声貌。[2]皓魄：明月。唐权德舆《奉酬从兄南仲见示十九韵》："清光杳无际，皓魄流霜空。"[3]瑶席：席子的美称。[4]玉台：玉饰的镜台；镜台的美称。[5]浮生怯电催：人生短暂之意。唐陈陶《将进酒》："金尊莫倚青春健，龌龊浮生如走电。"[6]休林际：退居林下。[7]潇然：脱俗不羁貌。[8]蚌守：与"鹬争"相对。守雌之意。凡埃：尘俗。元郑允端《山水障歌》："恍然坐我匡庐下，便觉胸次无凡埃。"

代高时斋节推贺平渡李两山太守八帙有三二十韵 [1]

渺渺云龙裔 [2]，悠悠蓬岛春。精英集海岱 [3]，剑舄出风尘 [4]。襟抱乾坤外，风流泗水滨。淳还高邈古 [5]，玄养裕天真 [6]。芝采今来汉 [7]，桃花久避秦 [8]。朝廷须鹤发 [9]，俎豆渎鸿宾 [10]。晋楚声光迥 [11]，山川雨露均。功成从绝粒 [12]，冠挂学全身 [13]。幽谷虚千载，长林觊一人 [14]。云霞韬古洞 [15]，麋鹿老比邻。丹鼎追瑶兔 [16]，清波跨紫鳞 [17]。再周新甲子，七守旧庚申 [18]。耄协姜侯返 [19]，龄超篯老伦 [20]。沧洲娱蔗境 [21]，青鸟迓芳辰。道气通无极，家声演至仁 [22]。芳流丹桂远 [23]，秀吐玉兰新。秋三捷，春雷奋一伸 [24]。优闲一国老 [25]，模范四朝臣 [26]。窃幸紫关客 [27]，会依青海津 [28]。拟将冥造破 [29]，遥祝老人频。

注释：

[1] 节推：节度推官的略称。为节度使属官，掌勘问刑狱。平渡：应为平度，今属山东。八帙（zhì）有三：八十三岁。十年为一帙。[2] 云龙裔：老子李耳后裔。孔子问道于老子，以龙比拟老子道之高深奇妙，如龙之变化不可测。典出司马迁《史记·老子韩非列传》："孔子去，谓弟子曰：'鸟，吾知其能飞；鱼，吾知其能游；兽，吾知其能走。走者可以为罔，游者可以为纶，飞者可以为矰。至于龙，吾不能知其乘风云而上天。吾今日见老子，其犹龙邪！'"[4] 剑舄：剑与鞋。语出刘向《列仙传》："轩辕自择亡日与臣辞。还葬桥山，山崩，棺空，唯有剑舄在棺焉。"[5] 淳还：还淳返朴。回复到人本来的淳厚、朴实的状态或本性。唐姚思廉《梁书·明山宾传》："处士阮孝绪闻之，叹曰：'此言足使还淳反朴，激薄停浇矣。'"[6] 天真：不受礼俗拘束的品性。《庄子·渔父》："礼者，世俗之所为也；真者，故受于天也，自然不可易也。故圣人法天贵真，不拘于俗。"[7] 芝采今来汉：古以芝草为神草，服之长生，故常以"采芝"指求仙或隐居。典出司马迁《史记·留侯世家》："秦末有四皓东园公、甪里先生、绮里季、夏黄公见秦政苛虐，乃隐于商雒，曾作歌曰：'莫莫高山，深谷逶迤。晔晔紫芝，可以疗饥。'"名其歌为《采芝操》或《四皓歌》，亦省称《采芝》。[8] 桃花久避秦：用陶渊明《桃花源记》："自云先世避秦时乱，率妻子邑人来此绝境，不复出焉，遂与外人间隔。"[9] 鹤发：白发。南朝梁庾肩吾《八关斋夜赋四城门第三赋南城门老（其三）》："鹤发辞轩冕，鲐背烹葵菽。"[10] 俎（zǔ）豆：古

代祭祀、宴飨时盛食物用的礼器，亦泛指各种礼器。后引申为祭祀和崇奉之意。《论语·卫灵公》："卫灵公问陈于孔子。孔子对曰：'俎豆之事，则尝闻之矣；军旅之事，未之学也。'"何晏《史记集解》引汉孔安国注："俎豆，礼器。"渎鸿宾：轻慢了来宾。谦词。渎，轻慢，对人不恭敬。鸿宾，鸿归有期，因以"鸿宾"比喻宾服归顺。王禹偁《北狄来朝颂序》："远逐鸿宾，豁唐虞之日月；至同蚁慕，观华夏之车书。"[11] 声光：声誉风光。元稹《卢均等三人授通事舍人制》："今郊丘有日，事务方殷，尔等各茂声光，副朕兹选，宜膺宠命，无废国容。"[12] 功成：此指功成身退。绝粒：犹辟谷。道家以摒除火食、不进五谷求得延年益寿的修养术。[13] 冠挂：指辞去官职。典出范晔《后汉书·逢萌传》。逢萌为王莽迫害，"即解冠挂东都城门，归，将家属浮海，客于辽东"。全身：保全自己的生命或名节。《毛诗序》："君子遭乱，相招为禄仕，全身远害而已。"[14] 长林：指高大的树林。语出嵇康《琴赋》："涉兰圃，登重基。背长林，翳华芝。"覯（gòu）：遇见。[15] 云霞：彩霞。比喻远离尘世的地方。萧子显《南齐书·顾欢传》："臣志尽幽深，无与荣势，自足云霞，不须禄养。"韬：隐藏，隐蔽。[16] 丹鼎追瑶兔：月夜炼丹之意。《汉武帝内传》："致日精得阳光之珠，求月魄获黄水之华。"丹鼎，炼丹用的鼎。瑶兔，指月亮。语出王勃《上明员外启》："侧闻金乌耸辔，俯圆燧而抽光；瑶兔浮轮，候方诸而吐液。"[17] 清波跨紫鳞：或取意李白《上清宝鼎诗（其一）》："暮跨紫鳞去，海气侵肌凉。"[18] 守庚申：炼丹术（外丹）术语。道教说人身皆有三尸虫，能记人过失，每逢庚申日，乘人睡时将人之过恶禀奏上帝。故此日之夜晚应不睡以守候之，此即守庚申的由来。[19] 姜侯：指姜太公。[20] 篯（jiān）老：彭祖，篯姓，又封于彭，故称。[21] 蔗境：典出房玄龄《晋书·顾恺之传》："（顾）恺之每食甘蔗，恒自尾至本。人或怪之，云：'渐入佳境。'"后因以喻人先苦后乐，晚年生活逐渐转好。[22] 家声：家庭的名声。至仁：指最有仁德的人。[23] 丹桂：比喻子息。旧称人子曰桂子。见宋胡继宗《书言故事·子孙》。[24] 一伸：一伸眉，舒展眉头。形容得志。[25] 优闲：指闲逸，安闲。国老：告老退职的高官。[26] 四朝臣：指李两山历武宗、世宗、穆宗、神宗四朝为官。[27] 紫关：典出司马迁《史记·老子韩非列传》："（老子）居周久之，见周之衰，乃遂去……莫知所终。"唐司马贞《史记索隐》引刘向《列仙传》："老子西游，关令尹喜望见有紫气浮关，而老子果乘青牛而过也。"[28] 青海津：海边渡口。唐拾得《诗之（其二）》："天姥峡关岭，通同次海津。"[29] 冥造：奥道。造，造化，自然。冥，深奥，深邃。沈括《梦溪笔谈》："世之观画者，多能指摘其间形象、位置、彩色瑕疵而已，至于奥理冥造者，罕见其人。"

悼世皇三十韵 [1]

圣帝今何在？皇恩不可酬。康平叨四纪 [2]，德业慰千秋。刑赏天王政 [3]，奸谀遐迹休 [4]。神功昭绝域 [5]，灵瑞辑中州 [6]。尺土一心泽 [7]，秋毫万里眸。唐虞轶高志 [8]，秦汉眇凡俦 [9]。千古英雄主，群生际会优 [10]。一朝三世禄 [11]，两诰五云浮 [12]。罗织曾生死 [13]，权豪已破谋。晋惭天日末 [14]，归乞陇云游 [15]。白面新承宠 [16]，金门早见收 [17]。天波春溢海 [18]，晚春雪盈头 [19]。终自怀芹曝 [20]，无由报马牛 [21]。凤期《天保》祝 [22]，不为鼎湖留 [23]。龙剑空陈迹 [24]，乌号遗世忧 [25]。天风悲海岳 [26]，云日惨旌斿 [27]？山色凄还变，江声咽不流。麻衣飞暮雪，杜宇剧春愁 [28]。宾旅辞华馆，弦歌静玉楼。凤膏寒贝阙 [29]，孔盖杳瀛洲 [30]。仙骨一区木 [31]，神龙数尺丘 [32]。忠肝凄欲裂 [33]，苦节竟何求 [34]。夏启归贤嗣 [35]，周成佐故侯 [36]。儿曹贞信义，王业勉伊周 [37]。壮士应崇孝 [38]，残躯不解筹 [39]。徒将庭教意 [40]，不尽此生谋。力竭怀终古，哀馀抱寸幽。龙颜瞻失睹 [41]，天阙负无由 [42]。怅望苍梧老 [43]，啼痕湘水伫 [44]。山川两不灭，此恨共悠悠。

注释：

[1] 世皇：指明世宗朱厚熜（1507—1566），年号嘉靖，庙号世宗。[2] 康平叨四纪：十二年为一纪。明世宗朱厚熜 1522—1566 年在位，计 45 年。这是约数。[3] 天王政：即王政制度，这是对嘉靖统治的美称。[4] 奸谀（yú）：奸诈谄媚的人。韩愈《答崔立之书》："诛奸谀于既死，发潜德之幽光。"[5] 绝域：极远之地。《管子·七法》："不远道里，故能威绝域之民；不险山河，故能服恃固之国。"嘉靖帝对外政策主要是"御外侵，修边墙；抗倭寇，安海疆"。其中，"修边墙"是补修长城和防御工事，主要对付北方的俺答、把都儿等。"抗倭寇""安海疆"，则是清剿倭寇、安定东南沿海地区。民族英雄戚继光由此声震海外。[6] 灵瑞辑中州：嘉靖帝迷信丹药方术，派人到处采集灵芝，并经常吞服道士们炼制的丹药。辑，聚集。[7] 尺土：犹尺地。[8] 轶（yì）：超越。高志：崇高远大的志向。《荀子·修身》："卑湿重迟贪利，则

抗之以高志。"[9]凡侪:所有的朋辈。苏辙《送王璋长官赴真定孙和甫辟书》:"威动千里肃,恩宽行客留。从容见少子,风采倾凡侪。"[10]群生:指百姓。《国语·周语下》:"仪之于民,而度之于群生。"际会:机遇;时机。[11]一朝三世禄:指完璧和其父辈、儿辈都在嘉靖朝入仕。[12]两诰:据完璧《癸酉膺封序》云:"万历新主覃恩,老夫妇以慎修儿备员夏郎,叨与殊典。乡人称庆,乃以不肖当年七十有四,老妻六十有九,而于先朝又曾各沾一命,白有司,匾双寿,重封以荣之。"可见,完璧夫妇两次封诰命,分别在嘉靖朝和万历朝因子慎修受封诰。[13]罗织曾生死:完璧任职兵部时曾被罗织生死罪名下狱事。[14]天日末:天边,天际。[15]归乞陇云游:指自己谢巩昌任归田。唐末五代尹鹗《菩萨蛮》:"陇云暗合秋天白。"[16]白面新承宠:指那些承受恩宠的小人。[17]金门:金马门的省称。汉代未央宫宫门,门旁竖有铜马,故称为"金马门"。汉武帝曾使学士待诏于此。司马迁《史记·滑稽列传》:"东方朔……时坐席中,酒酣,据地歌曰:'陆沉于俗,避世金马门。宫殿中可以避世全身,何必深山之中,蒿庐之下。'金马门者,宦(者)署门也,门傍有铜马,故谓之曰'金马门'。"李白《古风五十九首(其十三)》:"但识金马门,谁知蓬莱山。"[18]天波:喻皇帝的恩泽。陆机《谢平原内史表》:"则尘洗天波,谤绝众口。"[19]晚眷:晚眷生的省称。意思指后生、学生、晚辈。在古代多用于官场。雪盈头:白头,晚年。[20]终自怀芹曝(pù):谦辞。谓所献微不足道。[21]马牛:效劳之意。[22]凤期:犹凤愿。《天保》:《诗经·小雅》中一首为君王祝愿和祈福的诗。《毛诗序》:"《天保》,下报上也。君能下下以成其政,臣能归美以报其上焉。"[23]不为鼎湖留:即"龙去鼎湖"。传说有黄帝铸鼎于荆山下,鼎成黄帝乘龙升仙。后也指代帝王去世。[24]龙剑:按《晋书·张华传》载,张华、雷焕得宝剑于丰城,后化为双龙。后以双剑离合喻别离或君臣遇合。唐张九龄《故荥阳君苏氏挽词(其一)》:"剑去双龙别,雏哀九凤鸣。"[25]乌号(háo):原指良弓,指代传说为黄帝所用过的弓。后引申为称人死亡的敬辞,表示对死者哀悼。典出《淮南子·原道训》和司马迁《史记·封禅书》。[26]海岳:谓四海与五岳。刘勰《文心雕龙·时序》:"海岳降神,才英秀发。"[27]云日:偏指日光。唐裴迪《茱萸沜》:"云日虽回照,森沉犹自寒。"旌斿(yóu):亦作"旌旒(liú)"。旌旗。三国魏曹叡《善哉行》:"彩旄蔽日,旌旒翳天。"[28]杜宇:为传说中的古蜀国国王。周代末年,杜宇称帝于蜀,号曰望帝。晚年时因其相鳖灵治水有功,让帝位于鳖灵,号曰开明。杜宇退而隐居西山,死后化作鹃鸟,

92

每年春耕时节，子鹃鸟鸣，蜀人闻之曰"我望帝魂也"。事见《太平御览》卷166引扬雄《蜀王本纪》等。[29]凤膏：凤凰的膏油。比喻珍贵的食品。借指彩烛。唐吴融《和皮博士赴上京观修灵斋》："鹤驭已从烟际下，凤膏还向月中焚。"自注："汉武烧凤膏为烛，以祀神坛。"贝阙：用贝壳装饰的宫殿。语出宋汪莘《月赋》："衬珠阁而泫露，镇贝阙而含风。"[30]孔盖：以孔雀羽毛装饰的车盖。亦泛指华丽的车舆。语出屈原《九歌·少司命》："孔盖兮翠旌，登九天兮抚彗星。"瀛洲：传说中的东海仙山。最早见于《列子·汤问》。[31]仙骨：道教语，谓成仙的资质。此指嘉靖帝的龙体。一区：一所宅院。木：此指棺材。[32]神龙：华夏民族的图腾，代表神圣、威严，不可侵犯。此指代嘉靖帝。[33]忠肝：指忠义之心。脱脱《宋史·王应麟传》："帝（宋理宗）御集英殿策士，召（王）应麟覆考。考第既上，帝欲易第七卷置其首。应麟读之，乃顿首曰：'是卷古谊若龟镜，忠肝如铁石，臣敢为得士贺。'遂以第七卷为首选。及唱名，乃文天祥也。"[34]苦节：坚守节操，矢志不渝。[35]夏启：是禹的儿子，夏朝的第二任君王。[36]周成佐故侯：指周成王得到周公、召公的辅佐。[37]伊周：商伊尹和西周周公旦，两人都曾摄政，后常并称。亦指执掌朝政的大臣。[38]崇孝：推重孝道。[39]不解筹：不懂得为国谋划。此为谦辞。[40]庭教：又称"过庭教"，原指孔子教育儿子孔鲤的故事。典出《论语·季氏》："陈亢问于伯鱼曰：'子亦有异闻乎？'对曰：'未也。尝独立，鲤趋而过庭，曰："学诗乎？"对曰："未也。""不学诗，无以言。"鲤退而学诗。'"[41]龙颜：谓眉骨圆起，借指帝王。[42]天阙：天子的宫阙，亦指朝廷或京都。沈约《宋书·桂阳王休范传》："便当投命有司，谢罪天阙。"[43]苍梧：即九嶷山，是舜陵所在地，传说舜死于苍梧。位于今湖南宁远城南。[44]啼痕湘水侔：意谓与娥皇女英泪洒湘江等同。侔，相等，齐等。

海壑吟稿　卷三

七言律诗（上）

晓　眠

枕畔鸣鸡是几回？不关禁鼓塞笳催[1]（曾宦游都城、陇西，故云）。陶然人集彤庭后[2]，嗒尔日高沧海隈[3]。门掩松阶昨夜雪，涛翻茶灶午时雷。朱帘不卷沉清影[4]，莫放闲云扰梦来[5]。

注释：

[1] 不关禁鼓塞笳催：禁鼓，设置在宫城谯楼上报时的鼓。明清的法律把这一条改为"夜禁"。清车万育《声律启蒙》："朝车对禁鼓。"塞笳，塞外的胡笳。梁简文帝《答张缵谢示集书》："胡雾连天，征旗拂日。时闻坞笛，遥听塞笳。"[2] 陶然：喜悦、快乐貌。彤庭：泛指皇宫。杜甫《自京赴奉先县咏怀五百字》："彤庭所分帛，本自寒女出。"[3] 嗒尔（dāěr）：犹嗒（tà）然。形容物我两忘。苏舜钦《春睡》："嗒尔暂能离世网，陶然直欲见天机。"[4] 清影：清朗的光影；指代月光。曹植《公宴》："明月澄清影，列宿正参差。"[5] 闲云：悠然漂浮的云。

壬申夏日赴西庄[1]

南薰吹醒市尘愁[2]，冉冉新凉六月秋[3]。夹岸绿杨蝉不息，连村青霭雨初收。巾车迤逦苍葭渚[4]，藜杖逍遥白鹭洲[5]。一片野心何所系[6]？野花啼鸟共优游。

注释：

[1] 壬申：隆庆六年（1572），完璧73岁。[2] 南薰：指《南风》歌。相传为舜南游所作。《礼记·乐记》记载："昔者舜作五弦之琴以歌南风。"《孔子家语·辩乐》载其辞曰："南风之薰兮，可以解吾民之愠兮。"借指从南面刮来的风。市尘：喻指城市的喧嚣。陆游《东窗小酌》："市尘远不到林塘，嫩暑轩窗昼漏长。"[3] 新凉：指初秋凉爽的天气。韩愈《符读书城南》："时秋积雨霁，新凉入郊墟。"六月秋：六月已秋凉，这是完璧家乡滨海之地的特色。[4] 巾车：有帷幕的车子。陶渊明《归去来兮辞》："或命巾车，或棹孤舟。"苍葭：灰白色或青色的芦苇。[5] 藜杖：指用藜的老茎做的手杖。质轻而坚实。《晋书·山涛传》："魏帝尝赐景帝（司马师）春服，帝以赐山涛，又以母老，并赐藜杖一枚。"[6] 野心：闲散恬淡的性情。沈约《宋书·王僧达传》："尔时敕亡（王僧达）从兄（王）僧绰宣见留之旨。暗疾寡任，野心素积，仍附启苦乞且旋任。"

盐城官舍暮雨感怀

暮雨霏霏动客怀[1]，宿云霭霭伴空斋[2]。无端冷气生虚壁[3]，不尽寒声下绿槐。故识梦中挥玉麈[4]，舞衣海上溜金钗。清风自笑无飞翼，满眼烟波奈楚淮[5]。

注释：

[1] 霏霏：雨雪密集之状。[2] 霭霭：云雾聚集的样子。[3] 虚壁：空旷的墙壁。杜甫《禹庙》："云气生虚壁，江声走白沙。"[4] 玉麈（zhǔ）：即玉柄麈尾。麈，古书上指鹿一类的动物，其尾可做拂尘。晋人常挥动麈尾以为谈助。《晋书·王衍列传》："（王衍）每捉玉柄麈尾，与手同色。"[5] 烟波：烟雾笼罩的江湖水面。江总《秋日侍宴娄苑湖应诏》："雾开楼阙近，日迥烟波长。"

嘉靖丙寅八月十日祝万寿[1]

圣主仙龄甲子周，西风吹喜溢中州。赤天星彩光宸极[2]，琼岛烟波度海筹[3]。万国衣冠朝紫府[4]，五云幽冀仰丹丘[5]。轩黄身世全无补[6]，天保高歌舞未休。

注释：

[1] 丙寅：嘉靖四十五年（1566）。明世宗朱厚熜是年六十大寿。[2] 赤天：指南方之天。旧谓九天之一。屈原《天问》："九天之际，安放安属？"王逸注："九天：东方皞天，东南方阳天，南方赤天，西南方朱天，西方成天，西北方幽天，北方玄天，东北方变天，中央钧天。"宸极：北极星，喻帝王，可比喻帝位。[3] 海筹：海屋添筹的省称。[4] 万国：各国。衣冠：指百官。《易传·彖传》："首出庶物，万国咸宁。"王维《和贾至舍人早朝大明宫之作》："九天阊阖开宫殿，万国衣冠拜冕旒。"[5] 丹丘：传说中神仙所居之地。屈原《远游》："仍羽人于丹丘兮，留不死之旧乡。"王逸注："丹丘昼夜常明也。"[6] 轩黄：即黄帝。因其名轩辕，故称。陶渊明《读山海经（其四）》："岂伊君子宝，见重我轩黄。"

即　景

八月淮海客孤城，高斋暮景何如情[1]。孤鸿落日天边去，双杵秋风月下鸣。满地花飞红雪冷[2]，一庭竹合翠云平[3]。禁他离思沉酣睡[4]，奈尔寒蛩日夜声[5]。

注释：

[1] 高斋：高雅的书斋。本指办公大屋，南朝齐明帝建武二年（495），谢朓出任宣城太守，在陵阳山顶建凌风居室，号曰"高斋"。其《高斋闲望》云："窗中列远岫，庭际俯乔林。日出众鸟散，山暝孤猿吟。"据《宣城县志》载：他"视事高斋，吟啸自若，而郡亦治"。杜甫的书斋就名高斋。此指盐城官署。暮景：傍晚的景象。杜牧《题敬爱寺楼》："暮景千山雪，春寒百尺楼。"[2] 红雪：此指落花。翠云：碧云。此指翠竹。[4] 离思：别后的思绪。[5] 寒蛩：深秋的蟋蟀。韦应物《拟古诗（其六）》："寒蛩悲洞房，好鸟无遗音。"

盐署不寐

楼头鹤鼓四更挝[1]，枕上蝶飞不到家[2]。风透紫绡凉若水，露浓催织静生哗。诗因苦思听残漏，灯为无眠数落花。夜夜竹窗缘底事[3]，碧云看尽楚天涯[4]。

注释：

[1] 鹤鼓：鼓名。宋马之纯《潜鹤鼓》："板木为腔冒以皮，其中宁有鹤来栖。如何音响闻西洛，未必源流自会稽。既被兵人都击破，却云禽鸟不鸣嘶。分明伪妄无人辨，可笑诸人识见迷。"[2] 枕上蝶飞：指梦。典出《庄子·齐物论》。[3] 竹窗：外面种竹的窗户。此指书斋的窗。白居易《竹窗》："常爱辋川寺，竹窗东北廊。"[4] 碧云：是指碧空中的云，喻远方或天边。意同云霄，多用以表达离情别绪。江淹《休上人怨别》："日暮碧云合，佳人殊未来。"张铣注："碧云，青云也。"楚天：长江中下游一带（古属楚国）的天空，也泛指南方的天空。柳永《雨霖铃·寒蝉凄切》："念去去，千里烟波，暮霭沉沉楚天阔。"

怀月林

坐杳音尘是几年，思荃心事自悬悬[1]。天涯鸿雁秋将老，江上青山日对眠。梦断故人蓬海月[2]，杯停新恨菊花天。淮南久负白云约[3]，去住幽情各黯然[4]。

注释：

[1] 思荃：书面语，思念对方的雅称。荃，古书上说的一种香草，亦用以喻国君。此处代指月林。屈原《离骚》："荃不察余之中情兮，反信谗以齌怒。"悬悬：惦念。蓬海：蓬莱仙境。此指完璧和月林的家乡胶州。李白《对酒行》："松子栖金华，安期入蓬海。"[3] 淮南：此指盐城。白云：喻归隐。左思《招隐诗》之一："白云停阴冈，丹葩曜阳林。"[4] 去住：犹去留。幽情：深远的情思。班固《西都赋》："摅怀旧之蓄念，发思古之幽情。"黯然：指情绪低落、心情沮丧的样子。江淹《别赋》："黯然销魂者，唯别而已矣。"

丁卯盐城元日

喜收雨雪自经旬[1]，侵晓晴光逐岁新[2]。大造有知开景象，万方无地不阳春。日长诗酒清淮客，风暖弦歌太古民[3]。垂老唐虞何以报[4]？年年庭教汉良臣[5]。

注释：

[1] 经旬：指很长一段时间。语出《吕氏春秋·孝行览·本味》："求之其本，经旬必得，求之其末，劳而无功"。[2] 晴光：晴朗的日光。[3] 弦歌：依琴瑟而咏歌。司马迁《史记·孔子世家》："三百五篇，孔子皆弦歌之"。指礼乐教化。太古：意为远古。[4] 唐虞：是唐尧与虞舜的并称。亦指尧与舜的时代，古人以为太平盛世。《论语·泰伯》："唐虞之际，于斯为盛。"[5] 庭教：指父亲对儿子的教导。

盐署凭高晚望

北望沧茫眼欲迷，碧峰斜日晚凄凄。烟光度鸟白还没[1]，水色连天青更低。千里秋颜吾已老，万山云树思堪题[2]。曾耽曲糵沧江外[3]，不醉阑干玉署西[4]。

注释：

[1] 烟光：云霭雾气。元稹《饮致用神麹酒三十韵》："雪映烟光薄，霜涵雾色冷。"[2] 云树：比喻朋友阔别远隔。语出杜甫《春日忆李白》："渭北春天树，江东日暮云。"又有"云树之思"，比喻朋友阔别后的相思之情。[3] 曲糵（niè）：指酒。沈约《宋书·颜延之传》："交游阘茸，沉迷麹糵。"[4] 玉署：官署的美称。

小僮缀磁片代檐铁，风中琅然可听

画檐飞度玉丁东[1]，杂佩仙人缓步空[2]。黯黯楚台随暮雨，迢迢银浦下秋风[3]。无情苦为多情扰，动处生憎静处逢。一夜不成千里梦，转看残月向朦胧。

注释：

[1] 丁东：同"叮咚"。[2] 杂佩：总称连缀在一起的各种佩玉。《诗经·郑风·女曰鸡鸣》："知子之来之，杂佩以赠之。"[3] 银浦：银河。

送温玉斋三尹擢典鲁藩[1]

一杖清秋且未归，锦帆先送楚云飞。高风旷世惊青眼[2]，落日遥岑隔翠微[3]。江国有情人去后，客怀无计雁来稀。王门久负云和曲[4]，此日淮南正可依。

注释：

[1] 三尹：各级主官属下掌管文书的佐吏，尊称三尹。擢典：升职为内典宝（管理藩王府内库）。鲁藩：明代兖州鲁王。[2] 高风：美善的风教、政绩。韦应物《始至郡》："贤播高风，得守媿无施。"[3] 翠微：形容山光水色青翠缥缈。左思《蜀都赋》："郁蓝菡以翠微，崛巍巍以峨峨。"刘逵注："翠微，山气之轻缥也。"[4] 王门：王爷的邸第。南北朝陆厥《奉答内兄希叔诗》："王门所以贵，自古多俊民。"刘良注："王门，谓邵陵王门也。"元吴莱《望会稽山》："犹回刿曲棹，肯鼓王门琴？"清王邦采等注引南朝宋何法盛《晋中兴书》："武陵王晞闻其（戴逵）能琴，使人召焉。逵对使者前破琴曰：'戴安道不为王门伶人。'"云和曲：此指琴曲。云和，山名，古取所产之材以制作琴瑟。《周礼·春官宗伯·大司乐》："孤竹之管，云和之琴瑟。"郑玄注："云和、空桑、龙门，皆山名。"后作琴瑟琵琶等弦乐器的统称。

秋日署闲即事

玉署高风镇日清，开帘满院绿苔明。凭轩听鹤鸣晴圃，倚杖看云过古城。翠径幽花留晚色[1]，粉墙修竹撼秋声[2]。居闲不染尘埃迹，同调山翁匿姓名[3]。

注释：

[1] 幽花：野花。苏舜钦《淮中晚泊犊头》："春阴垂野草青青，时有幽花一树明。"晚色：指傍晚的天色。杜甫《曲江对雨》："城上春云覆苑墙，江亭晚色静年芳。"[2] 秋声：指秋天里自然界的声音，如风声、落叶声、虫鸟声等。[3] 同调（diào）：即音调相同，比喻志趣或主张相同的人。

盐署闻丘月林擢赴南太常舟过宝应遣送 [1]

闻道飞帆楚水秋，碧云深署奈羁愁 [2]。参差鸿雁违青眼，咫尺烟波滞白头。八月仙槎天上客 [3]，十年情思海边楼。青灯莫慰江湖夜 [4]，新墨淋漓送彩舟 [5]。

注释：

[1] 南太常：南京太常寺卿。宝应：今属江苏扬州。[2] 羁愁：旅人的愁思。苏轼《游金山寺》："羁愁畏晚寻归楫，山僧苦留看落日。"[3] 八月仙槎：典出晋张华《博物志》卷10："旧说云天河与海通。近世有人居海渚者，年年八月有浮槎去来，不失期。"传说中八月里按期通往天河的船筏，后借喻如期来往的船。[4] 青灯莫慰江湖夜：或取意黄庭坚《寄黄几复》："江湖夜雨十年灯"。表达朋友分别后的失意漂泊之感。[5] 彩舟：装饰华丽的船。

次韵盐城月下闻笛

羌管谁家弄月明 [1]，晚风清度隔云声。悠悠夜馆浑无赖 [2]，袅袅江天别有情 [3]。杨柳凄凉乡梦断，梅花零落鬓丝盈 [4]。阑干十二醒残酒 [5]，憔悴年年客楚城。

注释：

[1] 羌管：即羌笛，是出自秦汉时羌族的一种乐器。羌管发的是凄切之声，音色清脆高亢，带悲凉之感。元王冕《梅花》："一声羌管无人见，无数梅花落野桥。"[2] 悠悠：形容声音飘忽不定。[2] 无赖：无聊。[3] 袅袅：形容声音绵长不绝。唐张说《东都酺宴诗五》："入云歌袅袅，向日妓丛丛。"[4] 杨柳凄凉乡梦断，梅花零落鬓丝盈：上联言笛曲《折杨柳》，下联言《梅花三弄》。[5] 阑干十二：曲曲折折的栏杆。十二，言其曲折之多。阑干，同"栏杆"。宋张先《蝶恋花·林钟商》："十二阑干，尽日珠帘卷。"

次韵水中花影

秾花濒渌兴悠哉 [1]，晴浒佳期心眼开 [2]。帝子彩云归极浦 [3]，影娥

明月下瑶台 [4]。绮罗锦水经秋潎，红翠青铜向晓回。自是冯夷宫里胜 [5]，
玉栏长倚碧烟隈。

注释：

[1] 秾花：盛开的花。濒渌：濒水。渌，水清。[2] 晴浒：晴天的水岸。浒，水边，
指离水稍远的岸上平地。心眼开：从心底里高兴。心眼，内心，心底。[3] 帝
子彩云归极浦：典出屈原《九歌·湘君》："望涔阳兮极浦，横大江兮扬灵。"
王逸注："极，远也；浦，水涯也。"帝子，指湘夫人。极浦，遥远的水滨。
[4] 影娥：汉代未央宫中池名，武帝开凿此池以赏月色。后以指清澈鉴月的水池。
此指嫦娥。瑶台：中国神话传说中神仙所居之地。屈原《离骚》："望瑶台之
偃蹇兮，见有娀之佚女。"游国恩《离骚纂义》引徐焕龙曰："瑶台，砌玉为
台。"[5] 冯夷：传说中的黄河之神，即河伯。泛指水神。《庄子·大宗师》：
"冯夷得之，以游大川。"成玄英疏："姓冯名夷，弘农华阴潼乡堤首里人也。
服八石，得山仙。大川，黄河也。天帝锡冯夷为河伯，故游处盟津大川之中也。"

盐城秋夜觉后听雨

分明魂梦到家来，却被闲窗细雨催。栩栩千山随意去 [1]，匆匆一榻
故飞回。悬泉不浣羁愁恶 [2]，长夜难将曙色开。心火不随炉烬灭 [3]，倚听
寒鼓下楼台。

注释：

[1] 栩栩：喜貌。语出《庄子·齐物论》："昔者庄周梦为胡蝶，栩栩
然胡蝶也。"[2] 悬泉：形容漏壶滴出来的水。不浣：苏辙《奉使契丹
二十八首其七燕山》："割弃何人斯，腥臊久不浣。"[3] 心火：中医认为，
情志抑郁化火会导致心火热，症状为发热、口渴、心烦、失眠等。

盐城归迁旧居登楼偶成

白发朱栏快一凭，珠山南跨枕沧溟。烟中浩漫连天浸，云际峥嵘括地

青[1]。千古画图诗兴阔，四时风月醉魂醒。蓬瀛不用飞翰去，坐啸青云送暮龄[2]。

注释：

[1] 括地：包容大地。陆机《移书太常荐同郡张赡》："太清辟宇，四门启篇；玄纲括地，天网广罗。"[2] 青云：比喻隐居。《南史·齐衡阳王钧传》："身处朱门，而情游江海；形入紫闼，而意在青云。"

春游回文

忙里闲情娱景华，度溪寻壑蓦晴沙[1]。长原翠漾云浮草，暖径红飞燕落花。狂咏客亭春把酒[2]，憩留僧寺晚烹茶。香生陌雾飘风软，苍莽踏来游路遐。

注释：

[1] 晴沙：阳光照耀下的沙滩。[2] 客亭：供游客休息游玩的亭子。北魏郦道元《水经注·济水》："此水便成净池也。池上有客亭，左右楸桐负日，俯仰目对鱼鸟，水木明瑟，可谓濠梁之性，物我无违矣。"

夏日回文

红榴石畔海光晴，寂寂闲阶晓玩清[1]。风静柳亭凝霭细[2]，日暄荷沼映霞明。桐青坐暇休炎暑[3]，草碧眠慵废读耕。空院小吟长昼静，同谁兴饮听啼莺。

注释：

[1] 晓玩：早晨玩赏。徐彦伯《和李适答宋十一入崖口五渡见赠》："夕闻桂里猿，晓玩松上禽。"[2] 凝霭：谓凝若云气。[3] 炎暑：炎热的夏天；暑天之酷热。语出阮籍《咏怀（其九）》："炎暑惟兹夏，三旬将欲移。"

秋怀回文

寒烟淡点乱山青，眺远伤怀老渤溟[1]。湍急落声风拂树，雁飞涵影渌开萍。干侵冷月宵吟苦[2]，壁诉哀蛩暮酒醒。残调古琴横竹石，兰芳叹寂伫孤亭。

注释：

[1] 溟渤：溟海和渤海。多泛指大海。鲍照《代君子有所思》："筑山拟蓬壶，穿池类溟渤。"[2] 干：树干。《淮南子·主术训》："故枝不得大于干，末不得强于本。"

冬晓回文

红日初醒睡起迟，卷帘朱户暖烟披。鸿飞目断云山远，鹤伴人闲晓枕欹。松雪覆阶清入画，竹风鸣院静吟诗。东窗烂影移霞彩，蓬发短歌酣酒卮大卮[1]。

注释：

[1] 蓬发：蓬松、散乱的头发。前蜀韦庄《赠野童》："羡尔无知野性真，乱搔蓬发笑看人。"酒卮（zhī）：盛酒的器皿。庾信《北园新斋成应赵王教》："玉节调笙管，金船代酒卮。"

漫　兴

弄罢素琴看鹤舞，歌残空谷听莺啼。苍苔细数闲花落，白昼清眠春草萋。云去云来沧海上，日生日落翠屏西[1]。悠悠野鹿乾坤老，垂白无心更钓溪[2]。

注释：

[1] 翠屏西：山的西面。翠屏，形容峰峦排列的绿色山岩。[2] 垂白：白发下垂。谓年老。《汉书·杜业传》："诚哀老姊垂白，随无状子出关。"颜师古注："垂白者，言白发下垂也。"

冬　夜

拨火青宵听煮茶，兰灯烧落玉虫花[1]。月明当户清如昼，霜气凝庭静不哗。冻折冰弦惊睡鹤，寒生风树起啼鸦。幽人不尽松窗兴[2]，坐送清阴下碧纱[3]。

注释：

[1] 玉虫：喻灯花。韩愈《咏灯花同侯十一》："黄里排金粟，钗头缀玉虫。更烦将喜事，来报主人公。"[2] 幽人：幽居之士，此为自指。韦应物《秋夜寄邱员外》："怀君属秋夜，散步咏凉天。山空松子落，幽人应未眠。"[3] 清阴：清凉的树荫。古诗文中常用。陶渊明《归鸟》："顾俦相鸣，景庇清阴。"碧纱：指碧纱窗，装有绿色薄纱的窗。

煮茶声

石鼎春茸静自烹[1]，寒泉暖焰战分明。山蝉泣露秋仍细，松叶吟风晚更清。不杂尘哗随断霭[2]，偶醒残酒傍孤檠[3]。芳声不为朱门沸，独听幽轩慰野情。

注释：

[1] 春茸：指春茶。[2] 尘哗：尘世喧哗。陈寅恪《赠熊式一》："沉沉夜漏绝尘哗，听读伽卢百感加。"[3] 孤檠（qíng）：孤灯。

霜　月 [1]

玉魄铅花晚逐飞[2]，素娥青女夜忘归。窥帘暗迫肌生粟，到地明看星射辉。窃药路茫蝉鬓老[3]，拊膺人去蚌珠依[4]。龙墀如水瑶阶滑[5]，争似烟光卧掩扉。

注释：

[1] 霜月：月色澄清。[2] 玉魄：月亮的别名。唐春台仙《游春台》："玉魄东方开，嫦娥逐影来。"铅花：比喻冷月的清光。陶弘景《寒夜怨》："空山霜满高烟平，铅华沉照帐孤明。"[3] 窃药：传说后羿得不死之药于西王母，其妻姮娥盗食之，成仙奔月。见《淮南子·览冥训》。蝉鬓：古代妇女的一种发式，两鬓薄如蝉翼，故称。亦借指妇女。此指嫦娥。[4] 拊膺：捶胸。表示哀痛或悲愤。《列子·汤问》："飞卫高蹈拊膺曰：'汝得之矣。'"蚌珠：蛤蚌因沙粒窜入壳内受到刺激而分泌的物质，逐层包起来形成圆粒，称"珍

珠"。喻指明月。庾信《舟中望月》："天汉看珠蚌，星桥祝桂花。"[5]龙墀：指官府或祠庙的台阶。瑶阶：玉砌的台阶。亦用为石阶的美称。王嘉《拾遗记·炎帝神农》："筑圆丘以祀朝日，饰瑶阶以揖夜光。"

送刘春台太守朝京

朝天旌节海边来[1]，残雪荒亭送玉杯。风树有情弦管外，莺花如梦水云隈[2]。翠麟烟霭瞻尧日[3]，丹扆勋名陋汉才[4]。雕鹗不堪林石思[5]，旋将霖雨过蓬莱。

注释：

[1] 朝天：朝见天子。王维《闻逆贼凝碧池作乐》："万户伤心生野烟，百僚何日再朝天。"[2] 莺花：莺啼花开。泛指春日景色。杜甫《陪李梓州等四使君登惠义寺》："莺花随世界，楼阁倚山巅。[3] 尧日：尧日舜天，尧舜时期的太阳和天空，比喻天下为公的时代。[4] 丹扆（yǐ）：丹屏。亦借指君王。"南朝梁元帝《上忠臣传表》："春诗秋礼，早蒙丹扆之训。"陋汉才：谓使得汉武帝君臣缺乏才能。汉武帝曾巡游到汾河，宴请群臣，作《秋风辞》。此句谓刘太守赴京朝会君臣赋诗，将使得汉武帝君臣显得才能浅陋。宋王圭《上元应制》："镐京春酒沾周宴，汾水秋风陋汉才。"[5] 雕鹗：雕与鹗，皆为猛禽。比喻才望超群者。此处喻刘太守。林石：是隐逸的代表风景。江淹《待罪江南思北归赋》："究烟霞之缭绕，具林石之巑岏（cuánwán）。"蓬莱：指八仙过海。以上二句设想刘太守将来想念旧时居处，一定会像猛禽裹挟风雨过海归来。

壬戌秋夜闻雨不寐，忆亡弟介泉[1]

枯竹窗前雨未阑，离鸿声断夜生寒。哀蛩切切金炉烬，银烛凄凄玉漏残。风树不休人不寐[2]，池塘无梦恨无端。联床更作来生约[2]，惭愧鹡鸰泪暗弹[3]。

注释：

[1] 壬戌：嘉靖四十一年（1562）。[2] 风树：语出汉韩婴《韩诗外传》卷7："皋鱼曰：'……树欲静而风不止，子欲养而亲不待也。'"后因以"风树"为父

105

母死亡，不得奉养之典。此以"风树"喻丧亲之痛。[2] 联床：指朋友或兄弟相聚，倾心交谈。[3] 鹡鸰（jílíng）：一种嘴细，尾、翅都很长的小鸟，只要一只离群，其余的就都鸣叫起来，寻找同类。比喻兄弟。《诗经·小雅·常棣》："脊令在原，兄弟急难。"

芍 药

一枝红药紫峰前[1]，半出青丛露未干。脂粉不缘妆镜晓，尘凡适偶玉台寒[2]。芳姿苦惜忘斑鬓，清赏长将倚画栏[3]。锦瑟无声终日醉[4]，黄昏犹约隔年看。

注释：

[1] 红药：红芍药花。宋姜夔《扬州慢·淮左名都》："念桥边红药，年年知为谁生？"[2] 玉台：传说中天帝的居处。班固《汉书·礼乐志》："天马徕，龙之媒，游阊阖，观玉台。"颜师古注引应劭曰："阊阖，天门。玉台，上帝之所居。"[3] 清赏：谓清标可赏。房玄龄《晋书·王戎传》："濬冲清赏，非卿伦也。"这里将芍药拟人化了。[4] 锦瑟：瑟的美称。瑟，古代弹弦乐器。《乐书》引《世本》："庖牺作瑟"。据《仪礼》记载，古代乡饮酒礼、乡射礼、燕礼中，都用瑟伴奏唱歌。

次韵玉泉

惊飞神锡翠岩开，泻出琼珠涣不回[1]。风带潮声千涧落，雪翻寒色一时来。清流人逸娱高枕[2]，渟影龙归撼上台[3]。一脉九天输万古[4]，沧波未必更尘埃[5]。

注释：

[1] 琼珠：玉珠。此处比喻水珠。出处杨万里《清晓趋郡早炊幽居延福寺》："危峰上金镜，远草乱琼珠。"涣：水很大的。宋吕同老《丹泉》："清音应空谷，潜波涣寒塘。"[2] 清流人逸娱高枕：古人有"漱石枕流"之雅事。刘义庆《世说新语·排调》："孙子荆年少时欲隐，语王武子'当枕石漱流'，误曰'漱石枕流'。王曰：'流可枕，石可漱乎？'孙曰：'所以枕流，欲洗其耳；所

以漱石，欲砺其齿。'"[3] 渟：水积聚不流。《广雅·释诂三》："渟，止也。"上台：星名。在文昌星之南。房玄龄《晋书·天文志上》："三台六星，两两而居……西近文昌二星曰上台，为司命，主寿。"[4] 九天：指天有极多重。亦指天之极高处。输：传送。万古：万代；万世。[5] 沧波：碧波。刘勰《文心雕龙·知音》："阅乔岳以形培塿，酌沧波以喻畎浍。"

檐前鸣玉[1]

碧云初敛画檐空，何处飞琼向晚风[2]。破霭声疏寒寂寂，步虚人迹夜匆匆[3]。烧残银烛寐不得，滴尽铜壶兴未穷。清影依稀珠箔外，二三竿竹月明中。

注释：

[1] 鸣玉：指风铃。用碎玉片组成。风吹相击发声，即知有风。古称占风铎。刘基《蓦山溪·咏檐铎》："夜阑人静，鸣玉传声小。"[2] 飞琼：传说中的仙女许飞琼，是西王母身边的侍女。后泛指仙女。《汉武帝内传》："王母乃命诸侍女……许飞琼鼓震灵之簧。"这里借指风铃声。[4] 步虚：步虚是道士在醮坛上讽诵辞章采用的曲调行腔，传说其旋律宛如众仙缥缈步行虚空，故得名"步虚声"。据南朝宋刘敬叔《异苑》称："陈思王曹植游山，忽闻空里诵经声，清远道亮，解音者则而写之，为神仙声。道士效之，作步虚声。"

晓 钟

晓钟不异夜来鸣[1]，昏晓相催合自惊。曙色微茫分宿霭，年光断送向残更。长鲸殷起风尘思[2]，短发徐添雪刺明。老懒无妨停午卧[3]，匆匆莫误凤楼声[4]。

注释：

[1] 不异：没有差别；等同。晋羊祜《让开府表》："虽历内外之宠，不异寒贱之家。"[2] 长鲸：应指风。殷：盛。[3] 停午：正午；中午。[4] 凤楼声：借指朝廷。宋张铎《日同吴苑马荣少参登盖州东山观海》："昔年驻节沧溟外，此日驱车又海澨。雪色半从鳌极转，水声疑傍凤楼声。"

代人送同年推刑泉州

风云万里觐仙才，何事春深白鹢开[1]。瀛沼凤鸾今在笥[2]，炎荒雀鼠会看摧[3]。马蹄晓送黄梅雨，羊角秋生翠柏台[4]。官柳斜晖无可赠，民情此日正堪哀。

注释：

[1] 白鹢（yì）：亦作"白鶂"。一种形如鱼鹰、毛白色、能高飞的水鸟。《庄子·天运》："夫白鶂之相视，眸子不运而风化。"[2] 凤鸾：泛指凤凰之类的神鸟。唐令狐楚《游义兴寺上李逢吉相公》："凤鸾飞去仙巢在，龙象潜来讲席空。"[3] 炎荒：指南方炎热荒远之地。晋傅玄《述夏赋》："清徵泛於琴瑟，朱鸟感于炎荒。"雀鼠：比喻小人。唐周昙《博陆侯》："栋梁徒自保坚贞，毁穴难防雀鼠争。"[4] 羊角：旋风。《庄子·逍遥游》："抟扶摇羊角而上者九万里。"成玄英疏："旋风曲戾，犹如羊角。"

冬日过双塔僧寺

漠漠风霾白日黄[1]，浮屠系马慕清光[2]。画廊烟静鱼声歇，宝塔云中铁韵长。双髻尘凝怜俗状，满怀机扰断愁肠[3]。衰年苦为微官缚，白社风流讵可忘[4]。

注释：

[1] 风霾：指风吹尘飞、天色阴晦的现象。《魏书·崔光传》："昨风霾暴兴，红尘四塞，白日昼昏，特可惊畏。"[2] 浮屠：指佛塔。郦道元《水经注·河水一》："阿育王起浮屠于佛泥洹处，双树及塔今无复有也。"[3] 机扰：机，计谋，心思。扰，扰乱，使混乱。[4] 白社：地名，在今河南洛阳东。葛洪《抱朴子·杂应》："洛阳有道士董威辇常止白社中，了不食，陈子叙共守事之，从学道。"亦见《晋书·董京传》。借指隐士或隐士所居之处。王维《辋川闲居》："一从归白社，不复到青门。"

都城冬夜不寐感怀

雪霁清宵迥未明，宫城漏结断寒更。鸣风窗纸惊残梦，如水衾裯冷宦情。三径已荒人未去[1]，尺书久滞雁无声。衰年犹自甘勤动[2]，升斗如何不解轻[3]？

注释：

[1]三径已荒：陶渊明《归去来兮辞》云："三径就荒，松菊犹存。""田园将芜胡不归？"[2]勤动：辛勤劳动。[3]升斗：比喻微薄的薪俸。元好问《自邓州幕府暂归秋林》："升斗微官不疗饥，中林春雨蕨芽肥。"

都城西香山寺[1]

独宿香山正寂寥，凭谁诗酒纵良宵？槛前山色千年画，枕上泉声半夜潮。风雨满天剧愁思，乾坤无地作逍遥。翠微梦破红尘去，清景曾教负圣朝[2]。

注释：

[1]香山寺：旧址位于今北京香山公园内。香山寺历史悠久，始于唐代。香山寺依山而建，错落有致，严整壮观，曾为西山诸寺之冠。[2]清景：清光。曹植《公宴》："明月澄清景，列宿正参差。"唐储光羲《终南幽居献苏侍郎》之一："朝日悬清景，巍峨宫殿明。"

乙卯九月七日西城闻慎修秋捷[1]

齐川秋捷迅燕山[2]，青妙功名慰鬓斑[3]。何益父书标锦夺，早绳祖武桂香攀。五云喜溢蓬瀛外，一日光生海岱间。圣代世恩深雨露，马牛无补汗衰颜。

注释：

[1]乙卯：明嘉靖三十四年（1555）。[2]齐川：此指山东。[3]青妙：即"青

钱妙选"或"青钱万选",比喻文才出众。典出后晋薛居正《旧唐书·张荐传》："张子之文如青钱,万简万中,未闻远也。"

咸阳怀古

悲风淅淅古咸阳[1],百代遗踪自可伤。王气有归弓剑没,寝园无祀野云凉[2]。蒿莱满眼英雄去[3],翁仲含情岁月长[4]。索寞秋原那可问,碧峰斜日向苍苍。

注释:

[1] 淅淅:形容轻微的风声。白居易《北亭》:"前楹卷帘箔,北牖施床席。江风万里来,吹我凉淅淅。"[2] 寝园:指陵园。[3] 蒿莱:野草;杂草。韩婴《韩诗外传》卷1:"原宪居鲁,环堵之室,茨以蒿莱。"[4] 翁仲:原指铜铸或石雕的偶像,后来专指墓前的石人。

会宁县旅夜简吴桧皋太守堂翁[1]

薄衾寒夜卧如弓,万种羁愁辗转中。有慰月轮来海上,无书鸿雁过天东。百年身计老仍拙,万里归程梦转空。落叶满窗人不寐,坐令销瘦愧无功[2]。

注释:

[1] 会宁县:明太祖洪武十年(1377年)降会宁州为县,隶巩昌路,属陕西布政司。今为甘肃中部大县,东与静宁接壤。[2] 销瘦:消瘦。张祜《病宫人》:"惆怅近来销瘦尽,泪珠时傍枕函流。"

南山晓归[1]

苦爱云山风景幽[2],百年心事几曾休[3]。是谁于此长相绝,顾我而今不自由[4]。翠巘有情遥送客[5],苍烟驱马重回头[6]。尘罗卒抱崆峒恨[7],多少浮荣多少愁[8]。

注释：

[1] 南山：终南山简称南山，在陕西西安南。本诗为宦游羁旅向往隐逸之作。
[2] 云山：指山势高峻，耸入云端。宋张抡《踏莎行·秋入云山》："秋入云山，物情潇洒，百般景物堪图画。丹枫万叶碧云边，黄花千点幽岩下。"[3] 百年心事：一生的经历。当同上首诗"百年身计"。欧阳修《玉楼春》："百年心事一宵同，愁听鸡声窗外度。"[4] 自由：由自己作主；不受限制和约束。[5] 翠巘（yǎn）：青翠的山峰。杜牧《朱坡》："日痕缒翠巘，陂影堕晴霓。"[6] 苍烟：苍茫的云雾。陈子昂《岘山怀古》："野树苍烟断，津楼晚气孤。"[7] 尘罗：即尘网。佛道教徒把现实世界看作束缚人的罗网。崆峒（kōngtóng）：山名。崆峒山位于今甘肃平凉城西，东瞰西安，西接兰州，南邻宝鸡，北抵银川，是古丝绸之路西出关中之要塞，自古就有"中华道教第一山"和"西镇奇观"之美誉。《庄子·在宥》："黄帝立为天子，十九年，令行天下，闻广成子在于空同之上，故往见之。"后亦以指仙山。唐曹唐《仙都即景》："旌节暗迎归碧落，笙歌遥听隔崆峒。"[8] 浮荣：虚荣。殷仲文《南州桓公九井作》："岁寒无早秀，浮荣甘夙殒。"

丁酉省试毕，晓归东省^[1]

飋飋西风已老秋^[2]，海东归骑晓悠悠^[3]。荒亭落木萧萧下，古渡寒烟冉冉收。董贾万言珍楚璞^[4]，燕齐三战退吴钩。壮图早晚青云上^[5]，折取天香慰白头^[6]。

注释：

[1] 丁酉：嘉靖十六年（1537），当时其母亲赵高氏在世。[2] 飋飋（sèsè）：象声词，多指风声。老秋：深秋。[3] 悠悠：从容自然的样子。[4] 董贾：西汉文学家董仲舒、贾谊。明胡应麟《少室山房笔丛·九流绪论中》："汉兴，董贾诸人，渐趋淳朴，一代文章，垂复古始。"楚璞：指楚人卞和献给楚王的玉璞，比喻珍品或英才。梅尧臣《度支苏才翁挽词（其二）》："盛世虽多士，唯公与众殊。高才飞健鹘，逸句吐明珠。未入周官采，争持楚璞模。"[5] 青云：

喻高官显爵。扬雄《解嘲》："当途者升青云，失路者委沟渠。"[6]折取天香慰白头：天香特指桂、梅、牡丹等花香。宋刘克庄《念奴娇·木犀》："却是小山丛桂里，一夜天香飘坠。"此句指蟾宫折桂，科举得中使老母欣慰。白头，指年老的尊亲。

濒溪晓行

玉骢策晓傍寒流[1]，水自悠悠春又秋[2]。矗岸飒风翻木叶[3]，苍葭栖霭暗汀洲[4]。波间鱼逐真相乐，沙上鸥眠不解愁[5]。渔艇钓矶无限恨[6]，尘劳何事不相谋[7]。

注释：

[1]玉骢（cōng）：即玉花骢。泛指骏马。韩翃《少年行》："千里斑斓喷玉骢，青丝结尾绣缠鬃。"[2]悠悠：连绵不尽貌。温庭筠《梦江南》："过尽千帆皆不是，斜晖脉脉水悠悠。"[3]矗岸：陡峭的河岸。飒风：杜甫《故武卫将军挽歌》："路人纷雨泣，天意飒风飙。"[4]苍葭栖霭：青色的芦苇栖居在晨雾中。[5]沙上鸥眠不解愁：即"鸥鹭忘机"。"忘机"是道家语，意思是忘却了计较、巧诈之心，自甘恬淡，与世无争。"鸥鹭忘机"即指无巧诈之心，异类可以亲近。后比喻淡泊隐居，不以名利萦怀。[6]钓矶：钓鱼时坐的岩石。[7]尘劳：为烦恼之异称。因烦恼能染污心，犹如尘垢之使身心劳惫，佛教徒将世俗事务的烦恼称作尘劳。意为尘垢劳恼。

夏日同张尊江太守海游，得"海"字，即席偶成

桂棹兰桡泛沧海，微薰晴日萃僚寀[1]。澄波万里碧泓溶[2]，遥山几点青巁嵬[3]。笙箫呖呖醉酴釄[4]，烟霭迢迢听欸乃。回首风尘万事忘，临江横槊今安在[5]？

注释：

[1]僚寀（cǎi）：同僚。《晋书·王戎传》："寻拜司徒，虽位总鼎司，而委事僚寀。"[2]泓溶（róng）：水深而广。清王闿运《珍珠泉铭》序："兹泉漾泓，冲溶清澜，百步傍流，带垣通舟。"[3]巁嵬：指山势高峻的样子。

[4]醹醁：即"醼醁"，酒名。葛洪《抱朴子·嘉遁卷》："寒泉旨于醼醁。"[5]临江横槊：指赤壁战前曹操的英雄豪迈气概。语出元稹《唐故检校工部员外郎杜君墓系铭》："曹氏父子鞍马间为文，往往横槊赋诗。"

再过金山，未得登览，舟中望而有作[1]

两过金山登未得，风尘空复抱高情[2]。乾坤胜概还千古[3]，诗酒无缘负此生。心逐白云环巘崿，棹随流水趣江程[4]。营魂未慰缘何事[5]，挂带山门愧昔盟[6]。

注释：

[1]金山：位于今江苏镇江，在长江南岸。[2]高情：超然物外之情。孙绰《游天台山赋》："释域中之常恋，畅超然之高情。"[3]胜概：美景，美好的境界。李白《夏日陪司马武公与群贤宴姑熟亭序》："此亭跨姑熟之水，可称为姑熟亭焉。嘉名胜概，自我作也。"[4]趣：赶上。[5]营魂：犹魂魄。范晔《后汉书·寇荣传》："不胜狐死首丘之情，营魂识路之怀。"[6]挂带山门：当指宋苏轼留玉带于金山寺的典故。传说苏轼与佛印在金山寺打赌输了，将玉带留下成为四件镇山之宝之一。金山寺大门楹联中"苏内翰山门留带"即指此事。山门意为寺院正面的楼门，也用来称寺院。

春日淮安道中

春日迟迟古道赊[1]，东风游子倦尘沙。方塘水暖鸳鸯睡[2]，平浦烟消鸿雁斜。满眼青山非故国，一鞭羸马去谁家。赋诗饮酒天涯兴，莫遣离愁老岁华[3]。

注释：

[1]迟迟：日长而温暖。《诗经·豳风·七月》："春日迟迟，采蘩祁祁。"朱熹《五经集注》："迟迟，日长而暄也。"赊：遥远。王勃《滕王阁序》："北海虽赊，扶摇可接。"[2]方塘：很小的池塘。[3]岁华：时日，年华。沈约《却东西门行》："岁华委徂貌，年霜移暮发。"

113

哭水南翁

　　吁嗟冥漠太梦梦[1]，丧我通家鹤发翁。高世才华先子畏[2]，忘年交谊古人风[3]。他乡风雨愁相慰，故里觞诗老更同[4]。渺渺断魂何所仰[5]，凄凉泪落水云东。

注释：

[1] 梦梦：昏乱，不明。《诗经·小雅·正月》："民今方殆，视天梦梦。"朱熹《五经集注》："梦梦，不明也。"天，指周幽王。[2] 高世：高超卓绝，超越世俗。《战国策·秦策五》："虽有高世之名，无咫尺之功者，不赏。"[3] 忘年交谊：忘年交通常是指岁数、辈分有差距，但友情很深厚的朋友。多指老人和年轻人之间的友情。《南史·何逊传》："（何）逊字仲言，八岁能赋诗，弱冠，州举秀才。南乡范云见其对策，大相称赏，因结忘年交。"[4] 觞（shāng）诗：衔觞赋诗。握着酒杯作诗。语出陶渊明《五柳先生传》："衔觞赋诗，以乐其志。"[5] 渺渺：前路茫茫。

妓者失明

　　合惜秋波不可医[1]，芳心不灭欲何为？绮窗晓日迷青镜[2]，金谷春风谢紫卮[3]。绝望远山空旧恨[4]，传情无地罥新知[5]。琵琶记得从前谱[6]，一曲娇歌泪暗垂。

注释：

[1] 秋波：秋风中的湖波涟漪，比拟眼神清澈灵动。苏轼《百步洪》有"佳人未肯回秋波，幼舆（指谢鲲）欲语防飞梭"之句，后代遂用"秋波"形容美女目清如秋水。[2] 绮窗：雕画花纹的窗户。王维《杂诗》："来日绮窗前，寒梅著花未？"[3] 金谷春风：指晋石崇所筑的金谷园，泛指富贵人家盛极一时但好景不长的豪华园林。多含讽喻义。紫卮（zhī）：代指美酒。[4] 远山：是指秀美之眉。由于古代妇女大多爱使用黛色画眉，色如远山，故亦称远山黛。汉刘歆《西京杂记》："文君姣好，眉色如望远山。"又汉伶玄《飞燕外传》："（赵合德）为薄眉，号远山黛。"[5] 无地：没有地方。

谢吕乾斋金宪故人见过 [1]

苍唐草树惨高秋 [2]，海上民风殊可忧。赤县恩光宣魏阙 [3]，碧烟旌旆达瀛洲。九霄鸾凤欣青眼，十载江山尽白头。岂有芳声驻车马 [4]，故人雅意自绸缪 [5]。

注释：

[1] 金宪：金都御史的美称。冯梦龙《醒世恒言·陈多寿生死夫妻》："陈多寿官至金宪，朱氏多福恩爱无比，生下一双儿女，尽老百年。"顾学颉校注："古时称御史为宪台。明代都察院设有左右金都御史，所以称为'金宪'。"[2] 苍唐：草木始凋貌。王逸《九思·哀岁》："北风兮潦烈，草木兮苍唐。"高秋：秋高气爽的时节。[3] 赤县：指华夏、中国、中土。司马迁《史记·孟子荀卿列传》："中国名曰赤县神州。"狭义的赤县仅指天子直辖之地，唐、宋、元各代京都所治的县称赤县。魏阙：指宫门上巍然高出的观楼。其下常悬挂法令，后用作朝廷的代称。《庄子·让王》："中山公子牟谓瞻子曰：'身在江海之上，心居乎魏阙之下，奈何？'"[4] 驻车马：（使得）停下车马（拜访）。宋无名氏《葵花》："无心驻车马，开落任熏风。"[5] 雅意：美意，好意。常用为敬辞。绸缪：密切。

木鱼声

僧鱼声度晚烟青，索寞松廊徙倚听 [1]。缓急自随仙梵落 [2]，迢遥已觉睡魔醒 [3]。风前暗点愁城破 [4]，月下从教欲海惺 [5]。清味空门今不厌 [6]，禅关何处好传经。

注释：

[1] 徙倚：犹徘徊，逡巡。语出屈原《远游》："步徙倚而遥思兮，怊惝恍而乖怀。"王逸注："彷徨东西，意愁愤也。"[2] 缓急："缓"指松弛，"急"指紧迫。此木鱼声应和着诵经声而一张一弛。仙梵：指佛教徒诵经的声音。[3] 迢遥：远貌。颜延之《秋胡诗》："迢遥行人远，婉转年运徂。"一本作"超遥"。睡魔：睡眠，为佛家所说的"五欲"之一。嗜睡之人怠惰昏昧，不能精进修持，无从出离生死，故称嗜睡怠业为"睡魔"。唐吕岩《大云寺茶诗》："断送睡魔离几席，增添清气入肌肤。"后亦用以指强烈的、不可抗拒的睡意。

[4]愁城：愁苦的境地。黄庭坚《行次巫山宋楙宗遣骑送折花厨酝》："攻许愁城终不开，清州从事斩关来。"陆游《山园》："狂饮烂醉君无笑，十丈愁城要解围。"[5]欲海：佛教语。比喻贪欲、情欲如深广之海。南朝梁武帝《舍道归佛文》："度群迷于欲海，引含识於涅槃。"惺：清醒。宋普济《五灯会元》："一声寒雁叫，唤起未惺人。"[6]清味：清淡的菜肴。空门：佛教的总名，因佛教阐扬空的道理，并以空法作为进入涅槃之门。王维《叹白发》："一生几许伤心事，不向空门何处销。"

九月庭下杏花

寒露凄凄肃晓旻[1]，嗟渠何事再荣新。西风化拟东风早，落叶枝同未叶春。归燕尚怀寒食约，黄花旷值晚秋晨。当阳庆际重华圣[2]，合有调元此细论[3]。

注释：

[1]肃：衰落，萎缩。《吕氏春秋·季春纪》："季春行冬令，则寒气时发，草木皆肃。"旻（mín）：天，天空；又特指秋季的天。许慎《说文解字》："旻，秋天也。"[2]当阳：古称天子南面向阳而治。《左传·文公四年》："昔诸侯朝正于王，王宴乐之，于是乎赋《湛露》，则天子当阳，诸侯用命也。"孔颖达疏："阳，谓日也。言天子当日，诸侯当露也。"[3]合有：应有。调元：谓调和阴阳，执掌大政。多用于指宰相。典出《尚书·周书·周官》："立太师、太傅、太保，兹惟三公。论道经邦，燮理阴阳。"孔安国传："此惟三公之任，佐王论道，以经纬国事，和理阴阳。"

上程碧溪太守（守名世鹏，广东人）[1]

万里雄图仰德光[2]，扶摇东徙慰穷荒[3]。精忠翊圣风云迥[4]，枯槁回春雨露香[5]。一变旷闻周礼教，千年喜睹汉循良[6]。清时赤子今何幸[7]，白发丹心世未忘。

注释：

[1]程世鹏：字万里，号碧溪，揭阳县桃山都程厝洋人。嘉靖二十七年（1548）

仕胶州知州。明代佚名的《南溪诗话》中对其有盛誉："明邑人程碧溪刺史世鹏，由贤科起家，嘉靖中历宰宁德、常山二县，擢胶州知州，俱有政绩。惜乎揭志独阙焉。刺胶日，州人赵完璧有《上程碧溪太守》诗，云：……誉之甚盛。见《海壑吟稿》（此诗存）。碧溪墓在揭东封内，他日当一过以吊焉。"[2] 德光：道德光辉。[3] 扶摇：指盘旋而上，腾飞。比喻仕途得意。语出《庄子·逍遥游》："鹏之徙于南冥也，水击三千里，抟扶摇而上者九万里。"[4] 精忠：纯洁忠贞。葛洪《抱朴子·博喻》："是以比干匪躬，而剖心于精忠；田丰见微，而夷戮於言直。"翊圣：谓辅佐天子。岑参《左仆射相国冀公东斋幽居同黎拾遗所献》："成功云雷际，翊圣天地安。"[5] 枯槁：（草木）干枯、枯萎。《淮南子·原道训》："今夫徙树者，失其阴阳之性，则莫不枯槁。"回春：此处比喻吏治高明，使得百姓如枯木逢春。[6] 循良：指奉公守法的官吏。唐李邕《唐赠太子少保刘知柔神道碑》："出膺贤守，则郡国循良。"[7] 清时：指清平之时、太平盛世。李陵《答苏武书》："勤宣令德，策名清时。"张铣注："清时，谓清平之时。"赤子：比喻百姓，人民。《汉书·龚遂传》："其民困于饥寒而吏不恤，故使陛下赤子盗弄陛下之兵于潢池中耳。"丹心：赤红炽热的心，赤诚的心。宋文天祥《过零丁洋》："人生自古谁无死，留取丹心照汗青。"

己酉下第[1]

　　青门泪落海云飞[2]，青紫曾看拾芥微[3]。五十文章犹锦字[4]，三千胜负有玄机。朱衣弃我孤豚细[5]，翠岱嗤人匹马归。却喜诸郎尽英妙[6]，巍科应复慰重辉[7]。

注释：
[1] 己酉：嘉靖二十八年（1549），是年赵完璧50岁。[2] 青门：汉长安城东南门。本名霸城门，因其门色青，故俗呼为"青门"或"青城门"。泛指京城东门。王禹偁《送荣礼丞赴宋都序》："青门晓晴，皇华启行。"[3] 青紫：古时公卿服饰，借喻高官显爵。后以视青紫如拾草芥，谓很容易就可获取高官显位。班固《汉书·夏侯胜传》："胜每讲授常谓诸生曰：'士病不明经术；经术苟明，青紫其取如俯拾地芥耳。'"[4] 锦字：喻华美的文辞。卢照邻《乐府杂诗序》："霜台有暇，文律动于京师；绣服无私，锦字飞于天下。"[5] 孤豚（tún）：小猪。司马迁《史记·老子韩非列传》："子独不见郊祭之牺牛乎？养食之数岁，

衣以文绣，以入太庙。当是之时，虽欲为孤豚，岂可得乎？"司马贞《史记索隐》："孤者，小也，特也，愿为小豚不可得也。"韩愈《寄崔二十六立之》："孤豚眠粪壤，不慕太庙牺。"[6] 英妙：年少而才华出众的人。[7] 巍科：犹高第。古代称科举考试名次在前者。

次韵顾文昱公白雁

紫塞翛翛素作仪[1]，关城寒早带霜飞。湖天旷失云中影，汉水长迷月下辉。瑞叶九天曾拂羽[2]，荻花何处旋为衣。上林玉讶回阳侣[3]，拟自苏卿雪里归[4]。

注释：

[1] 翛（xiāo）翛：无拘无束，自由自在。[2] 瑞叶：犹玉叶。形容云彩。骆宾王《赋得春云处处生》："絮日祥光举，疏云瑞叶轻。"拂羽：振翅飞。[3] 上林：上林苑是中国历史上最负盛名的苑囿之一，位于汉都长安郊外。最初是秦代修建的，汉武帝即位后扩建。据汉卫宏《汉官·旧仪》载："苑中养百兽，天子春秋射猎苑中，取兽无数。其中离宫七十所，容千骑万乘。"[4] 苏卿：指苏武。武字子卿，故称。李商隐《茂陵》："谁料苏卿老归国，茂陵松柏雨萧萧。"

李亨庵见枉，因示佳制，用韵感赋

小洞传呼启碧萝，逢迎无奈竹婆娑。山樽有兴花为妓，檀板无声鸟作歌。宦海冠裳萍梗迹[1]，浮生日月玉人梭[1]。寇公此日真难借[3]，白首相酬莫厌多。

注释：

[1] 萍梗迹：比喻行踪如浮萍断梗一样，漂泊不定。唐许浑《晨自竹径至龙兴寺崇隐上人院》："客路随萍梗，乡园失薜萝。"[2] 玉人梭：本指黄道婆，宋末元初知名棉纺织家。这里指日月如梭。清高不骞《乌泥泾夜寻黄母祠》："听莺桥畔月，犹照玉人梭。"[3] 寇公此日真难借：寇公，宋真宗时名相寇准。时人一般认为北方的安定借重于寇准。清不题撰人《巫山艳史》："我朝定鼎

以来，澶渊之役，惟恃寇公为北门锁钥。"此句"寇公"借指李亨庵，言李难得登门来访。

送李亨庵太守擢贰河间二首[1]

赤夏辞东何处游[2]，五云直北是瀛洲[3]。华胥梦破孤城月，玄朔情违一叶舟[4]。白雪俄惊调沧海，彩毫无计侍清秋。幽岩莫逆佳期在[5]，早晚霜台慰别愁。

翠霭银塘红蓼花[6]，玉人青镜送仙槎。山光怅别孤云暮，帆影关情落照斜。五马春归漳水际，孤鸿秋断海天涯。何郎无奈瓜期早[7]，坐遣清风去思赊。

注释：

[1] 擢贰河间：升为河间府同知。河间，河间府。今属河北省沧州。[2] 赤夏：炎夏，盛夏。[3] 瀛洲：当为瀛州，河间府旧称。[4] 玄朔：北方。曹植《橘赋》："山川之暖气，处玄朔之肃清。"[5] 幽岩：深山幽谷之中，往往指归隐之所。唐太宗李世民《度秋》："桂白发幽岩，菊黄开灞浒。"莫逆：没有抵触，感情融洽。指意气相投、交谊深厚的朋友。语出《庄子·大宗师》："（子祀、子舆、子犁、子来）四人相视而笑，莫逆于心，遂相与为友。"[6] 翠霭：山间的青雾。唐李群玉《汉阳太白楼》："江上层楼翠霭间，满帘春水满窗山。"[7] 何郎：指南朝梁诗人何逊，诗与阴铿齐名。完璧以此自称。瓜期：典出《史记·萧相国世家》："召平（即邵平）者，故秦东陵侯。秦破，为布衣，贫，种瓜于长安城东，瓜美，故世俗谓之'东陵瓜'，从召平以为名也。"邵平种瓜的故事喻农圃之事。又喻隐居不仕。赊：多，繁多。唐朗士元《闻吹扬叶者二首（其一）》："妙吹杨叶动悲笳，胡马迎风起恨赊。"

王冠峰见招观莲，阻雨简复

正忆仙芝艳艳开[1]，报书忽下紫鸾催[2]。才驱羸马西溪度，旋逐狂风北雨来。绝代妍华劳远梦[3]，片时欢赏阻英才。横塘十里烟云冷[4]，自昔佳人不易谐。

注释：

[1] 仙芝：自汉代宫廷陆续发现"九茎连叶"的芝草，被视作祥瑞的象征。此处代指莲花。宋张椿龄《思方外友》："仙芝混成生恍惚，道在此身端可观。"[2] 紫鸾：传说中的神鸟。屈原《涉江》："鸾鸟凤凰，日以远兮；燕雀乌鹊，朝堂坛兮。"《广雅》："鸾鸟，凤皇属也。"[3] 妍华：指美艳；华丽。鲍照《采菱歌（其三）》："暧阔逢暄新，凄怨值妍华。"喻青春。[4] 横塘：古堤名，在今江苏苏州吴中区西南。此处借用为送别之地。宋贺铸《青玉案·凌波不过横塘路》："凌波不过横塘路，但目送、芳尘去。"

次韵赏莲

芳姿袅袅出晴波[1]，烟破虚明照影娥[2]。紫艳生香风自远[3]，红酣吐晕日偏多[4]。盈盈帝子来湘浦[5]，脉脉天孙隔绛河。莫谓无情情亦在，休教解语动清歌[6]。

注释：

[1] 芳姿：以闺阁女性美丽的姿容喻花。元稹《感石榴》："俗态能嫌旧，芳姿尚可嘉。"袅袅：亦作"嫋嫋"，轻盈纤美貌。晋左思《吴都赋》："蔼蔼翠幄，嫋嫋素女。"晴波：阳光下的水波。杨炯《浮沤赋》："状若初莲出浦，映晴波而未开。"[2] 烟破：轻烟散去。明谈田《朋寿园诗》："十里晓烟破，数声召稼钟。"虚明：空明；清澈明亮。陶渊明《辛丑岁七月赴假还江陵夜行涂口》："凉风起将夕，夜景湛虚明。"影娥：汉代未央宫有影娥池，凿以玩月，后以指清澈鉴月的水池。《三辅黄图·未央宫》："影娥池，（汉）武帝凿以玩月。其旁起望鹄台，以眺月影入池中，亦曰眺蟾台。"亦省作"影娥"。明夏完淳《冰池如月赋》："飘红叶则落桂一枝，映青楼则影娥半面。"[3] 紫艳：热带睡莲新品种。生香风自远：被风吹过，其香气自然而然向远处飘散。生香，散发香气。唐薛能《杏花》："活色生香第一流，手中移得近青楼。"[4] 红酣：形容荷花红艳。王安石《题西太一宫壁》："柳叶鸣蜩绿暗，荷花落日红酣。"吐晕（tǔyùn）：散发光彩。清查慎行《谢赐玻璃眼镜（其一）》："明珠吐晕泥沙外，爝火分光日月边。"日偏多这其实是一种移情的写法，红日偏爱荷花之意。[5] 帝子湘浦：用娥皇女英悼舜帝于潇湘的典故。《山海经·中山经》：

"（尧）帝之二女居之（洞庭之山），是常游于、江渊，澧沅风，交潇湘之渊。"
天孙：指织女。《汉书·天文志》："织女，天帝孙也。"[6]莫谓无情两句：
取意唐罗隐《牡丹花》："若教解语应倾国，任是无情亦动人。"又，陆游《闲
居自述》："花如解语还多事，石不能言最可人。"

秋夜听雨小饮二首

坐听微雨夜如何？小饮秋堂乐意多[1]。脸上酡颜忘白发[2]，杯中灯影
晃金波[3]。高台魏女空挥泪[4]，片石羊公久自磨[5]。今古滔滔春浪涌，一
回长叹一高歌。

莫教烦恼心常累[6]，曾悟空门水不波[7]。万古此生真可惜[8]，百杯
良夜岂为多[9]。逐臣自笑山林僻[10]，幽室还宜风雨过[11]。纵酒放歌今不
乐[12]，寒蛩昏晓欲如何[13]？

注释：

[1]秋堂：秋日的厅堂。常以指书生攻读课业之所。王建《送司空神童》："秋
堂白发先生别，古巷青襟旧伴归。"乐意：快意；高兴。《庄子·盗跖》："夫
见下贵者，所以长生安体乐意之道也。"[2]酡（tuó）颜：饮酒脸红的样子。
[3]金波：酒名。亦泛指酒。宋朱弁《曲洧旧闻》卷7："（张次贤）尝记天
下酒名，今著于此：后妃家……河间府金波，又玉醴。"[4]高台魏女空挥泪：
指薛灵芸在魏文帝时被选入皇宫事。据王嘉《拾遗记·魏》：（魏）文帝所爱
美人，姓薛名灵芸，常山人也。父名邺，为邬乡亭长……灵芸年至十五，容貌
绝世，邻中少年夜来窃窥，终不得见。咸熙元年（264），谷习出守常山郡，闻
亭长有美女而家甚贫。时文帝选良家子女，以入六宫。习以千金宝赂聘之。既得，
乃以献文帝。灵芸闻别父母，歔欷累日，泪下沾衣。至升车就路之时，以玉唾
壶承泪，壶即红色。既发常山，及至京师，壶中泪凝如血。帝以文车十乘迎之，
车皆镂金为轮辋，丹画其毂，轭前有杂宝为龙凤，衔百子铃，锵锵和鸣，响于
林野。驾青色之牛，日行三百里。此牛尸屠国所献，足如马蹄也。道侧烧石叶
之香，此石重叠，状如云母，其光气辟恶厉之疾。此香腹题国所进也。灵芸未
至京师数十里，膏烛之光，相续不灭，车徒咽路，尘起蔽于星月，时人谓为'尘
宵'。又筑土为台，基高三十丈，列烛于台下，名曰'烛台'，远望如列星之
坠地。又于大道之傍，一里一铜表，高五尺，以志里数。"按：咸熙为魏元帝

年号，"魏文帝"或为"魏元帝"之误。[5] 片石羊公：即羊公碑，又名"堕泪碑"，位于湖北襄阳岘山上，是当地百姓怀念西晋著名政治家、军事家羊祜建立的。借喻死者德高望重。[6] 烦恼：指令人不顺心或不畅快的人或事。语出《百喻经·五人买婢共使作喻》："五阴亦尔，烦恼因缘合成此身。而此五阴，恒以生老病死无量苦恼搒笞众生。"[7] 空门：泛指佛法。水不波：不起波澜。白居易《赠元稹》："无波古井水，有节秋竹竿。"[8] 万古此生真可惜：句意或类明洪应明《菜根谭·概论》："天地有万古，此身不再得；人生只百年，此日最易过。幸生其间者，不可不知有生之乐，亦不可不怀虚生之忧。"提醒不要虚度人生。[9] 百杯良夜岂为多：此句强调及时行乐。良夜，美好的夜晚。汉苏武《诗四首（其四）》："芳馨良夜发，随风闻我堂。"[10] 逐臣：被朝廷放逐的官吏。《战国策·秦策五》："太公望，齐之逐夫，朝歌之废屠，子良之逐臣，棘津之讎不庸，文王用之而王。"山林：指隐居之地。[11] 幽室：幽暗或没有光亮的屋子。《礼记·仲尼燕居》："譬如终夜有求于幽室之中，非烛何见？"[12] 纵酒：开怀畅饮。司马迁《史记·高祖本纪》："置酒沛宫，悉召故人父老子弟纵酒。"放歌：指放声歌唱。形容十分高兴。[13] 寒蛩（qióng）：深秋的蟋蟀。韦应物《拟古诗（其六）》："寒蛩悲洞房，好鸟无遗音。"昏晓：犹晨昏，早晚。《晋书·曹毗传》："故大人达观，任化昏晓，出不极劳，处不巢皓。"

沙川东望

小桥东畔过沙洲，一望清光雨乍收。云蠹山腰横玉带，水环屋角绕苍虬[1]。矶边杨柳堪垂钓，天外沧浪好放舟。乡土有情风景胜，白头心事共谁筹[2]？

注释：

[1] 苍虬：青色的龙。此处形容树木盘曲的枝干。[2] 白头心事：晚年的志趣，这里指归隐故乡的愿望。心事，志向，志趣。明李濂《夏日城南别业酬林都宪湘南见寄》："青垄岁华流水外，白头心事落花前。"筹：谋划。

咏孤雁

曳曳孤飞何处来[1]，嗷嗷四顾不胜哀。虞罗骇失遥难合[2]，烟浦冥迷涣不回。故侣有情天远大[3]，断云无赖日徘徊[4]。长鸣带月秋江上，影落寒波只独猜。

注释：

[1] 曳曳：飘动貌。孟浩然《行至汝坟寄卢徵君》："洛川方罢雪，嵩嶂有残云。曳曳半空里，溶溶五色分。"[2] 虞罗：原指掌山泽之虞人所张设的网罗。泛指渔猎者设置的网罗。[3] 天远大：天空高远辽阔。黄庭坚《登快阁》："落木千山天远大，澄江一道月分明。"[4] 无赖：无聊。谓多事而使人讨厌的。陆游《雨中作》："多情幽草沿墙绿，无赖群蛙绕舍鸣。"

送慎修儿还任兵曹[1]

好去神京奉圣王，休随儿女恋高堂。双藜斜日犹强健，百亩终年足稻粱。有宠自天皆雨露，无能报国只纯良[2]。兵权缪与期前美[3]，老拟营丘乐未央[4]。

注释：

[1] 兵曹：指兵部。[2] 纯良：纯正善良。宋陈鹄《耆旧续闻》卷7："又尝吟云：'欲择纯良婿，须求才学儿……'"[3] 缪与：错付。谦辞。《荀子·子道》子路问于孔子曰：'有人于此，夙兴夜寐，耕耘树艺，手足胼胝，以养其亲，然而无孝之名，何也？"孔子曰："意者身不敬与？辞不逊与？色不顺与？古之人有言曰："衣与，缪与，不女聊。"'"期前美：期望光复先辈的美业。[4] 营丘：经营田园。

送江龙所通府署州西还[1]

荒城岁晚事多违，无奈悲风送客归。鸿雁数声留远思，海山千里尚余辉。春觞漫酌聊相赠[2]，冬日遄飞不可依[3]。霖雨无私更何地[4]，东人空有泪沾衣。

注释：

[1]通府：通判的别称。署州：代理知州。署，代理、暂任或试充官职。[2]春舠：春酒。舠，古代酒器。[3]遄（chuán）飞：勃发；疾速飞扬。此指逸兴遄飞。王勃《滕王阁序》："遥吟俯畅，逸兴遄飞。"[4]霖雨：连绵大雨；亦指甘雨，时雨。比喻恩泽。

次韵壬申元日大雪 [1]

才看青鸟启芳辰，滕六飞花烂目新[2]。带雨无声潜入夜，裁冰不解暗生春[3]。年登南亩知谁卜？日醉东风乐更真。十四飞鸿促银烛[4]，不知斗柄转高旻[5]。

注释：

[1]壬申元日：明隆庆六年（1572）正月初一。[2]滕六：是传说中的雪神。明程登吉《幼学琼林》卷1："云师系是丰隆，雪神乃是滕六。"[3]裁冰：这里指雪花有冰裁剪而成，是诗意的说法。[4]飞鸿：虫名。《逸周书·度邑》："发之未生，至于今六十年，夷羊在牧，飞鸿过野。"斗柄：指北斗七星中玉衡、开阳、摇光三星。高旻（mín）：高天。

赵烈妇

赵，董生妻也。董早没，赵随自经以殉。乡人哀之，余亦感赋。

玉委鸿毛何太轻[1]？天常蚤已独分明[2]。破来蛱蝶人间梦，合去鸳鸯地下情[3]。斑雨恨遗湘竹泪，紫箫凄断凤台声[4]。谁将银笔清风下[5]，不为衰颓著令名[6]？

注释：

[1]玉委鸿毛何太轻：此指烈妇自尽，把如玉般的生命像鸿毛一样轻抛，让人感慨。[2]天常：指自然的常规。《吕氏春秋·大乐》："是谓天常。"明间人常用。[3]破来蛱蝶人间梦，合去鸳鸯地下情：此二句意为，人生如梦，烈妇的死是人间蝴蝶梦破，她到阴间和夫君做了地下鸳鸯。[4]斑雨恨遗湘竹泪，

紫箫凄断凤台声：前句用"湘江哭舜"典故。任昉《述异记》："舜南巡不返，葬于苍梧之野。尧之二女娥皇、女英追之不及，相与痛哭，泪下沾竹，竹上文为之斑斑然。"后句用萧史弄玉的典故。刘向《列仙传》卷上中记载，萧史善吹箫，作凤鸣。秦穆公以女弄玉妻之，作凤楼，教弄玉吹箫，感凤来集。弄玉乘凤，萧史乘龙，夫妇同仙去。[5] 银笔：笔管饰银的笔。旧题宋尤袤《全唐诗话·韩定辞》："（马）或从容问韩（定辞）以'雪儿''银管'之事。韩曰：'昔梁元帝为湘东王时，好学著书，常纪忠臣义士及文章之美者。笔有三品，或以金银珊饰，或以斑竹为管。忠孝全者用金管书之，德行清粹者用银笔书之。'"清风：清惠的风化。语自《诗经·大雅·烝民》："吉甫作诵，穆如清风。"毛传："清微之风，化养万物者也。"薛综注："清惠之风，同于天德。"[6] 衰颓：（世风）衰落颓败。陈寿《三国志·魏书·田畴传》："汉室衰颓，人怀异心，唯刘公（刘虞）不失忠节。"令名：指美好的声誉。见《左传·襄公二十四年》："侨闻君子长国家者，非无贿之患，而无令名之难。"

癸酉膺封

万历新主覃恩[1]，老夫妇以慎修儿备员夏郎[2]，叨与殊典。乡人称庆，乃以不肖当年七十有四，老妻六十有九，而于先朝又曾各沾一命，白有司，匾双寿，重封以荣之。因而喜赋。

蠢愚翁媪眷清朝[3]，只以儿曹愧冒叨[4]。鹤发双逢千载庆，龙章重下五云高[5]。虚生岂有涓埃补[6]，小子曾输犬马劳。末路寸衷无地报[7]，肯教庭下背伊皋[8]。

注释：

[1] 覃（tán）恩：广施恩泽。旧时多用以称帝王对臣民的封赏、赦免等。覃，深广。宋秦观《鲜于子骏行状》："覃恩迁都官员外郎，通判保安军。"[2] 夏郎：郎中的美称。隋唐迄清，各部皆设郎中，分掌各司事务，为尚书、侍郎之下的高级官员。[3] 眷：宠爱，恩顾，器重。清朝：清明的朝廷。范晔《后汉书·班昭传》："吾性疏顽教道无素，恒恐子谷负辱清朝。"[4] 冒叨：谦称受赏赐。[5] 龙章：龙纹，龙形。为最高者的象征，喻不凡的文采、风采，也指对皇帝文章的谀称，借指诏书、敕令。明何镗《重刻〈诚意伯刘公文集〉序》："天语焜烨龙章，具在《翊运篇》中。"[6] 涓埃：细流与微尘。比喻微小。唐令狐德棻

125

《周书·萧㧑传》："臣披款归朝，十有六载，恩深海岳，报浅涓埃。"[7] 末路：谦辞。犹末席、下位。汉王褒《四子讲德论》："曩从末路，望听玉音，窃动心焉。"寸衷：指心。[8] 庭下：庭教，多指父教。伊皋（yīgāo）：伊尹，商代名相。皋陶，舜之大臣，掌刑狱之事。后二者常并称，喻指良相贤臣。刘向《九叹·愍命》："三苗之徒以放逐兮，伊皋之伦以充庐。"范晔《后汉书·班固传》："将军宜详唐殷之举，察伊皋之荐。"李贤注："尧举皋陶，汤举伊尹。"李白《君子有所思行》："伊皋运元化，卫霍输筋力。"王琦注："伊尹、皋陶，以喻美宰臣。"

夏 夜

落日逍遥向晚凉[1]，芳庭孤坐兴何长。碧虚露下尘寰静[2]，银浦云消仙路茫。两腋风生飞海峤[3]，一天星动荡沧浪。通宵无寐超人境[4]，只恐曦明堕旧乡[5]。

注释：

[1] 逍遥：徜徉，缓步行走貌。屈原《九章·哀郢》："去终古之所居兮，今逍遥而来东。"姜亮夫校注："逍遥即游之义。"司马相如《长门赋》："夫何一佳人兮，步逍遥以自虞。"刘良注："逍遥，行貌。"[2] 碧虚：青天。南朝梁吴均《咏云》："飘飘上碧虚，蔼蔼隐青林。"尘寰：人世间。语出权德舆《送李城门罢官归嵩阳》："归去尘寰外，春山桂树丛。"[3] 海峤：海边山岭。张九龄《送使广州》："家在湘源住，君今海峤行。"[4] 人境：人间。陶渊明《饮酒》："结庐在人境，而无车马喧。"[5] 曦明：黎明。旧乡：故乡。屈原《离骚》："陟升皇之赫戏兮，忽临睨夫旧乡。"

暮春雨霁感怀

风柔雨霁暮春天，可恨尘寰不了缘。柳色不知城郭外，鸟声已乱市嚣前。桃花野径云中骑[1]，弦管湖天镜里船。多少风流赏心事，白头扰扰是何年[2]。

注释：

[1] 云中：高耸入云的山上。喻尘世外。宋严参《沁园春·自适》："吾应有，

云中旧隐，竹里柴扉。"[2]扰扰：烦乱貌。武元衡《南徐别业早春有怀》："生涯扰扰竟何成，自爱深居隐姓名。"

冬夜闻逢迎鼓角

寒夜三更鼓角鸣，遥知下吏苦逢迎[1]。冰霜透骨微名缚[2]，轩冕凌人四体轻[3]。枯柳门闲无限趣[4]，紫芝山静有余清[5]。衡茅真自高风在[6]，棝柮煨炉睡到明[7]。

注释：

[1] 下吏：低级官吏，属吏。《左传·哀公十五年》："寡君使盖备说，吊君之下吏。"《史记·循吏列传》："官有贵贱，罚有轻重。下吏有过，非子之罪也。"逢迎：迎接；接待。《史记·刺客列传》："太子逢迎，却行为导。"[2] 微名：指微不足道的名誉。[3] 轩冕：指显贵者。《后汉书·崔骃传》："临雍泮以恢儒，疏轩冕以崇贤。"[4] 紫芝：紫灵芝，比喻贤人。《淮南子·俶真训》："巫山之上，顺风纵火，膏夏紫芝，与萧艾俱死。"高诱注："膏夏、紫芝皆喻贤智，萧、艾，贱草，皆喻不肖。"余清：语出谢灵运《游南亭诗》："密林含余清，远峰隐半规。"刘良注："含余清，谓雨后气尚清凉也。"[5] 枯柳门闲：出自陶渊明《五柳先生传》："先生不知何许人也，亦不详其姓字，宅边有五柳树，因以为号焉。闲静少言，不慕荣利。"指隐者门前幽静。[6] 衡茅：衡门茅屋，简陋的居室。陶渊明《辛丑岁七月赴假还江陵夜行涂口》："养真衡茅下，庶以善自名。"高风：高尚的风操。晋夏侯湛《东方朔画赞序》："睹先生之县邑，想先生之高风。"[7] 棝柮（gǔduò）：原木、整块或一段未经加工的木材。韦庄《宜君县比卜居不遂留题王秀才别墅》："本期同此卧林丘，棝柮炉前拥布裘。"

次韵秋日书怀二首，简纪湛泉

机头鼳鼠靳千钧[1]，苤制曾教污紫尘[2]。掇得篱英轻斗粟[3]，步来溪壑谢蒲轮[4]。不才白发违明主，多病沧浪纵逐臣[5]。忙里琴书醒后酒，秋风潇洒自由身。

叹老惊秋倚画屏，抟沙功业竟何成[6]！心劳刻叶终无补[7]，技擅屠龙

127

岂令名^[8]。抚剑停杯不自醉，横琴吊古为谁鸣？儿曹别有岩廊业，林壑清风且读耕^[9]。

注释：

[1] 机头鼷（xī）鼠靳千钧：鼷鼠，鼠类最小的一种。古人以为有毒，啮人畜至死不觉痛，故又称甘口鼠。《春秋·成公七年》："七年春，王正月，鼷鼠食郊牛角，改卜牛。鼷鼠又食其角，乃免牛。"靳，吝惜，不肯给予。陈寿《三国志·魏书·杜袭传》："臣闻千钧之弩不为鼷鼠发机，万石之钟不以莛撞起音。"语义本此。千钧的弓弩不为了射鼷鼠而开动，意思是不轻易为俗事所动。[2] 芰（jì）制曾教污紫尘：芰制，指隐居者的服装。南齐周彦伦隐居钟山，后应诏出来做官，孔稚珪作《北山移文》来讥讽他，中有"焚芰制而裂荷衣，抗尘容而走俗状"之语。紫尘：红尘，尘埃。晋陆云《盛德颂》："庆云徘徊，紫尘熠烁。"句意是曾在世俗中生活违背隐居的心愿。[3] 篱英：菊花。元周巽《采菊》："掇英引觞酌，酣咏幽兴长。心闲得其趣，尘虑憺以忘。朝饮菊井水，夕餐菊篱英，坐看浮云净，南山晚苍苍。"斗粟：一斗之粟，指少量的粮食，或为"五斗粟"的简称。典出沈约《宋书·陶潜传》："郡遣督邮至，县吏白应束带见之，（陶）潜叹曰：'我不能为五斗米折腰向乡里小人。'即日解印绶去职。赋归去来。"[4] 溪壑：山谷中水所流聚的地方。张协《杂诗十首（其九）》："溪壑无人迹，荒楚郁萧森。"谢：辞别。蒲轮：古人乘坐的车子。孟浩然《送辛大之鄂渚不及》："蒲轮去渐远，石径徒延伫。"[5] 不才白发违明主，多病沧浪纵逐臣：因为年老无才，辜负了圣明的君王；因为得了病，只好放逐到江湖。语出孟浩然《岁暮归南山》："不才明主弃，多病故人疏。"沧浪，古水名，借指青苍色的水。《孟子·离娄上》："有孺子歌曰：'沧浪之水清兮，可以濯我缨；沧浪之水浊兮，可以濯我足。'"逐臣，被贬谪放逐的臣子。《战国策·秦策五》："取世监门子，梁之大盗、赵之逐臣，与同知社稷之计，非所以厉群臣也。"[6] 抟沙：捏沙成团。比喻聚而易散。元杨立斋《哨遍》："世事抟沙嚼蜡，等闲荣辱休惊讶。"[7] 心劳：费尽心机，如"心劳日拙。"《尚书·周官》："作德心逸日休；作伪心劳日拙。"刻叶：雕花刻叶，喻构思作诗赋吟咏。司空图《力疾山下吴村看杏花》："才情百巧斗风光，却笑雕花刻叶忙。"[8] 技擅屠龙：指好本领，绝技。语出《庄子·列御寇》："朱泙漫学屠龙于支离益，单千金之家。三年技成，而无所用其巧。"最初是比喻虽高超但不实用的技术。有时"屠龙"之技也

用来指不为世所用的真才实学。苏轼《次韵张安道读杜诗》："巨笔屠龙手，微官似马曹。"此处意指后者。[9]林壑清风：林壑，树林和山谷，指山林田野退隐之处。谢灵运《石壁精舍还湖中作》："林壑敛暝色，云霞收夕霏。"清风，比喻高洁的品格。

咏　渔

万顷沧波恣所如，水云清旷岂忘渠[1]？长烟鸥鹭情偏洽，细雨蒹葭兴有余。几日醉来村舍酒，一生饱足钓船鱼。湖天缥渺无相识，一笛幽襟月下纾[2]。

注释：

[1]清旷：清朗开阔。《后汉书·仲长统传》："欲卜居清旷，以乐其志。"[2]幽襟：犹幽怀。杜甫《奉观严郑公厅事岷山沱江图画》："绘事功殊绝，幽襟兴激昂。"

咏　樵

翠巘千寻斧白云[1]，高风杳不染尘氛。襟裾每带烟光润[2]，毛骨常从兰气熏。松下看棋迷甲子[3]，夜中煮石待烧焚[4]。山深岁老韬名姓，一笑那知麋鹿群[5]。

注释：

[1]千寻：形容极高或极长。古以八尺为一寻。[2]襟裾：衣的前襟或后襟。亦借指衣裳。欧阳修《答梅圣俞大雨见寄》："岂知下土人，水潦没襟裾。"[3]松下看棋迷甲子：用"王质烂柯"典故。任昉《述异记》："信安郡石室山，晋时樵者王质伐木至。见童子数人棋而歌，质因听之。童子以一物于质，如枣核，质含之不觉饥。俄顷，童子谓曰：'何不去？'质起视，斧柯烂尽。既归，无复时人。"[4]夜中煮石待烧焚：道教说仙人能煮白石为饭。韦应物《寄全椒山中道士》："涧底束荆薪，归来煮白石。"[5]麋鹿群：指隐居避世。典出《论语·微子》："夫子怃然曰：'鸟兽不可与同群，吾非斯人之徒与而谁与？天下有道，丘不与易也。'"

咏　耕

一犁沉迹野云边^[1]，百亩萧然桑柘烟^[2]。慊意杏花春雨后，浩歌金石晚风前^[3]。饭抄云子终年厌^[4]，酒尽霞觞对月眠^[5]。鼓腹岂云非帝力^[6]，明良应慰老林泉^[7]。

注释：

[1] 一犁：指耕作。苏轼《如梦令·有寄》："为向东坡传语。人在玉堂深处。别后有谁来，雪压小桥无路。归去。归去。江上一犁春雨。"[2] 桑柘 (zhè)：指桑木与柘木。《礼记·月令》："（季春之月）命野虞无伐桑柘，鸣鸠拂其羽，戴胜降於桑。"[3] 浩歌金石：浩歌，放声高歌，大声歌唱。屈原《九歌·少司命》："望美人兮未来，临风恍兮浩歌。"金石：用以比喻诗文音调铿锵，文辞优美。沈约《怀旧诗·伤谢脁》："吏部信才杰，文峰振奇响。调与金石偕，思逐风云上。"[4] 抄：本义叉取。云子：米粒，米饭。陆游《起晚戏作》："云子甑香炊熟后，露芽瓯浅点尝初。"厌：满足。[5] 霞觞：犹霞杯。曹唐《送刘尊师祗诏阙庭（其二）》："霞觞共饮身虽在，风驭难陪迹未闲。"[6] 鼓腹岂云非帝力：鼓腹，饱食。帝力，帝王的权力。语出佚名《击壤歌》："日出而作，日入而息。凿井而饮，耕田而食。帝力于我何有哉！"此句中反用其意。[7] 明良：谓贤明的君主和忠良的臣子。语本《尚书·虞书·益稷》："元首明哉，股肱良哉，庶事康哉！"林泉：山林与泉石，指隐居之地。骆宾王《上兖州张司马启》："虽则放旷林泉，颇得闲居之趣。"

咏　牧

野趣闲情一跨牛^[1]，烟蓑雨笠此生谋^[2]。挂书旭日桃花坞，叩角秋风芦荻洲^[3]。笛里关山今古恨，笑中榛莽贵豪休^[4]。斜阳古道频回首，多少英雄名利愁。

注释：

[1] 野趣：指山野的情趣。谢惠连《泛南湖至石帆》："萧疏野趣生，逶迤白云起。"闲情：为闲情逸致的缩略语，指闲散的心情。[2] 烟蓑雨笠挂书：牛角挂书，比喻读书勤奋，学习刻苦。欧阳修、宋祁《新唐书·李密传》：

"（李密）闻包恺在缑山，往从之。以蒲鞯乘牛，挂《汉书》一帙角上，行且读。"[3] 叩角：指敲牛角。《艺文类聚》卷94引汉蔡邕《琴操》："宁戚饭牛车下，叩角而商歌……齐桓公闻之，举以为相。"后因以"叩角"为求仕或用言语打动君主而获显官之典。葛洪《抱朴子·博喻》："博采之道弘，则异闻毕集；庭燎之耀辉，则奇士叩角。"[4] 榛莽：丛杂的草木，泛指荒原。清俞樾《春在堂随笔》卷2："兵燹以来，名胜之地，化为榛莽。"

用韵寄答东莱张南溪老长府旧友

二十余年久别来，丘林衰老愧仙才[1]。觞诗即景心犹壮[2]，松菊怡情手自栽[3]。青眼故人常在梦，白头心事已成灰。诗来慰我情如结，旧恨新愁不易裁。

注释：

[1] 丘林：或称山林，大量树木种植在山丘或山坡上形成树林状。诗文中以称隐居之地。汉阮瑀《驾出北郭门行》："顾闻丘林中，噭噭有悲啼。"仙才：成为神仙的资质，比喻清逸的才思。李白《游太山六首（其一）》之一："稽首再拜之，自愧非仙才。"[2] 觞诗：衔觞赋诗，握着酒杯作诗。语出陶渊明《五柳先生传》："衔觞赋诗，以乐其志。"即景：就眼前的景物（吟诗、作文或绘画等）。[3] 怡情：怡悦心情。萧子显《南齐书·杜栖传》："以父老归养，怡情陇亩。"

盐城初夏官舍独坐

幽轩晴昼上琼钩[1]，长夏清光寂寞传。竹影恣狂风袅袅，杨花随意日悠悠。短墙蝴蝶移春去，独树黄鹂只暂留。惟有海云推不散，欺人白日到床头。

注释：

[1] 幽轩：幽静的廊舍或书斋。唐欧阳玭（pín）《幽轩》："幽轩斜映山，空涧复潺潺。"晴昼：晴朗的白天。韩愈《南山诗》："昆明大池北，去觌偶晴昼。"琼钩：指弯月。庾信《灯赋》："琼钩半上，若木全低。"

夷齐庙[1]

二贤千载尚余休[2]，古庙荒凉过客留。秋圃空闻寒雁度，棠梨惟见野蜂游。拾薇溪壑孤忠老[3]，弃国烟霞百世谋[4]。一扫寒芜倍惆怅[5]，可堪聋瞽更遗羞[6]。

注释：

[1] 夷齐：伯夷、叔齐，古之隐士、贤人。司马迁《史记·伯夷列传》："伯夷、叔齐，孤竹君之二子也。父欲立叔齐，及父卒，叔齐让伯夷。伯夷曰：'父命也'。遂逃去，叔齐亦不肯立而逃之……武王已平殷乱，天下宗周，而伯夷、叔齐耻之，义不食周粟，隐于首阳山，采薇而食之。遂饿死于首阳山。"[2] 余休：浓密的树荫，引申指荫庇。班固《汉书·孝成班婕妤传》："愿归骨於山足兮，依松柏之余休。"颜师古注："休，荫也。"[3] 拾薇：指伯夷叔齐采薇而食。孤忠：指忠贞自持的人。曾巩《韩魏公挽歌词》："覆冒荒遐知大度，委蛇艰急见孤忠。"[4] 弃国：丢弃封国或都城。烟霞：泛指山水、山林。南朝梁萧统《锦带书十二月启·夹钟二月》："敬想足下，优游泉石，放旷烟霞。"[5] 寒芜：指寒秋的杂草。杜甫《昔游》："昔者与高李，晚登单父台。寒芜际碣石，万里风云来。"唐罗邺《宿武安山有怀》："野店暮来山畔逢，寒芜漠漠露华浓。"[6] 聋瞽：犹聋盲。比喻欺骗，蒙蔽。元耶律楚材《屏山居士序》："食我园椹，不见好音，诬谤圣人，聋瞽学者。"

春日旅中

春日融融雪渐消[1]，客怀郁郁思无聊[2]。虚庭风细松声落[3]，薄海云开雁影遥[4]。书剑可堪淹岁月，楼台何处厌笙箫。朱帘不动炉烟细，一曲丝桐慰寂寥[5]。

注释：

[1] 融融：暖的或表明是暖的，尤指暖到一种温和舒适的程度。杜牧《阿房宫赋》："歌台暖响，春光融融。"[2] 郁郁：忧伤、沉闷貌。屈原《九章·哀郢》："惨郁郁而不通兮，蹇侘傺而含戚。"王逸注："中心忧满虑闭塞也。"[3] 虚庭：空旷的庭院。[4] 薄海：接近海边。《史记·汉兴以来诸侯王年表序》："常山以南，大行左转，度河济，阿甄以东薄海，为

齐赵国。"[5] 丝桐：指乐曲。贺铸《罗敷歌·自怜楚客悲秋思》："自怜楚客悲秋思，难写丝桐，目断书鸿，平淡江山落照中。"寂寥：形容寂寞空虚。江淹《齐司徒右长史檀超墓铭》："高志洒落，逸气寂寥。"

次韵春日匡氏西堂二首[1]

沙暄迟日暮山堂[2]，拽杖东风踏莽苍[3]。野鸟隔林清弄咮[4]，桃花流水暗生香。闲依修竹频携酒[5]，静爱孤云独据床[6]。潦倒挥毫浑漫兴[7]，高名真自愧王杨[8]。

野塘鸥鹭静比邻，何用藏犀此避尘[9]。芳草缓寻违俗物，落花沉醉作闲人[10]。溪头绿浪无归日，柳外晴丝不系春。白眼寰中谁是伴，青山海上一佳宾。

注释：
[1] 匡氏西堂：匡氏堂即嘉树园。嘉树园是胶州匡氏家族的私人花园，始建于明成化十三年（1477），后不断扩建，终于成为一座占地千余亩、与苏州名园相媲美的著名园林。胶州匡氏的始祖匡福，元朝后期官至河南行省参政，明封武德将军。匡福之后，子孙众多，考中文武进士的不下十位，门庭显赫，成为古胶州的官宦名门。嘉树园是进士出身的按察御史匡翼之始建，后由其子允定、其孙匡铎历四十余年精心修整而成。据民国《增修胶志》等文献所记载，嘉树园于清顺治十年（1653）被驻胶州的清总兵海时行焚毁。西堂当指嘉树园左区，此区景色更以奇妙幽雅著称。[2] 沙暄迟日：沙暄之候，日色迟留，是昼景。沙暄，沙土被太阳晒热。暄，暖。杜甫《后游》："野润烟光薄，沙暄日色迟。"[3] 莽苍：指景色迷茫的郊野或原野。《庄子·逍遥游》："适莽苍者，三餐而返，腹犹果然。"成玄英疏："莽苍，郊野之色，遥望之不甚分明也。"[4] 弄咮（zhòu）：鸟巧啭。咮，成鸟之喙。明孙柚《琴心记》："几班弄咮神女。更无妒爱憎怜。"[5] 闲依修竹：杜甫《佳人》："天寒翠袖薄，日暮倚修竹。"[6] 据床：《晋书·桓伊传》："（桓）伊是时已贵显，素闻徽之名，便下车，踞胡床，为作三调，弄毕，便上车去，客主不交一言。"后以"据床"为吹笛的典故。[7] 潦倒：举止散漫，不自检束。语出嵇康《与山巨源绝交书》："足下旧知吾潦倒粗疏，不切事情。"漫兴：谓率意为诗，并不刻意求工。[8] 王杨：指"初唐四杰"之王勃、杨炯。[9] 藏犀此避尘：指

王导避庾亮之尘。典出刘义庆《世说新语·轻诋》："庾公权重，足倾王公。庾在石头，王在冶城坐。大风扬尘，王以扇拂尘曰：'元规尘污人！'"[10] 芳草缓寻违俗物，落花沉醉作闲人：或取意王安石《北山》："细数落花因久坐，缓寻芳草得归迟。"

海壑吟稿　卷四

七言律诗（中）

西庄晚归

岭头旋旆已斜阳[1]，十里山城缓不忙。酒向晚风消未得，诗从野色兴偏长。川横白鸟烟光暮，潮拥沧波海气凉。鸿雁冥冥谁得篡[2]？朝来暮去水云乡。

注释：

[1] 旋旆：回师。陈琳《檄吴将校部曲文》："故且观兵旋旆，复整六师，长驱西征，致天下诛。"[2] 鸿雁冥冥：鸿雁飞向又高又远的空际。比喻隐者远走高飞，全身避害。亦比喻隐者的高远踪迹。扬雄《法言·问明》："治则见，乱则隐。鸿飞冥冥，弋人何篡焉？"晋李轨注："君子潜神重玄之域，世网不能制御之。"冥冥，高远；渺茫。篡：非法取得。元后作慕。元陶宗仪《南村辍耕录·论秦蜀》："不然如两生、四皓、伏生之流，鸿飞冥冥，弋人何慕，肯摇唇鼓吻，自投于陷穽哉！"

春日得二翟进士书，兼枉佳篇

日边双鲤海边来，愁绝惺惺尘抱开[1]。忽发仙函惊对面，更依藻思苦怜才。莺花异地春仍暮，云树经年老共催。怀袖字应终不灭[2]，断魂芳草向高台[3]。

135

注释：

[1] 惺惺：清醒貌。杜甫《喜到复题短篇（其二）》："应论十年事，愁绝始惺惺。"尘抱：尘襟。陆游《自述》："勃落为衣隐薜萝，扫空尘抱养天和。"[2] 怀袖字应终不灭：《古诗十九首·孟冬寒气至》："置书怀袖中，三岁字不灭。""置书怀袖中"，是说明贴心；三岁字不灭，是说明爱惜。怀袖，怀抱。[3] 断魂芳草：语出韦庄《春愁》："自有春愁正断魂，不堪芳草思王孙。落花寂寂黄昏雨，深院无人独倚门。"断魂，销魂。芳草，香草。比喻忠贞或贤德之人。汉淮南小山《招隐士》："王孙游兮不归，春草生兮萋萋。"高台：古诗文常见意象。沈约《临高台》："高台不可望，望远使人愁。连山无断绝，河水复悠悠。所思竟何在，洛阳南陌头。可望不可见，何用解人忧。"沈佺期《临高台》："高台临广陌，车马纷相续。回首思旧乡，云山乱心曲。远望河流缓，周看原野绿。向夕林鸟还，忧来飞景促。"

次韵杨契玄秋日闲居

风清疏柳咽寒蝉，拽杖芳庭自快然[1]。萩萩落花飞晚径，依依闲鹭睡秋莲。苹溪何意三千钓[2]，竹坞忘情五十弦。终日看云无一事，不知霜鬓向残年。

注释：

[1] 快然：感到高兴。晋王羲之《三月三日兰亭诗序》："当其欣于所遇，暂得于己，快然自足。"[2] 三千钓：指吕尚在渭河边垂钓十年，共三千六百日。李白《梁甫吟》："广张三千六百钓，风期暗与文王亲。"[3] 忘情：无喜怒哀乐之情。这里是寂焉不动情，若遗忘之者。杜甫《写怀（其一）》："全命甘留滞，忘情任荣辱。"五十弦：典出司马迁《史记·封禅书》："太帝使素女鼓五十弦瑟，悲，帝禁不止，故破其瑟为二十五弦。"后常用以称瑟。亦指悲哀的乐曲，或美称音乐。

虹

　　逸势翩翩挂海头[1]，神光烨烨炫人眸[2]。长桥朗跨蓬瀛迥，美锦谁缠醉舞休[3]。银釜云平从痛饮[4]，玉人烟际[5]暂淹留。斜阳相送天涯暮，拟破巫阳一夜愁[6]。

注释：

[1] 逸势：奔腾或飞翔的势头。郭璞《江赋》："激逸势以前驱，乃鼓怒而作涛。"翩翩：运动自如、鸟飞轻疾的样子。白居易《燕诗示刘叟》："梁上有双燕，翩翩雄与雌。"[2] 烨烨：明亮，灿烂，鲜明。唐卢纶《割飞二刀子歌》："刀乎刀乎何烨烨，魑魅须藏怪须慑。"[3] 锦谁缠：古代歌舞艺人演毕，客以罗锦为赠，置之头上，谓之"锦缠头"。此是对虹的拟人化描写。[4] 银釜：银锅。此指酒器。[5] 烟际：云烟迷茫之处。北齐刘昼《新论·通塞》："入井望天，不过圆盖；登峯眺目，极於烟际。"[6]：古代传说中的女巫。屈原《招魂》："帝告巫阳曰：'有人在下，我欲辅之。魂魄离散，汝筮予之。'"王逸注："女曰巫。阳，其名也。"

六月二十九日过小庄

　　丘壑崎岖偶一经[1]，暄炎适得片时清[2]。主人十里春来少，桃李千株子已成。欲去未能窥晚照，乍醒还醉听啼莺。年来何事城中久，书阁留人不放行[3]。

注释：

[1] 丘壑：乡村，幽僻之地。丘，矮小的土山。壑，水沟或水坑。李延寿《北史·魏收传》："不养望于丘壑，不待价于城市。"[2] 暄炎：炎热。暄，温暖，炎热。南朝梁刘峻《广绝交论》："叙温郁则寒谷成暄，论严苦则春丛零叶。"[3] 书阁：收藏书籍的地方。杜审言《和韦承庆过义阳公主山池（其一）》："海燕巢书阁，山鸡舞画楼。"

次韵冬日小雨

海国寒云锁昼晴，北风旋作雨丝轻。疏梅冷浸娇含玉，黄竹低垂暗有声。室蔼芳兰耽逸静[1]，门闲枯柳谢将迎[2]。楚骚歌彻虞弦雅，环堵何妨近市城[3]。

注释：

[1] 逸静：一般指生活环境安逸平静。[2] 将迎：送往迎来。《庄子·知北游》："颜渊问乎仲尼曰：'回尝闻诸夫子曰：'无有所将，无有所迎。'回敢问其游。'仲尼曰：'……唯无所伤者，为能与人相将迎。'"[3] 环堵：四周环着每面一方丈的土墙。形容狭小、简陋的居室。典出《庄子·让王》："原宪居鲁，环堵之室，茨以生草；蓬户不完，桑以为枢；而瓮牖二室，褐以为塞上漏下湿，匡坐而弦。"《淮南子·原道训》："环堵之室，茨之以生茅，蓬户瓮牖，揉桑为枢。"高诱注："堵长一丈，高一丈，故曰环堵，言其小也。"市城：城市。《周礼·地官司徒·司市》："朝时而市，商贾为主"。郑玄注："商贾家于市城。"

夜坐用韵

沧溟无梦绕秦关[1]，日绝尘劳夜更闲。云吐月来看不厌，风吹雪散酒初阑。残更诗思碧窗静[2]，半夜琴声绛蜡寒[3]。布被茅堂从坐卧[4]，浪无羁束漫成欢[5]。

注释：

[1] 秦关：秦地关塞。今甘肃东南部古属秦地，作者曾任陕西龚昌通判，此句指归隐后再也不用像在任上一样为边防忧虑。[2] 碧窗："碧纱窗"的省称，绿色的纱窗，为古诗文常用词语。李白《寄远（其八）》："碧窗纷纷下落花，青楼寂寂空明月。"[3] 绛蜡：红烛。苏轼《次韵代留别》："绛蜡烧残玉斝飞，离歌唱彻万行啼。"[4] 从：古同"纵"，放任。茅堂：亦作"茆堂"，草盖的屋舍。语出杜甫《郑驸马宅宴洞中》："误疑茅堂过江麓，已入风磴霾云端。"[5] 浪：无约束，放纵。《诗经·邶风·终风》："谑浪笑敖，中心是悼。"漫：放纵，散漫，不受约束。欧阳修、宋祁《新

唐书·元结传》："公（元结）漫久矣，可以漫为叟。"

喜　晴

　　疾雨飞云惨淡收，清风萧飒晓凉浮[1]。石榴浥润红妆腻[2]，水藕凌寒紫艳差。四野凭栏诗里画，八窗欹枕梦中秋。日长细柳柴门静，一曲玄蝉竟夕幽[3]。

注释：

[1] 萧飒：形容风雨吹打草木发出的声音。陈羽《湘妃怨》："商人酒滴庙前草，萧飒风生斑竹林。"[2] 浥润：湿润。欹枕：谓卧着可以看望。郑谷《欹枕》："欹枕高眠日午春，酒酣睡足最闲身。"[3] 玄蝉：秋蝉，寒蝉。杜甫《立秋后题》："玄蝉无停号，秋燕已如客。"竟夕：终夜；通宵。范晔《后汉书·第五伦传》："吾子有疾，虽不省视而竟夕不眠。若是者，岂可谓无私乎？"

入夜大雨不绝

　　黑云冥冥来海东，翻盆急雨吹狂风。惊雷走电昼还夜，倾墙颓屋家几空。峻湍崔巍卷平地[1]，阴烟上下俄鸿蒙[2]。更深谁为乞邻火，坐听瀑布心忡忡[3]。

注释：

[1] 峻湍：高高的水浪。郭璞《江赋》："长波浹渫，峻湍崔嵬。"崔巍：高峻，高大雄伟。[2] 阴烟：山中雾气。颜延之《三月三日曲水诗序》："松石峻岿，葱翠阴烟。"吕延济注："阴烟，山中气也。"唐刘长卿《关门望华山》："徘徊忘暝色，泱漭成阴烟。"鸿蒙：宇宙形成前的混沌状态。《庄子·在宥》："云将东游，过扶摇之枝，而适遭鸿蒙。"成玄英疏："鸿蒙，元气也。"[3] 忡忡：指忧虑不安。《诗经·召南·草虫》："未见君子，忧心忡忡。"毛传："忡忡，犹冲冲也。"

庚申秋苦雨[1]

　　海国穷阴雨散丝[2]，秋风不见霁开时。千峰秀色知何处，一刻清光费梦思。石燕欢腾洲渚外[3]，豆花零落水云涯。泉声不尽蛙声剧，搅夜无眠漏更迟。

注释：

[1] 庚申：嘉靖三十九年（1560）。[2] 海国穷阴：指极其阴沉的天气。李华《吊古战场文》："至若穷阴凝闭，凛冽海隅，积雪没胫，坚冰在须。"[3] 石燕：鸟名，生于石窟、树穴中。

秋日雨霁，病况萧然，庭下闲适

雨后新凉不自持[1]，枯藤揩去绕寒篱[2]。龙钟老鹤秋风劲[3]，寂寞闲庭落日迟。把酒颓龄心易醉，看花满眼鬓成丝。梦中日月笼中鸟，犹自蹉跎访药期。

注释：

[1] 不自持：不能控制住自己。[2] 揩（zhī）：同"支"，支撑。[3] 老鹤：即鹤老，有道者、隐逸者年老。鹤，指长寿。杜甫《遣兴五首（其一）》："蛰龙三东卧，老鹤万里心。"

送王冠峰分教舒城[1]

鲁铎声残马帐开[2]，淮南生色向春雷。匡时礼乐从周典，复古文章陋汉才。丹桂天涯寻旧约[4]，碧桃雨后试新栽[5]。龙泉晚效秋江捷，得意清联玉笋回[6]。

注释：

[1] 舒城：今属安徽。[2] 铎：木铃，常用于军旅。马帐：指通儒的书斋或儒者传业授徒之所。[3] 生色：增添光彩。[4] 丹桂：比喻科第。旧时称科举中第为折桂。[5] 碧桃：比喻老师辛勤培育的学生。[6] 玉笋：喻英才济济。欧阳修、宋祁《新唐书·李宗闵传》："俄（李宗闵）复为中书舍人，典贡举，所取多知名士，若唐冲、薛庠、袁都等，世谓之玉笋。"

寄舒城孙小渠

长忆匡庐孙子荆[1]，燕山契雅岂忘情。雪中诗酒淹琼漏[2]，月下笙歌绕凤城。萍梗天涯嗟宦迹，桂香秋晚慕才名。江湖双鲤开春渌[3]，珍重缄书达海瀛。

注释：

[1] 匡庐：指江西的庐山。孙子荆：西晋文学家孙楚，出身于官宦世家，史称其"才藻卓绝，爽迈不群"。少时想要隐居，曾对王济说："当漱石枕流。"见刘义庆《世说新语·排调》。[2] 琼漏：宫漏的美称。[3] 渌（lù）：水清。

辛酉寒食同春泉兄小饮[1]（用韵）

暝扫春云宴小堂，孤城海月正苍苍。清风拂夜侵帘冷，红雨飘烟入户香。人静竹窗犹共语，酒酣花萼好同床[2]。良宵且莫抛春梦，曾向寒原听白杨[3]。

注释：

[1] 辛酉：明世宗嘉靖四十年（1561）。[2] 同床：即联床，表示兄弟友爱深厚。[3] 寒原：指冬天的原野，冷落寂静的原野。沈约《宋书·邓琬传》："云罗四掩，霜锋交集，犹劲飙之拂细草，烈火之扫寒原，燋卷之形，昭然已著。"

商林晓行

云暖烟消欲曙天，行人驱马杏花前。故园桃李春如锦，客路风尘日似年。山水倦人休未得，功名老我少无缘。蓬瀛苒苒东来近[1]，早晚华堂莱彩翩[2]。

注释：

[1] 苒苒：渐渐地。柳永《八声甘州·对潇潇暮雨洒江天》："是处红衰翠减，苒苒物华休。"[2] 莱彩：即"莱衣"。唐徐坚《初学记》引刘向《孝子传》载，春秋时楚老莱子侍奉双亲至孝，行年七十，犹着五彩衣，为婴儿戏。尝取浆上

堂，跌仆，因卧地为小儿啼。后因以"莱衣"指小儿穿的五彩衣或小儿的衣服。着莱衣表示对双亲的孝养。

次韵中秋独酌感怀

鼓绝山城夜正幽[1]，雅怀对酒更何愁[2]。功名勘破浮生梦[3]，风月清馀海国秋。一醉良宵情泄泄[4]，孤吟残漏思悠悠。徘徊未遣嫦娥别，遮莫鸡人五报筹[5]。

注释：

[1] 鼓绝：更鼓声断。指夜深。唐刘驾《春台》："六街尘满衣，鼓绝方还家。"
[2] 雅怀：高雅的胸怀。刘义庆《世说新语·容止》："形貌既伟，雅怀有概。"
[3] 勘破：参破、看穿、看透的意思。宋文天祥《七月二日大雨歌》："死生已勘破，身世如遗忘。"[4] 泄泄（yì）：闲散自得。《诗经·魏风·十亩之间》："十亩之间兮，桑者闲闲兮，行与子还兮。十亩之外兮，桑者泄泄兮，行与子逝兮。"[5] 遮莫：莫要；不必。鸡人五报筹：鸡人指宫廷中专管更漏之人。筹即更筹，夜间计时的竹签。李商隐《马嵬》："空闻虎旅传宵柝，无复鸡人报晓筹。"

沭阳早发[1]

山城挝鼓四更时，官道萧萧马正嘶[2]。霜重敝貂寒透骨，月明啼雁迥生思。长风游子驱千里，乔木微禽羡一枝[3]。坐损红颜成底事，吴山楚水转相嗤。

注释：

[1] 沭阳：今属江苏。[2] 萧萧：马鸣声。李白《送友人》："挥手自兹去，萧萧班马鸣。"[3] 乔木微禽羡一枝：语出《庄子·逍遥游》："鹪鹩巢于深林，不过一枝"。比喻欲望有限，极易满足。

送张莼江太守擢贰南安[1]

风正沧溟白鸥轻[2]，东山翻仰大江名。紫泥有宠凭谁借？赤子无缘空复情。身世百年推隽杰，口碑千古自分明。青钱那复期君一[3]，为祝高门觊后生。

注释：

[1] 擢贰南安：升迁为南安府同知。南安府，治大瘦（今江西大余）。[2] 风正沧溟：此句借用《庄子·逍遥游》表达大鹏乘风飞向南冥之意，用来拟指张蕈江太守赴任南方的情景。沧溟，大海。[3] 青钱：青钱质地为铜、铅、锡合金。比喻有才学的人。

早春雪后独坐

东风吹雪剧春寒，幽室孤居对碧山。帘外冻云青不散，檐前新月冷初弯。十年宦迹惊残梦，一息尘机慰老闲。竹里酒杯冥日夜[1]，流年休问镜中颜[2]。

注释：

[1] 冥：昏暗。屈原《九章·涉江》："杳以冥冥"。范仲淹《岳阳楼记》："薄暮冥冥。"[2] 流年：指如水般流逝的光阴、年华。形容时间一去不复返。鲍照《登云阳九里埭》："宿心不复归，流年抱衰疾。"

雪中思梅

忆向东风雪几番，小庭寥落玉栏干。暗香何处凌寒度？疏影谁家彻夜看[1]？独弄虞弦春昼静[2]，空余羌管月明残。金樽彩笔孤清赏[3]，惆怅江云兴未阑。

注释：

[1] 暗香、疏影：描写梅花的风姿神韵。语出宋林逋《山园小梅》："疏影横斜水清浅，暗香浮动月黄昏。"[2] 虞弦：语出《礼记·乐记》："昔者，舜作五弦之琴以歌《南风》"。后因以"虞弦"指琴。[3] 彩笔：江淹少时，曾梦人授以五色笔，从此文思大进，晚年又梦一个自称郭璞的人索还其笔，自后作，再无佳句。后人因以"彩笔"指辞藻富丽的文笔。

用韵春闲二首

　　白发恬居沧海滨，兰裾不浣属车尘[1]。风前听竹冲牙细，雨后看山翠黛新。香惹梵烟莲社叟[2]，醉沉花坞葛天民[3]。不教拾得芳菲恨，数把金樽挽却春。

　　秦关东下罢征骖[4]，久客燕山此日南。万里秋尘孤鸟倦，五湖春水寸心涵[5]。清樽夜夜情何极，碧树年年人岂堪[6]。飞翰谢无风雨驶[7]，钵催客次每教三[8]。

注释：

[1]兰裾（jū）：高洁的衣襟。裾：衣服的前后襟。浣（wò）：污，弄脏。韩愈《合江亭》："愿书岩上石，勿使泥尘浣。"[2]梵（fàn）烟：寺庙的香烟。莲社：东晋慧远大师居庐山，与刘遗民等同修净土。寺中有白莲池，因号莲社，又称白莲社。后结社念佛者亦多以此名之。[3]花坞：四周高起，中间凹下，种植花木的地方。多用于农作。葛天民：葛天氏之民的简称。陶渊明《五柳先生传》："衔觞赋诗，以乐其志，无怀氏之民欤？葛天氏之民欤？"葛天氏为古葛地葛天氏部族首领，葛天氏部族是古代人向往并称道的"理想之世"。司马迁《史记·司马相如传》："奏陶唐氏之舞，听葛天氏之歌，千人唱，万人和，山岭为之震动，川洛为之荡波。"[4]征骖（cān）：指驾车远行的马。亦指旅人远行的车。[5]五湖：春秋末期，越国大夫范蠡，辅佐越王勾践，灭亡吴国，功成身退，乘轻舟以隐于五湖。见《国语·越语下》。后因以"五湖"指隐遁之所。葛洪《抱朴子·正郭》："法当仰跻商洛，俯泛五湖，追巢父于峻岭，寻渔父于沧浪。"[6]碧树年年人岂堪：用桓温东征典故，意"树犹如此，人何以堪"。意思是感叹岁月无情，催人衰老。见《世说新语·言语》。[7]飞翰：迅速递送书信。《后汉书·孔融传》："驰檄飞翰，引谋州郡。"[8]钵催：击钵催诗，指限时成诗，比喻诗才敏捷。南朝齐竟陵王萧子良常于夜间邀文人学士饮酒赋诗，刻烛限时，规定烛燃一寸，诗成四韵。萧文琰认为这不是难事，就与丘令楷、江洪二人改为击铜钵催诗，要求钵声一止就做成一首诗。见李延寿《南史·王僧孺传》。

次韵秋兴二首

一叶银床早报秋[1]，天声涛卷下西楼[2]。翠筜逸兴开三径[3]，黄菊清光专一丘[4]。千古英雄翻浪雪[5]，一身天地笑蜉蝣[6]。年来叹息风尘事，潮落潮生青海头。

穷海幽潜傍鹤田[7]，优游清境不知年[8]。松阴月落收窗外，山色云开到案前。渡晚红迷霞际水，汲晨青破石奁烟。闲闲敢自忘斯世[9]，秋酿醺人日酪然[10]。

注释：

[1] 银床：井栏。一说辘轳架。庾肩吾《九日侍宴乐游苑应令》："玉醴吹岩菊，银床落井桐。"[2] 天声：天上的声响，如雷声、风声等。扬雄《甘泉赋》："登长平兮雷鼓礚，天声起兮勇士厉。"西楼：西楼应该是建在主体建筑西边而楼梯向东的小楼。古诗文中，西楼常和月的意象联系在一起，尤其是下沉之月。李煜《相见欢·无言独上西楼》："无言独上西楼，月如钩。"[3] 逸兴：超逸豪放的意兴。晋湛方生《风赋》："轩濠梁之逸兴，畅方外之冥适。"[4] 清光：清美的风采。[5] 千古英雄翻浪雪：语出苏轼《念奴娇·赤壁》："大江东去，浪淘尽，千古风流人物。"[6] 一身天地笑蜉蝣：语出苏轼《前赤壁赋》："寄蜉蝣于天地，渺沧海之一粟。"[7] 穷海：僻远的海边。范晔《后汉书·耿恭传论》："余初读《苏武传》，感其茹毛穷海，不为大汉羞。"幽潜：隐伏，隐居。语出王褒《九怀·通路》："鲸鲟兮幽潜，从虾兮游渚。"[8] 优游：谓悠闲地居其中。《后汉书·班固传》："则将军养志和神，优游庙堂，光名宣于当世，遗烈著于无穷。"[9] 闲闲：从容自得貌。《诗经·魏风·十亩之间》："十亩之间兮，桑者闲闲兮，行与子还兮。"朱熹《五经集注》："闲闲，往来者自得之貌。"高亨注："从容不迫貌。"[10] 酪然：大醉的样子。

雨中桃花

惊风疏雨度新枝，晓裛红妆半不支。含泪有情胡塞别，沐芳无力华清时。胭脂冷湿青烟合，绛雪香沉碧藓滋[1]。帘卷幽轩看不厌，漫漫春浸武陵涯[2]。

注释：

[1]绛雪：此处喻桃花。刘克庄《汉宫春·秘书弟家赏红梅》："拼醉倒，花间一霎，莫教绛雪离披。"[2]漫漫：广远无际貌。武陵：指陶渊明《桃花源记》中的武陵桃花源。

闲　坐

　　幽人无事坐虚堂[1]，小院风清日正长。芳圃雨晴翻紫药，短墙云静倚修篁。红尘车马迷清昼，金谷笙歌共夕阳[2]。多少欲闲闲未得[3]，一般深味满诗肠[4]。

注释：

[1]虚堂：高堂。[2]金谷：借指仕宦文人游宴饯别的场所。[3]闲未得：即不得闲。[4]深味：深长的意味。　北齐颜之推《颜氏家训·杂艺》："泊于梁初，衣冠子孙，不知琴者，号有所阙……然而此乐愔愔雅致，有深味哉！"诗肠：诗思，诗情。

小珠山秀倚城南，咫尺嵚崟，老未登览，闻其胜而慕之。用杨公可久韵，谩赋寄怀[1]

　　白头伊迩未跻攀，闻道奇观绝宇寰。送尽归云残照里，兴高终日翠微间。缑山鹤去尘缘渺[2]，天姥魂飞月下还[3]。竟欲晚寻麋鹿迹，俗羁争得片时闲[5]。

注释：

[1]小珠山：在今山东省青岛市黄岛区灵山卫街道西北部，属崂山山系。小珠山高峻雄伟，景色奇、险、清、幽，与大珠山互为映衬，被誉为"双珠嵌云"。嵚崟（qīn yín）：形容山高。谩（màn）：《康熙字典》："谩，且也。通作'漫'。"[2]缑山：位于河南偃师东南，景色清秀神奇。后指修道成仙之处。白居易《吴兴灵鹤赞》："辽水一去，缑山不回。"[3]天姥（mǔ）：一般指今浙江新昌天姥山。谢灵运《登临海峤初发强中作与从弟惠连见羊何共和之》：

"暝投剡中宿，明登天姥岑，高高入云霓，还期那可寻？"李白、杜甫等追慕前贤高情，留下了《梦游天姥吟留别》《壮游》等千古绝唱，遂使天姥山成为人们无限向往的神奇仙景。[4] 俗羁：被世俗所羁绊。唐林滋《望九华山》："如何独得百丈索，直上高峰抛俗羁。"

次韵仇太守背儿山[1]

山风飒飒向清秋，古屋探幽一暂留。飞瀑訇雷青壁下[2]，弱云如水翠岩流[3]。闲中日月抛双鸟[4]，静里烟霞笑五侯。何用红尘空白首，全身是处即丹丘[6]。

注释：

[1] 背儿山：在今山东青岛黄岛区。今有背儿山长城遗址。[2] 訇（hōng）：惊叫声，也用以形容大声。司马相如《上林赋》："砰磅訇礚"。颜师古曰："皆流水鼓怒之声"。张衡《东京赋》："轩礚隐訇"。薛综曰："钟鼓之声也"。韩愈《华山女》：不知谁人暗相报，訇然振动如雷霆。"李白《梦游天姥吟留别》："訇然中开"。[3] 弱云：轻云。杜甫《江雨有怀郑典设诗》："乱波纷披已打岸，弱云狼藉不禁风。"[4] 闲中日月抛双鸟：闲中日月易过。双鸟，日为乌，月为，故云。[5] 笑五侯：或取意唐李嘉佑《寄王舍人竹楼》："傲吏身闲笑五侯，西江取竹起高楼。南风不用蒲葵扇，纱帽闲眠对水鸥。"五侯，泛指权贵豪门。[6] 丹丘：传说中神仙所居之地。

次韵滴水庵[1]

灵源莫测此归渟[2]，千古摩尼下翠屏[3]。环佩有声寒出谷，蛟龙沉碧夜吞星。清开尘眼还侵骨，静照禅心不役形。拟访真如来物外[5]，冥冥白首坐烟青[6]。

注释：

[1] 滴水庵：今山东省青岛市黄岛区铁橛山，山中胜景以滴水崖悬泉、绝顶秋海棠为最。清乾隆《胶州志》记载："铁橛山峰直矗，色黑如铁。顶有悬崖如盖，名滴水崖，一水从石罅中出时作玉琴声。下积为流，潦暑不溢，大旱不涸。玩

之如明珠时倾，又似闻流水一曲，不减庐山瀑布。"并有诗一首："琴声仿佛出烟岑，流水高山自古今。何事成连居海上，风涛漫拟是清音。"赵完璧族孙、明万历年间御试钦定的第三才子赵任《滴水岩》曰："四周山色郁嵯峨，万丈丹梯挂薜萝。怪石倚空悬古刹，灵流入窍滴云窝。岩花带雨邀明月，谷草生春蘸碧波。此处蟠龙应有待，不须石燕舞婆娑。"明代胶州庠生王人侗也作诗赞滴水岩曰："径以石为天，时闻冷雨声。才坐如深秋，淅沥献云影。峰峰侧夕阳，明灭照未登。天杪青欲去，川原相欲永。空洞藏物化，清回发深省。"[2]淳：水积聚而不流动。司马迁《史记·李斯列传》："禹凿龙门，通大夏，疏九河，曲九防，决淳水，致之海。"《广雅·释诂三》：淳，止也。[3]摩尼：梵语mani的暗译，在佛教中意译作珠、宝珠，后作为珠玉之总称。[4]真如：佛教术语，谓永恒存在的实体、实性，亦即宇宙万有的本体。与实相、法界等同义。[5]冥冥：昏暗。屈原《九章·涉江》："杳以冥冥。"

次韵岁寒亭[1]

绝壁荒亭岁月深，长松郁郁荫寒林。曾教炎暑来酷吏，谁向清风会赏音[2]？冰雪有情偕暮节，乾坤无地表贞心。寂寥尽日啼幽鸟，何事游人未解襟[3]？

注释：

[1]岁寒亭：亭名，位于今安徽歙县，宋代建，因亭前长松得名。宋代文学家苏辙离绩溪县令任，绕道钱塘回朝，路过歙县时赋有《歙县岁寒亭》："槛外甘棠锦绣屏，长松何者擅亭名？浮花过眼无多日，劲节凌寒尽此生。暗长茯苓根自大，旋收金粉气尤清。长官不用求琴谱，但听风吹作汛声。"岁寒，语出《论语·子罕》："子曰：'岁寒，然后知松柏之后凋也。'"[2]赏音：知音。林逋《寄茂才冯彭年》："无如摘藻妙，所惜赏音稀。"[3]解襟：游览者在亭上迎着松林吹来的清风解襟敞怀，此处反用其意。唐刘孝孙《冬日宴于庶子宅各赋一字得鲜》："解襟游胜地，披云促宴筵。"

次韵张荨江太守过松山[1]

古干蟠云老翠虬，清风骚屑暂来休[2]。半天晴影苍崖畔[3]，一派新凉碧海陇^[4]。秋色故余还似水，涛声欲泻未成流。烦襟久已无从涤，此日经过许散愁。

注释：

[1] 松山：位于今山东栖霞北。松山钟灵毓秀，历史上名人辈出，道教"全真七子"之一丘处机、清朝兵部侍郎郝晋、著名训诂家郝懿行等皆出于此。[2] 骚屑（sāo xiè）：风声。刘向《九叹·思古》："风骚屑以摇木兮，云吸吸以湫庑。"王逸注："风声貌。"[3] 晴影：此指晴空下松树投下的影子。薛能《杂曲歌辞·杨柳枝》："洛桥晴影覆江船，羌笛秋声湿塞烟。"[4] 泒：此处当为"派"字，量词。

北　窗^[1]

北窗一枕寄高情，久息尘机心独清。卧看闲云来自变，静听啼鸟暗遗声。苍筠冷浸华胥梦^[2]，赤夏凉生白玉京^[3]。老去日休无一恙^[4]，不须药物更身轻。

注释：

[1] 北窗：古诗文中用指生活清闲自适。语出陶渊明《与子俨等疏》："尝言五六月中北窗下卧，遇凉风暂至，自谓是羲皇上人。"后遂用"北窗高卧"表示悠闲自适；用"北窗叟、羲皇人"等喻闲逸自适的人。陈子昂《群公集毕氏林亭》："默语谁能识，琴樽寄北窗。"[2] 苍筠（yún）：青翠茂盛的竹子。宋曹勋《夹竹桃花·咏题》："绛彩娇春，苍筠静锁，掩映天姿凝露。"[3] 白玉京：指天帝所居之处。李白《经乱离后天恩流夜郎忆旧游书怀》："天上白玉京，十二楼五城。"日休：（不费心机，反而）越来越好。《尚书·周书·周官》："作德，心逸日休；作伪，心劳日拙。"休，好。

古　城

古城矗矗碧云茫^[1]，往迹经过感丧亡。流水有声号暮霭，远山无语送斜阳。豪华恨逐何时尽，野草愁余故国长。风景萧然徒极目^[2]，平沙渺渺雁行行。

注释：

[1] 嵩嵩：高山。司马相如《上林赋》："崇山嵩嵩，龍嵸崔巍。"[2] 极目：纵目，用尽目力远望。极，用尽；到达顶点。王粲《登楼赋》："平原远而极目兮，蔽荆山之高岑。"

唁月林谪归，道中喜见群山[1]

终日纷纷俗务中，出门喜见翠螺峰。幽情久抱空斑鬓，胜概长孤只醉翁。拟采紫芝休晚岁，便从白鹿仰高风[2]。同心欲拉丹丘子[3]，又恐春雷起卧龙。

注释：

[1] 唁：对遭遇非常变故者的慰问。[2] 白鹿：传说神仙或隐士多骑白鹿。李白《梦游天姥吟留别》："且放白鹿青崖间，须行即骑访名山。"高风：高尚的风操。[3] 丹丘子：始见于《楚辞》，为古诗文和道家文献所提及，乃仙家道人之通称。明虞堪《成都使君王季野席上次韵奉呈檜巢初庵云林玄》："丹丘子，陶朱公，人间岁月驹过隙，不饮莫待两鬓成衰蓬。"

独 居

独居独坐独闲行，岂有比邻慰此生？翠岱向人原不语，绿溪绕我去无情。焦桐古调凭谁奏[1]？彩笔新诗只自赓。一片野鸥苍海上，好风良月共魂清[2]。

注释：

[1] 焦桐：琴名。东汉蔡邕曾用烧焦的桐木造琴，后因称琴为焦桐。典出《后汉书·蔡邕传》："吴人有烧桐以爨者，邕闻火烈之声。知其良木，因请而裁为琴，果有美音，而其尾犹焦，故时人名曰焦尾琴焉。"后遂用焦桐、焦尾等指美琴。[2] 魂清：清魂，使意念纯净。扬雄《甘泉赋》："澄心清魂，储精垂恩。"

都城冬夜醉眠

霜满珠帘月满天，凤城挝鼓夜悠然。风尘宦况淡于水，山海归心急似弦。一醉清宵冥世态，五更银烛搅愁眠。蓼虫合是忘辛物，白首衰颓恨未前[1]。

注释：

[1] 蓼虫合是忘辛物，白首衰颓恨未前：蓼虫忘辛，寄生于蓼（一种有辣味的草）间的虫子已经不感到蓼是辣的了。比喻人为了所好就会不辞辛苦。语出东方朔《七谏·怨世》："桂蠹不知所淹留兮，蓼虫不知徙乎葵菜。"王逸注："言蓼虫处辛烈，食苦恶，不能知徙于葵菜，食甘美，终以困苦而癯瘦也。"杨慎《艺林伐山·桂蠹蓼虫》："《楚辞》注：桂蠹以喻食禄之臣，蓼虫以喻放逐之士。"此二句说自己习惯于薄宦清贫，到老也不知改志。

晓过纪省吾灵济宫次舍

曙色苍苍驻绣鞍，银台仙子梦初残[1]。晴霞玉阙韬秋日[2]，青霭朱门琐晓寒。病骨可能依睡鹤？旅魂常自绕吟坛[3]。西风合笑尘羁久[4]，郁郁凭谁说肺肝[5]？

注释：

[1] 银台：古代月亮的别称。[2] 晴霞：明霞。隋炀帝杨广《早渡淮》："晴霞转孤屿，锦帆出长圻。"玉阙：传说中天帝、仙人所居的宫阙。[3] 吟坛：指诗坛或诗人聚会之处。出自牟融《过蠡湖》："几度筹帘相对处，无边诗思到吟坛。"[4] 尘羁：尘事的束缚。陶渊明《饮酒（其八）》："吾生梦幻间，何事继尘羁？"[5] 郁郁：忧愁，苦闷。肺肝：比喻内心。《礼记·大学》："人之视己如见其肺肝然。"

送管励山进士尹六合[1]

夷吾秋晚之江左[2]，鲍叔情深眷水头[3]。百里苍生明主意，万山青霭故人愁。弹琴更有昔人兴，鸣凤终看盛世休[4]。衰柳西风一杯酒，好将忠赤答旁求[5]。

注释：

[1] 尹六合：做六合的县令。[2] 夷吾：管仲，字夷吾，此比管励山。[3] 鲍叔情深：以鲍叔牙对管仲的情义比拟自己对管励山的情义。[4] 鸣凤：弹奏演唱的美称。有成语"鸾鸣凤奏"。清侯方域《马伶传》："两肆皆奏鸣凤。"[5] 忠赤：指忠心赤胆。金王若虚《论语辨惑》："仰以事君，必先罄尽忠赤，深结主知，而使上见信。"旁求：四处征求；广泛搜求。旁：广。《尚书·商书·太甲上》："旁求俊彦，启迪后人，无越厥命以自覆。"此为旁求俊彦（向各方面征求贤才）的缩写。

小雪初晴，夜坐有怀倪若谷中舍 [1]

　　小雪初晴永夜寒，挑灯长忆老倪宽 [2]。襟涵渊海探非易 [3]，调入《阳春》和更难 [4]。云冷雁声人不寐，窗虚月转漏将残。小桥犹自限南北，孤负良宵兴未阑 [5]。

注释：

[1] 中舍：亦称中舍人。元马端临《文献通考·职官十四》："晋咸宁（275—280）初，置中舍人四人，以舍人才学之美者为之，与中庶子共掌文翰。"[2] 倪宽（？—前103），西汉名臣，字仲文，千乘（今山东广饶）人，官至御史大夫汉武帝，奉诏与司马迁等共定历法，精通经学和历法，且善文辞。班固《汉书·倪宽传赞》称其"儒雅"。此以比倪若谷。[3] 渊海：指深渊和大海。多比喻事物包容深广或荟萃之处。王充《论衡·乱龙》："子骏刘歆，汉朝智囊，笔墨渊海也。"[4] 调入《阳春》和更难：《阳春》《白雪》是春秋时期"乐圣"师旷所作。明朱权《神奇秘谱》在解题中说："《阳春》取万物知春，和风淡荡之意；《白雪》取凛然清洁，雪竹琳琅之音。"《阳春》《白雪》后传入楚国，成为艺术性较高、难度较大的歌曲。后来泛指高深的、不通俗的文学艺术。刘向《新序·杂事》："辞客有歌於郢中者，其始曰《下里》《巴人》，国中属而和者数千人；其为《阳陵》《采薇》，国中属而和者数百人；其为《阳春》《白雪》，国中属而和者数十人而已也。"李周翰注："《阳春》《白雪》，高曲名也。"[5] 孤负：辜负。阑：将尽。

北司狱中用苏长公韵二首[1]

嘉靖甲寅秋，秋曹檄捕豪校，某因获罪东湖翁，劾执坐死。赖元老科台之力，仅复瓦全。垂死中，时泄幽悃[2]。

直从枯槁探阳春[3]，翻作冥投却殒身[4]。地下不惭今日鬼，天涯望绝故乡人。独知心上原无累，岂信人间更有神。松菊海边千里恨[5]，残魂零落更何因。

金吾肃穆晚风凄[6]，玉漏迟迟银汉低[7]。何意微躯投猛虎，只缘薄禄混群鸡[8]。如弦速患思先哲[9]，绕指全身负拙妻[10]。或觊一生濒万死，渔樵云水任东西[11]。

注释：

[1] 北司：锦衣卫北镇抚司。苏长公：苏轼的敬称。晁补之《同鲁直和普安院壁上苏公诗》："龙蛇动屋壁，知有长公诗。"[2] 悃（kǔn）：诚恳，诚挚。屈原《卜居》："悃悃款款，朴以忠乎？"[3] 枯槁阳春：毛滂《上曾枢密》："西郊浓云含雨色，可胜枯槁怀阳春。"枯槁，草木枯萎。《道德经》："人之生也柔弱，其死也坚强。草木之生也柔脆，其死也枯槁。"班固《汉书·宣帝纪》："醴泉滂流，枯槁荣茂。"阳春，温暖的春天。《管子·地数》："君伐菹薪，煮沸水为盐，正而积之三万钟，至阳春，请籍于时。"[4] 冥投：投冥，佛教语。本义投入黑暗，引申为进入阴间。殒身：丧生。[5] 松菊：松与菊不畏霜寒，因以喻坚贞节操或具有坚贞节操的人。陶渊明《归去来兮辞》："三径就荒，松菊犹存。"[6] 金吾：负责皇帝大臣警卫、仪仗以及徼循京师、掌管治安的武职官员。白居易《东南行一百韵》："醉曾冲宰相，骄不揖金吾。"[7] 玉漏：古代计时漏壶的美称。语出唐苏味道《正月十五夜》："金吾不禁夜，玉漏莫相催。"杨万里《病中夜坐》："玉漏听来更二点，烛花剪了晕重开。"[8] 混群鸡：宋张嵲《咏鹤》："昂藏野鹤混群鸡，志在云天失路悲。湖海稻粱元未足，虞衡罗网莫轻施。独怜铩翮垂寒雨，可念长鸣向晓曦。却使君乌惊羽翼，上林能占主人枝。"[9] 如弦：像弓弦一样直。比喻为人正直。晋司马彪《续汉书·五行志一》："顺帝之末，京都童谣曰：'直如弦，死道边。曲如钩，反封侯。'"速患：招致祸患。葛洪《神仙传·彭祖》："凡此皆以养寿，而不能斟酌之者，反以速患。"先哲：先世的贤人。张衡《思玄赋》："仰先哲之玄训兮，虽弥高而弗违。"[10] 绕指：晋刘琨《重赠卢谌》："何

意百炼钢化为绕指柔。"意思是，经过百炼的钢竟然变成可以绕指的柔软之物。比喻经历失败后变得无能为力。 [11]渔樵：打柴和捕鱼。岑参《终南山双峰草堂》："有时逐樵渔，尽日不冠带。"

西台狱中简杨椒山 [1]

北风沉漏夜如年 [2]，辗转愁人独不眠。颓壁浓霜寒冽冽，破窗残月冷娟娟 [3]。故乡有梦人千里，病骨谁怜雪满颠 [4]。垂老自嗟还自笑，飞鸿谁复慕江天 [5]。

注释：

[1]西台：都察院的别称。[2]沉漏：古代天文钟漏刻。[3]娟娟：明媚貌。宋司马光《和杨卿中秋月》："嘉宾勿轻去，桂影正娟娟。"[3]雪满颠：比喻白发满头。颠，头顶。黄庭坚《次元明韵寄子由》："脊令各有思归恨，日月相催雪满颠。"[4]飞鸿：飞行着的鸿雁，是自由的象征。苏辙《次韵子瞻闻不赴商幕（其三）》："近成新论无人语，仰羡飞鸿两翅差。"[5]江天：江和天。多指江河上的广阔空际。南朝梁范云《之零陵郡次新亭》："江天自如合，烟树还相似。"

次韵酬杨椒山四首

凤挹风流效折巾 [1]，低头此日愧山人 [2]。出门有碍应怀古 [3]，学道无成合累身 [4]。筋力日衰犹蹈险 [5]，风霜夜寂更伤神。拂衣未遂江湖意 [6]，补衮终惭社稷臣 [7]。

蓬瀛回首欲沾巾 [8]，势入艰危托故人。褊性由来难避俗 [9]，迂儒垂老拙谋身 [10]。赭衣相值仇秦越，彩笔谁看泣鬼神。辛苦不妨淹日月 [11]，授书喜有汉良臣 [12]。

海上长思乌角巾 [13]，樊笼愁杀宦游人。空随秋雁频回首，安得晨风一奋身。古柏凌风常淅沥，老梅含雪更精神。赋诗共荷天王圣 [14]，取罪还知自小臣。

曾向王公浪脱巾 [15]，英豪跌宕迈稠人 [16]。乾坤老我凋双鬓，风月凭谁伴一身？事变苍黄堪堕泪 [17]，天高视听岂无神 [18]。穷阴急景催年暮 [19]，引领金鸡释罪臣 [20]。

注释：

[1] 挹：挹慕，羡慕。冯梦龙《警世通言·蒋淑真刎颈鸳鸯会》："接倾城之貌，挹希世之人。"折巾：范晔《后汉书·郭太传》："郭太字林宗，太原界休人也……性明知人，好励训士类。身长八尺，容貌魁伟，宽衣博带，周游郡国。尝于陈梁闲行遇雨，巾一角垫，时人乃故折巾一角，以为'林宗巾'。其见慕皆如此。"[2] 山人：旧时以称在山林修身、悟道，一般不与世俗人来往之人。遂成为古代学者士人的雅号。元好问《雪后招邻舍王赞子襄饮》："遗山山人伎俩拙，食贫口众留他乡。"[3] 出门有碍：孟郊《赠崔纯亮》："食荠肠亦苦，强歌声不欢。出门如有碍，谁谓天地宽？"[4] 累（léi）身：带累自身。《列子·杨朱》："原宪窭于鲁，子贡殖于卫，原宪之窭损生，子贡之殖累身。"[5] 蹈险：指冒险。[6] 拂衣：振衣而去。谓归隐。殷仲文《解尚书表》："进不能见危授命，忘身殉国；退不能辞粟首阳，拂衣高谢。"[7] 补衮（gǔn）：补救规谏帝王的过失。语出《诗经·大雅·烝民》："衮职有阙，维仲山甫补之。"[8] 沾巾：泪水沾湿手巾。语出杜审言《送晋陵陆丞早春游望》："忽闻歌古调，归思欲沾巾。"[9] 褊性：褊狭的生性。唐张彪《杂诗》："君子有褊性，矧乃寻常徒。"[10] 迂儒：迂腐不通事理、不切实际的腐儒。明罗贯中《三国演义》："此迂儒之论也！"谋身：为自身打算。卢纶《春日书情赠别司空曙》："壮志随年尽，谋身意未安。"[11] 淹日月：滞留一段岁月。成语"日月不淹"，语出屈原《离骚》："日月忽其不淹兮，春与秋其代序。"[12] 授书：给予书信。此指杨继盛狱中寄答诗歌。[13] 乌角巾：古代葛制黑色有折角的头巾，常为隐士所戴。杜甫《南邻》："锦里先生乌角巾，园收芋栗不全贫。"仇兆鳌注："角巾，隐士之冠。"[14] 天王：周武王灭商朝后，自称受命于天称王，当时的各诸侯国称本国君主为侯、伯，或称公，而称周王为天子，或天王。《春秋·昭公二十六年》："天王入于成周。"后以其称最高统治者。[15] 浪：无约束，放纵。脱巾：此处是一个或潇洒或从容的举动，如"脱巾漉酒"。萧统《陶渊明传》写陶渊明嗜酒："郡将尝候之，值其酿熟，取头上葛巾漉酒，漉毕，还复著之。"指嗜酒。[16] 稠人：众人。薛居正《旧唐书·懿宗纪》："帝姿貌雄杰，有异稠人。"[17] 苍黄：《墨子·所染》："见染丝者而叹曰：染於苍则苍，染於黄则黄，所入者变，其色亦变。"以"苍黄"比喻事物变化不定，反复无常。[18] 天高视听：上天在看和听。司马迁《史记·秦始皇本纪》：

"皇帝明德，经理宇内，视听不怠。"[19]穷阴：指冬尽年终之时。鲍照《舞鹤赋》："于是穷阴杀节，急景凋年。"李善注："《礼记》曰：'季冬之月，日穷于次。'《神农本草经》曰：'秋冬为阴。'"急景：形容光阴易逝。景，通"影"，光阴。[20]引领：伸颈远望。多以形容期望殷切。金鸡：一种金首鸡形的饰物。古代颁布赦诏时，竖起大杆，木头设口衔绛幡的金鸡。《太平御览》卷918引唐丘悦《三国典略》："齐长广王（高）湛即皇帝位，于南宫大赦，改元。其日将赦，库令于殿门外建金鸡。宋孝王不识其义，问于元禄大夫司马膺之：'赦建金鸡，其义何也？'膺之曰：'案《海中星占》曰：天鸡星动，当有赦。由是帝王以鸡为候。'"

大名野水舟中

野渡茫茫接晓烟，艰难世路复登船。蒹葭声里风惊雨，杨柳丛中水拍天。钓艇日闲谁是主[1]？苹洲秋老自应怜[2]。天涯宦况澹如许[3]，一望东溟一慨然[4]。

注释：

[1]钓艇：钓鱼船。唐朱庆馀《湖中闲夜遣兴》："钓艇同琴酒，良宵背水滨。"[2]苹洲：古代水路送别之地的泛称。温庭筠《西江上送渔父》："白苹风起楼船暮，江燕双双五两斜。"秋老：秋已深。唐耿沣《晚夏即事临南居》："树色迎秋老，蝉声过雨稀。"[3]宦况：做官的境况、情味。宋李新《夜坐有感并简与讷教授》："三年宦况秋萧瑟，一枕时情梦战争。"澹：淡薄，味道不浓。[4]东溟：东海。此指自己的家乡胶州。慨然：感慨的样子。《荀子·宥坐》："孔子慨然叹曰：'呜呼！上失之，下杀之，其可乎！'"

淇县道中望西山有感[1]

海天回首思茫茫，入眼青山欲断肠。缥渺烟芜秦塞迥，飘零霜树楚云凉。逢人把酒酬清夜，高兴题诗付锦囊[2]。自叹路难难未已，此行真自愧王阳[3]。

注释：

[1]淇县：古称朝歌、沫（mèi）邑，今属河南。[2]锦囊：语本李商隐《李长

吉小传》："（李贺）恒从小奚奴，骑距驴，背一古破锦囊，遇有所得，即书投囊中。及暮归，太夫人使婢受囊出之，见所书多，辄曰：'是儿要当呕出心乃已尔！'上灯，与食。长吉从婢取书，研墨叠纸足成之，投他囊中。"借指诗作。又有"锦囊佳句"，指优美的文句。[3]愧王阳：汉王阳，曾行经邛郲九折坂，叹曰："奉先人遗体，奈何数乘此险！"事见班固《汉书·王尊传》。

阌乡道中 [1]

六十颓龄独可叹 [2]，五千余里一微官。河临断岸魂应断，径入寒岩胆亦寒。白雁关心秋杳杳，黄尘吹面日漫漫。篱英烂漫情如失，岭树迢遥兴欲阑 [2]。

注释：

[1] 阌（wén）乡：古县名，位于今河南灵宝境内。它南近秦岭，东依函谷关，西接潼关，是南北水陆交通大动脉。1959年黄河三门峡水库蓄水后，阌乡淹没于水库之中。[2] 颓龄：衰年，垂暮之年。[3] 兴欲阑：兴致将尽。

清丰道中逢云南戴玉园推府 [1]

漫漫长路可堪愁，何幸英雄际盛游 [2]。落木晚山人似约，短亭浊酒意无休。阳春雅调曾谁和？雪夜高情此日酬 [3]。萍梗秋风仍万里，陇云滇水思悠悠 [4]。

注释：

[1] 清丰：唐代始设县，明洪武七年（1374），清丰县改属北直隶大名府。今属河南。推府：推官。明朝为各府的佐贰官，掌理刑名、赞计典。[2] 盛游：对他人游览的美称。何逊《落日前墟望赠范广州云诗》："高门盛游侣，谁肯进败渔。"[3] 高情：盛情雅意。杨炯《为薛令祭刘少监文》："良辰美景，必躬于乐事；茂林修竹，每协于高情。"[4] 萍梗：比喻行踪如浮萍断梗一样，漂泊不定。许浑《晨自竹径至龙兴寺崇隐上人院》："客路随萍梗，乡园失薜萝。"[5] 陇云滇水思悠悠：陇，泛指甘肃一带，是古西北边防要地。滇，云南的别称。悠悠，忧愁思虑的样子。戴玉园在云南做官，而自己要赴任陇上，故云。

观诸陵有感 [1]

人间富贵只如斯，地下英魂莫自痴。两汉风流秋寂寂，二秦功业草离离。丘陵何用千年计 [2]，指点空令万古悲。西饿匹夫今不见 [3]，高名竟与首阳夷 [4]。

注释：

[1] 诸陵：从诗歌看指秦汉皇帝诸陵。陵，高大的坟墓。[2] 丘陵：坟墓。聂夷中《劝酒（其一）》："人无百年寿，百年复如何……岁岁松柏茂，日日丘陵多。"千年计：吴融《武关》："贪生莫作千年计，到了都成一梦闲。"[3] 西饿匹夫：指伯夷、叔齐。[4] 首阳：山名，相传为伯夷、叔齐采薇隐居处。《论语·季氏》："伯夷、叔齐，饿于首阳之下，民到于今称之。"夷：平齐。

干沟驿道中 [1]

迢递秦川合断肠 [2]，病躯白发日仓皇 [3]。黄云渺渺望不极 [4]，紫塞茫茫情自伤 [5]。淅沥高风初作凛，朣胧冷月尚含光。山城半夜无灯火，调尽霜笳漏正长 [6]。

注释：

[1] 干沟驿：在今甘肃会宁甘沟驿镇。[2] 秦川：泛指今陕西、秦岭以北的关中平原地带。因春秋、战国时地属秦国而得名。《三国志·蜀书·诸葛亮传》："天下有变，则命一上将将荆州之军以向宛洛，将军身率益州之众出于秦川，百姓孰敢不箪食壶浆以迎将军者乎？"[3] 仓皇：仓促、慌张的意思。杜甫《破船》："苍皇避乱兵，缅邈怀旧丘。"[4] 黄云：塞外沙漠地区黄沙飞扬，天空常呈黄色，故称。梁简文帝《陇西行（其二）》："洗兵逢骤雨，送阵出黄云。"[5] 紫塞：即长城。"长城"的使用始自司马迁《史记》。秦朝所建乃至汉长城，多称为"塞"，或"紫塞"。晋崔豹在其著《古今注·都邑》中写道："秦所筑长城，土色皆紫，汉塞亦然，故称'紫塞'焉。"[6] 霜笳：霜天笳声。唐李乂《陪幸韦嗣立山庄应制》："云罕明丹谷，霜笳彻紫虚。"漏正长：夜漫长之意。白居易《自叹二首（其一）》："形羸自觉朝餐减，睡少偏知夜漏长。"

宿青家驿[1]

古驿萧条独宿时，悲风吹动故乡思。疏灯半夜窗前暗，残漏孤城月下迟。人为浮名来绝塞[2]，书因遥阻到无期。梦魂忽忽惊寒榻[3]，唱彻鸡声又路岐[4]。

注释：

[1] 青家驿：在今甘肃会宁青江驿乡。[2] 浮名：虚名。谢灵运《初去郡》："伊余秉微尚，拙讷谢浮名。"绝塞：极远的边塞地区。骆宾王《晚度天山有怀京邑》："交河浮绝塞，弱水浸流沙。"[3] 忽忽：失意貌。司马迁《史记·韩长孺列传》："（韩安国）乃益东徙屯，意忽忽不乐。数月，病呕血死。"[4] 路岐：歧路，岔道。《荀子·王霸》："杨朱哭歧途曰：'此夫过举顷跬（古同"步"）而觉跌千里者夫！'哀哭之。"

青家驿晓发

肩舆清晓出山城[1]，塞上风烟怆客情[2]。日畔旌旗微有色，霜中鼙鼓暗无声[3]。凝寒割面重裘薄，晚节忘身一羽轻[4]。多病不堪劳远役，羞将药裹伴微名[5]。

注释：

[1] 肩舆：轿子。[2] 风烟：景象；风光。骆宾王《在江南赠宋五之问》："风烟标迥秀，英灵信多美。"[3] 鼙鼓：中国古代军队中用的小鼓，汉以后亦名骑鼓，古代乐队也用。《六韬·龙韬·兵征》："金铎之声扬以清，鼙鼓之声宛以鸣。"[4] 忘身：奋不顾身；置生死于度外。贾谊《治安策》："故化成俗定，则为人臣者，主耳忘身，国耳忘家。"一羽：一根羽毛。多用以喻轻或少。《孟子·梁惠王上》："吾力足以举百钧，而不足以举一羽。"[5] 药裹：药包；药囊。王维《酬黎居士淅川作》："松龛藏药裹，石唇安茶臼。"

次韵落花

簌簌飘零绛雪光[1]，合烟苍藓不成妆[2]。蝶蜂几日怜春色，风雨连宵炉异香。浮去漫随无意水，拾来长忆有情郎[3]。玉阶不扫黄昏月，檀板金樽坐晚凉[4]。

注释：

[1] 绛雪：比喻红色落花。刘克庄《汉宫春·秘书弟家赏红梅》："拼醉倒，花间一霎，莫教绛雪离披。"[2] 苍藓：深绿色的苔藓。温庭筠《病中书怀呈友人》："钓石封苍藓，芳蹊艳绛跗。"[3] 浮去漫随无意水，拾来长忆有情郎：当用"红叶题诗"典故。[4] 檀板：演唱时用的檀木柏板。此处指歌唱。金樽：豪华的酒杯。此处指饮酒。林逋《山园小梅》："幸有微吟可相狎，不须檀板共金樽。"坐：因为，由于。杜牧《山行》："停车坐爱枫林晚。"晚凉：傍晚凉爽的天气。明杨爵《和大司马联峰先生诗二首，用其起句（其二）》："席地檐前趁晚凉，幽怀相与叹流光。"

鸡冠花[1]

亭亭斜倚玉栏秋，缓带仙妆尘外幽。对日欲酣红晕脸，舞风如意锦缠头[2]。夺炎自惜班姬扇[3]，妒夜还生青女愁[4]。谁把芳姿拟骁健[5]，争妍斗宠一生羞。

注释：

[1] 鸡冠花：一年生草本植物。此诗写红色鸡冠花，比作斗鸡、一生争妍斗宠的美女。[2] 锦缠头：古代歌舞艺人演毕，客以罗锦为赠，置之头上，谓之"锦缠头"。后又作为赠送女妓财物的通称。杜甫《即事》："百宝装腰带，真珠络臂韝。笑时花近眼，舞罢锦缠头。"[3] 夺炎班姬扇：汉成帝时，班婕妤被选入宫。后为赵飞燕所谮，退处东宫，作《秋扇赋》自伤："常恐秋节至，凉飙夺炎热。弃捐箧笥中，恩情中道绝。"鸡冠花秋天开花，故云。[4] 妒夜：夜妒。白居易《宫词三首（其一）》："朝憎莺百啭，夜妒燕双栖。"青女：传说中掌管霜雪的仙子。《淮南子·天文训》："至秋三月……青女乃出，以降霜雪。"高诱注："青女，天神，青霄玉女，主霜雪也。"[5] 骁健：勇猛强健之士。《晋书·祖逖传》："逖居京口，纠合骁健。"

野人鬻鹤

何事皋禽絷野狂[1]，云霄仙格堕尘乡[2]。儿童白日骇心眼，肉食黄金议豕羊。雪羽投人混鸡鹜[3]，青泉得意笑林塘[4]。瑶池万里嗟残梦，灵囿千年空断肠[5]。

注释：
[1] 皋禽：鹤的别名。语出谢庄《月赋》："聆皋禽之夕闻，听朔管之秋引。"李善注："《诗》曰：'鹤鸣九皋'。皋禽，鹤也。"絷野狂：絷（zhí），本义系绊马足。系缚，引申为拘禁，束缚。野，乡野。狂，狂夫，指无知妄为的人。本句有千里马"只辱于奴隶人之手"（韩愈《马说》）之意。[2] 仙格：道家谓仙人的品级。《云笈七签》卷93："伯夷、叔齐、曾参……如此之流，咸入仙格。"[3] 雪羽：白色的鸟。唐郑损《艺堂》："风波险似金机骇，日月忙如雪羽飞。"[4] 青泉得意：类青云得意。辛弃疾《沁园春·老子平生》："况白头能几，定应独往；青云得意，见说长存。"林塘：指小的池苑。刘孝绰《侍宴饯庾于陵应诏》："是日青春献，林塘多秀色。"[5] 瑶池：传说中西王母所居美池，在昆仑山上。[6] 灵囿（yòu）：周文王苑囿名。《诗经·大雅·灵台》："王在灵囿，麀鹿攸伏。"此指仙界的苑囿。

南山晓行

石径无媒野草青，悠悠驱马晓烟横。霞分曙色浮苍莽[1]，云冷秋空倚翠屏[2]。麋鹿闲眠骇征辔，山花开口笑行旌。西风卷地迥萧索，独叩龙泉吁紫冥[3]。

注释：
[1] 苍莽：广阔无边的样子。此指山峦起伏。[2] 翠屏：形容峰峦排列的绿色山岩。孙绰《游天台山赋》："践莓苔之滑石，搏壁立之翠屏。"李善注："翠屏，石桥之上石壁之名也。" 李周翰注："有石屏风如壁立，横绝桥上。"[3] 龙泉：中国古代十大名剑之五，传说是由欧冶子和干将两大剑师联手之作。此处为剑的别称。紫冥：天空。出自魏收《魏书·高允传》："发响九皋，翰飞紫冥。"

161

过苏州

云锦乘风吴水头[1]，繁华满眼过苏州。青楼帘箔烟花暖，画舫笙箫潋滟浮[2]。薄雾山钟惊市晚，斜阳渔笛使人愁[3]。孤舟对酒不成醉，明月胥门坐未休[4]。

注释:

[1] 云锦: 此指锦帆。借指装饰华丽的船。阴铿《渡青草湖》:"洞庭春溜满，平湖锦帆张。"乘风: 驾着风；凭借风力。《列子·黄帝》:"列子师老商氏，友伯高子，进二子之道，乘风而归。"[2] 潋滟: 形容水波相连，荡漾闪光，波光闪动的样子。出自木华《海赋》:"㳿㳿潋滟，浮天无岸。"李善注:"潋滟，相连之貌。"[3] 渔笛: 渔人的笛声。杜牧《登九峰楼》:"牛歌渔笛山月上，鹭渚鹜梁溪日斜。"[4] 胥门: 位于江苏苏州城西万年桥南，以遥对姑胥山（即姑苏山）得名。光绪《苏州府志》云:"胥门，西门也，在阊门南，一曰姑胥门。"

宿望江[1]

北风云暗雨如丝，暧暧孤村欲暝时[2]。野港系舟聊寓宿，寒宵沽酒独吟诗。乾坤旷荡浑无用[3]，湖海淹淫未有期[4]。一点青灯千里梦，江山岁晚结幽思。

注释:

[1] 望江: 今属安徽。[2] 暧（ài）暧: 迷蒙隐约貌。陶渊明《归园田居（其一）》:"暧暧远人村，依依墟里烟。"[3] 旷荡: 辽阔，宽广。张衡《南都赋》:"上平衍而旷荡，下蒙笼而崎岖。"[4] 淹淫: 停滞，久留。淫，久。

落　叶

霜冷风清绿已休，纷纷黄紫总惊秋。僧廊凌乱无人扫，江国萧条剧客愁。山麓一空天际阔，纱窗终夕雨声悠。青娥岂是无情物[1]，剥复真机不自由[2]。

注释：

[1] 青娥：即青女。此指秋霜。[2] 剥复：本为《易经》二卦名。坤下艮上为剥，表示阴盛阳衰。震下坤上为复，表示阴极而阳复。后因谓盛衰、消长为"剥复"。《宋史·程元凤传》："论对，极论世运剥复之机及人主所当法天者。"真机：玄妙之理，秘要。杨巨源《送淡公归嵩山龙潭寺葬本师》："野烟秋火苍茫远，禅境真机去住闲。"自由：由自己做主。《古诗为焦仲卿妻作》："吾意久怀忿，汝岂得自由？"

晚春小斋即事

小庭人静惬春长，珠箔微风度暗香。雨过槛花开锦绣[1]，日高樊鸟咔笙簧[2]。修篁郁郁云依石，晴絮霏霏雪满廊[3]。一曲焦桐一榻梦[4]，不知身世在羲皇[5]。

注释：

[1] 槛花：栅栏中的花。[2] 樊鸟：笼中的鸟。咔（lòng）：（鸟）鸣。[3] 霏霏：指雨雪烟云盛密貌；泛指浓密盛多。语出《诗经·小雅·采薇》："今我来思，雨雪霏霏。"[4] 焦桐：此处指琴曲。[5] 身世在羲皇：即羲皇上人。古人想象羲皇之世其民皆恬静闲适，故隐逸之士自称羲皇上人。比喻无忧无虑，生活闲适的人。陶渊明《与子俨等疏》："常言五六月中，北窗下卧，遇凉风暂至，自谓是羲皇上人。"羲皇，伏羲氏，是中华民族的人文始祖。

秋　夜

秋色愁人夜不眠，鸣蛩四壁意萧然。小窗影落松檐月，虚室寒生竹户烟。巧伪向人今有腼[1]，文章憎命古无缘[2]。平生合恨谋生拙，坐遣白头愧少年。

注释：

[1] 巧伪：虚伪不实。《庄子·盗跖》："此夫鲁国之巧伪人孔丘非邪？"腼（miǎn）：害羞，不自然，使感到羞愧。[2] 文章憎命：意谓有文才的人总是薄命遭忌。语出杜甫《天末怀李白》："文章憎命达，魑魅喜人过。"憎，厌恶。

道见饥民扫拾草子

渺渺荒原雪欲残，穷民无计扫凝寒[1]。置锥无地周田坏[2]，潦水滔天舜帝难[3]。困篦已空犹菜色，簸扬何日足饥餐。散金不解书生策[4]，徒向陈红发浩叹[5]。

注释：

[1] 凝寒：严寒。刘桢《赠从弟（其二）》："岂不罹凝寒，松柏有本性。"李善注："凝，严也。"此指积雪。[2] 置锥无地：置锥之地，插锥尖的一点地方。形容极小的一块地方。也指极小的安身之处。作宾语；多用于否定句。《庄子·杂篇·盗跖》："尧舜有天下，子孙无置锥之地。"又作"立锥之地"。[3] 潦（lǎo）水：雨后的积水。《墨子·非乐上》："今王公大人，虽无造为乐器，以为事乎国家，非直掊潦水拆壤垣而为之也。"舜帝：传说黄河洪水为患，舜、禹治水。见《孟子·滕文公上》。此处反用其意，说洪水难治。[4] 散（sàn）金：散发钱财。班固《汉书·叙传下》："疏克有终，散金娱老。"[5] 陈红：明制，群臣奏进文书，由皇帝或司礼监官用朱笔批之，称"批红"。陈红指旧的奏章。

诸城道中[1]

孤村酒尽促征鞍，急景凋年道路难[2]。四野荒烟迷客望，半山残雪迫人寒。孤依玄鹤林间唳[3]，百中青骹草际餐[4]。冉冉危冈下余暎[5]，马啼何处说辛酸。

注释：

[1] 诸城：今属山东，东与胶州、黄岛毗连。[2] 急景凋年：形容光阴迅速，已到年终。景，通"影"。凋年，岁暮。出自鲍照《舞鹤赋》："穷阴杀节，急景凋年。"[3] 玄鹤：即白头鹤，为大型涉禽，灰衣素裳，头颈雪白。[4] 青骹（xiāo）：一种青腿的猎鹰。晋张载《榷论》："青骹繁霜，縶于笼中，何以效其撮东郭于韝下也。"[5] 冉冉：慢慢地。危冈：高冈。《诗经·周南·卷耳》："陟彼高冈，我马玄黄。我姑酌彼兕觥，维以不永伤。"余暎：指落日的余光。

164

春夜怀马珠岩

　　春夜沉沉春月明，春光不与故人并。星河庭院何时曙[1]，烟霭溪桥无限情[2]。沧海交游齐鲍叔[3]，玉堂文藻汉张衡[4]。迢遥画角吹残梦，寥落梅花负短檠[5]。

注释：

[1] 星河：银河。白居易《长恨歌》："沉沉钟鼓初长夜，耿耿星河欲曙天。"[2] 烟霭：指云雾、烟气等。见王勃《慈竹赋》："崇柯振而烟霭生，繁叶动而风飈起。"沧海：大海。以其一望无际、水深呈青苍色，故名。曹操《步出夏门行》："东临碣石，以观沧海。"交游：朋友。《管子·权修》："观其交游，则其贤不肖可察也。"韩愈《唐故朝散大夫郑君墓志铭》："君天性和乐，居家事人，与待交游，初持一心，未尝变节。"鲍叔：鲍叔牙的别称。鲍叔牙，春秋时齐国大夫，以知人并笃于友谊称于世。后常以"鲍叔"代称知己好友。元稹《寄乐天》："惟应鲍叔犹怜我，自保曾参不杀人。"[4] 玉堂：官署名。汉侍中有玉堂署，宋以后翰林院亦称玉堂。《汉书·李寻传》："过随众贤待诏，食太官，衣御府，久污玉堂之署。"颜师古注："玉堂殿在未央宫。"清王先谦《汉书补注》引清何焯曰："汉时待诏于玉堂殿，唐时待诏于翰林院，至宋以后，翰林遂并蒙玉堂之号。"文藻：指文章；文字。唐李百药《北齐书·马元熙传》："少传父业，兼事文藻。"唐陆法言《序》："今返初服，私训诸弟子，凡有文藻，即须明声韵。"张衡：张衡（78—139），字平子，东汉伟大的天文学家、文学家、学者，官至尚书。[5] 寥落：冷落。元稹《行宫》："寥落古行宫，宫花寂寞红。"短檠：一种油灯的代称。檠，托灯盘的立柱。长檠只有富贵人家才能使用，一般人家多用短檠。韩愈《短灯檠歌》："长檠八尺空自长，短檠二尺便且光。"

己酉除夕

　　五十今宵除已尽，明朝五十一相依。年逾尼父未知命[1]，老过蘧翁曾悟非[2]。世事无凭惭我拙[3]，文章何益壮心违。酒杯且莫浮椒柏[4]，辛苦平生岂细微[5]。

注释：

[1] 年逾尼父未知命：《论语·为政》载，孔子"五十而知天命"，此处反用

其意。尼父，指孔子。孔子名丘，字仲尼。尼父是孔子的尊称。春秋末鲁哀公祭悼孔子时敬称"尼父"，见《左传·哀公十六年》。[2] 蘧（qú）翁：此指陶渊明。陶渊明 41 岁归隐田园，其《归去来兮辞》云："实迷途其未远，觉今是而昨非。"[3] 世事无凭：世态变化没有凭据，向来难料。韩偓《幽窗》："无凭谐鹊语，犹得暂心宽。"[4] 椒柏：椒柏酒。古代农历正月初一用以祭祖或献之于家长以示祝寿拜贺之意。汉崔寔《四民月令·正月》："各上椒酒于其家长。"原注："正日进椒柏酒。椒是'玉衡'星精，服之令人能老。柏亦是仙药。进酒次第，当从小起——以年少者为先。"[5] 细微：低贱。《汉书·高帝纪下》："帝起细微，拨乱世反之正，平定天下。"唐崔颢《卢姬篇》："人生今日得娇贵，谁道卢姬身细微。"

贺吴司训荣膺台奖 [1]

妙简蓬瀛适可亲 [2]，风流儒雅更无论。玄机秘启青藜夜 [3]，大造潜回绛帐春 [4]。桃李门前新雨足 [5]，弦歌海上古风淳 [6]。明时岂负旌贤宠 [7]，会见霜台答紫宸 [8]。

注释：

[1] 吴司训：完璧《与安丘黄甥茂才书》中，谈及其友人吴冠老"渠修吾胶志，创稿未半，遽有此行（之任安丘县学训导），将携彼处终之"。司训，明清时县学教谕的别称。荣膺：荣获。膺，承受，承当。元舒逊《李谪仙》："召对金銮殿，荣膺白玉堂。"台奖：台，古代中央官署名。从后文看应指都察院。明代废御史台，设都察院，长官为左右都御史。[2] 妙简：精选（人才）。范晔《后汉书·儒林传序》："时樊准、徐防并陈敦学之宜，又言儒职多非其人，于是制诏公卿妙简其选。"[3] 玄机秘启青藜夜：典出《三辅黄图》："刘向于成帝之末，校书天禄阁，专精覃思。夜有老人，着黄衣，植青藜杖，叩阁而进。见向暗中独坐诵书，老父乃吹杖端，烟然，因以见向，授《五行洪范》之文。恐词说繁广忘之，乃裂裳及绅以记其言。至曙而去，请问姓名，云：'我是太乙之精，天帝闻卯金之子有博学者，下而观焉。'"后因以"青藜"指夜读照明的灯烛。[4] 绛帐：指师门、讲席之敬称。范晔《后汉书·马融列传》："善鼓琴，好吹笛，达生任性，不拘儒者之节。居宇器服，多存侈饰。常坐高堂，施绛纱帐，前授生徒，后列女乐，弟子以次相传，鲜有入其室者。"[5] 桃李：

韩婴《韩诗外传》卷 7："夫春树桃李，夏得阴其下，秋得食其实。"后遂以桃李比喻栽培的后辈和所教的门生。刘禹锡《宣上人远寄和礼部王侍郎放榜后诗因而继和》："一日声名遍天下，满城桃李属春官。"[6] 弦歌：古代传授《诗》学，均配以弦乐歌咏，故称"弦歌"。司马迁《史记·孔子世家》："《诗》三百篇，孔子皆弦歌之。"后因指礼乐教化、学习诵读为"弦歌"。[7] 旌：即旌表。封建时代对义夫、节妇、孝子、贤人、隐逸以及累世同居等大加推崇，由官府立牌坊、赐匾额进行的表彰。明张溥《五人墓碑记》："旌其所为"。[8] 紫宸：宫殿名，天子所居。借指帝王、帝位。房玄龄《晋书·后妃传序》："若乃作配皇极，齐体紫宸，象玉床之连后星，喻金波之合羲璧。"

夏日久雨简高介亭三首 [1]

　　淫雨凄凄久不收，烟云迢递暗沧洲。画檐泉落消烦暑，疏竹凉生欻早秋。青眼谁为心上友，苍筠梦绕浒南楼。芭蕉声里无穷思 [2]，独倚闲窗听未休。

　　对雨高斋兴未收，幽居清旷亦仙洲 [3]。云来云去朝还暮，花落花开春又秋。已遣乱蛙喧鼓吹，不成雌霓挂岑楼 [4]。巫阳合自仙衣湿，何事霏霏不肯休。

　　溪头雨暗钓纶收 [5]，蒻笠才归芦荻洲 [6]。逸兴唤来西舍酒，清风卧向北窗秋。梧阶滴破江湘梦，烟景题堪海岳楼 [7]。日夜潇潇浑不已，老怀佳趣亦无休。

注释：

[1] 简：书信，此处用如动词。[2] 芭蕉声里：雨打芭蕉，是孤愁的意象，也是思乡的意象。白居易《夜雨》："隔窗知夜雨，芭蕉先有声。"[3] 仙洲：仙人聚居的水中陆地。前蜀贯休《上顾大夫》："碧海漾仙洲，骊珠外无宝。"[4] 雌霓：即雌蜺。虹有二环时，内环色彩鲜盛为雄，名虹；外环色彩暗淡为雌，名蜺，即霓，今称副虹。汉东方朔《七谏·自悲》："借浮云以送予兮，载雌霓而为旌。"岑楼：高楼。《孟子·告子下》："不揣其本而齐其末，方寸之木，可使高于岑楼。"朱熹注："岑楼，楼之高锐似山者。"[5] 钓纶：钓竿上的线。庾信《周五声调曲·宫调曲四》："涧途求板筑，溪源取钓纶。"[6] 蒻（ruò）笠：雨具，箬竹叶或篾编制的笠帽，亦作"箬笠"。唐张志和《渔歌子》："青箬笠，绿蓑衣，斜风细雨不须归。"芦荻：芦苇。唐杜荀鹤《溪岸秋思》："秋风忽起溪滩白，

零落岸边芦荻花。"[7]烟景：云烟缭绕的景色。韦应物《游灵岩寺》：
"吴岫分烟景，楚甸散林丘。"

用韵喜晴二首

几日愁霖一夕收[1]，晴薰吹绿满苹洲[2]。山光浥润浓如画[3]，水气生寒忽作秋。竹坞烟销频驻履，海天云尽一登楼。啼莺恐负芳时饮，花外催人故不休。

云雨从前梦一场，园林转觉倍生芳。青青杨柳听齐女，袅袅芙蓉慰楚裳。别沼旋添三尺渌，小窗新透百花香。光风拂面吟怀爽，缓步青芜到夕阳[4]。

注释：

[1]愁霖：指雨久使人愁。《初学记》卷3引《纂要》："雨久曰苦雨，亦曰愁霖。"[2]晴薰吹绿满苹洲：春日催绿草长满苹洲。晴薰，亦作晴熏、晴曛。晴暖的夕阳。白居易《池上早春即事招梦得》："晴熏榆荚黑，春染柳梢黄。"[3]浥润：湿泽。[4]青芜：指杂草丛生的草地。杜甫《徐步》："整履步青芜，荒庭日欲晡。"

春夜对瓶中杏花独酌

红明团雪水晶中，对酌幽轩入暝清[1]。绛蜡光涵香玉莹，绿觞影动锦波生[2]。瑶台十二春何在？粉黛三千意独轻。叵耐芳妍终夜醉[3]，不须歌舞自多情。

注释：

[1]入暝：傍晚。[2]绿觞：犹青樽。[3]叵（pǒ）耐：无奈。

用翟楼村进士原韵，寄乃兄雪泉进士

一生襟抱二难知[1]，金石论心岂易移[2]。梦里禁钟犹劝酒[3]，肠回僧宇共题诗[4]。秋鸿十载南飞日[5]，老鹤孤云北望时[6]。春草才名空怅恨[7]，一行寥落对残卮[8]。

注释：

[1] 襟抱：胸怀；抱负。杜甫《奉持严大夫》："身老时危思会面，一生襟抱向谁开。"二难：谓兄弟皆佳，难分高低。刘义庆《世说新语·德行》："陈元方子长文有英才，与季方子孝先各论其父功德，争之不能决，咨於太丘。太丘曰：'元方难为兄，季方难为弟。'"唐包何《和苗员外寓直中书》："朝列称多士，君家有二难。"此指翟氏兄弟。[2] 金石：常用以比喻事物的坚固、刚强，心志的坚定、忠贞。《荀子·劝学》："锲而舍之，朽木不折；锲而不舍，金石可镂。"[3] 禁钟：宫禁中的钟。韦应物《送汾城王主簿》："禁钟春雨细，宫树野烟和。"[4] 肠回：谓愁肠反复翻转。比喻忧思郁结难解。语出汉司马迁《报任少卿书》："是以肠一日而九回，居则忽忽若有所亡。"回，曲折，迂回。[5] 秋鸿：秋日的鸿雁。古诗文中常以象征离别。沈约《愍衰草赋》："秋鸿兮疏引，寒鸟兮聚飞。"[6] 孤云：单独飘浮的云片。比喻贫寒或客居的人。陶渊明《咏贫士》："万族各有托，孤云独无依。"李善注："孤云，喻贫士也。"[7] 春草才名：指极高的诗才。典出谢灵运《登池上楼》："池塘生春草，园柳变鸣禽。"怅恨：因失望而叹息。语出司马迁《史记·陈涉世家》："陈涉少时，尝与人佣耕，辍耕之垄上，怅恨久之……"[8] 一行：一经。嵇康《与山巨源绝交书》："游山泽，观鱼鸟，心甚乐之。一行作吏，此事便废。"寥落：孤单，寂寞。张九龄《南还以诗代书赠京都旧僚》："去国诚寥落，经途弊险巇。"残卮：喝剩的酒杯。

用韵喜侄怀慎至盐城二首

　　玄子南游白鹭洲，谢安久客慰赓酬[1]。良宵有兴频烧烛[2]，急景酣歌不下楼[3]。青眼天涯春几许，白头乡思日三秋。重嗟筋力江天阔，拟伴青藜返故州[4]。

　　月明寒映荻花洲[5]，骨肉相逢重与酬。酒美他乡抛骏马，话残清漏向朱楼。孤儿不灭终天恨[6]，老梦翻惊断雁秋。吴楚壮游寻胜迹，伍员英烈尚中州[7]。

注释：

[1] 玄子南游白鹭洲，谢安久客慰赓酬：谢安，字安石，东晋名士、宰相，

陈郡阳夏（今河南太康）人。谢安隐居东山，善于教育子弟。谢玄，东晋将领，字幼度，谢安之侄，少为谢安所器重。谢家在谢玄时代已经成为江左高门，号称"诗酒风流"。此处以谢安、谢玄的关系比拟自己和怀慎。白鹭洲，位于今江苏南京武定门北侧。赓（gēng）酬，谓以诗歌与人相赠答。王安石《题正觉相上人箨龙轩》："此地七贤谁笑傲，何时六逸自赓酬。"[2] 烧烛：点燃蜡烛。杜甫《夜宴左氏庄》："检书烧烛短，看剑引杯长。"[3] 急景：形容光阴易逝。[4] 青藜：指藜杖。唐刘言史《山中喜崔补阙见寻》："鹿袖青藜鼠耳巾，潜夫岂解拜朝臣。"[5] 荻花洲：长满的沙洲。[6] 孤儿不灭终天恨：怀慎是完璧弟介泉之子，是时介泉已去世，故云。终天，终身。一般用于死丧永别、遗恨无穷等情况。陶渊明《祭程氏妹文》："如何一往，终天不返！"[7] 吴员：伍子胥（559-484），名员，字子胥，本楚国椒邑（今安徽阜南焦陂镇）人。春秋末期吴国大夫、军事家。

盐城残腊久雪[1]

穷阴晦朔雪毵毵[2]，残腊严凝冷不堪。万里杨花飞漠北[3]，千峰玉笋换江南[4]。画檐琼箸清联阁[5]，古砚玄冰暗透函[6]。羔袖龙钟无那老[7]，月明长夜酒杯酣。

注释：

[1] 残腊：农历年底。唐李频《湘口送友人》："零落梅花过残腊，故园归去又新年。"[2] 晦朔：农历一个月。《新唐书·舒元舆传》："太和五年（831）（舒元舆）献文阙下，不得报，上书自言……凡五晦朔不一报。"晦，阴历每月末一日；朔，阴历月初一日。毵（sān）毵：同"毿毿"。形容毛发、枝条等细长的样子。《诗经·陈风·宛丘》："无冬无夏，值其鹭羽。"三国吴陆玑疏："白鹭，大小如鸥，青脚高尺七八寸，尾如鹰尾，喙长三寸许，头上有毛十数枚，长尺余，毿毿然与众毛异。"[3] 杨花：柳絮。喻指雪花。典出刘义庆《世说新语·言语》："谢太傅寒雪日内聚，与儿女将论文义。俄而雪骤，公欣然曰：'白雪，纷纷何所似？'兄子胡儿曰：'撒盐空空中差可拟。'兄女曰：'未若柳絮因风起。'公大笑乐。即公大兄无奕女，左将军王凝之妻也。"后以柳絮喻雪。[4] 玉笋：喻秀丽耸立的山峰。杨万里《真阳峡》："夹岸对排双玉笋，此峰外面万山青。"[5] 换江南：（白雪覆盖）使江南变换了模样。[6] 琼箸：（画

檐）垂下的冰柱。玄冰：厚冰。[7]羔袖：狐裘羔袖。出自《左传·襄公十四年》："余不说初矣，余狐裘而羔袖。"羔：指小羊皮。龙钟：衰老貌；年迈。沈佺期《答魑魅代书寄家人》："龙钟辞北阙，蹭蹬守南荒。"无那：无奈。王维《赠郭给事》："强欲从君无那老，将因卧病解朝衣。"

寄吊丘月林丧冢器肖林进士[1]

紫绶青春玉帝归[2]，哀君肠断旅魂飞。绿芳早为青娥妒[3]，白发翻惊丹桂违[4]。郗老情深损眠食[5]，山翁泪落湿裳衣[6]。题诗春雁遥相慰[7]，珍重琅玕待紫微[8]。

注释：
[1]冢器：承爵长子。明秦四麟《录异记跋》："赵子玄度，为今大司成定宇公冢器。翩翩好古，绰有父风。"[2]紫绶青春：年轻有为的意思。紫绶，紫色的官服或绶带，用以代指高官显爵。青春，年纪轻。杜甫《奉寄章十侍御》："淮海维扬一俊人，金章紫绶照青春。"玉帝归：归仙，死的讳称。玉帝，是天庭的最高统治者，除统领天、地、人三界内外神灵之外，还管理宇宙万物的兴隆衰败、吉凶祸福。[3]绿芳：绿树红花，指春景。沈佺期《入卫作》："绿芳幸未歇，泛滥此明波。"青娥妒：青娥，指美丽的少女。王建《白纻歌（其二）》："城头乌栖休击鼓，青娥弹瑟白纻舞。"此句比拟丘月林长子青年才俊却遭天妒。[4]翻惊：忽惊。唐孔绍安《伤顾学士》："何言陵谷徙，翻惊邻笛悲。"[5]郗老：指东晋郗愔。刘义庆《世说新语·伤逝》："郗嘉宾（郗愔长子郗超）丧，左右白郗公：'郎丧。'既闻，不悲，因语左右：'殡时可道。'公往临殡，一恸几绝。"这里的"郗老"指代丘月林。[6]山翁：自指。[7]题诗春雁：应取意明王恭《春雁》："春风一夜到衡阳，楚水燕山万里长。莫道春来便归去，江南虽好是他乡。"用客居南方的游子对北方故乡的思念以及回乡的喜悦。此时，赵完璧客居盐城，故云。[8]琅玕（lánggān）：似珠玉的美石。《尚书·夏书·禹贡》："厥贡惟球、琳、琅玕。"孔安国传："琅玕，石而似玉。"孔颖达疏："琅玕，石而似珠者。"比喻优美文辞。韩愈《醯醢》："排云叫阊阖，披腹呈琅玕。"此指丘月林的才华。紫微：紫微又叫紫垣、紫宫，天帝的居所。此处劝告退隐的丘月林等待皇帝的诏命，以施展才华。

丁卯盐城再逢初度时慎修公出南都 [1]

秋风飒飒鬓萧萧，从宦残年思尚饶。江上征帆迷远树 [2]，瀛西歌管隔重霄 [3]。久违亲故虚风月，暂狎儿童慰寂寥。明逐鸑鸶归去后 [4]，还人景色倍逍遥 [5]。

注释：

[1] 丁卯：隆庆元年（1567）。初度：生日。典出屈原《离骚》："皇览揆余初度兮，肇锡余以嘉名。"南都：明朝永乐（1403—1424）后称南京为南都。
[2] 江上征帆迷远树：朱熹《观祝孝友画卷，为赋六言一绝，复以其句为题，作五言四咏（其二）》："天边云绕山，江上烟迷树。不向晓来看，讵知重叠数。"[3] 瀛西：指家乡胶州，在海西。隔重霄：喻相距遥远。[4] 鸑鸶（zhù luán）：凤凰高飞。鸑，鸟振翼而上。[5] 还人景色倍逍遥：取意杜审言的《春日京中有怀》："寄语洛城风日道，明年春色倍还人。"

隆庆丁卯八月九日感怀二首

八月九日天气清，同文四海试群英。蟾宫愧我昔年志 [1]，蚕食看人此际声 [2]。江左朱衣非是梦 [3]（谓慎修与帘事戒也），海边丹凤拟先鸣（谓慎几与试事勉也）。白头已误青袍拙 [4]，奕世科名觊后生 [5]。

壮图曾此泪沾衣 [6]，老向人间混是非。得失功名春梦断 [7]，古今荣利露华晞 [8]。身归大块茫茫眇 [9]，心向空门种种稀 [10]。莫说风檐争寸晷 [11]，且将杯酒送斜晖。

注释：

[1] 蟾宫：即月宫。蟾宫折桂，科举时代比喻应考得中。[2] 蚕食：蚕食桑叶，比喻逐渐侵占。也指逐渐恢复。明无名氏《鸣凤记·夏公命将》："小则效蚕食以复其疆，大则奋鹰扬以捣其穴。"[3] 朱衣：古代绯色的公服，亦指穿这种公服的职位。唐宋四品五品的官服绯，因似"朱衣"称刺史之服。南唐徐铉《送刘山阳》："旧族知名士，朱衣宰楚城。"[4] 青袍：学子所穿之服。借指出仕。林逋《寄祝长官坦》："深心赖黄卷，垂老愧青袍。"[5] 觊（jì）：希望得到。[6] 壮图：壮志，宏伟的意图。陆机《吊魏武帝文》："雄心摧於弱情，

壮图终于哀志。"[7] 春梦：春天的梦。喻易逝的荣华和无常的世事。[8] 露华：露的美称。晞（xī）：晒干。许慎《说文解字》：晞，日干也。[9] 大块：大自然，大地，世界。《庄子·齐物论》："夫大块噫气，其名为风。"成玄英疏："大块者，造物之名，亦自然之称也。" 眇：古同渺，远，高。《庄子·庚桑楚》："不厌深眇而已矣。"[10] 空门：泛指佛法。大乘以观空为入门，故称。《大智度论·释初品》："空门者，生空、法空。"种种：犹言各种各样；一切。稀：淡。[11] 风檐：指风中的屋檐。此指科举时代的考试场所。寸晷（guǐ）：日影移动一寸的时间。形容短暂的时光。晷，日影。晋潘尼《赠陆机出为吴王郎中令》："寸晷惟宝，岂无珧璠。"

丁卯盐城中秋感怀[1]（有序）

是秋，慎修分帘南都，慎几应试东省，老妻携慎动儿胶东，衰叟从银莺孙盐渎，固皆一时美事。然值此良宵，而能无感？漫赋用纪客怀云。

中秋云尽月华凉，骨肉良宵寄四方。一凤南飞奎耀彩[2]，三郎西赴月探香[3]。荆簪携幼沧溟曲[4]，藜杖弄孙淮水傍。共向一轮清影下，离情各自抱哀肠。

注释：

[1] 盐城：西汉置，今属江苏，以产盐著名。[2] 一凤南飞：指慎修分帘南都。[3] 三郎西赴月探香：当指慎几赴省试。[4] 荆簪：即"荆钗"，荆枝制作的髻钗，形容妇女装束朴素。借指贫家妇女。南朝宋虞通之《为江教让尚公主表》："年近将冠，皆已有室，荆钗布裙，足得成礼。"此是作者谦称自己的妻子，类以"拙荆"。

次韵吹笛牧儿

短笛山童学跨牛，英音不着利名愁[1]。雨昏杨柳堪肠断，月冷关山合泪流。三弄缓归荒落晚[2]，数声吹老绿芜秋。太平有象清风外[3]，飘落梅花遍海陬[4]。

173

注释:

[1] 英音:美妙的笛声。李白《金陵听韩侍御吹笛》:"韩公吹玉笛,倜傥流英音。风吹绕钟山,万壑皆龙吟。王子停凤管,师襄掩瑶琴。馀韵渡江去,天涯安可寻?"[2] 三弄:相和三调器乐演奏中,以笛往下声弄、高弄、游弄的技法。[2] 绿芜:丛生的绿草。韩偓《船头》:"两岸绿芜齐似翦,掩映云山相向晚。"[3] 太平有象:天下太平,五谷丰登。[4] 海陬:海隅,海角。亦泛指沿海地带。韩愈《别知赋》:"岁癸未而迁逐,侣虫蛇于海陬。"此指思念随笛声飘向海边的故乡。

己巳元夕二首[1]

　　考鼓捶钟夜正赊[2],畅怀春事老烟霞[3]。楼台月映蓬山色[4],歌管风清仙子家。绮席有情催刻漏[5],山城无事共喧哗。黄柑绿酒堪乘兴[6],一醉相忘两鬓华。

　　新逢三五兴初赊[7],玉漏迟迟进紫霞。明月玩来知几醉,华灯看去说谁家。祠开太乙春方剧[8],禁弛金吾夜正哗[9]。七帙放歌欢故里[10],十年羁客笑京华。

注释:

[1] 己巳:明隆庆三年(1569),赵完璧70岁。[2] 考鼓捶钟:鼓和钟。借指音乐。《吕氏春秋·顺民》:"身不安枕席,口不甘厚味,目不视靡曼,耳不听钟鼓。"赊:长,久。唐王泠然《古木卧平沙》:"古木卧平沙,摧残岁月赊。"[3] 老烟霞:隐居到老。烟霞,泛指山水、山林。唐皇甫冉《送李山人还》:"从来无检束,只欲老烟霞。"[4] 蓬山:即蓬莱山。相传为仙人所居。沈约《桐柏山金庭馆碑》:"望玄洲而骏驱,指蓬山而永骛。"[5] 绮席:盛美的筵席。李世民《帝京篇》之八:"玉酒泛云罍,兰肴陈绮席。"[6] 黄柑:果名,柑的一种,果实大,极耐贮藏,贮藏后风味更佳。苏轼《峻灵王庙碑》:"石峰之侧多荔支、黄柑,得就食。"[7] 兴初赊:兴致初高。[8] 祠开太乙:上古人们认为太乙神主宰人间的风雨、饥馑和瘟疫。汉武帝元鼎五年(前112)始建太乙祠坛祭祀,每逢正月十五通宵达旦以盛大的灯火祭祀,从此便形成元宵张灯的习俗。[9] 弛:放松,解除。[10] 七帙(zhì):七十。帙,通秩。放歌:

尽情高歌，形容十分高兴。语出杜甫《闻官军收河南河北》："白日放歌须纵酒，青春作伴好还乡。"

登楼晴眺

宿云收尽晓初晴，独倚楼台寓目清。乱水拖蓝遥接海，千峰凝翠蔼连城。兴高平楚朱栏外[1]，酒送飞花小院轻。尘点不侵寥廓静，超然身世在蓬瀛。

注释：

[1] 平楚：谓从高处远望，丛林树梢齐平。谢朓《宣城郡内登望》："寒城一以眺，平楚正苍然。"

夏日雨后闲居简秦余台太守

夏木阴阴雨乍过，幽人独适向山阿[1]。啼莺隔岸笙簧细，古藓侵阶翡翠多。竹杖缓移苍霭径，钓丝偶动碧云波。巢由乐有明良在，枕上华胥醉后歌。

注释：

[1] 幽人：此处自指。山阿：本指山陵。此指山的曲折处。屈原《九歌·山鬼》："若有人兮山之阿，被薜荔兮带女萝。"王逸注："阿，曲隅也。"嵇康《幽愤》："采薇山阿，散发岩岫。"

高时斋节推署胶事春日简上

九霄旌旆拂春烟，遐域苍生慰所天[1]。关陇豪华辉海岱，伊周声闻达幽燕[2]。青阳化协穷阴后[3]，玉树清依暖吹前[4]。林壑熙熙欢不已[5]，仁看鸣凤五云边[6]。

注释：

[1] 遐域：边远之地。此指胶州。完璧为胶人，故称。沈约《宋书·武帝纪下》："才弱事艰，若无津济，夕惕永念，心驰遐域。"[2] 伊周：商伊尹和西周周公姬旦。两人都曾摄政，后常并称。亦指执掌朝政的大臣。此处颂美

高节推。[3]青阳:即玄嚣,黄帝之子。司马迁《史记·五帝本纪》:"嫘祖为黄帝正妃,生二子,其后皆有天下;其一曰玄嚣,是为青阳;青阳降居江水。"[4]玉树:神话中的仙树。李白《怀仙歌》:"仙人浩歌望我来,应攀玉树长相待。"[5]熙熙:温和欢乐的样子。《道德经》:"众人熙熙,如享太牢,如春登台。"[6]鸣凤:《诗·大雅·卷阿》:"凤皇鸣矣,于彼高冈。梧桐生矣,于彼朝阳。"郑玄笺:"凤皇鸣于山脊之上者,居高视下,观可集止,喻贤者待礼乃行,翔而后集。"后即以"鸣凤"比喻贤者。五云:指皇帝所在地。

次韵唐人刘阮五首[1]

刘阮游天台

翠微深入兴方新,却笑浮生误紫尘。绝壁恍开他日梦,片云拟老此生身。真机有悟元非晚,清景无涯别是春。采遍紫芝从浩漫[2],绮园犹笑汉羁人[3]。

刘阮洞中遇诸仙子

洞绕寒溪古木苍,偶穷云际出微茫[4]。不知天上归蟾窟,疑有人间奏凤簧。青眼梦中心未稳,瑶池春迳兴初长[5]。匆匆却讶相逢好,自是相逢误二郎。

仙子送刘阮出洞

名山高峙倚三台,何事郎归何事来?紫帐倏惊青鸟别,翠岑遥送彩云开。杨花决绝应难致,溪水悠长可易回。洞口歌残千古恨,萧条风雨老莓苔。

仙子洞中有怀刘阮

卧怜薄幸损霓裳[6],古洞生寒思正长。芳草不归春寂寞,斜阳凝望晚苍茫。鹤飞沧海云初断,人远瑶台花自香。风树萧萧月炯炯[7],晤郎仿佛复羞郎[8]。

刘阮再到天台不复见诸仙子

欢合从前记尚真，不堪重问杳音尘。玉箫金粉遗新恨^[9]，红树青山失旧邻。野鸟唤回花底梦，水云凄断洞中春。故乡落寞故人去，空对斜晖愁杀人。

注释：

[1] 曹唐，字尧宾，桂州（今广西桂林）人。初为道士，后举进士不第。唐懿宗咸通（860—874）中，为使府从事。曹唐以游仙诗著称。其七律《刘晨阮肇游天台》《织女怀牵牛》《萧史携弄玉上升》等 17 首，世称"大游仙诗"。其七绝《小游仙诗九十八首》尤为著名。所咏仙境及神仙故事，迷离缥缈，瑰奇多彩，想象丰富。刘晨、阮肇天台山遇仙女事，见《搜神记》《幽明录》等。曹唐咏刘晨、阮肇事共五首。其中，《刘晨阮肇游天台》："树入天台石路新，云和草静迥无尘。烟霞不省生前事，水木空疑梦后身。往往鸡鸣岩下月，时时犬吠洞中春。不知此地归何处，须就桃源问主人。"《仙子洞中有怀刘阮》："不将清瑟理霓裳，尘梦那知鹤梦长。洞里有天春寂寂，人间无路月茫茫。玉沙瑶草连溪碧，流水桃花满涧香。晓露风灯零落尽，此生无处访刘郎。"可与完璧此组诗对看。[2] 采遍紫芝：采芝，指求仙或隐居。遍，普遍，遍及。浩漫：广大深远貌。南朝宋朱广之《咨顾道士〈夷夏论〉》："刚柔并驰，华戎必同。是以长川浩漫，无当于此矣。"[3] 绮园：美丽的花园。此指天台山仙境。[4] 微茫：迷漫而模糊。语出李白《梦游天姥吟留别》："海客谈瀛洲，烟涛微茫信难求。"[5] 春迩：春近。[6] 薄幸：旧时女子对所欢的昵称，犹冤家。[6] 霓裳：神仙的衣裳。相传神仙以云为裳。屈原《九歌·东君》："青云衣兮白霓裳，举长矢兮射天狼。"[7] 风树：怀人之意。张祜《华清宫四首（其一）》："风树离离月稍明，九天龙气在华清。"[8] 睐郎仿佛复羞郎：元稹《莺莺传》："不为傍人羞不起，为郎憔悴却羞郎。"仿佛：隐隐约约，形容看得不真切的样子。陶渊明《桃花源记》："林尽水源，便得一山。山有小口，仿佛若有光。"[9] 玉箫：玉制的箫，箫的美称。陶弘景《真诰》卷 3："玉箫和我神，金醴释我忧。"金粉：花钿与铅粉。妇女妆饰用品。元白朴《东墙记》第一折："憔悴了玉肌金粉，瘦损了窈窕精神。"

次韵懒出门酬水南

柴门反闭动经旬，竹石琴书是所亲。半榻清风成独坐，一瓢春酒共谁斟？浮云有变归冥默[1]，世务无凭混伪真。却笑生平多滞碍，出门何处可容身[2]？

注释：

[1] 冥默：犹玄默；沉静。梁元帝《陶弘景碑铭》："肇彼冥默，翻成协赞，身托外臣，心同有乱。"[2] 却笑生平多滞碍，出门何处可容身：句意可参考孟郊《赠崔纯亮》："出门即有碍，谁谓天地宽？"

逆前韵

出门何处可容身？梦里乾坤莫认真。晋楚豪华浑不见[1]，阮刘寂寞更能斟[2]？在天富贵应难必，到手壶觞自可亲。月夕花朝从我好，合期共醉百余旬[3]。

注释：

[1] 晋楚豪华浑不见：春秋时，晋楚曾经争霸，但他们的繁华都已成过眼烟云。浑，全，整个。[2] 斟：考虑。考虑好坏，比较长短。[3] 合期：按时聚会。唐徐至《闰月定四时》："节候潜相应，星辰自合期。"百余旬：指百余年。《四川南充王氏族谱·宗规十则》："如寿至百旬与百余旬者，又当加赠祭酒。"

癸卯中秋[1]

酒满金樽月满天，清秋儿女笑星前。乔松空自传千古[2]，金石谁同固万年[3]？三百清铜直土苴[4]，沉酣良夜拟神仙。人生莫遣佳时负，岂有江河西复还！

注释：

[1] 癸卯：明嘉靖二十二年（1543）。[2] 乔松：古代传说中王子乔和赤松子的并称。两人均为传说中的仙人。刘向《战国策·秦策三》："君何不以此时归相印，让贤者授之，必有伯夷之廉，长为应侯 ，世世称孤，而有乔松之寿。"[3] 金石：用以比喻事物的坚固、刚强。《古诗十九首·回车驾言迈》：

"人生非金石，岂能长寿考？"《古诗十九首·驱车上东门》："人生忽如寄，寿无金石固。"[4] 土苴（chá）：渣滓，糟粕，犹土芥。《庄子·让王》："道之真以治身，其绪余以为国家，其土苴以治天下。"以之为土苴，比喻贱视。

次韵胡虚白公苏武牧羊图[1]

羝乳何年仗节旄[2]，中原君相久忘劳。珊钩歌击秋风细[3]，金屋沉酣夜月高。多病茂陵归驷马[4]，诙谐方朔已绯袍[5]。中郎老迓归来宠，独把青铜叹鬓毛[6]。

注释：

[1] 胡虚白：号斗南老人，海宁人。洪武年间（1368—1398）以儒征，官王府教授。有《斗南老人集》。胡虚白《题苏武牧羊图》："十九年中仗节旄，祁连山下梦劳劳。一行书寄边鸿远，万里心悬汉月高。沙碛尘随归日骑，河梁泪洒别时袍。画中偶识麒麟像，忍见秋霜点鬓毛。"[2] 羝（dī）乳：典出《汉书·李广苏建列传》。羝，指公羊。匈奴迁苏武至北海边无人之地，使牧公羊，公羊生羔才能回汉朝。后遂以"羝乳"比喻不可能发生之事。这里指苏武牧羊事。[3] 珊钩：即珊瑚钩。[4] 茂陵：指汉代文学家司马相如。驷马：指显贵者所乘的驾四匹马的高车。表示地位显赫。[5] 方朔：东方朔。绯袍：红色官服。皇帝近臣所着。[6] 中郎老迓归来宠，独把青铜叹鬓毛：指昭帝、宣帝都对苏武封官加爵，但功名富贵难敌蹉跎岁月。中郎，这里指苏武。苏武于汉武帝时为郎。汉武帝天汉元年（前100）奉命以中郎将持节出使匈奴，被扣留十九年。苏武出使时尚在壮年，回国时已经须发尽白了。

癸酉秋苦雨

带雨闲云西复东[1]，朝昏巫女意匆匆[2]。蓬瀛望绝连天雾[3]，湖海波翻蓦地风[4]。临水花涵青镜里[5]，看苔人在翠帷中[6]。炊珠爨桂秋将晚[7]，只有题诗兴未穷。

又

天空石破偶惊猜，逗漏鸿泉海国来[8]。长昼翻盆迷白日，连宵注瀑斗狂雷。三旬水潦无余地，八十年来未见灾。老插渔竿闲卧处，中原点检济川才[9]。

注释：

[1]闲云：悠然飘浮的云。[2]朝昏巫女意匆匆：典出宋玉《高唐赋》，称"先王"游高唐时在白天梦见女神愿荐枕，神女临去时称自己"旦为朝云，暮为行雨，朝朝暮暮，阳台之下"。此处指暴雨乃巫女匆匆行雨所致。[3]蓬瀛：蓬莱和瀛洲。都是神山名，相传为仙人所居之处。亦泛指仙境。葛洪《抱朴子·对俗》："（得道之士）或委华驷而辔蛟龙，或弃神州而宅蓬瀛。"望绝：望断。[4]蓦地：突然地，让人感到意外地。[5]临水花涵青镜里：湖水像一面镜子包含着花影。元张可久《南吕·一枝花·湖上晚归》："长天落彩霞，远水涵秋镜。"[6]翠帏：翠色的帏帐。司马相如《子虚赋》："张翠帏，建羽盖。"[7]炊珠爨（cuàn）桂：又作"爨桂炊玉"。指烧柴难得如桂，米价贵如玉。形容物价昂贵生活艰难，家里揭不开锅。语出司马光《答刘蒙书》："光虽窃托迹与侍从之臣，月俸不过数万，爨桂炊玉，晦朔不相续。"爨，生火做饭。[8]天空石破偶惊猜，逗漏鸿泉海国来：或用李贺《李凭箜篌引》"女娲炼石补天处，石破天惊逗秋雨"诗意。惊猜，惊恐猜疑。高适《奉和鹘赋》："望凤沼而轻举，纷羽族以惊猜。"逗漏，透露，漏泄。鸿泉，洪水的源泉。汉崔瑗《河堤谒者箴》："伊昔鸿泉，浩浩滔天。"章樵注："《楚辞》：'鸿泉极深，何以寘之。'"海国，近海地域。张籍《送南迁客》："海国战骑象，蛮州市用银。"[9]中原：此词最早见于《诗经》。如《诗经·小雅·吉日》："漆沮之从，天子之所。瞻彼中原，其祁孔有"等，有"原野""原中"的意思。此时尚未形成完整而统一的地域概念。直到汉代，如司马相如《喻巴蜀檄》："肝脑涂中原，膏液润野草。""中原"一词仍然有野外之意。此处沿用古义。点检：校点，差发。济川：犹渡河。语出《尚书·商书·说命上》："爰立作相，王置诸其左右。命之曰：'朝夕纳诲，以辅台德。若金，用汝作砺；若济巨川，用汝作舟楫。'"后多以"济川"比喻辅佐帝王。唐独孤及《庚子岁避地至玉山酬韩司马所赠》："已无济川分，甘作乘桴人。"

小楼晚兴

独倚阑干眺夕晖，山城秋色正依稀[1]。蝉声不定风枝袅[2]，虹影初残

180

雨意微[3]。看去墨云双鸟没[4]，听来紫塞一鸿归。悠然清兴不可写，明月满庭梧叶飞。

注释：

[1] 依稀：模糊，隐约，不很清楚的样子；仿佛。清林觉民《与妻书》："依稀掩映"。[2] 风枝袅：风吹树枝摇曳。袅，摇曳。沈约《十咏·领边绣》："不声如动吹，无风自袅枝。"[3] 虹影：彩虹的投影。皎然《赋得石梁泉送崔逵》："天晴虹影渡，风细练文斜。"[4] 墨云：厚厚的乌云。苏轼《江城子·墨云拖雨过西楼》："墨云拖雨过西楼。"

春晓枕上偶成

语燕匆匆傍曙归[1]，幽人慵起闭柴扉。梦回花坞啼春鸟，人静松窗锁晓霏[2]。城市意闲青嶂在[3]，交游情澹紫尘违[4]。衰残无事冥搜苦[5]，清对琴床卧翠微[6]。

注释：

[1] 语燕：啼鸣的燕子。前蜀牛峤《菩萨蛮》："舞裙香暖金泥凤，画梁语燕惊残梦。"傍曙：凌晨。[2] 晓霏：早晨的云气。[3] 城市：是"城"与"市"的组合词。"城"主要是为了防卫，并且用城墙等围起来的地域。《管子·度地》："内为之城，内为之阖。""市"则是指进行交易的场所。意闲：精神或神态安闲。"青嶂：如屏障的青山。[4] 紫尘：犹紫陌红尘比喻虚幻的荣华。刘禹锡《玄都观桃花》："紫陌红尘拂面来，无人不道看花回。"明胡文焕《浪淘沙·道情之四》："紫陌红尘都是梦，溺者堪嗟。"[5] 冥搜：深思苦想。王昌龄《箜篌引》："明光殿前论九畴，簏读兵书尽冥搜。"[6] 琴床：琴案，琴几。

蛩 声

清秋何事此悲蛩，散入尘寰恨不同。旧国荒榛寒雨里[1]，古陵衰草夕阳中。沉沉庭院残更月，寂寂楼台落木风。无奈年年苦相值，是谁沉醉在笙镛[2]。

注释：

[1] 旧国：旧都（古称都城为国）。[2] 笙镛（shēngyōng）：亦作"笙庸"，古乐器名。笙，管乐器名，一般用十三根长短不同的竹管制成。镛，钟。《尚书·虞书·益稷》："笙镛以间，鸟兽跄跄。"孔颖达疏："吹笙系钟，更迭而作。"此处比拟蛩声。

春日楼上琴馀小饮

长昼如何惬好怀，琴樽清暇画楼开。朱弦久为王门绝，《白雪》新传郢客来[1]。骏马五花能换酒[2]，浮生一梦可衔杯。醉中更有凭阑兴，满目山川愧匪才[3]。

注释：

[1] 朱弦久为王门绝，《白雪》新传郢客来：由于曲高和寡，不登公侯之门久矣；收到新的琴曲与朋友知音共赏。《白雪》，代指高雅的琴曲。郢客，指歌手、诗人。李东阳《寿祭酒罗先生七十次所寄韵（其二）》："郢客高词渐寡和，杜陵新赠怯轻为。"[2] 骏马五花能换酒：或取意李白《将进酒》："五花马，千金裘，呼儿将出换美酒，与尔同销万古愁。"[3] 满目山川愧匪才：满目山川，有极目远眺，眼界之内（可愧可悲）之意。李峤《汾阴行》："山川满目泪沾衣，富贵荣华能几时？见只今汾水上，惟有年年秋雁飞。"

盐城新秋即事

凉风吹人七月前，清秋爽气开新鲜。狂雨既过乱藓湿，远山欲瘦孤云连。黄叶萎庭自作舞[1]，青虫吐丝相对悬。稻花飞香海署静[2]，何处老翁来醉眠。

注释：

[1] 萎：衰落。梁元帝《荡妇秋思赋》："于时露萎庭蕙，霜封阶砌，坐视带长，转看腰细。"[2] 海署：指盐城县衙。盐城东临黄海。

海壑吟稿　卷五

七言律诗（下）

庚戌京邸除夕^[1]

的的寒灯照寂寥^[2]，凄凄乡国望迢遥。樽前欲醉肠应断，客里逢春冷未消。雪暗归鸿书不至^[3]，云迷孤鹤思无聊^[4]。衰年合笑燕山客，独对东风慕圣朝^[5]。

注释：

[1] 庚戌：嘉靖二十九年（1550）。京邸：京都的邸舍。[2] 的的（dí dí）：光亮、鲜明貌。徐陵《在北齐与杨仆射书》："至于铛铛晓漏，的的宵烽。"[3] 归鸿：本指归来的大雁，诗文中多用以寄托归思。鸿雁也是书信的代称。嵇康《四言赠兄秀才入军诗（其十四）》："目送归鸿，手挥五弦。"[4] 孤鹤：孤单的鹤。隋炀帝《舍舟登陆示慧日道场玉清玄坛德众》："孤鹤近追群，啼莺远相唤。"[5] 圣朝：封建时代尊称本朝。亦作为皇帝的代称。

再次韵孙小渠除夕

一年将尽寄金台^[1]，千里萧条独举杯。腊候无聊灯下别^[2]，春光有顷暗中来。身羁异境添霜鬓，心逐薰炉化劫灰^[3]。乡国好凭飞梦去^[4]，数声寒角故吹回^[5]。

注释：

[1] 金台：指古燕都北京。沈榜《宛署杂记·铺行》："当成祖建都金台时，

海壑吟稿　卷五

七言律诗（下）

庚戌京邸除夕[1]

的的寒灯照寂寥[2]，凄凄乡国望迢遥。樽前欲醉肠应断，客里逢春冷未消。雪暗归鸿书不至[3]，云迷孤鹤思无聊[4]。衰年合笑燕山客，独对东风慕圣朝[5]。

注释：

[1] 庚戌：嘉靖二十九年（1550）。京邸：京都的邸舍。[2] 的的（dí dí）：光亮、鲜明貌。徐陵《在北齐与杨仆射书》："至于铛铛晓漏，的的宵烽。"[3] 归鸿：本指归来的大雁，诗文中多用以寄托归思。鸿雁也是书信的代称。嵇康《四言赠兄秀才入军诗（其十四）》："目送归鸿，手挥五弦。"[4] 孤鹤：孤单的鹤。隋炀帝《舍舟登陆示慧日道场玉清玄坛德众》："孤鹤近追群，啼莺远相唤。"[5] 圣朝：封建时代尊称本朝。亦作为皇帝的代称。

再次韵孙小渠除夕

一年将尽寄金台[1]，千里萧条独举杯。腊候无聊灯下别[2]，春光有顷暗中来。身羁异境添霜鬓，心逐薰炉化劫灰[3]。乡国好凭飞梦去[4]，数声寒角故吹回[5]。

注释：

[1] 金台：指古燕都北京。沈榜《宛署杂记·铺行》："当成祖建都金台时，

即因居民疏密，编为保甲。"[2] 腊候：犹言寒冬时节。皇甫冉《送令狐明府》："行当腊候晚，共惜岁阴残。"[3] 薰炉：用于薰香等的炉子，流行于两汉魏晋时期。劫灰：本谓劫火的馀灰。此句意为心如死灰，极言消沉。[4] 乡国：家乡。杜甫《小至》："云物不殊乡国异，教儿且覆掌中杯。"[5] 寒角：号角。因于寒夜吹奏，或声音凄厉使人戒惧，故称。韦应物《广陵行》："严城动寒角，晚骑踏霜桥。"故：有意。

白 川 [1]

万顷长川入望平，烟开渺渺澹虚清 [2]。翔鸥飞鹭茫如失，落絮游丝迥未明 [3]。极目晴光霜练净 [4]，迫人寒色玉尘轻 [5]。悠然太素还千古 [6]，一幅齐纨画未成 [7]。

注释：

[1] 白川：指黄河上游的重要支流湟水。[2] 长川：长河。曹植《洛神赋》："浮长川而忘反，思绵绵而增慕。"此指湟水。[3] 渺渺：悠远的样子。澹：水波纤缓的样子。《道德经》："澹兮其若海"。虚清：即清虚，指太空、天空。语出葛洪《抱朴子·勖学》："令抱翼之凤，奋翻于清虚。"[3] 落絮游丝：飘落的柳絮和飘动着的蛛丝，均为暮春之景，也是游子伤感的触媒。沈约《三月三日率尔成篇》："游丝映空转，高杨拂地垂。"[4] 极目：纵目，用尽目力远望。 极，用尽，到达顶点。王粲《登楼赋》："平原远而极目兮，蔽荆山之高岑。"晴光：晴朗的日光。杜审言《和晋陵陆丞早春游望》："淑气催黄鸟，晴光转绿苹。"霜练：洁白的绸带。喻水色明洁清澈的江河。语出谢朓《晚登三山还望京邑》："余霞散成绮，澄江静如练。"[5] 玉尘：喻雪。白居易《酬皇甫十早春对雪见赠》："漠漠复雾雾，东风散玉尘。"悠然：久远貌；辽阔貌。徐陵《司空徐州刺史侯安都德政碑》："至于流名雅颂，著名风诗，年代悠然，寂寥无纪，其能继兹歌咏者，司空侯使君乎！" [6] 太素：古代谓最原始的物质。在道家哲学中代表天地开辟前出现原始物质的宇宙状态，与太易、太初、太始、太素、太极并为先天五太，是无极过渡到天地诞生前的五个阶段之一。千古：久远的年代。[7] 齐纨：齐地出产的白细绢，后亦泛指名贵的丝织品。此指画在齐纨上的画。明王琏《题梅花卷为顾御史赋》："一幅齐纨裁皎雪，笔端浑是玉精神。"

春夜饮王吉庵兄弟宅，醉归赋简

春夜沉沉漏未终^[1]，画堂银烛暖摇红。锺期古调尘氛外，逸少家风谈笑中^[2]。紫陌醉迷青海月^[3]，苍苔健倒白头翁^[4]。天涯何幸逢知己，聊慰羁愁日夜东^[5]。

注释：

[1] 沉沉：形容夜深沉。鲍照《代夜坐吟》："冬夜沉沉夜坐吟，含声未发已知心。"漏：古代计时器，铜制有孔，可以滴水或漏沙，有刻度标志以计时间。
[2] 逸少：王羲之（303—361），字逸少，琅玡临沂（今属山东）人，东晋著名书法家，史称"书圣"。其子王献之，善书法，与其并称为"二王"。唐徐夤《赠垂光同年》："逸少家风惟笔札，玄成世业是陶钧。"[3] 紫陌：大道，往往意指繁华享乐的人世。李白《南都行》："高楼对紫陌，甲第连青山。"青海月：边地的明月。明李攀龙《和聂仪部明妃曲》："曲罢不知青海月，徘徊犹作汉宫看。"[4] 健倒：滑倒，翻倒。唐卢仝《村醉》："昨夜村饮归，健倒三四五。摩挲青莓苔，莫嗔惊着汝。"[5] 羁愁：旅人的愁思。南朝齐江孝嗣《北戍琅琊城》："薄暮苦羁愁，终朝伤旅食。"

京邸清明

遥忆芳菲故里春，长安怜作一羁人^[1]。松楸望断青山外^[2]，花鸟清孤沧海滨^[3]。黄雾楼台相识尽^[4]，玉壶醹醁为谁斟^[5]？寂寥独倚东风醉^[6]，帘幕黄昏燕子新^[7]。

注释：

[1] 长安：是西安的古称。此借指明代都城北京。[2] 松楸（qiū）：松树与楸树。墓地多植，因以代称坟墓。谢朓《齐敬皇后哀策文》："陈象设于园寝兮，映舆锾於松楸。"[3] 清孤：幽清孤峭。犹孤清。张九龄《感遇（其二）》："幽林归独卧，滞虑洗孤清。"[4] 黄雾：黄色的雾气。班固《汉书·成帝纪》："夏四月，黄雾四塞，博问公卿大夫，无有所讳。"楼台：楼与台本是两种建筑，楼台泛指楼（多用于诗词戏曲）。杜甫《院中晚晴怀西郭茅舍》："复有楼台衔暮景，不劳钟鼓报新晴。"[5] 醹醁：亦作"醹渌""醁醹"。美酒名，

是一种当今很罕见的绿酒。葛洪《抱朴子·嘉遁》："藜藿嘉于八珍，寒泉旨于醽醁。"明李时珍《本草纲目·谷部·酒》："绿曰醽。"[6] 寂寥：寂寞空虚。刘禹锡《秋词》："自古逢秋悲寂寥，我言秋日胜春朝。"[7] 帘幕：用于门窗处的帘子与帷幕，常用于诗文。杜牧《题宣州开元寺水阁》："深秋帘幕千家雨，落日楼台一笛风。"

次韵送张省几司城归休

镆干繁剧试多年[1]，报主衰颜惕皓然。回首不堪孤鹤怨，拂衣曾为一丝牵。斜阳晚浦怜樽酒[2]，归雁春风慰海天。满目红尘陶令去，羁人泪落五云边。

注释：

[1] 镆干（mògān）：良剑镆铘、干将的并称。《庄子·达生》："复仇者不折镆干。"王先谦集解："镆邪、干将。"镆铘，也作"镆邪""莫邪"。繁剧：谓事务繁重之极。郭璞《辞尚书表》："以无用之才，管繁剧之任。"[2] 晚浦：傍晚的水边。欧阳修《过张至秘校庄》："樵渔逐晚浦，鸡犬隔前村。"

艾山晚归[1]

斜日亭亭石径归，秋风飒飒卷征衣[2]。林声度晚醒残酒，山气生寒下翠微。黄菊暂留乌帽去，落霞遥逐断鸿飞[3]。苍茫犹自馀清兴[4]，新月依人弄夕晖。

注释：

[1] 艾山：在今山东胶州城南，艾山有南北两峰，遍山绿荫如盖，景色秀丽，自古为道教的传教地，道观众多。东、西石更被誉为明清"胶州八景"之一——"石耳争奇"。东石有汉代经学家郑玄隐居之地。[2] 征衣：旅人之衣。岑参《南楼送卫凭》："应须乘月去，且为解征衣。"[3] 落霞：晚霞。梁简文帝《登城》："落霞乍续断，晚浪时回复。"断鸿：失群的孤雁。李峤《送光禄刘主簿之洛》："背枥嘶班马，分洲叫断鸿。"[4] 清兴：清雅的兴致。王勃《山亭夜宴》："清兴殊未阑，林端照初景。"

癸丑寒食[1]

无限花开无限情，此身那得一闲行。银鞍柳外谁家子[2]，玉笛风前何处声。俗务绊人春已老[3]，清光犹梦醉难成。赏心久负浮生意[4]，鸥鹭争如早缔盟[5]。

注释：

[1] 癸丑：嘉靖三十二年（1553）。[2] 银鞍：代指骏马。陆游《梅花绝句》："醉帽插花归，银鞍万人看。"[3] 俗务：世俗间的各种事务。杜甫《咏怀（其二）》："牵缠加老病，琐细隘俗务。"[4] 赏心：娱悦心志。宋沈辽《禅老阁》："赏心不期侈，澹泊自有余。"[5] 鸥鹭争如早缔盟：渴望早日隐退之意。

春暮感怀

春色初阑杏雪飞，恼人情思暗依依。风尘满目谁相慰，觞咏无心久自违。云断远山虚淑景[1]，帘垂清昼送斜晖。天真欲写仍羁旅[2]，白首淹迟未拂衣[3]。

注释：

[1] 淑景：指日影。景，同"影"。杜甫《紫宸殿退朝口号》："香飘合殿春风转，花覆千官淑景移。"[2] 天真：指不受礼俗拘束的品性。《庄子·渔父》："礼者，世俗之所为也；真者，所以受于天也，自然不可易也。故圣人法天贵真，不拘于俗。"羁旅：长久寄居他乡。《左传·庄公二十二年》："齐侯使敬仲为卿，辞曰：'羁旅之臣……敢辱高位？'"杜预注："羁，寄；旅，客也。"[3] 淹迟：延缓。《隋书·段文振传》："水潦方降，不可淹迟，唯愿严勒诸军，星驰速发，水陆俱前。"拂衣：归隐。

九日集饮边乐亭工所二首

不见黄花两度秋[1]，西风此日共优游[2]。青山入望飞难近，俗事侵人却未休。佳节只今怜白发，赏心思昔对金瓯[3]。征鸿落叶无吟兴[4]，暂把茱萸一破愁[5]。

燕山风物向高秋[6]，税驾尘机合暂游[7]。寒日晚篱黄欲破，淡烟晴野绿初休。官衔窃禄惭金阙[8]，人事伤怀到玉瓯[9]。山水幽闲何日遂，蓬瀛回首浪生愁。

注释：

[1] 黄花：指菊花。《礼记·月令》："（季秋之月）鞠有黄华。"陆德明释文："鞠，本又作菊。"[2] 西风：指秋风。优游：游玩。元稹《春余遣兴》："恭扶瑞藤杖，步履恣优游。"[3] 赏心：心意欢乐。谢灵运《拟魏太子邺中集诗序》："天下良辰、美景、赏心、乐事，四者难并。"金瓯：酒杯的美称。元高明《琵琶记·高堂称寿》："春花明彩袖，春酒泛金瓯。"[4] 征鸿：远飞的大雁，古人常利用它们寄寓自己的情怀。李清照《念奴娇·春情》："征鸿过尽，万千心事难寄。"吟兴：指诗兴。刘得仁《夜携酒访崔正字》："吟兴忘饥冻，生涯任有无。"[5] 茱萸：一种常绿带香的植物，具备杀虫消毒、逐寒祛风的功能。重阳节风俗，登高爬山，臂上佩带插着茱萸的布袋，以示对亲朋好友的怀念。[6] 高秋：指农历九月初九重阳节。[7] 税驾（tuōjià）：犹解驾，停车。谓休息或归宿。税，通"挩""脱"。司马迁《史记·李斯列传》："物极则衰，吾未知所税驾也。"[8] 窃禄：犹言无功受禄。多用于自谦。杜荀鹤《自叙》："宁为宇宙闲吟客，怕作乾坤窃禄人。"宋曾巩《高阳池》："独惭旷达意，窃禄诚已卑。"金阙：指天子所居的宫阙。此处代指天子。颜之推《观我生赋》："指金阙以长铩，向王路而蹦张。"[9] 玉瓯（ōu）：指精美的杯盂一类的盛器。吴融《病中宜茯苓寄李谏议》："金鼎晓煎云漾粉，玉瓯寒贮露含津。"此句指伤怀人事（思乡）以至于酒都喝不下去。

晚秋过城西广通寺用韵[1]

飒飒秋风静法堂[2]，幽吟无与共酣觞[3]。疏疏宝树垂清影[4]，冉冉天花散异香[5]。落照催归山郭寺，渔舟看弄水云乡。迟留合慰偷闲意[6]，俗扰从来抱恨长[7]。

注释：

[1] 广通寺：旧址在今北京海淀区北下关街道北下关小学校内。原名法王寺，为元世祖至元年间（1264—1294）贵吉祥所建。明代更名广通寺。[2] 法堂：

禅宗的讲堂，乃禅林演布大法的地方。位于佛殿的后方，方丈的前方。[3] 幽吟：轻轻慢慢地吟唱。[4] 疏疏：稀疏貌。唐贾岛《光州王建使君水亭作》：“夕阳庭际眺，槐雨滴疏疏。”宝树：佛教言极乐世界中以七宝合成的树木。《法华经·寿量品》：“宝树多花菓，众生所游乐。”清影：此指月光。曹植《公宴》：“明月澄清影，列宿正参差。”[5] 天花：典出《维摩诘经·观众生品》里的一则故事，讲述天女百花仙子散花来试菩萨声闻弟子的道行，“结习未尽，固花着身；结习尽者，花不着身”。[6] 偷门：佛学法门，是指学佛成佛的方法和途径，如参禅、持咒、念佛、修禅定等。佛陀有八万四千般法门普度众生。偷门，此为习佛的谦称。[7] 俗扰：为俗务所烦扰。抱恨：心怀遗憾。陶渊明《停云》：“愿言不获，抱恨如何！”

次韵李东冈关山

逢人是处说关山，岩险真成百二关[1]。空谷阴寒催白发，崇峦颠顿损朱颜[2]。才输周召应知止[3]，老入氐羌却忆闲[4]。落日啼猿肠欲断，可堪征袖泪痕斑。

注释：

[1] 岩险：高峻险要之地。张衡《东京赋》：“苟民志之不谅，何云岩险与襟带。”百二关：百二关河，比喻山河险固之地。元好问《岐阳（其二）》：“百二关河草不横，十年戎马暗秦京。”[2] 颠顿：上下起伏颠簸。韩愈《上张仆射第二书》：“凡五藏之系络甚微，坐立必悬垂于胸臆之间，而以之颠顿驰骋，呜呼，其危哉！”[3] 周召：周成王时共同辅政的周公旦和召公奭的并称。两人分陕而治，皆有美政。氐羌：指氐和羌两个民族。泛指中国古代分布在今陕西、甘肃、青海、四川西部的少数民族。

流曲河

流曲河边促晓行[1]，桃源乍喜赴仙程[2]。溪声雪激寒潮吼，山色屏开翠黛明。杨柳石矶白昼静，桑麻[3]村落碧烟轻。倥偬不慰徘徊意[4]，风送黄尘无限情。

注释：

[1] 促晓行：敦促天亮起行。明司守谦《训蒙骈句》："啼鸟惊春梦，鸣鸡促晓行。"[2] 桃源："桃花源"的省称。徐陵《山斋诗》："桃源惊往客，鹤峤断来宾。"赴仙程：去修仙。明徐友山《和玄天上帝诗》："元末兴亡身外轻，家山一别赴仙程。"[3] 桑麻：桑树和麻。植桑饲蚕取茧和植麻取其纤维，同为古代农业解决衣着的最重要的经济活动。泛指农作物或农事。孟浩然《过故人庄》："开筵面场圃，把酒话桑麻。"[4] 徘徊意：留恋念想。明兰陵笑笑生《金瓶梅》："千也说一夜夫妻百夜恩，万也说相随百步也有个徘徊意。"

早春用韵

东风策策拂馀寒[1]，静掩柴扉戴鹖冠[2]。晷影渐舒闲里度[3]，梅红初上醉中看。烧兰暖合芳庭霭，煮茗清分活水湍。衰谢却宜春色早[4]，韶华真与意相安[5]。

注释：

[1] 策策：象声词。韩愈《秋怀诗（其一）》："牕前两好树，众叶光蘒蘒，秋风一披拂，策策鸣不已。"[2] 鹖（hé）冠：用鹖羽（一种类似雉鸡的鸟的羽毛）作装饰的冠。武士之冠。又为隐士之冠。刘孝标《辩命论》："至於鹖冠瓮牖，必以悬天有期。"李善注："《七略》：鹖冠子者，盖楚人也，常居深山，以鹖为冠，故曰鹖冠。"杜甫《小寒食舟中作》："佳辰强饮食犹寒，隐几萧条戴鹖冠。"仇兆鳌注："赵注：鹖冠，隐者之冠。"本诗当指后者。[3] 晷（guǐ）影：指时间，光阴。江淹《萧太尉子侄为领军江州黄门谢启》："兄子臣鸾，忝守近畿，嫡孙臣某，载荣省闱。皆倏忽晷景，频烦升荷。"[4] 衰谢：精力衰退。《宋书·顾恺之传》："（顾恺之）曰：'礼，年六十不服戎，以其筋力衰谢，非复军旅之日。'"

次黄海野韵寄李翁明斋

壮心飞向白云头，桂窟蓬瀛拟漫游[1]。勋业不堪青镜老，璠玙早为碧山留[2]。孤踪怅望韶华暮，双眼迢遥烟树稠[3]。风月满天春寂寂，相违相忆两无休。

注释：

[1] 桂窟：神话谓月中有桂树，因称月宫。元郝经《三汊北城月榭玩月醉歌》："露华涨冷濯桂窟，氛露洗尽豁四旁。"[2] 璠玙（fányú）：美玉名。《太平御览》引《逸论语》：二璠玙，鲁之宝玉也。孔子曰："美哉璠玙，远而望之，焕若也；近而视之，瑟若也。'"常用为称美之词。泛指珠宝，引申比喻美德贤才。曹植《赠徐干》："亮怀璠玙美，积久德愈宣。"[3] 烟树：云烟缭绕的树木、丛林。鲍照《从登香炉峰》："青冥摇烟树，穹跨负天石。"

雨后夜坐

赤日煎沙苦未休，墨云拖雨倏然收。中天霁魄三更昼[1]，一夕新凉六月秋。深院无人风细细，古槐垂露夜悠悠。坐斜星汉清无寐[2]，酒醒芳庭独自讴。

注释：

[1] 霁魄：霁，晴和；魄指月色。唐唐彦谦《秋霁丰德寺与玄贞师咏月》："露冷风轻霁魄圆，高楼更在碧山巅。"[2] 星汉：古称银河。曹操《观沧海》："日月之行，若出其中；星汉灿烂，若出其里。"

次韵登艾山

风尘梦想故山游[1]，白发投簪向急流[2]。世路不堪惊险绝，幽怀自合老林丘[3]。放歌邈逸青冥鹄[4]，把酒茫然沧海洲。黄绮一归紫芝老[5]，白云此日慰乡愁。

注释：

[1] 风尘：比喻世俗纷扰、污浊。刘峻《辩命论》："（刘）琎则志烈秋霜，心贞昆玉，亭亭高竦，不杂风尘。"[2] 投簪：丢下固冠用的簪子。比喻弃官。孔稚珪《北山移文》："昔闻投簪逸海岸，今见解兰缚尘缨。"急流：比喻官场中复杂的斗争。[3] 幽怀：隐藏在内心的情感。郦道元《水经注·庐江水》引晋吴猛诗："旷载畅幽怀，倾盖付三益。"林丘：树木与土丘。泛指山林。

指隐居的地方。[4] 青冥：青天，天空。[5] 黄绮：汉初商山四皓中之夏黄公、绮里季的合称。紫芝：真菌的一种。古人以为瑞草。道教以为仙草。王充《论衡·验符》："建初三年，零陵泉陵女子傅宁宅，土中忽生芝草五本，长者尺四五寸，短者七八寸，茎叶紫色，盖紫芝也。"比喻贤人。《淮南子·俶真训》："巫山之上，顺风纵火，膏夏紫芝，与萧艾俱死。"高诱注："膏夏、紫芝皆喻贤智，萧、艾，贱草。皆喻不肖。"

次韵刘麦

宦海风波已倦游，东山生计老春秋[1]。杜鹃啼歇桑重绿，梅雨晴初麦乍收。饼饵香风新足慰[2]，流移此日故还稠[3]。巢由何与唐虞事，自是江湖魏阙忧[4]。

注释：

[1] 东山生计：归隐东山之意。典出谢安东山归隐后又再起故事。[2] 饼饵香风：取意苏轼《南园》："夏垅风来饼饵香。"[3] 流移此日故还稠：流移，流亡，迁移。《旧唐书·回纥传》："（回纥）无君长，居无恒所，随水草流移。"司马光《论赈济札子》："凡人情恋土，各愿安居，苟非无以自存，岂愿流移他境。"故还，故人还乡。稠，多。此句意为那些漂泊在外的人此时多返乡（收麦）。[4] 巢由何与唐虞事，自是江湖魏阙忧：按说自己归隐林下，已无与盛世，只不过是身处江湖、心存魏阙的观念使然。

庭下新凿二小泉

小泉新甃碧泓渟[1]，混沌凿开双眼明[2]。入夜沦光动银汉[3]，浮空霁色接沧溟。孤居适意寒江破，一片闲心秋影澄。不敢濯缨荡萍翠[4]，鱼龙时作雨云冥。

注释：

[1] 甃（zhòu）：以砖瓦砌的井壁。许慎《说文解字》："甃，井壁也。从瓦，秋声。"砌。以砖修井。《易经·井卦》："甃无咎。"孔颖达疏："甃，亦治也。以砖垒井，修井之坏，谓之为甃。"白居易《官舍内新凿小池》："中底铺白

沙，四隅甃青石。"碧泓淳：用来美称小泉。欧阳修《和丁宝臣游甘泉寺》："空余一派寒岩侧，澄碧泓淳涵玉色。"[2]混沌：出自《庄子·应帝王》："南海之帝为倏，北海之帝为忽，中央之帝为混沌。倏与忽时相与遇于浑沌之地，混沌待之甚善。倏与忽谋报混沌之德，曰：'人皆有七窍，以视听食息，此独无有，尝试凿之。'日凿一窍，七日而混沌死。"此反用其意。[3]沧光：光辉。银汉：天河，银河。苏轼《阳关词·中秋月》："暮云收尽溢清寒，银汉无声转玉盘。"[4]濯缨：洗濯冠缨。比喻超脱世俗，操守高洁。《孟子·离娄上》："有孺子歌曰：'沧浪之水清兮，可以濯我缨；沧浪之水浊兮，可以濯我足。'孔子曰：'小人听之，清斯濯缨，浊斯濯足，自取之也。'"

七月苦热

才喜新秋不自胜，岂期烦暑转相仍。微风小动炉中出，虚阁高凌甑里蒸[1]。汗浃徒劳白羽扇[2]，肺干空想玉壶冰[3]。倏然欲奋凌风翼[4]，汗漫清虚去未能[5]。

注释：

[1]虚阁高凌：凌空之高阁。明徐阶《横溪》："横溪东去水迢迢，虚阁重檐共寂寥。"甑（zèng）：古代蒸饭的一种瓦器。底部有许多透蒸气的孔格，置于鬲上蒸煮。[2]白羽扇：泛指白色的羽毛扇。白居易《白羽扇》："素是自然色，圆因裁制功。飒如松起籁，飘似鹤翻空。盛夏不销雪，终年无尽风。引秋生手里，藏月入怀中。麈尾斑非疋，蒲葵陋不同。何人称相对，清瘦白须翁。"[3]玉壶冰：壶水成冰，形容寒冷。杜甫《赠特进汝阳王二十二韵》："研寒金井水，檐动玉壶冰。"玉壶，玉制的壶。[4]凌风：驾着风。语本阮籍《咏怀（其四十三）》："鸿鹄相随飞，飞飞适荒裔。双翮凌长风，须臾万里逝。"[5]汗漫：广大，漫无边际。此处形容漫游之远。陈陶《谪仙吟赠赵道士》："汗漫东游黄鹤雏，缙云仙子住清都。"

赠江龙所别驾署胶[1]

风流文藻挹英贤[2]，彩笔通灵有异传。冀北群空还自负[3]，汉南独步更谁先[4]？沧溟治绩曾无右，青史勋名不道前。垂老会逢今日胜[5]，相忘爱契醉尧天[6]。

注释:

[1] 别驾:宋代以后通判之习称。[2] 英贤:德才兼备的杰出人才。韦应物《酬刘侍郎使君》:"琼树凌霜雪,葱茜如芳春。英贤虽出守,本自玉阶人。"唐皮日休《读书》:"英贤虽异世,自古心相许。"[3] 冀北群空:比喻有才能的人遇到知己而得到提拔。韩愈《送温处士赴河阳军序》:"伯乐一过冀北之野,而马群遂空。"[4] 汉南独步:指才能卓异超群。曹植《与杨德祖书》:"昔仲宣独步于汉南,孔璋鹰扬于河朔。"[5] 垂老:年将至老。宋叶适《送李郛(fú)》:"只愁垂老绝知音,自送青编满朝市。"[5] 夔契(kuíqì):帝舜二贤臣之名。苏辙《西掖告词·富弼赠太师》:"庆历(1041—1048)之盛,朝多伟人,维范与富,才业名位,实相先后,海内称诵,见于声诗,比之夔契。"[6] 尧天:称颂帝王盛德和太平盛世。《论语·泰伯》:"巍巍乎,唯天为大,唯尧则之。"

曹文村晚归[1]

斜日荒山返斾旌,野烟迢递暗孤城。路迷春草连云碧,水绕寒川隔岸明。细雨不禁花外冷,惊风可奈树边声。芳菲有兴催归急[2],每苦登临不称情[3]。

注释:

[1] 曹文村:今山东省青岛市黄岛区王台镇东漕汶村。[2] 迢递:连绵不绝貌。[2] 芳菲有兴:花草盛美。南朝陈顾野王《阳春歌》:"春草正芳菲,重楼启曙扉。"[3] 登临:李白《与诸子登岘山》:"江山留胜迹,我辈复登临。"不称情:不能称心如意。李白《行路难三首(其二)》:"弹剑作歌奏苦声,曳裾王门不称情。"

癸酉夏日赴西庄

翠柳千条拂晓风,乱山如迓拥晴空[1]。闲情缓辔蝉声里,幽兴题诗烟霭中[2]。野草连天望迢递[3],人家隔水正冥蒙[4]。青松短壑遥相慰,一入白云暑自穷。

注释：

[1] 迓：迎。[2] 幽兴：幽雅的兴味。裴迪《木兰柴》："缘谿路转深，幽兴何时已。"[4] 冥蒙：同"溟濛"。幽暗不明。左思《吴都赋》："岛屿绵邈，洲渚冯隆，旷瞻迢递，迥眺冥蒙。"穷：尽。

癸酉七夕

雨霁风清佳夕闲，从人遥指绛河间[1]。鹊桥诞妄今何在？牛女虚无岁往还。只以盈盈一水隔，却疑脉脉两情关[2]。人间底事仍相乞，梦向颠迷话更艰[3]。

注释：

[1] 绛河：即银河。又称天河、天汉。古代观天象者以北极为基准，天河在北极之南，南方属火，尚赤，因借南方之色称之。元稹《月三十韵》："绛河冰鉴朗，黄道玉轮巍。"[2] 只以盈盈一水隔，却疑脉脉两情关：只因牛郎星和织女星之间相差了一条银河，人们就附会了牛郎织女的爱情神话。与《古诗十九首·迢迢牵牛星》"盈盈一水间，脉脉不得语"语相近而诗意相反。[3] 人间底事仍相乞，梦向颠迷话更艰：民间女子仍有七夕乞巧的风俗，这是比牛女神话更加迷惑无知的梦话。颠迷：昏乱迷惑。苏舜钦《符瑞》："予惧后世拘子厚之作，弃天弗徵，背大道以自任，颠迷无从，靡所法则。"

癸酉秋阅，慎几应试晓发，感书

癸酉秋七月之望，慎几晓赴省闱。宵雨甫霁，晓曦苍凉，清吹激于虚襟[1]，烟光染于迢递，抚清爽之凝眸，而早岁壮怀怵然又动，且慨老无成，贻讥薄子，良可薆恨。但二郎已叨甲[2]，第三郎又觊秋捷，亦海曲之荧光[3]，仅为末龄薄慰耳。漫尔此赋。

一番清爽雨初晴，正是英才折桂行。云路秋风香飒飒，海山晓色翠盈盈。壮怀有激仍昔日，大笑无成奈后生。白发关情还作喜，几家麟凤迭芳声。

注释：

[1] 清吹：又作"青吹"，如风吹林木声。借指清风。隋薛道衡《梅夏应教》：

"浮云半空上，青吹隔池来。"虚襟：淡泊的胸怀。明顾梦游《夜投祖堂勖公房》："老僧具客主，入夜披虚襟。"[2]己：四库本作"巳"，误。叨（tāo）甲：及第的谦辞。叨，承受，古汉语中用于对受人恩惠及礼物表示感谢的谦辞。[3]海曲：犹言海隅，谓沿海偏僻的地方，也包括沿海岛屿。陆机《齐讴行》："营丘负海曲，沃野省且平。"荧光：萤火之光。谦辞。

赠王碧溪太守

晋鲁勋名凤所钦，朱幡适慰海之滨[1]。苍生旷被岐风旧[2]，白首重看汉吏新。妙简无私遭圣主[3]，催科有政属能臣[4]。虎牢晚托重关险[5]（谓崇墉有绩[6]），犬吠生氄拟诵频[7]。

注释：

[1]朱幡：又作"朱旛"。红色的旗幡，为尊显者所用。刘向《列仙传·崔文子》："后有疫气，民死者万计。长吏之文所请救。文拥朱旛系黄散以徇人门。饮散者即愈，所活者万计。"[2]岐风：指周代礼乐风尚。岐山是周室肇基、周文化的发祥地，故名。[3]妙简：精选。[4]催科：意为催办缴纳赋税，赋税有科条法规，故称。催科为州、县令政务之一。明江盈科《催科》："为令之难，难于催科。"[5]虎牢：古邑名。春秋郑国地。在今河南荥阳汜水镇。相传周穆王获虎为押畜于此，故名。城筑在大伾山上，形势险要，为军事重镇。[7]犬吠生氄：典出《后汉书·岑熙传》："狗吠不惊，足下生氄。"社会情况安定，天下太平，狗吠不惊，故足下生长毛。后用于咏太平盛世。氄，长毛。《四库全书》本将"氄（氄的繁体字）"作"氂（厘的繁体字）"，当误。[6]崇墉：出自汉王延寿《鲁灵光殿赋》："崇墉冈连以岭属，朱阙岩岩而双立。"张载注："墉，墙也。"左思《魏都赋》："余是崇墉濬洫，婴堞带涘。"张载注："墉，城也。"崇墉此处作动词，加高城墙。

闻试，沧海遗珠感赋

精英夙自结骊龙[1]，明月清光重海东。拟破幽昏当暮夜，合增辉彩向琼宫。沉泥沧浦知谁惜[2]？按剑朱门总未逢[3]。安得高风来象罔[4]，便应长价到隋公[5]。

注释：

[1] 骊龙：传说中的一种黑龙。骊，纯黑色的马。典出《庄子·列御寇》："人有见宋王者，锡车十乘。以其十乘骄稚庄子。庄子曰：'河上有家贫恃纬萧而食者，其子没于渊，得千金之珠。其父谓其子曰：'取石来锻之！夫千金之珠，必在九重之渊而骊龙颔下，子能得珠者，必遭其睡也。使骊龙而寤，子尚奚微之有哉！'今宋国之深，非直九重之渊也；宋王之猛，非直骊龙也；子能得车者，必遭其睡也。使宋王而寤，子为齑粉夫。"[2] 沧浦：大海。范成大《望海亭赋》："饯斜晖於孤嶂，候佳月于沧浦。"[3] 朱门：古代王侯贵族的府第大门漆成红色，以示尊贵，后泛指富贵人家。语出葛洪《抱朴子·嘉遁》："背朝华於朱门，保恬寂乎蓬户。"王维《酌酒与裴迪》："酌酒与君君自宽，人情翻覆似波澜。白首相知犹按剑，朱门先达笑弹冠。草色全经细雨湿，花枝欲动春风寒。世事浮云何足问，不如高卧且加餐。"[4] 象罔：《庄子》寓言中的人物。含无心、无形迹之意。《庄子·天地》："黄帝游乎赤水之北，登乎昆仑之丘而南望，还归，遗其玄珠。使知索之而不得，使离朱索之而不得，使吃诟索之而不得也。乃使象罔，象罔得之。"一本作"罔象"。王先谦《庄子集解》引清宣颖曰："似有象而实无，盖无心之谓。"后用为典故。[5] 隋公：隋珠弹雀，成语，典出《庄子·让王》："以隋侯之珠，弹千仞之雀。"隋珠，即隋侯的明月珠，古代传说中的夜明珠。

清　明

春入清明自可游，窃将乐事脱闲愁。落花烟里从春酌，细柳风前纵野讴。去岁陇添今岁墓，千年人误百年谋[1]。六龙不为人间驻[2]，莫遣风尘空白头。

注释：

[1] 千年人误百年谋：千年，时间久远。语出陶渊明《挽歌诗》："幽室一已闭，千年不复朝。"百年，指人生。本句意为，人生不过百年，却总在忧虑筹划，却不知道永恒的死亡会让一切谋算成空。[2] 六龙：指太阳。神话传说日神乘车，驾以六龙，羲和为御者。刘向《九叹·远游》："贯鸿蒙以东揭兮，维六龙於扶桑。"

残腊小雪晚晴

小雪随风旋复晴，晚曛独眺自分明。云归海浦寒空净，烟迥川原冷玉轻。顷刻作花非积素[1]，颠狂为瑞竟虚名[2]。冬深不协苍生望，徒遣微阴蔽太清。

注释：

[1]积素：积雪。谢惠连《雪赋》："积素未亏，白日朝鲜。"李周翰注："言积雪未销，白日鲜明。"[2]颠狂：激烈动荡貌。

书能仁寺上人壁间

十二回廊月正明，菩提相见悟三生[1]。法云真际醒尘眼[2]，宝树清阴慰客情。一壑泉鸣惊卓锡[3]，半天风下质飞旌[4]。金绳梦想开迷境[5]，此日相从憩化城[6]。

注释：

[1]菩提：是梵文 Bodhi 的音译，意思是觉悟、智慧。得证菩提是大彻大悟，明心见性，证得了最后的光明的自性，也就是达到了涅槃的程度。[2]法云：佛教语。谓佛法如云，能覆盖一切。《华严经·入法界品》："深入菩萨行，乐闻胜法云。"[3]卓锡：法师云游时皆随身执持锡杖。因此名僧挂单某处，便称为"住锡"或"卓锡"，即立锡杖于某处之意。卓，植立。锡，锡杖。诸山禅师法祖，更以振锡举杖，启示玄机，指点妙义。[4]质：诘问，问明，辨别，责问。《礼记·中庸》："质诸鬼神而无疑。"飞旌：飞动的旗子。[5]金绳：佛经谓离垢国用以分别界限的金制绳索。[6]化城：指佛寺。王维《登辨觉寺》："竹径从初地，莲峰出化城。"

五夜不寐

修篁移影月初沉，青女侵窗夜不禁。星下繁机犹在眼[1]，海边归梦尚关心。啼残沙雁燕云冷，开遍篱英塞日深。辗转寒更浑不寐，愧羁升斗未抽簪[2]。

注释：

[1]繁机：繁重的事务。机，重要的事务。宋韩琦《乙巳重阳》："苦厌繁机

少适怀，欣逢重九启宾罍。"[2]抽簪：抽簪散发，比喻弃官隐居。语出晋钟会《遗荣赋》："散发抽簪，永纵一壑。"

旅 夜

霜清月白酒初醒，呜咽悲笳调凤城[1]。纱静老梅横瘦影，庭空疏竹送寒声。羁愁多病头应白，王事关心梦不清。辗转残更眠未得，宦情争似故乡情[2]。

注释：

[1] 悲笳：悲凉的笳声。笳，古代军中号角，其声悲壮。曹丕《与朝歌令吴质书》："清风夜起，悲笳微吟。"凤城：甘肃会宁县城原城郭形如凤凰展翅，故称"凤城"。[2] 宦情：做官的志趣、意愿。《晋书·刘元海载记》："吾本无宦情，惟足下明之。恐死洛阳，永与子别。"

次韵秋园晚兴

残照离离带远林[1]，秋园晚色豁尘襟[2]。玉栏风细梧桐落，石窦烟涵蟋蟀吟。题句恨无堪刻竹，归巢喜有倦飞禽。金钱满地知谁惜[3]，醉卧苍苔兴独深。

注释：

[1] 离离：明亮貌。[2] 豁尘襟：使胸襟开阔。朱庆馀《望早日》："此时堪伫望，万象豁尘襟。"[3] 金钱：比喻黄叶。黄庭坚《平原宴坐（其二）》："金钱满地无人费，一斛明珠薏苡秋。"史容注："谓黄叶。"

喜月林奉使回京师

他乡大喜故人回，尘抱相从一暂开。芝宇三秋孤馆梦[1]，萍踪万里五云偕。北风兴逸燕山酒，皎月歌残郭隗台[2]。宦海由来无定所，老怀可奈济川才[3]。

注释：

[1] 芝宇：是对他人容颜的美称。常用于书信中。[2] 郭隗台：即黄金台。

199

典出《战国策·燕策一》。燕昭王延揽人才，问计于郭隗，郭隗给他讲了古之君人"千金买马骨"的故事，建议："今王诚欲致士，先从隗始；隗且见事，况贤于隗者乎？岂远千里哉？""于是昭王为隗筑宫而师之。乐毅自魏往，邹衍自齐往，剧辛自赵往，士争凑燕。"鲍照《代放歌行》："岂伊白璧赐，将起黄金台。"[3] 济川：犹渡河。语出《尚书·商书·说命上》："爰立作相，王置诸其左右。命之曰：'朝夕纳诲，以辅台德。若金，用汝作砺；若济巨川，用汝作舟楫。'"后多以"济川"比喻辅佐帝王。

海屋添筹寿尹金峰侍御太翁

关河迢递思无穷，落照苍茫望未通。金阙日淹周柱史[2]，碧山云老汉芝翁[3]。烟开青鸟揖金母，筹徙沧溟礼木公[4]。天泽年来更优渥[5]，紫泥黄阁下清风。

注释：

[2] 周柱史：周之柱下史。后为侍御史的代称。范晔《后汉书·张衡传》："庶前训之可钻，聊朝隐乎柱史。"李贤注引应劭曰："老子为周柱下史，朝隐终身无患。"[3] 汉芝翁：采芝翁，指求仙者。这里为金太翁的美称。[4] 木公、金母：仙人东王公和西王母。后用于祝寿，比喻庆寿之主人夫妇。语出杜光庭《仙传拾遗·木公》："昔汉初，小儿于道歌曰：'着青裙，入天门，揖金母，拜木公。'时人皆不识，唯张子房知之。"[5] 天泽：谓天子的恩泽。王昌龄《夏月花萼楼酺宴应制》："赐庆垂天泽，流欢旧渚宫。"优渥：优厚。

将旦盐城作

窗外惊风飒五更，敝衾时觉冽寒生。乍回旅梦闻残鼓，倦写新词向短檠。斜月半窗馀纸淡，疏钟几杵带霜清。十年不为朝鸡扰[1]，今听儿衔报晓声。

注释：

[1] 朝（cháo）鸡：早晨报晓的雄鸡。宋袁文《瓮牖闲评》卷5："朝鸡者，鸣得绝早，盖以警入朝之人，故谓之朝鸡。"

夏日西庄

炎赫西来耽野芳[1]，古槐疏柳荫茅堂。破窗不阻南熏细，深院常涵宿雾凉。茵枕清眠移白日[2]，柴门幽启对沧浪。杖藜散步平沙晚，凄送鹡鸰泪万行（时春泉兄新逝）。

注释：

[1]炎赫：炽热。语出范晔《后汉书·质帝纪》："自春涉夏，大旱炎赫，忧心京京。"[2]清眠：谓躺卧在床上休息而未入睡。凌濛初《初刻拍案惊奇·赵六老舐犊丧残生 张知县诛枭成铁案》："赵聪却睡不稳，清眠在床。"

南窗昼卧

石床偃仰趁南风[1]，窗落闲云雪倚空。一枕清凉三伏外，片时仙梦十洲中[1]。凌歊歌舞云飞尽[3]，结绮繁华水自东[4]。七尺微躯沧海上，悠然情兴老崆峒[5]。

注释：

[1]偃仰：安居，休息，形容生活悠然自得。颜之推《颜氏家训·止足》："高此者，便当罢谢，偃仰私庭。"[2]十洲：传说中仙人居住的岛。《海内十洲记》："汉武帝既闻西王母说八方巨海之中有祖洲、瀛洲、玄洲、炎洲、长洲、元洲、流洲、生洲、凤麟洲、聚窟洲。有此十洲，乃人迹所稀绝处。"[3]凌歊（xiāo）：指凌歊台。据祝穆《方舆胜览》记载，凌歊台在太平州城北黄山上。南朝宋武帝南游，尝登此台，乃建离宫焉。明唐寅《金粉福地赋》："凌歊借地，嘉福分基。"[4]结绮：南朝陈后主至德二年（584），起临春、结绮、望仙三阁，阁高数丈，并数十间，窗牖、壁带之类皆以沉檀香木为之，饰以金玉，间以珠翠，其服玩之属，瑰奇珍丽，穷极奢华，以复道相连接。[5]崆峒：指仙山。此处比拟家乡胶州。

感　蝗

六月飞蝗过目频，奇灾何事苦斯民。天空不断回风雪，陇际还惊蔽日尘。

201

倏作青娥摧绿野，旋看赤土泣苍旻[1]。谁将无食悲生计，只有催租愁杀人。

注释：

[1] 赤土：犹赤地。《北史·突厥传》："旧居之地，赤土无依，迁徙漠南，偷存晷刻。"苍旻（mín）：指苍天。陶渊明《感士不遇赋》："苍旻遐缅，人事无已。"

次韵喜雨

阿香驱车海上来[1]，白雨跳波云暗隤[2]。灵泽千峰润枯槁，洪泉一息消氛埃[3]。荷喧战剧明珠碎，竹净凉生寒玉堆。何幸苍生迓天锡，从开一噱一衔杯。

注释：

[1] 阿香：神话传说中推雷车的女神。《初学记》卷1引陶渊明《续搜神记》："义兴人姓周，永和中出都。日暮，道边有一新草小屋，一女子出门望见周。周曰：'日暮求寄宿。'向一更中，闻外有小儿唤：'阿香，官唤汝推雷车。'女乃辞去。"[2] 隤（tuí）：本义指（土木建筑物）垮塌、崩颓、坠下。[3] 氛埃：一般指污浊之气、尘埃。可引申为尘世或俗念。

明　川

晴碧横开滟滟春[1]，封姨乍息湛天真[2]。青冥聚散孤云影，白鸟微茫落日津[3]。烟破不知镕鉴客[4]，月临拟有弄珠人[5]。清光不借银河色，莹彻灵襟觉日新[6]。

注释：

[1] 晴碧：指湛蓝的天空。唐庄南杰《相和歌辞·阳春曲》："沙鸥白羽翦晴碧，野桃红艳烧春空。"滟滟：形容水波闪动的样子。何逊《望新月示同羁》："的的与沙静，滟滟逐波轻。"[2] 封姨：古时中国神话传说中的风神。范成大《嘲风》："纷红骇绿骤飘零，痴騃封姨没性灵。"[3] 微茫：隐约模糊。韦庄《江城子》："角声呜咽，星斗渐微茫。"[4] 镕鉴：铸镜。[5] 弄珠：玩珠。指

汉皋二女事。张衡《南都赋》："耕父扬光於清泠之渊，游女弄珠于汉皋之曲。"李善注引韩婴《韩诗外传》："郑交甫将南适楚，遵彼汉皋台下，乃遇二女，佩两珠，大如荆鸡之卵。"[6]灵襟：指胸怀。李世民《初春登楼即目观作述怀》："凭轩俯兰阁，眺瞩散灵襟。"日新：每日更新，有新的变化。《礼记·大学》："汤之《盘铭》曰：'苟日新，日日新，又日新。'"

晓过章台

晓霜驱马过章台[1]，弱柳依依门半开。梦破巫山云未散，香销鸳被日初回。竹低护犬垂朱箔，花落无人扫绿苔。满眼烟花无限恨[2]，独输刘阮到天台[3]。

注释：

[1]章台：章台街为汉代长安街名，多妓馆。[2]烟花：雾霭中的花。沈约《伤春》："年芳被禁籞，烟花绕层曲。"[3]刘阮到天台：刘义庆《幽明录》载，刘晨、阮肇入天台遇仙女的故事。后指凡人遇仙，也用来形容男子受到美女的青睐。

简吴兴谢生

康乐清风费梦思[1]，敢题凡鸟到门时[2]。瑶华日仰今何暮，玉树云停迥未期[3]。半夜丝桐还自贮，平生尘榻为谁私[4]。碧窗看尽沧溟月，寥落燕山浊酒卮。

注释：

[1]康乐：谢灵运，康乐公。借指谢生。清风：高洁的品格。刘勰《文心雕龙·诔碑》："标序盛德，必见清风之华。"梦思：梦中的思念。[2]敢题凡鸟到门时：典出自刘义庆《世说新语·简傲》："嵇康与吕安善，每一相思，千里命驾，安后来，值康不在，喜（康弟）出户延之，不入，题'凤'字于门上而去。喜不觉，犹以为欣。康返，解之曰：'此凡鸟也。'"按：吕安所书"凤"字，字面虽称赞，而实乃讥之也，此为字形之双关。王维《春日与裴迪过新昌里访吕逸人不遇》："到门不敢题凡鸟，看竹何须问主人。"王维此句则是表示对吕逸人

的尊敬。[3] 玉树云停迥未期：陶渊明作《停云》四章"思亲友也"。[4] 尘榻：出自范晔《后汉书·徐稚传》载，陈蕃为太守，在郡不接宾客，唯稚来特设一榻，去则悬之。徐稚不至，则灰尘积于榻。后因以"尘榻"为优礼宾客、贤士之典。

雪中趋公

半夜红灯踏雪行，北风凛凛玉珂鸣[1]。貂裘被体仍薄，羔酒冲寒力已轻[2]。千里辛劳成底事，一官衰老笑微名。海边茅屋何时返，金錏融融睡到明[3]。

注释：

[1] 玉珂：马络头上的装饰物。多为玉制，也有用贝制的。张华《轻薄篇》："文轩树羽盖，乘马鸣玉珂。"[2] 羔酒：羊羔美酒。苏轼："试开云梦羊羔酒，快泻钱塘药玉船。"冲寒：冒着寒冷。杜甫《冬至》："岸容待腊将舒柳，山意冲寒欲放梅。"[3] 金錏（zā）：金属制的球形香炉。置之被中作熏香用。司马相如《美人赋》："于是寝具既设，服玩珍奇，金錏薰香。"宋章樵注："錏，音匝，香球，衽席间可旋转者。"融融：暖和舒适。

春夜不寐

金柝声残夜已深[1]，鸭炉香灺拥寒衾[2]。松根馀雪侵窗冷，竹稍顽云接地阴[3]。坐久虚堂春悄悄[4]，梦回琐闼夜沉沉[5]。无眠不尽山城漏，暗送啼鸿过北岑。

注释：

[1] 金柝（tuò）：金柝即刁斗。古代军中夜间报更用器。《木兰诗辞》："朔气传金柝，寒光照铁衣。"[2] 鸭炉：古代熏炉名。形制多作鸭状，故名。香灺（xiè）：指香烛灯芯的余烬。李白《清平乐（其二）》："玉帐鸳鸯喷兰麝，时落银灯香灺。"[3] 顽云：密布不散的乌云。唐陆龟蒙《奉酬袭美苦雨见寄》："顽云猛雨更相欺，声似號号色如墨。"[4] 悄悄：寂静貌。元稹《莺莺传》："更深人悄悄，晨会雨蒙蒙。"[5] 梦回：从梦中醒来。琐闼：镂刻连琐图案的宫中小门，亦指代朝廷。《乐府诗集·郊庙歌辞十二·汉宗庙乐舞辞》："雾集瑶阶琐闼，香生绮席华茵。"

春晓水边感兴

晓策花骢傍水涯，清光何限竟谁知？平湖雨霁兼葭绿，曲岸风柔杨柳垂。烟渚鸥闲开逸兴，沧洲春晚负佳期[1]。尘埃满目空奔走[2]，衰倦应惭归去迟[3]。

注释：

[1]沧洲：滨水的地方。古时常用以称隐士的居处。陆游《诉衷情·当年万里觅封侯》："此生谁料，心在天山，身老沧洲。"[2]奔走：谓为一定的目的而忙碌。《书·武成》："丁未，祀于周庙，邦甸侯卫，骏奔走，执豆笾。"[3]衰倦：衰老倦怠。《三国志·魏书·管宁传》："今（管）宁旧疾已瘳，行年八十，志无衰倦。"

次韵李南川览赵氏山泉

啼歌莺声午闭关[1]，卷帘长昼看春山。洞门花落怜风雨，石窟泉鸣讶佩环。幽景不知辞组去[2]，红尘空自羡人闲。相过聊对芳菲醉，合释羁怀顷刻间[3]。

注释：

[1]闭关：闭门谢客，断绝往来。谓不为尘事所扰。颜延之《五君咏·刘参军》："刘伶善闭关，怀情灭闻见。"李周翰注："言伶怀情不发，以灭闻见，犹闭关却归而无事也。"[2]辞组：即前云"谢朝组"，辞官归隐之意。[3]羁怀：羁旅情怀。司空曙《残莺百啭歌》："谢朓羁怀方一听，何郎闲咏本多情。"

喜　晴

封姨夜半驱黑云，羲和海上推朱轮。氛埃净洗碧天阔，物色清开玄圃新[1]。光景无涯输老眼，觅诗有兴属何人。迂疏凤愧抽簪末[2]，白首红尘误此身。

注释：

[1]玄圃：传说中昆仑山顶的神仙居处，中有奇花异石。玄，通"悬"。张衡《东

京赋》："左瞰阳谷，右睇玄圃。"李善注："《淮南子》曰：'……悬圃在昆仑阊阖之中。''玄'与'悬'古字通。"[2] 迂疏：犹言迂远疏阔。权德舆《自杨子归丹阳初遂闲居聊呈惠公》："蹇浅逢机少，迂疏应物难。"

秋 晚

孤城秋老欲黄昏，扶杖闲阶踏藓痕。芳咀落英来砌畔，吟听促织傍篱根。微风病叶先投地，斜日寒烟半在门。诗景满庭人独倚[1]，飞鸿送尽水南村[2]。

注释：

[1] 诗景：富有诗意的景色，优美的景色。朱庆馀《杭州卢录事山亭》："山色满公署，到来诗景饶。"[2] 水南村：今属山东省青岛市即墨区龙泉街道。

寄酬阳信董光禄二首[1]

燕山鸿雁惜离群，二十余年杳未闻。绿野可能敦凤好[2]，凤城长忆醉宵分[3]。沧溟迢递劳春梦，岭树苍茫送暮云。白发已衰空桂结[4]，琼枝何以慰清芬[5]。

碧筒衔凤翠屏岩（劳山岩名）[6]，青眼披云白雪篇。风雅旷闻金石韵，辉容宛睹玉堂仙。东山久亦从疏放[7]，西子那能斗媚妍[8]。醉里挥毫何以报，不成金错意茫然[9]。

注释：

[1] 阳信：今属山东。[2] 凤好（hǎo）：旧交，老友，旧情。[3] 宵分：夜半。[4] 已：四库本做"巳"，误。[5] 琼枝：传说中的玉树。屈原《离骚》："溘吾游此春宫兮，折琼枝以继佩。"宋洪兴祖《楚辞补注》："琼，玉之美者。《传》曰：南方有鸟，其名为凤；天为生树，名曰琼枝。高百二十仞，大三十围，以琳琅为实。"清芬：比喻高洁的品德。[6] 碧筒：指荷叶柄。宋陶谷《清异录·缕子脍》："广陵法曹宋龟造缕子脍。其法用鲫鱼肉、鲤鱼子，以碧筒或菊苗为胎骨。"[7] 疏放：放纵，不受拘束。杜甫《狂夫》："欲填沟壑唯疏放，自笑狂夫老更狂。"仇兆鳌注："向秀《思旧赋》：'嵇康志远而疏，吕安心旷而放。'公诗每用疏放，本此。"[8] 西子：西施，春秋时期越国人，

中国古代四大美人之一。她天生丽质，与郑旦一起被越王勾践献给吴王夫差，成为吴王宠妃，乱吴宫以霸越。媚妍：亦作妍媚，谓美丽可爱。[9] 金错：是在铸造的青铜器表面上用金丝或金片镶嵌成各种华美的花纹、图案和文字的一种饰金工艺。在春秋战国时期已经很发达。张衡《四愁诗》："美人赠我金错刀，何以报之英琼瑶。"

送丘月林制阃还京

故人北上黄金台，烟花春暖沧溟隈。荒山人远不相送，仙尘望绝空徘徊。十载朝廷慰如渴，九天雨露欣重回。岩廊拟翼明圣绩，烟波一竿何快哉[1]。

注释：

[1] 烟波：指避世隐居的江湖。唐黄滔《水殿赋》："城苑兴阑，烟波思起。"

闻喜五咏

嘉靖乙丑二月念九日[1]，慎修春捷来[2]，喜慰存没。因遥第其荣恩而五咏之，用识草茅之溢庆云[3]。

飞报捷音

痴儿谬附黄金榜[4]，阿祖今酬素日心。六纪桂香承杏苑[5]，十年云路到琼林。禹门雷吼蛟龙化，魏阙风飞海岱音。垂老不知天地报，壮怀记取慎清勤。

临轩策试[6]

太平天子肃临轩，广辑英贤慎采言。金殿日明春昼永，翠帘烟卷御香翻。凤鸾际运鸣时盛，豚犬倾愚答圣恩。野叟愧无今日训，早期董贾此回论。

胪传丹陛 [7]

瑞腾烟霭溢彤庭，仙御旌幢拂曙星。千载龙飞云雨合，九宵綍下姓名馨 [8]。黄金台上天恩渥，玄锡人间晓梦醒。济济凤麟辉日月，儿曹忝窃庆周宁。

宴赐琼林 [9]

琼林赐宴平生慕，粲子何知此日荣 [10]。玉斝碧桃穷日醉 [11]，宫花绿鬓袅烟轻。恩光沧海三千里，人在瑶台十二城。遥想蓬山归路晚，新郎箫鼓竞相迎。

荣释褐衣 [12]

褐衣本自草莱衣，圣主登崇革贱微。野水烟裾迥佩玉，云山芝袖谢牙绯。春风文炳於菟变 [13]，化日仪瞻彩凤飞。一介宠光何所报，仲山衮补勉归依 [14]。

注释：

[1] 嘉靖乙丑：嘉靖四十四年（1565）。[2] 春捷：指慎修京城会试、殿试考中进士的捷报。[3] 草茅：指百姓。唐浩虚舟《行不由径赋》："嘉夫砺志草茅，规行畎亩。"庆云：五色云。古人以为喜庆、祥瑞之气，也作"景云""卿云"。《列子·汤问》："庆云浮，甘露降。"溢庆：分外的喜庆。[4] 黄金榜：指录取进士的金字题名榜。[5] 六纪：一纪为十二年。按，赵完璧父从龙，明弘治十五年（1502）举人，官至湖广武昌府同知，到完璧子慎修嘉靖四十四年（1565）中进士，已近六纪。杏苑：泛指新科进士游宴处。元宋无《送金华黄晋卿之诸暨州判官》："马骄曾杏苑，胪唱果丹墀。"[6] 临轩策试：殿试，为宋、金、元、明、清时期科举考试之一，又称"御试""廷试""廷对"，即指皇帝亲自出题考试。会试中选者始得参与，目的是对会试合格区别等第，明清殿试后分为三甲。[7] 胪传：殿试以后由皇帝宣布登第进士名次的典礼。古代，上传语告下称为胪，传胪即唱名之意。[8] 綍（fú）：帝王诏书。语出《礼记·缁衣》："王言如纶，其出如綍。"[9] 宴赐琼林：宋太宗太平兴国九年（984）至宋徽宗政和二年（1112），天子均于琼林苑赐宴新进士，故称。后世赐宴虽非其地，然仍袭用其名。[10] 粲子：汉末王粲，字仲宣，山阳高平（今

山东邹县）人，为建安七子之一，怀才不遇，作《登楼赋》。[11] 玉斝（jiǎ）：玉制的酒器。刘孝标《广绝交论》："分雁鹜之稻粱，沾玉斝之余沥。"斝，古代盛酒器和礼器。在等级上较爵为低。[12] 释褐：脱去平民衣服。指进士及第授官。宋高承《事物纪原·旗旟采章·释褐》："太平兴国二年（977）正月十二日，赐新及第进士诸科吕蒙正以下绿袍靴笏，非常例也。御前释褐，盖自是始。"[13] 於菟（wūtú）变：楚人谓虎为"於菟"。龙虎变化不测，比拟巨变。韩愈《殿中少监马君墓志》："当是时，见王于北亭，犹高山深林巨谷，龙虎变化不测，杰魁人也。"[14] 仲山衮补：仲山甫，西周时期周朝的卿士，封在樊地，又称樊穆仲、樊仲山父。《诗经·大雅·烝民》："衮职有阙，维仲山甫补之。"补衮（gǔn），补救规谏帝王的过失。

十月初寒围炉小饮

一壶春酒对红炉，十月初寒慰老夫。云影满窗松影乱，雪花点地柳花铺。弄孙清夜歌唐句，教子彤庭效禹谟[1]。一枕游仙欢赏后，楼台深处拟蓬壶[2]。

注释：

[1] 彤庭：亦作"彤廷"。本指汉代宫廷。因以朱漆涂饰，故称。班固《西都赋》："于是玄墀扣砌，玉阶彤庭。"泛指皇宫。禹谟（yǔmó）：大禹治国的方略。范仲淹《依韵酬李光化叙怀》："公余更励经邦业，思为清朝赞禹谟。"[2] 蓬壶：即蓬莱。古代传说中的海中仙山。

掖邑张南溪老友以赵见亭侍御诗扇见遗，用韵寄答二首

日攀危磴俯回溪[1]，游赏清樽迥自携[2]。花气喜涵香霭榭[3]，潮声惊落蠹云堤[4]。修篁对酌风前舞，好鸟窥人林外啼。醉里狂歌闲里卧，簪裳回首是沙泥[5]。

衰翁无复志磻溪[6]，山海逍遥一杖携。寻话野僧春日寺，听蝉高柳夕阳堤。闲情不遣花空落，清赏曾教鸟自啼。遥向旧知挥醉笔，休教翰苑鄙尘泥[7]。（赵侍御以翰苑擢也。）

注释：

[1] 危磴：高峻的石级山径。庾信《和从驾登云居寺塔》："重峦千仞塔，危

磴九层台。"回溪：回曲的溪流。《后汉书·冯异传》："始虽垂翅回溪，终能奋翼渑池。"[2] 迥：完全，副词。[3] 香霭：云气，焚香的烟气。后蜀毛熙震《浣溪沙》："困迷无语思犹浓，小屏香霭碧山重。"[4] 矗云：高耸入云。宋廖行之《水调歌头·寿邓彦鳞》："威凤下瑶阙，丹桂矗云根。"[5] 簪裳：冠簪和章服。古代仕宦者所服，因以借指仕宦。五代王仁裕《开元天宝遗事·雪刺满头》："宋璟《求致仕表》云：'臣窃禄簪裳，备员廊庙，霜毫生颔，雪刺满头。'"沙泥：喻卑下。苏舜钦《吕公初示古诗一编因以短歌答之》："昔时名价满天下，此日寒默趋尘泥。"[6] 磻（pán）溪：水名。在今陕西宝鸡东南。相传姜尚曾垂钓于此，遇周文王。[7] 翰苑：翰林院的别称。

桐　阴

瑶台郁郁绿生寒，净扫莓苔坐自看。日下平铺金翡翠，月明齐上玉栏干。来仪拟集丹山瑞[1]，戏翦休教紫禁残。老我琴书孤樾下[2]，不知冠盖满长安[3]。

注释：

[1] 来仪：谓凤凰来舞而有容仪，古人以为瑞应。语出《尚书·虞书·益稷》："箫韶九成，凤皇来仪。"后因用以代称凤凰。《庄子·秋水》："夫鹓雏发于南海，而飞于北海；非梧桐不止，非练实不食，非醴（lǐ）泉不饮。"凤凰非梧不栖，故云。丹山：古谓产凤之山名。[2] 樾：路旁遮阴的树。[3] 冠盖满长安：达官贵人云集京城。杜甫《梦李白二首（其二）》："冠盖满京华，斯人独憔悴。"

柳　色

翻风弄日翠依依，逐岁春妍故不违。映渚不随流水去，临岐常送玉骢归。台城堤上无兴废[1]，陶令门前有是非[2]。莫向笛声怨憔悴，好随烟叟上鱼矶。

注释：

[1] 台城：也称苑城，在今江苏南京鸡鸣山南，原是三国时代吴国的后苑城，晋成帝时改建。从东晋到南朝结束，这里一直是朝廷台省和皇宫所在地。韦庄《台

城》："江雨霏霏江草齐，六朝如梦鸟空啼。无情最是台城柳，依旧烟笼十里堤。"[2] 陶令门前：陶渊明《五柳先生传》曰："宅边有五柳树，因以为号焉。"

竹　韵

幽响萧萧隔座回，秋声遥送楚湘来。惊风满院清如许，度霭闲窗静可猜。琼佩人归明月下[1]，绿琴调合碧云隈[2]。高斋剩有衔杯趣[3]，七子襟怀旷古开[4]。

注释：

[1] 琼佩人归明月下：或化用杜甫《咏怀古迹五首（其三）》："环佩空归夜月魂。"[2] 绿琴：绿绮琴的省称。传闻汉代司马相如得"绿绮"，名噪一时，后来"绿绮"就成了古琴的别称。[3] 高斋：高雅的书斋。常用作对他人屋舍的敬称。孟浩然《宴张别驾新斋》："高斋徵学问，虚薄滥先登。"衔杯：口含酒杯。多指饮酒。[4] 七子：此指竹林七贤。魏正始年间（240—249），嵇康、阮籍、山涛、向秀、刘伶、王戎及阮咸七人，常在当时的山阳县（今河南辉县、修武一带）竹林之下，喝酒、纵歌，肆意酣畅，世谓"竹林七贤"。

蕉　声

繁喧庭下卒难收[1]，风雨番番可自由。朱箔不堪云悄悄，绿窗无奈夜悠悠。绮罗萃蔡惊初度[2]，金石琤鏦听未休。独倚珊瑚向残漏[3]，不成蝴蝶恼庄周[4]。

注释：

[1] 繁喧：喧闹。[2] 萃蔡（cuì cài），指衣服摩擦声。初度：（风雨）初来。[3] 珊瑚：即珊枕，指以珊瑚制作或装饰的枕头。南唐李煜《更漏子》："珊枕腻，锦衾寒，觉来更漏残。"[4] 不成蝴蝶恼庄周：无梦，难以入眠之意。典出《庄子·齐物论》："昔者庄周梦为胡蝶，栩栩然胡蝶也，不知周也。"

次韵高双泉翁登楼写怀

雨霁烟萝故故凉[1]，悠然尘外岂皇皇[2]。垂纶适慰依沧海[3]，绁马曾教度太行[4]。画阁卷帘舒远眺，清泉煮茗润枯肠。山人本自无多事[5]，酬倡新诗静里忙。

注释：

[1] 烟萝：草树茂密，烟聚萝缠之谓。借指幽居或修真之处。故故：屡屡，常常。[2] 皇皇：惶恐貌，彷徨不安貌。皇，通"惶"。《礼记·檀弓上》："既葬，皇皇如有望而弗至。"[3] 垂纶：垂钓。借指隐士。[4] 绁（xiè）马：系马。绁，系，拴。屈原《离骚》："朝吾将济于白水兮，登阆风而绁马。"[5] 山人：指山野之人或山里之人，谦称。

慎修以夏曹郎出守维扬经年，怀想间，书来"鬓渐生白"，因而感赋

庭教原来辅圣明，十年燕阙又江城。嗟予斜日青山暮，闻尔秋霜绿鬓生。南雁怪迟沧海信，北堂莫慰彩衣情[1]。遥知謇謇难为孝[2]，不遣书题老泪倾。

注释：

[1] 北堂：古指士大夫家主妇居室，后以代称母亲。语本《诗经·卫风·伯兮》："焉得谖草，言树之背"毛传："背，北堂也。"[2] 謇（jiǎn）謇：忠贞，正直。屈原《离骚》："余固知謇謇之为患兮，忍而不能舍也。"此句指忠孝难两全。

用韵丁丑除夕[1]

衰老头颅尽已丝，挑灯又送腊归时。心慵万事惭予拙，骨隐余酸只自知。倏去年华怜柏酒[2]，几回春色向花期。玄修已与灵龟合[3]，讵向人间一朵颐[4]。

注释：

[1] 丁丑：万历五年（1577）。[2] 柏酒：农历正月初一用椒酒和柏酒祭祖或献之于家长，以示祝寿拜贺之意。[3] 玄修：修道。唐韦渠牟《步虚词》："上法杳无营，玄修似有情。"灵龟：人们在动物图腾中发现的一种长寿的动物，是长寿的代名词。《鬼谷子·本经阴符七术》中有："养志法灵龟"，也就是培养意志要学习神龟的意思。[4] 朵颐：鼓动腮颊，即大吃大嚼。

用韵书怀三首

红尘回首笑牵丝[1]，正尔烟霞放浪时[2]。碧水青山如有待，好风良月属相知。侯封姜望今非望[3]，寿拟安期那可期[4]。陶意琴尊从白首[5]，不将熊鸟作颠颐[6]。

高节桐江慕一丝[7]，壮心苦惜暮年时。随珠夜掷多相诟[8]，楚璞烟涵几见知[9]。碧柳自裁栖靖节[10]，朱弦欲奏失锺期[11]。危楼惟有沧溟月，弄向清风一解颐。

冥搜太苦绎蛛丝，得意酣歌向暮时。花鸟闲情惟我适，松篁雅操更谁知[12]。名虚蝴蝶须臾梦，身寄蜉蝣浩漫期[13]。事变古今堪大笑，悲丝何必泪交颐。

注释：

[1] 牵丝：佩绶。谓任官。语出谢灵运《初去郡》："牵丝及元兴，解龟在景平。"李善注："牵丝，初仕；解龟，去官也。"[2] 正尔：即将，将要。烟霞：泛指山水、山林。萧统《锦带书十二月启·夹钟二月》："敬想足下，优游泉石，放旷烟霞。"[3] 姜望：即姜太公，姜姓，吕氏，名尚，一名望，字子牙，别号飞熊。相传姜子牙72岁时在渭水之滨的磻溪垂钓，遇到了求贤若渴的周文王，被封为太师，称"太公望"，辅佐武王灭商，封于齐地营丘。[4] 安期：安期生，亦称安期、千岁翁，琅琊阜乡人，师从河上公，为黄老道家哲学传人、方仙道的创始人。[5] 陶意：陶情，怡悦情性。贾岛《和刘涵》："陶情惜清澹，此意复谁攀。"琴尊：琴与酒樽为文士悠闲生活用具。谢朓《和宋记室省中》："无叹阻琴樽，相从伊水侧。"[6] 熊鸟：熊经鸟申是古代一种导引养生法。《庄子·刻意》云："吹呴呼吸，吐故纳新，熊经鸟申，为寿而已矣。此导引之士，养形之人，彭祖寿考者之所好也。"成玄英疏："吹冷呼而吐故，呴暖吸而纳新，如熊攀树而自悬，类鸟飞空而伸脚。"颠颐：谓在上养在下者。《易经·颐卦》："六二，颠颐拂经于丘，颐征，凶。"王弼注："养下曰颠。拂，违也。经犹义也，丘所履之常也。处下体之中，无应于上，反而养初，居下不奉上而反养下，故曰颠颐拂经于丘也。"[7] 桐江：东汉建国后，严光不肯致仕，躲到富春江（在杭州桐庐县前后的河段）滩上垂钓隐居，汉光武帝刘秀多次召请不出。唐汪遵《桐江》："光武重兴四海宁，汉臣无不受浮荣。严陵何事轻轩冕，独向桐江钓月明。"[8] 随珠：隋侯珠，就是人们所说的夜明珠。泛指稀世珍宝。

[9]楚璞：指楚人卞和献给楚王的玉璞。比喻珍品或英才。[10]靖节：晋陶渊
明41岁后隐居不仕，晚年作《五柳先生传》自喻。好友赠谥号靖节徵士，世
称靖节先生。[11]锺期：即锺子期，春秋时期楚国人，为樵夫。《列子·汤问》
载："伯牙鼓琴，志在登高山，锺子期曰：'善哉，峨峨兮若泰山。'志在流
水，曰：'善哉，洋洋兮若江河。'"两人遂成至交。子期死后，伯牙以世无
知音，终身不再鼓琴。[12]雅操：雅正的乐曲。《后汉书·仲长统传》："弹
《南风》之雅操，发清商之妙曲。"[13]蜉蝣（fúyóu）：亦作"蜉蝤"。虫名。
幼虫生活在水中，成虫褐绿色，有四翅，生存期极短。《诗经·曹风·蜉蝣》：
"蜉蝣之羽，衣裳楚楚。"毛传："蜉蝣，渠略也，朝生夕死。"常比喻人生
微小短暂。苏轼《前赤壁赋》："寄蜉蝣于天地，渺沧海之一粟。"

哭内弟高介亭二首

介亭负俊才，尹畿邑之丰润[1]，以觐事殂京邸，闻讣哭之。

一宿中宵陨帝京，悲风飞讣过蓬瀛。伤心迢递还疑梦，泪眼潺湲且未晴。
英采何归空抱恨[2]，远书犹在可堪情。芙蓉别馆尘凡杳[3]，肠断朱弦夜夜
声[4]。

英才何事委穷尘[5]，痛绝清时失凤麟[6]。分桂有情怜帝子，种花遗惠
哭丘民[7]。道旁说易期何夕，地下修文是几春。独倚东风一相吊，知予沧
海更何人。

注释：
[1]畿邑：京城管辖的县（京兆尹管辖其县令）。欧阳修、宋祁《新唐书·柳
浑传》："帝尝亲择吏宰畿邑，而政有状，召宰相语，皆贺帝得人，浑独不
贺，曰：'此特京兆尹职耳。陛下当择臣辈以辅圣德，臣当选京兆尹承大化，
尹当求令长亲细事。代尹择令，非陛下所宜。'"丰润：今河北省唐山市
辖区。[2]英采：指出众的举止态度。[3]别馆：指旅馆，指离家在外的
住处。唐魏学礼《昭台怨》："别馆芙蓉暗，闲房翡翠寒。"[4]朱弦：
即练朱弦，用练丝（即熟丝）制作的琴弦。《荀子·礼论》："《清庙》之歌，
一唱而三叹也。县一钟，尚拊之膈，朱弦而通越也。"[5]穷尘：深土。犹黄泉。
鲍照《芜城赋》："东都妙姬，南国丽人……埋魂幽石，委骨穷尘。"[6]凤麟：
凤凰和麒麟。比喻才智出众的人。陈陶《闲居杂兴（其二）》："中原莫道无

麟凤，自是皇家结网疏。"[7] 丘民：泛指百姓。《孟子·尽心下》："民为贵，社稷次之，君为轻。是故得乎丘民而为天子……"王夫之稗疏："丘民者，众民也。"

戊寅新正四日雪中用唐韵一首[1]

粉蝶惊春下短墙，杨花早点鬓边霜。月明迥彻清虚府[2]，帝泽先沾绿野堂[3]。秾李骇看初岁艳，枯槎犹借一时妆。园林是处生春色，愁杀穷荒仗节郎[4]。

注释：
[1] 戊寅：明万历六年（1578）。新正：指农历新年正月或农历正月初一，元旦。
[2] 清虚府：指月宫。[3] 绿野堂：唐代裴度的别墅名。故址在今河南洛阳南。裴度为唐宪宗时宰相，平定藩镇叛乱有功。晚年宦官专权，辞官退居洛阳。薛居正《旧唐书·裴度传》："又于午桥创别墅，花木万株，中起凉台暑馆，名曰绿野堂。引甘水贯其中，酾引脉分，映带左右。度视事之隙，与诗人白居易、刘禹锡醑宴终日，高歌放言，以诗酒琴书自乐，当时名士，皆从之游。"[4] 穷荒：绝塞；边荒之地。岑参《与独孤渐道别长句兼呈严八侍御》："穷荒绝漠鸟不飞，万碛千山梦犹懒。"仗节郎：仗节，手执符节。古代大臣出使或大将出师，皇帝授予符节，作为凭证及权力的象征。班固《汉书·叙传下》："博望仗节，收功大夏；贰师秉钺，身衅胡社。"

己卯新正年登八帙家宴偶成[1]

青眼明时八十春，白头窃拟渭滨人[2]。青藜不用扶衰骨，绛雪何须健老身[3]。凤凤双偕桃洞久，桂兰迭见武陵新[4]。神仙犹恐虚无迹，欢会蓬瀛此更真[5]。

注释：
[1] 己卯：明万历七年（1579）。八帙：即"八秩"，八十岁。《礼记·王制》："七十不俟朝，八十月告存，九十日有秩。"[2] 渭滨人：指姜尚。[3] 绛雪：丹药名。《汉武帝内传》："其次药有丸丹、金液……玄霜、绛雪。"孟郊《送

萧炼师入四明山》："绛雪为我饭，白云为我田。"[4] 凰凤双偕：此指夫妻健在。桃洞、武陵：都指世外桃源。[5] 蓬瀛：蓬莱和瀛洲，泛指仙境。此指胶州海滨的家乡。末二句作者认为老来在家乡享受天伦之乐，这种真切的幸福感胜过虚无的蓬莱瀛洲登仙。

次韵登城楼

苦悲尘市上高楼[1]，老眼遥开天际头。弦管云霄穷昼夜，海山今古几风流。汪洋万里樽前兴，紫翠千重分外幽。一纵豪吟来胜概[2]，雅怀曾计末龄道[2]。

注释：

[1] 尘市：犹尘世，市井。明王世贞《为刘侍御题清举楼》："为言尘市无所欢，聊从物外得奇观。"[2] 胜概：美景；美好的境界。雅怀：高雅的情怀。李白《春夜宴桃李园序》："不有佳咏，何伸雅怀。"末龄：老年；晚年。

金 井 [1]

小铺金井碧粼粼，琼玉参差照眼新[2]。花落清防俗客至，苔生喜趁绿钱匀。月明细浪声沉夜，雨霁如筛净脱尘。醉向晚风从健倒，摩挲惊汝莫相嗔。

注释：

[1] 金井：井栏上有雕饰的井，原指宫廷园林中的井。南唐后主李煜《采桑子·辘轳金井梧桐晚》："辘轳金井梧桐晚，几树惊秋。"[2] 琼玉：比喻霜雪。杨万里《新霜》："瓦脊生尘緫琼玉，梅梢着粉忽琅玕。"

七月十二夜

几日烦襟暑不清，天街此夕慰凉生。翩翩华月随潮上[1]，霭霭青烟抱树轻[2]。露下寒蛩凄四壁，风前清漏杳孤城。秋堂欲问如何夜[3]，竹影依稀石径横。

216

注释：

[1] 翩翩：行动轻疾貌。[2] 霭霭：云雾密集的样子。[3] 秋堂：秋日的厅堂。常以指书生攻读课业之所。王建《送司空神童》："秋堂白发先生别，古巷青襟旧伴归。"

春　山[1]

学弯新月两分明[2]，春霭连山淡欲盈。入室纤蛾曾见嫉[3]，隔墙横翠重关情[4]。王书不至双规损[5]，黛色初匀八字轻[6]。宛度清扬桃扇底[7]，怕教心捧更倾城[8]。

注释：

[1] 春山：春日山色黛青，因喻指妇人姣好的眉毛。此诗描绘了一个姣好少女的美眉。[2] 学弯新月：指学画眉。新月，新月眉。南唐冯延巳《清平乐》："黄昏独倚朱栏，西南新月眉弯。"[3] 纤蛾曾见嫉：出自骆宾王《代李敬业传檄天下文》："入门见嫉，蛾眉不肯让人；掩袖工谗，狐媚偏能惑主。"[4] 隔墙：墙头马上，为男女爱慕之典实。白居易《井底引银瓶》："妾弄青梅凭短墙，君骑白马傍垂杨。"横翠：指所呈现的翠绿色。[5] 王书：指王羲之的书法。双规：双弯，即弯弯的双眉。屈原（一说景差）《大招》："曾颊倚耳，曲眉规只。"规，画圆。[6] 黛色：青黑色。八字：古代妇女眉式名。据高承《事物纪原》说，汉武帝曾令宫人画八字眉，后历代相沿习，尤盛行于中、晚唐时期，其双眉形似"八"字而得名。眉尖上翘，眉梢下撇，眉尖细而浓，眉梢广而淡。此指代眉毛。[7] 宛度：宛，似乎；仿佛。度，样度；风范。元王恽《浣溪沙·付高彦卿》："红翠丛中样度新，桃花扇影驻行云。"清扬：形容女子面目清秀而又健康的样子。《诗经·郑风·野有蔓草》："有美一人，清扬婉兮。"桃扇：桃花扇，美人歌舞所执扇。怕教心捧更倾城：春秋时越国美女西施，因心痛而捧心皱眉。形容美女娇弱之态。《庄子·天运》："故西施病心而矉其里，其里之丑人见而美之，归亦捧心而矉其里。"倾城，形容女子艳丽，貌压全城。汉李延年《佳人歌》："北方有佳人，绝世而独立。一顾倾人城，再顾倾人国。宁不知倾城与倾国，佳人难再得。"此句指美女病态更加姣美。

秋 波 [1]

翠湖初落熨晴波 [2]，明媚秋生奈尔何。金雁月辉珠未稳 [3]，玉台云散镜初磨 [4]。霜红密意盈盈度，银浦幽情脉脉多 [5]。几许清光无限恨，姑苏一瞬罢吴歌。

注释：

[1] 秋波：秋风中的水波。此诗咏美人的眼波。[2] 晴波：阳光下的水波。[3] 金雁月辉珠未稳：金雁掠过水面，月光下水珠跳跃。金雁，金色的雁。[4] 玉台：传说中天帝的居处。汉王逸《九思·伤时》："登太乙兮玉台，使素女兮鼓簧。"镜初磨：此指秋波清澈，宛如一面新磨的镜子。[5] 盈盈、脉脉：出自《古诗十九首·迢迢牵牛星》："盈盈一水间，脉脉不得语。"

哭黄海野妹丈三首

可惜仙才黄海翁，秋风星陨海山东 [1]。惊人彩笔原无敌 [2]，直己清朝本至公 [3]。湘水不归兰蕙老，长沙吊去古今同 [4]。苍生莫慰当年望，横涕滂沱哭上穹。

注释：

[1] 星陨：天星坠落。喻名人死亡。庾信《周大将军闻嘉公柳遐墓志》："智士石坼，贤人星陨。"[2] 彩笔：指辞藻富丽的文笔。语出李延寿《南史·江淹传》。[3] 直己：谓自身守正不阿。《礼记·乐记》："夫歌者，直己而陈德也。"范晔《后汉书·班昭传》："吾性疏顽，教道无素，恒恐子谷负辱清朝。"至公：极公正。[4] 湘水不归兰蕙老，长沙吊去古今同：贾谊在贬谪长沙途经湘水时，曾作赋以吊屈原。此处用以比拟自己凭吊黄海野不归兰蕙老，长沙吊去古今同之意。

逆前韵

有怀无路诉苍穹 [1]，泉下人间渺不同 [2]。何日化归华表鹤 [3]，千年肠断石城公。青山南卧心犹北，白发西沉我尚东 [4]。终日忆君君我弃，空余残梦哭山翁 [5]。

218

注释：

[1] 有怀无路：无路请缨，等终军之弱冠；有怀投笔，慕宗悫（què）之长风。前者见班固《汉书·终军传》，后者见范晔《后汉书·班超传》。有怀，犹有感。无路，比喻陷入绝境，没有出路。[2] 泉下：黄泉之下，指死后。[3] 化归：归回大自然，即死亡之意。陶渊明《归去来兮辞》："聊乘化以归尽，乐夫天命复奚疑。"意即随顺着大自然的变化以了结此生。化，造化，指自然。归尽：到死。华表鹤：陶渊明《搜神后记》："丁令威，本辽东人，学道於灵虚山，后化鹤归辽，集城门华表柱。"后以"华表鹤"指化仙之人。[4] 西沉：太阳从天空向地平线降落，喻人的老死。[5] 山翁：指黄海野。

错前韵

　　暮景衰残尔我同，断云落日已辞公[1]。伤怀问疾虚青简[2]，无计招魂向碧穹[3]。辽海燕山总春梦[4]，惠音良晤失佳翁[5]。痛君酒尽平生泪，淮水无情日夜东。

注释：

[1] 断云：片云。南朝梁简文帝《薄晚逐凉北楼迥望》："断云留去日，长山减半天。"[2] 伤怀：伤心，悲痛。出自《诗经·小雅·白华》："啸歌伤怀，念彼硕人。"问疾：探问疾病。《礼记·杂记下》："吊死而问疾。"青简：竹简。此指道家的神仙名录。陶弘景《冥通记》卷3："六日往东华，见尔名已上青简。"[3] 招魂：本指为客死他乡的魂魄举行招魂仪式，使其循着声音回家。又指招魂复魂，冀其复生。碧穹：蓝色的天空。[4] 辽海：泛指辽河流域以东至海地区。《魏书·库莫奚传》："及开辽海，置戍和龙。"一说《魏书》之辽海当专指辽河上游地区，因有广大沙漠，一望如海，故名。[5] 惠音：敬称友人来信。良晤：指愉快的会面；欢聚。

自伤二首

　　幻身千古尽凋残[1]，是几登仙几涅槃[2]？迷境难开千眼相[3]，衰颜谁驻九还丹[4]。晚来岁月惊如掷，老去情怀澹自酸[5]。冥造不须愁里误，酒杯端合强追欢。

同游渐损逝川波^[6]，病体支离奈老何。甲子已周仍有几，春秋过盛亦无多。仙凡枘凿终难合^[7]，海岳沉迷岂易磨。学道未成双鬓雪，悠悠人事日蹉跎。

注释:

[1] 幻身：佛教语，肉身，形骸。谓身躯由地、水、火、风假合而成，无实如幻，故曰幻身。《圆觉经》卷上："彼之众生，幻身灭故，幻心亦灭。"唐清江《早春寄崔少府》："宇宙成遗物，光阴促幻身。"[2] 登仙：成仙。屈原《远游》："贵真人之休德兮，美往世之登仙。"王逸注："仙，一作仙。"涅槃：指灭生死、灭烦恼而达到解脱无为的境界，即不生不灭。涅槃意译为圆寂，是佛教修行所要达到的最高境界。[3] 迷境难开：迷境，即迷方，佛教语。指令人迷惑的境界。又指迷失方向。开，开悟。开觉众生己身本然具备的佛性，而领悟诸法实相。破迷开悟，佛教常用语，也是学佛的宗旨，其本意是要学佛人放下执着和开启智慧。本句是对佛教破迷开悟智慧的否定。[4] 衰颜谁驻九还丹：衰颜，衰老的容颜。九还丹，吃了立即成仙的丹药。本句是对道教长生久视说的否定。隋尹式《别宋常侍诗》："秋鬓含霜白，衰颜倚酒红。"[5] 澹：恬静、安然的样子。柳宗元《晨诣超师院读禅经》："澹然离言说，悟悦心自足。"酸：悲痛，伤心。[6] 逝川：一去不返的江河之水，比喻过去了的岁月或事物。[7] 枘凿（ruìzáo）：枘，榫（sǔn）头。凿，榫眼。"方枘圆凿"的略语。方榫头，圆榫眼，二者合不到一起，比喻两不相容。宋玉《九辩》："圜枘而方凿兮，吾固知其锄铻而难入。"

雪中偶书

瑶霙万里逐风回^[1]，漠漠穷阴冷不开。野水冰连龙甲去，海山碧浸玉壶来。八荒旋作残年瑞^[2]，三尺仍余浩劫灰^[3]。独倚老松醒醉眼，平原不辨楚王台^[4]。

注释:

[1] 瑶霙（yīng）：雪花美称。霙，雪花。苏轼《雪》："晚雨纤纤变玉霙。"[2] 八荒：指东、西、南、北、东南、东北、西南、西北等八面方向，指离中原极远的

220

地方，犹称"天下"。后泛指周围、各地。[3] 三尺：指代人自身。浩劫：极长的时间。道经谓天地从形成至毁灭为一大劫。[4] 楚王台：即阳台。相传为楚襄王梦遇神女处。故址在重庆市巫山县城西的高都山上。

人日观雪[1]

　　青灵乍喜布阳和[2]，滕六侵权恣意过[3]。漠漠彤云昏日月，皑皑白昼失山河。东风欲拂全无力，宿莽初萌且奈何[4]。老眼仰天开一粲，翻飞看作扑灯蛾。

注释：

[1] 人日：农历正月初七日。[2] 青灵：即青帝。古代指主司东方之神。班固《汉书·郊祀志下》："东方帝太昊青灵勾芒畤及雷公、风伯庙、岁星、东宿东宫于东郊兆。"[3] 滕六：传说中的雪神。[4] 宿莽：一种可以杀虫蠹的植物，叶含香气。楚人名草曰"莽"，此草终冬不死，故名。

雪中潘、边二老见枉夜归有怀[1]

　　黯黯山城暮雪天[2]，幽轩解榻集英贤[3]。蓬云寒度潘邠老[4]，竹霭清延边孝先[5]。暖玉醲醹醒紫茗[6]，博山香散拂朱弦[7]。情澜未竭仙舟放[8]，无影月中人不眠。

注释：

[1] 见枉：枉驾来访。枉，屈就，用于别人，含敬意。[2] 黯（àn）黯：光线昏暗。陈琳《游览（其一）》："萧萧山谷风，黯黯天路阴。"[3] 解榻：指热情接待宾客或礼贤下士。典出《后汉书·陈蕃传》："太尉李固表荐（陈蕃），征拜议郎，再迁为乐安太守。时李膺为青州刺史，名有威政，属城闻风，皆自引去，蕃独以清绩留。郡人周璆，高絜之士。前后郡守招命莫肯至，唯蕃能致焉。字而不名，特为置一榻，去则县之。"英贤：德才兼备的杰出人才。《后汉书·马严传》："（马严）后乃白（马）援，从平原杨太伯讲学，能通《左氏春秋》，因览百家群言，遂结英贤，京师大人咸器异之。"[4] 寒度：寒冷送来，这里是拟人的修辞手法。王沂孙《无闷（雪意）》："阴积龙荒，寒度雁门，西北

221

高楼独倚。”潘邠老：北宋诗人潘大临，字邠老。此处借指潘姓友人。[5] 竹霭：宋释行肇《郊居吟》：“茗味沙泉合，垆香竹霭和。”清延：引进的美称。边孝先：东汉文章名家边韶，字孝先。此处借指边姓友人。[6] 暖玉醲醺醒紫茗：饮过醉人的美酒，又喝酽茶来醒酒。暖玉，指在高温高压下形成的玉，又叫软玉，因其色泽、质感温润如脂，故名，如新疆和田玉。此指玉质的酒器。醲醺，酒醉。醲（nóng），味浓烈的酒。《淮南子·主术训》：“肥醲甘脆，非不美也。”醺（xūn），酒醉。杜甫《拨闷》：“闻道云安麴米春，才倾一盏即醺人。”紫茗：酽茶（可以醒酒）。[7] 博山香散拂朱弦：在博山炉散发的香气中弹着古琴。以上二句概括他们聚会中的活动。博山，指博山炉，汉、晋时期汉族常用的焚香器具，多为青铜器和陶瓷器。炉体呈青铜器中的豆形，上有盖，盖高而尖，镂山形重叠，雕飞禽走兽，象征传说中的海上仙山（汉代盛传海上有蓬莱、方丈、瀛洲三座仙山）。朱弦，即练朱弦，用练丝（即熟丝）制作的琴弦。汉卓文君《诀别书》：“朱弦断，明镜缺，朝露晞，芳时歇，白头吟，伤离别。”[8] 情澜未竭仙舟放，无影月中人不眠：情兴正浓时二位访客离开了，自己对着月光一夜无眠。情澜，情海波澜。清金松岑、曾朴《孽海花》：“哪知好事多磨，情澜忽起。”仙舟，舟船的美称。典出范晔《后汉书·郭太传》：“（郭林宗）始见河南尹李膺，膺大奇之，遂相友善，于是名震京师。后归乡里，衣冠诸儒送至河上，车数千辆。林宗唯与李膺同舟而济，士宾望之，以为神仙焉。”江总《洛阳道（其一）》：“仙舟李膺棹，小马王戎镳（biāo）。”李峤《送光禄刘主簿之洛》：“仙舟窅将隔，芳斝暂云同。”

首夏雨后晓起[1]

列缺奔云裂海山[2]，夜阑雨歇晓开关。修篁睡鹤寒烟紫，小院无人细草斑。啼鸟不来诗兴寂，落花飞尽酒杯闲。苍苔满地抱孤闷[3]，独眺沧溟缥渺间[4]。

注释：

[1] 首夏：始夏，初夏。指农历四月。曹丕《槐赋》：“伊暮春之既替，即首夏之初期。”[2] 列缺：指闪电。李白《梦游天姥吟留别》：“列缺霹雳，丘峦崩摧。”[3] 孤闷：孤独苦闷。王仁裕《开元天宝遗事·戏掷金钱》：“内庭嫔妃，每至春时，各于禁中结伴三人至五人，掷金钱为戏，盖孤闷无所遣

也。"[4]沧溟：苍天，高远幽深的天空。李德裕《忆金门旧游奉寄江西沈大夫》："个身恰似笼中鹤，东望沧溟叫数声。"缥渺：即"缥缈"。高远、隐约，若有若无的样子。白居易《长恨歌》："忽闻海上有仙山，山在虚无缥缈间。"

和穆少春前赐诗扇二首

疏狂取笑草鸣虫[1]，岂为幽兰播远风[2]。曾愧鲤庭无异教[3]，误将鼠璞试良工[4]。玉堂彩笔驰声久，丹桂青云奕世雄[5]。池上凤毛今不爽[6]，海人休说郢人同。

书翰忘辛拟蓼虫[7]，酒酣随意洒清风。脂铅不识惭愚妇，剞劂无能愧拙工[8]。孙厩飞黄来藻鉴[9]，薛函结绿际豪雄[10]。玄珠未必遗沧海[11]，此日何堪象罔同[12]。

注释：

[1]疏狂：指豪放，不受拘束。白居易《代书诗寄微之》："疏狂属年少，闲散为官卑。"[2]幽兰：兰花。屈原《离骚》："户服艾以盈要兮，谓幽兰其不可佩。"[3]鲤庭：见前"庭教"，指父教。[4]鼠璞（pú）：未腊制的鼠，后用以指低劣的有名无实的人或物，也作"鼠朴"。典出《战国策·秦策三》："应侯曰：'郑人谓玉未理者璞，周人谓鼠未腊者璞。周人怀璞过郑贾曰："欲买璞乎？"郑贾曰："欲之。"出其璞，视之，乃鼠也。因谢不取。今平原君自以贤，显名于天下，然降其主父沙丘而臣之。天下之王尚犹尊之，是天下之王不如郑贾之智也，眩于名，不知其实也。'"[5]奕世：累世，代代。奕，累，重。《国语·周语上》："奕世载德，不忝前人。"[6]凤毛：原指凤凰的羽毛。后常用语词语凤毛麟角，寓意稀少。杜甫《崔驸马山亭宴集》："萧史幽栖地，林间踏凤毛。"仇兆鳌注："凤毛，谓林间遗迹。" 不爽：指没有差错。《诗经·小雅·蓼萧》："其德不爽，寿考不忘。"《毛诗传》："爽，差也。"[7]书翰忘辛拟蓼（liǎo）虫：成语蓼虫忘辛，比喻人为了所好就会不辞辛苦。[8]剞劂（jījué）：刻镂的刀具。指雕辞琢句。宋胡仔《苕溪渔隐丛话前集·杜少陵三》引韩子苍云："如老杜言'新诗改罢自长吟'者，乃知此老用心甚苦，后人不复见其剞劂，但称其浑厚耳。"[9]飞黄：飞黄，亦名"乘黄"。传说为八骏中的神马，背有角、善飞驰，乃是马中之王。[10]结绿：美玉名。《战国策·秦策三》："臣闻周有砥厄，宋有结绿，梁有悬黎，楚有和璞。此四宝者，

工之所失也，而为天下名器。"[11] 玄珠：黑色明珠。刘向《九叹·远逝》："杖玉华与朱旗兮，垂明月之玄珠。"

和穆少春后赐诗扇二首

翰墨齐纨谢鲍才[1]，龙门迢递恨难裁。银盘烂自沧溟吐[2]，锦绮新从蜀水来。白发可能承玉唾，清风犹慑涤烦埃。神交徒尔侵衰暮[3]，却幸儿曹侍酒杯。

抱瓮忘机老汉阴[4]，诗从凤沼忽惊心[5]。孤高莫和阳春曲，千载俄闻大雅音[7]。武库乍开寒凛凛，文虹遥射影沉沉。诗豪适快明时睹[8]，悔蓺猩毫自不禁。

注释：

[1] 齐纨：借指团扇。《红楼梦》第 23 回："水亭处处齐纨动，帘卷朱楼罢晚妆。"谢鲍：南朝诗人谢朓和鲍照的并称。杜甫《遣兴（其五）》："赋诗何必多，往往凌鲍谢。"[3] 神交：彼此慕名而没有见过面的交谊。[4] 抱瓮忘机老汉阴：典故"抱瓮灌园"自出《庄子·天地》："子贡南游于楚，反于晋，过汉阴，见一丈人方将为圃畦，凿隧而入井，抱瓮而出灌，搰搰然用力甚多而见功寡。子贡曰：'有械于此，一日浸百畦，用力甚寡而见功多，夫子不欲乎？'为圃者卬而视之曰：'奈何？'曰：'凿木为机，后重前轻，挈水若抽，数如泆汤，其名为槔。'为圃者忿然作色而笑曰：'吾闻之吾师，有机械者必有机事，有机事者必有机心。机心存于胸中，则纯白不备；纯白不备，则神生不定；神生不定者，道之所不载也。吾非不知，羞而不为也。'子贡瞒然惭，俯而不对。"吴筠《逸人赋》："汉阴抱瓮以忘机，渔父乘流而濯缨。"忘机，喻思想纯朴，与人交往没有机心。[5] 凤沼：指凤凰池。谢庄《让中书令表》："臣闻壁门天邃，凤沼神深。"[7] 大雅：谓高尚雅正。叶适《贺县尉》："端庞还有北人风，大雅元非楚士同。"清戴名世《〈野香亭诗集〉序》："其音和平而大雅，其旨绵渺而蕴藉。"[8] 适快：即快适，畅快舒适。苏舜钦《金山寺》："气象特清壮，所览辄快适。"

海螯吟稿　卷六

三　言

五杂组 [1]

五杂组，宫姝色 [2]。往复还，歌换拍 [3]。不得已，东方白 [4]。

五杂组，便佞口 [5]。往复还，豺虎走 [6]。不得已，中散酒 [7]。

注释：

[1] 五杂组：取各种色彩织成的丝带之意。古乐府名。三言六句，以首句名篇。其词曰："五杂组，冈头草。往复还，车马道。不获已，人将老。"后人仿其作，成为诗体的一种。见明冯惟讷《古诗纪·统论》。明谢肇淛《五杂组》俗讹为《五杂俎》。[2] 姝色：美色。[3] 歌换拍：变换节拍。[4] 东方白：天亮。[5] 便佞（piánnìng）：巧言善辩，阿谀逢迎。王符《潜夫论·务本》："今多奸谀以取媚，挠法以便佞。"便，善辩。佞，指人花言巧语，大言不实。[6] 豺虎：喻凶狠残暴的寇盗、异族入侵者。王粲《七哀诗》："西京乱无象，豺虎方遘患。"[7] 中散酒：嵇康曾任中散大夫，世以"中散"称之。刘义庆《世说新语·任诞》云，嵇康与阮籍、山涛等"七人常居于竹林之下，肆意酣饮"。《琱玉集》引晋抄《三国志》："（嵇康）为性好酒，傲然自纵，与山涛、阮籍无日不兴。"嵇康酒后抚琴抒怀。其《酒会诗》云："临川献清酤，微歌发皓齿。素琴挥雅操，清声随风起。斯会岂不乐，恨无东野子。酒中念幽人，守故弥终始。但当体七弦，寄心在知己。"说明他的酒中是有寄托的。对比阮籍《咏怀诗（其三十四）》："临觞多哀楚，思我故时人。对酒不能言，凄怆怀酸辛。"完璧退隐之前，他的古体诗中是追随这种精神的。

225

四 言

翟家嘴道中

高山嶃岩[1]，冰溪凝结，北风凛如[2]，同云雨雪[3]。太荒阴烟[4]，飞鸟欲绝。仆夫恍然[5]，征车未辍。前途何依，想望天阙[6]。怆彼东溟，我心已折[7]。

注释：

[1] 嶃岩：尖锐貌；峻险不齐。《汉书·司马相如传上》："深林巨木，嶃岩参差。"颜师古注："嶃岩，尖锐貌。" [2] 凛如：寒冷。同云：《诗经·小雅·信南山》："上天同云，雨雪雰雰。"朱熹《诗经集传》："同云，云一色也。将雪之候如此。"因以为降雪之典。雨雪：下雪。 [4] 太荒：李廷矶《鉴略》："粤有盘古，生于太荒，首出御世，肇开混茫。"阴烟：山中雾气。 [5] 恍然：失意貌，惆怅貌。江淹《杂体诗·效潘岳〈述哀〉》："抚衿悼寂寞，恍然若有失。"张炎《解连环·孤雁》："楚江空晚，怅离群万里，恍然惊散。"夏承焘注："恍然，状惆怅。" [6] 想望：犹仰慕。令狐德棻《周书·李和传》："（李）和前在夏州，颇留遗惠，及有此授，商洛父老莫不想望德音。"天阙：指朝廷或京都。 [7] 心折：中心摧折。形容伤感到极点。江淹《别赋》："有别必怨，有怨必盈，使人意夺神骇，心折骨惊。"杜甫《秦州杂诗（其一）》："西征问烽火，心折此淹留。"

过西岩寺山[1]

陟彼东巇，寒云苍苍。驱我轩车，险阻且长。猿猴我戏，虎豹我当[2]。冰雪蔽途，顾望斜阳。左攀双辀[3]，右怂干将[4]。奋然万里，以趋康庄[5]。

注释：

[1] 西岩寺山：今甘肃省定西市安定区西岩山。西岩寺为明代始建。 [2] 当：对面。 [3] 双辀（zhōu）：双辕。辀，车辕。 [4] 怂：惊，惊惧。 [5] 康庄：四通八达的大道。白居易《和松树》："漠漠尘中槐，两两夹康庄。"

五言绝句

高玉翁左史见枉用韵赋简五首[1]

夜堂酤若下[2]，春豆荐王余[3]。酒兴阑珊后[4]，乘龙过太虚[5]。

其 二

孤云弃朱绂[6]，五柳谢金鱼[7]。萧散风尘外[8]，相将慰索居[9]。

其 三

山鸟避人飞，丘林遁自肥[10]。不缘黄鹤度，尽日锁烟扉。

其 四

春残兼暮景，志协怨离居[11]。处处堪乘兴[12]，时时有报书。

其 五

南极星飞彩，东溟月渐西。青藜扶去晚，伴影度云溪。

注释：

[1] 左史：左史乃随军记事之官。见枉：敬辞。称对方屈尊来访。[2] 夜堂：多用于诗文。苏轼《定风波·月满苕溪照夜堂》："月满苕溪照夜堂，五星一老斗光芒。"若下：酒名。唐李肇《唐国史补》卷下："酒则有郢州之富水，乌程之若下，荥阳之土窟春，富平之石冻春。"《初学记》卷8引晋张勃《吴录》："长城若下酒有名。溪南曰上若，北曰下若，并有村。村人取若下水以酿酒，醇美胜云阳。"[3] 王余：鱼名。左思《吴都赋》："双则比目，片则王余。"刘逵注："王余鱼，其身半也。俗云：越王鲙（kuài）鱼未尽，因以残半弃水中，为鱼，遂无其一面，故曰王余也。"[4] 阑珊：凄凉、凄楚、凋零。出自白居易《咏怀》："白发满头归得也，诗情酒兴渐阑珊。"[5] 乘龙：骑龙。《东观汉记·冯异传》："上（汉光武帝刘秀）曰：'我梦乘龙上天，觉

227

窬，心中动悸。'"太虚：指天，天空。孙绰《游天台山赋》："太虚辽廓而无阒，运自然之妙有。"李善注："太虚，谓天也。"陆机《驾言出北厥行》："求仙鲜克仙，太虚不可凌。"[6]孤云：比喻贫寒或客居的人。陶渊明《咏贫士》："万族各有托，孤云独无依。"李善注："孤云，喻贫士也。"朱袯（fú）：红色的礼服。白居易《轻肥》："意气骄满路，鞍马光照尘。借问何为者，人称是内臣。朱袯皆大夫，紫绶或将军。"[7]五柳：指陶渊明。谢：辞去。金鱼：商周时的玉佩、青铜器上亦多有鱼形。鱼与"余"同音，隐喻富裕、有余。[8]萧散：犹潇洒。形容举止神情、风格等自然、不拘束，闲散舒适。《西京杂记》卷2："司马相如为《上林》《子虚》赋，意思萧散，不复与外事相关。"[9]相将：相随；相伴。司马相如《凤求凰》："愿言配德兮，携手相将。不得于飞兮，使我沦亡。"索居：独居。索，独自，孤单。[10]自肥：守道自甘，心安而体胖。韩愈《送区弘南归》："嗟我道不能自肥，子虽勤苦终何希。"苏辙《至池州赠陈鼎秀才》："孤舟远适身如寄，二顷躬耕道自肥。"[11]志协怨离居：犹"同心而离居"，出自《古诗十九首·涉江采芙蓉》。志协，心意相通。离居，散处，分居。[12]乘兴：趁一时高兴，兴会所至。典出刘义庆《世说新语·任诞》："王子猷居山阴，夜大雪……忽忆戴安道。时戴在剡，即便夜乘小船就之，经宿方至，造门不前而返。人问其故，王曰：'吾本乘兴而行，兴尽而返，何必见戴？'"苏轼《题永叔会老堂》："乘兴不辞千里远，放怀还喜一樽同。"

感物二首

欲系日沉彩[1]，欲障水湍流[2]。东西不我与[3]，耿耿心独忧。

嗟嗟三闾子[4]，不复得怀王[5]。早以蕙兰误[6]，岂虞萧艾香[7]。

注释：

[1]沉彩：日光西沉。江淹《别赋》："日下壁而沉彩，月上轩而飞光。"[2]障：阻隔，遮挡。[3]东西不我与：嗟叹时机错过，追悔莫及。语出《论语·阳货》："日月逝矣，岁不我与。"东西，东面的流水和西面的太阳，指时间的流逝。不我与，即时不我与。与，等待。[4]三闾：古地名，今湖北秭归屈原里。屈原被贬后就曾任三闾大夫，掌王族三姓。后用来代指屈原。陶渊明《感士不遇赋》："故夷、皓有安归之叹，三闾发已矣之哀。"[5]怀王：楚怀王熊槐。

他在位时千川令智昏，任用佞臣令尹子兰、上官大夫靳尚，宠爱南后郑袖，排斥左徒大夫屈原，致使国事日非。楚怀王三十年（前299）入秦被扣。三年后死于秦。"屈原既放，三年不得复见"，作《卜居》《渔父》；怀王死后，屈原做《招魂》。[6] 蕙兰：香花香草的代表，以喻君子。出自屈原《离骚》："既滋兰兮九畹，又树蕙之百亩。畦留夷与揭车兮，杂杜衡与芳芷。"[7] 虞：猜度，料想。《诗经·大雅·抑》："质尔人民，谨尔侯度，用戒不虞。"《秦并六国平话》："不虞齐赵无兵援，将死城崩国已亡。"萧艾：艾蒿，臭草。比喻小人。屈原《离骚》："何昔日之芳草兮，今直为此萧艾也！"

春闲四首

曦射窗烟破[1]，风飘花露寒[2]。莺声清梦觉[3]，春色独凭栏。
莺啭玉笙细[4]，苔涵碧锦滋[5]。杨花春欲暮，睡起和陶诗。
寂寂闲庭静，离离春草生[6]。朱帘白日永，空复落花情。
春阴山馆闲，云静松花老[7]。玉琴寂不调[8]，清觞为谁倒[9]。

注释：

[1] 曦（xī）：阳光，多指早晨的阳光。[2] 花露：花上的露水。韦庄《酒泉子·月落星沉》："柳烟轻，花露重，思难任。"[3] 清梦：犹美梦。[4] 玉笙：笙的美称，此以笙声比拟莺啼。辛弃疾《临江仙·小璯人怜都恶瘦》："翠袖盈盈浑力薄，玉笙嫋嫋愁新。"[5] 碧锦：此处为青苔的美称。李贺《昌谷诗五月二十七日作》："碧锦帖花桱。"[6] 离离：浓密貌。三国魏甄后《塘上行》："蒲生我池中，其叶何离离。"[7] 松花：又称松黄、松笔头，是春天时松树雄枝抽新芽时的花骨朵。[8] 玉琴：琴的美称。[9] 清觞：指美酒。

早春有感

东风吹老鬓，衰槁渐成银[1]。不及闲庭草[2]，年年绿意新。

注释：

[1] 衰槁：发白。陆游《春日对花有感》："夭夭枝头花，郁郁地上草。方春万物遂，我乃独衰槁。"[2] 闲庭：寂静的庭院。杨炯《梓州惠义寺重阁铭》："闲庭不扰，退食自公，远览形势，虔心净域。"

草　露

溥溥草上露[1]，珠玑明日华[2]。岂不照青眼，须臾良可嗟。

注释：

[1] 溥溥（tuán tuán）：露多貌。一说为露珠圆貌。《诗经·郑风·野有蔓草》："野有蔓草，零露溥兮。"《毛传》："溥溥然盛多也。"[2] 珠玑：诗文中常以比喻晶莹似珠玉之物。此指露珠。

盐城独坐

独坐淮南邑[1]，经年不可禁[2]。囊琴望秋浦[3]，对日又西沉。

注释：

[1] 淮南：淮水之南。[2] 经年：经过一年或若干年。不可禁：不能制止（思乡之情）。[3] 囊琴：装琴入袋。元傅若金《送金华王琴士还山》："年少金华客，囊琴暂出山。"秋浦：秋日的水滨。张九龄《别乡人南还》："东南行舫远，秋浦念猿吟。"

感朝雨

昨夜众星列[1]，今朝雨不绝。天时无定期，人情那可说。

注释：

[1] 列：罗列，排列。

有　感

早有看花兴，烟云竟不开[1]。每当花时节，肠断几千回。

注释：

[1] 烟云：烟霭云雾。枚乘《七发》："于是榛林深泽，烟云暗莫，兕虎并作。"

鬓上偶见一白

鬓上一茎雪，眼中一点血。万事竟蹉跎[1]，难教心似铁[2]。

注释：

[1] 蹉跎：时间虚度，事情没有进展。王维《老将行》："自从弃置便衰朽，世事蹉跎成白首。"[2] 心似铁：无动于衷的意思。辛弃疾《定风波·再和前韵，药名》："仄月高寒水石乡。倚空青碧对禅床。白发自怜心似铁，风月，使君子细与平章。"

宝应湖渔舟[1]

湖天一叶舟，举网此生谋。几许风波恶，艰危不自由[2]。

注释：

[1] 宝应：今属江苏扬州。[2] 艰危：艰难，险阻。语出曹丕《寡妇赋》："惟生民兮艰危，於孤寡兮常悲。"

小箑芙蓉图[1]

幽石结灵根[2]，繁华不相识。仙姿媚晚秋[3]，金屋无颜色[4]。

注释：

[1] 箑（shà）：扇子。扬雄《方言》："扇，自关而东谓之箑，自关而西谓之扇。"[2] 灵根：根本。张衡《南都赋》："固灵根于夏叶，终三代而始蕃。"[3] 仙姿：用以形容非凡的姿貌。宋朱松《答林康民见和梅花诗》："仙姿不受凡眼污，风敛天香瘴烟里。"[4] 金屋：指黄金打造的屋子。"金屋藏娇"，典出《汉武故事》。南朝陈沈炯："金屋贮阿娇，楼阁起迢迢。"

六 言

秋 夜

凉月叫残蟋蟀，西风落尽梧桐。满耳秋声不寐，寂寥延伫庭中[1]。

注释：

[1] 寂寥：沉寂萧索。徐铉《和萧郎中小雪日作》："寂寥小雪闲中过，斑驳新霜鬓上加。"延伫：久立，久留。屈原《离骚》："悔相道之不察兮，延伫乎吾将反。"王逸注："延，长也；伫，立貌。"

春 日

微雨洗明苔色[1]，暖风吹破桃花[2]。竹里酒醒无事[3]，徘徊春日西斜。

注释：

[1] 苔色：绿苔。司空曙《石井》："苔色遍春石，桐阴入寒井。"[2] 吹破：吹散，吹开。此云东风吹得桃花绽蕾开放。曹唐《小游仙诗（其四十七）》："红云塞路东风紧，吹破芙蓉碧玉冠。" [3] 竹里：自王维《竹里馆》诗后，"竹里"就成为诗词中常用意象，或与梅、月并写，或单用以表达清幽生活情趣。本诗更可能取意于王安石《竹里》："竹里编茅倚石根，竹茎疏处见前村。闲眠尽日无人到，自有春风为扫门。"

宿静宁州

疏竹半窗横影，浓霜满院飞花。梦破烧残红蜡[1]，更阑冷坠金蟆[2]。

注释：

[1] 梦破：梦醒。红蜡：红烛。皮日休《春夕酒醒》："夜半醒来红蜡短，一枝寒泪作珊瑚。"[2] 更阑：更深夜残。金蟆（má）：月亮的别称。传说嫦娥偷吃仙药，奔入月中后被罚变成蟾蜍，蟾蜍俗称癞蛤蟆。后世诗文中常见的"灵蟾""金蟆"等用典均本此而来。

晚游温玉斋官邸亭台

幽境亭虚绿荫[1]，良宵花落青灯。残月苍苍人去[2]，断云梦寐武陵[3]。
醒眼楚台烟月[4]，推襟晋代风流[5]。中夜烧残绛蜡[6]，孤城唱彻银筹[7]。

注释：

[1]幽境：幽雅的胜境。白居易《小台》："幽境与谁同？闲人自来往。"亭虚：
亭静无人。明程文德《春在亭饯别》："岁晚春犹在，亭虚客自来。"清陈懋侯《二
梅亭》："窗曲暗香入，亭虚暮雪来。"[2]苍苍：迷茫。江淹《伤爱子赋》：
"雾笼笼而带树，月苍苍而架林。"[3]断云：残云。梁简文帝《薄晚逐凉北
楼迥望》："断云留去日，长山减半天。"武陵：桃花源的代称。典出东晋陶
渊明《桃花源记》："晋太元中，武陵人捕鱼为业。缘溪行，忘路之远近。忽
逢桃花林……"[4]楚台：指楚王梦遇神女之阳台。[5]推襟：推襟送抱。向
对方表示殷勤的心意。襟、抱，指心意。语出《南史·张充传》"所可通梦交
魂，推襟送抱者，唯丈人而已。"[6]绛蜡：红烛。苏轼《次韵代留别》："绛
蜡烧残玉斝飞，离歌唱彻万行啼。"[7]银筹：银质酒令筹。

七 言

雨晓看菊

向晓疏篱看菊黄[1]，夜来微雨沐新妆。西风好待吹云霁，合送清香到
玉堂[2]。

注释：

[1]向晓：拂晓。《晋书·陆云传》："（陆云）至一家，便寄宿，见一年少，
美风姿，共谈《老子》，辞致深远。向晓辞去。"[2]合：应该。清香：清淡
的香味。谢灵运《山居赋》："怨清香之难留，矜盛容之易阑。"玉堂：神仙
的居处。左思《吴都赋》："玉堂对霤，石室相距。"刘逵注："玉堂石室，
仙人居也。"

对菊小饮

小径黄花艳艳开[1]，晚风时有异香来[2]。长杨红粉知多少[3]，争似年年照酒杯[4]。

注释：

[1] 黄花：菊花。艳艳：明媚艳丽貌。梁武帝《欢闻歌（其一）》："艳艳金楼女，心如玉池莲。"[2] 异香：浓烈奇特的香味。段成式《酉阳杂俎续集·支诺皋上》："（崔汾仲兄）夏月乘凉于庭际，疏旷月色方午风过，觉有异香。"[3] 长杨：汉长杨宫。扬雄《长杨赋》："振师五柞，习马长杨。"红粉：借指美女。杜牧《兵部尚书席上作》："忽发狂言惊满座，两行红粉一时回。"[4] 争似：怎似。刘禹锡《杨柳枝词九首（其四）》："城中桃李须臾尽，争似垂杨无限时。"照酒杯：对花饮酒之意。宋邵雍《插花吟》："头上花枝照酒卮，酒卮中有好花枝。"

青州道中观古冢

荒冢累累春草青[1]，行人指点未分明。英雄寂寞前朝迹，落日东风恨未平[2]。

注释：

[1] 累累：指多。《礼记·乐记》："累累乎端如贯珠。"[2] 落日：指夕照。杜甫《后出塞（其二）》："落日照大旗，马鸣风萧萧。" 东风：指春风。《礼记·月令》："（孟春之月）东风解冻，蛰虫始振……"东风也指天长路远，难以与亲人相见。《红楼梦》中探春的判词"千里东风一梦遥"也是此意。

道遇寒食，忆宋之问"马上逢寒食"句，五咏其韵[1]

秋千女儿桃李下，柳外行人驻征马。骄马嘶风桃李香[2]，愁人落日云平野[3]。

东风浩浩吹平旷[4]，红泪纷纷号冢上[5]。满地梨花春又来，松楸海上凄行况[6]。

荒村寒食雨蒙蒙，柳拂娇青桃欲红。山馆留连聊把酒，佳时尘世苦难逢。

云外乌衣怯晓寒[7]，花间杜宇泣春残。冷风疏雨行不得，南陌清光自可叹。

小雨清明烟火熄，寒茶冷酒强饮食。云冥家远野草青，尽日相逢不相识。

注释：

[1]宋之问《途中寒食》："马上逢寒食，途中属暮春。可怜江浦望，不见洛桥人。北极怀明主，南溟作逐臣。故园肠断处，日夜柳条新。"[2]嘶风：（马）迎风嘶叫。宋无名氏《金明池·春游》："纵宝马嘶风，红尘拂面，也则寻芳归去。"[3]平野：指平坦广阔的原野。语出晁错《言兵事书》："平原广野，此车骑之地，步兵十不当一。"[4]浩浩：风势强劲貌。元稹《送侍御之岭南》："飓风狂浩浩，韶石峻崭崭。"平旷：指平坦广阔之地。[5]红泪：指女子的眼泪。出自王嘉《拾遗记·魏》魏文帝美人薛灵芸泣泪成血事。纷纷：众多貌。[6]松楸（qiū）：代指父母坟茔。海上：海边。[7]乌衣：指燕子。元杨维桢《题边鲁生梨花双燕图》："春风歌《白雪》，夜月梦乌衣。"

山猿窃桃图

佳实只应酬国士[1]，绿香翻为野猿探。不缘便捷先偷眼[2]，自是山翁午梦酣。

注释：

[1]国士：指国中才能最优秀的人物。出自《左传·成公十六年》："国士在，且厚，不可当也。"[2]不缘：不因。偷眼：指偷看。杜甫《数陪李梓州泛江有女乐在诸舫戏为艳曲二首赠李（其一）》："竟将明媚色，偷眼艳阳天。"

观泉图

悬泉高挹九天回[1]，雪瀑虹飞尘抱开。合笑徇名徒洗耳[2]，洒然何似洗心来[3]。

注释：

[1]挹：舀。九天：指天之极高处。[2]徇名：舍身求名。徇，通"殉"。《鹖

冠子·世兵》："列士徇名，贪夫徇财。"宋陆佃解："以身逐物曰徇。"明
李贽《复李士龙书》："欲名而又徇利，与好利而兼徇名，均为不智。"洗耳：
典出蔡邕《琴操·河间杂歌·箕山操》。许由听到尧让位给自己而感到耳朵受
到了污染，因而临水洗耳。[3]洒然：潇洒，洒脱。苏舜钦《大理评事杜君墓
志》："（杜叔温）性洒然峻拔，少所与合。"洗心：洗涤心胸，比喻除去恶
念或杂念。语出《易经·系辞上》："圣人以此洗心"。

琵琶写怨图 [1]

红颜共策息金戈 [2]，泪落哀弦奈若何？昨夜单于毡帐底，分明犹说汉
山河。

注释：
[1] 琵琶写怨图：咏昭君出塞事。[2] 红颜共策息金戈：指和亲政策。金戈，
比喻战争。

红叶题情图 [1]

潺潺御水出重关，空复题红信不还。薄命谁云秋叶似，争如随水到人间。

注释：
[1] 红叶题情："红叶题诗"的故事最早见于唐孟棨的《本事诗》。中唐诗人
顾况在洛阳，闲暇时与三诗友在上阳宫宫苑内游玩。看到流水从宫墙内漂来一
片大梧桐树叶，上面写有一首诗："一入深宫里，年年不见春。聊题一片叶，
寄与有情人。"顾况第二天也题了一首诗在叶上，让它顺着水流入宫墙内。诗
曰："花落深宫莺亦悲，上阳宫女断肠时。帝城不禁东流水，叶上题诗欲寄谁。"
过了十多天，有人到苑中踏春，又在红叶上得到一首诗，拿来给顾况看。红叶
上写着："一叶题诗出禁城，谁人酬和独含情。自嗟不及波中叶，荡漾乘春取
次行。"此诗反用该典故，意在表达宫女薄命不自由。

夜闻琵琶

何处琵琶向月明，粉墙低度晚风清 [1]。夜深多少王嫱怨 [2]，寥落江州
恨未平 [3]。

注释：

[1]粉墙：涂刷成白色的墙。方干《新月》："隐隐临珠箔，微微上粉墙。"[2]王嫱怨：昭君怨是古诗文常见题材，琵琶曲也有《昭君怨》。王嫱，王昭君。[3]寥落江州恨未平：白居易谪居江州司马，夜闻琵琶女弹琴，作《琵琶行》，感叹漂泊沦落的命运。寥落，孤单，寂寞。张九龄《南还以诗代书赠京都旧寮》："去国诚寥落，经途弊险巇。"

次韵野居

沧溪绕屋野人家，风静门闲鸟篆沙[1]。清梦乍回春昼永[2]，黄鹂啼上碧桃花。

注释：

[1]鸟篆沙：沙上留下鸟的爪迹。鸟篆，篆体古文字，形如鸟的爪迹，故称。《后汉书·阳球传》："或献赋一篇，或鸟篆楹简，而位升郎中，形图丹青。"李贤注："八体书有鸟篆，象形以为字也。"引申为指形如篆书的鸟的爪迹。[2]清梦：犹美梦。陆游《枕上述梦》："江湖送老一渔舟，清梦犹成塞上游。"

次韵春日感怀

朱箔微风燕子斜[1]，江山红绿总春华[2]。酒酣偶作懵腾睡[3]，梦醒飘零几树花[4]。

注释：

[1]朱箔：红色的帘子。常见于古诗文。五代李存勖《一叶落》："一叶落，褰朱箔，此时景物正萧索。"[2]春华：指春天的花，又比喻初春形态气候之盛貌。[3]懵腾：朦胧，迷糊。韩偓《马上见》："去带懵腾醉，归因困顿眠。"[4]梦醒飘零几树花：犹"梦里花落知多少"（孟浩然《春晓》）。飘零，指轻柔物随风自空中飘落。司马相如《美人赋》："流风惨冽，素雪飘零。"

次韵答张当轩节判

白昼楼台空对酒，朱帘烟雨独看花。瑶华慰我惟平子[1]，只恐春深早及瓜[2]。

一枝春色自应怜，羞向东风斗媚妍。可恨少陵寥落久，无人驱马过寒川[3]。

注释：

[1] 瑶华：比喻诗文的珍美。亦用以对人诗文的美称。储光羲《酬李处士山中见赠》："引领迟芳信，果枉瑶华篇。"平子：张衡（78—139），字平子。东汉伟大的天文学家、数学家、发明家、地理学家、文学家，历任郎中、太史令、侍中、河间相等职。晚年因病入朝任尚书。北宋时被追封为西鄂伯。此处用来比张当轩。[2] 及瓜：典出《左传·庄公八年》："齐侯使连称、管至父戍葵丘，瓜时而往，曰：'及瓜而代'。"言任期一年，今年瓜时往，来年瓜时代之。后因以"及瓜"指任职期满。[3] 寒川：寒天的河流。谢灵运《孝感赋》："萋菜叶於枯木，起春波於寒川。"

秋闺思

西风凄凄木叶下[1]，凉月皎皎抱君思[2]。思君见君一相慰，梦回不如无梦时[3]。

注释：

[1] 西风：秋风。凄凄：寒凉貌。《诗经·小雅·四月》："秋日凄凄，百卉具腓。"《毛传》："凄凄，凉风也。"木叶：树叶。[2] 皎皎：明亮。《古诗十九首·迢迢牵牛星》："迢迢牵牛星，皎皎河汉女。"[3] 梦回：梦醒。

次韵宫词五首

宫柳垂垂露欲黄[1]，西风吹冷妾衣裳。妾身宫柳难相似，咫尺东风入建章[2]。

昭阳殿里醉阳春[3]，歌管风来夜夜新。错向台前怨颜色，施恩承宠不由人。

疏钟夜半过长杨，歌舞争能得帝王[4]。书卷笔床何所益，当年悔不事宫商[5]。

闻道仙幢下九垓[6]，是谁巧引羯车回[7]？殷勤学插朱扉竹[8]，又恐君王缓步来。

中使开扃晓一通[9]，云车传驻上阳宫[10]。黄莺唤醒残春梦，独对东风惜落红[11]。

注释：

[1]垂垂：渐渐。[2]建章：建章宫，汉武帝于太初元年（公元前104）建造的宫苑。汉武帝为了往来方便，跨城筑有飞阁辇道，可从未央宫直至建章宫。[3]昭阳殿：中国古代宫殿建筑名，汉成帝宠妃赵合德曾居住此殿。阳春：比喻恩泽。唐欧阳詹《上郑相公书》："上天至仁之膏泽，厚地无私之阳春。"[4]争能：犹遑能。杜甫《见王监兵马使说近山有白黑二鹰（其一）》："一生自猎知无敌，百中争能耻下韝。"浦起龙心解："争能，争显其能也。"[5]宫商：古代音律中的宫音与商音，后人用其泛指音乐、乐曲。韩婴《韩诗外传》卷5："人有六情，目欲视好色，耳欲听宫商。"[6]仙幢下九垓（gāi）：此指帝王车驾临幸。仙幢，指天子车驾前的旌旗。苏轼《再和曾子开从驾（其二）》："桂观飞楼凌雾起，仙幢宝盖拂天来。"九垓，指天。[7]是谁巧引羯（jié）车回：羊车望幸。房玄龄《晋书·后妃传上·胡贵嫔》记载，晋武帝司马炎"多内宠，平吴之后复纳孙皓宫人数千，自此庭殆将万人，而并宠者其众，帝莫知所适，常乘羊车，恣其所之，至便宴寝。官人乃取竹叶插户，以盐汁洒地，而引帝车"。羯，公羊。[8]殷勤学插朱扉竹：见"羊车"条。殷勤，恳切。[9]中使：宫中派出的使者。多指宦官。开扃（jiōng）：开门。扃，古同"扃"。从外面关门的闩、钩等。唐张垍《奉和岳州山城》："郡馆临清赏，开扃坐白云。"[10]云车：以云彩为装饰花纹的车子，亦泛指华贵之车。司马迁《史记·孝武本纪》："文成言曰：'上即欲与神通，宫室被服不象神，神物不至。'乃作画云气车，及各以胜日驾车辟恶鬼。"上阳宫：唐代大型宫殿建筑群，唐高宗李治在位迁都东都洛阳修建，并于上元年间（674—676）在此处理朝政。神龙政变后，武则天移居上阳宫。唐玄宗时，经常在上阳宫处理朝政和举行宴会。安史之乱中，上阳宫被严重破坏。此后逐渐荒废，至唐德宗时废弃。[11]落红：落花。

塞下曲

万里胡天一宝刀[1]，霜风透骨不知劳。壮心岂为封侯赏[2]，不遣旄头傍夜高[3]。

注释：

[1] 胡天：指胡人地域的天空，亦泛指胡人居住的地方。岑参《白雪歌送武判官归京》："北风卷地白草折，胡天八月即飞雪。"[2] 壮心：豪壮的志愿，壮志。曹操《步出夏门行（其四）》："老骥伏枥，志在千里。烈士暮年，壮心不已。"封侯：封拜侯爵。[3] 旄（máo）头：即昴星，古代当作胡星。诗词里用来借指外族入侵者。夜高：指月亮。唐释无可《中秋夜君山脚下看月》："夜深高不动，天下仰头看。"

次韵古城

陈迹兴怀空野芳[1]，贤愚千载总亡羊[2]。牧儿不解丘墟恨[3]，横竹秋风弄夕阳[4]。

注释：

[1] 陈迹：旧迹，过去的事情（物）。唐郎士元《关羽祠送高员外还荆州》："去去勿复言，衔悲向陈迹。"兴怀：引起感触。王羲之《兰亭集序》："俯仰之间，已为陈迹，犹不能不以之兴怀。"野芳：犹野花。戴叔伦《南野》："野芳绿可采，泉美清可掬。"[2] 贤愚：白居易《浩歌行》："贤愚贵贱同归尽，北邙冢墓高嵯峨。"贤，有道德、有才能的。愚，愚笨的，愚昧的。亡羊：《庄子·骈拇》："臧与谷二人相与牧羊，而俱亡其羊。问臧奚事，则挟筴读书；问谷奚事，则博塞以游。二人者，事业不同；其于亡羊，均也。"此谓弃其本职而溺于所好。庄子用以比喻追逐外物而残生伤性。王安石《用前韵戏赠叶致远直讲》："亡羊等残生，朽策何足揸。"[3] 丘墟：陵墓；坟墓。郦道元《水经注·浊漳水》："中状若丘墟，盖遗囤故窖处也。"[4] 横竹：指横笛。笛以竹制而横吹，故称。李贺《龙夜吟》："鬈发胡儿眼睛绿，高楼夜静吹横竹。"

携琴小图

满天秋色月明中，散步石梁趁晚风[1]。是处寒蛩纵繁响[2]，乾坤无地理丝桐[3]。

注释：
[1] 石梁：石头悬空横跨的构架。[2] 寒蛩：深秋的蟋蟀。唐张耒《寒蛩》："寒蛩振翼声骚骚，夜深月影在蓬蒿。"繁响：谓繁密的响声。唐许裳《秋日陪陆校书游玉泉》："散光垂草细，繁响出风高。"[3] 乾坤无地：天地间没有地方。此指弹琴人在图画中。李东阳《大行皇帝挽歌辞》："草木有情皆长养，乾坤无地不包容。"理丝桐：即弹琴。丝桐，指琴。古人削桐为琴，练丝为弦，故称。

次韵赵松雪胡马图[1]

俊逸风流帝室人[2]，素衣无计染燕尘[3]。画来胡马千年在，遗恨中原要认真[4]。

注释：
[1] 赵松雪：赵孟頫（1254—1322），号松雪道人，南宋末至元初著名书法家、画家、诗人。[2] 俊逸风流帝室人：赵孟頫为赵宋宗室，诗书画兼善，文采风流。论书主张"清真俊逸"。[3] 素衣无计染燕尘：指赵孟頫无奈归元。素衣，比喻清白的操守。[4] 遗恨中原：中原沉沦是一生最大遗憾。遗恨，到死还感到遗憾或不称心的事情。杜甫《八阵图》："江流石不转，遗恨失吞吴。"

次韵王嫱出塞图

昨夜灯前旧守宫[1]，朝来零落向胡风[2]。无缘红粉违明主，错恨黄金买画工[3]。

注释：
[1] 守宫：守宫砂，是中国古代验证女子贞操的药物。[2] 胡风：胡地的风。[3] 红粉：借指年轻妇女、美女。错恨黄金买画工：据葛洪《西京杂记》："（汉）元帝后宫既多，不得常见，乃使画工图形，案图召幸之。诸宫人皆赂画工，多

者十万，少者亦不减五万。独王嫱不肯，遂不得见。匈奴入朝，求美人为阏氏。于是上案图，以昭君行。及去，召见，貌为后宫第一，善应对，举止闲雅。帝悔之，而名籍已定。帝重信于外国，故不复更人。乃穷案其事，画工皆弃市。籍其家，资皆巨万。"此处二句说昭君出塞和亲，是无关乎违抗主命，也不该埋怨画工。

冬日过崔侍郎墓[1]

残麟萧索半梅开[2]，潮咽悲风万古哀。金碗玉鱼犹地下[3]，行人谁谒侍郎来。

注释：

[1] 侍郎：官名。汉代郎官的一种，本为宫廷的近侍。东汉以后，尚书的属官。初任称郎中，满一年称尚书郎，三年称侍郎。自唐以后，中书省、门下省、尚书省所属各部均以侍郎为长官之副，官位渐高。[2] 残麟：即残鳞。比喻零星片段的事物。此形容落霞零星。萧索：荒凉，冷落。[3] 金碗（wǎn）、玉鱼：指珍贵的陪葬品。

次韵雪夜

侯门灯火尚迟眠[1]，酒美歌楼别是天。却有铁衣三十万[2]，谁怜彻骨冷屯边[3]。

注释：

[1] 侯门：豪门贵族。[2] 铁衣：铁甲。[3] 屯边：屯田戍边。

风流太守[1]

风流太守饮西家，才自东家日已斜。乐意未央夜未曙[2]，不知门外雪飞花。

注释：

[1] 风流太守：太守是秦朝至汉朝时期对郡守的尊称。汉景帝更名为太守，为

一郡的最高行政长官，除治民、进贤、决讼、检奸外，还可以自行任免所属掾史。历代沿袭不变。南北朝时，新增州渐多，郡之辖境缩小，郡守权为州刺史所夺，州郡区别不大。隋初遂存州废郡，以州刺史代郡守之任。此后太守不再是正式官名，仅用作刺史或知府的别称。明清则专称知府。以风流太守为题的诗词较多。[2] 乐意：快意，高兴。《庄子·盗跖》："夫见下贵者，所以长生安体乐意之道也。"未央：未尽，未已，没有完结。

读朱淑贞吊林和靖二绝，因用韵偶成 [1]

　　婺女躔分处士星 [2]，楚波宋焰有余清 [3]。何缘红粉孤山吊 [4]，技痒干名岂令名 [5]。

　　十二栏干肠断时 [6]，鸾凰失意却缘诗 [7]。不将化石心应老 [8]，犹向诗人吊古祠。

注释：

[1] 朱淑贞，又作朱淑真、朱淑珍，钱塘（今浙江杭州）人，号幽栖居士，南著名女词人，有《断肠诗集》。朱淑真《吊林和靖二首》："不见孤山处士星，西湖风月为谁清。当时寂寞冰雪下，两句诗成万古名。""短篷载影夜归时，月白风清易得诗。不识酚泉拈菊意，一庭寒翠蔼空祠。"林和靖，林逋，字君复，奉化大里黄贤村人，北宋著名隐逸诗人，谥号和靖。[2] 婺女躔（chán）分处士星：婺女，星宿名，即女宿，又名须女，务女。躔，践；践履。方苞《七夕赋》："彼其躔分两度，天各一方。会稀别远，意满情长。"处士星，即少微星。语出房玄龄《晋书·谢敷传》："初，月犯少微，少微一名处士星，占者以隐士当之。"此句是说，朱淑真和林逋都是星宿下凡的浙江人才。[3] 楚波：泛指楚地的江河湖泽。余清：余留的清凉之气。此指朱淑真得林逋之余韵。[4] 红粉：美女。此指朱淑真。[5] 技痒：有某种技艺的人遇到机会急欲表现。干名：求名。令名：美好的声誉。[6] 肠断：朱淑真集为《断肠集》。[7] 鸾凰失意却缘诗：此句意思是，朱淑真夫妻不和是因为她爱作诗。鸾凰，鸾凰配对，比喻夫妻或情侣。[8] 不将化石心应老：意思是，朱淑真没有化为望夫石，但心已伤透。

用韵京邸春夜感怀

寂寂松窗凉月斜 [1]，客身何事滞京华。青灯落尽愁无尽，酒美燕山不是家。

注释：

[1] 松窗：临松之窗。多以指别墅或书斋。顾况《忆山中》："蕙圃泉浇湿，松窗月映闲。"

坐对杨花 [1]

何处杨花小院轻，卷帘孤坐午风清。一春寥落江南梦，肠断吴姬劝客情 [2]。

注释：

[1] 此诗当作赵完璧于盐城时。[2] 肠断吴姬劝客情：出自李白《金陵酒肆留别》："风吹柳花满店香，吴压酒劝客尝。"

都城闻西郊阅武

金郊月落促战鼓 [1]，壮士喊声怒如虎。将台百尺高入云 [2]，北风寒透将军股。

注释：

[1] 金郊：西郊。[2] 将台：将帅的指挥台或阅兵台。明施耐庵《水浒传》第76回："枢密使童贯在阵中将台上，定睛看了梁山泊兵马，无移时，摆成这个九宫八卦阵势。"

月夜会宁县道中

半天玄霭浮沙漠 [1]，万里荒山接草莱 [2]。千古婵娟恒此度，不堪人自海边来。

注释：

[1] 玄霭：黑色的云雾。[2] 草莱：犹草莽。杂生的草。

次韵鸽山晚钓

一片闲心系野藤，羁人紫翠远千层。孤云小艇迷春梦，月满寒滩未起罾[1]。

注释：

[1] 寒滩：寒冷的水滩。宋张舜民《下滩二绝句（其一）》："下得寒滩水漫流，山平水远更清幽。几何舟楫随风去，唯有渔人得自由。"起罾：提升网具捞鱼。罾，一种用木棍或竹竿做支架的方形渔网。

感　怀

六十余龄羁海头，山川远兴恨难酬[1]。龙钟鹤发心犹壮，日逐白云天际游。

注释：

[1] 远兴：高雅的兴致。朱熹《次张彦辅赏梅韵》："拥炉独坐只悲吟，振策出游舒远兴。"

春　夜

深院秋千儿女情，桃花香暖月华清[1]。碧窗梦破啼鸦散，杨柳风前笑语声。

注释：

[1] 月华：月光。月华是月光的一种衍射现象。常见于古诗文。骆宾王《望月有所思》："九秋凉风肃，千里月华开。"

盐城初夏，雨中诵"不知春去几多时，纱窗几点黄梅雨"之句，用赋十四首[1]

雨中红瘦空肥绿，强把余香留寸曲。酒酣陡觉壮前春，为问来春还胜不？

寂寥粉署少相知[2]，微雨霏霏织暮丝[3]。惆怅故山飞客梦，不堪杨柳

245

唤莺儿^[4]。

芳菲零落已残春，可惜韶华客邸身。清吏戒严孺子事^[5]，旋将狂叟作羁人。

红芳梦里谢春归，白发天涯仍醉去。蕾腾几日未开帘，莓苔绿遍闲吟处。

龌龊之畏何首尾^[6]，七十余龄知有几。赏心莫问春去来，秉烛风流自英伟^[7]。

雨落残红晓更多，留春不住奈春何。春来莫遣伤春后，几度春归两鬓皤。

正是桑榆陶写时，客中丝竹愧羲之^[8]。淮南四月风和雨，尽日垂帘独赋诗。

异乡红紫老春华^[9]，故国芳时不在家。奈尔青青数竿竹，天涯风雨伴窗纱。

连朝风雨度沧江，接地烟云暗海邦。王事沈郎仙棹迥^[10]，白头半夜倚寒窗。

疏雨冷风暮复朝，翠林红萼知余几。十二阑干无限情，锦囊清昼闲焦尾^[11]。

儿役王程我拘检^[12]，官衙雨渍重门掩。淼围湖水绿千重^[13]，不见蓬山青一点。

别将鼓吹慰诗肠，斗酒芳柑傍海棠。调得玉笙无觅处，青烟低度小鬟黄^[14]。

楚天四月熟黄梅，云雨年年会早来。日夜不堪江上客，寂寥惟有掌中杯。

酒醒萧索桃花坞，云冷玉屏诗思苦^[15]。杨柳风清燕子低，幽轩帘卷黄昏雨。

注释:

[1] 不知春去几多时，纱窗几点黄梅雨：句意参考宋司马槱（yǒu）《黄金缕·妾本钱塘江上住》："燕子衔将春色去，纱窗几阵黄梅雨。" [2] 粉署：尚书省的别称。此处代指盐城官衙。杜甫《秋日夔府咏怀奉寄郑监李宾客一百韵》："雾雨银章涩，馨香粉署妍。" [3] 霏霏：雨雪烟云盛密貌。语出《诗经·小雅·采薇》："今我来思，雨雪霏霏。" [4] 不堪杨柳唤莺儿：埋怨柳上黄莺唤醒客梦的意思。句意参考唐金昌绪《春怨》："打起黄莺儿，莫教枝上啼。醒时惊妾梦，不得到辽西。" [5] 清吏：廉洁的官吏。李延寿《南史·梁本纪中·武帝下》："（梁武帝）诏在位群臣，各举所知，凡是清吏，咸使荐用。"戒严：指警戒。孺子：

小子。此指其子慎修。[6] 齷齪之畏何首尾：本句大概是说人世间狭小，不免令人畏首畏尾。齷齪，狭小。王勃《秋日游莲池序》："人间齷齪，抱风云者几人。"[7] 秉烛风流：秉烛夜游，比喻及时行乐。《古诗十九首·生年不满百》："昼短苦夜长，何不秉烛游。"李白《春夜宴桃李园序》："古人秉烛夜游，良有以也。"英伟：指智能卓越的人。葛洪《抱朴子·嘉遁》："徒闻振翅竦身，不能凌厉九霄，腾跚玄极，攸叙彝伦者，非英伟也。"[8] 正是桑榆陶写时，客中丝竹愧羲之：房玄龄《晋书·王羲之传》："谢安尝谓（王）羲之曰：'中年以来，伤于哀乐，与亲友别，辄作数日恶。'羲之曰：'年在桑榆，自然至此。顷正赖丝竹陶写，恒恐儿辈觉，损其欢乐之趣。'"桑榆，比喻晚年、垂老之年。丝竹，泛指管弦乐器。[9] 红紫：红花与紫花，代指春芳。[10] 王事沈郎仙棹迥远：此句指慎修忙于公事乘船外出。王事：王命差遣的公事。沈郎，指南朝梁沈约，亦借指腰肢瘦损之义。沈约从少年时代起就很用功读书。青年时期的沈约，已经"博通群籍"，写得一手好文章，以至于腰身瘦损。李延寿《南史·梁书·沈约传》载，沈约与徐勉书，言己老病，中有"百日数旬，革带常应移孔"。后因以"沈腰"作为腰围瘦减的代称。李煜《破阵子·四十年来家国》："一旦归为臣虏，沈腰潘鬓消磨。"仙棹，船的美称。迥，远。[11] 锦囊清昼闲焦尾：白天也没心思弹琴，锦囊都没打开。[12] 王程：奉公命差遣的行程。拘检：检束，拘束。语出范晔《后汉书·左雄传》："言善不称德，论功不据实，虚诞者获誉，拘检者离毁。"魏收《魏书·裴叔业传》："（柳远）性粗疏无拘检，时人或谓之'柳癫'。好弹琴，耽酒，时有文咏。"[13] 淼：水大的样子。语出屈原《九章·哀郢》："淼南渡之焉如？"[14] 鸒黄：黄鹂。[15] 玉屏：玉饰的屏风。汉邹阳《酒赋》："君王凭玉几，倚玉屏，举手一劳，四座之士，皆若舗粱焉。"

古　意

飞梦依郎不可招，郎音杳杳妾寥寥[1]。思郎不见郎帆在，日日门前送暮潮[2]。

注释：

[1] 杳杳：（音信）渺茫。元李裕《次宋编修显夫南陌诗四十韵》："美人何杳杳，良夜独漫漫。"寥寥：孤单；寂寞；空虚。宋之问《温泉庄卧疾寄杨七炯》："移

疾卧兹岭，寥寥倦幽独。"[2] 暮潮：晚潮。贺铸《秦淮夜泊》："官柳动春条，秦淮生暮潮。"

《鹤林玉露》纪王荆公《晚归钟山放鱼》诗，或因刺一绝，余亦效次 [1]

相业当年负读书 [2]，一番新法太迂疏 [3]。苍生望绝公孙惠，何事终山学放鱼 [4]。

注释：

[1]《鹤林玉露》纪王荆公《晚归钟山放鱼》诗，或因刺一绝：宋罗大经《鹤林玉露》卷 5 云："王荆公新法烦苛，毒流寰宇，晚岁归钟山，作《放鱼》诗云：'物我皆畏苦，舍之宁啖茹。'其与梁武帝穷兵嗜杀，而以面代牺牲者何殊？余尝有诗云：'错认苍姬六典书，中原从此变萧疏。幅巾投老钟山日，辛苦区区活数鱼。'"王安石有《放鱼》诗："捉鱼浅水中，投置最深处。当暑脱煎熬，翛然泳而去。岂无良庖者，可使供七箸。物我皆畏苦，舍之宁啖茹。"[2] 相业：宰相的功业。[3] 一番新法太迂疏：言王安石变法不切实际，招致失败。迂疏，犹言迂远疏阔。[4] 钟山：今南京紫金山。放鱼：将鱼放生。

七月十四日观虹

半天云雨半天晴，雌蜺连蜷斜照明 [1]。莫自巫阳归意倦，晚拖腰带背人横。

注释：

[1] 雌蜺（ní）：虹有二环时，内环色彩鲜盛为雄，名虹；外环色彩暗淡为雌，名蜺，即霓，今称副虹。屈原《九章·悲回风》："上高岩之峭岸兮，处雌蜺之标颠。"连蜷（quán）：长曲貌。

晓起小雨落花满地感赋

小雨廉纤晓意寒 [1]，卷帘秋色落花残。无情一夜风吹尽，可奈多情满地看 [2]。

注释：

[1]廉纤：指细小，细微。多用以形容微雨。韩愈《晚雨》："廉纤晚雨不能晴，池岸草间蚯蚓鸣。"[2]可奈：怎奈，可恨。多情：指钟情的人。此处自指。

丁卯盐城九日

江峰迢递独登台[1]，满眼黄花暂举杯。两度重阳归未得，秋风千里望乡来[2]。

注释：

[1]迢递：高峻貌。[2]望乡：眺望故乡。唐李益《夜上受降城闻笛》："不知何处吹芦管，一夜征人尽望乡。"

问 僮

碧纱离离清影开[1]，青僮扫花来玉阶[2]。隔窗朝朝数相问[3]，阴晴一夕不易猜。

注释：

[1]碧纱：碧纱幮，如帏幛一类，夏天坐卧其中，可避蚊蝇。王建《赠王处士》："松树当轩雪满池，青山掩幛碧纱橱。"离离：隐约貌。卢纶《奉和户曹叔夏夜寓直寄呈同曹诸公并见示》："乱萤光熠熠，行树影离离。"[2]青僮：年少的男仆。僮，古同"童"。[3]朝朝：天天，每天。

春残漫书

啼残野鸟春归去，开遍好花人不知。向晓高堂对青镜，萧骚惟见鬓边丝[1]。

注释：

[1]高堂：高大的厅堂。青镜：青铜铸成的镜子。萧骚：稀疏。陆游《初秋书怀》："二十年前已二毛，即今何恨鬓萧骚。"

玩庭前风竹戏书

婳娟细竹玉玲珑[1]，袅袅纤腰不耐风。谁遣楚宫如意舞[2]，婆娑对酒日西东[3]。

注释：

[1] 婳娟：形容姿态美好。[2] 楚宫：楚王爱细腰。典出《墨子·兼爱中》："昔者楚灵王好士细要，故灵王之臣，皆以一饭为节，胁息然后带，扶墙然后起。比期年，朝有黧黑之色。"汉无名氏《无题》："楚王好细腰，宫中多饿死。"[3] 婆娑：盘旋舞动的样子。对酒：把酒。曹操《短歌行》："对酒当歌，人生几何？"

次韵李亨庵辛夷花 [1]

惆怅春残尽日中，新词欲写倦柔风。珠玑不逐猩毫落[2]，意匠悠悠铸未工[3]。

阅来承宠若为容，倦写蛾眉独倚风。满目杨花心绪乱，仿他桃李不言中[4]。

注释：

[1] 辛夷花：又名木兰、紫玉兰、名望春花。色泽鲜艳，花蕾紧凑，芳香浓郁。杜甫《逼仄行赠华曜》："辛夷始花亦已落，况我与子非壮年。"[2] 珠玑：比喻美好的诗文。[3] 意匠：诗词、绘画等的构思布局。杜甫《丹青引》："诏谓将军拂绢素，意匠惨淡经营中。"悠悠：忧思貌。[4] 桃李不言：即桃李不言，下自成蹊。典出司马迁《史记·李将军列传》："太史公曰：《传》曰：'其身正，不令而行；其身不正，虽令不从'。其李将军之谓也？余睹李将军悛悛如鄙人，口不能道辞。及死之日，天下知与不知，皆为尽哀。彼其忠实心诚信于士大夫也？谚曰'桃李不言，下自成蹊。'此言虽小，可以谕大也。"

盐城官署对葵

伟干秾妍冒雨华[1]，粉墙摇曳晚风斜。黄昏小院无人见，孤负年芳独自嗟[2]。

注释：

[1] 伟干：魁梧的身躯。房玄龄《晋书·魏咏之传》："既出，（桓）玄鄙其（魏咏之）精神不隽，谓坐客曰：'庸神而宅伟干，不成令器。'"秾妍：美艳。
[2] 孤负：谓徒然错过。宋黄机《水龙吟·晴江衮衮东流》："恨荼蘼吹尽，樱桃过了，便只恁成孤负。"年芳：美好的春色。

雨 夜

城头落日云重重[1]，倦吏闭门睡正浓。雷雨满天来半夜，定知海上起蟠龙[2]。

注释：

[1] 重重：形容一层又一层。[2] 蟠龙：盘伏的龙，是蛰伏在地而未升天之龙。传说四海龙王的职责是兴云作雨。

翟家嘴感怀[1]

老妻海上肠应断，弱子河西泪满襟[2]。独向关山对明月，离怀三处总伤心。

注释：

[1] 翟家嘴：位于今甘肃会宁东南部翟家所镇。[2] 河西：河西地区系指今甘肃的酒泉、张掖、武威等地，因位于黄河以西，自古称为河西。关山：此指边塞。[3] 离怀：离人的思绪；离别的情怀。牟融《客中作》："异乡岁晚怅离怀，游子驱驰愧不才。"

春日即事四首

满庭芳意绿茸茸[1]，独向瑶台步晚风[2]。一片残红飞翠藓，可怜春色寂寥中。
一声两声山鸟啼，三日五日春雨凄。柴门暗锁柳花碧，闲馆无人醉似泥。
松筱随风如意舞[3]，石床杂藓五色组。悠然醉卧了不关，一梦落尽桃花雨。

　　修竹婀娟尘外幽，苍苔满地落花浮。青藜散步东风软，无个轩乘无个愁[4]。

注释：

[1] 茸茸：又短又软又密的草。[2] 瑶台：美玉砌的楼台。亦泛指雕饰华丽的楼台。屈原《离骚》："望瑶台之偃蹇兮，见有娀之佚女。"[3] 松筱：松与竹。张九龄《南还以诗代书赠京师旧僚》："松筱行皆傍，禽鱼动辄随。"无个：没有一个，无一人。

<h2 style="text-align:center">睡　起</h2>

　　寂寂清轩老病身，闲情无赖写无因。日长翻为琴书累，恰度华胥意兴新[1]。

注释：

[1] 恰度华胥：刚好梦醒。华胥，梦境的代称。

刘春台太守州治有"大观天日近，雄胜海山连"之联，因十咏其韵，简上

　　夑契唐虞值良会[1]，熙熙四海春无外[2]。酒酣欲作太平歌，映然剑首乾坤大[3]。

　　海国熊轺一纵观，凋残此日际刘宽[4]。东风到处苏春槁，红树啼莺物色欢。

　　圣明侧席苦遒贤，卓老东来慰所天。篱落不惊明夜月，桑麻无事锁春烟。

　　焦枯润溥商家霖[5]，凝冱欣宜盾之日[6]。岐阳旷矣三千秋，青荒赤子今宁一[7]。

　　天地尔我元相近，四知今古钦高韵[8]。何物犹烦暮夜辞，私门争似无人问。

　　风流儒雅慕豪雄，勋业文章海岱空。天地无私人似约，仲舒端合到天东[9]。

　　癯自从肥窥战胜[10]，清操冰玉呈孤莹[11]。负义封侯自烈然，尘埃讵为如钩应[12]。

　　庐陵太守来东海，政和化美春常在。惯寻山水积英贤，朱弦欲奏朱颜改。

　　龚黄芳誉重如山[13]，可慕当年不可攀。银笔恨无今日传，循良犹在口碑间。

注释：

[1]夔契唐虞值良会：此句指明君良臣相遇。夔和契都是尧（唐虞）时的贤臣。[2]熙熙：温和欢乐的样子。[3]映（xuè）：如口吹物发出的音。《庄子·惠子》："吹剑首者，映而已矣。"[4]刘宽：刘宽，字文饶。弘农郡华阴人。东汉时期名臣、宗室。刘宽早年历任大将军掾、司徒长史、东海相、尚书令、南阳太守等职。他为政以宽恕为主，被海内之人称为长者。[5]润溥：润泽广大。[6]凝沍（hù）：结冰，冻结。[7]青荒：荒野。[8]四知：就是天知、神知、我知、你知。典出范晔《后汉书·杨震传》："当之郡，道经昌邑，故所举荆州茂才王密为昌邑令，谒见，至夜怀金十斤以遗（杨）震。震曰：'故人知君，君不知故人，何也？'密曰：'暮夜无知者。'震曰：'天知，神知，我知，子知。何谓无知！'密愧而出。"后多用为廉洁自持、不受非义馈赠的典故。此指刘春台。[9]仲舒：汉哲学家、今文经学家董仲舒。他专治《春秋公羊传》，强调"天人之际，合而为一"之说。此处用以代指刘春台之学问、才华。[10]癯自从肥窥战胜：典出《韩非子·喻老》："子夏见曾子，曾子曰：'何肥也？'对曰：'战胜，故肥也。'曾子曰：'何谓也？'子夏曰：'吾入见先王之义则荣之，出见富贵之乐又荣之，两者战于胸中，未知胜负，故臞（同"癯"）。今先王之义胜，故肥。'是以志之难也，不在胜人，在自胜也。故曰：'自胜之谓强。'"陈奇猷《韩非子集释》："太田方曰：先王之义，《史记·乐书》作夫子之道。"子夏以道义战胜了富贵的欲念，因而胖了起来。后遂用"战胜""得道肥""夫子胜"等谓道义制胜，心安理得。癯，瘦。[11]孤莹：即孤洁。孤高清白，洁身自好。[12]如钩：出自范晔《后汉书·孝桓帝纪》："直如弦，死道边；曲如钩，反封侯。"大意是说，性格如弓弦般正直的人，最后不免沦落天涯，曝尸路旁；而不正直的谄佞奸徒，趋炎附势，阿世盗名，反倒封侯拜相，极尽荣华。[13]龚黄：汉代循吏龚遂与黄霸的并称，亦泛指循吏。芳誉：美好的名声。

253

次韵高侍郎鹁鸽山

百年幽癖向烟霞[1]，海岳茫茫日已斜。开老苹花秋浦静[2]，野鸥来往水边沙。

注释：

[1] 幽癖：指泉石之癖。明刘继文《桂胜序》："余不佞性耽幽癖，每见一泉一石，辄恋恋不舍去。殆自幼已然。"[2] 苹花：苹草所开的花。秋浦：秋日的水滨。张九龄《别乡人南还》："东南行舫远，秋浦念猿吟。"

东山樵径

谢组樵云白发馀[1]，阅来尘世合幽居[2]。萧然一径林峦外[3]，未必人心似坦如[4]。

注释：

[1] 谢组：辞官不就的意思。樵云：在云雾山上樵柴。唐伯虎《渔樵之志图题诗》："钓月樵云共白头，也无荣辱也无忧。相逢话到投机处，山自青青水自流。"[2] 阅来尘世：经历世事已多。幽居：隐居不仕。[3] 萧然：冷落；荒凉。[4] 坦如：宽阔，平坦。

柏阑将军庙 [1]

俗传将军战韩信败死，庙于此。

将军身自旧周来[2]，大义还当仔细裁[3]。御汉只知今日死，帝秦已遣后人哀。

注释：

[1] 柏阑将军：据道光《重修胶州志·考四·讹误》："《刘志》：'柏栏将军，秦二世将，韩信破齐，假道追田横，将军不忍背秦，拒战，死，张谦宜引迁、固驳之，诚为确论。独据《名胜志》改为齐将，谓柏栏即将军姓名，于史亦无所征。法坤宏又以柏栏为亚将周兰，不知当韩信决潍时，兰已被虏，尤属不合。按，今治北柏栏社有元人卢琮以军功封武义将军，其墓碑载封号里居曰'武义

将军柏栏人也'。岂以碑有柏栏字，将军字，后人遂相传为柏栏将军，而遗其名欤！"柏阑应是地名，将军名字遗失，后人遂讹。[2] 旧周：东周。[3] 大义：正道，大道理。裁：判断；决定。

落日二首

碧簟凉生惬日斜[1]，胭脂飞满玉阶花[2]。幽闲帘卷汀烟紫，遥送轻鸥过海涯[3]。

古木阴阴独据床[4]，微风飒飒暗生凉。余酣清眺暮云尽[5]，万点碧山秋兴长。

注释：

[1] 碧簟（diàn）：绿色的竹席。刘禹锡《洛中初冬拜表有怀上京故人》："清洛晓光铺碧簟，上阳霜叶剪红绡。"[2] 玉阶：台阶的美称。班婕妤《自悼赋》："华殿尘兮玉阶苔（苔），中庭萋兮绿草生。"[3] 海涯：海边。苏轼《寄高令》："田园知有儿孙委，蚤晚扁舟到海涯。"[4] 阴阴：幽暗貌。唐李端《送马尊师》："南入商山松路深，石床溪水昼阴阴。"据床：据《史记·郦生陆贾列传》载，郦食其初谒汉王刘邦时，刘邦正"据床使两女子洗足"，态度轻慢。后因以"据床"谓轻慢而疏于礼节。此指闲居不受约束的样子。[5] 余酣：饮酒的余兴。杜甫《军中醉饮寄沈八刘叟》："酒渴爱江清，馀酣漱晚江。"清眺：悠闲地远望。唐羊士谔《息舟荆溪呈李功曹巨》："冲襟得高步，清眺极远方。"

金身范蠡[1]

报国忠良义自深，几微早已见君心[2]。金身却恨功成去，不去终难保似金。

注释：

[1] 金身范蠡（lí）：范蠡字少伯，号陶朱公，又号鸱夷，春秋时期楚国人，为勾践立"十年生聚，十年教训"之策，终克灭吴。后受封上将军，铸金身，朝臣浃旬而拜。悟功臣鲜克有终，遂挂冠携西施泛舟五湖，为巨贾。他是功成

身退的典范，为后世仰慕。《国语·越语下》："（范蠡）遂乘轻舟以浮于五湖，莫知所终。王（勾践）命工以良金写范蠡之状而朝礼之，浃日而令大夫朝之，环会稽三百里者以为范蠡地。"[2] 几微：预兆，隐微。语出班固《汉书·萧望之之传》："愿陛下选明经术，温故知新，通于几微谋虑之士以为内臣，与参政事。"诗意是说范蠡预见越王不可共富贵，遂隐退。司马迁《史记·越王勾践世家》："范蠡遂去，自齐遗大夫种书曰：'飞鸟尽，良弓藏；狡兔死，走狗烹。越王为人长颈鸟喙，可与共患难，不可与共乐。子何不去？"

雪

朔吹飘飘雪满城[1]，琼飞月莹眼中明[2]。君看千古兴亡迹，谢馆袁门一样平[3]。

注释：

[1] 朔（shuò）吹：指北风。语出南朝陈张正见《赋得寒树晚蝉疏》："寒蝉噪杨柳，朔吹犯梧桐……还因摇落处，寂寞尽秋风。"[2] 琼飞：雪飞。月莹：月色明洁。五代刘崇远《金华子杂编序》："因念为童时，侍立长者左右，或于冬宵漏永，秋阶月莹，尊年省睡，率皆话旧时经由，多至夜深不寐。始则承平事实，爰及乱离，于故基迹，或叹或泣，凄咽仆隶。"[3] 谢馆：指晋朝谢安、谢玄的府第。谢安（320—385），字安石，陈郡阳夏（今河南太康）人，东晋著名政治家。名士谢尚的从弟。王俭称其为"江左风流宰相"。谢家以擅长教育著称。"咏絮"才女谢道韫即为谢安侄女。《世说新语·言语》载："谢太傅寒雪日内集，与儿女讲论文义。俄而雪骤，公欣然曰：'白雪纷纷何所似？'兄子胡儿曰：'撒盐空中差可拟。'兄女曰：'未若柳絮因风起。'公大笑乐。即公大兄无奕女，左将军王凝之妻也。"袁门：指汉袁安的家门。"袁安高卧"故事见晋周斐《汝南先贤传》："时大雪积地丈余，洛阳令身出案行，见人家皆除雪出，有乞食者。至袁安门，无有行路。谓安已死，令人除雪入户，见安僵卧。问何以不出。安曰：'大雪人皆饿，不宜干人。'令以为贤，举为孝廉。"二者都是与雪有关的典故。

久雨新晴小步

云雨连朝不下堂[1]，新晴小步玩庭芳[2]。莓苔为我开清兴，是处氤氲翡翠光[3]。

注释：

[1] 连朝：犹连日。[2] 庭芳：庭草，出自吴融《废宅》："几树好花闲白昼，满庭芳草易黄昏。"[3] 氤氲：烟云弥漫的样子。

瓶中花

清秋红翠浸冰壶[1]，浪遣人夸绝世无。壮志肯教摧寸草，长松古柏拟身图[2]。

注释：

[1] 红翠：红色和绿色，此指红花和绿叶。[2] 身图：为自身利益谋划。此处指想要以松柏为榜样。

阅阎铎《斸胫河》之作，用韵感赋[1]

当年斸胫剧相看[2]，股栗行人阻晓湍[3]。莫笑行人行不得，不知天步已艰难[4]。

注释：

[1] 阎铎：阎铎（约1431—约1518），字文振，陕西兴平人。明景泰二年（1451）。辛未科三甲进士，一生历七朝六帝，擅诗善书，明张宁《方洲集》中，收录阎铎三首诗，名为《阎文振马嵬八景》。[2] 斸（zhuó）胫：斩断胫骨。典出《尚书·周书·泰誓下》："斮朝涉之胫，剖贤人之心。"孔安国传："（商纣王）冬月见朝涉水者，谓其胫耐寒，斩而视之。"郦道元《水经注·淇水》："纣乃于此（淇水）斮胫而视髓也。"[3] 股栗：因紧张、害怕而两腿发抖。清魏禧《大铁椎传》："宋将军屏息观之，股栗欲堕。"[4] 天步：天之行步。指时运、国运等。《诗经·小雅·白华》："天步艰难，之子不犹。"朱熹《古

257

经集注》："步，行也。天步，犹言时运也。"

独　酌

绿酒金樽花正开，闲庭白日好风来[1]。樽中酒尽还沽得，花落明朝可易回。

注释：

[1]闲庭：寂静的庭院。好风：称人心意的风。曾巩《延庆寺》："好风吹雨来，暑气一荡涤。"曹雪芹《红楼梦》第70回："好风凭借力，送我上青云。"

正月九日梦与春泉先兄凭栏看花赋诗，觉来记首二句，续补一绝

日暖风清花正开[1]，雕栏双倚共徘徊。春窗梦破夜沉寂[2]，淅沥寒声竹里来[3]。

注释：

[1]风清：谓风轻柔而凉爽。梁元帝《钟山飞流寺碑》："云聚峰高，风清钟彻。"[2]梦破：梦醒。金党怀英《雪中（其一）》："梦破窗明虚，开门雪迷空。萧然视四壁，还与向同。"文徵明《寄顾横泾》："相思相见知何地，梦破秦淮月满川。"[3]淅沥：轻微的风雨声、落叶声等。寒声：凄凉的声音。高适《燕歌行》："寒声一夜传刁斗。"

癸酉次韵新春，试笔十首，酬友人

彩笔冰消试早春，墨花香暖暗薰人[1]。愧无珠玉篇篇莹[2]，却有龙蛇字字真[3]。

玉函暖透碧泓春[4]，猩颖鹓笺更可人[5]。扫去忽惊风雨落[6]，右军潇洒自清真[7]。

挥毫不敢和阳春[8]，逸少休论北面人[9]。但使醉中常作客，有神词赋却怡真[10]。

萧萧短发又经春，万事峥嵘属后人。惟有中书不终老[11]，漫凭哦句写天真。

七十高龄又始春，衰延愧过鲁儒人[12]。一生词翰空成拙，曾悟玄关三昧真[13]。

笔阵珍传几百春[14]，杜家诗法要惊人[15]。年来漫兴挥毫处[16]，草草花笺不用真[17]。

大梦悠悠几许春[18]，浮生不悟古今人。酣觞高咏暂须乐，蕉鹿从来认未真[19]。

风软晴开碧海春，日长暖惬白头人。风流对客挥毫处，何用蓬山漫访真。

紫极恩光万里春[20]，觞诗欢赏百年人[21]。木公金母知何许[22]，双寿重逢此乐真。（时叨膺宠命，乡人有双寿重封之庆，故云。）

挥洒凭谁共好春[23]，青云何幸挹诗人[24]。十分佳句凝清听[25]，大历风流亦逼真[26]。

注释：

[1] 墨花：指砚石上的墨渍花纹，也指水墨花卉画。[2] 珠玉：用来比喻美好的诗文。房玄龄《晋书·夏侯湛传》："（夏侯湛）作《抵疑》以自广，其辞曰'……咳唾成珠玉，挥袂出风云。'"[3] 龙蛇：指书法笔势的蜿蜒盘曲。李白《草书歌行》："时时只见龙蛇走，左盘右蹙如惊电。"[4] 玉函：玉制书套。王嘉《拾遗记·周灵王》："浮提之国献神通善书二人……佐老子撰《道德经》，垂十万言，写以玉牒，编以金绳，贮以玉函。"碧泓：形容池水清澈。明乔宇《洪水池塘》："灵液有春长侵地，碧泓无影远涵天。"[5] 颖：即毛颖，是毛笔的别称，因韩愈作寓言《毛颖传》以笔拟人，而得此称。鸾笺：古纸名，指彩笺。出自宋苏易简《文房四谱·纸谱三》："蜀人造十色笺，凡十幅为一榻……然逐幅于方版之上砑之，则隐起花木麟鸾，千状万态。"后人称彩笺为"鸾笺"，本此。[6] 扫去忽惊风雨落：或取意杜甫《寄李十二白二十韵》："笔落惊风雨"。[7] 右军潇洒自清真：出自赵孟頫《论书》："右军潇洒更清真，落笔奔腾思入神。"清真，该词常被道家用来表示"纯真朴素""幽静高洁"之意。如刘义庆《世说新语·赏誉》："山公举阮咸为吏部郎，目曰：'清真寡欲，万物不能移也。'"[8] 挥毫：作画或书写毛笔书法作品。[9] 逸少：王羲之字逸少。北面人：北方人。[10] 怡真：此指辞赋的境界。[11] 中书：毛笔又有别名"中书君"。[12] 鲁儒：鲁国儒生，此处应指孔子。孔子年七十三而卒。完璧此时七十四岁，故云。[13] 玄关：玄关是道教的入道之门。语出《道德经》："玄之又玄，众妙之门。"此指艺术之道的入门。三昧：

259

来源于梵语，意思是止息杂念，使心神平静，是佛教的重要修行方法。借指事物的要领、真谛。[14] 笔阵：比喻写作文章，谋篇布局擘画如军阵。萧统《正月启》："谈丛发流水之源，笔阵引崩云之势。"[15] 杜家诗法要惊人：杜甫《江上值水如海势聊短述》："为人性僻耽佳句，语不惊人死不休。"[16] 漫兴：谓率意为诗，并不刻意求工。杜甫《江上值水如海势聊短述》："老去诗篇浑漫兴，春来花鸟莫深愁。"杜甫有《绝句漫兴九首》。清王嗣奭《杜臆》："兴之所到，率然而成，故云'《漫兴》'。亦竹枝、乐府之变体也。"[17] 草草花笺：谓自己所用诗笺不甚讲究。草草，草率，不细致或不全面。苏轼《与康公操都官三首（其二）》："所索诗，非敢以浅陋为辞，但希世绝境，众贤所共咏叹，不敢草草为寄也。"花笺，指精致华美的信笺、诗笺。[18] 大梦悠悠：人生一场大梦的意思。悠悠，久长。白居易《长恨歌》："悠悠生死别经年，魂魄不曾来入梦。"[19] 蕉鹿：指梦幻。典出《列子·周穆王》："郑人有薪于野者，偶骇鹿，御而击之，毙之。恐人见之也，遽而藏诸隍中，覆之以蕉。不胜其喜。俄而遗其所藏之处，遂以为梦焉。"[20] 紫极：星名，借指帝王的宫殿。潘岳《西征赋》："厌紫极之闲敞，甘微行以游盘。"李善注："紫极，星名，王者为宫以象之。曹植上表曰：'情注于皇居，心在乎紫极。'"恩光：犹恩泽。[21] 欢赏：欢畅。谢灵运《鞠歌行》："心欢赏兮岁易沦，隐玉藏彩畴识真。"[22] 木公金母：即仙人东王公和西王母。后用于祝寿，比喻庆寿之主人夫妇。[23] 挥洒：比喻写文章、画画运笔不拘束。语出杜甫《寄薛三郎中璩》："赋诗宾客间，挥洒动八垠。"好春：美好的春景。清纳兰性德《昭君怨·深禁好春谁惜》："深禁好春谁惜，薄暮瑶阶伫立。"[24] 挹：挹慕。冯梦龙《警世通言·蒋淑真刎颈鸳鸯会》："接倾城之貌，挹希世之人。"[25] 清听：敬辞，听闻。孟浩然《宿来公山房期丁大不至》："风泉满清听。"[26] 大历风流：指唐代宗大历年间李端、卢纶、韩翃、钱起、司空曙等十位诗人所代表的一个诗歌流派，他们被称作"大历十才子"，诗宗谢朓，寄情山水，歌咏自然，格律归整、字句精工为特点，体裁多用近体格律。迫真：逼真。语出元刘埙《隐居通议·文章一》："刘原父亦善为古文，其作《礼记补亡》，俨然迫真也。"

闻　蝉

清响疏桐向夕流[1]，年年一度使人愁。白头已尽惊如雪，又被催人鼓缶游[2]。

注释：

[1] 清响：此指清脆的蝉鸣。疏桐：梧桐树枝叶疏落。唐虞世南《蝉》："垂绥饮清露，流响出疏桐。"向夕：傍晚；薄暮。陶渊明《岁暮和张常侍》："向夕长风起，寒云没西山。"[2] 鼓缶：敲奏一种瓦质乐器。汉桓宽《盐铁论·散不足》："往者，民间酒会，各以党俗，弹筝鼓缶而已。"

海壑吟稿　卷七

赋

寒宵赋[1]

　　海壑子读书冬夜，长宵沉沉，凝寒凛如，抚此穷阴[2]，怅然不寐[3]，是用有作[4]。辞曰：颛顼司御兮移玄贞[5]，黑帝涣号兮趣朱明[6]。悲泉沉晖兮野霭冥，驷宿耿耿兮流长空[7]。素蟾碾碧兮寒光清[8]，青娥肃征兮鸳瓦冰[9]。苍旻迥而星垂[10]，枯梢号而声悲。大河伏涛兮凝璐连辉[11]，温泉封冻兮瑶华莹璀[12]。万动阒寂兮[13]，清庙进假其何諲[14]，广莫扬吹兮[15]，辕门号令之戒严[16]。寒云冥冥兮，鸿雁哀而流连，黄竹萧萧兮，玄鹤警而鸣旋。松杉陨兮[17]，栏槛冷而凄然，皓梅槃兮[18]，掩寒纱而晚娟。怅铜龙之煞绝兮[19]，银筹淹息[20]，霜堞之笳奏兮[21]，鱼柝杳以声残[22]。轩楯沉寂兮朱箔翩[23]，重扉幽扃兮疏房寒[24]。兽火无光兮[25]，嘘之不燃，兰灯冷青兮[26]，素膏凝盘。抱云和兮绳绝[27]，揽冰纨兮绵折[28]。龙涎熄兮芬灭[29]，凤团委兮烟歇[30]。红丝冰兮玄结，猩颖强兮摧缺。悲暮节之隆严[31]，嗟众处之旷别。乃有贵奢兮，构罗绮于云霄，暄蒸融融兮，护绝域之重貂[32]。沉檀耀庭兮[33]，郁攸而香飘[34]。龙烛荧煌兮，星分而红摇。翠雉明兮袭锦袍，据熊虎兮崇且高。烹胎肺膰兮[35]，肥甘充庖，醇醪苭美兮[36]，紫霞春饶。素霓回旋兮舞纤腰，贝齿声琅兮遏云遥[37]。琼岳颓兮紫绡[38]，金钿落兮娥猫[39]。鸳被浮兰兮，恍巫阳之魂交[40]，金錘暖薰兮[41]，惕永漏之易消[42]。淫约悬绝兮，竟冈知此寒宵。悲风发兮，情自如而陶陶[43]。若彼塞戎之宵征兮，惨边声而泗流[44]，关山迥绝兮，望故土于中州。负浓霜之重铠兮，寒彻骨而驱道[45]，冲朔漠之惊沙兮，月

262

黯淡而云愁。孤臣万里兮，海天沉沉，凤城云远兮，银汉无垠。时易逝而岁晚兮，忧忡如焚，怆遐荒之逆斥兮[46]，耿长夜而虑深。愁思妇于云屏兮[47]，心已摧冰，珊瑚之绛渍兮，肠终夕而九回。幽思沉以缭纡兮[48]，游蛛丝于天隈[49]。合欢余寒以辗转兮，金壶如海而钟哀[50]。游子未返兮，天涯沦落，羁馆岑寥兮[51]，怅戍烟之残角[52]。孤灯落而愁绝兮，蝶悠扬而远脱。载夙兴以行迈兮，抱离怀之忉怛[53]。驱渺茫兮，寂鸡声之咿喔[54]，陟崇巅兮[55]，俯荒原而旷阔。霜风凛其被面兮，嗟敝裘之凉薄。冰溪皓胶以迷途兮[56]，情恻楚其如割。茕独无眠兮[57]，哀生寒庐，炉无宿烬兮，恶裳无绹。一饱无时兮，凛切饥癗，妻孥坐对兮[58]，相泣以吁。冀今夕之昧旦兮，伤来夕之何殊[59]。胡为终此岁寒兮，仰苍穹其畴苏[61]。皇天运化兮，无私于好恶，四时平分兮，岂以斯人而辍其凝冱[62]。推有生之厚薄兮[63]，允玄机之攸赋[64]。感逆顺之相遭兮，忧乐安于所寓。贵不可以拟贱兮[65]，贫与富之有数[66]。神祇无以辞其憾兮，博济为圣贤所惧[67]。但造命惟人兮[68]，我心皇皇[69]。仰燮理之任重兮[70]，惕此寒凉。辟寝门而假寐兮[71]，趋火城之煌煌[72]。立双阙之残月兮[73]，霏裳履之满霜[74]。启九重以匡不逮兮[75]，吐瑶墀之鸡香[76]。格君于仁圣兮[77]，沛天德以怀万邦[78]。裘帽释兮，三军挟纩而相忘[79]，雪宫同乐兮[80]，骨肉帛而有常[81]。夫无外旷兮，内无怨女之彷徨[82]。彼四方之人兮，孰不期温饱而我望。苦冻馁之无闻兮，霭和气而洋洋[83]。寒暑有代谢兮，春晖煦而悠长。固君相之能事兮，又安危关运化之否昌[84]。坐喟叹而漫漫兮，其谁待旦[85]，汲汲于庙廊[86]。顾兹寒微兮，何以弘被[87]，抱此区区兮，畅回春之溥及[88]。淑气敷以遄征兮[89]，馨寰宇而俱立[90]。偕物我而悠然兮，慰是夜之悒悒[91]。

注释：

[1] 本篇作于作者外任陕西巩昌府通判时，此间还写了一些风格遒劲的反映边塞生活的作品。[2] 抚：趁着。[3] 怅然不寐：怅然，形容郁闷不快或失望的样子。寐，睡觉。[4] 是用：因此。《左传·襄公八年》："如匪行迈谋，是用不得于道。"[5] 颛顼（zhuānxū）：中国上古部落联盟首领，"五帝"之一，号高阳氏，黄帝之孙。在流传下来的神话传说中，颛顼是主管北方的天帝。玄贞：神圣的信守。张说《和丽妃神道碑铭》："生可捐於浮假，心独系于玄贞。"[6] 黑帝：是汉族神话中的五天帝之一。古指北方之神。司马迁《史记·天官书》："黑帝行德，天关为之动。"涣号：指帝王的旨

令，恩旨。苏轼《赐新除太中大夫吕大防辞免恩命不允诏》："以卿德望兼重，才术有余，故授之不疑，涣号已行，金言惟允。"朱明：明朝的别称。[7] 驷：古指套着四匹马的车。[8] 素蟾碾碧：月亮轧云而行。[9] 青娥：在古典文学里，指与女性有关的一些意象。这里应是指青女，是主司霜雪的女神。肃征：匆匆疾行貌。鸳瓦：鸳鸯瓦。李商隐《当句有对》："密迩平阳接上兰，秦楼鸳瓦汉宫盘。"[10] 迥：遥远的样子。[11] 凝璐：像玉一样凝结的露珠。璐，美玉。[12] 瑶华：指美玉，这里喻指霜雪。[13] 阒寂（qùjì）：死寂，幽静。江淹《泣赋》："阒寂以思，情绪留连。"[14] 清庙进假：君王到宗庙祭祀。清庙，太庙，古代帝王的宗庙。假，至也。[15] 广莫：亦作"广漠"，辽阔空旷。语出《庄子·逍遥游》："今子有大树，患其无用，何不树之于无何有之乡，广莫之野？"[16] 辕门：古时军营的门或官署的外门。[17] 陨：通常指坠落。[18] 皓：明亮洁白。粲：鲜明，美好。[19] 铜龙：漏器的吐水龙头。李商隐《深宫》："金殿销香闭绮栊，玉壶传点咽铜龙。"[20] 银筹：饮酒时助兴酒筹。[21] 霜堞（dié）：霜雾中的城堞。堞，城上如齿状的矮墙。笳：中国古代北方民族的一种吹奏乐器，似笛。出于西北民族地区，汉时传入中原，通常称"胡笳"。[22] 柝（tuò）：旧时巡夜打更用的梆子。[23] 轩楯：晋司马彪《上林赋注》："轩楯，下板也。"楯，阶除之栏。朱箔（bó）：红色的帘子。贺铸《秦淮夜泊》："隔岸开朱箔，临风弄紫箫。"[24] 幽扃：指深锁的门户。颜真卿《右武卫将军臧公神道碑铭》："奚命之遭，幽扃是即。"[25] 兽火：兽炭之火，指炉火。唐鲍溶《杂曲歌辞·夜寒吟》："兽火扬光二三月，细腰楚姬丝竹间。"[26] 兰灯：古书记载中的一种精致灯具。谢偃《杂曲歌辞·踏歌词》："相看乐未已，兰灯照九华。"[27] 云和：山名，古时取所产之材以制作琴瑟。《周礼·春官宗伯》："孤竹之管，云和之琴瑟。"这里指琴、瑟、琵琶等弦乐器的统称。[28] 冰纨：洁白的细绢。班固《汉书·地理志下》："后十四世，桓公用管仲，设轻重以富国，合诸侯成伯功，身在陪臣而取三归。故其俗弥侈，织作冰纨绮绣纯丽之物。"颜师古注："冰谓布帛之细，其色鲜絜如冰者也。纨，素也。"[29] 龙涎：龙涎香，抹香鲸内脏分泌物，为蜡状灰黑色香料。[30] 凤团：宋代贡茶名。用上等茶末制成团状，印有凤纹。[31] 暮节：此指农历十二月。徐坚《初学记》卷3引梁元帝《纂要》："十二月季冬，亦曰暮冬……暮节。"另，暮节还指重阳节，谢灵运《九日从宋公戏马台集送孔令诗》："良辰感圣心，云旗兴暮节。"刘良注："良辰谓九月九日。"[32] 绝域：极遥远或路途险阻与外界隔绝的地方。[33] 沉檀：别作"浓檀"，古代妇女化妆时用的颜料，用来涂在唇上。[34] 郁攸：形容烟火或热气蒸腾。[35] 胹（ér）：煮。膰（fán）：古代祭祀用的熟肉。《周礼·春官宗伯》："以脤膰之礼，亲兄弟之国。"[36] 醇醪（chúnláo）：味厚的美酒。高适《宋中遇林虑杨十七山人因而有别》："檐前举醇醪，灶下烹只鸡。"[37] 贝齿：像编贝一样洁白整齐的牙齿。袁枚《随园诗话》卷1引清胡天游《咏葡萄》："软谢金刀切，津宜贝齿湝。"声琅：形容声音响亮。[38] 琼岳：仙山。唐李林甫《奉和圣制次琼岳应制》："更看琼岳上，佳气接神台。"颓：通"褪"。[39] 金钿（diàn）：指嵌有金花的妇人首饰。娥嫶：轻盈美好态。杨雄《方言》第一："秦晋之间，凡好而轻者，谓之娥；自关而东，河济之间，谓之嫶。"这里指轻盈美丽的女子。[40] 巫阳：古代传说中的女巫。见屈原《招魂》王逸注："女曰巫。阳，其名也。"[41] 金鉔（zā）：金属所制的球形香炉，即"被中香炉"，是古代盛香料熏被褥多球形小炉。司马相如《美人赋》："于是寝具既设，服玩珍奇，金鉔薰香。"[42] 永漏：漫长的时间。多指长夜。毛滂《上林春令·十一月三十日见雪》："浓香斗帐自永漏。"[43] 陶陶：快乐的样子。[44] 泗流：涕泗流连的意思。杜甫《登岳阳楼》："戎马关山北，凭轩涕泗流。"[45] 驱道：驱驰前行，雄健有力。[46] 遐荒：边远荒僻之地。汉韦孟《讽谏》："肜弓斯征，抚宁遐荒。"逆斥：这里是排斥之意。[47] 云屏：有云形彩绘的屏风，或用云母作装饰的屏风。张协《七命》："云屏烂汗，琼璧青葱。"这里指男女欢会之所。[48] 缭纡：回环萦绕，指苦闷盘结胸。[49] 隈：山水等弯曲的地方。这里指角落。[50] 金壶：为酒壶之美称。钟哀：钟声哀远，萦绕着缥缈的思家念远的感情。[51] 羁馆：羁留的馆舍。岑寥：指空寂寥落。[52] 残角：远处隐约的角声。陆游《记梦》："久住人间岂自期，断砧残角助凄悲。"[53] 忉怛（dāodá）：忧伤，悲痛。王粲《登楼赋》："心悽怆以感发兮，意忉怛而憯恻。"[54] 咿喔（yīwō）：象声词，禽鸟声。储光義《射雉词》："遥闻咿喔声，时见双飞起。"[55] 陟（zhì）：登高。[56] 皓胶：水气凝聚貌。[57] 茕（qióng）独：孤独之意。茕，无兄弟，泛指没有劳动力而又没有亲属供养的人。[58] 妻孥（nú）：妻子和儿女。孥，子女。[59] 冀：希望。昧（mèi）旦：天将明未明之时，破晓。《诗经·郑风·女曰鸡鸣》："女曰鸡鸣，士曰昧旦。"[60] 殊：不同。[61] 畴（chóu）苏：土地解冻，万物复苏。畴，田地。[62] 皇天运化兮，无私于好恶，四时平分兮，岂以斯人而辍其凝冱：皇天运化、四时运转，不会因个人好恶而转移，田地也不会因为某些人的饥寒而停止冻结。辍，停止。凝冱（hù），结冰，冻结。晋潘岳《怀旧赋》："辙含冰以灭轨，水渐轫以凝洹。"[63] 厚薄：顺利和塞滞，多指命运。王充《论衡·幸偶》："富或累金，贫或乞食，贵至封侯，贱至奴仆，非天禀施有左右也，人物受性有厚薄也。"[64] 玄机：佛家、道家称奥妙的道理。攸（yōu）赋：攸：所。赋：给予，特指生成的资质。[65] 拟：揣测断定。贱：贫贱，卑贱。[66] 数（shù）：命运，天命。[67] 博济：广泛救助。陈寿《三国志·魏书·高堂隆传》："始自三皇，爰暨唐虞，咸以博济加于天下。"[68] 造命：谓掌握命运。欧阳修、宋祁《新唐书·李泌传》："夫命者，已然之言。主相造命，不当言命。言命，则不复赏善罚恶矣。"[69] 皇皇：形容惊恐不安。[70] 指大臣辅佐天子治理国事。燮，调和。理，治理。[71] 寝门：亦作"寝门"。古礼天子五门，诸侯三门，大夫二门。最内之门曰寝门，即路门。后泛指内室之门。《仪礼·士丧礼》："君使人吊，彻帷，主人迎于寝门外，见宾不哭。"[72] 火城：古代朝会时的火炬仪仗。王禹偁《待漏院记》："相君户行，煌煌火城；相君至止，哕哕銮声。"煌煌：明亮辉耀貌。[73] 双阙：古代宫殿、祠庙、陵墓前两边高台上的楼观。《古诗十九首·青青陵上柏》："两宫遥相望，双阙百余尺。"借指宫门。也借指京都，曹植《赠徐干》诗："聊且夜行游，游彼双阙间。"[74] 霏：飘飞的云雾。裳（cháng）：古代用遮蔽下体的衣裙。履：鞋子。[75] 九重：帝王居处，指朝廷。宋王庭珪《送胡邦衡之新州贬所》："囊封初上九重关，是日清都虎豹闲。"以匡不逮：对于达不到的地方给予纠正或帮助。匡，纠正。不逮，达不到的地方。逮，及，达到。[76] 瑶墀（yáochí）：玉阶，借指朝廷。杜甫《追酬故高蜀州人日见寄》："锦里春光空烂熳，瑶墀侍臣已冥寞。"鸡香：亦作鸡舌香，即丁香。古代尚书上殿奏事，口含此香。徐坚《初学记》卷 11 引汉应劭《汉官仪》："尚书郎含鸡舌香伏奏事，黄门郎对揖跪受，故称尚书郎怀香握兰，趋走丹墀。"[77] 格：合格，表现出来的品质。[78] 沛：指盛厚的恩泽。[79] 裘帽：裘和帽，指御寒服装。脱脱《宋史·王全斌传》："京城大雪，太祖设毡帷於讲武殿，衣紫貂裘帽以视事，忽谓左右曰：'我被服若此，体尚觉寒，念西征将冲犯霜雪，何以堪处。'即解裘帽，遣中黄门驰赐全斌 。"挟纩：披着绵衣，亦以喻受人抚慰而感到温暖。《左传·宣公十二年》："申公巫臣曰：'师人多寒。'王巡三军，拊而勉之，三军之士皆如挟纩。"[80] 雪宫：战国时齐国的离宫名。故址在今山东省淄博市东北。冯梦龙《东周列国志·马陵道万弩射庞涓 咸阳市五牛分商鞅》："（齐）宣王遂自恃其强，耽于酒色，筑雪宫于城内，以备宴乐。辟郊外四十里为苑囿，以备狩猎。又听信文学游说之士，于稷门立左右讲室，聚游客数千人，内如驺衍、田骈、接舆、环渊等七十六人，皆赐列第，为上大夫，日事议论，不修实政。嬖臣王驩等用事，田忌屡谏不听，郁郁而卒。""雪宫同乐"即出此典。[81] 胥：储胥，谓蓄积待用也。班固《汉书·扬雄传下》："二木雍枪累，以为储胥"。[82] 旷，成年而未娶妻的男子。《孟子·梁惠王下》："内无怨女，外无旷夫。"[83] 霭，喻蒙受恩泽。和气：古人认为天地间阴气与阳气交合而成之气。万物由此和气而生。《老子》："万物负阴而抱阳，冲气以为和。"洋洋：指得意欢喜的气氛。[84] 君相：国君与国相。运化：运行变化。否（pǐ）：不顺利。昌，昌荣。[85] 待旦：等待天明。《尚书·商书·太甲上》："先王昧爽丕显，坐以待旦。"言心情迫切，夜不能寐。[86] 汲汲：形容心情急切不安。庙廊：朝廷。[87] 弘被：泽被后世（恩惠遍及后代）。弘，弘愿，弘图。被，被覆。[88] 区区：形容自己微不足道。溥及：广大，普遍。[89] 淑气：温和之气。陆机《悲哉行》："蕙草饶淑气，时鸟多好音。"敷：传布显扬。遐征，远道出征或长途行军。曹丕《黎阳作》："奉辞罚罪遐征，晨过黎山巉峥。"[90] 馨寰宇：名声威势振动天下，形容声威极盛。[91] 悒悒（yìyì）：忧愁不安的样子。

帐　词

为儒学师生送童贞庵太守入觐帐词[1]（并引）

伏以图灵启秘[2]，冥陶瑞世之贤[3]；方夏崇勋[4]，昭仰御天之睿[5]。故荒陬无久否[6]，会际贞良[7]；而善治有奇馨[8]，协钦隆渥[9]。恭惟（某官）炎乡鸿笔[10]，罗渚仙才[11]，逸韵松飙[12]，冲怀桐月[13]。抱千古江山之秀，擅一时文藻之宗。锦捷秋风[14]，回首龙超万蚁；桂探寒窟[15]，扬眉虹贯九霄。青钱遴慎于玉堂[16]，鹗翻易水；赤邑寄专于墨绶[17]，骥展湘云。三祀政成[18]，江城花暖；一迁福费[19]，海国星高。楚去而见思梦泽[20]，草长迷望；齐来而嗟暮蓬瀛[21]，雨足腾欢。德化洽于渤汇[22]，豚鱼毕信[23]；恩光流于原野，草木均辉。王风返而恬熙[24]，醉慷村烟桑柘；文泽深而汪㴔[25]，光生璧水桃花[26]。吾道孤旃[27]，金章企慕[28]；斯文正印[29]，玉笋联翩[30]。幸倾杞之经营[31]，远鉴麦葵摇荡；荷清寒之矜恤[32]，曾闻首蓿阑干[33]。秋风独翔，已慰吹嘘天上；春龙旅应[34]，还期辅翼江渍[35]。五马骓而恪谐宸枫[36]，三鳣迕而婵媛岐柳[37]。帘霏鸡舌；御屏题汉循良[38]，佩转蛴头[39]，帝室延周笃棐[40]。沐无涯之天宠，喜溢沧溟[41]；睽不世之邦侯[42]，情含翠岱。晚山残雪，寒侵绿蚁芳樽[43]，古道酸风[44]，吹断骊驹清咏[45]。冠裳郁郁，弦管嘈嘈，长忆天东，短歌水右。

词曰：

山馆翠云寒，晓色新霁[46]。古木含风卷涛细。川长烟渺，情思啼鸿声里。文翁金阙去[47]，留无计。孤鹤霜明，七弦锦秘[48]。五袴清歌溢流征[49]。玻璃红凸，相送紫霄凌厉[50]。凤池调舜鼎[51]，匡明世[52]。

右调《感皇恩》[53]。

注释：

[1] 帐词：即幛词，写在贺幛上的颂词。帐词是一种前缀骈四俪六的序文，后书一阕词什的结合体。它并非专门的文体，其四六文属于"文"，而诗余则属于"词"，多以四六文叙述事件，以词抒发情感。入觐（jìn）：指地方官员入朝觐见帝王。[2] 伏以：伏，俯伏下拜；以，指下面有事陈情。所以，"伏以"的意思就是作为下级对上级的一种报告方式，要伏下身子。表现作为臣下对皇帝的一种敬礼，以"伏"开头，紧接"以"来联系下面的内容。[3] 瑞世：含义犹盛世。取意于瑞气千条，光泽被世。明杨慎《凤赋》："凤之瑞世仅见，孽世则那。"[4] 方夏：指中国、华夏，与"四夷"相对。范晔《后汉书·董卓传赞》："方夏崩沸，皇京烟埃。"李贤注："方，四方；夏，华夏也。"崇勋：大功绩。[5] 昭仰：谓光辉普照，为众所仰。班固《汉书·郊祀志下》："天文日月星辰，所昭仰也。"御天：控御天道，统治天下。《易经·乾卦》："时乘六龙以御天。"睿：睿智，圣明的天性。[6] 荒陬（zōu）：荒远的角落。左思《吴都赋》："其荒陬谲诡，则有龙穴内蒸。"[7] 会际：指机遇，时机。贞良：忠正诚信，指忠良的人。[8] 馨：散布很远的香气。喻长存的英名。[9] 钦：旧时对帝王的决定、命令或其所做的事冠以"钦"字，以示崇高与尊敬。隆渥：指礼遇优厚。欧阳修、宋祁《新唐书·杨师道传》："贞观十年，拜侍中，参豫朝政，亲遇隆渥。"隆，盛大。渥，沾润，优渥。[10] 炎乡：指人文始祖炎帝故里。鸿笔：形容诗文笔力雄健，辞藻华丽。王充《论衡·须颂》："古之帝王建鸿德者，须鸿笔之臣褒颂纪载，鸿德乃彰"。[11] 罗渚（zhǔ）：佛经中地名。[12] 松飙（biāo）：松风，松涛。王世贞《江提刑宅歌者》："初疑夕籁流银汉，复似松飙写绿波。"[13] 冲怀：虚怀也。冲，空虚，谦虚。桐月：

268

农历三月。[14]锦捷秋风：指在秋天收到捷报。[15]桂探寒窟：意为寒门之士中举。桂：桂树的枝条。因桂树叶碧绿、油润，我国古代把登科比喻为折桂。[16]青钱遴慎于玉堂：朝堂之上科举考试人才遴选严格谨慎。青钱，喻优秀人才。这里指科举考试选拔人才，即"青钱选"。明无名氏《鸣凤记·邹林游学》："双双鼎鼎元，来中青钱选。"[17]赤邑：古代指京都所治的县。墨绶：结在印纽上的黑色丝带。班固《汉书·百官公卿表上》："县令、长，皆秦官，掌治其县。万户以上为令，秩千石至六百石；减万户为长，秩五百石至三百石……秩比六百石以上，皆铜印黑绶。"后因以"墨绶"作为县官及其职权的象征。[18]三祀（sì）：古代春季三种祭礼的合称，即大祀、中祀、小祀。《周礼·春官宗伯》："以禋祀祀昊天上帝，以实柴祀日月星辰，以槱燎祀司中、司命、飌师、雨师。"苏辙《郊祀庆成》："盛礼弥三祀，初元正七年。"[19]赉（lài）：赐予，给予。[20]梦泽：即云梦泽，为江汉平原上的古代湖泊群的总称。清魏源《过洞庭（其四）》："瞥眼君山失，吞胸梦泽涵。"[21]蓬瀛：蓬莱和瀛洲。神山名，相传为仙人所居之处。亦泛指仙境。李世民《秋日二首（其二）》："日岫高低影，云空点缀阴。蓬瀛不可望，泉石且娱心。"[22]德化：指道德教化，道德影响。渤汇：指像河流一样汇合在一起。[23]豚鱼毕信：比喻教化普及而深入。豚鱼，豚和鱼。多比喻微贱之物。《易经·中孚卦》："豚鱼，吉。"[24]王风：王者的教化。《诗大序》："《关雎》《麟趾》之化，王者之风也。"恬熙：安乐。《明史·申时行传》："然是时天下承平，上下恬熙，法纪渐不振。"[25]汪濊（huì）：亦作"汪秽"，深广。谓恩泽深厚。班固《汉书·司马相如传下》："威武纷云，湛恩汪濊。"颜师古注："汪濊，深广也。"[26]璧水：指太学。宋吴自牧《梦粱录·学校》："古者天子有学，谓之'成均'，又谓之'上庠'，亦谓之'璧水'，所以养育作成天下之士类，非州县学比也。"也泛指读书讲学之处。[27]孤旌：指得不到同道支持。旌，表扬，旌表。[28]金章：金质的官印，一说铜印。因以指代官宦仕途。鲍照《建除》："开壤袭朱绂，左右佩金章。"企慕：仰慕之意。[29]斯文：指举止言谈文雅。正印：明制，某些重要官职（如御史）铸有二印。其一为职官本人掌管，谓之"副印"；其一藏于内府，谓之"正印"。有事则受"正印"而出，复命时则仍上交朝廷。参阅《明史·舆服志四》。[30]玉笋联翩：喻英才济济。欧阳修、宋祁《新唐书·李宗闵传》："俄复为中书舍人，典贡举，所取多知名士，若唐冲、薛庠、袁都等，世谓之玉笋。"[31]倾圮（pǐ）：倒塌。明张居正《处士方田李公行状》："道路桥梁倾圮，辄捐赀为修葺。"经营：用尽心思，筹划管理。[32]矜恤（jīnxù）：怜悯抚恤。范晔《后汉书·周泽传》："奉公剋己，矜恤孤羸，吏人归爱之。"[33]苜蓿阑干：比喻小官吏生活清贫。五代王定保《唐摭言·闽中进士》："时开元东宫官僚清贫淡，令之以诗自悼，复纪于公署曰：'朝旭上团团，照见先生盘。盘中何所有？苜蓿长阑干。'"阑干：指纵横交织，弥漫嵌合貌。[34]春龙：原是画名，描绘二龙逢春苏醒威势大展之状，后用以比喻人才适遇良机可以大有作为。宋李方叔《画品》："《春龙起蛰图》，蜀文成殿下道院军将孙位所作。山临大江，有二龙自山下出。一龙蜿蜒骧首云间，水随云气布上，雨自爪鬣中出，鱼虾随之，或半空而陨。一龙尾尚在穴，前踞大石而蹲，举首望云中，意欲俱往。"旅应：群起。[35]辅翼：辅佐，辅助。司马迁《史记·鲁周公世家》："及武王即位，旦常辅翼武王，用事居多。"江渍（fén）：江岸。亦指沿江一带。李白《赠僧崖公》："虚舟不系物，观化游江渍。"[36]五马：太守的代称，犹言官爵显贵。杜甫《送贾阁老出汝州》诗："人生五马贵，莫受二毛侵。"恪（kè）：恭敬，谨慎。诣（yì）：到，旧时特指到尊长那里去。宸枫：亦作枫宸，宫殿。宸，北辰所居，指帝王的殿庭。汉代宫廷多植枫树，故有此称。何晏《景福殿赋》："芸若充庭，槐枫被宸。"[37]三鳣（zhān）：用东汉典故。东汉杨震明经博览，屡召不应，有鹳雀衔三鳣鱼飞集讲堂前，人谓蛇鳣为卿大夫服之象；数三，为三台之兆。后果位至太尉。事见《后汉书·杨震传》。后每用以为典，指登公卿高位的吉兆。司马光《赠太师文公挽辞》："庭有三鳣集，门容驷马过。"婵媛：交错相连。张衡《南都赋》："结根竦木，垂条婵媛。"李善注："婵媛，枝相连引也。"[38]御屏：皇帝用的屏风。宋田锡《御览序》："可以铭于座隅者，书于御屏；可以用于帝道者，录为御览。"题汉：比喻郎官得到皇帝赏识。典出汉赵岐《三辅决录》卷二。沈佺期《酬苏员外味道夏晚寓直省中见赠》："明朝题汉柱，三署有光辉。"循良：谓官吏奉公守法。李延寿《北史·孙搴等传论》："房谟忠勤之操，始终若一。恭懿循良之风，可谓世有人矣。"[39]螭头：古代彝器、碑额、庭柱、殿阶及印章等上面的螭龙头像。亦借指殿前雕有螭头形的石阶等。螭：古代传说的一种动物，蛟龙之属。螭头俗称为龙头。姚合《寄右史李定言》："才归龙尾含鸡舌，更立螭头运兔毫。"[40]笃棐（dǔfěi）：忠诚辅助。《尚书·周书·君奭》："笃棐时二人，我式克至于今日休。"[41]沐无涯之天宠，喜溢沧溟：此指蒙受浩荡无边的君恩。沧溟：苍天，高远幽深的天空。[42]睽（kuí）：张大眼睛注视的样子。不世：不是每代都有的，即非凡、罕有。邦侯：指地方长官。明姚汝循《郡斋咏怀》："才不瘳民瘼，位固忝邦侯。"[43]绿蚁：

本为酒面上浮起的淡绿色泡沫，借指酒。白居易《问刘十九》："绿蚁新醅酒，红泥小火炉。"芳樽：是指精致的酒器。[44]酸风：指刺人的寒风。李贺《金铜仙人辞汉歌》："魏官牵车指千里，东关酸风射眸子。"[45]骊驹：本指纯黑色的马，亦泛指马。这里用典。《骊驹》是《逸诗》篇名，古代告别时所赋的歌词。班固《汉书·王式传》："博士江公著孝经说，心嫉式，谓歌吹诸生曰：'歌《骊驹》。'"颜师古注："服虔曰：'《逸诗》篇名也，见《大戴礼》。客欲去歌之。'"后因以为典。[46]新霁：雨雪后初晴。宋玉《高唐赋》："遇天雨之新霁兮，观百谷之俱集。"[47]文翁：汉庐江舒人。景帝末，为蜀郡守，"仁爱好教化"，在成都市中起学官，入学者免除徭役，成绩优者为郡县吏，每出巡视，"益从学官诸生明经饬行者与俱，使传教令"。蜀郡自是文风大振，教化大兴。见班固《汉书·文翁传》。后世用为称颂循吏的典故。杜甫《将赴荆南寄别李剑州》："但见文翁能化俗，焉知李广不封侯。"金阙：道家谓天上有黄金阙，为仙人或天帝所居。《神异经·西北荒经》："西北荒中有两金阙，高百丈。"[48]七弦：古琴的七根弦。亦借指七弦琴。锦秘：此处用典，指锦字书。后秦窦滔妻苏蕙所作织锦回文《璇玑图》。窦滔仕苻坚为秦州刺史，获罪远徙流沙。苏蕙作回文七言诗织于锦上以寄滔，辞甚凄楚。范成大《道中》诗："客愁无锦字，乡信有灯花。"[49]五袴（kù）：指五袴谣，称颂地方官吏善政的歌谣。白居易《西楼喜雪命宴》诗："歌乐虽盈耳，惭无五袴谣。"[50]紫霄：此指帝王所居。李白《东武吟》："清切紫霄迥，优游丹禁通。"凌厉：形容气势迅速猛烈。张廷玉《明史·海瑞传》："海瑞下令飙发凌厉，所司惴惴奉行，豪有力者至窜他郡以避。"[51]凤池：凤凰池的简称，为皇帝禁苑中的池沼，是中书省所在的地方。舜鼎：在舜祠，这里代指古代的礼法和文化。[52]匡明世：匡时济世。匡：匡正，辅助。[53]右调感皇恩：是说这首词是来表达对所蒙皇恩的感激之情。右调：过去图书都是竖版的，即从右至左竖行阅读。"右调"就是"右面这首词"的意思。

为胶庠师生赠高时斋节推署州代还帐词[1]

伏以奇器奋乎风云[2]，留思征淑[3]；庶情昭于日月[4]，协美扬焞[5]。道直天机，淳元未泯[6]；声芳人纪[7]，悠邈奚涯[8]。恭惟（某官）高风周甸[9]，雅望秦川[10]；华峙英灵，渭波精秀[11]。瑞岐阳之凤鸟[12]，产自名家；穷太后之龙图[13]，绍由先世[14]。桥昂碧落，未当世而拟后达人[15]；

271

桂占青云[16]，讶鸣时而辉前继美。鼋图九万[17]，簸击南溟[18]；晚慰黔黎[19]，铨荣上国[20]。明弼宸极[21]，缅寻鸟喙之芳[22]；使伴寒星，遥徙爽鸠之域[23]。庆乌巢于春树[24]，沉鬼哭于夜台[25]。刑讫于措刑[26]，清息庭前鼓吹[27]；讼服于无讼[28]，赤违水面波涛。忽吏涣胶西[29]，黄章生绿[30]；幸旌移掖北[31]，腐草回春。寒谷恩光，良慊自天之陨[32]；穷檐膏泽[33]，式占时雨之私[34]。栩春梦于华胥[35]，莺花畅化；悲晚来于青壤[36]，沟壑腾欢。消鼠狗之妖踪[37]，朗月清澄墟落[38]；屏豺狼之奸迹，震霆烈赫山川。赤子如伤[39]，岂云青眼？丹心似水[40]，莫探玄渊[41]。洞寸照于水晶[42]，青焰炯玉荷之影；涵万机于藻鉴[43]，明湖流桂魄之光[44]。贞操垂晚节霜筠[45]，义概凛平生冰蘖[46]。宦海波而砥柱[47]，耻系商帆；世道涸而日新[48]，讳言阿堵[49]。风流儒雅攸钦[50]，璧水词宗[51]；夷易温恭悚企[52]，穷陬道范[53]。青衿挹采[54]，宛在春风；白面承休[55]，坐醺醇醴[56]。雨露忘情于桃李[57]，云霄垂意于蓬茅[58]。有代及瓜[59]，旌旆遥遥天上[60]；含情折柳[61]，称觞悚悚溪边[62]。复岁月之几何，五云高矗[63]；慨烟花之缥缈，万井畴依[64]。草凝望以连青，不尽蠮云离恨；桃无言而含紫[65]，聊将落日歌喉。回首岩霏，萦牵别绪；断魂莺语[66]，属和遗音[67]。

词曰：

邮亭沉月，正杜宇送春时节。淡霭连山，柔风卷陌[68]，满目杨花飞雪。人渡溪桥晴渌[69]，旆泉碧山辽绝[70]。无可奈，借野花啼鸟，留觞英烈[71]。伤别，难忘处，三月弥旌，惠政人人悦。弦诵春长[72]，桑麻雨足，方信海波恬灭[73]。何意孤城甫慰，寻远三秦豪杰。便指日，向乌台青琐[74]，傅霖望切[75]。

右调《喜迁莺》[76]。

注释：

[1] 胶庠（xiáng）：周代学校名。周时胶为大学，庠为小学。后世通称学校为"胶庠"。语本《礼记·王制》："周人养国老于东胶，养庶老于虞庠。"代还：指朝臣出任外官者重新被调回朝廷任职。[2] 伏以：意为下级对上级的一种报告方式，要伏下身子。奇器：这里指少有的才能。明高启《答余新郑》："况君磊落抱奇器，不异一鹗秋空横。"[3] 留思：犹留心，关心。《后汉书·杨震传》："（陛下）留思庶政，无敢怠遑。"淑：淑气，是

指温和之气，也指天地间神灵之气。这里指春意。[4] 庶情：指民情。庶，庶民，百姓。[5] 协美扬狷（juān）：指共同努力辅佐帝王，发扬光大帝王基业。狷，明亮。[6] 淳元：犹浑元，天地的元气。齐己《石竹花》："谁为根寻造化功，为君吐出淳元胆。"泯：消失，消灭。[7] 声芳：美好的声名。沈约《宋书·王景文传》："王景文弱年立誉，声芳籍甚。"人纪：人之纲纪，指立身处世的道德规范。《旧唐书·杨绾传》："行为人纪，文合典谟。"[8] 悠邈（miǎo）：遥远，久远。奚涯：这里指美好的声名传播久且远，没有涯际。奚，文言疑问代词，相当于"胡""何"。[9] 高风：犹言高风峻节。李白《赠崔侍郎》："高风摧秀木，虚弹落惊禽。"周甸：周朝领域。甸：天子直属的方圆五百里地。[10] 雅望：这里与高风相对，指清高的名望。亦指有名望的人。王勃《滕王阁序》："都督阎公之雅望，棨戟遥临。"秦川：这里与周甸相对，来说明声名远播。[11] 华峙英灵，渭波精秀：指陕西、甘肃一带人杰地灵。英灵，英明灵秀（指资质），指杰出的人才。谢朓《酬德赋》："赖先德之龙兴，奉英灵之电举。"精秀，完美优异。[12] 岐阳：岐山之南。《诗经·鲁颂·閟宫》："后稷之孙，实维大王，居岐之阳，实始翦商。"凤鸟：中国古代传说中的瑞鸟，象征祥瑞。[13] 龙图：即河图。应劭《风俗通义·山泽·四渎》："河者，播也，播为九流，出龙图也。"[14] 绍：连续、继承之意。[15] 桥昂碧落，未当世而拟后达人：这句是说作者自己未能当世显达，但可以帮助后人搭起成功的桥梁。碧落，青天，天空。黄庭坚《衡山》："万丈融峰插紫霄，路当穷处架仙桥。上观碧落星辰近，下视红尘世界遥。"[16] 桂占青云：比喻科举登第，榜上有名。青云，指胸怀旷达、志趣高远的人才。[17] 蚤图九万：指早日图谋大业。蚤图，早日图谋。《国语·越语下》："夫吴，君王之吴也，王若蚤图之，其事又将未可知也。"蚤，通"早"。九万：极言高远。喻飞黄腾达。语本《庄子·逍遥游》："鹏之徙于南冥也，水击三千里，抟扶摇而上者九万里。"[18] 南溟：亦作"南冥"，南方大海。《庄子·逍遥游》："是鸟也，海运则将徙于南冥。南冥者，天池也。"[19] 黔黎：黔首黎民。指百姓。苏轼《款塞来享》："输忠修贡职，弃过为黔黎。"[20] 铨（quán）：衡量轻重，又指古代选拔官吏。上国：春秋时称中原各诸侯国为上国，与吴楚诸国相对而言。这里指京师。江淹《四时赋》："忆上国之绮树，想金陵之蕙枝。"[21] 弼（bì）：辅佐。宸极：即北极星，这里借指帝王。南朝徐陵《为陈武帝作相时与北齐广陵城主书》："日月所鉴，天地所明，岂敢虚言欺妄宸极。"[22] 缅寻：指遥远难及。鸟喙：鸟嘴。此为星名，亦作"鸟注"，柳星的别称，属南方

273

朱雀七宿之一。司马迁《史记·天官书》："柳为鸟注，主木草。"[23]爽
鸠：鸟名，这里指爽鸠氏，传说为少皞氏的司寇。[24]春树：此用典，杜甫《春
日忆李白》："渭北春天树，江东日暮云。何时一樽酒，重与细论文。"时杜
甫在渭北，李白在江东，这两句借两地景物寄托思念之情。后因以"暮云春树"
作为表示朋友间思念情深的话。[25]夜台：坟墓，亦借指阴间。刘禹锡《酬
乐天见寄》："华屋坐来能几日，夜台归去便千秋。"[26]讫：完结，终了。
措刑：指刑法搁置而不用，形容政治清平。措，设置，设施。[27]鼓吹：官
署名。唐设此官署，掌军乐。它与太乐署为平行机构，太乐署掌祭飨典礼所
用音乐。[28]讼服于无讼：指政治清平，社会安定，无诉讼官司。[29]涣：
离开，离散。此句指外任期满调回朝廷任职。[30]黄章：黄颜色的标志。古
代军队以五种颜色做记号，用以分别队伍的前后次序。[31]掖：汉光武帝建
武九年（33），光武帝，封欧阳歙为掖侯，改掖县为掖侯国，治今山东莱州。
后国除仍为掖县。[32]寒谷：山谷名，一名黍谷。在今北京密云区。相传为
邹衍吹律生黍的地方。语出刘向《七略别录·诸子略》："邹衍在燕，有谷地
美而寒，不生。"自天之陨：《易传·象传》："有陨自天，志不舍命也。"
陨，陨石，喻贤士句意为贤才犹如陨石从天而降，指必然有理想的遇合从天而
降。[33]穷檐：茅舍，破屋。韩愈《孟生》："顾我多慷慨，穷檐时见临。"
膏泽：恩泽，指身受别人的恩惠。《孟子·离娄下》："谏行言听，膏泽
下于民。"[34]式占：中国古代的一种占卜术。[35]此处用华胥梦典故。
《列子·黄帝篇》："（黄帝）昼寝而梦，游于华胥氏之国。"《列子》中
所写的华胥国，是一个老庄思想无为而治、混沌初开的幻境，后用为梦境的代称。
范成大《不寐》："人生元是华胥客，休向迷途更著鞭。"[36]青壤：古书记
载有五种不同颜色的土地。银雀山汉墓竹简《孙膑兵法·地葆》："五壤之胜：青胜黄，
黄胜黑，黑胜赤，赤胜白，白胜青。"[37]鼠狗：比喻无耻卑劣之徒。[38]墟落：
村落。王维《渭川田家》："斜光照墟落，穷巷牛羊归。"[39]赤子：比喻
忠诚热切之心。[40]丹心：指一片赤诚之心。[41]玄渊：深渊。屈原《九
章·惜往日》："临沅湘之玄渊兮，遂自忍而沉流。"这里指道德的深
奥境地。[42]洞寸照于水晶：处理事物公正无私，像水晶一样清澈透明。
[43]藻鉴：品藻和鉴别（人才）。刘禹锡《上门下武相公启》："藻鉴之下，
难逃陋容。"引申为担任品评鉴别人才的职务。[44]桂魄：指月。宋周邦
彦《南柯子·咏梳儿》词："桂魄分余晕，檀槽破紫心。"[45]晚节霜筠（yún）：
指晚年节操象竹一样坚贞不屈。霜筠，指竹。贾岛《竹》："子猷没后知

音少，粉节霜筠漫岁寒。"[46]义概：严正的气节。范晔《后汉书·孔融传论》："若夫文举之高志直情，其足以动义概而忤雄心。"凛：凛然，整肃而又可敬。冰蘖（niè）：亦作"冰檗"，喻寒苦而有操守。苏轼《次韵王定国南迁回见寄》："十年冰蘖战膏粱，万里烟波濯纨绮。"[47]宦海：比喻仕途官场。因仕臣升沉无定，多风波险阻，如海潮之中，故称。砥柱：指坚强柱石，比喻能担当重任、起中坚作用的人或集体。语出《晏子春秋·谏下》："古冶子曰：'吾尝从君济于河，鼋衔左骖以入砥柱之中流。'"[48]潫：混浊之意。[49]阿堵：俗指钱。[50]攸钦：所钦敬的。攸，所。[51]璧水：指太学，泛指读书。词宗：辞章为众所宗仰的人。《艺文类聚》卷五二引裴子野《晋陵太守王励德政碑》："至于网罗图籍，脂粉艺文，学侣揖其精微，词宗称其妙绝。"[52]夷易：平易，平正。司马相如《封禅文》："故轨迹夷易，易遵也。"李善注："夷、易，皆平。"温恭：温和恭敬。《尚书·虞书·舜典》："浚哲文明，温恭允塞。"悚企：亦作"悚跂"。引颈举踵而望，形容殷切盼望。秦观《代贺提刑启》："士林承命以欣愉，属部望风而悚跂。"[53]穷陬：偏远的角落。道范：敬称他人的容颜，风范。无名氏《鸣凤记·献首祭告》："自违道范信音稀，为传旌久淹蛮地。"[54]青衿（jīn）：青色交领的长衫。古代学子和明清秀才的常服。这里指学子，青年书生。陈子昂《登泽州北楼宴》："勿使青衿子，嗟尔白头翁。"挹（yì）采：选择汲取，挹取。[55]白面：犹指白面书生。《资治通鉴》卷106，晋孝武帝太元十二年十二月："温详之徒，皆白面儒生，乌合为群，徒恃长河以自固；若大军济河，必望旗震坏，不待战也。"承休：承受美善。《史记·封禅书》："今鼎至甘泉，光润龙变，承休无疆。"[56]醺（xūn）：酒醉。杜甫《拨闷》："才倾一盏即醺人。"醇醴：味厚的美酒；酒味甘美。嵇康《养生论》："劲刷理鬓，醇醴发颜。"[57]雨露：滋生万物的雨露的恩情。比喻恩泽、恩情。桃李：桃花和李花。比喻栽培的后辈和所教的门生。韩婴《韩诗外传》卷七："夫春树桃李，夏得阴其下，秋得食其实。"[58]蓬茅：亦作"蓬茆"，蓬草和茅草。比喻低微、贫贱。常用作自谦之词。《资治通鉴》卷115，晋安帝义熙五年十月："今以王姬之贵，下嫁蓬茅之士。"[59]有代及瓜：源见"及瓜而代"。指任职期满。《左传·庄公八年》："齐侯使连称管至父戍葵丘，瓜时而往，曰：'及瓜而代'。"言任期一年，今年瓜时往，来年瓜时代之。后因以"及瓜"指任职期。[60]旌旆（jīngpèi）：旗帜。陆机《饮马长城窟行》："戎车无停轨，旌旆屡徂迁。"犹指尊驾、大驾。多用于官员。旆：本意是古代旌旗末端形如燕尾的垂旒，特指镶在旌旗边幅的旗饰，引申泛指旌旗。《诗经·小雅·六月》："织文鸟章，白旆央央。"[61] 含情折柳：折取柳枝。语出《三辅黄图·桥》："霸桥在长安东，跨水作桥。汉人送客至此桥折柳赠别。"后多用为赠别或送别之词。[62] 称觞（chēngshāng）：举杯祝酒。谢朓《三日侍华光殿曲水宴代人应诏诗（其九）》："降席连绥，称觞接武。"悚悚：恐惧貌。[63] 五云：指五色瑞云。多作吉祥的征兆。萧子显《南齐书·乐志》："圣祖降，五云集。"也指皇帝所在地。王建《赠郭将军》："承恩新拜上将军，当值巡更近五云。"高矗（zhù）：高耸。矗：鸟向上飞。[64] 万井：古代以地方一里为一井，万井即 2 500 平方千米。这里指千家万户。张孝祥《水调歌头·桂林中秋》："千里江山如画，万井笙歌不夜。"畴依：指田亩相连。畴，田地，田亩。陶渊明《归去来兮辞》："农人告余以春及，将有事于西畴。"[65] 桃无言而含紫：原意是桃树不招引人，但因它有花和果实，所以不用吹嘘，人们自会欢迎它们。指做事力求实际，不尚虚声，即为"桃李不言"之意。[66] 莺语：指莺的啼鸣声，形容悦耳的语音或歌声。[67] 属和（zhǔhè）：跟着别人唱。这里指和别人的诗。秦观《观宝林塔张灯》："继听钧天奏，尤知属和难。"遗音：留下音信。刘禹锡《伤往赋》："龙门风霜苦，别鹤哀鸣夜衔羽；吴江波浪深，雌剑一去无遗音。"[68] 陌：田间的小路。[69] 晴：天气晴朗无云。渌：溪水清。[70] 袅（niǎo）：柔弱、缭绕貌。辽绝：遥远。南朝梁柳恽《赠吴均（其二）》："关候曰辽绝，如何附行旅。"[71] 留觞英烈：这里指举觞缅怀英烈。[72] 春长：指春天周而复始。[73] 海波恬灭：指海面平静，不起波浪。比喻平安无事。恬，安静，安然。[74] 乌台：御史台。姚合《和门下李相饯西蜀相公》："乌台情已洽，凤阁分弥浓。"青琐：亦作"青锁"，是装饰皇宫门窗的青色连环花纹。这里借指宫廷。陈子昂《为陈舍人让官表》："臣闻紫机务重，青锁任隆。"[75] 傅霖：同"傅说霖"。《商书·尚书·说命上》载，高宗（商王武丁）得傅说于傅岩，并任其为相。命之曰："朝夕纳诲，以辅台德。若金，用汝作砺；若济巨川，用汝作舟楫；若岁大旱，用汝作霖雨。"后因以"傅说霖"为称颂贤臣为民造福之典。亦称久旱后的甘雨。苏轼《次韵朱光庭喜雨》："久苦赵盾日，欣逢傅说霖。"望切：指殷切期盼。[76]《喜迁莺》：又名《鹤冲天》《万年枝》《春光好》等，词牌名。双阕 130 字，前后片各五仄韵。另有平仄韵转换变格。

为乡耆贺戈雨溪荣膺嘉奖帐词[1]（并引）

伏以灵凤征祥[2]，羲驭光华[3]；海岱应龙神化[4]，丰隆嶷磈山川[5]。故英雄奋明圣之期，幸世道际亨嘉之运[6]。恭惟（某官）燕冀休灵[7]，古今俊彦[8]；深沉令德[9]，慷慨高风。逸韵禀自天陶，冲气含于特秀[10]。襟怀璞玉[11]，唾噭明珠[12]，蚤捷蜚声[13]，载耀龙光于云汉[14]；重辉接武[15]，旁昭瑞彩于虹霓[16]。钟鼎之业[17]，合羡夫家传；儒雅之风，争夸乎世继[18]。忽宣纶于北极[19]，式赠马于东州[20]。旌旆扬休[21]，枯槁乐阳和之候[22]；闾阎动色[23]，颠连仰怙恃之秋[24]。迩清光而岩电夺睛[25]，探幽格而《松风》遗响[26]。抗鸿鹄之志，拟迹循良[27]；洁冰雪之操，乃心民社[28]。清才实学，君子攸钦[29]；纯化义风[30]，匹夫胥庆[31]。禁奸不遗于毫发[32]，驭黠果震夫豺狸[33]。仁恩与造化争流[34]，灵威共雷霆齐轨[35]。迩遭春盎[36]，政教云行[37]。海国日长[38]，乍识华胥懿景[39]；村扃夕静，顿回太古醇风[40]。温温乎，丰岁瑛清时可爱[41]；粲粲然，荒年谷赤子所天[42]。廉班胡氏，父子以天语流光[43]；勋继董生，南北之乡评有在[44]。伟绩茂昭于海域，芳声丕著于霜台[45]。春日生辉，骤蒙嘉奖；秋风播誉，竟复重褒[46]。甫期年而治效垂成[47]，未半载而恩荣荐至[48]。某等揖英贤之令范[49]，已逾白头；接锡命之宠光[50]，倏经青眼[51]。不胜欢跃，竟筲鼓以相迎[52]；奚啻声音[53]，聊讴歌以敬寿。心惭芹曝[54]，调谢宫商。

词曰：

霜树蜚红，烟峯凝翠，云齐秋晚[55]。摇落群芳，操持暮节[56]，方见篱英艳[57]。西风遥逐，阳鸿征晓，报到天恩重衍[58]。庆仁声，薄海穷山[59]，共欣凤怀今展。琰誉播青[60]，珣名驰兖[61]，空自芳传残简[62]。垂老躬逢[63]，清朝良吏，无负虞汤选[64]。彩鸾枳棘[65]，飞黄庭际[66]，应是不堪狭浅[67]。行看取，秉钧异宠[68]，沛霖溥演[69]。

右调《永遇乐》[70]。

注释：

[1] 乡耆（qí）：乡里中年高德劭的人。[2] 灵凤：凤凰。古以为四灵之一，故称。王勃《江曲孤凫赋》：“灵凤翔兮千仞，大鹏飞兮六月。”[3] 羲驭：太阳的代称。羲和为日驭，故名。高启《广陵孙孝子爱日堂》：“只愁老景苦

骎骎，羲驭西驰疾飞辁。"[4] 应龙：古代传说中一种有翼的龙，也指古代传说中善兴云作雨的神。相传禹治洪水时，有应龙以尾画地成江河，使水入海。屈原《天问》："河海应龙，何画何历？"[5] 丰隆：亦作"丰霳"。古代神话中的雷神。后多用作雷的代称。屈原《离骚》："吾令丰隆乘云兮，求宓妃之所在。"叆叇（àidài）：云盛貌，形容云气弥漫浓厚。晋潘尼《逸民吟》："朝云叆叇，行露未晞。"[6] 际：正当时。亨嘉：犹亨会，美好的事物聚会在一起。比喻优秀人物济济一堂。范仲淹《体仁足以长人赋》："所以法而用也，既不由干事之贞；体以长焉，又不预亨嘉之礼。"[7] 燕冀：今北京、天津、河北地区。冀，河北地区。休灵：指思想精神修养极高之人。[8] 俊彦：才智出众的人，杰出之士，贤才。范晔《后汉书·班固传》："窃见故司空掾桓梁，宿儒盛名，冠德州里，七十从心，行不踰矩，盖清庙之光晖，当世之俊彦也。"[9] 令德：显明辉煌的美德。《诗经·大雅·假乐》："假乐君子，显显令德。"[10] 逸韵禀自天陶，冲气含于特秀：意思是秉承着自然形成的高逸风韵，内含有杰出俊秀的中和之气。逸韵：高逸的风韵。禀：秉承。天陶：上天培育而成。冲气：指阴阳二气互相冲击而产生的中和之气。特秀：出众、俊秀。见《艺文类聚》卷 36 引晋庾亮《翟徵君赞》："禀逸韵于天陶，含冲气于特秀。"[11] 璞玉：包在石中而尚未雕琢之玉。比喻尚未为人所知的贤才。曾巩《送丰稷》诗："虽知璞玉难强献，欲挂尘楄空含情。"[12] 唾嗽明珠：比喻言谈精当，议论高明或文辞优美。[13] 蜚（fēi）声：扬名，驰名。李贽《过桃园谒三义祠》："桃园桃园独蜚声，千载谁是真弟兄。"[14] 龙光：非凡的风采，神采。范晔《后汉书·高彪传》："（高彪）乃遗（马）融书曰：'承服风问，从来有年，故不待介者而谒大君子之门，冀一见龙光，以叙腹心之愿。'"[15] 接武：步履相接，前后相接，继承。刘勰《文心雕龙·物色》："古来辞人，异代接武，莫不参伍以相变，因革以为功。"[16] 虹霓：亦作"虹蜺"，为雨后或日出、日没之际天空中所现的七色圆弧。虹霓常有内外二环，内环称虹，外环称霓。旧时以虹霓色彩艳丽，比喻人的才华藻绘。范仲淹《与谢安定屯田书》："先生胸中之奇，屈盘虹蜺。"[17] 钟鼎：钟和鼎。喻富贵荣华。黄庭坚《次韵答王眘中》："夸士慕钟鼎，寒儒守典坟。"[18] 世继：继承先世，代代相传。[19] 纶：古代官吏系印用的青丝带。北极：通常指北方边远之处。这里指朝廷、朝堂。杜牧《酬张祜处士见寄长句四韵》："北极楼台长入梦，西江波浪远吞空。"[20] 东州：古时多泛称东方为东州，南、北、

278

西方为南州、北州、西州。如屈原《远游》："嘉南州之炎德兮"；《战国策·韩策三》："秦穆公一胜于韩原而霸西州"。[21]扬休：谓阳气生养万物。扬，通"阳"。[22]枯槁：形体消瘦，面容憔悴。语出屈原《渔父》："屈原既放，游于江潭，行吟泽畔，颜色憔悴，形容枯槁。"阳和：春天的暖气。刘基《梅花七绝句（其三）》："不是孤芳贞不挠，阳和争得上枯枝。"这里借指春天。[23]闾阎（lǘyán）：里巷内外的门，后多借指里巷。这里泛指民间。《史记·樗里子甘茂列传论》："甘茂起下蔡闾阎，显名诸侯，重强齐楚。"[24]颠连：生活困苦。张载《西铭》："凡天下疲癃（lóng）残疾，茕独鳏（guān）寡，皆吾兄弟之颠连无告者也。"怙恃（hùshì）：依仗，凭借。《诗经·小雅·蓼莪》："无父何怙，无母何恃。"后因以"怙恃"指父母。[25]迩：近。清光：清亮的光辉。多指月光、灯光之类。谢朓《侍宴华光殿曲水》："欢饫终日，清光欲暮。"岩电：同"岩下电"，形容目光炯炯有神。清赵翼《子才过访草堂》："醉后起谈锋，岩电目炯然。"[26]幽格：深闺。指旧时女子的卧房。《松风》：指《松风曲》，古琴曲名。元曹文晦《听泉》诗："何如赏此《松风曲》，击节清吟到夜阑。"[27]拟迹：张衡《西京赋》："齐志无忌，拟迹田文。"[28]乃心民社：指系心于黎民百姓和社稷。民社：民间祭祀土神。《礼记·月令》："（仲春之月）择元日，命民社。"这里指人民和社稷。[29]清才：卓越的才能。刘禹锡《裴相公大学士见示因命追作》："不与王侯与词客，知轻富贵重清才。"也指品行高洁的人。[30]义风：正义的气概和风范。《晋书·温峤传》："士禀义风，人感皇泽。"[31]胥庆：皆庆。胥，皆。[32]毫发：毫毛和头发。谓一点儿也不差。张说《进浑仪表》："令仪半在地上，半在地下，晦朔弦望，不差毫发。"[33]黠：狡诈，这里指奸诈狡猾的官吏。[34]造化：指自然的创造者。争流：比较高下、长短。流，流品。张协《七命》："功与造化争流，德与二仪比大。"[35]灵威：威灵，威势。陆云《答兄平原》："王旅南征，阐耀灵威。"雷霆：指帝王暴怒时给臣下的惩处。范仲淹《睦州谢上表》："忤天威者，负雷霆之诛。"齐轨：并行，并驾齐驱。蔡邕《释诲》："群车方奔於险路，安能与之齐轨？"[36]迩遐：亦作"遐迩"，远近。班固《汉书·韦玄成传》："天子穆穆，是宗是师，四方遐尔，观国之辉。"春盎：酒盎。亦指代酒。辛弃疾《水龙吟·再题瓢泉》："冬槽春盎，归来为我，制松醪些。"[37]政教：政治与教化。司马迁《史记·老子韩非列传》："内修政教，外应诸侯。"云行：犹广布。傅玄《答程晓》："皇泽云行，神化风宣。"[38]海国：近海地域。苏轼《新年（其三）》："海国空自煖，春山无限清。"日长：冬至以后白昼渐长。[39]懿景：美好的景致。[40]太古醇风：指远古淳朴宽厚的作风。太古：远古，上古。韩愈《原道》："曷不为太古之无事。"[41]温温：温暖貌。瑛（yīng）：玉的光彩。[42]粲粲：鲜明貌。《诗经·小雅·大东》："西人之子，粲粲衣服。"朱熹《诗经集传》："粲粲，鲜盛貌。"所天：旧称所依靠的人，指君主或储君。范晔《后汉书·梁竦传》："乃敢昧死自陈所天。"李贤注："臣以君为天，故云'所天'。"[43]天语：上天之告语。李白《明堂赋》："听天语之察察，拟帝居之将将。"这里谓天子诏谕，皇帝所语。流光：谓德泽深厚则影响深远，子孙得福。语本《春秋穀梁传·僖公十五年》："天子七庙，诸侯五，大夫三，士二，故德厚者流光，德薄者流卑。"[44]乡评：乡里公众的评论。古代选拔人才的重要依据。陆游《答廖主簿发解启》："伏惟某官文高艺圃，行著乡评。"[45]伟绩茂昭于海域，芳声丕著于霜台：伟大功绩和美好的声名广为流传。茂、丕，盛大貌。[46]重褒（zhòngbāo）：亦作"褒重"，褒扬尊崇。范晔《后汉书·党锢传序》："流言转入太学，诸生三万余人，郭林宗、贾伟节为其冠，并与李膺、陈蕃、王畅更相褒重。"[47]甫（fǔ）：刚刚。《汉书·匈奴传》："今歌吟之声未绝，伤痍者甫起。"期（jī）年：一年。垂成：接近完成或成功。陈寿《三国志·吴书·薛综传》："实欲使卒垂成之功，编于前史之末。"[48]荐至：接连而来。司马迁《史记·历书》："少暤氏之衰也，九黎乱德，民神杂扰，不可放物，祸菑荐至，莫尽其气。"荐，通"洊"。[49]某等：即我等，我们。任昉《百辟劝进今上笺》："某等不达通变，实有愚诚。不任悾款，悉心重谒。"揖：指拱手俯仰。令范：指良好的典范。萧统《锦带书十二月启·夹钟二月》："敬想足下优游泉石，放旷烟霞。寻五柳之先生，琴尊雅兴；谒孤松之君子，鸾凤腾翮。成万世之良规，实百年之令范。"[50]锡命：天子有所赐予的诏命。张九龄《恩赐乐游园宴应制》："宾筵延锡命，供帐序群公。"[51]倏：倏忽，极快地，疾速地。杜甫《短歌行·赠王郎司直》："仲宣楼头春色深，青眼高歌望吾子。"[52]笳（jiā）鼓：笳声与鼓声。借指军乐。李延寿《南史·曹景宗传》："时韵已尽，唯余竞病二字。景宗便操笔，斯须而成，其辞曰：'去时儿女悲，归来笳鼓竞。借问行路人，何如霍去病？'帝叹不已。"[53]奚啻（xīchì）：亦作"奚翅"。何止，岂但。《孟子·告子下》："取食之重者与礼之轻者而比之，奚翅食重？"[54]芹曝（pù）：谦辞。谓所献微不足道。刘克庄《居厚弟和七十四吟再赋（其二）》："批涂曾举词臣职，芹曝终怀野老心。"[55]云齐：谓云布满天空。陆游《秋阴至近村》：

"云齐龙卷雨，野旷鹤盘天。"[56] 暮节：指重阳节。[57] 英艳：指艳丽的花。李德裕《花药栏》："蕙草春已碧，兰花秋更红；四时发英艳，三径满花丛。"[58] 衍：余裕，盛多。《荀子·君道》："圣王财衍以明辨异。"[59] 薄海：指海内外。薄，逼迫。海，四海。穷山：荒山和僻地。泛指荒凉偏僻的地方。[60] 琰（yǎn）誉：美好的名誉。琰，美玉。播：传播、广布。青：青史。古代以竹简记事，故称史籍为"青史"。江淹《诣建平王上书》："俱启丹册，并图青史。"[61] 询名：美好的声名，与"琰誉"相对。驰：传播，传扬。兖：兖州，地名，在今山东省。[62] 残简：零落不全的简册。比喻残缺不全的古籍或文章。简，古时用以书写的竹片。黄庭坚《读书呈几复（其一）》："身入群经作蠹鱼，断编残简伴闲居。"[63] 躬逢：谓亲身参加了盛会或盛举。王勃《滕王阁序》："童子何知，躬逢胜饯。"[64] 虞汤：古代英明的帝王。虞，舜，号有虞氏，史称虞舜。汤，商朝的建立者，又称商汤、成汤。[65] 彩鸾：即鸾鸟，传说中的神鸟。枳棘（zhǐ jí）：枳木与棘木。因其多刺而称恶木。常用以比喻恶人或小人。《韩非子·外储说左下》："夫树橘柚者，食之则甘，嗅之则香；树枳棘者，成而刺人，故君子慎所树。"[66] 飞黄：形容马的飞驰。后多比喻官职地位升得很快。[67] 狭浅：狭隘浅薄。[68] 秉钧：比喻执政。钧，制陶器所用的转轮。薛居正《旧唐书·崔彦昭传》："秉钧之道，何所难哉。"[69] 沛霖：充足而甘美的雨水，比喻恩泽深厚。溥（pǔ）演：普遍推演。[70]《永遇乐（lè）》：词牌名。有平韵、仄韵两体，仄韵始于柳永。分上下两阕，共 104 字。

为千户所贺杨子承千兵完戎朝奖帐词[1]（并引）

窃以明圣神机旌淑[2]，恒先于厉世[3]；豪雄效节临戎[4]，岂惮于捐身。恭惟（某官）将军胄子[5]，阀室俊人[6]，魁梧殊标，端凝令范[7]。耿青年之义概[8]，正气自天；矢赤日之贞操[9]，壮心画地[10]。八阵穷劳梦寐[11]，《六韬》绍邃宫庭[12]。申涣号之严儿戏[13]，岂沿陋迹；本知权之善父书[14]，不滞陈言。表海岳之瑞灵[15]，庆风云之猛士。抡精夏府[16]，开基之华典重辉；镇肃遐陬[17]，褫魄之威声四达[18]。建牙吹角[19]，寂不闻喧；拔剑登坛[20]，强无与敌。茂瀛壖之春草[21]，曾教戎马长嘶[22]；澄淮海之沧波，坐致鲸鲵永灭[23]。锦袍翻细柳[24]，康堵编氓[25]；镠带缓生花[26]，倾心儒雅。佐政播霜台之誉，摄屯贻寒士之恩[27]。两简提兵[28]，跃然千里；

十年就炼，惕尔万全[29]。际国家悠久之隆，饰部伍凋残之弊[30]。推心置腹，劳思自过吮含[31]；协苦分甘[32]，布恵频空储蓄[33]。貔貅争奋，思兼报帅以报君[34]；葵藿纾忱[35]，诚非爱身以爱国。指龙沙而御侮[36]，迥熄狼烽[37]；旋凤阙以趋劳[38]，灵成雀贺。旌麾攸向[39]，绩用倏登[40]，岁月虽淹[41]，人咸恐后。阅师而称耗[42]，方殷当国[43]，忧虞离次者无闻[44]，独美元戎纪律[45]。累黄金之腆费[46]，莫称丹衷[47]；慰紫极之温纶[48]，式惊青眼。玄朔遥而飞檄[49]，青海渺以腾欢[50]。琼酝充罍[51]，银汉润分恩渥[52]；天机遗锦[53]，彩云蔚映仙葩[54]。沸金鼓之喧阗[55]，畅融梅雪；萃人文之炳朗[56]，喜合春阳[57]。末忝葭莩[58]，旷见乘龙异宠；祗承豪彦[59]，惭无跃虎英词[60]。一阕清歌，千钟醽饮[61]，聊倾肝膈[62]，不解宫商。

词曰：

翠岩碧海春初丽，忽下彩鸾烟际。玉阙布天恩，凤阁褒忠义。生色焕山城，芳誉飞迢递。总只为赤心丹陛[63]，况早遇英主明世。家散万金，身余一剑，喜有勠力三军锐[64]。宠拟玉关封，看取金章系。

右调《忆帝京》[65]。

注释：

[1] 本篇当作于外任陕西巩昌府通判时。千户所，官署名。元朝设于各路，置达鲁花赤1人，千户1人，隶于万户，下领百户所，并依所领军士分为上、中、下三等。明朝设于各卫下，隶于卫，设官正千户1人，副千户2人。所辖10百户所，共计军士1 120人。千兵：武官"千户"的别称，正五品。[2] 旌淑：指表彰贤良节介等。[3] 厉世：激励世人。脱脱《宋史·王拱辰传》："夏竦除枢密使，拱辰言：'竦经略西师，无功称而归。今置诸二府，何以厉世？'"[4] 效节：尽忠。权德舆《建除诗》："执心思报国，效节在忘躯。"临戎：亲临战阵；从军。[5] 胄（zhòu）子：古代称帝王或贵族的长子。[6] 阀室：古代指有功勋、有权势的世家。[7] 端凝：端庄，凝重。薛居正《旧唐书·冯定传》："文宗以其端凝若植，问其姓氏。"[8] 耿：直率的情怀。义概：严正的气节。范晔《后汉书·孔融传论》："若夫文举之高志直情，其足以动义概而忤雄心。"[9] 矢：立下誓愿和志向，以示决心矢志不移。赤日：烈日。比喻天子。杜甫《奉同郭给事汤东灵湫作》："有时浴赤日，光抱空中楼。"贞操：坚贞不渝、始终如一的节操。[10] 壮心画地：比喻雄心壮志。

[11] 八阵：亦作"八陈"。古代作战的阵法。银雀山汉墓竹简《孙膑兵法·八阵》："用八陈战者，因地之利，用八陈之宜。"穷劳：尽力效劳。梦寐：指在睡觉做梦时都在寻求，形容心情迫切。[12]《六韬》：托名姜太公所撰的兵书。后借指兵书，兵法。绍邃：继承精邃。[13] 涣号：指帝王的旨令，恩旨。儿戏：比喻军纪松弛不能作战。这里指要整肃军纪。[14] 知权：知道权衡轻重，这里指懂得权变。《淮南子·兵略训》："因势善用间谍，审错规虑，设蔚施伏，出于不意，敌人之兵无所适备，此谓知权。"善父书：比喻不只知死读书，而是懂得运用知识，加以变通。[15] 海岳：谓四海与五岳。刘勰《文心雕龙·时序》："海岳降神，才英秀发。"[16] 抡精：挑选精专。[17] 镇肃：以武力维持、整饬，使端正。遐陬：边远荒僻之地。[18] 褫（chǐ）魄：夺魄。这里形容声威严正，使四夷胆寒。褫，剥夺。张廷玉《明史·李遂传》："诏追褫懋官及克廉职。"[19] 建牙：古谓出师前树立军旗。房玄龄《晋书·姚兴载记下》："（姚兴）于是尽赦囚徒，散布帛数万匹以赐其将士，建牙誓众，将赴长安。"引申指武臣出镇。吹角：吹号角，古代军中所吹的乐器。王维《从军行》："吹角动行人，喧喧行人起。"[20] 登坛：登上坛场。古时会盟、祭祀、帝王即位、拜将，多设坛场，举行隆重的仪式。陈寿《三国志·魏书·臧洪传》："昔张景明亲登坛歃血，奉辞奔走，卒使韩牧让印，主人得地。"[21] 瀛壖（yíngruán）：海岸。谢灵运《游赤石进帆海》："周览倦瀛壖，况乃凌穷发。"刘良注："瀛，海；壖，岸也。"[22] 戎马：军马，战马。借指军队。沈约《宋书·武帝纪中》："承亲率戎马，远履西畿，阖境士庶，莫不恇骇。"[23] 澄淮海之沧波，坐致鲸鲵永灭：这两句是说肃清海上盗寇，使海域重归清澈宁静。鲸鲵，即鲸。雄曰鲸，雌曰鲵。比喻凶恶的敌人，这里借指海盗。[24] 锦袍：锦缎制的衣袍。应该是指皇上所赐恩宠。王昌龄《春宫曲》："平阳歌舞新承宠，帘外春寒赐锦袍。"[25] 康堵编氓：这里指堵挡安置流民并编入户籍。编氓：编入户籍的平民。氓（méng）古代称民（特指外来的）。武元衡《行路难》："休说编氓朴无耻，至竟终须合天理。"[26] 镠：含金量高的金子。王安石《谢赐对衣鞍马表》："出大庭之显服，束以精镠。"[27] 摄：代理。屯：驻军防守。[28] 两简：指一式两份的书简。[29] 惕（tì）：戒惧，小心谨慎。[30] 饰：掩饰。部伍：军队的编制单位，部曲行伍。泛指军队。司马迁《史记·李将军列传》："及出击胡，而（李）广行无部伍行陈，就善水草屯，舍止，人人自便。"凋残：零落衰败；减损。[31] 劳思：苦思苦想。《晏子春秋·外篇上一》："博学不可以仪世，劳思不可以补民。"呪含：指凝神遐想。[32] 协

苦分甘：指分享幸福，同担艰苦。房玄龄《晋书·应詹传》："詹与分甘共苦，情若弟兄。"[33] 布惠：布施恩惠。[34] 貔貅（píxiū）争奋，思兼报帅以报君：貔貅，亦作"豼貅"，古籍中的两种猛兽。多连用以比喻勇猛的战士。房玄龄《晋书·熊远传》："命貔貅之士，鸣檄前驱。"[35] 葵藿：指葵与藿。葵，葵花。藿：豆类植物的叶子。葵花和豆类植物的叶子倾向太阳。比喻一心向往所仰慕的人或下级对上级的忠心。陈寿《三国志·魏书·陈思王植传》："若葵藿之倾叶，太阳虽不为之回光，然向之者诚也。窃自比于葵藿，若降天地之施，垂三光之明者，实在陛下。"纾忱：表达真诚的情意。[36] 龙沙：塞北沙漠地方。[37] 狼烽：古时边防燃狼粪以报警的烽火。苏辙《落叶满长安分题》："衣信催烦杵，狼烽报极边。"[38] 凤阙：帝王宫阙。欧阳修《鹈鹕词》："龙楼凤阙郁峥嵘，深宫不闻更漏声。"[39] 旌麾（jīnghuī）：帅旗，指挥军队的旗帜。借指军队。《三国志·夏侯渊传》："大破遂军，得其旌麾。"攸，文言助词，所。[40] 绩用：犹功用。《尚书·虞书·尧典》："九载，绩用弗成。"孔安国传："三考九年，功用不成，则放退之。"倏：极快地，忽然。[41] 淹：迅疾。[42] 称耗：旧时征粮，在规定数量外，为弥补折耗而多收的数量。司马光《资治通鉴》卷290，后周太祖广顺元年正月丁卯："凡仓场、库务掌纳官吏，无得收斗余、称耗。"胡三省注："称耗，称计斤钧石之外，又多取之以备耗折。"[43] 方殷：谓正当剧盛之时。当国：执政，主持国事。《左传·襄公二十七年》："（九月）辛巳，崔明来奔。庆封当国。"杜预注："当国，秉政。"[44] 忧虞：忧虑。杜甫《北征》："挥涕恋行在，道途犹恍惚。乾坤含疮痍，忧虞何时毕。"离次：擅离职守。《战国策·楚策一》："遂入大宫，负离次之典，以浮于江，逃於云梦之中。"[45] 元戎：大的兵车。借指大军。《诗经·小雅·六月》："元戎十乘，以先启行。"朱熹《诗经集传》："元，大也。戎，戎车也。"[46] 腆（tiǎn）：丰厚，美好。[47] 丹衷：赤诚之心。戴叔伦《曾游》："绝粒感楚囚，丹衷犹照耀。"[48] 温纶：皇帝诏令的敬称。清陈康祺《郎潜纪闻》卷7："吴江陆朗夫中丞耀外任时，母已年高……及为方伯，母夫人以痰疾颠狂益甚，必中丞侍侧，少息叫号，乃上疏陈情，即蒙温纶垂允。"[49] 飞檄：紧急檄文。明梁辰鱼《浣纱记·允降》："班师回去传飞檄，看大将旌旗云外直。"[50] 青海：在中国西北部，喻边远荒漠之地。腾欢：极言欢欣。元揭傒斯《天寿节监修国史府贺表》："乾坤荐祉，朝野腾欢。"[51] 琼酥：指美酒。罍（léi）：泛指酒尊。[52] 恩渥：谓帝王给予的恩泽。范晔《后汉书·蔡邕传》："臣被蒙恩渥，数见访逮。"[54] 天机遗锦：

天上织出的锦绣。比喻诗文华美精妙，浑成自然。天机，神秘不可知的天意。[54] 仙葩（pā）：仙界的异草奇花。[55] 金鼓：金钲和鼓。喧阗（xuāntián）：声音大。形容音乐演奏的声音嘈杂热闹，也形容军威壮盛或战况激烈。[56] 萃：聚集貌。炳朗：光辉照耀。[57] 春阳：春天的阳光。喻帝王的恩泽。曾巩《送程公辟使江西》："坐驰雷电破奸伏，力送春阳煦鳏寡。"[58] 忝（tiǎn）：忝辱，有愧于，常用作谦辞。葭莩（jiāfú）：芦苇里的薄膜。比喻亲戚关系疏远淡薄。班固《汉书·中山靖王刘胜传》："今群臣非有葭莩之亲，鸿毛之重。"[59] 祇（dī）承：蒙受，承恩。祇，谷物刚成熟。豪彦：指才智过人之士。李贺《送秦光禄北征》："将军驰白马，豪彦骋雄材。"[60] 英词：亦作"英辞"，美好的文辞。"[61] 千钟：这里指千盅、千杯。极言酒多或酒量大。《孔丛子·儒服》："尧舜千钟，孔子百觚。"釂（jiào）饮：饮酒干杯。[62] 肝膈：亦作"肝鬲"，犹肺腑，比喻内心。曹操《让县自明本志令》："孤此言皆肝鬲之要也。"[63] 丹陛：宫殿的台阶，借称朝廷或皇帝。[65] 勠力：协力，通力合作。司马迁《史记·项羽本纪》："臣与将军勠力而攻秦。"三军：春秋时称中军、左军、右宫为三军，后统称军队。"[65]《忆帝京》：词牌名。双调 72 字，前段六句四仄韵，后段七句四仄韵。

表

拟上元观灯赐宴辅臣谢表 [1]

　　某年某月某日，臣等蒙赐观灯，与宴称谢者。桂魄腾光，薄海仰初春之象 [3]；华灯焕彩，九天瞻联璧之辉 [2]。既醉太平，何胜感荷 [3]，臣等欢忭 [4]，欢忭！顿首 [7]，顿首！窃以天地交泰 [5]，一元转造化之机 [6]，君相协和，万古庆明良之遇。故贰室谦光乎唐帝 [7]，而金台贤誉乎燕昭 [8]。火戏骊山，奚取深闺之笑 [9]；酒通淇水，终贻烈焰之灾 [10]。南国临春，永嗟沉湎 [11]；西风汾水，徒自悲歌 [12]。乃者候运青宫 [13]，大地浃阳和之气 [14]；既而影盈玉阙，钧天昭皎洁之晶。祈太乙于初元 [16]，一灯破暗；演炎刘之故事 [17]，几夜摇红。烟云敛而明月逐人，箫鼓沸而暗尘随马。宫城焜耀 [18]，闾巷讴歌。六鳌驾海上之山 [19]，乐偕百姓；双凤扶云中之辇，清暇万机 [20]。炬烂仙台 [21]，何幸微臣纵目；风传天乐，渥蒙御宴称觞 [22]。允贤圣之高情，实康平之乐事。寒酸至愿，今古难逢^[27]。兹遇皇帝陛下，德拟乾元^[23]，明侔离照^[24]，恩泽及物，炳朗烛奸^[25]。畅仁风而遐迩皆春，被光华而隐显毕达^[27]。三冬陋巷，蚤蒙分暖；杏林十载^[28]，短檠顿致^[29]。扬辉奎阁^[30]，春台谢调元之善^[31]，玉烛负屯膏之愆^[32]。甫奋幽微^[33]，欲竭平生糟粕^[34]；晋观灯火，辄施不世几筵^[35]。佩转彤庭^[36]，眼开蓬岛；香飘桂宇，梦入华胥。谁家对月能闲，而叨与凤城之宠^[37]；何处闻灯不看，而旷瞻龙烛之奇^[38]？紫府星辉，藜影骇翻仙界^[39]；绛台风静^[40]，莲光幻逸神工^[41]。月阙夺晴^[42]，琉璃炳莹^[43]；瑶池高会，龙虎优游^[44]。焕醑醁于霞觞，明及肝肺；照珍奇于玉案^[45]，暖入腹心。簪笏灿银缸^[46]，冠缨岂遗纤手^[47]；绮罗飞宝镜^[48]，瑛盘追笑含桃^[49]。分黄柑于九霄^[50]，螯白兽于一夕^[51]。相遭道合^[52]，期于不醉无归；从事军严，志在有怀必吐。九重春色，共擘仙桃^[53]；永夜漏声^[54]，晚催银箭^[55]。饱饫皇仁而益足^[56]，沉酣圣化以何知^[57]！兢兢周诰之中^[58]，泄泄尧天之下^[59]。融查滓于亲炙^[60]，奚啻秋阳；荡邪秽于相酬^[61]，岂云江汉^[62]。东风吹酒，旋看银海初醒^[63]；凉月伴人，清到玉堂不寐^[64]。身归天上，而常自光明；梦想樽前，而乃心曲蘖^[65]。臣等昏昧不足以图报^[66]，称潦倒曾可以效勤劳。徒抱区区^[67]，有怀耿耿^[68]。伏愿有象太平，偕此春而永泰；无疆福寿^[69]，并斯月而恒盈。演膏泽于幽阴^[70]，焕文章于昭灼^[71]。养贤以图天下，用继权舆^[72]；涣居以费国中，不独盘乐^[73]。则圣治清明，而夜户不闭；民心和畅，而凫鹥可歌矣^[74]。臣等无任瞻天仰圣、激切屏营之至^[75]。谨奉表称谢以闻。

注释：

[1] 表：是中国古代向帝王上书陈情言事的一种特殊文体，也是封建社会下臣对皇帝有所陈述、请求、建议时用的一种文体。在古代，臣子写给君王的呈文有各种不同的名称。战国时期统称为"书"，如乐毅《报燕惠王书》、李斯《谏逐客书》。到了汉代，这类文字被分为四个小类，即章、奏、表、议。刘勰在《文心雕龙·章表》里说："章以谢恩，奏以按劾，表以陈情，议以执异。"本篇当作于弘治年间作者在京任职期间。上元：节日名。俗以农历正月十五日为上元节，也叫元宵节。薛居正《旧唐书·中宗纪》："（景龙四年）丙寅上元夜，帝与皇后微行观灯。"[2] 联璧：并列的美玉。比喻两者可相媲美。刘孝标《广

绝交论》："日月联璧，赞亹亹之弘致。"[3]感荷：感谢。鲍照《拜侍郎上疏》："祗奉恩命，忧愧增灼，不胜感荷屏营之情。"[4]欢忭（biàn）：喜悦。谢庄《谢赐貂裘表》："臣欢忭自歌，而同委裘之泽。"[5]交泰：指天地之气和祥，万物通泰。王符《潜夫论·班禄》："是以天地交泰，阴阳和平。"也指君臣之意互相沟通，上下同心。[6]一元：事物的开始。董仲舒《春秋繁露·玉英》："谓一元者，大始也。"[7]贰室：别室，离宫。《孟子·万章下》："舜尚见帝，帝馆甥於贰室。"赵岐注："贰室，副宫也。"谦光：意为"谦尊而光"，谓尊者谦虚而显示其光明美德。语本《易经·谦卦》："谦，尊而光，卑而不可踰。"孔颖达疏："尊者有谦而更光明盛大，卑谦而不可踰越。"唐帝：指尧。班固《汉书·律历志下》："（唐帝）让天下于虞，使子朱处于丹渊为诸侯。"[8]金台：黄金台的省称，指华美的台。这里比喻延揽士人之处。罗隐《春日投钱塘元帅尚父》："正忧衰老辱金台，敢望昭王顾问来。"燕昭：即战国时燕昭王。后代称其为渴于求贤之君。[9]火戏骊山，奚取深闺之笑：这里用历史上周幽王"烽火戏诸侯"的典故，比喻帝王荒淫无道，迷恋女色而祸国害己。司马迁《史记·周本纪》："申侯怒，与缯、西夷犬戎攻幽王。幽王举烽火征兵，兵莫至。遂杀幽王骊山下。"[10]酒通淇水，终贻烈焰之灾：这是用历史上商纣王的典故。相传殷纣王以酒为池，以肉为林，长夜歌舞作乐，原形容奢侈淫逸至极。公元前1046年，牧野之战中，周武王率领诸侯联军击败商军。纣王见大势已去，上鹿台自焚而死，商朝灭亡。纣王死后，葬于淇水之滨。[11]南国临春，永嗟沉湎：这里是用南朝陈后主荒淫无度、纵情歌舞、寻欢作乐，最终导致国破家亡的典故。[12]西风汾水，徒自悲歌：这里用历史上汉武帝巡幸河东、祭祀汾阴后土的典故，由汾阴的古今盛衰，来揭示富贵荣华能几时的社会发展中一个带有普遍性的现象。[13]青宫：太子居东宫。东方属木，于色为青，故称太子所居为青宫。这里借指太子。白居易《初授赞善大夫早朝寄李二十助教》："病身初谒青宫日，衰貌新垂白发年。"[14]浃（jiā）：浃和，和洽。[15]钧天：天的中央。古代神话传说中天帝住的地方。引申为帝王。清陈裴之《香畹楼忆语》："岁费金钱亿万计，以储钧天之选。"[16]太乙：亦作"太一"，即道家所称的"道"，古指宇宙万物的本原、本体。初元：皇帝登极改元，元年称"初元"。苏轼《次韵蒋颖叔钱穆父从驾景灵宫（其二）》："与君并直记初元，白首还同入禁门。"[17]炎刘：旧指以火德王的汉朝。汉朝因尚火德故称为炎汉，又因皇室姓刘而被称为刘汉、炎刘。[18]焜耀：照耀、光辉、辉煌之意。《左传·昭公三年》："不腆之适，

287

以备内宫，焜耀寡人之望。"[19] 六鳌：神话中负载五仙山的六只大龟。相传渤海之东，有一深壑，中有岱舆、员峤、方壶、瀛洲、蓬莱五山，乃仙圣所居之地。然五山皆浮于海，常随潮波上下往还。[20] 双凤：一对凤凰。也用来比喻两位才德出众的人。李延寿《北史·魏兰根传》："景义、景礼并有才行，乡人呼为双凤。"[20] 清暇：清静安闲，亦指清闲之时。万机：指当政者处理的各种重要事务。[21] 仙台：徐坚《初学记》卷11引司马彪《续汉书·互官志》："尚书省在神仙门内。"后因称尚书省为"仙台"。南朝梁王筠《和刘尚书诗》："客馆动秋光，仙台起寒雾。"[22] 天乐：喻宫庭的音乐。李白《宫中行乐词（其六）》："春风开紫殿，天乐下珠楼。"渥蒙：指蒙受深厚的皇恩。称觞：举杯敬酒。[23] 寒酸至愿，古今难逢：这里是指蒙受皇上知遇之恩。寒酸：沮丧失意。形容不得志时穷困、狼狈颓丧的样子。[24] 乾元：这里称帝德。《易传·文言传》："乾元用九，天下治也。"朱熹本义："言乾元用九，见与他卦不同。君道刚而能柔，天下无不治矣。"[25] 明侔离照：比喻帝王的明察。唐顺之《廷试策一道》："臣愿陛下离照旁通，乾刚独断，政绩显著。"[26] 烛奸：形容看透奸人的阴谋诡计。烛：照亮。[27] 畅仁风而遐迩皆春，被光华而隐显毕达：皇恩遍及四海远近每一个角落。[28] 杏林：相传三国吴董奉隐居庐山，为人治病不取钱，但使重病愈者植杏五株，轻者一株，积年蔚然成林。后因以"杏林"代指良医。秦观《念奴娇·朝来佳气》："闻道久种阴功，杏林橘井，此辈都休说。"[29] 短檠（qíng）：矮灯架。借指小灯。韩愈《短灯檠歌》："一朝富贵还自恣，长檠焰高照珠翠；吁嗟世事无不然，墙角君看短檠弃。"杨万里《跋蜀人魏致尧抚乾万言书》："雨里短檠头似雪，客间长铗食无鱼。"[30] 奎阁：收藏珍贵典籍文物的楼阁。明何景明《观石鼓歌》："璧池日月动华衮，奎阁星斗罗贞珉。"[31] 春台：礼部的别称。调元之善：谓调和阴阳，执掌大政。多用以指为宰相。李益《述怀寄衡州令狐相公》诗："调元方翼圣，轩盖忽言东。"[32] 玉烛：谓四时之气和畅。形容太平盛世。《尔雅·释天》："四气和谓之玉烛。"屯膏：屯，吝啬；膏，恩泽。后以"屯膏"谓恩泽不施于下。《易经·屯卦》："九五，屯其膏。"程颐传："唯其施为有所不行，德泽有所不下，是屯其膏，人君之屯也。"愆：这里是过失和忧虑之意。[33] 幽微：深奥精微，隐微。班固《汉书·扬雄传下》："若夫闳言崇议，幽微之涂，盖难与览者同也。"[34] 糟粕：造酒剩下的渣滓。比喻废弃无用的事物。这里用作谦辞。[35] 几筵（jīyán）：亦作"几梴"，犹几席。《周礼·春官宗伯》有司几筵，专掌五几五席的名称种类，辨其用处与陈设的位置。几席乃祭祀的席位，后亦因以称灵座。《国语·周语上》："设桑主，布几筵。"[36]彤庭：亦作"彤廷"。汉代宫廷因以朱漆涂饰，故称。班固《西都赋》："于是玄墀扣砌，玉阶彤庭。"后泛指皇宫。杜甫《自京赴奉先县咏怀五百字》："彤庭所分帛，本自寒女出。"[37]凤城之宠：指帝王的恩宠。凤城：京都的美称。杜甫《夜》："步檐倚杖看牛斗，银汉遥应接凤城。"[38]旷瞻：远望。龙烛：烛龙神所衔之烛。烛龙神是古代神话中的神名，传说其张目（亦有谓其驾日、衔烛或珠）能照耀天下。曹植《芙蓉赋》："焜焜铧铧，烂若龙烛。"[39]藜影：指夜读照明的灯烛。[40]绛台：春秋时晋平公在国都绛所建之高台。一说晋灵公所造。范晔《后汉书·冯衍传下》："馈女齐于绛台兮，飨椒举于章华。"李贤注："绛，晋国所都。《国语》曰：'晋平公为九层之台。'"[41]神工：神奇的造诣，非凡的才能。沈约《到著作省谢表》："路遥难骋，才弱未胜，而神工曲造，雕绚弥叠。"[42]月阙：指月宫。苏轼《和陶东方有一士》："岂惟舞独鹤，便可摄飞鸾。还将岭茅瘴，一洗月阙寒。"[43]炳莹：光明莹澈。[44]龙虎：形容皇帝的气派，也比喻英雄豪杰。优游：悠闲适意，从容不迫。霞觞：犹霞杯，酒杯名。常借指美酒。[45]玉案：玉饰的有足之盘。《周礼·考工记·玉人》"案十有二寸。"韩翃《寄上田仆射》："金装画出罗千骑，玉案晨餐直万钱。"也指玉饰的几案。[46]簪笏：冠簪和手版，为古代仕宦所用。比喻官员或官职。杜甫《与李十二白同寻范十隐居（其三）》："不愿论簪笏，悠悠沧海情。"银缸：银白色的灯盏、烛台。晏几道《鹧鸪天·彩袖殷勤捧玉钟》："今宵剩把银缸照，犹恐相逢是梦中。"[47]冠缨：帽带。结于颔下，使帽固定于头上。这里指仕宦。李白《古风（其十九）》："流血涂野草，豺狼尽冠缨。"[48]宝镜：镜子的美称。[49]瑛盘：玉石盘。含桃：樱桃的别称。《礼记·月令》："是月（仲夏之月）也，天子乃以雏尝黍，羞以含桃先荐寝庙。"《淮南子·时则训》："羞以含桃。"高诱注："含桃，莺所含食，故言含桃。"[50]黄柑：果名。柑的一种。九霄：天之极高处，道家谓仙人居处。喻皇帝居处。杜甫《腊日》："口脂面药随恩泽，翠管银罂下九霄。"[51]罄：倾尽，用尽。白兽：即白虎樽。唐避太祖讳，改虎为"兽"。房玄龄《晋书·礼志下》："正旦元会，设白兽樽於殿庭。樽盖上施白兽，若有能献直言者，则发此樽饮酒。案礼，白兽樽乃杜举之遗式也，为白兽盖，是后代所为，示忌惮也。"[52]道合：志趣相同，气味相投。王安石《送章宏》："道合由来不易谋，岂无和氏识荆璆？"[53]翚（huī）：飞散。枚乘《梁王菟园赋》："腾踊云乱，枝叶翚散。"仙桃：神话传说中供西王母等仙人食

289

用的桃，也称禁苑中的桃。[54] 永夜：指长夜。漏声：铜壶滴漏之声。古代的一种计时方法。用铜壶盛水，滴漏以计时刻。苏轼《寒食夜》诗："漏声透入碧窗纱，人静秋千影半斜。"[55] 银箭：指银饰的标记时刻以计时的漏箭。司马光《宫漏谣》："铜壶银箭夜何长，杳杳亭亭未遽央。"[56] 饱饫：吃饱。范晔《后汉书·刘盆子传》："帝令县尉赐食，众积困喂，十余万人皆得饱饫。"皇仁：皇帝的仁德。此句是说饱受皇恩。[57] 沉酣：饮酒尽兴畅快；比喻深沉地处于某种境界。圣化：指帝王的功绩和教化。旧时对人君的颂扬之辞。[58] 兢兢：小心谨慎貌。《诗经·小雅·小旻》："战战兢兢，如临深渊，如履薄冰。"毛传："兢兢，戒也。"周诰：指《尚书·周书》中的《大诰》《康诰》《酒诰》《召诰》《洛诰》等篇。韩愈《进学解》："周《诰》、殷《盘》，佶屈聱牙。"[59] 泄泄：和乐貌。[60] 查滓（zhāzǐ）：物品提出精华后剩下的东西。理学家亦以指人欲私念。《朱子语类》卷58："某问：'既是如此，何以为圣人之清和？'曰：'却是天理中流出，无驳杂，虽是过当，直是无纤毫查滓。'"亲炙：指直接受到传授、教导。《孟子·尽心下》："非圣人而能若是乎？而况于亲炙之者乎？"朱熹《四书集注》："亲近而熏炙之也。"[61] 邪秽：邪恶污秽。《荀子·劝学》："邪秽在身，怨之所构。"相酬：唱和，酬对，也有报答、酬谢之意。韩愈《双鸟》："还当三千秋，更起鸣相酬。"[62] 江汉：长江和汉水。《尚书·禹贡》："江汉朝宗於海。"借喻百川入海。也比喻大势所趋，人心所向。[63] 银海：银色的海洋。云、水、冰雪与日、月光华互相辉映产生的景色。陆游《月夕》："天如玻璃钟，倒覆湿银海。"[64] 玉堂：玉饰的殿堂。亦为宫殿的美称。宋玉《风赋》："然后倘佯中庭，北上玉堂，跻于罗帷，经于洞房，迺得为大王之风也。"[65] 曲糵（qǔniè）：幼芽屈曲。明郎瑛《七修类稿·天地六·干支》："乙，言万物初生，曲糵而未伸也。"[66] 昏昧（mèi）：愚昧，糊涂。这里是谦辞。[67] 区区：恳挚貌。王充《论衡·明雩》："阴阳精气，倘如生人能饮食乎，故共馨香，奉进旨嘉，区区惓惓，冀见答享。"[68] 耿耿：诚信貌。形容非常忠诚。[69] 无疆：无穷，永远。《尚书·周书·大诰》："洪惟我幼冲入，嗣无疆大历服。"孔安国传："言子孙承继祖考无穷。"[70] 幽阴：阴静，幽深。这里指阴暗之处。[71] 文章：文辞或独立成篇的文字。这里指礼乐制度。《礼记·大传》："考文章，改正朔。"郑玄注："文章，礼法也。"昭灼（zhāozhuó）：显著，光耀。鲍照《行药至城东桥》："尊贤永昭灼，孤贱长隐沦。"[72] 权舆：起始。《诗经·秦风·权舆》："于嗟乎！不承权舆。"

朱熹《诗经集传》："权舆，始也。"比喻萌芽、新生。汉戴德《大戴礼记·诰志》："于时冰泮发蛰，百草权舆。"[73] 盘乐：游乐，娱乐。班固《汉书·五行志下之上》："临事盘乐，炕阳之意。"[74] 凫鹥（fúyī）：凫和鸥，泛指水鸟。《诗经·大雅·凫鹥》："凫鹥在泾，公尸来燕来宁。"《毛诗传》："凫，水鸟也。鹥；凫属。太平则万物众多。"[75] 无任：谓不做事或不会做事但得到禄位。这里是谦语。《孔丛子·陈士义》："子顺相魏，改嬖宠之官以事贤才，夺无任之禄以赐有功。"激切：激动，感奋。高适《酬河南节度使贺兰大夫见赠之作》诗："感时常激切，于己即忘情。"屏营（bīngyíng）：作谦辞用于信札中，意为惶恐，如曹植《感婚赋》："顾有怀兮妖娆，用搔首兮屏营。"

拟夏日赐扇群臣谢表 [1]

某年某月某日，蒙赐臣等以扇者。湘筠破玉[2]，黄封陨自九天[3]；蜀茧浮香[4]，墨迹题当五月。草茅增气[5]，闾巷生光；巽命猥颁[6]，赉恩仰荷[7]。臣等惶恐、惶恐，顿首、顿首！窃以八风吹嘘[8]，匪鼓舞无以育群品；一元橐钥[9]，非凉冷罔以济至仁[10]。故廓寰宇之妖氛[11]，回飙动地[12]；而除酷炎之溽暑[13]，清商满林[14]。此吾人仰披拂而豁如[15]，因大造以呼吸而咸若也[16]。乃者，日贞曜于鹑首[17]，律迁度于林钟[18]。祝融鞭赤云之龙[19]，羲和典阳乌之驭[20]。温风翕以辰至[21]，星火灿以昏中。处凉台而有郁蒸之烦[22]，浴寒水而嗟烁烂之惨。圣王体好生之德，歌薰五弦；哲人妙制器之宜[23]，来风一扇。以形轧气，默契玄机[24]；用上礼贤，风高前古。盖始为者固有莫既之惠[25]，况分布者尤为不世之恩。铜柱逼人[26]，慨残酷于万古；雄风适已[27]，恨夸诞于一时[28]。夜色扑画屏之萤[29]，宫闱衰用[30]；秋光致素纨之咏[31]，箧笥深藏[32]。歌彻桃花，醉里不知炎灼[33]；舞残白羽[34]，闲中独玩飘扬[35]。缁尘染素于九衢[36]，清风安在？束带发狂于庶府[37]，明月何归？曾无苏下以轻飔[38]，岂有假人以便箑[39]。王风因之而扫地[40]，炉焰于是为薰天[41]。何幸微臣骤蒙珍赐[42]，百工至愿[43]，千载奇逢。兹盖伏遇皇帝陛下古直德健[44]，质素性成[45]。妙开阖之天机[46]，四方风动；神屈伸之物感，百世扬休[47]。鉴前王摇乱之鄙心[48]，荡淑世刻薄之陋习[49]。出仙工于天上，辅造化于阴初[50]。织女机丝，霄汉乍流夜月[51]；石鲸鳞甲[52]，池塘蚤已秋风。移寒色于潇湘，散清光于巴蜀。绝尘凡之奇巧，如璧如轮；祛穷巷之烦冤[53]，非冰非雪。捧持在手，感荷生心；发迹

291

寒微，沾恩稠迭[54]。开缄日下[55]，黄金辉映蓬瀛；回首云中，仙桂香遗青紫。轻凉拂罗袂[56]，何须风蹬云端；溽暑散穷檐，不向茅堂江麓。酷吏去矣，身寓青苹[57]；故人来斯，神游空谷[58]。障朱明之燥烈[59]，荫庇实多；驱青蝇于暗炎，肃清益至[60]。置怀袖而郑重，入依孔雀徐开[61]；慎把握以无忘，出为貔貅指示。举动而毛发洒渐[62]，挥扬而股肱战兢[63]。臣等热中未已，恒思汗出沾衣；寒心方殷[64]，窃恐情乖中道[65]。伏愿严操纵之威权，轻勿授人以柄[66]；善弛张之治道[67]，重惟持己以清[68]。作法于凉［天］，而罔贪守约[69]，施博而不乱[70]。推心及冷地[71]，痛惩炙手之徒[72]，示法向薄夫[73]，用戒趋炎之辈[74]，荷蒙遮蔽[75]，无为庚尘所污[76]，不异寒温莫致，班诗共叹[77]，则仁风拟大块而同德，余光昭汗简以不磨[78]。四海播扬，万年快慰矣。臣等无任瞻天仰圣，激切屏营之至[79]，谨奉表称谢以闻。

注释：

[1] 本篇当作于弘治年间作者在京任职期间。文中充满对皇上赐扇的感恩之情，并充溢着对英明君主、清明政治的歌颂之情。[2] 湘筠（yún）：湘竹。辛弃疾《江神子》：“湘筠帘卷泪痕斑，珮声闻，玉垂环，个里柔温容我老其间。”[3] 黄封：皇家的封条。其色黄，故称。[4] 蜀茧浮香：指题在赐扇生绡上的墨迹仍有余香。浮香：指飘溢的香气。隋炀帝《宴东堂》：“清音出歌扇，浮香飘舞衣。”[5] 草茅：杂草。屈原《卜居》：“宁诛锄草茅以力耕乎？将游大人以成名乎？”比喻草野、民间，多与朝廷相对。[6] 巽（xùn）命：皇命的诏令。明张煌言《上鲁国主启》：“兹奉巽命涣颁，倍增感奋。”猥：苟且，谦辞。[7] 赍（bì）恩仰荷：指敬领皇上恩典。仰荷：敬领，承受。苏轼《和王巩并次韵（其一）》：“吉人终不死，仰荷天地德。”[8] 八风：八方之风。《吕氏春秋·有始》：“何谓八风？东北曰炎风，东方曰滔风，东南曰熏风，南方曰巨风，西南曰凄风，西方曰飂风，西北曰厉风，北方曰寒风。” 吹嘘：风吹。孟郊《哭李观》：“清尘无吹嘘，委地难飞扬。”比喻寒暖变化。[9] 橐钥：亦作“橐龠”，古代冶炼时用以鼓风吹火的装置，犹今之风箱。喻指事物生发、化育。[10] 凉冷：清凉。杜甫《寄常徵君》：“开州入夏知凉冷，不似云安毒热新。”[11] 妖氛：不祥的云气。多喻指凶灾、祸乱。[12] 飙（biāo）：暴风。[13] 溽（rù）暑：指盛夏气候潮湿闷热。《礼记·月令》：“（季夏之月）土润溽暑，大雨时行。”[14] 清商：乐府歌曲名。声调比较清越，故名。[15] 披拂：吹拂，飘动。韩愈《秋怀（其

一）》："秋风一披拂，策策鸣不已。"豁如：开阔；旷达。班固《汉书·高帝纪上》："高祖为人……宽仁爱人，意豁如也。"颜师古注："豁如，开大之貌。"[16] 大造：天地，大自然。谢灵运《宋武帝诔》："业盛曩代，惠侔大造，泽及四海，功格八表。"[17] 贞曜（zhēnyào）：亦作"贞耀"。光焰，光华，光芒四照。鹑（chún）首：星次名。这里指农历五月上旬。古代认为太阳至鹑首之初为芒种。芒种在五月初，故称。清曹寅《晚晴述事有怀芷园》诗："鹑首绵仍御，龙舟麦宴寒。"[18] 林钟：指农历六月。《吕氏春秋·音律》："林钟之月，草木盛满，阴将始刑。"高诱注："林钟，六月。"林钟也是古乐十二律之一。十二律有六律六吕，林钟为六吕之一。[19] 祝融：神名。帝喾时的火官，后尊为火神，命曰祝融。亦以为火或火灾的代称。《国语·郑语》："夫黎为高辛氏火正，以淳耀敦大，天明地德，光照四海，故命之曰'祝融'，其功大矣。"[20] 典：主持，主管。阳乌：神话传说中在太阳里的三足鸟。左思《蜀都赋》："羲和假道于峻歧，阳乌回翼乎高标。"李善注："《春秋元命包》曰：'阳成于三，故日中有三足乌，乌者，阳精。'"[21] 翕（xī）：翕动，翕张（一合一开）。[22] 郁蒸：闷热。杜甫《赠特进汝阳王二十韵》："花月穷游宴，炎天避郁蒸。"[23] 哲人：才智卓越的人。《诗·大雅·抑》："其维哲人，告之话言。"[24] 默契：暗相契合。苏舜钦《处州照水堂记》："二君默契，遂亡异趣，是政之所起，故自有乎先后。"玄机：佛家、道家称奥妙的道理，这里指神妙的机宜。明冯惟敏《商调集贤宾·喜弟少洲以江省左辖乞休》："清心读道书，高谈穷妙理，这其间早已悟玄机。"[25] 莫既：这里指未成为事实。[26] 铜柱：铜制的支撑建筑物的柱子。这里指神话传说中的天柱。《神异经·中荒经》："昆仑之山，有铜柱焉，其高入天，所谓天柱也。"[27] 适己：犹自得。谢灵运《游赤石进帆海》："矜名道不足，适己物可忽。"[28] 夸诞：言词夸大虚妄，不合实际。《荀子·不苟》："言己之光美，拟于舜禹，参於天地，非夸诞也。"[29] 画屏：有画饰的屏风。江淹《空青赋》："亦有曲帐画屏，素女彩扇。"[30] 宫闱（wéi）：帝王的后宫，后妃的住所，也代指后妃。范晔《后汉书·皇后纪上·明德马皇后》："既正位宫闱，愈自谦肃。"亵（xiè）：轻慢，亲近而不庄重。[31] 素纨（wán）：白色细绢。可用以制衣、书写等。李益《立春日宁州行营因赋朔风吹飞雪》："捐扇破谁执，素纨轻欲裁。"[32] 箧笥（qièsì）：藏物的竹器。班婕妤《怨歌行》："常恐秋节至，凉风夺炎热。弃捐箧笥中，恩情中道绝。"[33] 炎灼（zhuó）：炙热。[34] 白羽：白色羽毛。这里指羽扇。骆宾王《宿温城望军营》诗："白羽摇如月，青山断若云。"[35] 玩：玩赏。[36] 缁尘（zīchén）：黑色灰尘。常喻世俗污垢。谢朓《酬王晋安》："谁能久京洛，缁尘染素衣。"九衢（qú）：纵横交叉的大道，繁华的街市。屈原《天问》："靡蓱九衢，枲华安居。"[37] 束带：腰带一类的带子，指整饰衣冠，表示端庄。《论语·公冶长》："赤也，束带立于朝，可使与宾客言也。"庶（shù）府：指朝廷诸掌管府藏之吏。魏徵《隋书·经籍志二》："百司庶府，各藏其事，太史之职，又总而掌之。"也代指政府各部门。[38] 轻飔（sī）：微风。朱熹《秋暑》："疏树含轻飔，时禽啭幽语。"[39] 箑（shà）：扇子。[40] 王风：王者的教化。鲍照《河清颂》："昔在爽德，王风不昌。"[41] 薰天：气势极盛的样子。杜甫《遣兴（其一）》："北里富薰天，高楼夜吹笛。"[42] 骤（zhòu）蒙：指骤然蒙受皇恩。骤：突然，疾速。[43] 至愿：恳切的愿望；最大的愿望。范晔《后汉书·杜诗传》："臣诗蒙恩尤深，义不敢苟冒虚请，诚不胜至愿，愿退大郡，受小职。"[44] 古直：古拙质直。南朝梁钟嵘《诗品》卷下："曹公古直，甚有悲凉之句。"[45] 质素：谓本色素朴，不加文饰。刘向《说苑·反质》："孔子曰：贲，非正色也，是以叹之。吾思夫质素，白当正白，黑当正黑。"性成：谓长期的习惯形成一定的性格。[46] 开阖（hé）：开启与闭合。这里指古代统治者的权术和策略。董仲舒《春秋繁露·立元神》："据位治人，用何为名；累日积久，何功不成。可以内参外，可以小占大，必知其实，是谓开阖。"[47] 扬休：谓阳气生养万物。扬，通"阳"。《礼记·玉藻》："头颈必中，山立，时行，盛气颠实扬休，玉色。"郑玄注："扬，读为阳……盛声中之气，使之阗满，其息若阳气之休物也。"孔颖达疏："使气息出外，如盛阳之气生养万物也。"[48] 摇乱：扰乱，作乱。[49] 淑世：这里指清平盛世。淑：清澈，淑清。[50] 阴初：谓阴气初生。范晔《后汉书·和帝纪》："有司奏，以为夏至则微阴起，靡草死，可以决小事。"李贤注："五月一阴爻生，可以言微阴。"[51] 霄汉：云霄和天河，指天空，比喻朝廷。[52] 石鲸：石雕的鲸鱼。《三辅黄图·池沼》："池（昆明池）中有豫章台及石鲸。刻石为鲸鱼，长三丈，每至雷雨，常鸣吼，鬣尾皆动。"鳞甲：有鳞或甲壳的水生物的统称。蔡邕《汉津赋》："鳞甲育其万类兮，蛟螭集以嬉游。"[53] 烦冤：烦躁愤懑。屈原《九章·思美人》："蹇蹇之烦冤兮，陷滞而不发。"[54] 沾恩稠迭：这里指所蒙受皇恩厚重。沾恩：同"霑恩"。受到帝王恩惠。稠迭：稠密重叠，密密层层。[55] 开缄：开拆（函件等）。李白《久别离》："况有锦字书，开缄使人嗟。"[56] 罗袂（mèi）：丝罗的衣袖。亦指华丽的衣着。曹植《七启》：

"动朱唇，发清商，扬罗袂，振华裳。"[57]青苹：一种生于浅水中的草本植物，代称风。宋玉《风赋》："夫风生于地，起于青苹之末。"[58]空谷：空旷幽深的山谷。多指贤者隐居的地方。《诗经·小雅·白驹》："皎皎白驹，在彼空谷。"孔颖达疏："贤者隐居，必当潜处山谷。"[59]朱明：夏季。《尸子》卷上："春为青阳，夏为朱明，秋为白藏，冬为玄英。"汉代皇帝于立夏日迎夏神于南郊，唱《朱明》歌，故称立夏节为朱明节。[60]肃清：完全清除，犹清平。多指国家、社会安定太平，法纪严明。班固《汉书·韦贤传》："王朝肃清，唯俊之庭，顾瞻余躬，惧秽此征。"[61]孔雀徐开：指扇子打开像孔雀开屏。[62]洒淅（xī）：犹寒栗。形容畏惧不安貌。《资治通鉴》卷248，唐武宗会昌六年三月丁卯："适近我者非太尉邪？每顾我，使我毛发洒淅。"[63]股肱（gǔgōng）：大腿和胳膊。引申为辅佐君主的大臣，又比喻辅助得力的人。《左传·昭公九年》："君之卿佐，是谓股肱；股肱或亏，何痛如之！"战兢：畏惧戒慎貌。范晔《后汉书·皇后纪上·和熹邓皇后》："恭肃小心，动有法度，承事阴后，夙夜战兢。"[64]方殷：谓正当剧盛之时。《新唐书·陆贽传》："今师旅方殷，疮痛呻吟之声未息，遽以珍贡私别库，恐群下有所觖望，请悉出以赐有功。"[65]情乖中道：这里指半途而废。乖，乖谬（指性情、言语、行为不合情理）。中道，半途，中途。《论语·雍也》："力不足者，中道而废。"[66]授人以柄：把剑柄交给别人。比喻将权力交给别人或让人抓住缺点、失误，使自己被动。陈寿《三国志·魏书·王粲传》："所谓倒持干戈，授人以柄，功必不成。"[67]弛张：谓一松一紧。语本《礼记·杂记下》："张而不弛，文武弗能也；弛而不张，文武弗为也。一张一弛，文武之道也。"比喻处事的松紧、进退、宽严等。弛，放松弓弦。张，拉紧弓弦。[68]持己以清：这里指持身清正廉洁。持己，犹持身。曾巩《司封郎中孔君墓志铭》："君事母孝，持己约，与人交，尽其义。"[69]罔（wǎng）贪：奸诈贪婪。守约：遵守约定，保持俭朴的品德。[70]施博：指施予者广大。[71]冷地：指冷僻处所。[72]炙手：火热可以灼手。比喻权势显赫。唐郑棨《开天传信记》："安乐公主，上之季妹也。附会韦氏，热可炙手，道路惧焉。"[73]薄夫：这里指平庸浅薄的人。卢仝《叹昨日（其二）》："天下薄夫苦耽酒，玉川先生也耽酒。薄夫有钱恣张乐，先生无钱养恬漠。"[74]趋炎之辈：奉承、依附有权势的人。[75]荷蒙：犹承蒙，承受。[76]庾尘：用"庾公尘"典故。刘义庆《世说新语·轻诋》："庾公权重，足倾王公。庾在石头，王在冶城坐，大风扬尘。王以扇拂尘，曰：'元规尘污人。'"元规，庾亮字。

王导恶瘦亮权势逼人，故发此语。后以"庾公尘"喻权贵的气焰。苏轼《次韵王廷老退居见寄》："北牖已安陶令榻，西风还避庾公尘。"[77] 班诗：这里用"班姬咏扇"的典故，指班婕妤的《怨歌行》。班婕妤《怨诗·序》："昔汉成帝班婕妤失宠，供养于长信宫，乃作赋自伤，并为《怨诗》一首。"其诗云："新裂齐纨素，鲜洁如霜雪。裁为合欢扇，团团似明月。出入君怀袖，动摇微风发。常恐秋节至，凉风夺炎热。弃捐箧笥中，恩情中道绝。"后因以"班姬咏扇"表达妇女色衰失宠的哀怨情怀。宋李宗谔《清风十韵》："汾棹传歌远，班诗托兴深。"[78] 汗简：以火炙竹简，供书写所用。刘向《别录》："杀青者，以火炙简令汗，取其青易书，复不蠹，谓之杀青，亦谓汗简。"借指史册、典籍。范晔《晋书·王湛传论》："虽崇勋懋绩有阙於旂常，素德清规足传于汗简矣。"[79] 无任：这里是谦辞，谓不做事或不会做事但得到禄位。《孔丛子·陈士义》："子顺相魏，改婢宠之官以事贤才，夺无任之禄以赐有功。"

拟宋论翊戴功加石守信等官爵谢表（建隆元年）[1]

某年某月某日，伏蒙圣恩，加赐臣等官爵者。臣守信等惶惧、惶惧，顿首、顿首！窃惟乱极思治，实皇天泰复之机；历数归仁，正英主丰亨之运[2]。故神谟庙算[3]，克当乎天心；而治定功成，不由乎人力。武功诚武丁之独断[4]，翊戴何论文德允？文王之寡俦加封实忝[5]，曾不以能而自负，普施天地之恩，何敢以功而是居，仰荷生成之德？稽晋文于返国[6]，功高有不赏之嗟；考汉祖于承家[7]，事集致当诛之祸。狗兔数语奇功[8]，万古以酸心[9]；龙蛇一章伟绩[10]，千年而堕泪。是皆刻薄之主[11]，顿忘勋旧之人[12]。臣等退思有愧，犬马何劳；进补无能，蝼蚁[13] 未报。仰自天之陨，实切愚衷；慰好爵之怀[14]，真逾望外。兹遇皇帝陛下，乾坤至德，日月休明。驭众以恩，雨露溥施春泽，临下有赫，雷霆丕振秋毫[15]。德威不爽于赏刑，处制允超乎今古。念八[16] 姓之僭窃[17]，君弱臣强；伤五代之昏庸，兵烦民敝。黄袍被体[18]，虽天命而众义无忘；赤德开基，录军功而大封不弃。龙旌缥缈[19]，万国生辉；凤诏光华[20]，九天流渥[21]。进有差之隆爵，再焰寒灰[22]；沾并领之宠光[23]，重荣春槁[24]。辕门甲胄[25]，际风云而高入青霄[26]；汗马刀弓，出涂泥而近趋丹陛[29]。人无不足，耻龙泉击柱之争[27]；劳无不酬，绝虎士分桃之怨[28]。各叨一命，较才程力以何思；悉竭寸衷，沥胆披肝而图报。若都挥，若点检[30]，山河带砺无疆[31]；

或虞候[32]，或右厢[33]，日月贞明不替[34]。云台异眷[35]，越百世而同符[36]；烟阁奇褒，旷千年而合辙。侍龙颜之密迩[37]，共将纾悃一朝[38]；仗虎符之灵威[39]，谁复横行四国[40]？庆明时于无事，不闻剑戟扶危；乐长夜于未央，合听笙歌聒醉。托勋名之暴著[41]，讵致沉沦[42]；际君臣之交通，永无猜忌。臣等终延乐土[43]，大造无可言之仁[44]；蚤沐恩波，沧海乏可述之润。起死人而肉白骨，结莽无因；忘何日而藏中心，衔金未即。伏愿五位昌隆[45]，太平有象；一德贞固[46]，终始不移。保誓命于万全[47]，君臣一体；绵本支于百世[48]，上下同休[49]。舅犯无弃席之忧[50]，恩信日固；叔敖息负薪之虑[51]，德惠弥深。阿衡荣而商道致远[52]，营丘永而周汉流长[53]。万古无虞[54]，九泉不朽。臣等无任瞻天望圣、激切感戴之至。谨奉表称谢以闻。

注释：

[1] 建隆元年：即 960 年。建隆是北宋太祖赵匡胤开始使用的年号，也是宋朝的第一个年号。建隆元年，赵匡胤黄袍加身后，论翊戴功，大封石守信等功臣。石守信（928—984），开封浚仪人，北宋开国将领。初仕后周时，参与高平之战、淮南之战。与赵匡胤结为异姓兄弟。宋朝建立后，率军讨平李筠、李重进叛乱，出任马步军副侍卫都指挥使等职。自杯酒释兵权后，专事聚敛，积财巨万。宋太宗时期，随征辽国，迁镇安军节度使、守中书令，封卫国公。翊（yì）戴：辅佐拥戴。[2] 丰亨：《易经·下传·丰卦》：“《丰》：亨。王假之。”孔颖达疏：“财多德大，故谓之为丰。德大则无所不容，财多则无所不济。”本谓富饶安乐。[3] 神谟庙算：指神奇的谋略和计划，朝廷或帝王对战事进行的谋划。《孙子·计篇》：“夫未战而庙算胜者，得算多也；未战而庙算不胜者，得算少也。”[4] 武丁：商高宗，盘庚弟小乙之子。相传少时生活在民间，即位后，重用傅说、甘盘为大臣，力求巩固统治。在位 59 年。《诗经·商颂·玄鸟》：“商之先后，受命不殆，在武丁孙子。”[5] 寡俦：缺少同伴。寡：少，缺少。俦，同辈，伴侣。孟郊《投赠张端公》：“鸾步独无侣，鹤音仍寡俦。”忝（tiǎn）：谦辞。谓愧对超过自己才德的职位。薛居正《旧唐书·裴度传》：“伏以公台崇礼，典册盛仪，庸臣当之，实谓忝越。”[6] 稽（jī）：考察。《尚书·虞书·尧典》：“曰若稽古，帝尧，曰放勋……”[7] 汉祖：即汉高祖刘邦。承家：继承家业。谓建立邦国，继承封邑。《易经·师卦》：“大君有命，开国承家。”[8] 狗兔：指宵小之辈。[9] 酸心：形容极度伤心。[10] 龙蛇：喻杰出的人物。《左传·襄公二十一年》：“其母曰：‘深山大泽，实生

龙蛇。彼美，余惧其生龙蛇以祸女。’”杜预注：“言非常之地，多生非常之物。”[11] 刻薄：冷酷无情。司马迁《史记·商君列传论》：“商君，其天资刻薄人也。”司马贞《史记索隐》：“刻，谓用刑深刻。薄，谓弃仁义，不恤诚也。”[12] 勋旧：有功勋的旧臣。《晋书·陈骞传》：“帝以其勋旧耆老，礼之甚重。”[13] 蟩（jué）：古同“蠼”，古书上说的一种兽。蛩（qióng）：蝗虫。这里指自己能力有限。[14] 好爵：指高官厚禄。陶渊明《辛丑岁七月赴假还江陵夜行涂口》：“投冠旋旧墟，不为好爵萦。”[15] 丕（pī）振：大力振兴。冯梦龙《东周列国志》第六九回：“乃不思大展经纶，丕振旧业，以光先人之绪。”[16] 允：妥贴，妥当。李延寿《北史·袁翻传》：“又北京制置，未皆允帖，缮修草创，以意良多。”[17] 八姓：这里指五代八姓，即后梁（朱氏）、后唐（庄宗李氏，明宗、废帝姓氏不明，帝末王氏）、晋（石氏）、汉（刘氏）、周（太祖郭氏，世宗、末帝柴氏）的八姓。欧阳修《王彦章画像记》：“五代终始，才五十年，而更十有三君，五易国而八姓。”僭：古同“僣”，僭越。指超越本分，古代指地位在下的冒用在上的名义或礼仪、器物。[18] 黄袍被体：五代后周恭帝显德七年（960）时，赵匡胤在陈桥驿发动兵变，部下给他披上黄袍，拥立为帝，定国号为宋，是为宋太祖。后因以为典实，用“黄袍加身”指政变后夺得政权。[19] 龙旌（jīng）：画有龙的旗帜，天子仪仗之一，谢庄《侍宴蒜山诗》：“龙旌拂纤景，凤盖起流云。”[20] 凤诏：诏书。李商隐《梦令狐学士》：“右银台路雪三尺，凤诏裁成当直归。”[21] 九天流渥（wò）：指皇恩广布，恩泽沾润。[22] 再焰寒灰：比喻重获生机。寒灰：犹死灰，物质完全燃烧后留剩的灰烬。魏徵《隋书·于仲文传》：“伏愿垂泣辜之恩，降云雨之施，追草昧之始，录涓滴之功，则寒灰更然，枯骨生肉，不胜区区之至，谨冒死以闻。”[23] 宠光：谓恩宠光耀。叶适《祭陈同甫文》：“心事难平，宠光易满，万世之长，一朝之短。”[24] 重荣春槁：这里指枯木逢春，重新焕发生机，有了新的希望。槁：已经死亡干枯的树木，形容毫无生气。[25] 甲胄：铠甲和头盔，泛指兵器，也代指战争。赵翼《偶书所见》：“小则兴讼狱，大则兴甲胄。”[26] 青霄：青天，高空。比喻获取功名或高位。[27] 龙泉击柱之争：此处用典。班固《汉书·叔孙通传》：“群臣饮，争功，醉或妄呼，拔剑击柱。”用以指臣下争功无礼。[28] 分桃之怨：这里用分桃的典故，即“二桃杀三士”，出自《晏子春秋·内篇谏下》，比喻借刀杀人。[29] 沥胆披肝：剖露肝胆，谓竭诚尽忠。唐黄滔《启裴侍郎》：“露巾堕睫，沥胆披肝，不在他门，誓于死节。”[30] 点检：官名，即都点检。

[31] 山河带砺无疆：封爵之誓词。极言国基坚固，国祚长久。语出司马迁《史记·高祖功臣侯者年表序》："封爵之誓曰：'使河如带，泰山若厉。国以永宁，爰及苗裔'。始未尝不欲固其根本，而枝叶稍陵夷衰微也。"裴骃《史记集解》引应劭曰："封爵之誓，国家欲使功臣传祚无穷。带，衣带也。厉，砥石也。河，当何时如衣带。山，当何时如厉石。言如带厉，国乃绝耳。"山河：河流和山岭，指国家疆土广大。[32] 虞候：古官名。宇文泰相西魏，始置虞候都督，后因设虞候之官，职掌不尽相同。隋为东宫禁卫官，掌侦察、巡逻。唐代后期有都虞候，为军中执法的长官。五代时，都虞候为侍卫亲军的高级军官。宋代沿置，殿前司、侍卫亲军马军司、步军司均置都虞候，位次于都指挥使和副都指挥使。[33] 右厢：官名，即右厢都指挥使。[34] 日月贞明不替，谓日月能固守其运行规律而常明。《易传·系辞下》："日月之道，贞明者也。"孔颖达疏："言日月照临之道，以贞正得一而为明也。"[35] 云台：汉宫中高台名。汉光武帝时，用作召集群臣议事之所，后用以借指朝廷。汉明帝时因追念前世功臣，图画邓禹等二十八将于南宫云台，后用以泛指纪念功臣名将之所。杜牧《少年行》："捷报云台贺，公卿拜寿卮。"异眷：指特别恩宠。[36] 同符：指相合。扬雄《甘泉赋》："同符三皇，录功五帝。"李善注引文颖曰："符，合也。"[37] 密迩：贴近，靠近。[38] 纾：缓和，宽舒。[39] 虎符：古代帝王授予臣下兵权和调发军队的信物，为虎形。初时以玉为之，后改用铜。背有铭文，剖为两半，右半留中央，左半给予地方官吏或统兵的将帅。调发军队时，朝廷使臣须持符验对，符合，始能发兵。此制盛行于战国、秦、汉，沿用至隋代。到了唐代始改用鱼符。司马迁《史记·魏公子列传》："（侯）嬴闻晋鄙之兵符常在王卧内，而如姬最幸，出入王卧内，力能窃之……公子诚一开口请如姬，如姬必许诺，则得虎符夺晋鄙军，北救赵而西却秦，此五霸之伐也。"[40] 四国：指四方诸侯国。《周礼·天官冢宰·司会》："以周知四国之治，以诏王及冢宰废置。"贾公彦疏："四国，谓四方诸侯之国。"[41] 勋名：功名。苏舜钦《春日感怀》："望国勋名晚，伤时岁月飞。"暴著：显露，昭著。王安石《上徐兵部书》："恭惟执事，宽通精明，暴著有年，宜留本朝，辅助风教。"[42] 讵（jù）：岂能，怎能。[43] 乐土：安乐的地方。杜甫《垂老别》："何乡为乐土，安敢尚盘桓。"[44] 大造：大功劳，大恩德。《左传·成公十三年》："文公恐惧，绥静诸侯，秦师克还无害，则是我有大造于西也。"[45] 五位：犹言五方。这里指九五之位，即帝位。元稹《郊天日五色祥云赋》："陛下乘五位而出震，迎五帝以郊天。"[46] 贞固：意为守持正道，坚定不移。三国魏刘劭《人物

志·九征》："体端而实者，谓之贞固。贞固也者，信之基也。"[47] 誓命：誓志效命。颜延之《阳给事诔》："而瓒誓命沉城，佻身飞镝，兵尽器竭，毙于旗下。"[48] 绵本支于百世：谓子孙昌盛，百代不衰。《诗经·大雅·文王》："文王孙子，本支百世。"《毛传》："本，本宗也；支，支子也。"郑玄笺："其子孙适为天子，庶为诸侯，皆百世。"[49] 上下同休：谓同享福禄。韩愈《皇帝即位贺宰相启》："相公翼亮圣明，大庆资始，伏惟永永，与国同休。"[50] 舅犯无弃席之忧：此处用典。舅犯，指狐偃（约前715年—前629年），姬姓，狐氏，字子犯。是晋文公的舅舅，晋国重臣，又称舅犯。《淮南子·说山训》："文公弃荏席，后霉黑，咎犯辞归。"后因以"弃席"比喻被抛弃的功臣。鲍照《代东武吟》："弃席思君幄，疲马恋君轩，愿垂晋主惠，不愧田子魂。"[51] 负薪之虑：古代士自称疾病的谦辞。《礼记·曲礼下》："君使士射，不能，则辞以疾，言曰：'某有负薪之忧。'"司马迁《史记·平津侯主父列传》："臣弘行能不足以称，素有负薪之病，恐先狗马填沟壑，终无以报德塞责。"[52] 阿衡：商代官名。师保之官。伊尹曾任此职，故以指伊尹。《诗经·商颂·长发》："实维阿衡，实左右商王。"《毛传》："阿衡，伊尹也。"后引申为任国家辅弼之任，宰相之职。庾信《燕射歌辞·商调曲之一》："殷汤受命，委任于阿衡。"[53] 营丘：古邑名。在今山东淄博临淄区北，以营丘山而得名。周武王封吕尚于齐，建都于此。后改名临淄。司马迁《史记·齐太公世家》："武王已平商而王天下，封师尚父于齐营丘。"[54] 万古无虞：指没有忧患，太平无事。杜甫《后出塞（其四）》："献凯日继踵，两蕃静无虞。"

海壑吟稿　卷八

序

海若效灵序 [1]

　　春台君三年守胶 [2]，政彻沧涯，民协青壤 [3]，和气蒸蒸，溢于遐迩 [4]。嶔崟者繁息 [5]，润泽者涵育 [6]。桑麻郁而风云畅，谷莱熟而康乂征 [7]。黄虞之治，而华胥之风也。父老子弟，伏腊熙熙 [8]，举觞相庆，且复精吁苍漠。其以斯民之生也，治乱关于弘运，休戚系于相遭 [9]。残虐者流赤增波，贪饕者地利惟尽 [10]。我民何幸，际我侯登我治耶！往者天保之祝无亦 [11]，感休庆而艾君以心也 [12]。千古纯诚，殊无乖异 [13]，此为三代直道而行者也。是以不能无祝愿于侯也。南山之贞 [14]，拟君之躬 [15]，永君之躬，不尽所愿也。松柏之茂，拟君之操 [16]，承君之操，不尽所愿也。至情笃意，殆超乎天保之外；迤锡仰禧，将望于君身之余也。如兰之锡，如麟之托 [17]，昌厥后，裕厥昆 [18]，充厥公间焉已矣 [19]。天惟民听，而克享之笃生英秀 [20]；实惟戊午之始秋，君子卜其知本。穹昊灵其效于溟水允矣 [21]，且东溟阔汇百川长 [22]，为委输潴秀二仪淳瀡元纲 [23]，嘉珍异宝，献瑞呈祥，万品类育 [24]，千古可考也。故夫木难明月尤补奇绝 [25]，盖涵于天，一受于胐魄 [26]，蚌之不知其获于天，珠之不知其成于蚌也。造化之钟于海者无穷，而珠之产于蚌者曾无老少之异，蚌之珠非海之灵耶？君之子，不犹蚌之珠耶？于穆以无心福仁者 [27]，而至仁亦不知所以承天休其时、其地 [28]，所适、所遭，皆莫可臆究。今君侯年几强仕 [29]，宜蕃育江乡 [30]。而佳气顾腾于海域，宜多男于穷居 [31]；而弧矢甫系于朱幡 [32]，其泽及生民，而后天德之乎其涵濡 [33]。沧津览涛波之吐吞 [34]，沐蛟龙之烟雨，渐

301

其秀而化于灵，亦得以蓄结玄妙^[35]，是皆未可知也。但民情所寓，人言所及，依理符迹，吾不得而遗论也^[36]。乌可不谓之海灵耶^[37]？况英物辈辈^[38]，啼声琅琅^[39]，犹鸿鹄虽未羽，而拂霄之势可逆睹矣^[40]。幻逸天池，清莹蟾彩^[41]，异时光朝廷，辉四海，声夷貊^[42]，重古今，兹公之庆也，民之望也，海之灵所以协于天也。

注释：

[1] 此篇为赠序。古代送别各以诗文相赠，集而为之序的，称为赠序。内容多是对于所赠亲友的赞许、推崇或勉励之辞。到了唐初，才发展成为一种文体。效灵：显灵。颜延之《三月三日曲水诗序》："暑纬昭应，山渎效灵。"[2] 春台君：即刘春台，曾任胶州知州。[3] 青壤：指润泽的上等土壤。古籍中载有"五壤"，五种颜色的土壤。[4] 溢于遐迩：指政绩卓著，声名远播。[5] 嵚崟（qīnyín）：高大，险峻。郦道元《水经注·江水二》："南岸有青石，夏没冬出，其石嵚崟，数十步中，悉作人面形。"繁息：繁殖生息。班固《白虎通·致仕》："九妃得其所，子孙繁息也。"[6] 涵育：涵养化育。沈约《宋书·顾觊之传》："夫圣人怀虚以涵育，凝明以洞照。"[7] 康乂（yì）：安治。《尚书·周书·康诰》："若保赤子，惟民其康乂。"孔颖达疏："《释诂》云：康，安也；乂，治也。"[8] 伏腊：指伏祭和腊祭之日，或泛指节日。汉杨恽《报孙会宗书》："田家作苦，岁时伏腊，烹羊炮羔，斗酒自劳。"[9] 休戚：喜乐和忧虑。亦泛指有利的和不利的遭遇。范晔《后汉书·灵帝纪》："备托臭味，庶同休戚。"[10] 贪饕（tāo）：贪得无厌。《战国策·燕策三》："今秦有贪饕之心，而欲不可足也。"[11] 天保之祝：语出《诗经·小雅·天保》，是大臣祝颂君主的诗，表达了作为臣子对君王能励精图治的殷切期望。[12] 休庆：犹嘉庆。范晔《后汉书·马融传》："欢嬉喜乐，鼓舞疆畔，以迎和气，招致休庆。"[13] 乖异：不一致，背离。梅尧臣《述酿赋》："君臣乖异，法不施矣。"[14] 南山之贞：这里用典，出于《诗经·齐风·南山》，是来讽刺齐襄公与鲁桓公的。《毛诗序》云："《南山》，刺襄公也。鸟兽之行，淫乎其妹，大夫遇是恶，作诗而去之。"齐大夫作诗讥刺本国及鲁国的君主，在遣词用语方面用隐晦曲折的笔墨来表现。[15] 君之躬：指为了君主本身。躬：自身，亲自。[16] 拟君之操：用松柏来比拟君主之节操。[17] 如麟之托：意为仁士能遇到贤王，施展自己的抱负。麟：麒麟，代表的是仁士。[18] 昌厥后，裕厥昆：指为后世子孙留下功业或财产。后、昆：子孙，后嗣。昌、裕：使繁荣富足。[19] 公间：这里应指魏晋时期大臣

贾充。贾充（217—282），字公闾，三国曹魏末期至西晋初期重臣，曹魏豫州刺史贾逵之子，晋朝的开国元勋。贾充曾参与镇压诸葛诞叛乱和弑杀魏帝曹髦，深得司马氏信任。[20] 笃生：生而得天独厚。《诗经·大雅·大明》："笃生武王，保右命尔。"郑玄笺："天降气于大姒，厚生圣子武王。"英秀：才能卓越的人。葛洪《抱朴子·博喻》："舍英秀而杖常民者，吾知其不能叙彝伦而臻升平矣。"[21] 穹昊（qiónghào）：犹穹苍。穹：隆起，穹隆。昊：广大无边。或指天。谢灵运《宋武帝诔》："如何一旦，缅邈穹昊。"[22] 东溟：东海。李白《古风（其十一）》："黄河走东溟，白日落西海。"[23] 委输：转运，亦指转运的物资。《汉书·食货志下》："置平准于京师，都受天下委输。"也有汇聚、注聚之意。骆宾王《在江南赠宋五之问》："沧波通地穴，委输下归塘。"潴（zhū）秀：指汇聚人才。潴，水积聚。浡潏（bójué）：水沸涌貌。引申指动乱。木华《海赋》："天纲浡潏，为涸为瀷。"[24] 万品：万物、万类。薛居正《旧唐书·德宗纪上》："万品失序，九庙震惊。"[25] 木难（nàn）：宝珠名，又作"莫难"。曹植《美女篇》："明珠交玉体，珊瑚间木难。"李善注引《南越志》："木难，金翅鸟沫所成碧色珠也。"[26] 朏魄（fěipò）：新月的月光。亦用为农历每月初三日的代称。颜延之《应诏宴曲水作诗》："朏魄双交，月气参变。"李善注："朏魄双交，谓三日也。凡朏魄之交，皆在月三日之夕。"[27] 于穆：对美好的赞叹。《诗经·周颂·维天之命》："维天之命，于穆不已。"[28] 天休：天赐福佑。《左传·宣公三年》："故民入川泽山林，不逢不若。螭魅罔两，莫能逢之。用能协于上下，以承天休。"杜预注："民无灾害，则上下和而受天祐。"也指天子的恩庥。[29] 君侯：秦汉时对列侯的尊称，汉以后用于对达官贵人的敬称，后泛指尊贵者。强仕：四十岁的代称。语本《礼记·曲礼上》："四十曰强，而仕。"[30] 江乡：多江河的地方。多指江南水乡。孟浩然《晚春卧病寄张八》："念我生平好，江乡远从政。"[31] 穷居：谓隐居不仕。《孟子·尽心上》："君子所性，虽大行不加焉，虽穷居不损焉。"[32] 弧矢（hú shǐ）：弓箭。《易传·系辞下》："弦木为弧，剡木为矢，弧矢之利，以威天下。"这里指兵事、战乱。杜甫《草堂》："弧矢暗江海，难为游五湖。"朱幡：红色的旗幡，为尊显者所用。元姚燧《阳春曲》："金鱼玉带罗袍就，皂盖朱幡赛五侯。"[33] 涵濡（rú）：滋润，沉浸。苏辙《墨竹赋》："今夫受命于天，赋形于地，涵濡雨露，振荡风气。"[34] 沧津：指海上桥梁。李白《古风（其四十八）》："逐日巡海右，驱石驾沧津。"津，渡水的地方。吐吞：吞吐。常用以形容山水争雄之势。王安石《昆山慧聚寺（其二）》："峰岭互出没，江湖相吐吞。"[35]玄妙：形容事理深奥微妙，泛指微妙的道理或诀窍。《吕氏春秋·勿躬》："精通乎鬼神，深微玄妙，而莫见其形。"[36]遗论：通常指前人留下的观点、见解。这里指余论、异议。魏收《魏书·封轨传》："至如庙学之嫌，台沼之杂，袁准之徒已论正矣，遗论具在，不复须载。"[37]海灵：传说中的海神。[38]英物：杰出的人物。文天祥《念奴娇·驿中言别友人》："水天空阔，恨东风，不惜世间英物。"铧铧（wěiwěi）：光明华美貌。《诗经·小雅·常棣》："常棣之华，鄂不铧铧。"《毛传》："铧铧，光明也。"[39]琅琅（lángláng）：指玉石相击声，比喻响亮的读书声。指诵读熟练、顺口。也指文辞通俗，便于口诵。[40]拂霄：指展翅万里，直上霄汉。比喻希望施展才华。[41]蟾彩：指月色，月光。[42]夷貊：古代对东方和北方民族之称，亦泛指各少数民族。姚合《使两浙赠罗隐》："寰区叹屈瞻天问，夷貊闻诗过海求。"

代赠刘氏乐寿堂序

刘氏子者，风神逸爽，伟然三齐俊人[1]。袭先声累业[2]，雄于珠右，拓故第而新之[3]，大构霄峥[4]，川原动色[5]，且广缔四方豪彦[6]，一时儒绅[7]，率雅爱之[8]。甲子冬[9]，予将北探江春，戒行在即[10]，忽有欲为留行者[11]，倥偬冰雪间，切谕刘子景怀，今愿窃导腾虬披珠云[12]，移旌而南，光乃鼎室，遗乃珠玑，以垂庆于无极[13]。惕惕然将不慰草茅觊私耶[14]？予解茕唯唯[15]，用扁乐寿以赠主人，揖而前敬觞为寿。或曰，智者乐，仁者寿，智仁之道亦大矣。哲如颜、樊，犹待问焉，刘氏其智仁矣乎奚扁为？予曰不然，人心之天，不终澌泯[16]，涂珠璞玉，砻浣弥光[17]，匪情而扬诬也。机萌而沮弃也[18]，皆非也。轲命世英儒[19]，曾不知战国风习，顾以仁义争论于时？可谓智乎？无亦以彼昏不爱仁义而利之出乎仁义者，将不爱耶？故梁惠好台沼[20]，而进之圣；齐宣好雪宫，而推诸王。齐梁不关民隐[21]，然齐圣兴王，谅足悚动方寸[22]。刘君为斯堂将自娱而永焉者。吾不以乐寿开之堂胡为哉[23]，况望其知仁乎。吾今冀其乐而寿焉，融融斯[24]，泄泄斯[25]，伏腊斯子孙[26]。斯刘君其自得矣，虽不告以仁，知将不绎其所以而求[27]，诸浚源植本[28]，要有余师，因乐以崇知，由寿以敦仁[29]。乐乐而达于君[30]，底豫而达于亲[31]，埙篪而达于兄弟[32]，琴瑟而达于妻子，笙簧而达于宾友。周流活泼，莫非乐地，罔惑于声色[33]，罔诱于货贿，罔夺于威力，安固永贞，无戕所天[34]，乐示而智进，寿启而仁弘，缘此获彼，鱼网鸿雁[35]，谁则知之？刘君将不为明理以终乐，贞守以介寿者乎[36]！况东望沧溟，西顾长河，鲸波潮而虹带环[44]，阳侯河伯君之适也[37]。大劳在瞻，二珠伊迩，青苍蔼而鸿庞基[38]，林林央央[39]，君之契也。此又非乐寿出于堂之外，而智仁之雅怀幽致，会得于天者乎？使君而淫于乐，于智则昏焉已[40]，无述于寿于仁则悖焉[41]。已昏且悖，其奚处于斯堂？或曰，博矣哉，君子之言，非浅夫所窥也[42]。佥勉刘君其慎审于乐寿[43]！

注释：

[1] 三齐：秦亡，项羽以齐国故地分立齐、胶东、济北三国，皆在今山东东部，后泛称"三齐"。俊人：指风度高雅、才德超卓的人。[2] 袭先声累业：承袭祖上所积累的仁德与功业。[3] 故第：以前住过的房屋，故宅，旧居。郑谷《中年》："苔色满墙寻故第，雨声一夜忆春田。"[4] 霄峥：高入云霄的山。孟郊、韩愈《城南联句》："大句斡玄造，高言轧霄峥。"[5] 川原：指河流与原野。陈子昂《晚次乐乡县》："川原迷旧国，道路入边城。"[6] 广缔（dì）：指广泛结交朋友。[7] 儒绅：犹缙绅。绅，古代士大夫束腰的大带子，引申为束的人。[8] 雅爱：素来爱好。这里是敬辞，厚爱。卢照邻《驸马都尉乔君集序》："凡所著述，多以适意为宗，雅爱清灵，不以繁词为贵。"[9] 甲子：为干支之一，干支顺序为第一个。中国传统纪年干支历的干支纪年中一个循环的第一年称"甲子年"。[10] 戒行：佛教指恪守戒律的操行。这里指登程，出发上路。[11] 留行：挽留，使不离去。《孟子·公孙丑下》："孟子去齐，宿于昼，有欲为王留行者。"赵岐注："欲为王留孟子行。"[12] 腾虬（qiú）：腾空的虬。常以喻骏马。晋曹毗《马射赋》："奔电无以迫其踪，逸羽不能企其足，状如腾虬而登紫霄。"[13] 垂庆：积德行善之家，恩泽及于子孙。垂：留给后人。[14] 惴惴（zhuìzhuì）：忧惧戒慎貌，形容又发愁又害怕的样子。《诗经·小雅·小宛》："惴惴小心，如临于谷。"[15] 唯唯：恭敬的应答声。引申为恭顺谨慎之义。《诗经·齐风·敝笱》："敝笱在梁，其鱼唯唯。"郑玄笺："唯唯，行相随顺之貌。"[16] 澌泯（sīmǐn）：消失。胡应麟《少室山房笔丛·九流绪论上》："九流，则名、墨、纵横，业皆澌泯；阴阳、农圃，事率浅猥。"[17] 砻（lóng）浣：这里意承上文，璞玉只有经过琢磨、涂珠只有经过洗濯才能展现其光华。这里比喻人才也需要经过磨砺、发掘的过程，其才华才能展露出来。砻：本意

为去掉稻壳的农具，形状略像磨，多以木料制成，用以去掉稻壳。这里意为磨砺、磨光雕琢之意。浣：洗濯衣垢。《诗经·邶风·柏舟》："心之忧矣，如匪浣衣。"[18]沮弃：诋毁抛弃。刘勰《文心雕龙·知音》："会己则嗟讽，异我则沮弃，各执一隅之解，欲拟万端之变。"[19]轲（kē）：孟子。司马迁《史记·孟子荀卿列传》："孟子名轲，字子舆。"命世英儒：指名望才能为世人所重的杰出人才。命世，指著称于当世。多用以称誉有治国之才者。[20]台沼：这里指梁惠王好修建楼台池沼。[21]民隐：指民众的痛苦。《国语·周语上》："先王非务武也，勤恤民隐而除其害也。"韦昭注："隐，痛也。"[22]悚动：犹震动。李百药《北齐书·杨愔传》："愔辞气温辩，神仪秀发，百僚观听，莫不悚动。"方寸：这里指人的心。[23]胡为（wéi）：这里指任意乱来。[24]融融：形容和睦快乐的样子。[25]泄泄：一般"融融泄泄"一起用，形容大家在一起融洽愉快。融融、泄泄，典出《左传·隐公元年》。[26]伏腊：指古代两种祭祀的名称伏祭和腊祭之日，或泛指节日。[27]绎（yì）：这里指发展延续、阐述演绎。[28]浚（jùn）源：意为极深的本源。权德舆《祭李处士文》："居易处厚，中明外宽。发於濬源，激为清澜。"[29]敦仁：仁厚。语本《易传·系辞上》："安土敦乎仁，故能爱。"韩康伯注："安土敦仁者，万物之情也。物顺其情，则仁功赡矣。"[30]乐乐：坚定貌。坚定不懈的样子。《荀子·儒效》："乐乐兮其执道不殆也，炤炤兮其用知之明也。"[31]底豫：谓得到欢乐。《孟子·离娄上》："舜尽事亲之道，而瞽瞍底豫。"赵岐注："底，致也。豫，乐也。"[32]埙篪（xūnchí）：两种乐器埙与篪，喻兄弟。《诗经·小雅·何人斯》："伯氏吹埙，仲氏吹篪"。埙与篪这两件乐器形制各异，前者如梨形，后者如笛状，但因发音原理相同，音色相近，两者在一起演奏可以获得音色和谐的效果。这里用埙篪相应来比喻兄弟融洽和谐。[33]罔惑：欺枉蛊惑。司马光《涑水记闻》卷4："专挟邪说，罔惑上听。"[34]戕（qiāng）：古代用以横击、钩杀的重要武器。本义为残杀、杀害。高启《书博鸡者事》："戕汝家矣。"[35]鱼网鸿罹：张开渔网想打鱼结果得到的却是癞蛤蟆。《诗经·邶风·新台》："鱼网之设，鸿则离之。燕婉之求，得此戚施。"这首诗讽刺卫宣公在黄河边上筑了一座新台来截娶本为其儿子迎娶的齐女宣姜。[36]介寿：《诗经·豳风·七月》："为此春酒，以介眉寿。"郑玄笺："介，助也。"后以"介寿"为祝寿之词。清龚自珍《最录南唐五百字》："咒觥介寿，旨畜御穷。"[37]鲸波：犹言惊涛骇浪。杜甫《舟出江陵南浦奉寄郑少尹诗》："溟涨鲸波动，衡阳雁影徂。"[38]阳侯：古代传说中的波涛之神，借指波涛。《淮

306

南子·览冥训》："武王伐纣，渡于孟津，阳侯之波，逆流而击。"河伯：古代中国神话中的黄河水神。适：切合，相合。指合乎客观条件或需要。[38]鸿庞：庞大的意思。叶适《代宋彦远青词（其二）》："自知延瞬息之微生，何以答鸿庞之厚施。"[39]林林央央：山神名。《艺文类聚》卷7引《地镜图》："未到山百步，呼曰林林央央，此山王名，知之却百邪。"[40]昏：糊涂而愚蠢。[41]悖（bèi）：相冲突，违背道理。[42]浅夫：指见识短浅的人。[43]佥（qiān）：这里是谦辞，辅助之意。

劳山仙迹序[1]

劳为墨阳灵峙，枕沧溟而峻迥东南[2]，秀于青，声于天下。逸物外者，咸兹乐慕，逢冠挂而斯东[3]，安期老焉，肯有取也[4]。世传丘、刘、王、马辈举此仙焉，信耶！渺茫之故，适非青眼妄耶，史籍攸征，殆难极诋[5]，秕生之论存乎？养久而仙，或由兹也。长春诸翁见超寰宇，越钦釜，履奇峭，奚啻千亿，柢惟劳焉[6]。依依无谓耶，海岳之吐吞，云物之舒卷，冥化之往来，必有奇趣，入乎其心而契焉，而陶焉者虚牝[7]，抱元精[8]，炼致极，而还虚破造，要所必至，盖亦自不知其乔松之趋也。混古今于天地，弄风月于川岑[9]，神游意适，罔非豫所。寸灵之秘泄于英词，悟尘之几托于幽石，霞栖雪飧[10]，紫封碧荫，鸟窥而樵游焉耳。咏我思者谁欤？嘉靖甲子，载值君阳汤公尹墨，宓弦之暇[11]，慰适宦况，劳无余区，寻幽兴怀，抚迹增慨。虚玄茫昧者空复梦思[12]，而垂悠寄远者宛在贞坚，犹可彷诵。刳斸扫烟[13]，靡隐弗底，获诗词古体五十余篇。玄珠之庆，良慊凤私，窃惟海内之嶙峋层见，奇迹恒勘[14]，乃有高林石之兴，而欲一骋历览之怀，率皆滞于时，牵于势，尘拘艰解悼种种予毛，卒未之酬者，指可胜屈耶！虽予亦密迩海涯才百里耳，睹崎峭于目前，聆胜绝于凤昔[15]，寸心如飞，犹越万里，攀跻之志恒切[16]，而仍岁无谐，况其远者乎！君阳公以其迹诸劳者，移诸梓邈[17]，历迨兹旷[18]，逢懿举[19]，俾无径珠玉倏遍中原胜征[20]，而情慰无劳而可劳间，有微辞奥旨[21]、妙悟神会者，得无乐际矣乎！君阳之于道，玄关幽键[22]，仰不可窥，即仙迹攸崇[23]，无乃慕之笃，养之深，臭味之相入，赏音于善歌者欤！于野之利，何其博哉！斟莅墨以来[24]，轩黄之化[25]，而旌阳之政[26]，迹之寓乎墨者，皆以铭诸心，不但寓乎劳者，存诸石焉耳。噫！演劳迹者[27]，君阳也，昭墨迹者玉堂，在今

307

银笔，在后不知其当为谁也？尘埃鄙人[28]，雕龙匪技[29]，讵敢为诸仙序，聊复对君阳之命，述其略，兼章君阳之美意云。

注释：

[1] 劳山：即崂山，古称劳山、鳌山、辅唐山，享有"海上名山第一"的美誉，位于黄海之滨，山海相连，水秀云奇，自古被称为"神仙窟宅""灵异之府"。崂山背负平川，面对大海。《齐记》中有"太山自言高，不如东海劳"的记载。[2] 峻迥：峭拔高峻貌。[3] 冠挂：原意谓帽子被东西钩去。借指辞官。杜牧《朱坡》："有计冠终挂，无才笔漫提。"[4] 胥：皆，都。[5] 诋：诋毁，毁谤。[6] 秪（dī）惟：用作助词，只，但。[7] 虚牝（xūpìn）：空谷。殷仲文《南州桓公九井作》："爽籁警幽律，哀壑叩虚牝。"李善注引《大戴礼记》："丘陵为牡，溪谷为牝。"[8] 元精：指天地的精气或人体的精气。王充《论衡·超奇》："天禀元气，人受元精，岂为古今者差杀哉？"[9] 川岑：犹言山泽、草野。范晔《乐游应诏》："崇盛归朝阙，虚寂在川岑。"吕向注："川岑，山泽也。"[10] 飧（sūn）：晚饭，亦泛指熟食，饭食。[11] 宓（fú）弦之暇：指弹奏宓弦之闲暇。骆宾王《上瑕丘韦明府启》："虽则尘飞范甑，垂银有结绶之华；而乃调理宓弦，烹鸡屈函牛之量。"[12] 虚玄：虚幻玄妙。指道家思想。老子主张虚一静观和玄览，故称虚玄。明宋濂《章氏三子制字说》："学贵能辨，辨则不戾。视德为虚玄而不验之于实德者，其所谓德，非吾之所谓德。"茫昧：指模糊不清；不可揣测。韩愈《南山诗》："山经及地志，茫昧非受授。"[13] 刳（kū）：从中间破开再挖空。翳（yì）：遮蔽。[14] 尟（xiǎn）：意为稀有的，罕见的。[15] 夙昔：也作宿昔，往日。[16] 攀跻（jī）：指攀登的意思。陆游《宿上清宫》："盘蔬采掇多灵药，阁道攀隮出半空。"[17] 梓：这里应该指梓里，故乡的代称。邈：本意是指距离遥远；也指久远，渺茫。[18] 迨（dài）：等到，趁着。[19] 懿（yì）举：指嘉言善行。懿：美好（多指德行）。[20] 俾（bǐ）：使，把。《诗经·小雅·天保》："俾尔单厚。"[21] 微辞：隐晦的批评，也指婉转说出而真意隐晦的话。《春秋公羊传·定公元年》："定、哀多微辞。"[22] 玄关：入道之门。幽键：深奥的法门。[23] 攸崇：攸心，谓心性弛放。攸，通"悠"。《墨子·尚贤下》："其所罚者，亦无罪，是以使百姓皆攸心解体。"[24] 矧（shěn）：文言连词。况，况且。[25] 轩黄：即黄帝。因其名轩辕，故称。陶渊明《读山海经（其四）》："岂伊君子宝，见重我轩黄。"[26] 旌阳：指晋人许逊。许逊曾任蜀旌阳县令，故称。他曾学道于大洞

君吴猛，后因晋室乱而弃官东归。相传于晋武帝太康二年（281），在洪州西山全家升仙而去。明屠隆《彩毫记·乘醉骑驴》："簿书作令休云俗，勾漏旌阳俱是仙。"[27] 劳迹：指功劳和业绩。[28] 尘埃：飞扬的灰土。犹指尘俗。[29] 雕龙：意为雕镂空龙纹。指经过精雕细琢，文辞优美。黄滔《汉宫人诵赋》："如燕人人，却以词锋而励吻；雕龙字字，爰于禁署而飞声。"后以"雕龙"比喻善于文辞。如范晔《后汉书·崔骃传赞》说："崔为文宗，世禅雕龙。"

赠储少梅将军抡典戎政序[1]

胶为辽右穷壤[2]，南北界莱、灵二戍间，彻三百余里[3]。沧溟浩望，旷然潮汐之区，倭夷伺逞靡常[4]，抚图筹衅者[5]，乃不顾兹陬凛森耶。沿涘连兵以胶冲[6]，雄镇崇墉以昭岩[7]，驻戍以张威，选将历才，倡勇明政，用宣圣武遐荒也[8]，始敦任七侯[9]，率由殊简，二百年中，继美扬声海上者，今莫仰矣。储氏少梅将军，将门英胄[10]，涵淹儒术[11]，毅然刚介[12]，中有雍容[13]，文雅之懿，艺精力强，才优识朗，古名将风烈。衔命以来[14]，文武属心[15]，殆以安危、轻重系将军也。嘉靖辛酉春，侍史檄执，戎政遴选，慎名实[16]，核协人望哉[17]？少梅将军震惶[18]，罔自胜感一饭于思酬[19]，惭世禄于未补[20]，顾不幡然悟[21]、奋然兴、惕然求免厥艰耶[22]？中外熙熙[23]，印首维新[24]，令而风霆[25]，威而霜雪，介而金石，操而冰蘗[26]。樽俎可以折冲[27]，帷幄可以御侮[28]。虎豹雄踞，长城逶迤[29]，鲸鲵之波，其几息矣乎？蛇豕之毒[30]，其或靖矣乎[31]？弦诵兴，耕耘无事，太平之乐，乃不赖将军以有终矣乎？冠裳相庆[32]，且从而祝之，难副惟声，难克惟终，细或不矜[33]，其罔有不倾将于上下，负匪浅也[34]，尚自厉焉[35]。拊髀惟时[36]，筑拜有期[37]，垂黄秉钺[38]，万里之封，岂直区区一隅之显已哉！谨日夕以仰。

注释：

[1] 抡：选拔，挑选。戎政：谓军事与政务，亦专指军旅之事。潘岳《西征赋》："掩细柳而抚剑，快孝文之命帅，周受命以忘身，明戎政之果毅。"[2] 辽右：即辽西。[3] 彻：贯通，通达。王充《论衡·纪妖》："音中宫商之声，声彻于天。"[4] 倭夷：我国古代对日本人的称呼。张廷玉《明史·兵志三》："岛寇倭夷，在在出没，故海防亦重。"靡常：是指无常，没有一定的规律。汉班彪《北征赋》：

"故时会之变化兮,非天命之靡常。"[5] 筹衅(xìn):筹划寻衅。[6] 沿涘(sì):海边,指沿海一带。[7] 崇墉:高墙,高城。汉王延寿《鲁灵光殿赋》:"崇墉冈连以岭属,朱阙岩岩而双立。"张载注:"墉,墙也。"[8] 圣武:圣明英武。旧时称颂帝王之词。范晔《后汉书·黄琼传》:"光武以圣武天挺,继统兴业,创基冰泮之上,立足枳棘之林。"[9] 敦任:犹重用。班固《汉书·哀帝纪》:"公卿大夫其各悉心勉帅百寮,敦任仁人,黜远残贼,期于安民。"[10] 英胄:俊秀的后裔。[11] 涵淹:犹覆盖。王安石《和平甫舟中望九华山(其二)》:"草树荄已绿,冰霜尚涵淹。"[12] 刚介:刚强正直。刘义庆《世说新语·贤媛》:"彼刚介,有才气,卿往不如不去。"[13] 雍容:形容仪态温文大方。班固《汉书·薛宣传》:"宣为人好威仪,进止雍容。"也有舒缓,从容之意。[14] 衔命:遵奉命令。这里指接受使命。范晔《后汉书·邓寇传》:"使君建节衔命,以临四方。"[15] 属心:是指关注,关心。方孝孺《二贤妇传》:"赀失千万不足惜,此文乃吾日夜属心者,若能存之,真吾妇也。"[16] 名实:古代哲学范畴。指名称、概念和事实、实在。名实关系问题曾经引起中国古代各派哲学家的注意,墨、名、儒、法各家先后提出了自己的名实观,形成了历史上有名的名实之争。[17] 人望:众人所属望。[18] 震惶:亦作"震遑",震惊,惊惶。潘岳《马汧督诔》:"圣朝西顾,关右震惶。"[19] 自胜:克制自己,指不断超越自我,战胜自我。《道德经》第三十三章:"胜人者有力,自胜者强。"[20] 世禄:古代有世禄之制,贵族世代享有爵禄。孟浩然《从张丞相游南纪城猎,戏赠裴迪张参军》:"公卿有几几,车骑何翩翩。世禄金张贵,官曹幕府贤。"[21] 幡然:很快而彻底地(改变)。《孟子·万章下》:"既而幡然改曰:'于我处畎亩之中,由是以乐尧舜之道。'"[22] 惕然:惶恐忧虑貌。厥艰:比喻处境艰险。汉潘勖《册魏公九锡文》:"永思厥艰,若涉渊水,非君攸济,朕无任焉。"[23] 熙熙:这里指热闹的样子。[24] 卬(yǎng)首:卬:是"仰"的本字,指仰望。由仰望又引申表示抬起、扬起;喻气势盛。司马迁《报任安书》:"乃欲卬首伸眉,论列是非,不亦轻朝廷、羞当世之士邪?"[25] 风霆:指狂风和暴雷。比喻威势。刘禹锡《唐故相国赠司空令狐公集纪》:"在藩耸万夫之观望,立朝贲群寮之颊舌,居内成大政之风霆。"[26] 冰檗(bīngbò):喻指处境寒苦艰辛。白居易《三年为刺史》:"三年为刺史,饮冰复食檗。"[27] 樽俎可以折冲:折冲樽俎为成语,指不用武力而在酒宴谈判中制敌取胜。原指诸侯国在宴席上制胜对方,后泛指在外交谈判上克敌制胜。《战国策·齐策五》:"此臣之所谓比之堂上,禽将

310

户内，拔城於尊俎之间，折冲席上者也。"[28] 帷幄：这里指"运筹帷幄"。表示善于策划用兵，指挥战争。语出司马迁《史记·高祖本纪》："夫运筹帷幄之中，决胜千里之外，吾不如子房。"[29] 逶迤（wēiyí）：形容道路、山脉、河流等蜿蜒曲折。逶迤，也作"逶蛇"。[30] 蛇豕（shǐ）：比喻贪残害人者。《左传·定公四年》："吴为封豕长蛇，以荐食上国。"晋杜预注："言吴贪害如蛇豕。"[31] 靖（jìng）：这里指平安、秩序安定，没有变故或动乱。[32] 冠裳（guāncháng）：指官吏的全套礼服。这里代指官宦士绅。吴承恩《赠宗万湖令江山》："冠裳换巾袍，动止有华藻。"[33] 不矜（jīn）：指不骄傲，不夸耀。范晔《后汉书·胡广传》："不矜其能，不伐其劳。"[34] 匪浅：指收获不小，有很大的收获。"匪"是通假字，古时是代表"非"的意思。[35] 自厉：意思是慰勉警诫自己。潘岳《藉田赋》："靡谁督而常勤兮，莫之课而自厉。"[36] 拊髀（fǔbì）：是以手拍股，表示激动、赞赏等心情。[37] 筑拜：指筑台拜将的受封仪式。[41] 垂黄：指人到暮年。黄：指黄发，老年人头发由白转黄。秉钺：持斧。借指掌握兵权。《诗经·商颂·长发》："武王载旆，有虔秉钺。"

代姜省吾侍御送刘春台太守考绩序

岁辛酉摇光树虚危，寒飔凛如[1]，玉尘炯炯[2]，春台侯敝车羸马[3]，遄征之色[4]，溢于道亭。庶黎超骇[5]，莫慰攀延[6]。熙洽中[7]，不知崇年效绩[8]，檄速稽核[9]，将以旌淑德[10]，昭陟典也[11]。猝夺吾良，奈若何？省吾子荣其行[12]，君子也，几何人哉？圣皇三五绍庥[13]，渴笃世英，四纪相寻[14]，以跻嘉靖之治。无他，考核鼓舞尔也。侯六载溟陬[15]，一贞永矢[16]，虽有横陈[17]，漠然也。杨称四知弗来，胡畏刘才，一选弗赠，胡辞侯曾未闻，来且赠也。殆歙渊方寸[18]，波澜寂绝[19]，要难以漫窥焉者，无荡天机，庶理恳至，公斯也，明斯也，威而断斯也，本植而绩庶凝焉，孤魄停瀛[20]，清飙逸岱[21]，夫或得而御且掩诸[22]，兹不稽焉，攸劝今天下籍名宠以骋[23]，尽镏铢而利[24]，实有蓬心[25]，蠡乃纪经[26]，胡能侯、拟继侯、而后皆侯耶？匪侯耶？种种予怀[27]，无或谖焉[28]。若帝臣罔蔽[29]，万里有明，宠眷茂殊[30]，寄任出入，以德诸郡者，德诸天下，此又人心无既之觊也。省吾子茕茕南山之庐[31]，松楸外不狎尘机[32]。侯行念兹，揆有言任[33]，愧无言征，制于时，泥于迹[34]，即不能以侯图报，尚宣言台垣[35]，庸罄忠赤，行将采焉，以闻慰凤私也[36]。姑以虚江公甫来[37]，奇侯之器，不遑悉侯之泽[38]，乐闻而诵之趣，张水石婵媛[39]，增楚金石震而玉觞醨[40]，旂斿扬而五云茫[41]。骊驹不忍闻，执予言以赠。

注释：

[1] 寒飔（sī）：寒风。曾巩《送刘医博》："深冬山城万木落，阴气荡射生寒飔。"[2] 玉尘：喻白雪。白居易《酬皇甫十早春对雪见赠》："漠漠复雾雾，东风散玉尘。"炯炯：指明亮或光亮貌。潘岳《秋兴赋》："登春台之熙熙兮，珥金貂之炯炯。"[3] 敝车羸（léi）马：破旧的车、瘦弱的马，形容为官清廉，生活俭朴。苏辙《上皇帝书》："譬如敝车羸马而引丘山之载，幸而无虞，犹恐不能胜。"[4] 遄（chuán）征：急行，迅速赶路。汉蔡琰《悲愤诗》："去去割情恋，遄征日遐迈。"[5] 庶黎：庶民。崔骃《南巡颂》："淑雨施于庶黎。"[6] 攀延：攀附他物延伸。[7] 熙洽：指和乐融洽。[8] 崇年：指老年。效绩：考查成绩，也指成效，功绩。曹丕《校猎赋》："考功效绩，班赐有叙。效，通"校"。[9] 檄：中国古代官府往来文书的下行文种名称之一。原是文书载体名称，指比较长的竹木简，用于书写比较重要的文书。以后用檄书写的文书也称为檄。文天祥《指南录后序》："至高邮，制府檄下，几以捕系死。"稽核：考察，考核。[10] 旌：本意为用羽毛或牦牛尾装饰的旗子，泛指旗帜，引申为表彰。[11] 陟典：这里指晋升。陟：登山或登高。[12] 吾子：古时对别人的尊称，译为"您"。柳宗元《答韦中立论师道书》："不意吾子自京师来蛮夷间，乃幸见取。"[13] 庥（xiū）：遮盖，覆盖。这里指庇荫，保护。世英：当代的贤士。[14] 四纪：这里指帝王所在位时间约为四纪。纪，岁星十二年一周天为一纪。[15] 溟陬：海角。曾巩《送徐纮著作知康州》："里闾多娱宴，歌鼓震溟陬。"[16] 永矢：指发誓永远要（做某事）。矢，通"誓"。《诗经·卫风·考槃》："独寐寤宿，永矢弗告。"[17] 横陈：杂陈，横列。袁枚《泊石钟山正值水落见怪石森布绝无钟声》："满地横陈怪石供，洞庭不奏钧天乐。"[18] 斋渊：水深广的样子。[19] 寂绝：谓空无所有。[20] 瀛：浩瀚的大海。[21] 清飙：清高俊逸的风范。岱：泰山的别称，亦称"岱宗""岱岳"。[22] 掩：捕取，袭取。刘向《说苑·修文》："取之不围泽，不掩群。"[23] 攸：这里用做连词，相当于"乃"，于是。《尚书·夏书·禹贡》："漆沮既从，沣水攸同。"[24] 锱铢（zīzhū）：锱、铢，均为古代重量单位，旧制一两为四锱，为二十四铢。锱铢用来比喻极微小的数量。

312

杜牧《阿房宫赋》："奈何取之尽锱铢，用之如泥沙。"[25] 蓬心：比喻知识浅薄，不能通达事理。后亦常作自喻浅陋的谦辞。语出《庄子·逍遥游》："今子有五石之瓠，何不虑以为大樽而浮乎江湖，而忧其瓠落无所容？则夫子犹有蓬之心也夫！"成玄英疏："蓬，草名。拳曲不直也……言惠生既有蓬心，未能直达玄理。"颜延之《北使洛》："蓬心既已矣，飞薄殊亦然。"[26] 蠹（dù）：蠹虫，也指蛀蚀。纪经：意为纲常。曹植《七启》："今吾子弃道艺之华，遗仁义之英；耗精神乎虚廓，废人事之纪经。"刘良注："纪经，常理也。"[27] 予怀：指我的情怀、抱负。[28] 谖（xuān）：指欺诈，欺骗。班固《汉书·息夫躬传》："左曹光禄大夫宜陵侯躬，虚造诈谖之策，欲以误朝廷。"[29] 罔蔽：欺骗，蒙蔽。[30] 宠眷：指帝王的宠爱关注，亦用作称人关注的敬辞。唐封演《封氏闻见记·讨论》："驸马张垍，燕公子也，盛承宠眷。"[31] 茕茕：形容忧思、孤独无依的样子。《诗经·小雅·正月》："忧心茕茕，念我无禄。"[32] 狎（xiá）：亲近，接近。《韩非子·南面》："狎习于乱而容于治，故郑人不能归。"尘机：犹言尘俗的心计与意念。贺铸《怀寄寇元弼》："何日芦轩下双榻，满持尊酒洗尘机。"[33] 揆（kuí）：这里是估量、揣测之意。[34] 泥于迹：这里指学习前人的理论应学习其基本精神，而不能死守其具体做法。泥，拘泥。[35] 台垣：都察院、六科，并称"台垣"，为监官、谏官机构。[36] 慰夙私：满足自身的夙愿。[37] 虚江：指明代抗倭名将、民族英雄俞大猷。俞大猷（1503—1579），字志辅，号虚江，晋江（今属福建）人。俞大猷一生与倭寇作战，战功显赫，率领"俞家军"能将敌人吓退，扫平了为患多年的倭寇，与戚继光并称为"俞龙戚虎"。[38] 不遑（huáng）：指没有时间；来不及。《诗经·小雅·四牡》："王事靡盬，不遑启处。"[44] 水石：指流水与水中之石，犹指泉石。多借指清丽胜景。婵媛：牵连，相连。比喻关心爱护而显得婉转痛恻的样子。屈原《九章·哀郢》："心婵媛而伤怀兮。"[40] 觞醵（jiào）：饮尽杯中酒。《汉书·郭解传》："解姊子负解之势，与人饮，使之醵，非其任，强灌之。"[41] 旌斿（jīngliú）：旌旗，引申为表彰。旐，同"旌"。斿，同"旒"，古代旌旗下边或边缘上悬垂的装饰品。

海屋添筹序寿年家杨参峰太翁[1]

添筹事，邈不可知。然造化之运，甲子循环，其或司冥纪者，理亦有之。近恒摹绘奇迹以相赠遗，无亦援仙灵以拟长年，非斯人之至情己（已）

313

乎！此其图者何寿洛之杨昆翁也。其寿杨昆翁者何？敦年家懿也。吾郎慎修[2]，胶致乙丑春第，适与贤嗣同之参峰君[3]，为昆冈片玉[4]，洛才俊逸也[5]，视海山牧竖[6]，奚啻倍蓰[7]！实窃蝇附[8]，及分令盐渎[9]，而又同寀淮阴[10]，洽情楚水，且几三祀。郎尝拜昆翁淮邸，而衰质亦曾幸挹参峰[11]，通家之契，良亦深矣。戊辰春，旅觐燕都[12]，王事竟，参峰君怃然[13]。记翁当七帙，稀古春秋，喜溢颜色，将汲汲便经故洛[14]，以觞初度[15]。郎闻而嘉之，欲偕往不果，遥致已心许焉。归而语诸庭，余曰："诺，佳哉！是不可无庆，庆以神祉。吾海人室庐潮汐间，仙迹茫茫习闻已久，虽不躬觌其异[16]，古史籍亮不厚诬[17]。添筹海屋，兹用图焉，今复指三山之晻蔼[18]、十洲于微茫，银台、金阙所寓[19]，紫鸾、黄鹤所归[20]，海之屋殆可究、可言，筹之添亦何终何始。水浅蓬莱，尘扬澥渤[21]，笼鸟之辰[22]，云谁数计；而太虚浩劫[23]，要难纪极[24]。岁易筹偕，人依化运。昆山翁其将优游穹壤[25]，而不自知其寿拟玄昊也[26]。雪刺方瞳[27]，乌纱玉杖，餐霞咀芝，云卧天游，悠然伊洛中[28]，奚俟玄圃瑶池耶[29]！况桂林郁郁，兰苗森森[30]，而贤嗣参峰，飞凫之履[31]，甫过金门，旌扬之声，上达天阙[32]。行复大擢，玉堂调鼎鼐以寿皇图[33]，则黄虞斯世真不负，所以义涵也。龙章凤采，紫诰重褒[34]，自天之泽，如海斯深，此又添筹外，无涯之福，筹亦所不能尽算焉者矣。小子乞予言以信友，笃敬也，参峰事君不忘其亲，崇孝也，昆山翁茂无疆之寿，征仁也。敬则善交，孝则不匮[35]，仁则与天地万物为一体，宏裕而可亲焉者也。余于翁神交久矣，况今蠡延亦已六十有九[36]，晚龄同踌，喜闻而乐诵之，欲同庆华堂。仙云缥渺，莫慰逖忱[37]，忝同盟之好，假仙筹以献同天之祝云。

注释：

[1] 此篇是作者为年家杨参峰祖父所写的祝寿文。作者长子慎修与杨参峰同年登科。海屋添筹：用以给人祝寿。海屋，寓言中堆存记录沧桑变化筹码的房间；筹：筹码。旧时用于祝人长寿。苏轼《东坡志林·三老语》："尝有三老人相遇，或问之年……一人曰：'海水变桑田时，吾辄下一筹，尔来吾筹已满十间屋。'"序寿：祝寿的文章，明中叶以后开始盛行。年家：科举时代同年登科者两家之间的互称。明末以后，往来通谒，不论有无年谊，概称年家。太翁：通常是称祖父，有时也是对德高望重的长者多尊称。[2] 慎修：即赵慎修，字敬思、清廓，完璧长子。嘉靖年间（1522—1566）进士，曾任盐城知县、兵部主事、扬

州知府等。[3] 贤嗣：贤良的后代。刘基《父永嘉郡公诰》："士有厚德而立报，虽不在其身，必有贤嗣而得时，足以大其后。"[4] 昆冈片玉：成语，意思是昆仑山上的一块玉，只是许多美好者当中的一个，后比喻许多美好事物中突出的。喻珍贵稀有之物或赞美人才难得而可贵。昆冈，指昆仑山。[5] 洛才：这里用典，用"洛才子"代称西汉政治家、文学家贾谊。唐祖咏《酬汴州李别驾赠》："秋风多客思，行旅厌艰辛。自非洛才子，游梁得主人。"俊逸：英俊洒脱，超群拔俗。杜甫《春日忆李白》："清新庾开府，俊逸鲍参军。"[6] 牧竖：牧奴，牧童。屈原《天问》："有扈牧竖，云何而逢？"[7] 倍蓰（bèixǐ）：数倍。《孟子·滕文公上》："夫物之不齐，物之情也。或相倍蓰，或相什百，或相千万。"[8] 蝇附：指"蝇附骥尾"。苍蝇因附在千里马的尾巴上而跑了千里的路程，指普通人因沾了贤人的光而名声大振。[9] 盐渎：古县名。西汉置，治今江苏盐城，属临淮郡，以产盐著名。[10] 渶（pán）：通"潘"，水回流处。[11] 挹：牵引，拉。[12] 觐（jìn）：本义是指古代诸侯秋天朝见天子。朝觐是古代政治礼节。众多诸侯集中在秋天面见帝王，属于礼节性拜访。这个短暂的见面就叫作"觐"。后也泛指拜见。[13] 怵（chù）然：害怕的样子，表戒惧、惊惧。《礼记·祭统》："心怵而奉之以礼。"这里有凄怆、悲伤之意。[14] 汲汲：本义是从井里打水，取水。而"汲汲"则专门形容急切的样子，表示急于得到的意思。陶渊明《五柳先生传》："不戚戚于贫贱，不汲汲于富贵。"[15] 初度：是指生日之时。出自屈原《离骚》："皇览揆余初度兮，肇锡余以嘉名。"后称生日为"初度"。[16] 躬觌：以礼相见，拜见。《左传》："（庄公二十四年八月）戊寅，大夫宗妇觌，用币。"[17] 厚诬：意思是深加欺骗。《左传·成公三年》："吾小人，不可以厚诬君子。"[18] 晻蔼：阴暗。屈原《离骚》："扬云霓之晻蔼兮，鸣玉鸾之啾啾。"洪兴祖补注："晻蔼，暗也，冥也。"[19] 银台：我国古代月亮的别称，[20] 紫鸾：紫鸾是传说中神鸟。李商隐《海上谣》："紫鸾不肯舞，满翅蓬山雪。"黄鹤：原指传说中仙人骑着黄鹤飞去，从此不再回来；比喻无影无踪或下落不明。任昉《述异记》："荀瑰憩江夏黄鹤楼上，望西南有物飘然降自云汉，乃驾鹤之宾也。宾主欢对辞去，跨鹤腾空，眇然烟灭。"崔灏《黄鹤楼》："黄鹤一去不复返，白云千载空悠悠。"[21] 瀣（xiè）渤：古代称东海的一部分，即渤海，在山东半岛与辽东半岛之间的海。[22] 笼鸟：比喻受困失去自由的人。潘岳《秋兴赋》："譬犹池鱼笼鸟，有江湖山薮之思。"[23] 浩劫：一是指大灾难，这里指极长的时间。叶适《中塘梅林天下之盛也》："至今阙胜赏，浩劫随荣枯。"[24] 纪极：终极，限度。引申为穷尽的意思。《左传·文公十八年》："聚敛积实，不知纪极。"[25] 穿壤：指天地。陆游《北望》："岂无豪杰士，愤气塞穿壤。"[26] 玄昊：上天，苍天。葛洪《抱朴子·广譬》："是以惠和畅于九区，则七曜得于玄昊。"[27] 雪刺：白色短发。王仁裕《开元天宝遗事·雪刺满头》："宋璟《求致仕表》云：'臣窃禄簪裳，备员廊庙，霜毫生额，雪刺满头。'"方瞳，方形的瞳孔。古人以为长寿之相，也有以为方瞳者为神仙一说。李白《游太山（其二）》："山际逢羽人，方瞳好容颜。"王琦注："按仙经云：八百岁人瞳子方也。"[28] 伊洛：古文中多指伊水与洛水，亦指伊洛流域。杜甫《北征》："伊洛指掌收，西京不足拔。"[29] 玄圃：传说中昆仑山顶的神仙居处，中有奇花异石。玄，通"悬"。张衡《东京赋》："左瞰阳谷，右睨玄圃。"李善注："《淮南子》曰：'……悬圃在昆仑阊阖之中。'"[30] 郁郁、森森：皆指花草树木生长茂盛。刘向《九叹·愍命》："冥冥深林兮，树木郁郁。"[31] 飞凫之履：这里用范晔《后汉书·王乔传》中王乔化履为凫的典故，也指做官。汉叶县县令王乔，有神仙之术，每月初一、十五乘双凫飞向都城朝见皇帝。后用"履凫"指王乔化履为凫而乘之往来的传说。苏轼《题冯通直明月湖诗后》："请君多酿莲花酒，准拟王乔下履凫。"[32] 天阙：天上的宫阙。这里指天子的宫阙，亦指朝廷或京都。韩愈《赠刑部马侍郎》诗："暂从相公平小寇，便归天阙致时康。"[33] 鼎鼐（dǐngnài）：鼎和鼐，古代两种烹饪器具。古代视为立国的重器，是政权的象征，比喻朝政。皇图：这里指国家的版图。李贺《出城别张又新酬李汉》："皇图跨四海，百姓拖长绅。"[34] 紫诰：指诏书，古时诏书盛以锦囊，以紫泥封口，上面盖印，故称。杜甫《赠翰林张四学士垍》："紫诰仍兼绾，黄麻似六经。"[35] 不匮（kuì）：不竭，不缺乏。《诗经·大雅·既醉》："孝子不匮，永锡尔类。"《毛传》："匮，竭。"郑玄笺："孝子之行非有竭极之时。"[36] 宏裕：犹宽裕。王若虚《孟子辨惑》："孟子斯言，与人为善，而开其自新之道，所以待天下后世者，可谓宏裕矣。"[37] 蠢：本义指大量冬眠的虫蛇在回暖的春天苏醒、蠕动，后引申为迟钝、愚笨等含义。这里用为谦辞。[38] 逖（tì）忱：指仰望思慕，表示恭敬。

代慎修送温玉斋三尹荣擢鲁藩司宝序 [1]

余素耽清旷家世 [2]，海山狃于心目，出必登临舒写，入则园林沼榭 [3]，会心自娱。同志者盖寡焉。乙丑夏，谬领盐寄，违猿鹤而南[4]，勉莅陬僻[5]。日夕尘劳[6]，颓乎俗吏，回首云阿[7]，梦寐渺然。乃有少尹温玉翁者，风流酝藉，旷古高人，雍容官署中，峻结幽轩，小筑亭台，佳木葱郁，琴鹤萧然[8]。偷闲机务而山林余事，随其所适，盖超然不累于喧嚣之烦，而洒然特逸于簪绂之外也[9]。余然后知其为仕而隐焉者，况乃坚持凛凛不为苟污[10]，岂特居处之清，而高节更自崭然[11]，可谓心迹兼得其养，而孤奇尘表寡俦也[12]。余每喜其烟霞幽趣，宛在咫尺，簿书之暇[13]，假之游衍，资之谐诹相与[14]，上下数千载间，古之是非得失，以及今之贤不肖可否[15]，飞屑沨沨[16]，如烛斯照、蔡斯卜也。吁，有是哉！翁之可嘉乐也，其裨于拙薄良不浅矣[17]。究极师友渊源，翁汝人，毓汝秀而迩南阳山川之灵，其亦有得伏龙凤雏之遗风者[18]，不然，胡高雅乃尔！窃庆方殷，忽有东藩之擢[19]，圣天子笃金玉之亲[20]，重凤鸾之辅，去盐就鲁[21]，亲亲、贤贤之义兼得之矣。但江海之留思未艾[22]，鸿雁之兴怀无已也。翁行矣。鲁，周公旧国，宣尼所生[23]，礼乐遗风，千古不终澌泯。翁览龟蒙、洙泗之胜[24]，抚浴沂、风咏之迹，回琴、点瑟人远[25]，而真乐犹有可寻。翁臭味惟同[26]，慨慕依俙，磨之岁月，当必有进于平生者。翁慎厥司，钦厥宝，增辉沧岱，以迓天休，此其常业耳。恪职之外，更以宝之胸中者，为国华焉，则辉光日新清越[27]，以长纲常，植彝伦[28]，昭主德，敦教化[29]，隆亦几乎变而至道矣。鲁将不遗其所常宝者，而宝翁耶！况懿德之好，有生恒性，窃恐鲁不私其宝，而扬于帝庭，以为天下共宝之，是又所日望而惓惓者[30]，翁其无自高以弃天下[31]。

注释：
[1] 此篇是一篇赠序，是温玉斋被提拔荣升到鲁地为官的临行赠序。三尹：官名，掌置。各级主官属下掌管文书的佐吏，系低级之事务官。尊称为三尹。鲁藩：指山东兖州的鲁王藩府。明太祖第十子朱檀封于山东兖州，乐檀及其子孙都称鲁王。[2] 耽（dān）：本意是指耳朵大而且下垂；这里指沉溺、迷恋。《诗经·卫风·氓》："于嗟女兮，无与士耽。"清旷：清朗开阔；清明旷达。《后汉书·仲长统传》："欲卜居清旷，以乐其志。"[3] 沼榭：池沼楼榭。[4] 猿鹤：猿和鹤，借指隐逸之士。刘基《追和音上人》："夜永星河低半树，天清猿鹤响空山。"[5] 陬僻：荒远偏僻的地方。[6] 尘劳：为烦恼之异称。因烦恼能

染污心，犹如尘垢之使身心劳惫。佛教谓世俗事务的烦恼，称作尘劳。[7] 云阿：云深处。指高山之上，深山之中。南朝宋王僧达《祭颜光禄文》："服爵帝典，栖志云阿。"李善注："云阿，言高远也。"李周翰注："而栖志实在云山之曲。阿，犹曲也。"[8] 琴鹤：琴与鹤。古人常以琴鹤相随，表示清高、廉洁。齐己《寄镜湖方干处士》："闻君与琴鹤，终日在渔船。"[9] 簪绂（fú）：冠簪和缨带，古代官员服饰，亦用以喻显贵，仕宦。王维《韦侍郎山居》："良游盛簪绂，继迹多夔龙。"[10] 凛凛：这里形容令人敬畏的样子。《宋史·辛弃疾传》："孰谓公死，凛凛如生。"[11] 高节：高尚的节操。曾巩《西亭》："空羞避俗无高节，转觉逢人恶独醒。"崭然：本义指山势高峻突兀。这里形容超出一般。唐顺之《刑部郎中唐嘿庵墓志铭》："君自少时，其於于货利声色中能崭然不为所污染若此。"[12] 寡俦：指缺少同伴，犹无匹。孟郊《投赠张端公》诗："鸾步独无侣，鹤音仍寡俦。"[13] 簿书：指记录财物出纳的簿册，或指官署中的文书簿册。[14] 谘诹（zīzōu）：征询，商量。王安石《酬王詹叔奉使江东访茶法利害见寄》："愿君博谘诹，无择壮与耇。"[15] 不肖：不才，不正派，没有出息。此处为自谦之词。韩愈《上考功崔虞部书》："愈不肖，行能诚无可取。"[16] 沨沨（féngféng）：这里形容飘浮貌。[17] 裨（bì）：补助；益处、好处。诸葛亮《出师表》："必能裨补阙漏，有所广益。"薄良：这里是自私之意。[18] 伏龙凤雏：伏龙指诸葛亮，凤雏指庞统，两人都是汉末三国时期著名的谋略家、军事家。后指隐而未现的有较高学问和能耐的人。诸葛亮（181—234），字孔明，号卧龙（也作伏龙），徐州琅琊阳都（今山东沂南）人，三国时期蜀汉丞相，杰出的政治家、军事家。庞统（179—214），字士元，号凤雏，荆州襄阳（今湖北襄阳）人，刘备重要谋士。[19] 东藩之擢：东藩：指东方的藩国，东方州郡的泛称。这里指晋升到东方兖州为官。[20] 金玉：珍宝通称，比喻珍贵和美好。《左传·襄公五年》："无藏金玉，无重器备。"[21] 去盐就鲁：指离开齐地到鲁地为官。古时齐国以产盐著称。[22] 留思：犹留心、关心。这里指留念、怀恋。[23] 宣尼：宣尼是指孔子。汉平帝元始元年（1年）追谥孔子为褒成宣尼公，后因称孔子为宣尼。左思《咏史（其四）》："言论准宣尼，辞赋拟相如。"[24] 龟蒙：龟山、蒙山的合称。在今山东平邑、蒙阴、新汶一带。《诗经·鲁颂·閟宫》："奄有龟蒙"即此。洙泗（zhūsì）：即洙水和泗水。古时二水自今山东泗水北合流而下。至曲阜北又分为二水，洙水在北，泗水在南。春秋时属鲁国地。孔子在洙泗之间聚徒讲学，后因以"洙泗"代称孔子及儒家。唐卢象《赠广川马先生》："人归洙泗学，歌盛舞雩风。"[25] 抚浴沂、风咏之迹，回琴、点瑟人远：这里用《论语》典故。在《论语·先进》篇中，孔子弟子曾皙（点）描述了"浴乎沂，风乎舞雩，咏而归"的儒家理想的礼乐教化、天下太平的社会图景。[26] 臭味：气味。这里比喻志趣。元稹《与吴端公崔院长五十韵》："吾兄谙性灵，崔子同臭味。投此挂冠词，一生还自恣。"[27] 清越：高超出众，清秀拔俗。李延寿《南史·梁贞惠世子方诸传》："善谈玄，风采清越。"[28] 彝伦：指常理，伦常；也谓成为表率、典范；或指铨选官吏。唐杨炯《庭菊赋》："钟太傅之家声，彝伦魏室，道合盐梅，功成辅弼。"[29] 敦：这里指推崇，崇尚。班固《汉书·扬雄传》："敦众神使式道兮。"[30] 惓惓（quánquán）：这里指恳切诚挚、忠心耿耿。班固《汉书·刘向传》："欲终不言，念忠臣虽在畎亩，犹不忘君，惓惓之义也。"颜师古注："惓惓，忠谨之意。"[31] 自高：自傲，抬高自己。犹自重，自珍。范晔《后汉书·李膺传》："是时朝庭日乱，纲纪穨阤，膺独持风裁，以声名自高。"

赠景节推重均胶役序 [1]

斯民慕三代之风 [2]，而千古无忘者，何哉？孟子曰：三代之得天下以仁 [3]。仁也者，亦惟得其民心焉耳。夫民情不一，物理自然，夫孰得而遂之乎？是以传《大学》者谓：君子有絜矩之道 [4]，亦莫非王道支流，三代遗意也。然明王图治惟艰 [5]，曾不以得人为要务乎哉？肆我今上，法祖弘恩，求贤如渴，亲民宣化，尤莫急于守令龚黄、卓鲁期其人，三代之治，觊其盛也。且令非也，而守正之，守失也，而府抑之，此又设官之美意，而行仁之令典也 [6]。吾胶僻在海涯，尤为弊郡 [7]，土瘠民贫，役繁赋重，号称难治久矣。虽有循良之政，犹不能速效于更生 [8]，况舞文弄法者之相仍 [9]，而奸伪萌生耶？民焉攸赖 [10]，国家例以三载一，均民役。隆庆庚午冬，适当其期，亨庵守以觐事匆匆，未暇竟妥。东方嗷嗷哀鸿之声 [11]，溢于海隅。抚台忧之 [12]，思得风裁凤著者 [13]，一为抚绥 [14]，而我公当时已蚤为默卜矣。公适以贺岁闻命，戴星而东 [15]，祗惟负托是惧 [16]。入胶来，怆弊悲穷，补偏剔蠹 [17]，恤疮痍如己子 [18]，慰寒酸犹故知。好所好，恶所恶，一徇民便 [19]，而罔参己私 [20]，真犹父母之爱其子也。无矜容，无厉色，春风和气，中人未尝不畏，刑威痛惩，下人未尝不服。斟酌得调停之善，而会计无锱铢之差。上不滞惠泽于当道 [21]，下不致隔泣于穷檐 [22]，一时膏雨[23]，宛苏海壖[24]。白首绝荒，自谓终于颓风已也[25]，何意骤睹善人之治，旷瞻三代之泽，不犹醉而醒、喑而鸣[26]、仆而起耶[27]？公青年甲第[28]，夐然燕云隽才[29]，小试鲁郡，天假惠临[30]，初挹其辉采，侍其珠唾[31]，已识其逸绝风尘矣。况复躬蒙德教，而举措闲雅[32]，规度弘裕[33]，逆占所就，更当何如？噫！宰肉细事也[34]，且以征相，今此休休之心[35]，优优之政，章章人之心目[36]，时复金瓯之卜[37]，舍公其谁？士类欢慕之余，挽之固不可留，望之又不忍去，聊托衰残[38]，以相赠诵。然东野之鄙言[39]，谅不足为鸿笔齿，草次揄扬[40]，一以为君子美，一以为俗吏风焉。

注释：

[1] 此篇为临别赠序。[2] 三代之风：指夏商周三代时期的风气。[3] 三代之得天下以仁：此句意为夏商周三代是以仁政得天下得民心。出自《孟子·离娄上》[4] 絜矩之道：是指以推己度人为标尺的人际关系处理法则，指内心公平中正，做事中庸合德。絜，度量。矩，画直角或方形用的尺子，引申为法度、规则。儒家以"絜矩"来象征道德上的规范。[5] 图治：指设法把国家治理好。脱脱《宋史·神宗纪三》："厉精图治，将大有为。"[6] 令典：好的典章法度。泛指宪章法令。《左传·宣公十二年》："荪敖为宰，择楚国之令典。"杨伯峻注："令典谓礼法政令之善者。"[7] 弊郡：指地处偏远荒僻之州郡。[8] 更生：指死而复生，比喻复兴。苏轼《乞常州居住表》："岂敢复以迟暮为叹，更生侥觊之心。"[9] 舞文弄法：指歪曲法律条文，舞弊徇私。司马迁《史记·货殖列传》："吏士舞文弄法，刻章伪书，不避刀锯之诛者，没于赂遗也。"相仍：相继，连续不断；相沿袭。屈原《九章·悲回风》："观炎气之相仍兮，窥烟液之所积。"王逸注："相仍者，相从也。"[10] 攸赖：指世道人心所倚靠的。攸：所。赖：倚靠，仗恃。[11] 嗷嗷哀鸿：此处用典，出于《诗经·小雅·鸿雁》："鸿雁于飞，哀鸣嗷嗷。维此哲人，谓我劬劳。"形容流离失所的难民呻吟呼救的凄惨景象。以"鸿雁哀飞为比"言说流民的辛劳苦楚，并诉说无人理解他们命运的悲歌。[12] 抚台：即巡抚，明清时地方军政大员之一。巡视各地的军政、民政大臣。清代巡抚主管一省军政、民政。以"巡行天下，抚军安民"而名。[13] 风裁凤著：指刚正不阿的品格名声显著。[14] 抚绥：安抚，安定。《尚书·商书·太甲上》："天监厥德，用集大命，抚绥万方。"[15] 戴星：顶着星星，犹言披星戴月，喻早出或晚归。唐王绩《答冯子华处士书》："或时与

舟人渔子方潭并钓，俯仰极乐，戴星而归。"[16] 负托：违负嘱托。[17] 补偏：纠正缺点错误。剔蠹：指清除弊害。脱脱《辽史·韩德枢传》："德枢请往抚字之，授辽兴军节度使。下车整纷剔蠹，恩煦信乎，劝农桑，兴教化，期月民获苏息。"[18] 疮痍（chuāngyí）：比喻遭受灾祸后凋敝的景象。也指遭受困苦的民众。杜甫《送韦讽上阆州录事参军》："必若救疮痍，先应去蟊贼。"[19] 一徇民便：指顺从迎合民意。[20] 参：考虑，商量。[21] 惠泽：惠爱与恩泽。徐干《中论·亡国》："仁爱普殷，惠泽流播。"[22] 隅泣：意思是一个人面对墙角哭泣，比喻非常孤立或得不到机会而失望地哭泣。刘向《说苑·贵德》："今有满堂饭酒者，有一人独索然向隅而泣，则一堂之人皆不乐矣。"[23] 膏雨：意为滋润作物的霖雨。《左传·襄公十九年》："小国之仰大国也，如百谷之仰膏雨焉。"[24] 海壖（ruán）：亦作"海堧"。海边地。亦泛指沿海地区。[25] 颓风：意思是颓败的风气。晋桓温《荐谯元彦表》："足以镇静颓风，轨训嚣俗。"吕延济注："颓，坏。"[26] 喑：沉默不语。柳宗元《与萧翰林俛书》："用时更乐喑默，思与木石为徒。"[27] 仆：向前跌倒。[28] 甲第：豪门贵族的宅第。张衡《西京赋》："北阙甲第，当道直启。"薛综注："第，馆也；甲，言第一也。"这里指豪门贵族。明清时也称进士为甲第。[29] 敻（xiòng）然：辽远貌，形容差别很大。宋濂《新注楞伽经后序》："唯柏庭法师善月依天台教旨，著为通义，敻然绝出常伦。" 隽才：亦作"隽材"，出众的才智。隽，通"俊"。《左传·宣公十五年》："鄋舒有三隽才。" [30] 天假（jiǎ）：指上天授与。[31] 珠唾：喻名言，佳作。宋张元干《夏云峰·丙寅六月为筼翁寿》："锦肠珠唾，钟间气，卓荦天才。"[32] 举措：指言行举动、措施。出自《三国志·蜀书·王平传》："谡舍水上山，举措烦扰。"[33] 弘裕：宽宏，宏大。蔡邕《荆州刺史庾侯碑》："温温然弘裕虚引，落落然高风起世。"[34] 宰肉细事：意为杀牲割肉。司马迁《史记·陈丞相世家》："里中社，平为宰，分肉食甚均。父老曰：'善，陈孺子之为宰！'平曰：'嗟乎！使平得宰天下，亦如是肉矣！'"后常用陈平事借指在处理小事中可以看出治国的才能，或在未遇时怀有大志。[35] 休休之心：心地善良，心胸宽广。休，善良，高尚。《尚书·周书·泰誓》："其心休休焉，其如有容。"[36] 章章：鲜明美好貌；昭著貌。《荀子·法行》："故虽有珉之雕雕，不若玉之章章。"[37] 金瓯之卜：此处用典。欧阳修、宋祁《新唐书·崔琳传》："玄宗每命相，皆先书其名。一日书（崔）琳等名，覆以金瓯，会太子入，帝谓曰：'此宰相名，若自意之，谁乎？即中，且赐酒。'太子曰：'非崔琳、卢从愿乎？'帝曰：'然。'"后世因以"瓯卜"为择相之称。
金瓯：盛酒器。[38] 衰残：犹衰老，或指衰老的人。苏轼《杭州谢执政启》：
"湖山如旧，鱼鸟亦怪其衰残；争讼稍稀，吏民习知其迟钝。"[39] 鄙言：
指俚俗的言辞，也是谦称自己的言辞。范晔《后汉书·马援传》："凡人为贵，
当思可贱，如卿等欲不可复贱，居高坚自持，勉思鄙言。"[40] 揄（yú）扬：
挥扬，扬起；称引，赞扬。班固《两都赋》序："雍容揄扬，著于后嗣，抑亦
《雅》《颂》之亚也。"

张平山画册序 [1]

　　张平山者，大梁祥符张路也。字天驰，初号茅蹊。子先大夫正德辛未
间判开封 [2]，予因识之。时张游府庠 [3]，计其年可三十前也。体质短小，
器识温雅，胸次洒有奇趣 [4]，不多饮酒，赋诗、鸣琴，志役物外。而其笔
造之妙，初无所受于人，天畀之巧 [5]，虽心手亦不可得而知，一落款，靡
不骇讶 [6]，时誉藉然。每留连于豪商大贾，妖艳珍奇，羁縻百种 [7]，以是
士大夫慰其意者，盖寡矣，而窘焉者，恒有难色。先大夫略常格 [8]，曲意
招之 [9]，张感焉。及晤谈契合 [10]，遂倾意，相将而交好日敦 [11]。始爱予
卝总知琴 [12]，曾作高兴图，为忘年赠，其相与之情 [13]，伯仲中于 [14]，予
尤笃也。灯宵手语 [15]，时复连床 [16]，抵今有恻，乘兴挥洒甚多。曾睹有
象簪刻"张路"字 [17]，尽妙处即识之，仓卒之图多而不暇 [18]，且漫然有
待 [19]，遂因循终致不果 [20]。丙子秋，先大夫有武昌之命，分袂来迥不相
闻 [21]。后访其贡之太学 [22]，珍于公卿，名动京师。先不知更号何年 [23]，
而天下莫不脍称张平山也 [24]。有得片纸尺素之遗者 [25]，宝藏珍爱，琬琰
木难无以易之，皆不知吾家之所蓄者，多且久焉。爱虽钟于平日，名复重
于末年，其进于后来者竟无一获，是为怅尔。虽然，但要其得意处，虽少
年犹老笔 [26]。尝闻昔之诗人，有年未壮而风格亦已夙成者 [27]。卓识异才，
岂论蚤暮 [28]。张之笔妙，殆亦无声诗也 [29]，何老少云，良亦足珍。迨今
五十余年间，散之昆季 [30]，而独存者无几。张曾谓蓄画莫如作册，吾因而
役志焉 [31]。兹用永之，以方付慎修，慎秘以藏。值嘉靖乙丑举进士，出宰
盐城 [32]，余亦当陇西归暇，从容借游，携取以资玩弄。适觐温栗翁三尹，
汝人也，得平山之履历甚悉，始知寿以云殂也 [33]，深为悼悒 [34]。将追刻
平山小印，于诸所遗，皆为补识，庶不混真，以衍厥声 [35]，又欲各勉题咏，

哀思之余，以终朋好之谊。且恐才不逮志^[36]，词不能摹先生之精也夫。姑曲为叙述，以章诸首云。

注释：

[1] 张平山：明代画家，作者好友。本名张路，字天驰，号平山，祥符（今河南开封）人，是一位志趣高雅、清高俊逸之士。[2] 先大夫：这里犹指先父。[3] 府庠：府学。庠，古代称学校。[4] 胸次：胸间。亦指胸怀。《庄子·田子方》："行小变而不失其大常也，喜怒哀乐不入于胸次。"[5] 天畀（bì）：指上天赋予。[6] 骇讶：意思是惊讶。[7] 羁縻（jīmí）：系联之意。班固《汉书·郊祀志下》："方士之候神入海求蓬莱者终无验……天子犹羁縻不绝，几遇其真。"颜师古注："羁縻，系联之意。马络头曰羁也。牛靷曰縻。"[8] 常格：惯例，通例。这里指诗文、绘画、书法等艺术的习见的或平常的格调。明谢榛《四溟诗话》卷2："律诗无好结句，谓之虎头鼠尾。即当摆脱常格，复出不测之语。"[9] 曲意：这里指尽情；尽意。张居正《与蓟辽督抚》："今西北诸将如赵马辈，仆亦曲意厚抚之。"[10] 契合：指投合，意气相投。杜甫《投赠哥舒开府翰》诗："策行宜战伐，契合动昭融。"[11] 日敦：指交情日益笃厚。[12] 丱（guàn）总：古时儿童束发为两角，借指童年。颜之推《颜氏家训·勉学》："梁朝皇孙以下，总丱之年，必先入学，观其志尚。"[13] 相与：相处，相交往。[14] 伯仲中于：指相差不多，难分高下。[15] 灯宵：犹灯夜。宋孟元老《东京梦华录·序》："灯宵月夕，雪际花时。"手语：本意为以手势表示意思。这里指弹奏琴瑟之类的乐器，以乐声能表达情意。李白《春日行》："佳人当窗弄白日，弦将手语弹鸣筝。"[16] 连床：并榻或同床而卧。多形容情谊笃厚。[17] 张路：即张平山。[18] 不暇：指没有空闲；来不及。[19] 漫然：随便貌。欧阳修《论更改贡举事件札子》："凡臣所请者，若漫然泛言之，恐不能尽其利害。"[20] 因循：这里指疏懒怠惰。苏轼《与朱康叔书》："因循稍疏上问，不审近日尊候何如？"[21] 分袂（mèi）：离别，分手。李白《广陵送别》："兴罢各分袂，何须惨别颜！"迥不相闻：因相隔遥远而音信不通。[22] 贡之太学：选拔有学识道德的人才去太学院担任职位。太学，中国古代的最高学府。[23] 更号：指更换名号。司马迁《史记·晋世家》："曲沃武公已即位三十七年矣，更号曰晋武公。"[24] 脍（kuài）：原指人人爱吃的美食，这里比喻好的诗文或其他事物受到人们的广为称赞和传颂。[25] 尺素：小幅的丝织物，如绢、帛等。汉乐府诗《饮马长城窟行》："呼儿烹鲤鱼，中有尺素书。"这

里指画作。[26] 老笔：指老练娴熟的笔法。李白《题上阳台》诗："山高水长，物象千万，非有老笔，清壮可穷？"[27] 夙（sù）成：早成，早熟。《后汉书·袁术传》："又闻幼主明智聪敏，有夙成之德，天下虽未被其恩，咸归心焉。"[28] 蚤暮（zǎomù）：朝暮，早晚。[29] 无声诗：指画。古人以画虽不能吟，但有诗意，故称为无声诗。亦称"有形诗"，因画意和诗情相通，故有此称。黄庭坚《次韵子瞻子由题憩寂园（其一）》："李侯有句不肯吐，淡墨写出无声诗。"[30] 昆季：兄弟。长为昆，幼为季。颜之推《颜氏家训·风操》："行路相逢，便定昆季，望年观貌，不择是非。"[31] 役志：用心。葛洪《抱朴子·嘉遁》："不役志于禄利，故害而不能加也。"[32] 出宰：指由京官外出任县官。韩愈《县斋读书》："出宰山水县，读书松桂林。"[33] 殂（cú）：不生息，死亡。[34] 悼恺：哀悼郁恺。[35] 厥声：指好的名声。[36] 才不逮志：才能达不到理想的要求。

贺张恂翁七帙序

古今人恒多慕仙。其慕仙者何谓？长生也？旷逸尘表也？神变化于莫测，意萌而罔不慰也？其孰能破造化，外五行[1]，与天地并，日月侔哉[2]！借有劳心苦形[3]，如钻盘阅壁，负井揖枯，精炼致极，而至于吹笙跨鹤[4]，鸣箫乘凤，驾赤鲤于清波[5]，驱彩舆于碧落[6]，以相羊乎两间者[7]，要皆理之所不可知也。蛊惑之深[8]，虽帝王亦不能自己（已）。荒哉，燕昭、周穆、秦皇、汉武之为心也。张翁寓于稠人之中，而特异乎寻常之外，产古即墨，去邹鲁甚近，陶然醉孔孟之风于数千载之下，纯乎其中，而朴乎其外，共德在家，谦光在乡[9]，庭教孜孜[10]，笃求善类[11]，以为师友之资乃尔。贤嗣文伯，秋云效捷[12]，赫然扬海岱之光，行复登瀛[13]，选膺台宠，为时霖雨，舟楫不贤而致是乎[14]！若夫役志[15]，茫以自沉溺于怪神诞妄[16]，皆所弗屑也。然德本诸身，静而恒焉，不期其寿，自尔永年[17]。出入烟霞，优游山海，阅世故于虚舟[18]，抚日月于笼鸟，忽不知其瞳尔绀[19]，背尔鲐[20]，发尔种种矣。邈乎，寿之不可及已。然尝冠切云于暇日[21]，拽灵寿于清风，褰衣芝馥[22]，阔带兰馨，酣春醹而讴商山[23]，萧然太劳峰下，为帝悬解[24]，安期之俦欤！偓佺之俦欤[25]！昆仑蓬岛，奚以踰兹。芝颜玉彩，快睹斯人，其于生翰白日而，清虚莫可仿佛者[26]，何如耶？桂嗣兰孙[27]，绳绳森立[28]，其于名存仙籍，而苗裔莫可究极者，何如耶？况帝费之荣[29]，莫逆其后，天锡之龄[30]，未究其终，翁之仙于人间，而出乎天仙之上者，盖几许矣！福祉非常，墨云胥庆，胶之缙绅，能无景德而希光[31]已乎？且托予言以赠，顾拙薄弗克诵述[32]，衹惟吾郎慎修尝内交文伯，旧有通家之雅[33]，乃勉于扬榷[34]，陈辞为诸公代寿。

注释：

[1]五行：五行的意义包含借着阴阳演变过程的五种基本动态：水、火、金、木、土。中国古代哲学家用五行理论来说明世界万物的形成及其相互关系。[2]侔（móu）：相等，齐等。《墨子·小取》："侔也者，比辞而俱行也。"[3]劳心苦形：指用心用力，认真干事。[4]吹笙跨鹤：这里用典。刘向《列仙传·王子乔》记载，王子乔好吹笙，随道士入山学道成仙。三十年余后，他骑鹤在缑氏山头与家人会面。表示悠然自适的仙道生活，喻洒脱不凡之人或仙人。[5]赤鲤：亦称"赤骥"。传说中的神鱼。能飞越江湖，为神仙所乘。刘向《列仙传·琴高》："（琴高）后如涿水中取龙子，为诸弟子期曰：'皆洁，齐待于水傍，设祠，'果乘赤鲤来，出坐祠中。"[6]彩舆：彩轿，花轿。明徐霖《绣襦记·父子萍逢》："遣良媒，行聘礼，剑南筑室且留伊，待赴任成都接彩舆。"[7]相（xiāng）羊：亦作"相佯"，徘徊、盘桓的意思。屈原《离骚》："折若木以拂日兮，聊逍遥以相羊。"[8]蛊（gǔ）惑：迷惑、诱惑，使人心意迷惑、惑乱等。白居易《古冢狐》："何况褒姒之色善蛊惑，能丧人家覆人国。"[9]谦光：谓尊者谦虚而显示其光明美德，同"谦尊而光"。魏收《魏书·李彪传》："先皇有大功二十，加以谦尊而光，为而弗有，可谓四三皇而六五帝矣。"[10]孜孜：勤勉，不懈怠。《尚书·虞书·益稷》："予何言？予思日孜孜。"孔颖达疏："孜孜者，勉功不怠之意。"[11]善类：善良的人，有德之士。宋范公偁《过庭录》："忠宣守陈州，党锢祸起，尽窜善类。"[12]效捷：立功，取胜。[13]登瀛：应指登上瀛台，是新进士及第授官仪式之一。[14]舟楫：泛指船只，也指船夫，比喻宰辅之臣。唐玄宗《饯王晙巡边》："舟楫功须著，盐梅望匪疏。"[15]役志：指用心。[16]诞妄：荒诞虚妄。唐裴铏《传奇·萧旷》："无信造作，皆梁朝四公诞妄之词尔。"[17]永年：长寿，长久。陆机《辩亡论下》："敦率遗典，勤民谨政，循定策，守常险，则可以长世永年，未有危亡之患也。"[18]虚舟：无人驾驭的船只，比喻胸怀恬淡旷达。骆宾王《秋日于益州李长史宅宴序》："长史公玄牝凝神，虚舟应物。"[19]绀（gàn）：稍微

带红的黑色。[20] 背尔鲐（tái）：鲐背之年是古人九十岁的别称，鲐背泛指长寿老人。鲐，也称鲭、青花鱼。《尔雅·释诂》："鲐背，寿也。"谓老人背上生斑如鲐鱼之纹，为高寿之征。[21] 切云：高冠名。一说是上与云齐，极言其高。屈原《九章·涉江》："带长铗之陆离兮，冠切云之崔嵬。"[22] 褒衣：指宽大的衣服。芝馥：指花香浓烈四溢。馥，香气。[23] 春醑：唐人之酒多以"春"命名，故以"春醑"泛指美酒。温庭筠《夜宴谣》："裂管萦弦共繁曲，芳尊细浪倾春醑。"商山：因"四皓"得名。原泛指秦汉上雒、商（县）之间的南山。传说秦代四位博士因避秦始皇焚书坑儒的暴政而隐居此山。汉高祖十二年（1195），四位老人受张良邀请前往长安，扶助太子刘盈，使其免于被废，从此被称为"商山四皓"。商山和四皓也成为中国隐逸文化的象征。[24] 为帝悬解：语出《庄子·养生主》："安时而处顺，哀乐不能入也，古者谓是帝之悬解"。庄子认为，大凡能顺应天命的人，他们就不会受到喜、怒、哀、乐的侵拢；始终保持安宁稳定的心情。古时称这种修为是"帝之悬解"。[25] 偓佺之俦：这里用干宝《搜神记》典故。《搜神记》中载偓佺是槐山（在今山东烟台蓬莱区西北）采药老人，喜欢吃松子，三餐皆食数百粒。他把松子送给尧帝，尧帝忙于政务没有时间吃，都分给周围百姓。此松树，是简松（千年神松）。当时吃过的人，都活了三百岁。[26] 清虚：清净虚无，清高淡泊。《汉书·艺文志》："然后知秉要执本，清虚以自守，卑弱以自持，此君人南面之术也。"[27] 桂嗣兰孙：对人子孙的美称。明汤显祖《紫箫记·就婚》："作夫妻天长地远，还愿取桂子兰孙满玉田。"[28] 绳绳（mǐnmǐn）：前后相承，接连不断。森立：犹林立，罗列。[29] 帝赉（lài）：指君王赏赐。[30] 天锡：是上天赐予的意思。《宋史·韩世忠传》："（韩）世忠先得贼军号，随声应之，周览以出，喜曰：'此天锡也。'"[31] 希光：仰望光辉。喻指仰慕或攀附。[32] 拙薄：笨拙浅薄。李白《答从弟幼成过西园见赠》："拙薄谢明时，栖闲归故园。"[33] 通家之雅：指两家交情深厚。[34] 扬榷（què）：略举大要，扼要论述。左思《蜀都赋》："请为左右扬榷而陈之。"

赠镜湖王司巡三载考绩序

夫观政者闻其誉不若觌其人，觌其人不若核其绩[1]，绩征而慰睹焉，宜其誉之不泯也[2]。镜湖子，淮阳美士[3]，楚藩淑僚，擢巡逢猛司铨者，拔英扬俊，遥托荒陬，谓其雄镇要害[4]，而分寄山海也。方其扬旌而来[5]，

326

励精应物[6]，雍雍楚楚[7]，温然连城之辉[8]，毅然百炼之彩[9]，人咸谓兹贞良之质也。予闻之可哉，容未必然。既而，士相与礼[10]，爱之无尤焉[11]；民相与敬，畏之无厌焉[12]；有司悉从而付托，之无惑焉[13]。人咸谓兹才能吏也。予闻之可哉，誉未必然。洋洋藉藉，殆拟芳秋兰，比翼翔鸿矣[14]。君子要不得而尽信也。某衰谢岩壑[15]，瞀然尘务[16]，冠裳车马，邈不相及。吾于镜湖子饥渴有情[17]，云觌未繇[18]，空复劳止[19]。乙丑春，适泥书在庭，填门有庆[20]，镜湖子牵羊负彩以临[21]，把其光冲如也，聆其音秩如也[22]，把袂惓惓，好尔忘倦。吁嗟，人言其不谬哉！及察胶南旷数百里，灵鳌之冲[23]，而青徐之走集也[24]，变乱无常，恒为当道忧，乃者防御有方，馘俘屡效[25]，东南僻域，殆坐靖耳[26]。曾不闻夷窥于溟[27]，寇惢于野也。且催科有道，不妨公，不病民，寸衷无累[28]，而匹夫不怨，得人若此，亦难矣哉！期当考绩而去，人咸思慕之，君其勉诸！方今用贤无方，超陟不次[29]，君之晋未可指数，切无懈清操[30]，弛壮图，乖古道，负明时[31]，以自斁嘉誉而颓伟绩也[32]。戒行晚秋，庶情恛恛，追而送之，云之涯，酌我醴[33]，竭我忱，临风以赠，君胡来？东山孔怀[34]。君胡去？五云维翯[35]。君之心，惟石与金，矢彼石金，君子攸钦！

注释：

[1]绩：功业，成果。这里指政绩。[2]泯：丧失，泯灭。王安石《伤仲永》："泯然众人矣。"[3]美士：形体美或才德好的士人。[4]雄镇：犹重镇。张廷玉《明史·王家录传》："榆林为天下雄镇，兵最精，将材最多。"[5]扬旌：高举军旗，指征战。陆机《赠顾交阯公真》："伐鼓五岭表，扬旌万里外。"[6]应物：顺应事物，犹言待人接物。房玄龄《晋书·王濛传》："虚己应物，恕而后行。"[7]雍雍：犹雍容，从容大方。楚楚：指鲜明、整洁。[8]连城：本意指毗邻的诸城。战国时，赵惠文王得和氏璧，秦昭王寄书赵王，愿以十五城易璧。事见司马迁《史记·廉颇蔺相如列传》。后以"连城"指和氏璧或珍贵之物。[9]百炼：久经磨炼。应劭《汉官仪》卷上："金取坚刚，百炼不耗。"[10]相与：彼此往来；相处。[11]无尤：没有过失。《道德经》第八章："夫唯不争，故无尤。"[12]无厌：不厌倦，不厌烦。[13]无惑：没有猜疑。苏洵《管仲论》："威公之薨也，一乱涂地，无惑也，彼独恃一管仲，而仲则死矣。"惑，疑惑，迷惑。[14]翔鸿：高飞的鸿雁，喻当朝之士。陆机《谢平原内史表》："使春枯之条，更与秋兰垂芳；陆沉之羽，复与翔鸿抚翼。"

吕向注："翔鸿，喻朝士也。言我顿蒙天恩，再得与朝士齐列也。"[15] 衰谢：这里指精力衰退。司空图《偶书（其一）》："衰谢当何怅，惟应悔壮图。"岩壑：本意为山峦溪谷。借指隐者的住所或隐者。谢灵运《酬从弟惠连》："岩壑寓耳目，欢爱隔音容。"[16] 瞥然：指忽然、迅速地。尘务：世俗的事务。刘义庆《世说新语·贤媛》："王江州夫人语谢遏曰：'汝何以都不复进，为是尘务经心，天分有限？'"[17] 饥渴：这里指对知识等其他精神层面的需求。[18] 繇（yáo）：同"摇"，动摇。[19] 劳止：辛劳，劳苦。《诗经·大雅·民劳》："民亦劳止，汔可小康。"郑玄笺："今周民罢劳矣，王几可以小安之乎？"[20] 填门：门户填塞。形容登门人多。宋陈师道《答寄魏衍》："填门车马客，左席为君虚。"[21] 牵羊负彩：这里指牵着羊，带着彩礼，表示向人慰劳或庆贺。[22] 秩：这里指俸禄，也指官的品级。[23] 灵鳌：中国神话传说中的巨龟。刘向《列仙传》："有巨灵之鳌，背负蓬莱之山而抃舞。"[24] 走集：边界要塞，交通要冲。《左传·昭公二十三年》："正其疆场，修其土田，险其走集，亲其民人。"杜预注："走集，边竟之垒壁。"[25] 馘（guó）：古代战争中割掉敌人的左耳计数献功。也指上述情况割下的左耳。[26] 靖：本意为安定。这里作使动用，表示平定，使安定。[27] 夷窥于溟：指倭寇从海上窥视。溟，大海。[28] 寸衷：指心。明叶宪祖《鸾鎞记·仗侠》："我寸衷匪石，肯容轻转。"也指微小的心意。[29] 超陟（zhì）：指越格提升。不次：指不依寻常次序。犹言超擢，破格。[30] 清操：高尚的节操。范晔《后汉书·尹勋传》："宗族多居贵位者，而勋独持清操，不以地执尚人。"[31] 明时：阐明天时的变化。这里指政治清明的时代。曹植《求自试表》："志欲自效于明时，立功于圣世。"[32] 自隳（huī）：这里指自我否定自己毁坏的意思。[33] 醴：本义指采用稻、麦、粟、黍等不同等级的谷子酿造的系列酒。特指美酒。《庄子·山木》："君子之交淡如水，小人之交甘如醴。"[34] 孔怀：原谓甚相思念。《诗经·小雅·棠棣》："死丧之威，兄弟孔怀。"郑玄笺："维兄弟之亲，甚相思念。"后用为兄弟的代称。[35] 五云：指五色瑞云，多作吉祥的征兆。骆宾王《为齐州父老请陪封禅表》："瑞开三眷，祥洽五云。"翥（zhù）：振翼而上，高飞。陶渊明《杂诗》："猛志逸四海，骞翮思远翥。"

送楼念竹太守入觐序

　　古诸侯朝礼[1]，孔子列之九经[2]，以启鲁哀；孟轲氏本之，述职以悟齐宣，振王纲以垂后法[3]，厥意岂其微哉[4]！我圣祖开基，抚有华夏，酌古准今[5]，制为三载一觐，天下有司[6]，莫不应期以从事[7]。是举也，立法之精，又有超乎前代者寓焉。考核由兹也，旌别由兹也[8]，黜陟由兹也[9]，劝惩由兹也[10]。玉帛之萃，有以光神禹之隆，英俊之辑[11]，足以协虞庭之美[12]，乃不盛欤！况今圣主虚己好贤，孳孳图治[13]，往年躬宣睿旨[14]，以劳远臣，宴赐之荣，恩礼之笃，怀忠良而有激者，孰不精乃心、竭乃力、劾乃职耶！是使天下罔不臣，政罔不举，民罔不顺且治也。熙洽之世，何幸躬逢。万历丁丑春，又当其期，我胶侯念翁将行，胶人始仰而乐其进御宸极，又不忍暂睽而忘情于翁也[15]。翁胡为乎来哉！翁江山瑞灵，簪裳淑裔[16]，早登甲第，而首试以推鞫西江[17]，强御不畏，摧抑权奸者，法无少贷[18]，听断惟明，平反暧昧者[19]，众罔不服[20]，劲节高风，悚动上下，维时内诏殷勤，秋曹暂署，朝野方庆其弼教得人[21]，天下可以无冤民也，何间乃萋菲生焉[22]。济水别驾以行[23]，其亦黯而淮阳[24]，舒而江都焉者[25]，其谁不为之愤惋耶[26]！公忠勤自若，漠然无动，鞅掌尘埃中[27]，声闻蔼然[28]。当道以胶难其人，遴拟我翁而疏迁之[29]。御命东下，海人其更生，时也，五马萧萧[30]，朱帆郁郁，蓬瀛生色，草木增辉。不半载而田垫辟，余粮栖亩也[31]，人民治，华胥易境也，讼狱均，雀鼠相安也[32]，盗贼息，犬吠不惊也。较艺奎垣[33]，朱衣不违于青夜，平徭穷壤，苍生溥被于春阳。篱落莺花，山城弦诵，豺狼屏迹[34]，鸿雁无哀，依佛太古之风候以挽也。吁嗟乎！昔何时也，今何时也，而何其来之暮耶。且今之慕古者，以邻境言之，不过曰渤之龚、遂，密之卓、茂，伯起之介洁[35]，盖公之清静，芳名虽茂而实惠渐泯。语之人，人亦罔焉耳乃者，循名核实，交相副焉。青眼康乂间，当汉之循良者，其谁欤？翁之过于古人不其远乎？方今明通万里，简在无私斯行也。甫迩天颜，则晋接殊隆[36]，超逾非次[37]，腾骞当其时[38]，而久于胶不克终留也。仁人之失，可不为深虑乎。迁叟沐岐阳之泽[39]，藏之乃心，徒将不朽耳。适辱诸缙绅以言征，窃愧颓龄昏耄[40]，谢颖楮久矣[41]，上无以悉众善[42]，下无以尽群情，聊述鄙怀，以僭达诸道左[43]，且祝之曰：其人如玉，挹公之光兮；其德如春，值古之良兮。天子维明兮，式谷之彰兮[44]。海人有怀兮，亟矫首于帝乡兮。

329

注释：

[1] 朝礼：参拜，朝拜。[2] 九经：是九部儒家经典的合称。[3] 王纲：天子的纲纪。扬雄《剧秦美新》："帝典阙而不补，王纲弛而未张。"[4] 厥意：说明，解释。指对一种事物的理解方式。[5] 酌古准今：意为择取古代之事，用来比照今天的情况。张居正《请专官纂修疏》："今既汇为一书，固当深究本原，备详因革，酌古准今，以定一代之章程，垂万年之典则。"[6] 有司：指主管某部门的官吏，泛指官吏。《管子·幼官》："定官府，明名分，而审责于群臣有司，则下不乘上，贱不乘贵。"[7] 应期：犹如期。范晔《后汉书·虞延传》："每至岁时伏腊，辄休遣徒系，各使归家，并感其恩德，应期而还。"[8] 旌别：识别，区别。《尚书·周书·毕命》："旌别淑慝，表厥宅里。"孔安国传："言当识别顽民之善恶。"[9] 黜陟（chùzhì）：指人才的进退，官吏的升降。黜，废掉官职。陟，提升官职。《尚书·周书·周官》："诸侯各朝于方岳，大明黜陟。"[10] 劝惩：奖惩。脱脱《宋史·赵必愿传》："立淳良，顽慢二籍，劝惩人户。"[11] 英俊之辑：才智出众的人汇聚在一起。[12] 虞庭：亦作"虞廷"，指虞舜的朝廷。相传虞舜为古代的圣明之主，故亦以"虞廷"为"圣朝"的代称。[13] 孜孜（zīzī）：勤勉，努力不懈。东方朔《答客难》："此士所以日夜孜孜，脩学敏行，而不敢怠也。" 孜，通"孳"。[14] 睿旨：圣人的意旨，后称皇帝的诏令。刘勰《文心雕龙·史传》："然睿旨幽隐，经文婉约，丘明同时，实得微言。"[15] 暌（kuí）：这里指分离、离散。[16] 簪裳（cháng）：冠簪和章服。古代仕宦者所服，因以借指仕宦。[17] 推鞫（tuījū）：审问。魏徵《隋书·裴蕴传》："蕴知上意，遣张行本奏威罪恶，帝付蕴推鞫之，乃处其死。"[18] 贷：宽恕。[19] 暧昧：模糊，不清晰。也用来指不光明的、不便公之于众的。明陆采《怀香记·鞫询香情》："这暧昧之事，容得你见？"[20] 众罔不服：民众皆服从、信服。[21] 朝野：朝廷和民间。范晔《后汉书·杜乔传》："由是海内叹息，朝野瞻望焉。"弼教：辅助教化，多指以刑辅教。《尚书·夏书·大禹谟》："汝作士，明于五刑，以弼五教，期于予治。"孔安国传："弼、辅，期、当也。叹其能以刑辅教，当于治体。"[22] 萋菲：亦作"萋斐"，花纹错杂貌。语本《诗经·小雅·巷伯》："萋兮斐兮，成是贝锦；彼谮人者，亦已大甚！"孔颖达疏："《论语》云：'斐然成章。'是斐为文章之貌，萋与斐同类而云成锦，故为文章相错也。"后因以"萋斐"比喻谗言。[23] 济水：古代四渎之一。古济水的流向在《尚书·夏书·禹贡》

中这样记载："导水东流为济，入于河，溢为荥，东出于陶丘北，又东至于菏（菏泽，古泽名），又东北会于汶，又北东入于海。"[24] 黯：本意指深黑色。引申指阴暗阴沉，又指人的心神沮丧。[25] 舒：这里指舒展、舒畅。[26] 愤惋：怅恨，愤恨。范晔《后汉书·袁绍传》："海内伤心，志士愤惋。"[27] 鞅掌：这里谓职事纷扰繁忙。《诗经·小雅·北山》："或栖迟偃仰，或王事鞅掌。"《毛诗传》："鞅掌，失容也。"孔颖达疏："传以鞅掌为烦劳之状，故云失容。言事烦鞅掌然，不暇为容仪也，今俗语以职烦为鞅掌，其言出於此传也。"[28] 蔼然：温和、和善貌。[29] 遴：谨慎选择之意。[30] 萧萧：这里形容马嘶鸣声。[31] 栖亩：谓将余粮存积田亩之中，以颂丰年盛世。左思《魏都赋》："余粮栖亩而弗收，颂声载路而洋溢。"[32] 雀鼠：麻雀和老鼠。比喻小人。范晔《后汉书·祢衡传》："（曹）操怒，谓（孔）融曰：'祢衡竖子，孤杀之犹雀鼠耳。'"[33] 奎垣：星宿名。二十八宿之一，有星十六颗。古人多因其形似文字而认为它主文运和文章。亦称文人荟萃之地。[34] 屏迹：避匿，敛迹。房玄龄《晋书·卞壶传》："（卞壶）转御史中丞，忠于事上，权贵屏迹。"[35] 介洁：耿介高洁。葛洪《抱朴子·博喻》："是以介洁而无政事者，非拨乱之器。儒雅而乏治略者，非翼亮之才。"[36] 晋接：进见，接见。语本《易经·晋卦》："晋，康侯用锡马蕃庶，昼日三接。"孔颖达疏："'昼日三接'者，言非惟蒙赐蕃多，又被亲宠频数，一昼之间，三度接见也。"[37] 超逾：越级擢升、提拔。王充《论衡·命禄》："或时才高行厚，命恶，废而不进；知寡德薄，命善，兴而超逾。"[38] 腾纛：喻加官晋爵。司马彪《续汉书·五行志一》："一将军死，五将军出，家有数侯，子弟列布州郡，宾客杂袭腾纛。"[39] 岐阳：指岐阳王、明初名将、开国元勋李文忠。李文忠字思本，朱元璋外甥，母亲为曹国长公主。洪武十七年（1384）卒，追封岐阳王，谥"武靖"。[40] 昏耄（mào）：亦作"昏髦"，衰老，老迈。汉赵晔《吴越春秋·夫差传》："杀四方蓬蒿以立名于荆蛮，斯亦大夫之力。今大夫昏耄而不自安，生变起诈，怨恶而出。"[41] 颖楮：指纸与笔。亦指文字、书画。清周亮工《书〈丙申入闽图〉后》："嗟夫！立三何所求于予，而昵予如是？予之抱愧于君不一事，感激于中，不能形之楮颖，辄因此图以识之。"[42] 众善：谓各种善举。《吕氏春秋·应同》："尧为善而众善至，桀为非而众非来。"[43] 道左：本义是路的左边，引申为道路旁边。这里是指在路边偶然遇见。[44] 式谷：谓赐以福禄。陆云《九愍·行吟》："祗信顺以自范，邀式谷於神听。"

海壑吟稿　卷九

高八姐传 [1]

　　高八姐者，胶东鸿胪南泉翁季媛 [2]。早孤，鞠于匡慈，匡出宪长公，淑源有自 [3]。孺闺风节 [4]，蒸以性成 [5]，古列史种种默识，温然良璞在韫也 [6]。及适密也，砺山进士之仲子管二元者，闻仪雅慰堂室 [7]，戒二元缉学励行 [8]，光休维奕 [9]。及二元游虎闱 [10]，省鄢陵而东 [11]，值余痌未殄 [12]。严霆野飙 [13]，长征遄劳 [14]，鸷然颓然 [15]，几不获税驾故密 [16]。八姐一睇震惶 [17]，神爽飞越 [18]，即趣赴胶，幸图饵砭 [19]。卢扁察而谢焉 [20]，八姐审不可为，飞悉宦所，阿姑星戴以还 [21]。二元剧且慰，薄请金遗别 [22]。八姐不忍忤，泣怀之无何，馨珥饰暨二元堂授，备以札，归姑前，一号投顿 [23]，弥日乃苏，诸莫谙故。二元寻就含 [24]，八姐掩罔知，潜自密经 [25]，众巫索释之。二元少苏，闻故求阅，嗟痛久之 [26]，遂幽约会合，越日弃客 [27]。八姐自二元报革 [28]，即不甘食，至是愈馁弥甚，伺间三死未果，五日哭不辍，泣尽音竭，待毙而已。或以寡姊之生例解焉，乃懊愤曰：“吾方寸事已定 [29]，为常识拂扰，怜我者愧我深矣。天云坠，不徒作未亡人 [30]。若阿姊抚有禠孤，用延线绪，是可无死。管无遗育，其谁与图存？荀氏之缓已为下策，为身防者，吾衰且巨窥焉。”遂绝水饮，僵卧不起，凡六日，母姑泣劝，直一沾漱即吐，曰：“起若儿，吾可食矣。”五内蒸灼，舌燥以槁，齿渐以脱，骨立容毁。母怜之，曲为调摄 [31]，觊少延焉。八姐瞋谓逆己 [32]：“儿以死慰，以生忌也。匪石之心 [33]，徒尔劳，益我苦耳。”再逾日，厥息寖微，畅然曰 [34]：“今果贞初志，愧贰怀也。一节有终，从容为诸骨肉诀，无憾矣。”乃殁。时嘉靖辛酉闰五月之廿一日，越二元之殂，其决辰也 [35]。八姐以廿一耄合，甫三祀 [36]，萃涣靡常 [37]，恩爱几何；管之宦裕，可以温饱，高之雄宗，科名儒俊，可以终赖。矧古今夺志之权 [38]，抑亦不斟 [39]；八姐冲年弱质[40]，乃能精识茂见[41]，就死不易，青女炎乌[42]，超氛埃而特烈矣，丈夫弗迨也[43]。英皇之死[44]，有商均焉[45]，死而过也；叔姬存纪[46]，无裔绪焉[47]，过而生也；徇义蔑生[48]，邈焉其罕媲矣[49]。夫海壖子栖遑溟曲，厌衰颓久矣[50]，骇闻而概纪之，用彰圣化，表坚贞，励靡风也[51]。异时备良史薄采。

注释：

[1] 高八姐：道光《重修胶州志·列女上》："适外烈妇高氏，高密管二元妻。嫁未愈年，夫殁，伏枢不食七日，死，旌，失年。"[2] 鸿胪：官名，本为大声传赞，引导仪节之意。大鸿胪主外宾之事。从汉代始有鸿胪卿或鸿胪省。到北齐始称鸿胪寺，后代沿置。鸿胪寺在明清两代是掌管朝会、筵席、祭祀赞相礼仪的机构。[3] 淑源有自：指女子的贤良美德渊源有自。淑，善良，美好。[4] 嫠闺：寡妇的居处。白居易《红岸梨》："最似嫠闺少年妇，白粧素袖碧纱裙。"风节：风骨节操。[5] 蒸：熏陶。[6] 良璞在韫：此指高八姐出嫁前如美玉藏于椟中。韫，收藏。良璞，未经雕琢的美玉。常用以比喻未被选用的贤才。元刘因《示孙谐》："昆山出美玉，楚国多梗楠。孙郎复贵种，良璞须深函。"[7] 阃仪：妇女的容止。[8] 缉学：谓积累学识。何景明《石矶赋》："吾闻缉学将以俟达也，慎藏将以待出也。"励行：培养良好的品行。清陈田《明诗纪事甲签·周祚》："诚以惜时不如立名，慕德不如励行。"[9] 光休：疑半为"休光"。休光，盛美的光华。亦比喻美德。奕，盛大。[10] 虎闱：古时国子学的代称。因其地在虎门之左，故有是称。魏收《魏书·世宗纪》："虎闱阙唱演之音，四门绝讲诵之业。"南朝齐王融《三月三日曲水诗序》："出龙楼而问竖，入虎闱而齿胄。"李善注："《周礼》曰：'师氏以三德教国子，居虎门之左。'"李周翰注："虎闱，教国子之学所也。"[11] 鄢陵：今属河南许昌。[12] 余疴未殄：得了重病未痊愈。疴，重病。殄，尽，绝。[13] 严霙：大雪。霙，雪花。野飙：狂风。飙，本意为暴风、疾风，引申泛指风。[14] 长征：长途跋涉。遄劳：奔波劳累。遄，往来频繁。[15] 黧然：色黑而黄。颓然：萎靡不振貌。[16] 税驾：犹解驾，停车。谓休息或归宿。税，通"挩""脱"。[17] 震惶：震惊而惶恐。出自陈寿《三国志·吴书·孙坚传》："郡中震栗，无求不获。"裴松之注引晋胡冲《吴历》："初（孙）坚至南阳，咨既不给军粮，又不肯见坚。坚欲进兵，恐有后患，乃诈得急疾。举军震惶，迎呼巫医，祷祀山川。"[18] 神爽飞越：魂飞魄散。神爽，谓神魂，

心神。飞越，犹飞扬。刘琨《劝进表》："承问震惶，精爽飞越。"刘良注："飞越，犹飞扬也。"[19] 饵砭：药饵针砭。[20] 卢扁：战国时名医扁鹊因为家住卢国，所以人称卢扁。后以指名医。[21] 阿姑：婆母。星戴：披星戴月。[22] 薄：急迫，紧迫。[23] 一号投顿：号叫一声昏死过去。[24] 就含：人死入殓。入殓时，把珍珠等物放在死人嘴里，叫"含口""含殓"。[25] 潜自密经：悄悄上吊自尽。[26] 嗟痛：嗟吁痛惜。[27] 弃客：死的别称。[28] 报革（jí）：病危。革，（病）危急。[29] 方寸：指人的内心。出自《列子·仲尼》："吾见子之心矣，方寸之地虚矣。"[30] 未亡人：旧时寡妇的自称。[31] 调摄：调养身体。摄，保养。[32] 逆己：违背自己（的意愿）。原文作"已"，误。[33] 匪石之心：语出《诗经·邶风·柏舟》："我心匪石，不可转也。"这里表达必死的决心不动摇。[34] 畅然：欢快的样子。《庄子·则阳》："旧国旧都，望之畅然。"陆德明释文："畅然，喜悦貌。"[35] 浃（jiā）辰：古代以干支纪日，称自子至亥一周十二日为"浃辰"。《左传·成公九年》："浃辰之间，而楚克其三都。"杜预注："浃辰，十二日也。"[36] 祀：世，代。[37] 萃涣：意聚散。[38] 夺志：指迫使改变志向，或指女子改嫁。权：从权，指采用权宜变通的办法。[39] 尠（xiǎn）：指稀有的，罕见的。[40] 冲年：指幼年。弱质：指女子或女子的身体。[41] 精识茂见：见解精确美好。[42] 青女：中国神话中掌管霜雪的女神。炎乌：太阳的别称，又称金乌、赤乌。[43] 迨：及。[44] 英皇：舜之二妃娥皇、女英。[45] 商均：舜之子，原名义均，因出生于商（今河南虞城）、被封于商，又被称为"商均"。商均后来成为夏代虞国开国之君。[46] 叔姬存纪：《春秋》："王三月，纪叔姬归于酅。"《春秋胡传》注："庄公四年（前690），纪侯去国，叔姬至此归于酅者，纪侯方卒，故叔姬至此。然后归尔。归者，顺词。以宗庙在酅，归奉其祀也。"[47] 裔绪：后代子孙的意思，多特指帝王、贵族的后代。改词常见于唐宋文献。[48] 徇义茂生：舍生而取义。徇义，谓不惜身以维护正义。徇，通"殉"。魏收《魏书·肃宗纪》："其有直言正谏之士，敢决徇义之夫。"[49] 罕媲（pì）：罕有其匹。媲，配。[50] 衰颓：指（风俗）衰退，颓败。[51] 靡风：颓靡的风气。语本《论语·颜渊》："草上之风，必偃。"

张老传

张老者，不知山左何许人[1]，亦不悉其名字，但东人率以老张称之[2]。

性敦朴鄙啬[3]，鲜以贿交[4]。人多与其厚，而贱其吝也。适有恶少往访之，坚拒不应，索之亟，力拉于庭，瞬息格杀而出[5]。至门，惊惶莫措，踯躅而言曰："我将焉往？"触其门者再，俄亦仆毙。少焉，张渐苏以生，恶少竟以死矣。候徼特声[6]，恶少之死，绝不允[7]张先见杀，恶少因以自残也。听者卒以相殴鞫煅抵死[8]。虽屡录未决[9]，其谁能轻脱之[10]？噫！始以无故之死，而人自偿我，继以不死之故，而我顾偿人。冤哉！虽然，恶少之死，其究也，贪而忿，无足罪者。张之死而生，生而死，得非蓄祟其身[11]，啬囮其累耶[12]！

注释：

[1] 山左：山东。山，太行山。[2] 率：大概，大抵。[3] 敦朴：敦厚朴实。鄙啬：小气，吝啬。[4] 贿交：谓因贪图其财富而与之结交。刘孝标《广绝交论》："则有穷巷之宾，绳枢之士，冀宵烛之末光，邀润屋之微泽。鱼贯凫跃，飒沓鳞萃，分雁鹜之稻粱，沾玉斝之余沥。衔恩遇，进款诚，援青松以示心，指白水而旌信，是曰贿交。"[5] 格杀：指击杀。[6] 候徼：伺察巡逻。[7] 允：公平，适当。[8] 鞫煅（jūduàn）：严刑审讯。鞫，审问。煅，指打铁，锤击。此指用酷刑。抵死：杀人偿命。[9] 屡录：多次（提审）录口供。[10] 脱：脱罪。[11] 蓄祟其身：积聚钱财害了他的生命。祟，本意是指鬼怪或指鬼怪害人。[12] 啬囮（é）其累：吝啬招致了他的祸患。囮：媒介。累：拖累，使受害。

蠨蛸传[1]

蠨蛸，构罗牗侧，大才若杯，局狭而缕微，仅以困蚁蟓、蚊蚋即为巨充[2]，曷敢横异图哉[3]。伏匿罗际，用需来者[4]。会有飞蝇卒误触之，窘鸣间，蠨蛸震慰望表[5]，，速前以承天陨[6]，既而所以为具与力，寻集私揉[7]，忽复却目伺之[8]，周措中[9]，殆幸以一获，蝇鼓翼奋跃，极力蹴踏[10]，小罗旋空而脱，蠨蛸亦随荡越相失[11]。海壖子喑嗼[12]，叹曰："微质也，本不足以制宏。幸觊也[13]，竟顾以灭家。小而谋大，曷可不程[14]？懵以幸免者[15]，其戒诸。"

注释：

[1] 蠨蛸（xiāoshāo）：蜘蛛的一种，脚很长。通称蟢子。《诗经·豳风·东山》："伊

威在室，蟏蛸在户。"孔颖达疏："蟏蛸，长踦，一名长脚。荆州河内人谓之喜母，此虫来着人衣，当有亲客至有喜也。幽州人谓之亲客，亦如蜘蛛为罗网居之是也。"江淹《待罪江南思北归赋》："共魑魅而相偶，与蟏蛸而为邻。"[2]蠛蠓（mièméng）：一种昆虫。微细，色白，头有絮毛，将下雨时，会群飞塞路。蚊蚋（ruì）：蚊子。食人血的蚊子叫蚋，食植物汁的蚊子叫蚊。巨充：大餐。[3]异图：谋叛的意图。[4]需：等待。[5]震慰望表：犹喜出望外。[6]天陨：自天而降的，此指飞蝇。陨，坠落。[7]私揆：自己估量。揆，估量，揣测。[8]却目：回头看。[9]罔措：无所适从，不知所措。[10]蹴踏：踩；踏。[11]荡越相失：摇摆跌出网外。呜噱（wàjué）：意思是笑不止，乐不自胜。幸觊：犹觊觎。鲍照《河清颂》："枢铃明审，程蠵周备。吏砺平端，民羞幸觊。"不程：不自量力。程，衡量，考核。[15]懜：昏昧无知的样子。沈括《梦溪笔谈》："此懜然者为之也。"幸免：指侥幸得以避免。语本《论语·雍也》："人之生也直，罔之生也幸而免。"

古妆镜记

先大夫收春翁，博洽好古[1]，正德间官游开封，曾购获一古妆镜。背银鼍而霣玄，朱翠斑驳，铭字宛然[2]。余窃爱慕，先大夫因以畀之[3]。余敬承，良用珠椟[4]，未暇考究。嘉靖己酉之十月[5]，曝日短檐，漫阅《菊坡丛话》[6]，适有宋景德间军人杨起[7]，于凤州遁赤山郭家崖下洞穴中[8]，入见有石镜台一座，镜圆五寸，背铸水族回环，有三十二字云："炼形神冶，莹质良工。当眉写翠，对脸傅红。如珠出匣，似月停空。绮窗绣幌，俱涵影中[9]。"方取镜，闻后有风雨声，既出洞，则镜存而匣烂矣。详是，妆镜不知何代，文义甚佳，惜不见于文集，而独见于郡志，故传录之，以补款识之一云。注出《学斋占毕》也[10]。阅既，掩而叹曰："有是哉，相遇之奇也。其所述，规迹文字[11]，相质无牴，但中二联与镜文差越前后，想亦当时纪录误耳。及再考博古图，形制有大小之异，文字有多寡之殊，皆云自汉不可证据，大抵世久传误，诚难得真，即今存者是，则庶可以征诸传非也？谓为汉制，亦宜。噫！器物之在天地间，如金石类者，历古今，遭常变，寓隐显，如絮流风，如萍涣水，恶知其有定在耶[12]！要不可以意图而力致乃者，传之古汴者，越千里而归于吾室；藏之先人者，于诸昆而遗之不肖[13]。况入洞以前，杨起以后，历年几世，传经几手，虽纪于学斋，时亦不识，此镜攸寓，篡于菊翁时，亦徒慕此镜芳声耳[14]。今宛在兹，物虽微，理数存焉，不亦良可幸矣乎！乙丑秋，慎修儿举进士，出令盐渎，以便省归。余会倦于家政，悉付诸郎，而是镜特授之慎修，以方民社[15]，攸归观人、观已之间[16]，足为明法[17]。厥意滋深，岂徒傅红写翠已哉。其绎之，其世守之。海壑翁识。

注释：

[1] 博洽：学识广博。好古：喜爱古物。清张庚《国朝画征录·袁枢传》："（袁）枢博学好古，精鉴赏，家富收藏。"[2] 宛然：仿佛。[3] 畀（bì）：给，给予。[4] 良用珠椟：确实应该用珍贵的盒子盛装起来。[5] 嘉靖己酉：即嘉靖二十八年（1550）。原作"乙酉"，误。[6]《菊坡丛话》：宋崔与之有《菊坡丛话》，又明单宇辑《菊坡丛话》26 卷。此处当指后者。[7] 景德：宋真宗的年号。[8] 凤州：今陕西凤县一带，在陕西西南部，毗邻甘肃天水。遁迹山：今凤县豆积山。[9] 形神冶，莹质良工。当眉写翠，对脸傅红。如珠出匣，似月停空。绮窗绣幌，俱涵影中：据无名氏《炼形神冶，莹质良工：镜铭小考（一）》："二〇〇五年，上海市博物馆举办了一场'炼形神冶 莹质良工 —— 上海博物馆藏铜镜精品展'，展品包括一钮隋镜，镜铭为'炼形神冶；莹质良工如珠出匣似月停空当眉写翠对脸敷红绮窗绣幌俱含影中'。展览会即以该镜铭为名。该团花镜周缘有一圈铭文，共三十二字，书体俊逸清秀，词藻华美，情调浪漫。"该文通过考证认为："明代胶州人赵完璧家藏一面古妆镜，其铭为：'炼形神冶莹质良工当眉写翠，对脸傅红如珠出匣似月停空绮窗绣幌俱涵影中'，载于其自著的《海壑吟稿》。《海壑吟稿》卷九《古妆镜序》……可知，赵完璧家藏的这面铜镜系其父收春翁正德年间（1506—1521）于开封购得，后赵完璧偶阅《菊坡丛话》[《菊坡丛话》作者单宇，临川人，正统四年（1439）进士。单宇和徐伯龄差不多同时代，且及第后在徐伯龄家乡嵊县做过县令，颇巧合。《菊坡丛话》中关于镜铭的内容来自《学斋占毕》，在此不论]，看到了《菊坡丛话》中由《学斋占毕》抄来的典故，于是认定这面铜镜就是《学斋占毕》中记载的那面，发了一通感慨。其后他又将这面铜镜当作传家宝，给了儿子赵慎修。虽说赵完璧未免有点一厢情愿，但他写的这篇文章价值还是很大的。赵完璧文中有两点信息很重要。其一，此文确证了明代有'炼形神冶'款妆镜实物传世，其铭文除二三联顺序外，其他与《学斋占毕》完全相同。其二，明朝流传于世的《博古图》上也录有'炼形神冶'款铜镜，且形制、文字皆与

赵完璧所藏铜镜不同。"供参考。[10]《学斋占毕》：宋史绳祖撰。史绳祖，生于宋光宗绍熙二年（1191），卒于宋度宗咸淳十年（1274）。尝师魏了翁。官至朝请大夫，直焕章阁，主管成都府玉局观。能诗，著有《学斋占毕》4卷。《四库总目》又有《孝经解》，并传于世。[11]规迹：犹遵循。[12]定在：犹定准。陶渊明《饮酒（其一）》："衰荣无定在，彼此更共之。邵生瓜田中，宁似东陵时？"[13]诸昆：诸兄。杜甫《赠比部萧郎中十兄》："见知真自幼，谋拙愧诸昆。"不肖：旧时读书人自谦之词。[14]芳声：犹美名。[15]方：治病的药单，引申为治理。民社：指州、县等地方。亦借指地方长官。张孝祥《后土东岳文》："下臣蚳虮，天子使守民社。服事之始，敢敬有谒。"[16]攸归：所归。攸，所。归，归宿。[17]明法：明显的规律。《庄子·知北游》："天地有大美而不言，四时有明法而不议，万物有成理而不说。"

书诸子侄自社引

我列祖诸丘垄皆在南山下[1]，去城百里，时祀维艰，自先大夫欲迁之，不果而逝，以是先大夫卜葬城南之二里许，诸兄弟相继而亡，序昭从之[2]，子孙之拜扫者，始便于时，又趋赴各异，萃合无常[3]，情虽同而礼不一，甚非所以睦下而事上也。隆庆辛未冬[4]，会慎修儿以兵曹郎送妇丧归[5]，怀慎侄相与议其事，以质于余，适符吾志，因可其言，遂集诸子侄世恩堂，而教之曰："奉先惟孝，不以礼，非孝也。孔子曰：'生事之以礼，死葬之以礼，祭之以礼[6]。'吾于尔生事葬祭无容喙矣[7]，而祭祀之仪，得无谕焉已乎。"构祠未竟，况晦翁家礼已有成式，亦将待时举行，姑以坟祀论之，昔我尼甫亦不以为非[8]。春秋已为野祭[9]，而东汉初遂成俗焉，继今不可不遵古奉先，以立吾家之准也。月为三会，会有常品，因人以序齿无越[10]，酌家以出资有差[11]，掌握一人，每岁时致祀，预委一、二幼而才者置之。于吾父为尊祖之义特一，具虽丰而不为奢；于尔等亲为追慕之[12]，均虽杀而亦必成礼，礼竟而合享之，着为定式，似于逝者粗有常制[13]，而生者又不可无常训焉[14]。每会毕，除宦游者不遑考问官守[15]，徐图寄勉，其余士农商贾，必询其课某业，作某田居，行某货。学业进而家道亨及安常生理者，则诱掖之[16]，诵美之[17]；其有颓惰不才、骄横非礼者[18]，劝戒之再三，不率将必痛惩[19]，期尔善，斯安矣，倘终不悛[20]，恐非吾门子弟也，然又或别有处焉。是会也，遵行无怠，孝思可谓有永[21]，而义训不为无方[22]。泉台慰血食之休[23]，子弟乐中才之养[24]，淑厥家而风厥俗，不亦善乎？噫！吾兄弟五人，长兄南泉，享年四十有一，遗孟焕；次兄春泉，享年七十有五，遗之蔺、之苏、之范、之蔡、之琴；四弟介泉，享年五十有一，遗怀慎、怀贞、怀礼、怀明、怀远；五弟垂璧，享年四十有二，遗怀中。予今年七十有二，子三人：慎修、慎几、慎动，俱已成立。但吾之内外同胞，零落已尽，而龙钟衰老，颓然独存。幸年龄之过望[25]，顾骨肉之不相及，可胜悼哉！所冀吾儿当喜惧之年[26]，宜爱日以承欢[27]，诸子向无天之期[28]，敦犹父以悲庆[29]。趋耄之论[30]，恐不足以悚清狂[31]，然垂老之年，亦或可以系骨肉也。其恪循之[32]，尚期不替[33]。

注释：

[1] 南山：当指山东青岛黄岛区大珠山。[2] 序昭：序昭序穆，好安排次序。[3] 萃合：聚集。[4] 隆庆辛未：隆庆五年（1571）。[5] 兵曹郎：兵部郎中。[6] 生事之以礼，死葬之以礼，祭之以礼：出自《论语·为政》。[7] 无容喙：不允许有什么怀疑。喙，嘴。[8] 尼甫：即尼父，孔子。[9] 野祭：坟祭。野，郊外，村外，野外。[10] 无越：不要超出。有差：不一，有区别。[12] 追慕：追念，仰慕。[13] 常制：通常的制度。陈寿《三国志·魏书·何夔传》："夔以国有常制，遂不往。"[14] 常训：一定的典式。[15] 官守：官吏。韩愈《答魏博田仆射书》："限以官守，拜奉未由，无任驰恋。"[16] 诱掖：引导和扶持。出自《毛诗序·陈风·衡门序》："诱僖公也。愿而无立志，故作是诗以诱掖其君也。"郑玄笺："诱，进也。掖，扶持也。"孔颖达疏："诱掖者，诱谓在前导之，掖谓在傍扶之，故以掖为扶持也。"[17] 诵美：言语赞美。清朱之瑜《上长崎镇巡揭》："即四方观听者，宁不播扬而诵美。"[18] 颓惰：颓唐轻慢。不才：不成材，不名誉。[19] 不率：不服从，不遵循。语出《左传·宣公十二年》："今郑不率，寡君使群臣问诸郑，岂敢辱候人？"杜预注："率，遵也。"[20] 不悛（quān）：不悔改。《左传·哀公二十七年》："知伯不悛，赵襄子由是甚知伯，遂丧之。"[21] 孝思可谓有永：语出《诗经·大雅·下武》："永言孝思，孝思维则。"孝思，孝亲之思。[22] 大训：大义的垂训。泛指教诲。[23] 泉台：指阴间。血食：受享祭品。古代杀牲取血以祭，故称。[24] 中才：中等才能。司马迁《报任安书》："夫以中才之人，事有关于宦竖，莫不伤气，而况于慷慨之士乎？"[25] 过望：指超过自己原来的希望。语出司马迁《史记·黥布列传》："（黥布）出就舍，帐御饮食从官如汉王居，布

又大喜过望。"[26] 喜惧之年：语出《论语·里仁》："子曰：'父母之年，不可不知也。一则以喜，一则以惧。'"[27] 爱日以承欢：《增广贤文》："爱日以承欢，莫待丁兰刻木祀；椎牛而祭墓，不如鸡豚逮亲存。"爱日，珍惜时日，爱惜光阴。《吕氏春秋·上农》："敬时爱日，至老不休。"承欢，侍奉父母。骆宾王《上廉使启》："冀鹿迹丘中，绝汉机于俗网；承欢膝下，驭潘舆于家园。"[28] 无天：谓失去庇荫。《庄子·田子方》："（文王）欲终而释之，而不忍百姓之无天也。"成玄英疏："既欲舍而释之，不忍苍生失于覆荫，故言无天也。"此指无父。[29] 犹父：伯父。悲庆：悲且庆。韩愈《寒食日出游》："岂料生还得一处，引袖拭泪悲且庆。"[30] 趋耄：其时完璧七十二岁，故称。耄，指八九十岁的年纪。[31] 清狂：不狂似狂者，是清狂。《汉书·刘贺传》："察故王（刘贺）衣服、言语、跪起，清狂不惠。"颜师古注引苏林曰："凡狂者，阴阳脉尽浊。今此人不狂似狂者，故言清狂也。或曰，色理清徐而心不惠曰清狂。清狂，如今白痴也。"[32] 恪循：严格遵循。[33] 不替：不衰。

代撰明威将军匡公墓志铭

隆庆庚午夏五月十九日[1]，诏进阶明威将军署指挥佥事匡公卒。越年冬，余将还任京师，其孤受爵[2]，衰绖踵门[3]，捧同年公弟兵科给事匡君松野所状行实[4]，丐余志铭[5]。余不忍辞，按状：公讳天伦，伯仁字，北田号也。仰遡遥宗，故鲁匡卜勾须后，初寓海州，及七世祖以兵徙赣榆之赤涧里。祖福者，值元末之乱，志奋廓清[6]，却伪吴元帅之授，归翊我太祖高皇帝，茂树奇绩，累封东莱副千户[7]，子德移镇胶州，寻以功擢正秩，遂世守兹郡。德生济，济生英，英生勋，勋生允中，弗嗣，允道以次弟承之，实生公焉。公赋性颖异，器度豁如，敬修厥职，忠勇之略，不忝先世，参涉书史，古儒将风烈也[8]。屯田海上，利裕军需，提旅京师，勤劳屡劾，分甘恤苦，士卒乐附。伈伈有礼[9]，以遇乡人，敦睦宗族，惠爱优渥，其有负愆自暴者[10]，则务规于善。尝历图先像，纂制谱牒，奕世英风宛然在目，岂徒光美前烈[11]，而照激后昆之意殊为深切[12]。悯伯父之女于孤贫，虽及其嗣而弗怠；全伯母之侄于荒歉[13]，终始赒恤恒情所难[14]。普济于无私，垂恩于罔报，仁人君子之心，推而无所不至者，殆不可以缕数也。公生于正德丁卯九月初一日[15]，距奄弃之期[16]，享年六十有四。配吴氏，赠宜人，继李氏，封宜人。男三人，长受爵正千户[17]，三荐武闱，一占乡解，总戎即墨[18]，赫然有声，时亦有上之帝廷者，竕膺异宠[19]；次受业补弟子员[20]，次受诰尚幼。女二，长适本所正千户汪士弘，次适士人髙一夔。孙五人，曰持，曰极，甫成童进学未艾，曰扬，曰择，曰拱，尚幼。孙女八，长适本州岛士人纪国瑞，次适国子生郭景完，次聘庠生刘汉嗣宋一魁，次聘千户应袭刘肇基，次聘杨时春，馀幼在室。辛未冬十一月二十有六日甲申葬于州之郊南高卓山。铭曰：桓桓神武，辉昭厥祖。仁勇性生，帝臣维虎。维世之英，维国之桢，于朝有纪，于乡有评。长眠南亩，佳城不朽[21]。大树萧萧，攸钦弥久，巅如相望，白云渺茫，海山休逸[22]，万古无疆。

注释：

[1] 隆庆庚午：隆庆四年（1570）。[2] 受爵：接受爵位。[3] 衰绖（dié）：穿丧服。《礼记·杂记下》：“三年之丧，如或遗之酒肉，则受之，必三辞，主人衰绖而受之。”古人丧服胸前当心处缀有长六寸、广四寸的麻布，名衰，因名此衣为衰；围在头上的散麻绳为首绖，缠在腰间的为腰绖。[4] 兵科给事：兵科给事中，明清两代参与军事监察的职官名称，为皇帝的近侍职官名称之一。[5] 丐：乞。汉服虔《春秋传服氏注》卷10：“不抽裂，不强丐。”注：“丐，乞也。”[6] 廓清：澄清，肃清，清除。出自汉荀悦《汉纪·高帝纪四》：“征乱伐暴，廓清帝宇，八载之内，海内克定。”[7] 副千户：武官名，从五品。[8] 风烈：风操，风范。欧阳修、宋祁《新唐书·张九龄传》：“建中元年（780），德宗贤其风烈，复赠司徒。”洪迈《容斋三笔·张咏传》：“公风烈如此，而不至于宰相，然有忠定之才，而无宰相之位，於公何损？”[9] 伈（xǐn）伈：小心恐惧的样子。韩愈《祭鳄鱼文》：“刺史虽驽弱，亦安肯为鳄鱼低首下心，伈伈睍睍（xiànxiàn），为民吏羞，以偷活于此耶？”[10] 负愆（qiān）：犹负罪。自己甘心落后，不求上进。出自《孟子·离娄上》。暴，糟蹋，损害。[11] 光美：指盛德美名。司马光《上宋侍读书》：“终无一人可收采者，又安有晔晔光美施於千载邪？”前烈：祖先，前辈。[12] 后昆：后嗣，子孙。《尚书·商书·仲虺之诰》：“垂裕后昆。[13] 荒歉：指农作物收成坏或没有收成。[14] 賙（zhōu）恤：周济救助。《礼记·孔子闲居》：“凡民有丧，匍匐救之。”郑玄注：“救之，周恤也。言君于民有丧，有以周恤之。”[15] 正德丁卯：正德二年（1507）。[16] 奄（yǎn）弃：忽然舍弃，犹永别、死亡。韩愈《宪宗崩慰诸道疏》：“上天降祸，大行皇帝，奄弃万国。”[17] 正千户：武官，正五品。[18] 总戎：主管军事的长官。[19] 竕膺：立获。[20] 补弟子员：作了秀才。[21] 佳城：典出刘歆《西京杂记》卷4：“佳城郁郁，三千年

见白日。吁嗟滕公居此室。"后遂以"佳城"喻指墓地。[22]休逸：安闲超逸。唐杨衡《宿陟岵寺云律师院》："愿回戚促劳，趋隅事休逸。"邵雍《高竹（其七）》："非止身休逸，是亦心夷旷。"

高丽砚铭

英英紫玉[1]，渺渺沧波，贞归华夏，契结贤科[2]。龙光香霭，泽润江河，登瀛奇选，百战良多。补天高节，五色靡过[3]，水旌厥信，无胥缁磨[4]。

注释：

[1]英英：光彩鲜明的样子。紫玉：紫玉髓。此用来美称砚石。[2]贤科：是科举时代对选拔官吏所分科目的美称。宋文同《谢成都端明启》："谬缘贤科，窃迹秘府。"[3]补天高节，五色靡过：高节，高其节操，坚守高尚的节操。五色，此指五色石。典出《淮南子·览冥训》："女娲炼五色石以补苍天。"[4]无胥缁磨：语出《论语·阳货》："不曰坚乎？磨而不磷。不曰白乎？涅而不缁。"形容高丽砚台坚硬洁白，不待琢磨。胥，通"须"。等待。

宣和砚铭[1]

真确懿质[2]，渐磨惟良，文林奇品[3]，世宝弥光[4]。来自宣和，其获也有陨，究自御用[5]，其归也靡常[6]。

注释：

[1]宣和：宋徽宗年号。[2]真确：真实确切。宋文天祥《出真州序》："二路分见予辞真确，乃云：'安抚亦疑信之间，令某二人便宜从事。'"懿质：美好的质地。[3]文林：谓文人聚集之处。后泛指文坛、文学界。范晔《后汉书·崔骃传论》："崔氏世有美才，兼以沉沦典籍，遂为儒家文林。"[4]世宝：指世代相传的珍宝。出自陈寿《三国志·魏书·张颌传》："古皇圣帝所未尝蒙，实有魏之祯命，东序之世宝。"弥光：光彩久存。许慎《说文解字》："弥，久长也。"[5]御用：皇帝君主专用的。[6]靡常：指无常，没有一定的规律。《诗经·大雅·文王》："侯服于周，天命靡常。"

又砚铭

　　贞而固也，不磷[1]；温而润也，近仁[2]。依之朝夕，翰墨崇勋[3]；磨之岁月，辉光日新[4]。允斯文之良友[5]，其子孙之世珍也夫。

注释：

[1] 不磷：（质地坚硬）磨不薄。《论语·阳货》："磨而不磷。"[2] 近仁：和仁道相近。出自《论语·子路》："刚、毅、木、讷近仁，曰坚乎？"[3] 崇勋：高超的功勋。[4] 日新：每天都在更新，每月都有变化。指发展或进步迅速，不断出现新事物、新气象。语出《礼记·大学》："苟日新，日日新，又日新。"[5] 斯文：儒士，文人。

收春先大夫暨先母恭人高氏行状

　　先君讳从龙，子云其字，收春其别号也，世家胶西。生而颖异有奇识[1]，乡人奇之，以为先大父未扬之报[2]。先大父讳本，字宗源，绩学种德[3]，纯雅君子[4]。弘治间，有司贡礼曹[5]，辄厌奔趋[6]，归颐天和[7]，因授先君以易学。先君甫弱冠[8]，义理精深[9]，文词俊逸。金陵沈公钟督学海上[10]，一试，大奇之，极加题品[11]："才识迥超尘俗，禀赋优出伦侪，殆凤毛出色者也[12]。"取冠胶庠。先叔亦列上第[13]。兄弟一日隐然名动齐鲁，先大父一喜而殒。沈为之震悼[14]，命有司礼葬。东人恒为美谈。我先君居丧哀毁弗胜[15]，哭尝呕血。葬之日，先是，祖茔去胶南百里，先君狭之，迤南百余步，别创新域，沙水特秀，遂改迁我高祖，以我先大父，合叙于穆[16]。北迁之举，虽有志焉，未敢卒议。至弘治戊午[17]，先君领乡荐[18]，凡五谒南宫不遇[19]，辛未以太母夫人就衰[20]，乃即铨曹[21]，简判开封水任是寄。先君阻绝奸贪[22]，大革弊政，行所无事，水政修焉，始塞荆隆[23]，再完铜瓦[24]，继而罗卜、张口之患[25]，寻已焉。凡三大工，皆前哲历岁所难，而先君以初仕，次第就绪，且复堤防疏导，民安而运利数十年间，皆先君子之力也。专职之外，且多造官舫以便度[26]，广修廨署以便公[27]。慨包老之祠岁久开[28]，卑陋一新焕美[29]，神妥而人安之。断狱则公无私托，法无冤民。虽异境疑狱，莫不恳请当道[30]，以趋速理。凶顽无知，释仇息忿[31]，皆弃利敦德[32]，有藏我先君之主而报祀者，弥

343

久不衰也。正德壬申[33]，大河南北，流贼猖獗，当道殷忧[34]，乃于先君倚任不贰[35]，兵马大政，一时偕归。早夜忧遑[36]，用图报称[37]。大购骏马，广募骁雄[38]，旬日之间，军声大振。且调遣有方，输饷不匮，是用剿绝鲸鲵以济平定之功[39]。又尝行寓属邑，贼势突至，方经残破[40]，城无完堵。先君通夕率理，达旦俱兴，居民赖全。河北渠魁裴昆者[41]，诸帅攻之久而不下。我先君外张兵以窘其势，内遣使以謷其衷[42]，不血一刃，元凶授首[43]，河北以宁。抚臣邓公璋历试诸勋，既偕众以联扬，复特章而超荐，其略曰："转输劝劳，督调有策，才力既赡，勤苦亦多。"而中丞刘公承华，御史陆公鳌、李公元皆以贤能交荐[44]。六年之间，凡五疏焉。丙子春[45]，擢贰武昌[46]，士林歌诵，以华其行，曰导水疏壅，曰作舟利涉，曰平分冤狱，曰增垒御防，曰募勇得人，曰智获渠魁，曰转输效劳，曰督调纡策，今犹未泯也。度江而南，当道嘉其廉能[47]，吏民怀其威德[48]，三月之间，声动江汉。丁丑春，先以不狃媚悦[49]，中伤蒌菲[50]，拂衣而东[51]。士民嗟泣，上下挽不可留。侍御王公度有"舍斯人，其孰与理"之叹。行之日，方舟琴书，殊无长物。来归海上，萧然洒然，黄犊在亩，青衿在塾，偕三五同志高年[52]，酾觞赋诗，陶写林壑[53]，以终天年[54]。尝喜咏"未老得闲真是闲"及"回看官爵是泥沙"之句，谓古人良不我诬也。隐念宗族之流离贫困者，招辑而慰悦之，老弱有养，壮者有给，一身荫庇，靡所不至。盖恒以祖宗为心，平仲、文正为法也[55]。尝置一宅第，故主悲怆不能舍去，辄留之，不令遽徙，抚谕之久，仍益金帛以悦其意。有扬州士人自东海来者，病瘝穷途，垂死萧寺[56]，赒恤生全，舆马遣归，南北美之。嘉靖乙酉[57]，东方大疫，叔父分训潞庠[58]，子病于家，不至殒绝者，特一息耳。先君日夜悯抚哀祷之，曰："我先君育我两人，吾子有五，而弟惟兹一焉。吾老矣，复何为？愿以身代，以永弟传，以慰先人于地下。"乡人叹服。叔父之子寻愈。是秋，先君亦渐不豫[59]，遂卧疴不支。鬼神之理虽不可知，而先君之疾会逢其适。呜呼，痛哉！先君知不可为，言念先大父凤爱，万无一酬，泣下交颐，顾诸儿曰："某初欲构甲第，建先祠，修古蒸尝[60]，以报先德，传之子孙；再欲恪卜佳城，移请先骸，哀畴昔之薄葬，易今日之美完，弃遐就迩，以时祀扫，实抱区区也[61]。更将妥老母于幽宫，尽人子之终事。岂意垂白者尔康，而我顾先零也。惟此春秋窀穸之事[62]，两无一得；送死莫大之故，竟莫能及。皇天有终，此恨不朽，兹不有俟诸尔曹焉矣乎！呜呼！呜呼！夫复何言。"越明年五月二日子时，忽谓吾母曰："适有人衣我仙衣。"指示之曰："是何鲜美也。"
停午[63]，卒于正寝[64]。先君体干秀伟，丰神英爽，天性仁孝，才识通敏，
理义充然，襟度豁如，慷慨有古人风，而康济之志[65]，老而不倦。博通书
史，多识物理，文章雅健，诗律清古，善楷书、行草、图画，其骑射、百工、
技艺之事，亦莫不谙晓。好音律而不暇于琴，命子学之，以适古怀。不多
饮酒，常爱醺然[66]。谈论有章，声音朗彻。衣裳有度，进退可仪。笃爱宾友，
情如同胞。四方知名之士，罔不悦契。接物则务谦退[67]，奉身则欲留有馀。
勤以持躬，俭以垂训。不喜逢迎[68]，鄙视龌龊[69]。制行之美[70]，每为乡
人取则。耿介之标[71]，绝非尘俗可班也[72]。生于成化己丑十二月四日戌
时[73]，距终之期，享年五十有八，仕至奉政大夫[74]。嘉靖戊子冬，权厝
介城之北，俟先母，别议改葬。先母姓高氏，胶西处士浩之女也。维性贞慧，
维质淑雅，勤以奉我先大父母，慎以侍我先大夫。先大父早卒，先大母孀
居严肃，我先母朝夕温慰[75]，委曲周旋，未食不敢先，未卧不敢休，恒恐
炎凉之不摄于时，而赡养之不适其宜也。凡我先子所不能躬致者，举一身
悉之而不遗。或谓母曰："太夫人早尝苦汝，留怨乎？"母曰："夫苦我者，
乃以进妇德。以劳阿母，罪也，今复以怠敬[76]，尤罪也。吾不图家世学礼，
可以忝亲乎？甚非所以垂训表风也。"日慎一日，四十余年，终始惟一。
大母临终之日，亦以"贤妇"归之。从我先君蓬茅中，灯火辛劳，久而不倦，
十余年相取乡第，二十年从仕梁楚，报国恤民之心未尝无助。早见之明，
处制之宜[77]，坚贞之操，洁素之行，先子每有取焉。淑子女以礼义，贞诸
妇以典法，勤俭有恒，虔恭茂著，家声有赫于乡邦，懿德不忝于前烈也。
嘉靖丙午秋[78]，儿完璧应省试，白璧较庠首，母戒曰："各勉旃[79]。以
绍汝先志，以慰我余龄。各勉旃。"既而，门下有膺荐者[80]，吾兄弟俱未捷。
母嗟儿之不利，而悼已之益衰，因不怿[81]，宿疾增剧，凡六越月而逝。生
于成化己丑三月之八日寅时，卒于嘉靖丁未三月九日戌时[82]，享年七十有
九，制封宜人。生子四：长良璧，读书未仕，先我母卒，娶萧氏，继娶崔氏，
孙男一：孟焕；女孙一，适雅士杨宪[83]。次廷璧，无为州同知[84]，娶李氏，
生孙男一：之蔺。次完璧，国子生[85]，娶高氏，生孙男三：慎修，慎几，
慎动；女孙二：长适千户杨世芳，次适尚宝司丞毛照[86]。次白璧，庠生，
娶栾氏，生孙男二：怀慎、怀贞；女孙一。生女二：长适高密仪宸，国子生；
次适安丘黄祯，吏部文选郎。侧室姜氏，生子一：垂璧；女一，适诸城庠
生张西铭。今将迁先君柩，合先母葬于城南。完璧不敏，不能详悉先行，
草述概略，以俟采风者志之。

345

注释：

[1] 颖异：聪慧过人。[2] 未扬：指大父怀才不遇未能发达。屈原《天问》："羲和之未扬，若华何光？何所冬暖？何所夏寒？"[3] 绩学：谓治理学问。宋蔡襄《观天马图》："自秦灭汉兴，缀文绩学，德业彬然，独董仲舒而已。"顾炎武《富平李君墓志铭》："君少而刚方，绩学不息。"种德：犹布德，施恩德于人。《尚书·夏书·大禹谟》："皋陶迈种德，德乃降，黎民怀之。"孔安国传："迈，行；种，布。"唐王贞白《金陵怀古》："恃险不种德，兴亡叹数穷。"[4] 纯雅：纯正高雅。范仲淹《举张讽李厚充青州职官状》："前御史台主簿张讽文学懿赡，履行纯雅。"[5] 礼曹：礼部，下辖礼部司、祠部、膳部、主客四司。奔趋：奔走。清刘大櫆《松江府通判许君传》："及其筮仕，秩居闲散，徒奔趋抑郁于群众之中。"天和：人体之元气。《文子·下德》："日引邪欲，竭其天和，身且不能治，奈治天下何？"葛洪《抱朴子·道意》："精灵困于烦扰，荣卫消於役用。煎熬形气，刻削天和。"苏轼《和寄天选长官》："虚怀养天和，肯徇奔走闹。"弱冠：男子 20 岁称弱冠。这时行冠礼，即戴上表示已成人的帽子，以示成年，但体犹未壮，还比较年少，故称"弱"。后世泛指男子二十左右的年纪。冠，帽子，指代成年。义理：讲求儒家经义的学问。班固《汉书·刘歆传》："及歆治《左氏》，引传文以解经，转相发明，由是章句义理备焉。"李延寿《北史·隐逸传·徐则》："先生履德养空，宗玄齐物，深晓义理，颇味法门。悦性冲玄，恬神虚白，飡松饵术，栖息烟霞。"[10] 沈公钟：沈钟（1436—1518），字仲律，上元（今江苏南京）人。晚号休斋，人称休翁先生。明天顺四年进士（1460 年），代诗人、书法家、教育官员，提学山西、湖广、山东等地。著有《思古斋集》《晋阳稿》《楚游》，集合称之《休斋集》。督学海上：到胶州视学。督学，又称"视学"。旧时主管教育的部门中负责视察、监督学校工作的人，是提督学政或督学使者的简称。沈钟于明弘治三年至弘治六年（1490—1493）任山东按察司副使，弘治三年提学山东。明焦竑《焦太史编辑国朝献征录·山东按察司副使沈公钟墓志铭》："沈钟直道性成、至接人则和气蔼然，闻人善称道不置！虽不解饮，酒、燕会未尝不终，提学三省（山西、湖广、山东），身教大行、故一时多实材所至，诗成辄大书遒劲盈咫，竟壁无倾斜。"[11] 题品：品评。宋王辟之《渑水燕谈录·知人》："（河东柳先生开）以高文苦学为世宗师，后进经其题品者，翕然名重于世。"[12] 出色：超出一般。[13] 上第：考试成绩中的第一等。《后汉书·献帝纪》："九月甲午，试儒生四十余人，上

第赐位郎中，次太子舍人，下第者罢之。"欧阳修、宋祁《新唐书·选举志上》："每问经十条，对策三道，皆通，为上第，吏部官之；经义通八，策通二，为中第，与出身；下第，罢归。"[14] 惊悼：惊愕悲悼。[15] 哀毁：谓居亲丧悲伤异常而毁损其身。后常作居丧尽礼之辞。范晔《后汉书·韦彪传》："（韦）彪孝行纯至，父母卒，哀毁三年，不出庐寝。"[16] 于穆：惊愕悲悼为对美好的赞叹。《诗经·周颂·维天之命》："维天之命，于穆不已。"班固《汉书·司马迁传》："汉兴已来，至明天子……受命于穆清，泽流罔极，海外殊俗重译款塞，请来献见者，不可胜道。"颜师古注："於，叹辞也；穆，美也。言天子有美德而政化清也。"魏收《魏书·宗钦传》："于穆吾子，含贞藉茂，如彼松竹，陵霜擢秀。"[17] 弘治戊午：弘治十一年（1498）。[18] 领乡荐：中举人。[19] 五谒南宫不遇：五次参加礼部的考试未能考中。[20] 辛未：正德六年（1511）。[21] 铨曹：主管选拔官员的部门。[22] 奸贪邪恶贪贿：出自范晔《后汉书·陈宠传》："西州豪右并兼，吏多奸贪，诉讼日百数。"[23] 荆隆：黄河故道位于河南封丘西南部荆隆宫，南面与古都开封隔河相望。[24] 铜瓦：铜瓦厢，位于今河南兰考西北，黄河西岸，本是相当繁华的黄河渡口和集镇，又为险工地段，旧时经常决口。[25] 罗卜、张口：二者皆为黄河沿岸。[26] 官舫：即官船。[27] 廨署：官署。左思《吴都赋》："营屯栉比，廨署棊布。"杨炯《崇文馆宴集诗序》："周庐绮合，廨署星分。"[28] 包老之祠：开封包公祠。[29] 卑隤：低矮。隤，本义（土木建筑物）圮塌、崩颓、坠下。[30] 当道：此指掌权的人。明张溥《五人墓碑记》："郡之贤士大夫请于当道。"[31] 释仇：放下仇恨。息忿：平息愤恨。忿，本意是指心绪散乱，佛学认为忿即愤怒，为二十随烦恼之一。[32] 弃利：出自《老子》："绝巧弃利，盗贼无有。"敦德：以德治教化社会。出自《尚书·虞书·舜典》。[33] 正德壬申：正德七年（1512）。[34] 殷忧，深深的忧心、忧虑。[35] 倚任：倚重信任。[36] 早夜：日夜。犹终日。韩愈《原毁》："早夜以思，去其不如舜者。"忧遑：忧愁惶恐。[37] 报称：犹报答。[38] 骁雄：勇猛雄武之士。[39] 鲸鲵：比喻凶恶的敌人。[40] 残破：摧残破坏。[41] 渠魁：指首领，头领，大头目。渠，大。魁，帅。[42] 詟（zhé）：丧胆，惧怕，[43] 元凶：罪魁，祸首。授首：指投降或被杀。《战国策·秦策四》："秦楚合而为一，以临韩，韩必授首。"[44] 交荐：共同举荐。方孝孺《祭叶夷仲主事》："在廷乏才，近臣交荐。"[45] 丙子春：正德十一年（1516）。[46] 擢贰武昌：升为武昌府同知。[47] 廉能：清廉能干。[48] 威德：声威与德行。[49] 媚悦：讨好，取悦。[50] 萋菲：又作萋斐，花纹错杂貌。比喻谗言。李白药《北齐书·幼主纪》："忠信不闻，萋斐必入。"[51] 拂衣：振衣而去。谓归隐。殷仲文《解尚书表》："进不能见危授命，忘身殉国；退不能辞粟首阳，拂衣高谢。"谢灵运《述祖德》："高揖七州外，拂衣五湖里。"王维《送张五归山》："几日同携手，一朝先拂衣。"[52] 同志：原指志同道合的人，古代是朋友之间的称呼。左丘明《国语·晋语四》："同德则同心，同心则同志。"范晔《后汉书·刘陶传》曰："所与交友，必也同志。"高年：上了年纪的人。[53] 陶写：谓怡悦情性，消愁解闷。刘义庆《世说新语·言语》："谢太傅语王右军曰：'中年伤于哀乐，与亲友别，辄作数日恶。'王曰：'年在桑榆，自然至此，正赖丝竹陶写。恒恐儿辈觉，损欣乐之趣。'"辛弃疾《满江红·自湖北漕移湖南席上留别》："富贵何时休问，离别中年堪恨，憔悴鬓成霜。丝竹陶写耳，急羽且飞觞。"林壑：树林和溪谷。指隐居之地。皇甫冉《赠郑山人》："忽尔辞林壑，高歌至上京。"清吴伟业《哭志行》："解褐未赴官，归来卧林壑。"[54] 天年：天赋的年寿。[55] 平仲：指晏婴，字仲，谥平，齐国大夫，历仕灵公、庄公、景公三世。文正：指范仲淹，字希文，谥文正，参知政事。北宋杰出的思想家、政治家、文学家。官至参知政事。宋钱公辅《义田记》："范文正公，苏人也。平生好施与，择其亲而贫、疏而贤者，咸施之。方贵显时，置负郭常稔之田千亩，号曰'义田'，以养济群族之人。日有食，岁有衣，嫁娶婚葬皆有赡。……昔晏平仲敝车羸马，桓子曰：'是隐君之赐也。'晏子：'自臣之贵，父之族，无不乘车者；母之族，无不足于衣食者；妻之族，无冻馁者；齐国之士，待臣而举火者三百余人。如此，而为隐君之赐乎？彰君之赐乎？'"[56] 萧寺：典出唐李肇《唐国史补》卷中："梁武帝造寺，令萧子云飞白大书'萧'字，至今一'萧'字存焉。"后因称佛寺为萧寺。[57] 嘉靖乙酉：嘉靖四年（1525）。[58] 分训潞庠：任潞州府学训导。潞州，今山西长治。[59] 不豫泛称尊长有疾。[60] 蒸尝：本指秋冬二祭，后泛指祭祀。[61] 区区：指爱，诚挚。《古诗十九首·孟冬寒气至》："一心抱区区，惧君不识察。"[62] 春秋：指春秋祭祀。窀穸（zhūnxī）：墓穴。[63] 停午：指正午，中午。[64] 正寝：指旧式住宅的正房。[65] 康济：指安民济世。[66] 醺然：酒醉。[67] 谦退：谦让。[68] 逢迎说话和做事故意迎合别人的心意（含贬义）。[69] 龌龊：卑鄙，丑恶。[70] 制行：德行。[71] 耿介：有操守、气节，刚正不阿。陆机《猛虎行》："眷我耿介怀，俯仰愧古今。"[72] 班：相配。[73] 成化己丑：成化五年（1469）。[74] 奉政大夫：文散官名。金始置，正六品上。元升为正五品。明正五品初授奉议大夫，升授奉政大夫。[75] 温慰：温存抚慰。[76] 怠敬：怠慢。《大戴礼记》："敬胜怠者吉，怠胜敬者灭。义胜欲者从，欲胜义者凶。"[77] 处制：处理，办理。[78] 嘉靖历年：嘉靖二十五年（1596）。[79] 各勉旃（zhān）：希望儿子们奋发有为。旃，文言助词，"之焉"两字的合音。《诗经·魏风·陟岵》："上慎旃哉！犹来无止。"马瑞辰通释："之、旃一声之转，又为'之焉'之合声，故旃训'之'，又训'焉'。"钱谦益《袁可立授奉直大夫》："黄发在廷，余感忘古人求旧之义。勉旃！夙夜服此训辞。"[80] 膺荐：承受荐举，中举。[81] 不怿：不悦。[82] 嘉靖丁未：嘉靖二十六年（1547）。[83] 雅士：读书人。[84] 无为州：元世祖至元二十八年（1291）降无为路置，属庐州路，治所在无为县。明洪武年间（1368—1398），撤销无为县，并入无为州。无为州属南直隶庐州府。[85] 国子生：又称国学生，亦是指在国子监肄业的学生。[86] 尚宝司丞：正五品，掌宝玺、符牌、印章。

故乡进士直隶和州知州进阶奉直大夫行斋毛公行状

公讳槃，字世用，别号行斋，世居东莱掖邑之东里。高祖考讳伯全，曾祖考讳福英，祖考讳敏，由乡贡士任杭州府学教授，俱赠光禄大夫、柱国少保兼太子太保、户部尚书、武英殿大学士。考讳纪，号砺庵，晚号海翁，早擢省元，举进士，累官光禄大夫、柱国少保兼太子太保、吏部尚书、谨身殿大学士，致仕，赠太保，谥文简。高祖妣丁氏，曾祖妣王氏，祖妣赵氏、刘氏，俱赠一品夫人。妣官氏，累封一品夫人。兄莱，癸酉举人，顺天府推官[1]；槃，乙未进士，户部员外郎。弟渠亦以省元登丙戌进士，任太仆卿[2]；业，治儒术，未第。俱先公卒。集，官生[3]，都匀府知府[4]。公天性嗜学，弘治丁巳甫六岁[5]，即欲从兄治业。文简以冲龄[6]，竟弗已[7]。比长，慨然欲尽友天下士，德业日益茂。正德庚子[8]，以儒生应试补员府庠。及弱冠，文简爱携宦邸，学《易》于汪东麓太史，领其微奥[9]，发为文词，弥无尚焉[10]。嘉靖壬午[11]，大中丞浚川公督东士，阅其文，以"伟士"奇之。是秋，领乡荐，凡六不偶于春官[12]。辛丑春[13]，文简书谕有命，且又致"尔年我暮"之警，及是亦显扬之道[14]。公得书，志以命制，遂谒天曹，授守泰仓编氓[15]。当海寇初平，流移未定[16]，公推诚兴发[17]，曲为招来，复安如昔。州东境旧筑堤数里，用虞潮汐，厥利维深，岁久骎夷[18]，兹为民患。公毅然增修，不扰而矗崒宛然[19]，士林赞永赖焉。壬寅[20]，文简公寿登八袠，圣天子笃念元老，驰遣抚按官，及门存问。公荷主怀亲，守官云望[21]，将图海岱长春之庆。维时文衡山、朱玉峰太宰洎吴下缙绅，且绘且文，以从欢祝。遣延照子恪致遐寿，张天恩，慰庭怡，诚一时忠谊仁孝之盛。癸卯，侍史周公南疏荐，略云："纯诚笃慎，练达老成。除奸弊而事克有济，理海虞而民利无穷。"遂调知和州，盖移简就剧，彰德辨才也。行之日，迓以来苏[22]，留以去思[23]，道路相属[24]，得民若兹，亦鲜矣。及视和，城阖故存[25]，雉堞楼橹已就凋敝[26]。公曰："预备不修，何以待暴。非政也。"殚心力惩，苟且不再，逾月，颓者兴，敝者焕矣。和人慰维新之仰。初，文简蓄文稿二十六卷、《归田集识》二卷、《圣朝存问录》二卷，久未传播。虽文简不欲彰人，而人未尝无探珠之志也。公匀序于徐崦西少宰，捐俸梓之，文简手书与其显亲继志之一端。甲辰，公入觐指[27]，倾境遮留[28]，相与歌诵，不尽怀私[29]。侍御舒公汀疏荐，略云："性资老练，事务精详，真实心以爱民，堪任重而致远。"复改西陕[30]，之乾州[31]，盖抡才试用[32]，倚效边筹[33]也。居无何，公以塞程崳崄，耄亲杳隔，高志诎于盛时，孝诚违于西日，辄解组[34]，浩然以东[35]。慕乎乾者，亦犹慕乎和与泰也[36]。琴鹤以随，歠闻长物。会太仆、都匀二弟咸以省还，金紫相庆[37]，乡人以"古万石"荣之。越明年，乙巳夏，文简翁不起，公获侍，属纩咸自尽焉[38]，公可谓有感有见也。寻与二弟谋，请恤典[39]，悉获如制。戊申建祠寝东，遵礼奉祀。公彷徨祠墓间，永慕弗替。冢子延照以恩授尚宝司丞，考绩进公奉直大夫，制词有"世家宿学，科目流英[40]，仕罔玷于官箴，居克敦乎乡行"之褒[41]。公禀受灵淑，虽抵暮，气鲜失平。庚申夏[42]，偶撄微疴，即不就砭药。至五月二十有七日寅刻，处正寝，神闲气定，无乱无惕，从容以还元化。公生弘治壬子十月二十有七日，时距终期，享年六十有九。配雷氏，赠宜人，莱州卫指挥勋之女也，前二十有一年卒。继王氏，封宜人，广西南宁府通判廷臣之女。侧室姜氏。子男三：长延照，尚宝司丞；次延蕙，次延炯，俱府庠生。女五：长适莱州卫指挥张栋，次适平度州国子生崔旦。余幼孙男三：长引增，次引埙，次引来，俱庠生。女孙三：长聘莱州卫指挥王道男梓。余幼曾孙男一，铁。曾孙女四。公孝友夙成，事亲曲尽其道，虽宦游异土，时献不爽[43]，约以自奉，享祀致涓[44]，笃爱宗亲，终始不衰。晚年与季弟集偕休林壑，觞咏陶写，琴瑟好合，王谢高风，非尘庸所知。垂训以善继[45]，居官以清慎[46]，恭无谄，和无骄，人咸慕之。守有先庐，扁堂"裕庆"，郭田百亩，他无厚蓄，清白世绍，无改焉。每春秋扫祀，

350

躬率诸子若孙，礼成齿序，文会尽欢而返。居暇则坐一室，图书前后，日夕潜泳，随笔词章，不事雕饰，涣理可爱。著有《行斋手稿》数卷[47]，藏于家。善行书，有晋风。公鸿笔懿行，媲美前修，不幸制诎礼闱，拟古则过人远矣。况位刺史，寿古稀，萧散溪壑，历久完名无异议，公亦人所难矣哉！某旧以通家兼忝葭莩[48]，其世系事业粗得考闻，今葬且有期，始掇其概略，僭为状，托立言君子图不朽焉。

注释：

[1] 推官：明朝的推官是各府的佐贰官，掌理刑名，赞计典，属顺天府、应天府的推官为从六品，其他府的推官为正七品。[2] 太仆卿：太仆寺长官，正三品，主管传达王命、侍从皇帝出入、车马等职事。[3] 官生：明清荫监之一。指科举制度中，以官荫而得入国子监读书者。明初因袭前人任子之制，文官一品至七品皆得荫一子以世其禄。[4] 都匀府：今贵州省都匀府，为黔南布依族苗族自治州州府。明洪武十六年（1383）置都云长官司，洪武十九年（1386）置都云安抚司，洪武二十三年（1390）改都云为都匀，改安抚司为卫，洪武二十九年（1396）为军民指挥使司。弘治七年（1494）置都匀府于卫城。[5] 弘治丁巳：弘治十年（1497）。[6] 冲：幼小。靳：吝惜，不肯给予。[7] 已：原作巳，误。[8] 正德庚子：庚子应为庚午，即正德五年（1510）。[9] 微奥：深微意义。[10] 弥：益，更加。[11] 嘉靖壬午：嘉靖元年（1522）。[12] 春官：周代设春官掌理礼制、祭祀、历法等事。后世以春官为礼部的通称。春官试即为科举考试中礼部的考试。[13] 辛丑：嘉靖二十年（1541）。[14] 显扬：显亲扬名。白居易《为崔相陈情表》："爵禄之荣，实有逾於同辈；显扬之命，独未及于先人。"[15] 泰仓：即太仓，今属江苏苏州下辖县级市。明弘治十年（1497年），设太仓州，隶苏州府。编氓：管理平民户籍的官员。[16] 流移：指流离失所的百姓。[17] 推诚：以诚心相待。《淮南子·主术训》："块然保真，抱德推诚，天下从之，如响之应声，景之象形。"[18] 骎夷：逐渐破坏成为平地。[19] 矗崒：竹、木长直貌。左思《吴都赋》："楠矗森萃，蓊茸萧瑟。"李善注："楠矗，长直貌。"[20] 壬寅：嘉靖二十一年（1542）。[21] 云望：瞻云望日，多比喻得近天子。[22] 来苏：谓因其来而于困苦中获得苏息。语本《尚书·商书·仲虺之诰》："攸徂之民，室室相庆，曰：'徯予后，后来其苏。'"孔安国传："汤所往之民皆喜曰：'待我君来，其可苏息。'"形容百姓盼望明君来解脱其苦难。[23] 去思：典出班固《汉书·何武传》："欲除吏，先为

科例以防请托，其所居亦无赫赫名，去后常见思。"后遂以"去思"指地方士民对离职官吏的怀念。[24] 道路相属：路上都是人。相属，相连。[25] 城闉(yīn)：城内重门，也泛指城郭。[26] 雉堞：泛指城墙。楼橹：用以瞭望、攻守的无顶盖的高台。脱脱《宋史·魏了翁传》："(魏)了翁乃葺其城楼橹雉堞，增置器械，教习牌手，申严军律……居数月，百废具举。"奏凋敝：衰败，残缺破败。[27] 入觐：指地方官员入朝进见帝王。[28] 遮留：拦阻挽留。[29] 怀私：心存私念。[30] 西陕：金哀宗正大六年(1104)置陕西西路巩昌总帅府。明太祖洪武二年(1369)，置陕西等处行中书省(后为陕西承宣布政使司)，布政使司衙门驻西安府，下共八府二直隶州。[32] 乾州：今陕西乾县。[33] 抡才：选拔人才。[34] 边筹：边疆。[35] 解组：犹解绶，解下印绶，谓辞去官职。[36] 浩然：不可阻遏、无所留恋貌。《孟子·公孙丑下》："夫出昼，而王不予追也，予然后浩然有归志。"朱熹《四书集注》："浩然，如水之流不可止也。"[36] 慕乎乾者，亦犹慕乎和与泰也：意思是，在离开乾州时，百姓依恋不舍，如同当年离开和州与太仓时一样。[37] 金紫：指金印紫绶，借指高官显爵。[38] 属纩：临终。自尽：尽自己的能力。《尚书·商书·咸有一德》："无自广以狭人，匹夫匹妇，不获自尽。"[39] 恤典：朝廷对去世官吏分别给予辍朝示哀、赐祭、配飨、追封、赠谥、树碑、立坊、建祠、恤赏、恤荫等的典例。[40] 流英：流传英名。江淹《让太傅扬州牧表》："故皇极不爽，国步斯泰，虽金妫各政，姬华异治，未有革序变伦而能流英发耀者也。"[41] 克敦：敦厚。[42] 庚申：嘉靖三十九年(1560)。[43] 时献：谓不断地进献。张九龄《陪王司马宴王少府东阁序》："旨酒时献，清谈间发。"[44] 享祀：祭祀。[45] 善继：努力继承家风。[46] 清慎：清廉、谨慎、勤勉。出自《三国志·魏书·胡质传》："(胡)威，咸熙中官至徐州刺史。"裴松注引晋孙盛《晋阳秋》："其父子(指胡质、胡威)清慎如此。于是名誉著闻，历位宰牧。"[47] 著：四库本原为"着"，误。[48] 通家：指彼此世代交谊深厚、如同一家。

海壑吟稿 卷十

祭毛行斋亲家太守文[1]

公辅之胄[2]，贤圣之徒，社稷桢干[3]，宗庙琏瑚[4]。清才通朗，辉映天衢[5]，武继三世，芳联五株[6]。三守名邦，琴鹤与俱，白云兴思，玄发来趋。抗章解组[7]，林石江湖，桑榆承庆，埙篪偕娱，一觞一咏，萧洒从吾。盈虚伸缩[8]，造化一途。高标逸韵，超然万夫。峤南鄙叟[9]，乃敢趋隅[10]，乔丝不弃，惭与蕟荸。笃我恳至，慷慨交孚[11]，情澜不既[12]，玉魄阳乌。送我魏阙，识我区区。秦陇怀君[13]，同味秋鲈[14]。江山十载，胥视凋枯[15]。我舟未舣，君竖回卢。君垂凤爱[16]，我抱今辜。悲心忽折，泪下呜呜。临哭未即，宦岁周图。支离莫慰[17]，幽鉴不诬[18]。遥托哀诚，以荐芳酤。渺不可测，天浮愁予[19]。迹不可招，奏鼓吹竽。瞻望咨嗟[20]，何射何虞！

注释：

[1] 此篇是一篇祭文。祭文，一种文体，是为祭奠死者而写的哀悼文章，供祭祀时诵读的。它是由古时祝文演变而来，其辞有散文，有韵语，有俪语。毛行斋，是作者赵完璧亲家，完璧次女嫁其子毛照。[2] 公辅：古代三公、四辅，均为天子之佐。借指宰相一类的大臣。《汉书·孔光传》："光 凡为御史大夫、丞相各再，壹为大司徒、太傅、太师，历三世，居公辅位前后十七年。"[3] 桢干：筑墙时所用的木柱。喻指重要的、起决定作用的人或事物。匡衡《上政治得失疏》："朝廷者，天下之桢干也。"[4] 琏瑚：瑚、琏皆宗庙礼器。用以比喻治国安邦之才。[5] 天衢：本意指天上的道路。引申指京都的道路。陈子昂《申宗人冤狱书》："天衢得以清泰，万国得以欢宁。"[6] 五株：指五大夫，为秦官名，第九爵，后人误以为封五株松树，遂有此称。陆贽《禁中春松》："愿符

353

千载寿，不羡五株封。"[7]抗章：指向皇帝上奏章。苏舜钦《两浙路转运使王公墓表》："每改秩，必抗章辞避，若不胜任。"解组：犹解绶，解下印绶，谓辞去官职。[8]盈虚：盈满或虚空。谓发展变化。[9]峤南：指岭南。柳宗元《桂州裴中丞作訾家洲亭记》："凡峤南之山川，达于海上，于是毕出，而古今莫能知。"[10]趋隅：向隅。《礼记·曲礼上》："毋践屦，毋踏席，抠衣趋隅，必慎唯诺。"孔颖达疏："趋，犹向也；隅，犹角也。"[11]交孚：互相信任。[12]情澜：情海波澜。指激动的感情。[13]秦陇：秦岭和陇山的并称。江淹《秋至怀归》："楚关带秦陇，荆云冠吴烟。"[14]秋鲈：借指思乡之情。宋陈尧佐《吴江》："扁舟系岸不忍去，秋风斜日鲈鱼乡"。[15]胥视：全面看，统一看的意思。胥，全，都。[16]夙爱：平素的爱顾。[17]支离：分散，分裂。元稹《蛮子朝》："部落支离君长贱，比诸夷狄为幽冗。"[18]幽鉴：犹玄鉴。喻微妙高深的见解。[19]天浔（xún）：指天涯。[20]瞻望：展望，仰望，仰慕。

代祭匡环溪文

阀阅之裔[1]，雄于海乡。清俊之才，沈于林塘。陶真觞咏[2]，娱情文章。竹林逸韵，莲社清光[3]。一经垂训[4]，四国斯扬。桂窟秋擢，桃水春芳。惭予不肖，谬附翱翔[5]。昔分南邑，庆过华堂[6]。今还北觐，嗟慕沾裳[7]。悼彼电露[8]，胡存胡亡。公不我留，我为公伤。仰公一哭，谁云非福。五十余龄，不称天速[9]。身弃国荣，子崇君禄[10]。忠良有声，公遗之谷。紫诰溅泽[11]，黄垆永沐[12]。泽溢松楸[13]，芳流山谷。顾此殡宫，梨雪春风。淑嗣有情，王程倥偬[14]。不遑素车，结此丹衷。聊尔薄奠，以表无穷。

注释：

[1]阀阅：功绩和经历。代指有功勋的世家。泛指门第、家世。颜之推《颜氏家训·风操》："江南人事不获已，须言阀阅，必以文翰，罕有面论者。"卢文弨补注："此阀阅言家世。"[2]陶真：宋代民间流行的一种说唱伎艺，亦作"淘真"。元、明以至清代，民间还在演唱。觞（shāng）咏：谓饮酒赋诗。王羲之《兰亭集序》："一觞一咏，亦足以畅叙幽情。"[3]莲社：佛教净土宗最初的结社。[4]垂训：垂示教训。夏侯湛《东方朔画赞》："傲世不可以垂训也，故正谏以明节。"[5]翱翔：本义是鸟回旋飞翔，通常用于描写有志

气的人。[6] 华堂：指殿堂，有一定规模的建筑，以及一般家庭的正屋大厅。[7] 嗟慕：感叹仰慕。[8] 电露：闪电和露水。喻短暂。《陈书·傅縡传》："正应虚己而游乎世，俛仰于电露之闲耳。"[9] 夭亡，早逝。[10] 君禄：指皇上的（朝廷的）俸禄。[11] 紫诰：指诏书。古时诏书盛以锦囊，以紫泥封口，上面盖印，故称。溉泽：深厚的恩泽。[12] 黄垆（lú），亦作"黄庐"。犹黄泉。《淮南子·览冥训》："上际九天，下契黄垆。"高诱注："上与九天交接，下契至黄垆，黄泉下垆土也。"[13] 松楸（qiū）：松树与楸树，墓地多植，因以代称坟墓。[14] 王程：奉公命差遣的行程。

代祭刘石渠给事文

君负隽才，迥茂佳名。君崇令德，宜寿此生。胡方阶于青琐，倏谢尘于玄冥[1]？小试秦关，甫兆大行。苍生不幸，夺我豪英。仰昭昭之祸善[2]，窥渺渺而未明[3]。追忆淮南，慰聚风萍[4]。瞻望悴颜[5]，恍尔惕惊[6]。送君南渡，烟水关情[7]。闻君北归，鸿雁稀征。拟云闲于海山，冀日休于蓬瀛[8]。胡为乎，卢扁无功[9]，哀此同盟。江乡杳杳，幽襟痛盈。乃今过便，一吊孤茕。酹觞在手[10]，不觉失声。

注释：

[1] 玄冥：旧时指阴间、九泉。[2] 昭昭：明亮，光明。屈原《九歌·云中君》："烂昭昭兮未央。"王逸注："昭昭，明也。"[3] 渺渺：这里是对自己前途的描述，前途茫茫。王安石《忆金陵（其一）》："想见旧时游历处，烟云渺渺水茫茫。"[4] 风萍：比喻漂泊无定。[5] 悴颜：憔悴的脸色。刘伶《北芒客舍》："陈醴发悴颜，色歗畅真心。"[6] 惕惊：惊恐。[7] 关情：这里指动心、牵动情怀。也谓对人或事物注意、重视。陆龟蒙《又酬袭美次韵》："酒香偏入梦，花落又关情。"[8] 日休：指不费心机，反而越来越好。《尚书·周书·周官》："作德，心逸日休；作伪，心劳日拙。"[9] 卢扁：战国时名医扁鹊因为家住卢国，所以人称"卢扁"。后以其代指名医。[10] 酹觞：酹酒之杯，亦指酹酒。以酒撒地表示祭奠。潘岳《哀永逝文》："彻房帷兮席庭筵，举酹觞兮告永迁。"

代彭麟野祭丘母夫人文 [1]

呜呼！母有顺德，蔼如慈祥。母有令范，则于家邦 [2]。佐宜君子，闺阃用彰 [3]。肃有懿训，薰兰丛芳。秋捷春荣 [4]，沧岱辉煌。耳目魏阙，勾陈孔阳 [5]。国崇英俊，贤哉厥昌。峻惟作艾，焕锡宠光。龙飞凤骞 [6]，猗欤青乡。垂白珠锦 [7]，鸠杖华堂 [8]。邀禧优优，既寿且康。理数之极 [9]，今古之常。顷复莞含，九地何伤 [10]。幽明一情 [11]，乐意洋洋。业惭菲陋，瑞鹭相将 [12]。春霆桃水 [13]，偕我翱翔。微萝罔弃，寄托千章。久揖堂下，沐德何疆。闻母之讣，惕母之亡。纷我涕泗，绝我衷肠。适我先慈，三载未忘。还侍天陛 [14]，执绋不遑 [15]。道出琅琊，展我心藏 [16]。愧无生刍 [17]，忝有勺浆。秋风萧萧，愁云茫茫。青眼同袍 [18]，靡恃雪裳。离魂飞越，灵鉴我傍。

注释：

[1] 此篇祭文是为祭丘橒之母所作。丘橒，字月林，诸城人，赵完璧好友。
[2] 家邦：本指家与国，亦泛指国家。《诗经·大雅·思齐》："刑于寡妻，至于兄弟，以御于家邦。"[3] 闺阃（kǔnyù）：门限；门户；尤谓妇女所居内宅的门户。陈寿《三国志·魏志·中山恭王衮传》："闺闱之内，奉命於太妃；闺阃之外，受教于沛王。"[4] 秋捷：指秋试报捷。清蒲松龄《聊斋志异·云梦公主》："生得意自诩，告以秋捷，意主必喜。"[5] 孔阳：形容极鲜明；很明亮。[6] 凤骞：凤凰高飞。比喻神采飞扬。凤是传说中的神鸟。骞，高飞。陆机《浮云赋》："鸾翔凤骞，鸿惊鹤飞，鲸鲵溯波，鲛鳄冲道。"[7] 垂白：白发下垂。谓年老。[8] 鸠杖：又称鸠杖首。所谓鸠杖，就是在手杖的扶手处做成斑鸠鸟的形状。[9] 理数：道理，事理。[10] 九地：犹言遍地，大地。张元干《贺新郎·送胡邦衡待制赴新州》："底事昆仑倾砥柱，九地黄流乱注。"胡云翼注："九地，九州之地，即'遍地'的意思。"[11] 幽明：指有形和无形的事物，也指生与死、阴间与人间。[12] 鹭（zhuó）：凤的别称。[13] 春霆：春天的雷霆。左思《魏都赋》："抑若春霆发响，而惊蛰飞竞。"桃水：指春水。[14] 天陛：天宫台阶。这里指帝王宫殿之台阶，借指朝廷。韦应物《贾常侍林亭燕集》："高贤侍天陛，迹显心独幽。"[15] 执绋（fú）：送葬时帮助牵引灵车，后来泛指送葬。不遑：指没有时间；来不及。《诗经·小雅·四牡》："王事靡盬，不遑启处。"[16] 心藏：指遇到不愉快的事情藏在心里不向别人倾诉。

[21]生刍（chú）：鲜草，这里指吊祭的礼物。《诗经·小雅·白驹》："皎皎白驹，在彼空谷，生刍一束，其人如玉。"[17]同袍：谓兄弟，也泛指朋友、同年、同僚、同学等。

祭宋南亭举人文 [1]

别君久矣，莫挹夫咫尺；望君邈矣，徒仰夫空碧 [2]。君之文章，散为云霞；君之徽音 [3]，寂夫泉石 [4]。君之芳声，早已达于云汉 [5]；君之奇才，犹未试夫霹雳。惜哉逝而，沉（原为沈）珠毁璧 [6]。哭君以彩笔，言尽而思深；吊君以朱丝 [7]，琴破而恨积。旷万古其何期，适星霜之两易 [8]。抚九原其谁招 [9]，冀椒兰于一格。忝君娅戚，痛君凤昔。泪凄凄以冲襟，风梢梢而过柏。

注释：

[1]举人：最初的意思是来自汉代，指的是那些推荐人才的人；之后在唐宋时期指的是进士科中有司贡的人；在明清时期，指的是乡试中试的人。[2]空碧：犹澄碧。指澄碧的水色和天空。[3]徽音：犹德音。指令闻美誉，多用于形容女子美德。《诗经·大雅·思齐》："大姒嗣徽音，则百斯男。"郑玄笺："徽，美也。"[4]泉石：指山水。郑损《玉声亭》："世间泉石本无价，那更天然落景中。"[5]云汉：银河，指高空。[6]沉珠毁璧：用珠沉、璧毁来喻人逝去。[7]朱丝：这里指朱弦，用熟丝制的琴弦。刘禹锡《调瑟词》："朱丝二十五，阙一不成曲。"借指琴瑟。[8]星霜：指年岁。因星辰一年一周转，霜每年遇寒而降。晏殊《滴滴金·梅花漏泄春消息》："不觉星霜鬓边白，念时光堪惜。"[9]九原：主要指九州大地。后也指春秋时晋国卿大夫的墓地，后泛指墓地。皎然《短歌行》："萧萧烟雨九原上，白杨青松葬者谁？"

代春泉兄率诸弟祭东溟翁太叔文 [1]

昔我先大父 [2]，畎亩高人 [3]，树德绩学，志存廓清 [4]。屯淹未扬，产我先君及叔父 [5]，举有奇资，时以达人致望 [6]，其谁曰不然。弘治戊午秋，我先君膺荐，叔父失利，先君尝憾其不得为苏氏同荣，且曰："我弟负隽才，必魁东人 [7]，终当不陨。"厥闻芳声嘉誉，震灼海隅 [8]，莫不逆知其非尘埃中人[9]。讵意木难殊珍[10]，竟遗瀣渤，可若何！孔子曰："贤、不肖，才也；遇、不遇，时也。"叔父亦久谙斯言[11]，安于所寓又焉怨。嘉靖癸未，有司贡于朝，分教西潞，文泽汪濊，上下悦之。庚寅春，奔我先大母丧，越明年，叔父以疾终。于戏[12]，于戏！何痛如之！我先君宦游七载，倦还，叔父甫出[13]，先君卧疾，鸿绝离伤，兄弟不获一诀而逝。及叔父来归，我诸孤咸庸劣失怙[14]，仰其抚我、佑我、义训我等动定[15]，其又或雨夕、风辰、春亭、秋圃，娱情觞咏，彷阮、谢清风，所深愿也。不图皇天罔吊，爰弃我老成宗亲[16]，兰荪其摧矣[17]，琬琰其碎矣。逆泪失声，潺湲其如霰也[18]。吾弟楚珍，负梧篁秀姿[19]，抱鸿鹄远图，信叔父所未信者，拟在斯人，叔父其又何忧！廷璧不肖，粗通书史，忝厕下舍无足言[20]。我母弟完璧，淬砺不堕[21]，亦欲罔忝先世，而白璧又进学未艾。所可哀者，我母兄良璧殂于去年之七月，而不得同哭于枢前。是为泣尽而心死也。幽冥如知，觌我先君，暨我兄妹骨肉相将[22]，顾念故乡事，何如楚恻[23]。家势殊昔，书生亦悉。有令图叔父[24]，其又以是为先君慰焉尔者。楚珍弟卜于容成[25]，筮于巫咸[26]，曰维庚申，是为佳辰将屇之王村之阳[27]，以安窀穸。廷璧等致薄奠临哭之。呜呼！蘄[28]我享。

注释：

[1] 本文为作者祭叔父东溟翁所作。太叔即"大叔"。古时"太""大"是通用的。
[2] 大父：称祖父，即爷爷或姥爷。《韩非子·五蠹》："大父未死而有二十五孙，是以人民众而货财寡。"[3] 畎（quǎn）亩：田间，田地。申引指民间。[4] 廓清：澄清，肃清。荀悦《汉纪·高帝纪四》："征乱伐暴，廓清帝宇，八载之内，海内克定。"[5] 先君：这里是对已故父亲的称呼。[6] 达人：指通达事理、出类拔萃的人物。[7] 东人：本指西周统治下的东方诸侯国之人，后泛指陕以东之人。[8] 震灼（zhuó）：意思是震动并光耀，谓威势之盛。[9] 逆知：预知，逆料。范晔《后汉书·乌桓传》："乌桓逆知，悉相率逃走，追斩百级而还。"[10] 讵（jù）意：意为哪能料想到，不料。讵，岂，难道，用于表示反问。木难：宝珠名，比喻珍贵美好的人或事物。[11] 谙（ān）：熟悉之意。[12] 于戏（wūhū）：犹于乎，感叹词。[13] 甫出：指刚刚才开始崭露头角。[14] 庸劣：平庸低劣。这里用作自谦之词。失怙（hù）：指失去父亲，也指失去依靠，仗恃。《诗经·小雅·蓼莪》："无父何怙？"故后称父亲死去为"失怙"。[15] 义训：大义的垂训。泛指教诲。动定：谓起居作息。犹动静，情况。

[16] 老成：形容为人、做事成熟稳重。[17] 兰荪（sūn）：即菖蒲。一种香草。指佳子弟。赵翼《西干故里示侄亮采宝士侄孙公兰等》："是我昔时初奋迹，瓣香能不望兰荪。"[18] 潺湲（chányuán）：水慢慢流动的样子。形容流泪的样子。[19] 梧篁：梧桐与竹，喻指风姿峻拔。[20] 忝厕：指惰劣。房玄龄《晋书·孔愉传》："臣以朽暗，忝厕朝右，而以惰劣，无益毗佐。"[21] 淬砺（cuìlì）：淬火和磨砺以使刀剑坚利，比喻刻苦磨炼。元稹《授田布魏博节度使制》："尔其淬砺勇夫，敬恭义士。"[22] 相将：指相随，相伴。司马相如《凤求凰》："愿言配德兮，携手相将。不得于飞兮，使我沦亡。"[23] 楚恻：痛苦而悲伤。潘岳《哭弟文》："视不见兮听不闻，逝日远兮忧弥殷。终皓首兮何时忘，情楚恻兮常苦辛。"[24] 令图：善谋，远大的谋略。《左传·昭公元年》："臣闻君子能知其过，必有令图。令图，天所赞也。"[25] 容成：相传为黄帝大臣，发明历法。班固《汉书·艺文志》"阴阳家"有《容成子》14 篇，又有《容成阴道》26 卷，皆不传。后道家将其附会为仙人。[26] 巫咸：古代传说中的大巫。屈原《离骚》："巫咸将夕降兮，怀椒糈而要之"。王逸注："巫咸，古神巫也"。[27] 王村之阳：指在村子的南面朝阳之地。[28] 蕲（qí）：这里通"祈"，祈求之意。《吕氏春秋·振乱》："所以蕲有道行有义者。"

代同乡诸朝绅祭杜太翁文 [1]（即墨杜介庵进士太翁也）

福莫大于寿也，而公惟遐龄 [2]；寿恒本于德也，而贤嗣足征。瞻沧溟而缅怀逸韵，迩玉麟而遥挹芳声 [3]。德教如春，公之器度 [4]，太虚也茫然莫测；义训名世，公之文章，龙蛇也变化可惊 [5]。康济之学 [6]，曾无少试于一匕；幽潜之德 [7]，竟亦淑伴夫寒星 [8]。鸿鹄高翔于碧落，蕙兰独秀于中陵 [9]。陶意海滨，弄涛声而金紫长辞于烟驾 [10]；放怀诗酒，玩云影而利害不怵乎天精 [11]。公所不得于人者，得之天，庞眉鸠杖 [12]，迥出风尘之外；公所未信于身者，信之后，凤毛虎变 [13]，垂光虹霓之明。公其无知耶？其有知耶？黄肠虽没于穷尘 [14]，而玄垆殆开夫一噱 [15]。公其果逝耶？其未逝耶？雪羽惊翻于华表 [16]，而金身或脱于五行。兰香系属 [17]，盖邈乎其难伤；蓬山密迹，信萧然其先登。但悲莫悲兮，银烛凄凄，父不得易箦于其子 [18]；恸莫恸兮，金台渺渺 [19]，子不得招魂于其庭。抱黄泉之恨者，凤阙华封 [20]，兹莫待以膺夫荣宠；慕昊天之德者 [21]，龙章美赠，终犹可以慰乎衷情。春风荡而梨花飞，回首英魂之莫即；晓烟开而山水绿，堕泪颓波之益增^[22]。某等哀哲人兮，天浮冥冥，送孤帆兮，杨柳青青，灵不返兮，芳草萋萋，杯不干兮，忧心忡忡。

注释：

[1] 此篇祭文是为祭即墨杜介庵进士太翁而作。朝绅：本义为束朝服的大带。借指朝廷大臣或曾任朝官而退居乡间的绅士。[2] 遐龄：老年人高寿的敬语，高龄。[3] 玉麟：麒麟的美称。古代以其象征祥瑞，亦用来喻杰出的人物。陆龟蒙《四明山诗•樊榭》："樊榭何年筑，人应白日飞。至今山客说，时驾玉麟归。"[4] 器度：指器量，才量风度。韦庄《题安定张使君》："器度风标合出尘，桂宫何负一枝新。"[5] 龙蛇：指书法笔势的蜿蜒盘曲。李白《草书歌行》："时时只见龙蛇走，左盘右蹙如惊电。"也比喻非常的人物。[6] 康济：这里指安民济世。李白药《北齐书•武帝纪》："君有康济才，终不徒然。"[7] 幽潜：隐微玄奥的道理。清吴敏树《与梅伯言先生书》："而深明文理者，因而著之，发挥幽潜，震动耳目。"[8] 寒星：寒夜的星。孟郊《石淙》："百尺明镜流，千曲寒星飞。"[9] 中陵：山陵之中，或指中等高度的丘陵。《诗经•小雅•菁菁者莪》："菁菁者莪，在彼中陵。"《毛传》："中陵，陵中也。"[10] 烟驾：传说神仙以云为车，故称。陈子昂《题李三书斋》："还丹应有术，烟驾共君乘。"[11] 怵：指不怕某人或某事，有信心应对。怵：本义恐惧、害怕。张衡《西京赋》："怵悼栗而耸兢。"天精：天气晴朗的意思。司马迁《史记•天官书》："天精而见景星。景星者，德星也。其状无常，常出于有道之国。"[12] 庞眉：意思是眉毛黑白杂色，形容老貌。如钱起《赠柏岩老人》："庞眉忽相见，避世一何久。"[13] 虎变：如虎身花纹的变化。比喻居上位者出处行动变化莫测。《易经•革卦》："大人虎变，未占有孚。"[14] 黄肠：指"黄肠题凑"。"题凑"是一种葬式，始于上古，多见于周代和汉代，汉以后很少再用。在汉代，"黄肠题凑"是西汉帝王陵寝椁室，四周用柏木堆垒成的框形结构，其名最初见于班固《汉书•霍光传》中。根据汉代的礼制，黄肠题凑与梓宫、便房、外藏椁、金缕玉衣等同属帝王陵墓中的重要组成部分。但经朝廷特赐，个别勋臣贵戚也可使用。穷尘：深土，犹黄泉。[15] 玄垆：黑色土垒成的坟垆。[16] 雪羽：白色的鸟。华表：一种中国古代传统建筑形式，是古代宫殿、陵墓等大型建筑物前面做装饰用的巨大石柱。相传其源于尧时立木牌于交通要道，供人书写谏言，针砭时弊。远古的华表皆为木制，东汉时期开始使用石柱作华表，华表的作用已经消失了，成为竖

立在宫殿、桥梁、陵墓等前的大柱。[17] 系属：归附，隶属。[18] 易箦（zé）：更换寝席，指人将死易箦之际。箦，华美的竹席。令狐德棻《周书·宇文广传》："可斟酌前典，率由旧章。使易箦之言，得申遗言；黜殡之请，无亏令终。"[19] 金台：指神话传说中的神仙居处。刘义庆《幽明录》："海中有金台，出水百丈，结搆巧丽，穷尽神功。"[20] 华封：同"华封三祝"，是一个成语，也是中国传统吉祥图案。由天竹、两种吉祥花卉或两只小鸟构图。意思是华州人对上古贤者唐尧的三个美好祝愿，即祝寿、祝富、祝多男子，合称三祝。今以"华封三祝"为祝颂之辞。典出《庄子·天地》。[21] 昊天：即昊天上帝，是中国神话中天的尊号。[22] 颓波：向下流的水势。比喻衰颓的风尚或趋势。如韦应物《广陵遇孟九云卿》："高文激颓波，四海靡不传。"

代祭同年丘肖林太守墓文 [1]

仰君桂芳 [2]，妙龄腾光 [3]，渴依辉采 [4]，百里渺茫 [5]。甫丑之春，挹袂易阳 [6]，彼苍莫违，合并孔良。慰斯兰臭 [7]，江曲徜徉，忝君尺木 [8]，比翼翱翔。愧我萑苇，伊迩琳琅 [9]。看花春永，翦烛宵长。胶漆异境 [10]，风雨连床 [11]。岂无同袍？谁其范、张 [12]？岂无相知？两世相将。我志子心，子无我忘。欻焉而涣，波骇雨散。南北相违，天涯目断。淮水悠悠，塞云漫漫。怀子沈疴 [13]，冀子鹤算 [14]。五马方来，胡遗一旦。并讣江飞 [15]，爽越意乱。天乎斯尤，夺我良俦 [16]，摧此玉树，华乃琼楼。春红电碎，夏绿霜休 [17]，九霄子期，夕景子道 [18]。予独何心，而不凄愁。泪尽千里，抱痛曷已 [19]！吊不及哀，祖云邈矣 [20]。梦魂劳思，寸心负此。绿琴悲鸣，原草青青。一死一生，何如为情？扰扰逾时，岂易生平。遥驰一觞，敬酹幽旌，剑意犹存 [21]，不罄远诚 [22]。

注释：

[1] 丘肖林：丘月林长子。[2] 桂：折桂，比喻科举及第。芳：比喻美德、美声。[3] 妙龄：美好的年龄。腾光：光华四溢。曹植《元会诗》："清酤盈爵，中坐腾光。"[4] 辉采：光辉，荣耀。[5] 渺茫：时地远隔，模糊不清。[6] 挹袂：把袂，握住衣袖，犹言握手。[7] 慰斯兰臭：《易传·系辞上》："同心之言，其臭如兰。" 孔颖达疏："谓二人同齐其心，吐发言语，氤氲臭气，香馥如兰也。"后因以"兰臭"指情投意合。[8] 忝君尺木：古人谓龙升天时

所凭依的短小树木比喻登仕的凭借。王充《论衡·龙虚》："短书言'龙无尺木，无以升天'。宋尝赠诗云：'昔日曾为尺木阶，今朝真是青云友。'"此为谦辞。[9] 愧我萑苇，伊迩琳琅：蒹葭倚玉之意。谦辞。萑苇，两种芦类植物，蒹长成后为萑，葭长成后为苇。伊迩，近。琳琅，美玉，比喻优美珍贵的东西。[10] 异境：犹异域，此指外地。[11] 风雨连床：指亲友久别后重逢，共处一室倾心交谈的欢乐之情。[12] 范、张：范式和张劭的事迹。见范晔《后汉书·范式传》。[13] 沈疴：久治不愈的病。"[14] 鹤算：鹤寿，长寿。唐无名氏《上嘉会节贺表》："值清明驭气之时，当仁寿悦随之始，固可年同鹤算，岁比山呼。"[15] 并讣：当指丘肖林及其祖父丘翁的讣告同时发布。[16] 良俦：好友。晋赵至《与嵇茂齐书》："良俦交其左，声名驰其右，翱翔伦党之间，弄姿帷房之里。"[17] 春红雹碎，夏绿霜休：冰雹打碎了春花，秋霜凋落了夏草。[18] 九霄子期，夕景子道：这两句用了两个友谊的故事表达对丘肖林的怀念。九霄，天之极高处。子期，钟子期。夕景，夕阳。晋挚虞《思游赋》："星鸟逝而时反兮，夕景潜而且融。"子道，指晋王徽之。刘义庆《世说新语·任诞》载王子猷居山阴雪夜访戴安道的故事。[19] 已：原作"巳"，误。[20] 吊不及哀，祖云邈矣：正在哀悼丘肖林，传来消息说他的祖父也去世了。[21] 剑意：即挂剑，讳称朋友逝世。典出司马迁《史记·吴太伯世家》："季札之初使，北过徐君。徐君好季札剑，口弗敢言。季札心知之，为使上国，未献。还至徐，徐君已死，于是乃解其宝剑，系之徐君冢树而去。从者曰：'徐君已死，尚谁予乎？'季子曰：'不然。始吾心已许之，岂以死倍吾心哉！'"[22] 远诚：远方的心意。

祭逸庵丘翁文

公雄豪之气，英敏之才，制荷结蕙[1]，铲迹海涯[2]，不以显慕，不以隐忧，殆古之有道君子，今天下之不可望焉者也。然盛德无当世之荣，于穆有丰后之报[3]。月林仲嗣[4]，琬琰淑姿[5]，凤麟嘉瑞，非由庭教，曾不信然。乃尔早擅科名，显崇枢要[6]，天下想望风采[7]，罔不有太平之庆。公之意于是乎始慰矣。乙卯冬，欻然来京，曾不知凝冱之严，驰驱之艰[8]，其君臣之义，父子之仁，盖两怀之也。谆谆详切[9]，辅郎所未及[10]，而勉旃以清忠高节[11]，此真爱主上无已[12]，而因以爱子有道，欲凝其志[13]，使无分焉。公其贤矣哉！既而浩然东还，吾党诸贤，弗克为迟留之计，祖侍道左[14]，瞻望芝颜，不惟知仁者之必寿，而且逆识夔铄翁之终迓天锡也[15]。兹闻逝矣，精爽飞越，五内痛伤。夙有葭莩之好，今不得仿其形声[16]，素有山斗之仰[17]，今不复揖其辉彩。老成云亡[18]，吾道其可哀也夫。呜呼！我心有恻，天道不诬，七十余龄不为夭矣，贤士登庸不为穷矣[19]。子孙绳绳，几于昌后矣。异时龙章焕九原之光，不以死而亡矣。公于幽冥，不亦惬乎哉！但高堂云断于海天[20]，孤儿魂飞于蓬阙[21]。生者倏而殁，萃者忽而离，造化无常，人事靡定，变若浮云[22]，运同逝水[23]。此不肖所为交痛于相知[24]，对泣于羁旅也。吁嚱，其戚也何涯，其灵也何招？姑一酹惟鉴之。

注释：

[1]制荷结蕙：志行美好的象征。出自屈原《离骚》："制芰荷以为衣兮，集芙蓉以为裳。"《九歌·少司命》："荷衣兮蕙带。"[2]铲迹：灭迹，谓隐居。[3]于穆：为对美好的赞叹。[4]月林仲嗣：丘橓（字月林）是丘翁的次子。[5]琬琰：美玉。比喻君子的德行。淑姿：美好的姿容。[6]枢要：指中央政权中机要部门或官职。[7]想望：犹仰慕。[8]驰驱：策马疾驰。[9]谆谆：形容反复告诫、再三叮咛。详切：详细恳切。[10]未及：不曾涉及。[11]勉旃：勉之焉。出自班固《汉书·杨恽传》："方当盛汉之隆，愿勉旃，毋多谈。"清忠：清正忠诚。出自范晔《后汉书·陈球传》："（李咸）累经州郡，以廉干知名，在朝清忠，权倖惮之。"[12]已：原作"巳"，误。[13]凝其志：使其意志专注。[14]祖侍道左：祖道为出行者祭祀路神和设宴送行的礼仪。指送行。[15]终迓天锡：终会迎来朝廷的赐书（赐官）。[16]形声：形貌声音。[17]山斗：泰山北斗。指德高望重而为众人所敬仰的人。[18]老成：指年高有德的人。宋俞文豹《吹剑四录》："恐数十年后老成雕丧，后生小子，不知根柢，耳濡目染，日变而不复还。"[19]登庸：科举考试应考中选。[20]高堂：对父母的敬称。[21]蓬阙：蓬莱宫。神仙居住的地方。[22]浮云：用来比喻虚无缥缈，转瞬即逝。[23]逝水：指一去不返的流水。[24]交痛：悲痛交加。

祭妹丈黄海野文部郎文[1]

嗟乎，公逝矣。于公何言哉？公灵钟海岳[2]，贞超尘埃，落落胸襟，浅鄙莫测[3]。德谊评于乡间[4]，文章品于翰苑[5]。政在朝廷，名在天下，何假烦言？但三十余年缔结亲情，有莫能忘焉者。如春如醪[6]，温然蔼然[7]，同胞之爱，出自纯诚[8]；骨肉之好，久于初竟，发我覆蒙[9]，达我幽曲[10]，虽同乎相接，殆异乎相遇也！方公小试夏郎[11]，予亦叨业成均[12]，值偶燕亭[13]，聊足相慰者，几再易寒暑，复无妄适灾于奄忽，风萍各涣于天涯。可乐者无几，可悲者寻至矣。相续来归，违越百里，烟草芊眠[14]，尘机萦滞，情虽亲而迹益疏。虽公之再起再归，日月逝而会晤稀，青眼寥寥，白发种种矣。况乃牵丝冀北，解组关西，中间相去又几十年，鸿鱼固不相弃，而留想亦自遥然也。仰过公闾，扣门秉烛，把袂披心，悲欢交切。览容貌之凋然，慨精爽之殊昔，且惊衰老，而犹喜有香山之约也。指屈海峰，遥期胜概，拽藜云石，帆锦烟溟，扫残红于春醉，采落英于秋风，拟襟抱一时之豁如，式尔我崦嵫之奇遇也。何意宿陨山摧，老成云逝，冥漠其不吊矣哉！闻讣震惶，魂越而泪血，悼离合之靡常，伤岁月之莫待。公其如遗我，生其无意矣。夫肠断遥天，扳舁冈遂[15]，托爱子执絮酒，一表厥衷。呜呼！公不以生乐，不以死哀，萧然于造化中，与元气相徘徊[16]。今古谁能不死？公何恋于尘埃。墓门寂寂，雨雪皑皑，白杨含风，玄泉生苔[17]。生人之情曷既，逝者之往讵追？三甥在傍，英爽若来[18]；九原冥冥，使我心摧。公其风云而浮耶？水之在地而沉耶？精爽攸寓，将无感于斯哉[19]！

注释：

[1] 黄海野：黄祯，字海野，安丘人，吏部文选郎。完璧二妹夫。[2] 灵钟：谓灵秀之气汇聚。也作钟灵。[3] 浅鄙：粗浅鄙俗。[4] 乡间：家乡，故里。阮籍《大人先生传》："少称乡间，长闻邦国。"[5] 翰苑：文翰荟萃之处。[6] 如春：待人接物使人感到如春天般温暖。如醴：如饮醇醴，形容一个人心胸宽广气量宏大，很值得交往。陈寿《三国志·吴书·周瑜传》："（周瑜）惟与程普不睦"。裴松之注引晋虞溥《江表传》："普颇以年长，数陵侮瑜。瑜折节容下，终不与校。普后自敬服而亲重之，乃告人曰'与周公瑾交，若饮醇醪，不觉自醉。'"[7] 温然：温和貌。蔼然：和善貌。[8] 纯诚：纯朴真诚。[9] 发我覆蒙：喻启发蒙昧；开拓眼界。东方朔《七谏》："将方舟而下流兮，冀幸君之发蒙。"王逸注："冀幸怀王开其蒙惑之心。"范晔《后汉书·东平宪王苍传》："丙寅所上便宜三事，朕亲自览读，反覆数周，心开目明，旷然发蒙。"李贤注："韦昭注《国语》曰：'有眸子而无见曰蒙。'"覆蒙，指遮盖之物。[10] 幽曲：比喻内心深处所思所想。[11] 夏郎：兵部郎中。[12] 叨业成均：

在国子监读书。[13] 燕亭：休息用的亭子。[14] 芊眠：犹芊绵，草木蔓衍丛生貌。谢朓《高松赋》："既芊眠於广隰，亦迢递于孤岭。"[15] 扳舁：拉灵车抬棺。扳，拉，引。舁，共同抬东西。[16] 元气：泛指宇宙自然之气。[17] 玄泉：犹黄泉，指阴间。[18] 英爽：英武而豪爽。[19] 感：通"憾"。

祭亡婿毛尚宝文 [1]

　　呜呼！子之心胸，涵千古而莫测；子之才华，岂近代之易得。聆子之唾噭 [2]，琼珠绮粲之悦心 [3]；依子之光仪 [4]，玉树清标之动色 [5]。诗礼浸涵 [6]，自五马之庭 [7]；金紫承传，本三公之德。北超凤阙，匪懈之义 [8]，履霜月于娟娟 [9]；东慕鹤巅 [10]，无忘之诚，睇云溟而恻恻 [11]。播芳声于畿辅 [12]，以得御为荣 [13]；仰芝采于依稀 [14]，以封侯未亚 [15]。忽凤台而失侣 [16]，屑胶水以求皇 [17]。荆布不鄙 [18]，幽燕相将 [19]，海人衰晚 [20]，爰资清光 [21]。岂意帝简 [22]，金城一方 [23]。忝与葭莩，朝夕相忘 [24]。久子之处也，饮醇醪而罔觉其醉；美子之度也，探渊海而莫可或量。把酒论文，落青灯于残月；鸣琴逸兴，共清风于伟簋。盖冀其同游百载，尚虞其各宦一方。何意一疾之奄歘 [25]，竟致百医之莫良。仁者必寿兮，子何为夭。天何迂阔兮 [26]，善有可疑。要自有数兮，今不能移。而尚亦有报兮，胡可度思。秋风渐渐兮，使我心悲。燕台凄凄兮 [27]，老鹤如痴 [28]。惟酒兮在罍，惟痛兮有情。魂来归兮鉴此诚，泪不断兮吞此声 [29]。

注释：

[1] 毛尚宝：完璧次女嫁毛照为继室。毛照，字延照，官至尚宝司丞。[2] 唾噭：指语言或文字。[3] 琼珠：犹珠玉。比喻妙语或美好的诗文。绮粲：华丽美好。葛洪《抱朴子·酒诫》："于公引满一斛，而断狱益明；管辂倾仰三斗，而清辩绮粲。"悦心：愉悦心情；心里喜悦。[4] 光仪：指光彩的仪容。[5] 玉树：宝树。形容人像玉树一样潇洒、秀美多姿（多指男子）。清标：俊逸。动色：谓脸上显出受感动的表情。[6] 浸涵：沉浸涵泳。[7] 五马之庭：太守之家。[8] 匪懈：不懈怠。《诗经·大雅·烝民》："夙夜匪解（通"懈"），以事一人。"郑玄笺："匪，非也。"孔颖达疏："早起夜卧，非有懈倦之时。"[9] 娟娟：明媚貌。[10] 鹤巅：白头，此指父母。[11] 恻恻：悲痛的样子。[12] 畿辅：京城附近的地区。[13] 得御：得官。[14] 依稀：相像，类似。魏收《魏书·刘

昶传》：“故令班镜九流，清一朝轨，使千载之后，我得髣像唐虞，卿等依俙元、凯。”[15] 亟：急切，迫切。[16] 凤台而失侣：称别人丧妻。[17] 屑：匆匆的意思。求皇：即求凰。司马相如《琴歌（其二）》：“凤兮凤兮归故乡，遨游四海求其凰。”相传相如以此曲琴挑卓文君。后因称男子求偶为求凰。[18] 荆布：荆钗布裙之省。[19] 幽燕：今河北省北部，北京、天津、辽宁及朝鲜大同江以北部分地带。[20] 衰晚：暮年。[21] 爰：句首语气词，无义。资：资者，人之所藉也。周礼注曰：资，取也。清光：清美的风采。[22] 帝简：指被天帝所察知。后演变为皇帝所知晓。[23] 金城：兰州的别称。此指巩昌。[24] 朝夕相忘：岂朝夕之相忘。[25] 奄欻：去来不定之意。[26] 迂阔：不切实际，不合常理。[27] 燕台：此指北京。[28] 老鹤：指年老隐逸者。[29] 吞声：特指哭泣不敢出声。

代京师王次庵举人兄弟祭亡妹文

呜呼，淑人[1]！复能觌闲雅之貌耶[2]？复能宁故里以慰骨肉之情耶？殪其长逝而不可复追矣[3]。夫神飞越而震惶[4]，气填胸而泪渍，尚忍言之？夫以柔顺之德，谓其可以衍后也[5]，而椒聊摧焉[6]；坚贞之质[7]，谓其可以永世也[8]，而昆冈火焉[9]。得非冥冥迂阔，昧以难明，天道有足憾，而人情有不能堪者耶？然青鸾杳而瑶池寒，顾氛浊其莫撄[10]；霓裳迤而琼楼迥[11]，何世俗之足恋！淑人谅其有归矣。奈离肠断而骨惊[12]，方寸死而魂销，其招之何据，挽之何由也哉！览春花其在目，把寒松之可哀，清冰凝而留想，素月流而恍惊[13]。淑人之去，若不可得而知；兄弟之情，抑岂可得而或尽耶？况高堂人散于斜阳，南浦鸿分于夜雨[14]，谓存于少者可延，而后于悲者相庆矣[15]。今复若兹，殆出于意之所弗及，而事之难以逆焉者矣。亦复何如？其痛抚焦须其若割，慨睿谋以何偕[16]？曹闼虚而影灭[17]，秦台寂而声沉[18]。兰薰充堂，醽香泛罍，同胞之酸恨无穷，异路之芳魂莫即[19]。呜呼，呜呼！其来归[20]！

注释：

[1] 淑人：明代为三品官员祖母、母、妻封号。[2] 闲雅：形容举止情趣娴静文雅。《吕氏春秋·士容》：“客有见田骈者，被服中法，进退中度，趋翔闲雅，辞令逊敏。”闲，通“娴”。[3] 殪（yì）：同“殪”，树木枯死，倒伏

于地。[4]飞越：犹飞扬。刘琨《劝进表》："承问震惶，精爽飞越。"刘良注："飞越，犹飞扬也。"震惶：震惊而惶恐。[5]衍后：后裔子孙。[6]椒聊：《诗经·唐风·椒聊》："椒聊之实，蕃衍盈升。彼其之子，硕大无朋。椒聊且，远条且。"椒，花椒，又名山椒。聊，同"菉"，亦作"朻""捄"，草木结成的一串串果实。花椒成串，象征多子。[7]坚贞：谓质地坚硬纯正，经久不变。此指身体健康，品质坚定。[8]永世：终身。[9]昆冈：即昆仑山。火炎昆冈，语出《尚书·夏书·胤征》："火炎昆冈，玉石俱焚。"[10]氛浊：尘浊之气。刘向《九叹·逢纷》："吸精粹而吐氛浊兮，横邪世而不取容。"王逸注："言己吸天地清明之气而吐其尘浊，内洁净也。"[11]琼楼：指传说中月宫里的宫殿。[12]离肠断：形容极度悲痛。离肠，充满离愁的心肠。骨惊：指内心极度惊骇。出自江淹《别赋》："有别必怨，有怨必盈。使人意夺神骇，心折骨惊。"[13]恍惊：仿佛惊醒。恍，仿佛。[14]南浦：常用称送别之地。[15]相庆：互相祝贺。[16]睿谋：指皇帝的谋划。[17]曹阅：官阀。[18]秦台：即凤台。传说中的秦穆公女弄玉与其夫凤台吹箫，后二人乘鸾凤飞升而去。[19]芳魂：美人的魂魄。[20]来归：归来，回来。此为招魂语。

祭潍邑通家翁文 [1]

呜呼！德蓄诸躬 [2]，幽岩沉而未扬 [3]；善熏诸远，颓风易而淳庞 [4]。不以其销然者 [5]，闷然于怀 [6]，乃以其充然者 [7]，畅然于乡 [8]。井里之璞，含光短褐 [9]，空谷之兰，敛艳群芳。衣薜萝兮以歌以觞 [10]，老岁月兮惟瀛与沧。淑后之义 [11]，要有本于严诂 [12]；达人之报 [13]，亦何爽于玄苍 [14]！奋迹青云 [15]，大魁天下 [16]，征昌白首 [17]，晚懔斜阳，廊庙之猷 [18]，其庭除之蕴 [19]，奎章之焕 [20]，协褒锡之良 [21]。韦布珍于万乘 [22]，波泽演于无疆。嚣然宇内 [23]，而何忧何歉；陶然冥漠 [24]，而匪存匪亡。通家之谊情，每关于哀恻 [25]；执绋之违迹，有间于渺茫。荀且后期，望松楸而絮奠 [26]；愧惭无既，扫泉台于芜荒 [27]。灵兮来兮，我依我将。

注释：

[1]潍邑：潍县（今山东潍坊潍县）。[2]德蓄诸躬：进行自我道德修养。《道德经》第五十一章："道生之，德蓄之，物行之，势成之。"蓄，蓄养。躬，亲身。[3]幽岩：山岩幽深处。王勃《青苔赋》："绕江曲之寒沙，抱岩幽之

古石。"[4] 淳庞：淳厚许仲琳。《封神演义》第二回："纣王问首相商容。商容曰：'下止可宣四镇首领面君，采问民风土俗，淳庞浇兢，国治邦安；其余诸侯俱在午门外朝贺。'"[5] 销然者：失去的。销，失。[6] 闷然：不觉貌；淡漠貌。《庄子·德充符》："闷然而后应，氾而若辞。"成玄英疏："不觉之容，亦是虚淡之貌。"[7] 充然：满足貌。[8] 畅然：《庄子·则阳》："旧国旧都，望之畅然。"陆德明《经典释文》："畅然，喜悦貌。"[9] 含光：犹和光。谓内蕴不外露。比喻至德。蔡邕《陈大丘碑文》："赫矣陈君，命世是生，含光醇德，为士作程。"[10] 薜萝：薜荔和女萝。屈原《九歌·山鬼》："若有人兮山之阿，被薜荔兮带女萝。"王逸注："女萝，兔丝也。言山鬼仿佛若人，见于山之阿，被薜荔之衣，以兔丝为带也。"引申为隐者之衣。萧子显《南齐书·宗测传》："量腹而进松术，度形而衣薜萝。"[11] 淑后：善教后代。宋孙应时《读晦翁遗文悽怆有作》："尚可淑后来，可言遂长往。"淑，善也。[12] 严诂：严训。[13] 达人：达观的人。[14] 玄苍：上天。[15] 奋迹青云：比喻高官显爵。[16] 大魁：指科举时代的状元。[17] 征：征兆，迹象。[18] 廊庙之猷：能肩负朝廷重任者。[19] 庭除：庭前阶下，庭院。[20] 奎章：泛指杰出的书法或文章。[21] 褒锡：同褒赐。[22] 韦布：韦带布衣。古指未仕者或平民的寒素服装。万乘：指帝王，帝位。[23] 嚣然：闲适貌。[24] 陶然：形容舒畅快乐的样子。韩愈《送区册序》："与之翳嘉林，坐石矶，投竿而渔，陶然以乐。"冥漠：谓死亡。[25] 哀恻：悲伤怜悯。[26] 松楸：代指坟墓。絮奠：絮语祭奠。明彭日贞《恻恻吟》其八十九："一觥絮奠惭韩重，安得邀为三日欢。"[27] 泉台：坟墓。

祭内叔高翁文 [1]

公跌宕于山海间 [2]，垂老犹有英气。八十余龄，酣歌陶陶 [3]，不役声利 [4]。终始克家之操 [5]，共德无忘；平生力善之心，早夜不置 [6]。纯孝之诚 [7]，老而且慕 [8]；垂训之良 [9]，义方无替 [10]。诸郎滚滚 [11]，冠裳跃马 [12]；季子昂昂 [13]，风云展骥 [14]。昌于后者，垂黄曳紫 [15]，九地华荣 [16]；光于前者，飞龙舞凤，九天宠异 [17]。悠悠冥漠中，玄鹤昆仑，青鸾蓬岛，则又何事婵媛于尘世 [18]。然而薰斯芳也，酹斯浆也，南氏之于尼翁 [19]，岂无挥泪。

368

注释：

[1] 内叔高翁：完璧妻高氏之叔。[2] 跌宕：卓越，不同寻常。清吕留良《＜赖古堂集＞序》："栎以卓荦跌荡之材，夙负令誉。"[3] 陶陶：指欢乐、广大貌。语出《诗经·王风·君子阳阳》："君子陶陶，左执翿，右招我由敖，其乐只且。"[4] 不役声利：不役于名利。[5] 克家：本谓能承担家事。《易经·蒙卦》："子克家。"孔颖达疏："子孙能克荷家事，故云子克家也。"[6] 不置：不止。置，放到一边。[7] 纯孝：犹至孝。[8] 慕：依恋，思恋。[9] 垂训：垂示教训。[10] 义方：指行事应遵守的规矩法度。出自《逸周书·官人》："省其居处，观其义方。"[11] 滚滚：同衮衮，众多。[12] 冠裳：指穿着官服。跃马：策马驰骋腾跃，指贵显得志。[13] 季子：年龄最小的儿子。昂昂：指器宇轩昂，形容气度不凡的样子。[14] 展骥：良马伸展足力。比喻发挥才能。[15] 垂黄曳紫：又作拖朱曳紫。指身居高位。垂、曳，这里指穿着长长的（衣服）。[16] 华荣：花开，引申指人之显贵。[17] 九天：天的最高处。此指帝王。宠异：指帝王给以特殊的尊崇或宠爱。[18] 婵媛：牵连，相连。[19] 南氏：春秋鲁人南宫括，字子容，亦称南容，孔子弟子。孔子妻以兄之女。《论语·公冶长》："子谓南容：'邦有道，不废；邦无道，免于刑戮。'以其兄之子妻之。"《论语·先进》："南容三复'白圭'，孔子以其兄之子妻之。"尼翁：孔子。

代祭年家孙翁文 [1]

哲人逝兮 [2]，江之水汤汤 [3]；灵莫拟所之兮，云飞大荒 [4]。纯德何依兮 [5]，蓬瀛景望 [6]；英闻不朽兮，清风以长。淑嗣不偶兮，玄报未疆。追琢有自兮 [7]，美哉珪璋 [8]。忝附骥末兮 [9]，窃淑余芳；遥藉庆祉兮，云衢联扬 [10]。敦同袍兮，抱寸心而凤降；延世好兮，趋杖屦之未遑 [11]。山川兮，云雨异方；苍苔兮，日夜以黄。二竖幻兮，侍药罔将 [12]。石城郁兮 [13]，梦魂渺茫。切衰感于区区 [14]，负遥怀于未彰。两愧幽明，一罪沧洋。顾秋巅以游神 [15]，托霜鸿以致伤 [16]。楸梧悲而西风渐渐 [17]，寒花萎而宿莽苍苍 [18]。洒涓滴于云隈 [19]，达诚款于海乡 [20]。远兮迩兮，我心有藏 [21]。灵扬扬兮 [22]，慰我以回翔 [23]。

注释：

[1] 年家：科举时代同年登科者两家之间的互称。[2] 哲人：智慧卓越的人。
[3] 汤汤（shāngshāng）：指水势浩大、水流很急的样子。语自《尚书·虞书·尧典》：“汤汤洪水方割，荡荡怀山襄陵，浩浩滔天。”孔安国传：“汤汤，流貌。”[4] 大荒：指边远荒凉的地方。[5] 纯德：纯粹的德行。[6] 景望：仰慕。[7] 追（duī）琢：雕琢，雕刻。[8] 美哉珪璋：喻高尚的品德或杰出的人才。珪璋，玉制的礼器。
[9] 忝附骥末：为蚊蝇附在好马的尾巴上，可以远行千里。比喻依附名人而出名。也说附骥尾。谦辞。[10] 云衢：本义云中的道路。指科举登第。[11] 趋杖屦：为老者扶杖纳履。[12] 侍药：奉献汤药。[13] 石城：传说中的山名。《庄子·说剑》：“以燕溪、石城为锋。”成玄英疏：“石城，塞外山，此地居北，以为剑锋。”刘向《九叹·逢纷》：“平明发兮苍梧，夕投宿兮石城。”王逸注：“石城，山名也。”[14] 哀感：悲伤的感情。颜之推《颜氏家训·风操》：“丧家朔望，哀感弥深。”[15] 游神：犹游心。《艺文类聚》卷55引汉冯衍《说邓禹书》：“诚少游神乎经书之林，驰情乎玄妙之中。”[16] 霜鸿：霜雁，秋雁。语出杜甫《冬到金华山观》：“雪岭日色死，霜鸿有余哀。”[17] 楸梧：两种树木名，既是制棺的用材，又是墓地常植之树。楸，梓树的一种。马致远《拨不断·布衣中》：“禾黍高低六代宫，楸梧远近千官冢。”[18] 寒花：寒冷时节开放的花。宿莽：特指墓前野草。苍苍：茂盛，众多。《诗经·秦风·蒹葭》：“蒹葭苍苍，白露为霜。”《毛传》：“苍苍，盛也。”[19] 洒涓滴：洒泪。涓滴，很少的水。云隈：云深处。[20] 诚款：忠诚，真诚。[21] 我心有藏：意类《诗经·小雅·隰桑》：“中心藏之，何日忘之！”[22] 扬扬：飘扬貌。宋王令《终风操》：“云之扬扬，油油其蒙，望我以雨，卒从以风。”[23] 回翔：盘旋地飞。

祭丘母夫人文 [1]

呜呼！母之谢尘寰而去也，曾莫掩乎云旌 [2]。母之历清虚而游也，伊何慕乎遥征 [3]。蓬瀛归而波浅，瑶池返而花明。偕萼绿于凤驭 [4]，追杜兰之云軿 [5]。挥珠玑而弗屑，委锦绮以何轻。蒇泥封于宸极 [6]，锵佩玉于太清。超氛埃其如遗，陟仙界于渺冥。有范在庭 [7]，有训在经。有子维桢 [8]，有孙惟绳 [9]。福寿岂乎兼美 [10]，生死允乎两荣 [11]。早内交于贤嗣 [12]，将以淑孟母之芳声[13]。越山川而百里，竟不慰范子之幽情[14]。违晨昏于海曲[15]，忽飞讣而震惊[16]。愁霖冥而秋徂[17]，北风发而寒凝[18]。某也历墟莽，登丘陇而西来[19]，于以敬祖乎佳城。和薤露以衔哀[20]，俯金扃以致诚[21]。三酹瑶浆[22]，一哭玄灵[23]。

注释：

[1] 丘母夫人：应是丘月林母。[2] 云旌：多得像云一样的旗子。[3] 遥征：远行。[4] 萼绿：萼绿华，道教女仙名，简称萼绿。见陶弘景《真诰·运象篇第一》。凤驭：凤驾的车，女仙所乘。[5] 杜兰：杜兰香，仙女名。见《搜神记》中"杜兰香与张传"。云軿（píng）：神仙所乘之车。以云为之，故云。[6] 泥封：亦称"封泥"。此处代指世间的权力。宸极：天庭。[7] 有范在庭：庭范，指家庭规范。有范，有风采、风范。[8] 有子维桢：儿子（丘櫸）是国家栋梁。出自诗经。《诗经·大雅·文王》："王国克生，维周之桢。"维，维系。桢：支柱，栋梁。[9] 有孙惟绳：家道兴旺，子孙连绵不绝的意思《诗经·大雅·抑》："子孙绳绳，万民靡不承。"[10] 福寿岂乎兼美：福寿两全。[11] 两荣：指生前富贵，死后哀荣。[12] 内交：结交。内，同"纳"。贤嗣：贤郎，此指丘櫸。[13] 孟母：代指丘母。芳声：美好的声誉。[14] 范子：范式。此处完璧以范式自居。[15] 晨昏：朝夕慰问侍奉。[16] 飞讣：突然而至的讣告。[17] 霖冥：连日降雨，天色昏暗。《左传·隐公九年》："凡雨三日以往为霖。"[18] 寒凝：即凝寒。严寒。[19] 墟莽：废墟榛莽，荒野。丘陇，坟墓。《礼记·月令》："（孟冬之月）茔丘垄之大小高卑厚薄之度，贵贱之等级。"清孙希旦《礼记集解》："墓域曰茔，其封土而高者曰丘垄。"《墨子·节葬下》："有丧者曰：棺椁必重……丘陇必巨。"[20] 薤露：挽歌名，表示对死者的哀悼。衔哀：心怀哀痛。衔，含在心里。[21] 金扃：黄金饰的门。致诚表达诚挚的情意。韩愈《祭十二郎文》："乃能衔哀致诚，使建中远具时羞之奠，告汝十二郎之灵。"[22] 瑶浆：玉液，指美酒。屈原《招魂》："瑶浆蜜勺，实羽觞些。"[23] 玄灵：指神灵。班固《封燕南山铭》："将上以摅高文之宿愤，光祖宗之玄灵。"吕向注："玄，神也。"

代诸僚友祭边太夫人文

呜呼！母之逝也，良可哀伤；母之生也，曷掩其光。产自名闺[1]，春

371

松茂清标于烟雨[2]；归于巨室，夭桃成淑教于家邦[3]。属既绝之哀弦[4]，辛苦无违；戒鸡鸣而弗怠[5]，拂先遗之弱鷟[6]。劬劳莫恤[7]，惩葭絮以何忘[8]。既而秦台凤失，只冷孤杨[9]；郑馆兰摧，一存两亡[10]。天地永而坚百年之苦节，冰霜冽而系万古之纲常[11]。分熊襞于寒宵，勉学小子[12]；刃机丝于暇日，激绍先良[13]。不欲坠厥绪者，母之贞志；必欲昌厥后者，母之遗芳。果而挺桂林之仙枝，香浮蟾窟[14]；出芙蕖于绿沼，秀绝帝乡[15]。玉阙生辉，赋羔羊以裨盛世；金郊播誉，屏豺虎以卫明王。萍踪倏而相值，兰馨契而相将。令范表清朝而勋茂[16]，醇德醉素交以心降[17]。光于君上者，母之懿训益著[18]；风于僚末者[19]，母之余泽尤长[20]。将觊协斯人之愿也，攸而弥久；厚彼苍之艾也，寿而且康。庆泰岳之崔巍，遥递盂鱼于故里；沐恩波之涣演，终慰莱彩于高堂[21]。君以子贤，费遗有陨[22]；子以君禄，仁孝未央。何意桑榆暮而悲泉沈景[23]，望舒缺而婺宿韬芒[24]。珠没瀛川，地下抱倚闾之痛恨[25]；乌啼燕树，天涯忆杖鱼以彷徨。报乎我者无尽，抚乎我者何殃。呜呼！母谢尘界也，山川还秀；母遗贤俊也，金玉其相。孔雀堂深，乘龙美青钱之选；钧天日迩，石麟荣紫诰之章。黄泉之幽，母其容与；青冥之表，母其翔翔。扬凤斾兮[26]，吾不知其游瑶池与琼圃；纵鸾驭兮，吾不知其偕萼绿与兰香。某等感风云而浃骨肉于一旦，哀鸿雁而横涕泗于万行。忽蔺菌以惊骨，载夷犹以断肠。北风萧萧兮，寒山苍苍；朔雪霏霏兮，阴烟茫茫。陈絮酒兮，灵于何望；送冰涂兮，子于何方。吾于灵慕兮，诀绝太荒；灵于我感兮，依稀在傍[28]。

注释：

[1]名闺：名门闺秀。[2]春松：形容青春盛美。语出曹植《洛神赋》："华茂春松。"[3]夭桃：艳丽的桃花，比喻少女容颜美丽，也用于祝贺淑女宜室宜家。出自《诗经·周南·桃夭》："桃之夭夭，灼灼其华。之子于归，宜其室家"。[4]属既绝之哀弦：嫁给丈夫为继室。绝弦，古时以琴瑟来比喻夫妻，故丧妻称断弦或绝弦。[5]戒鸡鸣而弗怠：警告丈夫天亮起床劳作不怠。鸡鸣，常指天明之前。出自《诗经·郑风·风雨》："风雨凄凄，鸡鸣喈喈。"[6]拂先遗之弱鷟：照顾前妻遗留的弱子。[7]劬劳：劳苦、苦累的意思，也指父母抚养儿女的劳累。出自《诗经·小雅·蓼莪》："哀哀父母，生我劬劳。"[8]惩：警戒。[9]既而秦台凤，失只冷孤杨：指丈夫去世，边夫人孤苦寡守。[10]郑馆兰摧，一存两亡：三个孩子，其中两个不幸夭亡。兰摧玉折，多作哀悼人不

幸夭亡之辞。张岱《祭伯凝八弟文》："余虽昆季，义犹友朋，兰摧玉折，实难为情。"[11] 冰霜：比喻操守纯洁清白。沈约《宋书·临川烈武王道规传》："处士南郡师觉……志固冰霜。"[12] 熊檗：代指甘苦。熊，熊掌，一种珍贵的食品。檗，俗称黄柏，味苦。勉学：勉励人努力学习。[13] 刃机丝：剪断织布机上的布。典出范晔《后汉书·乐羊子之妻传》："（乐羊子）远寻师学。一年来归，妻跪问其故，羊子曰：'久行怀思，无它异也。'妻乃引刀趋机而言曰：'此织生自蚕茧，成于机杼。一丝而累，以至于寸，累寸不已，遂成丈匹。今若断斯织也，则捐失成功，稽废时日。夫子积学，当'日知其所亡'，以就懿德；若中道而归，何异断斯织乎？'羊子感其言，复还终业，遂七年不返。"机丝，织机上的丝。暇日：空闲的时日。[14] 挺桂林之仙枝，香浮蟾窟：蟾宫折桂，指科举高中。[15] 出芙蕖于绿沼：曹植《洛神赋》有"灼若芙蕖出渌波"，此指人才秀出。[16] 勋茂：勋业卓著。[17] 醇德：厚德。素交：真诚纯洁的友情，旧交。心降：犹心服。[18] 懿训：母训。[19] 僚末：末员，小官。[20] 余泽：遗留给后人的德泽。[21] 莱彩：彩衣娱亲之意。[22] 赉遗有陨：得到皇帝的封诰。有陨，自天而降。[23] 悲泉：指流声使人悲伤的泉水。鲍照《舞鹤赋》："严严苦雾，皎皎悲泉。"杜甫《北征》："恸哭松声回，悲泉共幽咽。"沈景：低处日光。柳宗元《登蒲州石矶望横江口潭岛深迥斜对香零山》："浮晖翻高禽，沉景照文鳞。"[24] 望舒缺：月缺不圆。望舒，中国神话传说中为月驾车之神，借指月亮。出自屈原《离骚》：前望舒使先驱兮，后飞廉使奔属。"韬芒：隐藏了光芒。[25] 倚闾：倚门（望归）。[26] 凤旍（jīng）：绘有凤凰纹饰的旗帜。旍，同"旌"。[27] 冰涂：结冰的路。涂，同"途"。宋陆文圭《寄录事王君玉》："瘦马兀冰涂，龙塞天一方。"[28] 依稀：仿佛，不清晰。梅尧臣《至和元年四月二十日夜梦觉而录之》："滉朗天开云雾阁，依稀身在凤皇池。"

代高氏兄弟祭管子暨贞妹文 [1]

呜呼！桂林芳枝，昆山美琼，何青妙之未扬，膺玄召于太清[2]。而淑人之相从以殉，且莫窥其衷诚[3]。生同欲也[4]，灵胡捐而自轻；死同恶也，灵胡爱而独成。毅然有以彰天地之大经[5]，卒焉无以为骨肉之至情[6]。父兮怀汝，九原未暝[7]；母兮笃汝[8]，双璧斯迎；同胞雅爱，鸾凤飞鸣。胡陨尔天，胡累尔生。视尘寰也若浼[9]，趋冥漠也若荣[10]。何苟生之不可，何苦节以用贞[11]。果于自沈[12]，不以一勺或慕[13]；忍于自毁，不以一息易名。超然之识，出于凡陋；烈然之操，冠于豪英。谓盖壤之博也[14]，尝以一节而独咤；谓古昔之旷也，每于列传而曾惊。迩者，金玉之质，产于同气[15]；冰霜之烈，赫于家声。诗书表垂世之泽，山川还储毓之精[16]。白发哭青春于芳草，红泪吊淑女于佳城[17]。且不知其死可哀耶？行可尚耶？联旌辞祖举[18]，将茫然于蓬瀛[19]。

注释：

[1] 管子：高密国子生管二元。贞妹：高八姐，见前文《高八姐传》。[2] 玄召：冥召，谓神灵感召。[3] 衷诚：内心的诚意。[4] 生同欲：活着，是人所同欲。[5] 毅然：坚决地，毫不犹豫地。出自陈寿《三国志·吴书·甘宁传》："宁厉声问鼓吹何以不作，壮气毅然。孙权尤嘉之。"大经：常道，常规。《左传·昭公二十五年》："礼，王之大经也。"《吕氏春秋·骄恣》："欲无壅塞必礼士，欲位无危必得众，欲无召祸必完备。三者，人君之大经也。"高诱注："经，道也。"[6] 无以为骨肉之至情：在骨肉亲情上过意不去。[7] 九原：九泉，黄泉。[8] 笃：笃念，笃爱。[9] 浼（měi）：同"浼"。沾染，玷污。[10] 冥漠：谓死亡。[11] 苦节：旧时女子坚守节操，矢志不渝。[12] 自沈：自尽。沈，同"沉"。[13] 一勺：指少量的水或食物。宋俞汝尚《题蒙泉》："勿谓短绠浅，海底渊源通。勿谓一勺轻，洗涤人心空。"[14] 盖壤：天地。韩愈《山南郑相公樊员外酬答为诗愈依赋十四韵》："威风挟惠气，盖壤两劙拂。"[15] 同气：有血统关系的亲属，指兄弟姊妹。范晔《后汉书·东平宪王苍传》："凡匹夫一介，尚不忘箪食之惠，况臣居宰相之位，同气之亲哉！"[16] 储毓：蓄积化育。毓，养育。[17] 红泪：女子的眼泪。[18] 联旌：旗帜并在一起。辞祖：媳妇离异或亡故以后向夫家祖先点香并告知来相辞。举：飞去。[19] 茫然：无所知的样子。

送疥文 [1]

海壖老人七十有三龄，病疥，痛痒搔楚不胜，觊望无瘳[2]，三年于兹。闻昔人有病穷而怼于鬼，送之以文[3]，余因意，其兹或有祟焉者[4]，戏效以送。曾闻以邾娄取喻者[5]，谓患不及于腹心[6]；乃有赋楚臣好色者[7]，拟秽恶之益深。始焉，肌肤隐隐芒刺阴侵[8]，继而突颗累累珠玑浸淫[9]。嗟痛痒之无时，悲日夜而难禁。搔之而素雪零蠚深无内[10]，顷焉而红露渍炽燎在临。当宾祭而蚤虱潜伏[11]，处燕闲而爪甲相寻[12]。据不安于绮席，僵不妥于锦衾。踏月寻阶而如慓[13]，倚风揩杖以曷任[14]？牙签在案，卷舒惟倦[15]；停披晴窗，忘情文苑[16]。屈伸愁予，囊弦索如，宫徵不调，鸾鹤云疏[17]，国手从敌而未瘳[18]，虎穴得子以何由。猩毫艰于健握，骊珠滞于探求。纶竿暂歇[19]，何意垂钩，斧斤且息，无事樵游。徒袖手以窥云谷，聊微步以倚烟楼[20]。掩镜扃扉，焦心不惬[21]。蓬首垢面，残躯如怯[22]。自冬徂春，拟除旧而更新；继秋复冬，转缠绵以相因[23]。胡寒暑之屡易，但生灭而仍频[24]。虽康龄其莫支，矧颓年而苦辛。觊冥逃于壶觞[25]，寻复增剧；欲效灵于药石[26]，累见无真。良平无以售其智[27]，卢扁莫以善其身。计无所出，筹何所施。心烦意乱，志倦体疲。默仰圆灵[28]，潜祝方祈。大而四时之运，神有所尸[29]；小而一人之身，鬼或所司。如游光之肆疠疫[30]，方良之恣阴私[31]，三彭倾人于不善[32]，二竖为灾于出奇[33]。或扰于内，而沈痼莫及；或凶于外，而反复颠危[34]。适来之咎，乃不滋疑，淼然衰叟，何以罹斯？其或不能夺人锦[35]，攀天香[36]，持毛椠，战文场，振修翮于云汉，奋独步于骅骝[37]，负家邦之觊望，销海岱之声光[38]，降罚手足，乃若此耶！抑或不能献策金门，纾诚帝阙[39]，挥翰玉堂，分阃铁钺[40]，勤奉主于鸣琚[41]，急亲贤于握发[42]，甘贫贱于清时，徒怀安于沧渤，厚惩手足，又若此耶？思之，思之，若将有知。甫自成童[43]，功名念兹[44]，红颜白发，得意无时[45]。不炉不扇，手无释卷，暑湿风寒，晚龄未见[46]，原积渐而身灾，更崇忿而神厌。或不事犁锄，专尚清虚，锦衣华堂，寒热媒且[47]，彼幽斯瞰[48]，患曷可除？伊戚本于自贻[49]，蹊田过于见夺[50]，被其毒者，甚于水火；主其柄者，欲其转斡[51]。以富可恋欤？世宦清廉而自若[52]，家声琴鹤以相承[53]。汝将穷奢而极欲[54]，我非金谷与铜陵[55]。以贵可附欤？投簪二十余年，结蕙海山云暮[56]。汝将炙手而趋炎[57]，我非权门与要路。反复长意，愤惋不直[58]。学道平生，四体罔失。挟谦敬恭[59]，素履坦易[60]。薄冰恐陷，琬琰如执。蹈舞何知[61]，乐兹乐实。尔称为鬼，号曰通灵[62]。胡滞于一，胡混于冥。指摘万类[63]，用裨纪经[64]。德惟锡祉，恶用不宁？乃有倍孔子之四达道[65]，蹈孟云之五不孝[66]。翻覆云雨，贪残虎豹[67]；钻缘相高[68]，奔趋骩效[69]；挠乱纲常，蠹坏礼教[70]。尔宜横其祟，充其类[71]，变而通咎[72]，而备使之痒痾，以反其躬[73]，自其疾痛，以杀其恣于逆党[74]，死而后已[75]。虽偷生少焉知忌[76]，不愈于无妄以肆灾[77]，亦足为乖气以致异[78]。盍知往而察来？盍异趋而斯避？便须遄驾^[79]，速宜纵辔^[80]，兰熏椒醑之莫陈，桃弧棘矢之将累^[81]。若其慷慨遂行，是谓有知且明；如复夷犹濡滞^[82]，乃谓无识而盲。寻毕除而无悔，其戒满而恶盈^[83]。呜呼！别矣，式将诀兮。天下之情，动之惟诚。黯然销魂者，原于意气之相倾^[84]。愿为比翼者，激于交好之莫并。尔于我乎何荣，吾于尔乎何矜？伺行李之将戒，觉微躬之方瘳^[85]。为歌今日之骊驹^[86]，效赠昔人以不拜^[87]。

注释：

[1] 疥：疥疮，是一种传染性皮肤病，以瘙痒为主。[2] 觊望无瘳：瘳愈无望。觊望，希图，企望（多用于否定）。出自王符《潜夫论·实边》："衣冠无所觊望，农夫无所贪利。" [3] 闻昔人有病穷而愬于鬼，送之以文：比如韩愈写过《送穷文》，这篇古文模仿扬雄《逐贫赋》的写法，借主人与"智穷""学穷""文穷""命穷""交穷"五鬼的对话，以幽默嘲戏的笔调描绘了自己"君子固穷"的个性和形象，抨击了庸俗的人情世态，抒发了内心的牢骚和忧愤。[4] 有祟：有恶鬼作祟。[5] 邾（zhū）娄，邾国，春秋时诸侯国名。亦以喻微贱的家族。[6] 患不及于腹心：疥疮还不足为人心腹之患。腹心之患，比喻严重的祸患。典出《资治通鉴》卷267，后梁太祖乾化元年："云代与燕接境，彼若扰我城戍，动摇人情，吾千里出征，缓急难应，此亦腹心之患也。"[7] 有赋楚臣好色：指宋玉《登徒子好色赋》。秽恶：肮脏；污秽。[8] 阴侵：阴气侵蚀。[9] 珠玑：诗文中常以比喻晶莹似珠玉之物。此为嘲谑口吻，指疥疮。浸淫：浸润、濡湿，也指疮疥湿疹之类的皮肤疾患。[10] 零蠡：瘯蠡，皮肥，一曰疥病。《左传·桓公六年》："谓其不疾瘯蠡也。"[11] 宾祭：招待贵宾和举行大祭。蚤虱：跳蚤和虱子。[12] 燕闲：公余之时，闲暇。[13] 慓：抢劫，掠夺。[14] 捯（zhī）支撑。[15] 牙签在案，卷舒惟倦：参考虞世南《孔子庙堂碑》："但否泰有期，达人所以知命；卷舒惟道，明哲所以周身。"此处反用其意，自嘲得疥病后无法安心读书之状。牙签，系在书卷上的以便翻检的签牌，用牙骨等制成。此指书籍。[16] 停披：停止批阅。手不停披，形容读书勤奋。[17] 鸾鹤：古常指仙人的禽鸟。借指神仙。白居易《酬赵秀才赠新登科诸先辈》："莫羡蓬莱鸾鹤侣，道成羽翼自生身。"云疏：生疏，不熟悉。宋张栻《送胡伯逢之官金陵》："相望数舍已云疏，远别何因执子祛。"[18] 国手：精通某种技能（如医道、棋艺等）在所处时代达到国内该领域的最高水平。词语出自计有功《唐诗纪事·裴说·棋》："人心无算处，国手有输时。"从敌：犹投敌。明冯琦《宋史纪事本末·李纲辅政》："非惟绝其从敌之心，又可资其御敌之力，使朝廷永无北顾之忧，最今日之先务也。"

未瘳：没有复原。瘳，病愈，康复。[19] 纶竿：钓竿。[20] 烟楼：指耸立于烟云中之高楼。[21] 焦心：着急，忧虑。[22] 如怯：胆小软弱。[23] 缠绵：久病不愈。[24] 生灭：佛教语。依因缘和合而有，谓之"生"；依因缘离散而无，谓之"灭"。谢灵运《〈维摩经〉十譬赞·电》："倏烁惊电过，可见不可逐。恒物生灭后，谁复觑迟速。"[25] 冥逃：偷偷地逃走。[26] 效灵：显灵。药石：药剂和砭石。泛指药物。《列子·杨朱》："及其病也，无药石之储；及其死也，无瘗埋之资。"[27] 良平：张良、陈平，都是屡出奇计帮刘邦平定天下的智谋之士。[28] 圆灵：意思是天。谢庄《月赋》："柔祇雪凝，圆灵水镜。"李善注："圆灵，天也。"[29] 尸：执掌，主持。[30] 游光：传说中的恶鬼名。疠疫：瘟疫。[31] 方良：传说中阴司专吃鬼的牛头恶神。[32] 三彭：也叫"三尸""三虫"，指在人体内作祟，影响人修炼的三种神。[33] 二竖：指病魔。成语二竖为灾，出自《左传·成公十年》："（医缓）未至，公（晋景公）梦疾为二竖子，曰：'彼良医也，惧伤我，焉逃之？'其一曰：'居肓之上，膏之下，若我何？'"[34] 颠危：倾侧翻转。[35] 夺人锦：夺锦之才，指科举及第或竞赛优胜者。[36] 攀天香：折桂之意。天香，特指桂、梅、牡丹等花香。[37] 骕骦（sùshuāng）：古代良马名。[38] 声光：声誉风光。[39] 纾诚：献忠。纾，伸展，释放。[40] 分阃：指出任将帅或封疆大吏。铁钺：古时天子以铁钺赐予诸侯或大臣，代表授以征伐之权。《礼记·王制》："诸侯赐弓矢然后征，赐铁钺然后杀。"孔颖达疏："赐铁钺者，谓上公九卿得赐铁钺，然后邻国臣弑君、子弑父者得专征之。"《释名·释兵》上："钺，豁也，所向莫敢当前，豁然破散也。"[41] 鸣琚：佩玉。[42] 亲贤：亲近有才能的贤人。握发：亦作"握发吐哺"。《韩诗外传》卷三："成王封伯禽于鲁，周公诫之曰：'往矣！子其无以鲁国骄士。吾文王之子，武王之弟，成王之叔父也，又相天下，吾于天下亦不轻矣，然一沐三握发，一饭三吐哺，犹恐失天下之士。'。"[43] 成童：年龄稍大的儿童。《春秋穀梁传·昭公十九年》："羁贯成童，不就师傅，父之罪也。"范宁注："成童，八岁以上。"《礼记·内则》："成童，舞象，学射御。"郑玄注："成童，十五以上。"[44] 念兹：念念不忘某一件事情。语出《尚书·夏书·大禹谟》。[45] 得意：犹得志。指及第。[46] 末见：浅薄的见解。多用作谦辞。[47] 寒热媒且：伤寒和中暑的媒介。枚乘《七发》："洞房清宫，寒热之媒。"[48] 彼幽：那暗处的（主宰）。宋佚名《绍兴以后腊祭四十二首》："神宅于幽，泑（yǎ）幽静泑沈沈。""格彼幽矣，肸乡其通。"幽，微也。暗也。[49] 伊戚：语出《诗经·小雅·小明》："心之忧矣，自诒伊戚。"后遂以"伊戚"指烦恼、忧患。自贻：自留。贻，留下，遗留。[50] 蹊田过于见夺：因牛践踏了田，抢走人家的牛。后以"蹊田夺牛"指罪轻罚重，从中谋利。蹊，践踏。[51] 转斡：调解，把弄僵了的局面扭转过来。斡，转，旋。[52] 家声琴鹤：即琴鹤家声。宋人赵抃，字请献，为官刚正不阿，被时人誉为"铁面御史"。[53] 家有一张雷氏名琴，还养了一龟一鹤，外出必随身携带。这里以赵忭家自拟。[54]穷奢而极欲：形容奢侈和贪欲到了极点。出自班固《汉书·谷永杜邺传》："失道妄行，逆天暴物，穷奢极欲，湛湎荒淫。"穷，极，尽。欲，享乐的观念。[55]金谷：晋石崇所筑的金谷园，代指石崇。[56]结蕙：隐居的美称。屈原《离骚》："昔三后之纯粹兮，固众芳之所在。杂申椒与菌桂兮，岂维纫夫蕙茞！"[57]趋炎：趋附权势。[58]愤惋：怅恨，愤恨。[59]扬（huī）谦：谓施行谦德。泛指谦逊。[60]素履：《易经·履卦》："初九，素履往，无咎。"王弼注："履道恶华，故素乃无咎。"高亨注："素，白色无文彩。履，鞋也。'素履往'，比喻人以朴素坦白之态度行事，此自无咎。"后用以比喻质朴无华、清白自守的处世态度。坦易，坦率平易。[61]蹈舞：犹舞蹈。臣下朝贺时对皇帝表示敬意的一种仪节。[62]通灵：通于神灵。班固《幽通赋》："精通灵而感物兮，神动气而入微。"[63]指摘：指出错误，给予批评。万类：万物。[64]纪经：意为纲常。[65]四达：通达四方。《孔子家语·入官》："六马之乖离，必于四达之交衢；万民之叛道，必于君上之失政。"[66]五不孝：《孟子·离娄下》："孟子曰：'世俗所谓不孝者五：惰其四支，不顾父母之养，一不孝也；博弈好欲酒，不顾父母之养，二不孝也；好货财，私妻子，不顾父母之养，三不孝也；从耳目之欲，以为父母戮，四不孝也；好勇斗狠，以危父母，五不孝也。'"[67]贪残：贪婪凶残。[68]钻缘：夤缘钻营。[69]胥效：都照样办。[70]蠹坏：原为"蠹怀"，当误。[71]充其类：推其类。[72]通咎：通病。清周亮工《书影》卷2："其始争于宁僚，其终毒乎国运，此亦近代君子之通咎也。"[73]反其躬：自我检束的意思。[74]逆党：结伙作恶的人。[75]死而后已：意为不辞辛苦地贡献出自己的一切，到死为止的精神。已，停止。[76]偷生：苟活。[77]无妄：平白无故。肆灾：任意残杀或迫害。[78]乖气以致异：不祥之气会招致灾祸。[79]遄驾：快速起驾。遄，快，疾速。[80]纵辔：谓放开马缰，纵马奔驰。[81]桃弧棘矢：桃木做的弓，棘枝做的箭，古人认为可辟邪。[82]夷犹：犹豫，迟疑不前。屈原《九歌·湘君》："君不行兮夷犹，蹇谁留兮中洲。"濡滞：停留，迟延，迟滞。出自《孟子·公孙丑下》："三宿而后出昼，是何濡滞也！"赵岐注："濡滞，淹久也。"[83]恶盈：《易传·象传》有"人道恶盈而好谦。""盈"为满而将外溢；"谦"为不满而能受。[84]意气之相倾：意气相投。意气，恩义、情谊。李白《山人劝酒》："浩歌望嵩岳，意气还相倾。"[85]瘥（chài）：病愈。[86]《骊驹》：《逸诗》篇名。古代告别时所唱。后因以《骊驹》指告别。无名氏《鸣凤记·南北分别》："愁蕴结，心似裂，孤飞两处风与雪，肠断《骊驹》声惨切。"[87]不拜：表示不接受任命。拜，古代下级谒见上级的礼节。

海壑吟稿 卷十一

与丘月林给事书

前轩车东来[1]，未暇一言而返，久许劳思[2]，不慰片时款教[3]，怅恨何如！闻即吉，坐失趋候，衰病穷居，艰于动履，惟赐体亮[4]。想北行不日，此别，仰陟钧衡[5]，慰瞻盛世。而丘林野老，日趋凋朽，再图良晤，河清之俟，更几何哉！兹遣候，情抱无涯，书莫能悉，临楮怅然[6]，知复云何。惟知己鉴原。

注释：
[1] 轩车：有屏障的车。古代大夫以上所乘。后亦泛指车。沈佺期《岭表逢寒食》："花柳争朝发，轩车满路迎。"[2] 劳思：忧虑，愁思。韩愈《上考功崔虞部书》："是以劳思长怀，中夜起坐，度时揣己，废然而返。"[3] 款教：谆谆教导。[4] 体亮：即体谅。[5] 仰陟：仰首登上。钧衡：比喻国家政务重任。杨炯《〈王勃集〉序》："幼有钧衡之略，独负舟航之用。"[6] 临楮：临纸。楮，纸。多指信件。

答毛行斋太守亲家书

牛马走蠢愚无似[1]，苟延五纪，何益明时，消损天日，负愧良多。岂期谬辱盛使，惠我好音，眷我珍品，捧慰登嘉[2]，感佩宁有既耶！尚容遣候使还，暂此伸谢。

又

数月来家务琐冗，未遑驰候。适闻道体违和，鄙怀切切，徒抱趋侍恫私[3]，奋飞安得[4]。想斯文之系匪轻，吉人之佑有在，拟复妥然倍常矣。况君家孝子慈孙，自善调摄，无忧也。谨专人赍小牍奉问，惟避俗清心，重加玉爱，以永仙龄，以慰天南[5]。寸慕不备[6]。

又

前令孙回，已具启谢。近闻海屋初度在即[7]，拟将趋瑶台，执霞觞，以效蓬山庆。诚奈尘冗衰疴，不果初志，且若之何？北望迢迢，耿怀无已，敬遣苍奴，持罌醐笼果[8]，少将逖忱[9]，其为我颐挥[10]。万万。

注释：

[1] 牛马走：旧时自谦之词。[2] 登嘉：美称别人赠送的礼品。登，进献。嘉，美好。[3] 趋侍：侍奉。悃私：诚恳之心。悃，至诚，诚实。[4] 奋飞安得：不能如鸟振翅飞去。[5] 天南：指岭南，也泛指南方。白居易《得潮州杨相公继之书并诗以此寄之》："诗情书意两殷勤，来自天南瘴海滨。"写这几封信时，完璧当在盐城。[6] 寸慕：即寸心，微小的心意、微薄的心意。[7] 海屋：为古人祝寿之吉辞。初度：生日。[8] 罌醐：瓶酒。[9] 逖（tì）忱：真诚的心意。逖，远，表示恭敬。[10] 颐挥：即颐指。示意。

与舒城孙生书

畴昔邂逅京邸，垂我款私[1]，示我肝膈，揆照凉薄[2]，何缘雅遇。胡十余年来，去留异迹，离合靡常，风尘中令人常抱惘思[3]，曾不得把臂朝夕[4]，以敦旧好，情如之何！卯科仰冀[5]，魁名黄屈[6]，既徂午年，倾候垂光[7]，转加落寞。是何不遇之数耶？而伦绝见忌耶？抑亦晚成，而大器有需耶？兹者酉宿天开，文光照于庐岳，想休征端在子矣[8]。秋风发而桂馡，春江波而花暖，得意骅骝，长安之胜一朝遍矣[9]。不识通家儿曹获蝇系否？不肖苟禄西城五年余[10]，叨擢巩昌，出监靖虏，邈在边陲，荒山紫草，殊绝中原。虽上下之情，每有相宜，而风土之薄，良无所赖。甫半载而来，琴鹤萧然，海山恬若[11]。科名眊瞍于少年[12]，勋业衰颓于青镜。阅来世务贤否之乖宜，清浊之异遇，物理颠倒[13]，幽独只默于邑耳[14]。然又尝窃仿达人之观，乃不顺适所天也耶？栖遑林壑，庇以先庐，给以山田，诗酒琴书，此焉自足。莺花风月，知己无多，惟此老焉，竟何足齿。适舍亲分教来，始以彼之获依于执事为甚幸[15]，而继以不肖之得通于门下为尤幸也[16]。草此聊陈久旷怀私，琐琐无伦，惟高明赐亮[17]。

注释：

[1] 款私：诚恳的心意。[2] 揆照凉薄：自知德业浅薄。凉薄，浅薄。宋周辉《清波

别志》卷中："内省凉薄，尚无细故之嫌，仰揆高朋，夫何旧恶之念。"[3] 惘思：伤感思念。惘，失意的样子。[4] 把臂：亲切会晤。[5] 蕡（fén）屈：刘蕡，字去华，幽州昌平（今北京市昌平区）人，唐宝历二年进士。王定保《唐摭言·刘蕡》："大和二年，裴休等二十三人登制科。时刘蕡对策万余字，深究治乱之本。又多引春秋大义，虽公孙弘、董仲舒不能肩也。自休已下，靡不敛衽。然以指斥贵幸，不顾忌讳，有司知而不取。时登科人李邰诣阙进疏，请以己之所得，易蕡之所失。疏奏留中。蕡期月之间，屈声播于天下。"李商隐《哭刘蕡》："上帝深宫闭九阍，巫咸不下问衔冤。"此句指孙生怀才不遇。[6] 仰冀：敬仰而有所期望。[7] 垂光：光芒俯射。比喻普施恩泽。[8] 休征：吉祥的征兆。[9] 得意骅骝，长安之胜一朝遍矣：意即"春风得意马蹄疾，一日看尽长安花"（孟郊《登科后》）。[10] 不肖：谦辞。不才，不贤。[11] 恬若：安然，坦然。[12] 眊瞍：目昏不爽。引申为不顺畅。[13] 物理：事理。《鹖冠子·王铁》："庞子曰：'愿闻其人情物理。'"[14] 幽独：寂静孤独；独处，于邑（yì）：亦作"于悒"。忧郁烦闷。[15] 执事：对对方的敬称。《左传·僖公二十六年》："寡君闻君亲举玉趾，将辱于敝邑，使下臣犒执事。"杜预注："言执事，不敢斥尊。"[16] 门下：犹阁下。对人的尊称。朱熹《与江东陈帅书》："不审高明何以处此？熹则窃为门下忧之，而未敢以为贺也。"[17] 赐亮：意为请给予原谅。用于对有一定社会地位的人提出请求。亮，同"谅"。

与任丘边通府书

别来久许不奉颜色，怅惘弥深。闻候京师，不识擢补何城，想暂复而大迁矣。美质清才，真明时利器，他日宠荣，曷可量哉！何似不肖迂疏方棱[1]，动见触迕，滋谤贾祸，竟所不免，委弃山野，适分之宜。粗有敝庐薄田，优游海上，与林壑居，与云霞侣，鸣桐酣醴[2]，散帙咏歌。琼林桂阙，付之三郎，秋月春翘，陶于百岁。清狂野叟，何足为朝绅齿耶。但凤蒙雅爱，会晤无繇[3]，而音尘旷绝，不敢不以私悃相寄也[4]。前所托《海天泉壤》二册[5]，近曾注意否？倘不见遗，万一获协初志，没齿曷忘！千里惓惓，不胜遥思之至。

又

违教六载，忽焉逮兹。海山修迴，光景迅逝，奈老怀何哉。林谷岑寂，偶辱华札，兼蒙珍惠，自天之陨，感愧何如！捧读间，既谂大擢[6]，曷胜欣忭，及再闻尊阃谢弃之变[7]，震悼不任。想鸾续已久[8]，探珠消息[9]，近不识几许也？此亦不肖为兄宿怀焉者。然瓜瓞末丰[10]，理数必至，敬候佳音，足为遐慰。苏鸾回，敬此奉谢，仰恕不恭。切切。

注释：

[1]迂疏：迂远疏阔。权德舆《自杨子归丹阳遂闲居聊呈惠公》："蹇浅逢机少，迂疏应物难。"方棱：方正有棱角。喻刚正不阿。[2]鸣桐酣醴：弹琴饮酒之意。[3]无蹊：相当于"无由"。[4]悃（kǔn）：至诚，诚实，诚心。屈原《卜居》："悃悃款款，朴以忠乎？"[5]《海天泉壤》：未详。当是完璧所著《海壑吟稿》初稿。惓惓：同"拳拳"。深切思念，念念不忘。王安石《奉酬许承权》："三秋不见每惓惓，握手山林复怅然。"遥恳：恭敬恳切。[6]大擢：高升。[7]尊阃（kǔn）：对别人妻室的敬称。阃，闺门。凌濛初《初刻拍案惊奇·顾阿秀喜舍檀那物—崔俊臣巧会芙蓉屏》："县宰道：'尊阃夫人，几时亡故？'"[8]鸾续：续娶。[9]探珠：探骊获珠，典出《庄子·列御寇》。此乃对别人生子的美称。[10]瓜瓞（dié）末丰：一根藤上结瓜越到后来越多。这是祝愿对方老来多子的意思。瓞，小瓜。

与济南王罗溪通府书

别来数载，梦想光颜[1]，无由为慰。每念畴昔，叨侍京师，稠人中俯辱高情，方寸怀私刻镂，何能泯没。适闻荣擢东藩，佳声腾播，溥延海岱。君侯奇绩，南北之间亦伟矣哉。大拜明时[2]，画期可待[3]。不肖西陇来归，栖迟海上，劚山渔水[4]，聊复终老，恶足云。小儿慎几以省试来，谨兹候问，惟台鉴不悉。

注释：

[1]光颜：是对面颜的敬称。[2]明时：政治清明的时代。古时常用以称颂本朝。[3]画期：指入麒麟阁功臣图。汉宣帝甘露三年（前51），因匈奴归降，乃回忆往昔辅佐有功之臣，令人画十一功臣图像于麒麟阁以示纪念和表彰。后世往往将他们和云台二十八将、凌烟阁二十四功臣并提，意为人臣荣耀之最。[4]劚（zhú）山渔水：渔樵为生的意思。此处是谦辞，指隐居。劚，用砍刀、斧等工具砍削。

与王冠峰书

再辱翰札，谢谢。别忽半载，淮海悠悠，何如为情！抚良时，抱长忆耳。闻舒之士风纯雅[1]，土俗寮寀[2]，兼际一时之盛，慰慰。惠来渔歌奇谱，小试颇佳，但讹谬太甚，烦暑中不暇密审，姑候凉秋，徐按之，以副遥爱。使旋暂复，祈赐照。

注释：

[1] 舒：指舒城，今属安徽。[2] 寮寀：官舍。引申为官的代称。

盐城答王冠峰书

昨淮上人归，得手教，知浩然高举，抚掌叹赏。急流之勇，当时孰有逾于君者？烟溟云峤，恣意徘徊，况壮年强健，天趣无涯[1]，不肖又输君一头地。虽然沧浪潦倒中，且犹勉尔，竟为风月主。方日夜竢东[2]，携取枯桐古音，以相陶写于云水之阳。每欲奋一飏翰[3]，蓬烟杳如，楚天莫慰，且若之何！怅怀，怅怀。羽便率尔奉候，凉秋萧条，瞻慕不能为情，拟幽人会此区区是仰[4]。

注释：

[1] 天趣：自然的情趣。[2] 竢东：待东归之意。[3] 奋一飏翰：像鸟振翅奋飞。
[4] 幽人：幽居之士。此指王冠峰。

盐城与姜石泽封宪老亲家书

别来不亲教范，奄欻逾年[1]，桑榆契侣，顿致杳违。淮海浩渺中，时复令人回首，俟期而旋，何如？慕渴吾兄颐养沧溟，陶意种种，天禧无涯，而相业有托。景羡，景羡！不肖从儿曹小宦邸，扃钥阒寂，不任结束[2]。仰东山杖屦[3]，徒五内燥热焉耳[4]。便中小致问私，余再候。

注释：

[1] 奄欻（xū）：去来不定之意。奄，久留。欻，动；快速。[2] 结束：约束，拘束。
《古诗十九首·东城高且长》："荡涤放情志，何为自结束。"[3] 杖屦：拄杖漫步。
明邵奎明《东山甘棠邵氏宗谱重修序》："后致政归于乡，筑庐于东山，杖履于林间。"[4] 燥热：本谓急于仕进，热衷仕途。此谓慕姜老隐逸。

383

盐城答黄海洲书 [1]

仰间忽承手札，兼再辱宠贶[1]，谢谢。吾兄晦养云需[2]，会心鱼鸟，于势分莫撄清旷之娱，迥自翘企[3]。不肖凝寒中逐屑弱书生，阒羁粉邸，顾淮海烟云，不任惘怅。冀春来旋斾，以慰凤况，且复伺通猿鹤，或有期也。儿曹株守小吏，久忝素延[4]，祇贻遥莞尔[5]。来教已悉，想阀阅遗声，贤德休光，自足感人于无既。自分卑微，挨不为人重轻也。勉令转为裁候，聊致葭莩至意，以自尽耳。敢遽图君家补益云乎？愧愧。鸿返此复，希原照。

注释：

[1] 宠贶：亲赐（礼物）。[1] 云需：官署名。正三品衙门，隶上都留守司。设于元仁宗延祐三年（1315 年）。[3] 翘企：翘首跂足，形容盼望殷切。《后汉书•袁谭传》："翘企延颈，待望雠敌，委慈亲于虎狼之牙，以逞一朝之志，岂不痛哉！"[4] 久忝素延：忝列微官之意。谦辞。应劭《风俗通义》："予以空伪，承乏东岳，忝素六载。"[5] 莞尔：形容微笑。

谢平度崔生

畴昔京邸辱枉，未遑从容聆唾音，抱歉未既。迩年来儿曹往返取庇门下良多，鄙怀耿耿，忽复琼函有陨[1]，珍品猥颁[2]，捧诵拜嘉，顿令惭汗。豚犬儿谬附末第，曾无足齿道，沾被宠锡若此，怖感曷胜。久仰跌宕雅怀，旷逸高致，海山风月中良俦也。何白首衰残，经年百里竟不获一挹芝采[3]，探玄机，淑道妙，川逝悠悠，俟复何时，此为怅恨。使还仓卒，敬此附谢。

注释：

[1] 忽复琼函有陨：忽然又接到您的来信。琼函，信函的美称。《易经•姤卦》："含章，有陨自天。"[2] 珍品猥颁：亲赐珍贵的礼物。[3] 芝采：神采。书信中用作称人容颜的敬辞。

与即墨汤君阳大尹

迩闻宠陟鸾音[1]，别荣熊驾[2]，林壑慰然，可谓无负贤劳矣[3]。似于俊才伟绩，少有不协；殆明世登良，要有渐次，隆崇之典，仍合旦夕期也。然体国仁贤，应自有后获，深识鄙窥，何如，何如？但墨水苍生，无复寇借[4]，胶湄黄发，靡从斗瞻。兹焉怅尔，早图参谒之行，适为良晤，何意井坐尘阓，尊驾税于王而不知。寻候于姜而弗遇，再要于匡，而星轺长往矣[5]。纵横颠越[6]，仙迹杳然，徒今望尘愧恨，负罪庸何可言。敬兹遣谢，兼附鄙稿，用尘清阅。佛头之秽[7]，诚无足云。亦聊以竟严命尔。统惟原照。

注释：

[1] 宠陟：荣升（官职）。[2] 熊驾：借指地方长官。古时地方长官乘坐横轼作熊形的车，故称。司马光《和邠守宋席去来卜居与南园为邻》："何时税此凭熊驾，倚杖相迎立路傍。"[3] 贤劳：（为公事）劳累。语出《孟子·万章》："此莫非王事，我独贤劳也。"王安石《别雷周辅》："侍郎忧国最贤劳，太尉西洲第一豪。"[4] 寇借：借寇赍盗。把武器给了贼兵，把粮食给了盗匪。比喻帮助敌人增强力量。语出《荀子·大略》："非其人而教之，赍盗粮，借寇贼兵也。"斗瞻：仰望星斗一般。[5] 星轺（yáo）：使者所乘的车，亦借指使者。[6] 颠越：翻转，倒转。[7] 佛头之秽：佛头加秽，比喻不好的东西放在好的东西上面，玷污了好的东西。出自释道原《景德传灯录》。

盐城谢刘雪溪太守书

仆衰残朽质，沈迹溪壑，方过眷西伯，顿暌南服，周悉高情，备辱临岐，殆偕日俱新也。迄忽秋暮春回，海山如失，清颜旷别，梦想何依。窃念濒溟枯槁，罔不慰被青阳，顾区区末路，邈越楚云，可能侍粲花于清飔[1]，剪芳兰于良夕，叨恩如昔耶？白首驰神，青冥铩羽，俟时而东，恶知其九霄灵凤，千里神虬，亦焉攸寓[2]，嘉乐淑人[3]，竟我心恻，奈我翁何哉！风便小裁，敬致遥悃，岑寂中不尽惘怀，仰冀德涵万一。

注释：

[1] 粲花：谓言论典雅隽妙，有如明丽的春花。清飔：清凉的风。元许谦《莫过东津馆》："清飔从东来，凉气袭我面。"宋郭印《草堂》："荒坡卧颓日，寒浪摇清飔。"飔，凉风，凉爽。[2] 攸寓：所居。《韩献肃古法书诗贴赞》："是故诗者题品之攸寓。"《尔雅·释言》："攸，所也。"许慎《说文解字》："寓，寄也。又居也。有属也。"[3] 嘉乐：嘉美喜乐。

答纪鉴塘司徒郎 [1]

忽教音猥及，高情款悉。走衰朽林丘 [2]，曷堪屑惠，无乃德之至，爱之深，不我终弃尔耳。足下清才朗识，巍陟徒卿 [3]，进依英主，退协仙僚，优游鹓省中 [4]，议政论文，自是青云奇趣。昔人谓向长安西笑，企慕何如。时复大擢柱辅，拟树无前伟绩于昌期，走之所遥钦而仰羡者，指可胜屈耶。且不替儿曹旧好 [5]，泽益有归，感念殊切，遽谢幽忱，良莫能极，潦倒岩阿，强勉报候，第恐烟霞鄙悖，唐突风云，取罪万万。清秋爽飒，塞气高凉，恳冀玉息，以将天休。临书怅惘无既。

注释：

[1] 司徒郎：户部侍郎。户部侍郎掌稽核版籍、赋役实征等会计统计工作。[2] 走：牛马走简称。[3] 巍陟徒卿：高居户部郎中之位。[4] 鹓省：朝官聚合之所。指朝廷。又作鹓池。[5] 不替：不衰。替，衰废。

答福山郭嗣翁尚书

瞻企间，忽仙翰俯临，兼天机有陨，发函愧感，仰谢，仰谢！顷在淮，咫尺无闻，坐失良晤，令人悯恨。不肖自南归，俗务缠率，殊乏清兴，新声旧谱，两负凤心，向亦无得，今且几忘矣。闻《山居吟》，得之桐庵者，想亦造妙 [1]，而阳春樵歌，曾记于边邸，谱赠或亦不可弃也。数曲之雅，真足以快适东山矣，又奚以多为哉！然尝缅惟高致，风月边空复劬劳，每有东劳之思 [2]，海市之想，俄慰此行，拟当一候门墙。然白首桑榆，知复将来何似，亦聊云此一胡卢耳。党人之变，诸子侄无妄被灾，苦何可言 [3]。幸昭然，馀不足憾矣。辱蒙言念，感感。别启，来教已闻命，今亦未敢轻拟其人，俟从容驰报。

注释：

[1] 造妙：臻于奇妙之境地。[2] 东劳：指崂山。[3] 诸子侄无妄被灾：事见道光《重修胶州志》。

与安丘黄甥茂才书

久旷情疏，殊切怀念。向闻春试优选，欣慰不胜，既而秋鏖失利，更增怅悒。

然妙龄，青紫时复当芥拾也。云霄天马，何患于暂蹶耶。但淬砺无辍，以速嗣前武。丁宁耳。吾庠吴冠老，俊逸高雅人也，今擢贵庠教长，将渠泮生辉，春风转徙也，子其善事之。渠修吾《胶志》，创稿未半，遽有此行，将携彼处终之。及思我先君墓志，乃若翁海野笔也，今原稿已遗，想贤甥家藏者犹存，可检出录致，以备风采[1]。盖首欲不泯英才鸿笔，而先人实行亦赖以不坠。吾与子不偕慊于心乎？子其念之。临书不罄恳私，惟孝子仁人鉴察之。

注释：

[1] 风采：谓广泛搜集传闻。

答章丘胡湖山三尹[1]

适辱教翰，切慰渴怀，幸接玉郎，再谂吾兄二十余年履历勋定，深恨璠玙重器，不获大扬明时，辗轲倪屼[2]，竟致山野遗逸[3]。自君子观之，不无倒植之叹[4]。乃闻诸郎若孙，桂兰丛茂，秋来当自有效奇捷者，不将以信兄所未信耶[5]？亦姑陶适烟霞，从容逐玄锡耳[6]，窃为默庆之。再忆畴昔，都城一觌，英风而豪人意气，便投肝膈，亦倾盖犹夙契焉者。未几倏别，误触权豪。犹赖故人庝爱，致蒙元老科台俯为垂手，公论不泯，而濒万死者仅得一生，何幸如之[7]！偷生苟禄，忝擢巩昌，塞垣凄寞，良非衰老所堪。六越月而归，乃酬素愿，栖逞海岳间，犁锄编简[8]，传家旧矣。诲诸郎以是，老焉已也。何意二郎慎修，滥叨甲第，蠡子迁翁，实出望外。及谬尹盐渎，亦尝俯逐琴鹤，聊适晚怀于淮海也。三载还，儿复忝附郎署，曾何劳绩，近补维扬，令人惭悚。不肖衰龄，适今七十又七，老荆少五岁，而相偕豚犬儿三。慎几亦叨廪，慎动附庠末。小孙四，而傲当志学，略知文字，亦可粗继书种，供桑榆玩弄也。且拾先人之余材，完小子之新第，琴书余暇，松竹盘桓，痴延崦嵫[9]，余暎朝夕，所不可知者亦一付之冥造耳。吾兄果有东山高兴，秋风春日引首西岑，正慊百年志愿，何如慕，何如慕。恃爱琐渎[10]，忘陋取罪，仰惟老知己情鉴。

注释：

[1] 章丘：县名，明代属济南府，今属山东济南。三尹：官名。各级主官属下掌管文书的佐吏。明清县署仍称主簿，系低级之事务官。三尹为尊称。[2] 辗轲：困顿，不得志。语出东方朔《七谏·怨世东方朔》："年既已过太半兮，然辗轲而留滞。"倪屼：不安，此处指遭遇坎坷。[3] 山野遗逸：山野中有遗漏的人才。唐武平一《景龙文

387

馆记》："国有好文之士，朝希不学之臣。二十年间，野无遗逸。"[4] 倒植：倒置。谓将事物的首尾、上下、顺序、性质、是非、地位等颠倒过来，与正常情况相反。语出贾谊《吊屈原赋》："阘茸尊显兮，谗谀得志；贤圣逆曳兮，方正倒植。"[5] 信：即伸。[6] 迓玄锡：迎接皇帝的赐命。迓，迎。[7] 犹赖故人夙爱，致蒙元老科台俯为垂手，公论不泯，而濒万死者仅得一生，何幸如之：本句所指完璧下狱事。元老科台指徐阶。[8] 犁锄编简：耕读之意。[9] 崦嵫（yānzī）：山名，古时常用来指日没的地方。此处喻指人的暮年。徐陵《报尹义尚书》："余崦嵫既暮，容鬓皤然，风气弥留，砭药无补。"[10] 琐渎（dú）：谓琐琐絮聒而冒犯对方。常作书信套语。渎，轻慢，对人不恭敬。

谢维扬严绍峰贰守[1]

久企芳闻，不阶瞻挹琼采[2]，拱聆珠唾，以雪洒衰朽尘抱，空复驰神江淮耳。窃幸儿曹忝厕左右，辱益良多，琬琰华英，不弃葭倚[3]，是为远荷。昨儿书来，启函得善册一帙，仓皇再阅，乃知鄙稿也，又复捧诵首尾佳篇，乃知二公赐爱也。本海壖野语[4]，暂藏之敝笥，终当覆瓿焉耳，曷意尘之名家，而且梓焉。刻制端整，装缮雅丽，自揆鄙俚，岂宜过蒙称誉，重劳增美若是耶[5]？增美无乃陶瓦贱质，朽株弃材，误饰之金玉，章之青黄耳。爱之深，宁不使愧之益深乎。又闻垂念贱辰，猥惠锦制，珠光玉莹，顿令南极增辉，东瀛生色，身膺垂老之庆，家传不世之珍也。刻感更当何如，便此统伸谢私。衰眸病骨草次不恭，临风莫罄鄙怀，邈越天南，劳望靡既。祈惟台照，惓惓。

注释：

[1] 贰守：州府长官太守的副手。张居正《赠荆门守黄君升开封贰守序》："黄君既晋开封贰守，旧僚某子，曾为文以赠之。"明李开先《送陈平冈大名别驾序》："府乃县之大者也；贰守，令之长者也。"[2] 不阶：不凭借。班固《东都赋》："不阶尺土一人之柄，同符乎高祖。"韦昭《博弈论》："立身者不阶其术，征选者不由其道。"[3] 琬琰华英，不弃葭倚：兼葭倚玉之意。谦辞。[4] 海壖（ruán）：海边地，也泛指沿海地区。柳宗元《南省转牒欲具江国图令尽通风俗故事》："圣代提封尽海壖，狼荒犹得纪山川。"苏轼《真相院释迦舍利塔铭》："流传至此谁使然，并包齐鲁穷海壖。"归有光《祭朱恭靖公文》："唯昆为县，僻在海壖。"野语：私人杜撰之言。[4] 增美：增加美善。出自《礼记·礼器》："礼释回，增美质，措则正，施则行。"

徐瞽道募缘疏 [1]

窃以太玄溥化 [2]，妙无外以何仁品汇。肖形私有，生以成性。洪纤各足，终始相忘。禀赋惟均，得丧或异。椿龄芝秀，草木且复归根；龟息鹤胎，禽兽亦知有养。是以智超苦海者 [3]，不同腐于尘缘；见爽真机者 [4]，欲高飞于仙界。鼎湖龙去，金华贻万古之思 [5]；函关牛归，紫气协千年之瑞 [6]。然道不可以易致，必假修为；况神每限于难通，岂宜卤莽？金丹妙炼，惟须静定还虚 [7]；玄关微机，曾傍纷华入圣。子晋长辞魏阙 [8]，而笙鹤微茫；希夷高卧华峰 [9]，而云霞缥缈。故奋凌霄之志者，宁久滞于樊笼；竭慕贞之诚者，不暂依夫燕雀。哀人身之一失，万劫惟难恋世法，于七情九贼何灭？徐子崇辉，自九龄而波冥银海 [10]，返观紫府清虚 [11]，悟百岁而电灭 [12]，灵山长往 [13]，白云闲寂，早依禅室，苦空金粟，如来日奉，沙门护持 [14]，贝叶般若 [15]，竹槎曾卓锡蓬云十载 [16]，润袈裟铁椷 [17]，再开山池影几年 [18]，清智慧志，上人力行妙道，非不根徒诵狂言，欲了真如 [19]，可期后世。奈仙缘之犹在，赤松黄石每神交 [20]；翘芳名之犹存，玉室丹台曾默识。迷途猛省，脱抛身入身之烦 [21]；急流挽舟，会用铅弃铅之妙 [22]。违雪峰而趋玉极，殷勤窥潭底日轮 [23]；舍龙钵而就鹤衣，萧散玩山头月片 [24]。修性而遗命，何如性命之兼修 [25]；得阴而失阳，奚似阴阳之两得。江湖旷荡，荏苒曾遇高真；吴越徘徊，繁华可能幽僻。池亭水榭，总为歌舞之区；野寺山房，尽是游观之所。北人南误，空嗟万里之劳；红雾白头，慨失半生之计。利名场觑破，罕得披沙见金 [26]；声色关打开，谁识被褐怀玉 [27]。幡然故国，何假蘧庐；吾党多情，仙乡少遇。秦皇汉武，尚厪蓬岛之怀，庞萌海蟾，且逸劳峰之兴 [28]。挟清风而载返，还思沧海扬尘；跨雪羽以言旋，重叹城郭如故 [29]。真人所至，从之者云仍；妙道攸存，宗之者日盛。望青苍而高蹈，欲慰平生；跻危嵲以幽居，用偿夙愿。翠屏岩畔，怡三生旧日精魂 [30]；华楼宫巅 [31]，接万里紫霄烟霭。屏辞尘陌，他年之蝉蜕何期 [32]；小结蓬茅，此日之龙珠堪养 [33]。金炉玉鼎，顾佳地以何妨；水虎火龙，还先天而有藉 [34]。然身归静域，自应削迹于阛阓 [35]；道慕玄门，讵合萦魂于世俗。若无外户，岂得内修；世财罔施，仙缘难遇。穷乡孤坐，初难气满而忘食；多侣寡储，终当壁立以待哺。伏望四方圣众，一切善流，弘开惠爱之门，大建慈悲之业。负凤德者，定图后效于来生；崇阴功者，必致善果于旋踵 [36]。施恩于不报，乃所以广种福田 [37]；力善于无闻，亦将以终归乐土 [38]。黄金绿镪，借天地以迎恩；尺布斗粮，托鬼神以降鉴。善缘速结，须知天道好还 [39]；恶报难明，宜察人寿有几。请为推心以利物，岂谓假天以欺人；庶大道可藉以有成，而小补聊资于托始[40]。阳谷之晷，斯继于燧钻[41]；飞廉之功，获济于挥翮[42]。势以微而裨着[43]，事以琐而助洪[44]。功同八百之中，行合三千之内。给孤长者，事有明征；元始天尊，照无私漏。诸天倾耳，一体回心；蹉失善缘，幽沉难悔[45]。

注释：

[1] 瞽道：盲道人。募缘：化缘。唐张文新《东林寺建碑记》："遂裹足道途，东西南北，募缘以成其事。"[2] 太玄：大道，自然。溥化：化育万物。溥，本意指广大，引申指周遍。[3] 苦海：道教佛教指尘世间的烦恼和苦难。梁武帝《净业赋》："轮回火宅，沉溺苦海，长夜执固，终不能改。"宋吴曾《能改斋漫录·神仙鬼怪》："勉自修证，勿沦苦海。"李贽《〈心经〉提纲》："本无生死可得，故能出离生死苦海，而度脱一切苦厄焉。"[4] 真机：玄妙之理，秘要。杨巨源《送淡公归嵩山龙潭寺葬本师》："野烟秋火苍茫远，禅境真机去住闲。"[5] 鼎湖龙去：指帝王去世。同"鼎成龙去""龙隐弓堕"。司马迁《史记·封禅书》："黄帝采首山铜，铸鼎于荆山下。鼎既成，有龙垂胡髯下迎黄帝。黄帝上骑，群臣后宫从上者七十余人，龙乃上去。余小臣不得上，乃悉持龙髯，龙髯拔，堕，堕黄帝之弓。百姓仰望黄帝既上天，乃抱其弓与胡髯号，故后世因名其处曰鼎湖，其弓曰乌号。"[6] 函关牛归，紫气协千年之瑞：传说老子过函谷关之前，关令尹喜见有紫气从东而来，知道将有圣人过关。果然老子骑着青牛而来。司马迁《史记·老子韩非列传》："于是老子乃著书上下篇，言道德之意五千余言而去，莫知其所终。"[7] 静定：即静坐、禅定。[8] 子晋：即王子乔，刘向《列仙传》："王子乔者，太子晋也。道人浮丘公接以上嵩高山。"[9] 希夷：希夷先生陈抟（871—989），字图南，自号扶摇子，唐末五代隐士。曾隐居于武当山九室岩，后又隐居于华山云台观修道。宋太宗赐号希夷先生。[10] 银海：道教称眼睛为银海。宋赵崇绚《鸡肋·银河》："道家以目为银河。"一本作"银海"。[11] 紫府：道家术语，仙人居住的宫殿、境界。清虚：清净虚无。班固《汉书·艺文志》："然后知秉要执本，清虚以自守，卑弱以自持，此君人南面之术也。"《文子·自然》："老子曰：'清虚者天之明也，无为者治之常也。'"[12] 电灭：如闪电之光迅速消失。汉傅毅《舞赋》："或有蹈埃赴辙，霆骇电灭。"傅玄《拟四愁诗（其二）》："存若流光忽电灭，何为多念独郁结。"李白《古风》："铭骨传其语，竦身已电灭。"[13] 灵山：道教的福地。[14] 沙门：原为古印度各教派出家者的通称。意思是功劳、勤息，后专指佛教徒。[15] 贝叶：贝叶经是写在贝树叶子上的经文，源于古印度。贝叶经多为佛教经典，还有一部分为古印度梵文文献。般若是佛法两大分支中的一支。意为"终极智慧""辨识智慧"。专指

如实认知一切事物和万物本源的智慧。[16]卓锡：名僧挂单某处，称为"住锡"或"卓锡"。[17]袈裟：僧众身上之法衣，以其色不正，故名。铁橛：铁橛山，位于山东青岛黄岛区六汪镇境内。[18]开山：形容事物的初创阶段。池影：道教《弥罗宝诰》注解："偈曰：'身中一轮月，照得满壶中。池花开放影，豁落发光明。'"又宋汪炎昶《次韵补柳子厚八愚诗》有"池影涵幽堂"，唐范传证《赋得春风扇微和》中有"池影动渊沦"。[19]真如：佛教术语。真如即非真如，假名为真如。既然名真如，真如即不是真如，而是"真如"的名相，真如无名相，无名无相便是真如，何以无名相？名由心立，相由心生，无心则觉一切真如。[20]赤松：赤松子。赤松子，传说中的上古仙人。黄石：黄石公黄石公是秦汉时道家代表人物，别称圯上老人、下邳神人，后被道教纳入神谱。[21]迷途：佛教语。犹迷津。抛身入身：即出世入世。宋张伯端《绝句》："饶君了悟真如性，未免抛身却入身。何似更兼修大药，顿超无漏作真人。"[22]急流挽舟：在急流中拉船。道教用来比喻人生处境。用铅弃铅：道教丹鼎派内丹书中，以铅为命，汞为性，为性命之学之根源。张伯端《绝句》："用铅不得用凡铅，用了真铅也弃捐。此是用铅真妙诀，用铅不用是诚言。"元张三丰《参禅歌》："有人识得真铅汞，便是长生不老仙。"[23]雪峰：积雪的山峰。杜甫《出郭》："远烟盐井上，斜景雪峰西。"玉极：道教认为神仙所在的最高殿堂。出自道教对玉的崇拜和信仰。潭底日轮：道教用语。张伯端《七言四韵十六首（其八）》："潭底日红阴怪灭，山头月白药苗新。"宋孙觌《龟潭三首（其三）》："宿鹭惊窥潭底日，潜鱼翻动水中天。"[24]龙钵：咒龙请雨之钵。典出房玄龄《晋书·僧涉传》："（僧涉）能以秘祝下神龙，每旱，坚常使之咒龙请雨。俄而龙下钵中，天辄大雨，坚及群臣亲就钵观之。"唐李绅《鉴玄影堂》："龙钵已倾无法雨，虎床犹在有悲风。"鹤衣：此或指鹤氅，又叫"神仙道士衣"，就是斗篷、披风之类的御寒长外衣。[25]性命之兼修：即性命双修，指身心全面修炼，达到至高完美的境界。是中国道教重要的教义之一。张伯端《悟真篇》："我金丹大道，性命兼修，是故聚则成形，散则成气，所至之地，真神见形，谓之阳神。"性，人内在的道，心性、思想、秉性、性格、精神等。命，人外在的道，身体、生命、能量、命运、物质等。[26]利名场：追逐名利的场所。马致远《任风子》第三折："若不是我参透玄机，则这利名场，风波海，虚耽了一世。"披沙见金：也作披沙拣金。拨开沙子挑选金子，比喻从大量的东西中选取精华。[27]声色关：淫声与女色的考验。被褐怀玉：身穿粗布衣服而怀抱美玉。《道德经》第七章："吾言甚易知，甚易行。天下莫能知，莫能行。言有宗，事有君，夫唯无知，是以不我知。知我者希，则我者贵。是以圣人被褐而怀玉。"被，通"披"。褐，泛指粗布衣服。[28]庞萌：应为逢萌。逢萌，东汉北海都昌（今山东昌邑）人，家贫，曾为亭长。因不愿拜迎官长，去至长安学《春秋》。不满王莽统治，泛海客居辽东。长于阴阳之术，东汉初年至崂山修道。朝廷多次征辟，始终不仕，寿终而死。范晔《后汉书·逢萌传》："（逢）萌素明阴阳，知莽将败，有顷，乃首戴瓦盎，哭于市曰：'新乎！新乎！'因遂潜藏。及光武即位，乃之琅邪劳山，养志修道，人皆化其德。北海太守素闻其高，遣吏奉谒致礼，萌不答……连征不起，以寿终。"海蟾：刘海蟾，名操，字宗成，号海蟾子，又字昭远，五代幽州（今北京西南宛平）人，全真道北五祖之一。[29] 跨雪羽以言旋，重叹城郭如故：典出陶渊明《搜神后记》卷1："丁令威，本辽东人，学道于灵虚山。后化鹤归辽，集城门华表柱。时有少年举弓欲射之，鹤乃飞，徘徊空中而言曰：'有鸟有鸟丁令威，去家千年今始归。城郭如故人民非，何不学仙冢累累。'遂高上冲天。"按丁令威化鹤事，唐宋词人常用之，承传至今。雪羽，白色的鸟，此指鹤。[30] 三生旧日精魂：典出苏轼《僧圆泽传》。李源与惠林寺僧人圆泽善，李源死前与圆泽约定十三年后相见。"后十三年，自洛适吴，赴其约。至约所，闻葛洪川畔，有牧童，扣牛角而歌之曰：'三生石上旧精魂，赏月吟风莫要论。惭愧情人远相访，此身虽异性长存。'"[31] 华楼宫：崂山华楼宫，道教宫观，在今山东青岛崂山区境内的崂山北部华楼山上。[32] 蝉蜕：道家谓人之死如蝉之蜕壳，故美称其修行者死去为"蜕"。因此蝉蜕喻指人弃俗登仙。司马迁《史记·屈原贾生列传》："濯淖污泥之中，蝉蜕于浊秽，以浮游尘埃之外，不获世之滋垢，皭然泥而不滓者也。"[33] 龙珠：珍贵的宝珠。传说得自龙颔下或龙口中，故名。出自《庄子·列御寇》："夫千金之珠，必在九重之渊，而骊龙颔下。"[34] 还先天：就是反其天真之意。[35] 阓阛（huì huán）：指街市。张煌言《舟山感旧（其二）》："十洲三岛忆登攀，烟火仙原半阓阛。"[36] 阴功：不为人所知的善行，阴德。善果：好的果报。《菩萨璎珞本业经》下："是故善果从善因生。"旋踵：形容时间短暂。踵，脚跟。[37] 施恩于不报：出自宋李昌龄的《太上感应篇》："施恩不求报，与人不追悔。"福田：佛教语。佛教以为供养布施，行善修德，能受福报，犹如播种田亩，有秋收之利，故称。[38] 力善于无闻：行善不求人知，叫积阴德。[39] 善缘：佛教语。犹言布施。天道好还：指天可主持公道，善恶终有报应。语出《道德经》第三十章："以道佐人主者，不以兵强天下，其事好还。师之所处，荆棘生焉。"天道，天理。好，常常会。还，回报别人。[40] 大道：正确的道理。"道"出自《道德经》第二十五章，是中国乃至东方古代哲学的重要哲学范畴，表示"终极真理"、本原、本体、规律、原理、境界等。道不是概念，名才是概念。道生万物，道于万事万物中，以百态存于自然。托始：指开头；创始。[41] 阳谷：即旸谷。日出之地。《淮南子·天文训》："日出于旸谷，浴于咸池，拂于扶桑，是谓晨明。登于扶桑，爰始将行，是谓胐明……

至于虞渊，是谓黄昏。至于蒙谷，是谓定昏。"[42]挥翮（hé）：鸟振动翅膀。翮，本义是羽毛中间的空心硬管。禽鸟羽毛中间的硬管，代指鸟翼，鸟。左思《咏史（其八）》："习习笼中鸟，举翮触四隅。落落穷巷士，抱影守空庐。"飞廉：亦作蜚廉，是中国古代神话中的神兽，文献称飞廉是鸟身鹿头或者鸟头鹿身，称为风神。屈原《离骚》："前望舒使先驱兮，后飞廉使奔属。"王逸注："飞廉，风伯也。"[43]裨益：裨益。[44]洪助：大力帮助。[45]幽沉：犹埋没。《文子·自然》："道为之命，幽沉而无事，于心甚微，于道甚当，死生同理，万物变化，合于一道。"